我把我的日记公开出来，
我只希望青年朋友们能体会一下
他们未曾经历过的那个时代。
而我们，是如此真实地生活过来的。

我的父亲

我的父亲名叫周洪水。由于祖上留有几十亩田地和父亲在抗日战争期间当过几年国民党军队的下级军官,我的父母在土改时被划为"地主",我也毫无选择地一出生就开始了"地主崽子"的生涯。父亲曾被判刑劳改,刑满后留农场工作,后来被遣送回乡务农。父亲的一生坎坷而屈辱。

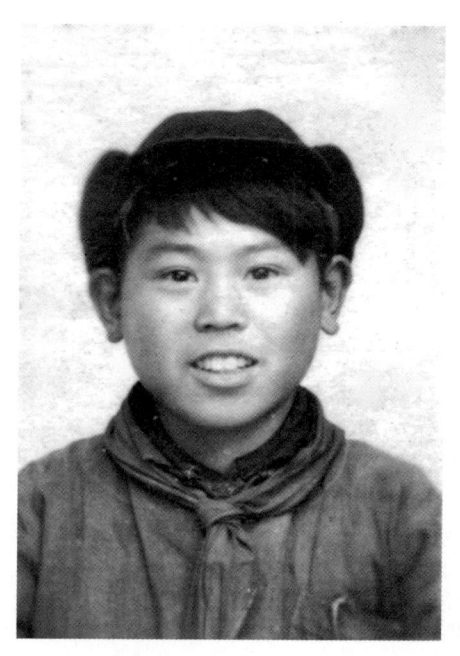

读初二年级的我

我的初中是在吴子里民中读的,在这里我由于学习成绩名列前茅,深受老师喜爱,还担任了少先队大队长。1964年,学校进驻了"四清"工作组,他们发现我们学校"阶级立场不稳",我被撤销了学生干部职务,这是我第一次经历"政治上的挫折"。

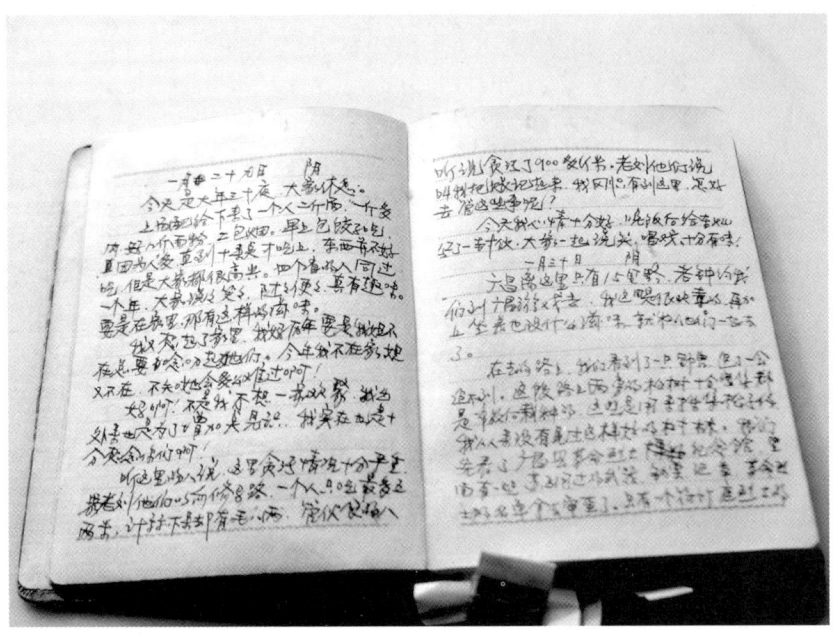

1968年的一篇日记

这篇日记写于1968年1月29日，我第一次到江西广昌打工，才离开家没几天，也是我第一次在外面过年——"我又想起了家里，历年要是我姐和姐夫和外甥不在，我妈总要念叨起他们，今年我不在家，姐一家又不在，不知她会多么难过呵！"

20岁的"遗照"

这张照片照于南昌的一个照相馆,照片背后我自己写下了"遗照"两个字。那时我感到自己眼前一片迷茫,不知道前途在哪,甚至觉得如果哪天干活时遇到危险,死了都没有在世界上留下一点痕迹。我是在一种茫然的状态下走进照相馆照了这张相片,想为自己在世上留下一个"纪念"。

1971年在江西

这一年6月,我第二次到江西打工,在宜丰搞木头。几乎天天干的都是伐木头、扛木头、拉木头的体力活。虽然身体上很累也很苦,但我在精神上轻松许多。我在给哥哥的一封信里说:"真的,我比在家时更活泼了。做事在一定程度上能随心所欲,心情也就更加地好了。"

终于上了庐山

1974年9月，我接到哥哥和两个朋友的信，叫我回家，说我再不回去，除全家的粮食会被扣光不说，可能还会有更严重的后果。经过思想斗争，我决定回去，但我要顺道实现我多年的一个梦想——看长江、看上海。这次，我从南昌到九江，上了庐山，坐船过南京、走上海、到杭州，最后回到离开了3年的家。

和同学合影

1975年新年,和初中时的3个同学合影(前排左起:陈础金、我;后排左起:周渭月、陈公威)。他们3人都经常出现在我的日记里。记得1965年初中毕业时我们4人也有一张这样的合影。

我的母亲和她的孙儿孙女

1978年,我的母亲和孙儿孙女在一起。照片上的小女孩是我的大女儿碧燕,小男孩是我哥哥的儿子碧嘉。母亲受了一辈子苦,由于家庭成份不好,哥哥和我的婚事一直是她心头的重负,待我们都成家有了孩子,孙子孙女给了她晚年莫大的慰藉。

1980年的我

这一年我在南昌做木工,日子一如从刨口流出的刨花,重复地过着。有一件值得记住的事就是,我写了封信投往《中国青年》杂志,参加了关于人生的意义是什么的"潘晓讨论"。这封信刊发时取了个题目——《让我们用热血来拥抱世界》,激起了很多读者的共鸣,我收到了上千封的读者来信。

《中国青年》和我的文章

这是我保存了30多年的《中国青年》杂志1980年第9期和所刊发的我的文章。这篇文章的题目来自我引用的张志新烈士的一段话:"如果你在生活中感到无聊,那便是因为你没有献出生命的力量,没有用血肉来拥抱这个世界……"。

我给邓小平写"自荐信"

这一期《中国青年》编辑部的《读者来信摘编》把我写给邓小平的"自荐信"作为"人生意义问题讨论"的读者来信单独编成一期,上呈中央。我不知道邓小平收到没有。在这封信里,我谈了自己的人生经历和对当时社会问题的一些看法,最后请求给我一个公社,我一定用5年时间让它改变面貌。

和女儿合影

1984年,我是两个女儿的幸福的父亲(左前为二女儿白薇,右前为大女儿碧燕)。

全家福

今天的我，没能成为日记中梦想成为的作家，但经过近30年的奋斗，我成了一个对社会有所奉献的企业家。现在想来，我要感谢这些日记、感谢那时对于文学的追逐。如果说文学是梦、日记就是载梦的舟，它们让我在青春迷茫的海上没有沉沦。

我的日记本

我的这些从1968年到1978年的日记，本身也有不少故事。现在看，这些内容似乎平平淡淡，但在当时的社会环境下，我的日记如果被发现，绝对可以以现行反革命罪判处十年以上徒刑。为了保存这些日记，我和我的朋友可以说费尽了心机。

风雨世面

我曾视为生命的日记

1968—1978

周晓东 著

中国青年出版社

（京）新登字083号

图书在版编目（CIP）数据

风雨世面：我曾视为生命的日记 ／ 周晓东著.
—— 北京：中国青年出版社，2013.12
ISBN 978-7-5153-2125-7

Ⅰ．①风… Ⅱ．①周… Ⅲ．①日记-作品集-中国-当代Ⅳ.
①I267.5

中国版本图书馆CIP数据核字(2013)第292569号

责任编辑：彭明榜
书籍设计：孙初＋林业

中国青年出版社 出版 发行
社址：北京东四12条21号
邮政编码：100708
网址：www.cyp.com.cn
编辑部电话：（010）57350505
门市部电话：（010）57350370
北京科信印刷有限公司印刷　　新华书店经销

889mm×1194mm　1/16　45.5印张　600千字
2014年1月北京第1版　2014年1月北京第1次印刷
定价：88.00元

本书如有印装质量问题，请凭购书发票与质检部联系调换
联系电话：（010）57350377

目录

成功者的根在哪里
——《风雨世面——我曾视为生命的日记》序 / 吕日周 / 001

玉石人生
——读周晓东《风雨世面——我曾视为生命的日记》所想到的 / 田野 / 006

我和我的日记 / 周晓东 / 010

1968年 / 021
1969年 / 111
1970年 / 235
1971年 / 329
1972年 / 441
1973年 / 507
1974年 / 569
1975年 / 597
1976年 / 625
1977年 / 637
1978年 / 665

附录

让我们用血肉来拥抱世界 / 周晓东 / 712

生活之路谁开拓 / 周晓东 / 718

成功者的根在哪里

——《风雨世面——我曾视为生命的日记》序

吕日周

半年前,我收到周晓东给我寄来的一箱书稿,这些书稿是他从1968年到1978年这11年来的日记,他准备把这些日记汇编成册,请我为这个册子做一个序。

我尽管手头事情不少,还是欣然接受了这位老朋友的要求,并开始挤时间阅读他的日记。在这半年时间中,读他的日记,时而心酸落泪,时而沉入深思,时而会心微笑,更多的时间是为他鼓掌喝彩,一个在苦难中成长的有志青年跃然纸上。细细琢磨晓东的过去以及相识以来的点点滴滴,我特别想写出一个真实的周晓东,寻找他为人、安家、创业的成功之道及耐人寻味的闪光之处。

我和晓东认识也有10年了,我们的结缘是因为2003年初《长治,长治》这本书的出版。他读了这本书后给我来过一封信,信中他是这样说的:

"前些天看了您的《长治,长治》,当时感觉颇深,很有一种'知己'的感觉,也就有了给您写信的动机。"并且,他还讲到非常理解我在书中阐述的"做官辛苦,做好官更辛苦"的道理,还希望能和我探讨如何搞好经济。

当时，我收到来自全国各地的一千多封信，但他的来信让我感动。这是因为我读了他同信寄来的关于《中国青年》组织的潘晓提出对人生认识问题发表的文章，我同意他的观点；读了他在有关会上的讲话，我认为他是一个有社会责任感的企业家；能和这样的企业家相识，我颇感欣慰，并为他家庭和睦的幸福人生、事业有成的成功人生表示羡慕和敬佩。我也一直在想，一个成功的人背后必有他成功的道理，那么晓东成功的秘诀又是什么呢？

日记是思考生活、表达心声的最好方法。十年来萦绕心中的问题现在我从他的日记中找到了答案。晓东的日记里有摘抄也有实录；有感受也有议论；有散文也有诗歌，文字质朴纯真，生活阅历丰富。他的文字既有对善的真切赞扬，亦有对恶的反思批判；既有对自我的感悟，亦有对人生的思考。我想，这与当年特殊社会背景下独特的写作风格和他个人的独特性有很大关系。文如其人，从他的集子里，再次让我体会到他的力量源泉和人格魅力。

其一，他的人生道路比较曲折，但保持了一种不甘于现状的奋斗精神。晓东的出身不好，在那个年代，地主子女备受歧视。所以他的感情生活一直很不顺利，几次恋爱都因为地主成份而不被女方家长接受，经受了感情的煎熬；受同乡人的欺凌，经受了人格尊严的打击；受到官员的阻拦，忍受着体制的压力。从日记中可以看出，这些事情他也困惑了很久。但终究他不为感情生活的曲折而伤心；不为做事受打击而灰心；也不为挨饿受冻而痛心，他把吃苦做事放在了首要位置。"到外面经风雨见世面是我多么渴望的事啊，母亲哪能阻止得了我呢？"因而，在家长的反对声中，他还是毅然决然地走向外面的世界去闯荡。他是从评工分的年代走过来的，在钢铁厂做过工、在公路上抬过石头、在林场当过采购员、学过木工、下过煤矿，到过杭州、去过江西，尽管期间曾因"三查"运动遭返回乡，但还是会寻找各种机会走出去闯他的"天下"。正如他在日记中所写的："一个人不能遵循着前人或者别人走了又走的路，循规蹈矩地行进。虽然这样过一辈子似乎会觉得轻松些。但是刻板、平庸的生活也只能给人以刻板平庸的结果。我们做'人'几十年不能给社会带来点好处，也不能给自己带来点乐趣，那他还做什么'人'呢？"

其二，他勤奋好学，涉猎面非常广，保持着终身学习的精神。从日记中可以看出，晓东是善于学习的，他读各种书报杂志，包括小说、时评、论文等。在外面做工的时间长了，人的思想也变得成熟起来，他从最初只是关心自己身边的事到后来关注时事政治，他说："对于读书或报刊之类，我似乎已成为一种习惯，边看边批评，评其思想性，也评其艺术性。"他认为："读书就像吃饭。人是靠吃饭长大的，但你不知道哪一顿饭自己的身体长大了多少。知识（书本知识）是靠读书得来的，但你也不清楚哪一本书给了自己多少东西。然而，到一定的时候，你终会觉得你以前的书并非白读。"所以，他觉得"不看书是不行的，我一段时间不看书，人就更加茫然起来"。他将"文明自己的精神，粗犷自己的体魄"作为座右铭之一。看着他的这些文字，读着他的这些见解，我也深有感触，人的一生就是要立志、吃苦、坚持。读书、实践、总结，这才是一个完整的人生。

其三，他有一颗宽容而又上进的心，懂得谅解、懂得包容，始终保持团结起来共同奋斗的精神。在外做工的那段时间人与人之间不免产生矛盾，他曾被同乡出卖过，只是做工却挣不到工钱，甚至生活拮据到要把自己的被子、衣物廉价抵掉的程度。但他没有产生对同乡同事的仇恨心理，而是用谅解解决误解，用吃亏做到吃苦，用无私教育自私。他敢于同看不惯的恶习作斗争，却同时又懂得包容、谅解和欣赏生活中的美，他写道："一个人应该向好的人看，而不应该向不好的人看，对社会的看法也不能光看阴暗面，而要看全部。"

其四，他能正确对待理想与现实、物质与精神的关系，始终坚持为真理而奋斗的精神。日记中他写道："我不是为了挣钱、享福到外面来，我是来经风雨见世面的，也可以说是为了'求真理'而出来，生活虽苦，我只要有一点办法就绝不回家。"他是一个有思想的人，在他身上保留、继承了中华民族的传统美德，爱国家，爱民族，关心弱势群体，孝敬父母，善于独立思考问题，有自己的思想和见解。

其五，他永远不满足于已有的成绩和成功，始终坚持与时俱进的向上精神。从没工作到工作不满足开始学技术，学好技术又不满足开始学管理，后来独立办企业，又由小做大……

一本客观、真实的日记，记载着一个人行动的轨迹；一个成功人士的日记，不但可以鞭策自己，还可以启迪别人；一个伟人或圣人的日记，他的思想、品德、智慧会成为一个时代的象征。而周晓东，他可算作是一个成功者，他能数十年如一日，将心底的声音记录下来，是毅力的体现，更是智者的高明。所以，在我看来晓东的日记已经不单单是对生活琐事的简单记录，而是用心血写出来的成长足迹，这些朴实的文字所记载的是他思想的深刻变化，是他对人生的思考和对世界的认识；是对过去艰苦岁月酸楚的悲叹，更是对后来者的启迪。

孔子曰："知者不惑，仁者不忧，勇者不惧。"所谓"知"是指知识和智慧，既包括专业知识和学问，也包括个体在工作和生活中的经验和思路，以晓东的学识和阅历，可以算一名知者；所谓"仁"就是爱人和克己，爱人就是对社会、对人民有爱心，克己就是自己能约束自己的行为，晓东可以算作是一位仁者；所谓"勇"是建立在"知、仁"基础上的，因为有智慧、有仁德，人生才无所畏惧，有勇敢之心，才能勇往直前，也才有坚持原则和信念的勇气与决心，晓东敢单枪匹马出来"闯天下"，是名副其实的勇者。孔子的"知、仁、勇"人生三宝，是成功者必备的三个方面，也是人生应该追求的三个境界。一个人有了知和仁，就有了自信心和感召力，有了勇，就胸怀坦荡、没有恐惧。

所以，我很欣赏晓东的品格，敢爱敢恨、敢闯敢干、敢走不寻常的曲折路。也许正是他的这种敢为人先，敢于向现状质疑和提出挑战的品格才成就了现在的他。他的企业开始是在老家诸暨，主要是做电器生意；后来他又发展到了云南从事翡翠业，并把分店开到了全国其他地方。我深信，他的这种创业精神必然会把企业办得更好！

应晓东的邀请，我去了他的家乡诸暨。诸暨曾是春秋末年越国的古都，这里有个苎萝山，山不高而峻，林不密而秀。诸暨是西施的故乡，我们在西施曾经浣纱的若耶溪（今名平水江）边上的长亭上促膝长谈。西施一生有着富于牺牲的曲折经历，但后来还能勇于下海做生意并取得成功；诸暨也是画家王冕的故乡，王冕始终如一画梅花，成为一代绘画大师。这些故事或许就是晓东产生高尚思想和品格的文化根！那天，他还让我品尝了诸暨的特产——香榧果。香榧，又称中国榧，是世界上可生长千年的稀有经济树种。野生香榧生长于崇山峻岭、难于攀登之地，是一年开花、一年结果、一年成熟的"三年果"。香榧有一个坚硬的壳，破壳后仍有厚厚的榧衣包裹，但果实奇香无比，并可"治五痔，去三虫蛊毒，助阳道"。我现在回忆起来，更感到晓东不也是很像香榧吗！我又找到了他成长的环境根和土地根！也就在那天，我和当地农民、市民攀谈。我问他们一个问题，诸暨人有什么特点呢？他们笑着回答："我们诸暨人呐，你给一颗树籽，能还你一片森林""你给一分颜色，能开十个染坊""你到袜子市场看看，就知道诸暨人的特点了"。真的，我到诸暨袜子市场转了转，才知道他们惊人的创造力！诸暨人的品格是奋斗！我找到了晓东成长的灵魂根！

草草写了上面一些，自知不能涵盖晓东日记的全部内容，更不能诠释他的全部精神实质，只是希望引导更多的人去认真看看这个成功者的经历。晓东面前还有更高的山峰等着他去攀登，我也盼望有志者与他一起去攀登。

（作者为山西省改革创新研究会会长，曾任山西省政协副主席、山西省长治市委书记）

玉石人生

——读周晓东《风雨世面——我曾视为生命的日记》所想到的

田野

与周晓东相识，大约是在五、六年以前。那时我在云南美丽的边疆地区——德宏傣族景颇族自治州工作。周晓东当时是浙江五峰电子有限公司的董事长，同时也是一名观赏石爱好者。出于对翡翠的向往，他从浙江来德宏考察，我接待了他。作为公职人员，我接待过来自海内外难以数计的客人，有政要，有名流，有学者，有商人，许多已成为恍惚的过往，唯与周晓东由此结下不解之缘。

周晓东给了我他在1980年写给中央首长的"自荐信"，这封信由《中国青年》杂志作为内部资料印送中央领导参阅。信中吐露了作者的苦闷与彷徨。那时的周晓东，还是一个青年，而且是一个被边缘化的青年，他在眨巴着朦胧的双眼观察社会，他在郁闷地感受着偏见与歧视。虽然被踏上一只脚的事只是偶尔发生，但要让地富反坏右子女永不翻身的社会氛围是那么浓重，周晓东就像一株岩石上干枯的小草饥渴地等待着雨露和阳光。就是在这样的背景下，他以初生牛犊的勇气参与了当年那场人生大讨论，也就是署名"潘晓"的《人生的路啊为什么越走越窄》引发的那场思想解放运动。周晓东作为一名积极分子活跃于其中，谈了许多放在那个时代审视很有见地的观点。《中国青年》刊印的那封信，就是他参与那场大讨论的部分体会。所不同的是，比之于那场大讨论中的许多观点，它触及了社会更深的一些主题。在信中，我们不仅感受到了那个时代人们的郁闷与彷徨，也隐约听到那个时代中国青年悸动的脉搏，更看到了中国社会雾霭之后由乱至治的希望。尤其令人敬佩的是，当时一个未曾受过正规教育的懵懂青年，竟然表达出了许多符合现代政治学常识的期望。读了他的"自荐信"后，我感到惊讶和震撼，连夜用手机给他回了短信，大意是："你的勇气令人敬佩，那敢言所想言的胆识令人欣喜。过去的岁月或许不会再度重演，但你当年提出的问题至今一个也没有完全解决，但我始终坚信，我们这个民族正走在前进的道路上。"

我感觉，我遇到的不是一个普通的商人，而是一个可以成为忘年交的知己。我自己虽然肤浅，但喜欢深邃的人，深邃的人有思想，有可以让自身受益的财富，我想把他留在边疆。我告诉周晓东，你前半生做电子产品，后半生何不妨换一种玩法，到德宏来做珠宝吧。做珠宝有一个好处，可以在那些晶莹美丽的石头里，发思古之幽情，悟环宇之沧桑，享人生之美妙。后来，不知是德宏的美丽感染了他，还是我的真诚打动了他，或许兼而有之，他真的留下来了。由此，云南多了一个出色的浙商。周晓东在瑞丽市投资创办了样样好国际珠宝有限公司，兴办了云南第一家翡翠毛料交易市场，形成了从毛料进口、毛料交易、成品加工、成品销售、文化展示、旅游购物为一体的完整的产业链条，实现了公盘常态化、赌石娱乐化、交易经常化、服务人性化。硬是把一块30亩的荒地打造成了中国唯一以翡翠为主题的国家AAA级的文化产业旅游景点。他还凭自己的调查所得和所思，给云南省政府领导写了《我对云南珠宝产业的看法》的文章，这篇文章获得了云南省政府颁发的"诤言奖"。

《风雨世面——我曾视为生命的日记》以日记的体裁，真实地再现了上个世纪60年代中后期至70年代末期作者的心路历程。那个时代周晓东大体在十八九岁到二十八九岁之间，这个年龄段我们都曾经历过，都曾怀揣梦想，都曾敢于怀疑，都曾迷惘过、彷徨过。而正是在这个年龄段，周晓东同千千万万的中国青年一样，经历了中国社会走出阴霾走向光明的变迁历程。所不同的是，由于家庭出身和特定的历史背景，周晓东比之于那个时代的大多数青年，还多了一份苦闷与压抑，上学、参军、招工都与他无缘，他只能小心翼翼地参加生产劳动。《风雨世面——我曾视为生命的日记》完整地记录了他参与生产劳动和社会生活的所见、所闻、所思、所行，除个别错别字外，编辑几乎没有改动他的原稿。《风雨世面——我曾视为生命的日记》是我读过的最"原生态"的文章，"原生态"到近乎"土"的水平。正是这种"原生态"的日记稿，从一个侧面真实地记录了那一段不该忘怀的历史，忠诚地反映了作者赤裸无掩的心灵世界，毫无修饰与遮盖，毫无夸张与做作，毫无骗人的假话。这样的体裁，使文章获得了超越，增加了社会价值，让个体性的东西赋予了社会和时代的意义。《风雨世面——我曾视为生命的日记》与其说记载了作者本人的心路历程，不如说它反映了那个时代的真实原貌。我相信，这样的文章对于今天或明天的我们，不乏积极的意义。

　　回忆不是为了顾影自怜的伤感，展示也不是为了孤芳自赏的炫耀。如今的周晓东，已经成为身家过亿、富有思想和担当的企业家，他早已从小我走向大我，从个体走向群体，从过去走向现在，并瞭望着未来。我相信作者出版这样一本书，只有一个目的，那就是希望我们的社会走得更好。一个伟人曾经说过：谁要忘记过去，谁就是背叛；谁想回到过去，谁就是疯子。每一段历史的喜怒哀乐，都是一个民族走向成熟不可越过的旅程，无论它充满多少辛酸，都是宝贵财富。正是那些不堪回首的往事，让我们逐步走向成熟。

　　玉不琢，不成器，不经风雨，怎能见彩虹？不见世面，如何读人生！一个人走向成功，需要岁月的磨砺与凝练。从《风雨世面——我曾视为生命的日记》中，我看到周晓东已从一块未经雕琢的璞玉，嬗变成一块精美的玉石，向人间释放着美丽，而历史正是那位伟大的雕刻师。

同时我也看到，我们的社会正在走向成熟，走得更加理性和稳健。我相信，经历过数千年文明洗礼与苦难磨练的中华民族，一定会变得更加富裕、文明与祥和。公权受到监督，越轨受到制约，邪恶受到惩处，劳动受到尊重，人格尊严受到维护。在人生出彩的舞台上，每一个人都有平等的法律地位和机会，每一个人都不会因为语误而受到追究，这正是当下我们为之奋斗的中国梦的题中应有之义。

在《风雨世面——我曾视为生命的日记》即将付梓之际，应晓东之约写了如上话语，算是对老友一片盛情的回应。

（作者系云南文化产业投资集团公司总经理，曾任德宏州州委常委、副州长）

我和我的日记

周晓东

（一）我的青少年时代

我于1950年1月8日出生于浙江省诸暨市陈蔡镇一个叫周家湾的小山村。由于祖上留下了几十亩田地和父亲在抗日战争期间在国民党军队当过几年下级军官，我的父母在土改时被划为"地主分子"。我就这样毫无选择地开始了"地主子女"生涯。

童年的我并非无忧无虑，因为我体格强壮、行动敏捷，小伙伴们打架摔跤往往是我占上风，如果吵得当真了，他们就会骂我"小地主！"或是"你爹到哪里去了？"这时我就会感到无地自容！

1956年夏天，我们全家到了父亲刑满留场的农游县十里坪农场。我该上学了，由于那时农场没有学校，只得到离农场约三里路的农会郑村小学就读。读书对我是无比快乐的事，但当地农民知道我们是农场职工子女，出身都不好，当我们从他们干活的农田边经过时，会被他们笑骂为"小劳改犯"，并用污泥砸我们，因此我们去上学和放学回家时，常常绕远道而避之。

第二个学期，十里坪农场有了自己的子弟学校，我们就不用去农会郑村小学读书了，心里真是说不出的高兴！那段时间，爸爸在农场养猪场工作，常常被评为"三好场员"；母亲专门给农场干部们洗衣裳，因为衣裳洗得干净、折叠得整齐而深受好评；特别是母亲多次把干部忘在衣服里的钱或物如数归还，更受到干部们赞扬。一年冬天，母亲洗衣裳时见一个孩子跌入水中，她奋不顾身地跳入冰冷的水中救起孩子，因洗衣处离家远，自己被冻出了病，这件事引得场长亲来看望，农场高音喇叭表扬，因此母亲在十里坪农场似乎成了一个"英雄人物"。我们三姐弟因为有这样的好母亲而感到非常自豪！

我在班上的成绩当然是第一名，因此深得老师喜爱。那时我已是很重视自己的品行了。记得当时农场有一个青年，曾是个小偷，他要送我一支"关勒铭"金笔，我因这支笔来路不明严词拒绝，弄得这个人满脸羞愧！

在我的记忆中，那是最美好的一段回忆。在农场子弟学校，没有歧视，我们团结活泼，生气勃勃。那天我戴上了红领巾，唱着《少先队队歌》："今天我戴上了红领巾，今天我就是少先队员……"

那种自豪感、荣誉感真令人激动万分！

好景不长，全国性的缺粮波及到了十里坪农场。我记得养猪场许多三四十斤重的猪都被宰杀了，人吃的粮食也骤然紧张起来。

爸爸妈妈也不时地唉声叹气，我心里有一种强烈的不安！果然，没多久，农场就要求我们家属全部回老家，我父亲也被调到长兴县矿冶场去了。

妈妈带着我们三姐弟回到老家，那是真正的家徒四壁，家里的锅灶积起一寸厚的灰尘，连铁锅和汤罐都被别人挖走了，只见三个黑黑的空洞……我们放下行李，怔怔地站立着，不知如何是好！妈妈强忍着眼泪，张罗着给我们搞点食物……我不记得，也不清楚我们是怎么渡过那些日子。

我到了周家湾小学读二年级。我们这个学校设在周家湾祠堂里，大厅用竹席子隔一下就是教室，有四个班，每班一二十个学生，但只有一个老师，是个女的，姓黄。四个班级的学生在一个教室里上课，每班坐成两排，黄老师先给一个班讲十多分钟，讲完了就叫这个班的同学做作业，然后教另一个班。因为一天到晚讲课，没有停歇，她的嗓子总是哑哑的。黄老师很严厉，我们都很怕她。

　　说到教育质量，就不好说了，只一件事我印象很深：那是三年级的一道算术："从某地到某地相距×公里，问某地到某地的火车铁轨有多长？"同学们怎么算都跟标准答案对不上，黄老师也怀疑标准答案是不是错了。二年级的我一直听着三年级的学生争论，忍不住举手发言，黄老师允许了，我就回答："铁轨的长度应该是某地到某地的距离乘以二，因为铁轨有两根。"同学们恍然大悟，黄老师也表扬："周晓东同学真聪明！"敢情黄老师和同学们都没有见过火车！

　　在这学校读书期间，有几件事是我忘不了的：第一件，三年级上学期开学，我去学校报到，学费要一元五角钱，可妈妈七拼八凑东借西挪只有一元钱，差了五角钱。黄老师说上面有规定：贫下中农子弟欠学费可以，剥削阶级子女不可以。她叫我交齐了再上学。我怏怏地回家告诉妈妈，妈妈抹着眼泪说没有其它办法可想，只有等家里的母鸡生蛋去卖了再交，于是我就天天跟着这两只老母鸡。过了十多天才凑了十三个鸡蛋，我用篮子提着到三里外的公社供销社门口卖，一个姓杜的公社干部斥骂我："地主的儿子还搞资本主义！"我当时又气又怕，不敢说什么，幸亏他没有制止我卖鸡蛋，那天从早上到傍晚整整一天，我没有吃中饭蹲守在供销社门口卖掉了十二个鸡蛋，每个五分钱，得了六角钱。有一个鸡蛋有点裂，人家不要，我只得拿回家去。第二天，我交上了五角钱，才得以继续读书。

　　可事情没完：就在那被迫停学的几天里，同村同班同学周伯友不想上学，和我一起跟了一天"鸡尾股"，我去上学后黄老师把我叫去，问我："为什么自己停学要骗周伯友说是学校不读书了？"我说没这事。

我去问周伯友，周伯友说是他怕妈妈骂他逃学才撒的谎。我就跟黄老师讲清了事情经过。可是到学期毕业的成绩报告单品德评语中，黄老师竟写到："不应该自己因故停学而欺骗另外同学说学校不上课。"这件事对我刺激很深，几十年来我都耿耿于怀，或许是在我的人生中少有正规的管理，更极少有哪个部门给我一个鉴定，有的也只是赞扬，"欺骗"两字深深地刺痛了我。

还有一件事是当时的同学之间会说哪个男同学和哪个女同学好之类，有一次我在泥地上写了"凤英和友仁好"几个字，黄老师知道后大骂我："他（她）们是贫下中农，你是不是妒忌他（她）们！"我被骂懵了！十岁的孩子，懂什么呢？但那种恶毒的歧视性语言让我刻骨心寒。

五、六年级是到离家三里的戈企坞完小读的。那时"成份"两字无处不在，我们班三十几个学生，我是最矮小的几个之一，但因为是地主子女，我的座位排在最后一排。这对我反倒是好事，因为我喜欢看课外书，我常常在课本下面放一本小说之类的，老师看到的我总是认认真真的好学生。但确实我的成绩很好，每门功课都是全班第一名，因为成绩优秀，老师们很喜欢我。

那时，看得最多的是武侠小说，有《七侠五义》《昆仑剑侠传》，也读《镜花缘》《粉妆楼》等等。我好羡慕侠客们潇洒自由浪迹天涯的生活。

从十里坪回到老家的这几年，贯穿于生活的是一个"饿"字，我们这些学生放学后常常会偷偷地到田地里摘些生豌豆、生玉米和挖红薯吃。有一次偷挖了芋艿，咬了一口，嘴麻得厉害，用水漱漱不管用，只得用泥巴在嘴里嚼，这样才把麻味去掉了些。

可能是1960年吧，我们村的食堂搞了一次"放开肚子吃"活动，是把豆类磨成糊状，然后加高粱团子煮了吃。那种热闹的场面真是难以言喻，整个食堂外的坝子上人声鼎沸、热气腾腾。人们围在坝子中间几只装了食物的大木桶边,争先恐后地取食。大队干部一边敲锣一边大喊:"放开肚子吃,只准吃,不准剩,不准拿走!"我拿了那种能蒸一斤米饭的大杯,满满盛了一杯,呼啦啦就吃完了,这时肚子已很胀了,但还是跑过去抢了满满一杯回来,坐在一块石头上吃起来,吃了不到一半,就怎么也咽不下去了,肚子涨得喘气都困难,但"不准剩,不准带走"的命令是不可违抗的,我只得拼命地往嘴里塞,杯子里的食物吃完,我已经站都站不起来了!——这是那些年我唯一的饱餐!

因没有了粮食,食堂再也没有办法开火,我们大队曾允许农民自己去垦"百斤粮地",也就是允许每人去开垦能种一百斤粮食的一片地。那时哥哥十四岁,我十二岁,就自告奋勇去开垦荒地了。到了山上,我和哥哥照别人的样在自己欲开垦的山地四周把柴砍掉一圈——做"防火弄堂",然后放火烧山,谁知风大,我们的"防火弄堂"根本不起作用,大火一下就蔓延开了。我与哥哥吓坏了!左冲右突,拼命挥舞锄把灭火,但哪里挡得住汹涌的火势。慌乱中我一头撞在一棵松树上,昏过去了!哥哥赶紧把我拖出火场,醒来后哥哥告诉我火烧到不远处就是别人已开垦的地块,自然而然就熄灭了。我摸摸脸上,辣辣的,头发、眉毛烧焦了不少,头顶发麻,疼痛得厉害!后来是在这片地上种的庄稼救了我们全家的命。

小学毕业后,像我这样成份不好的人,根本不可能上正规的陈蔡中学,幸好被吴子里民中录取了。吴子里民中当时是公社办的,校长是个退伍军人,曾是个剃头匠,连小学都没有读完,老师是两个应届高中毕业生,还有两个不算正规的大学生。因为成绩好、成份又好的学生都被录取到正规的陈蔡中学了,吴子里民中的学生中成绩好的肯定家庭出身有问题,而家庭出身好的呢一般成绩都会差一些,因此我毫无疑问是学生中的佼佼者了。从初一开始,我就是班学习委员,后来又被选为少先队大队长。我们学校虽然教育条件差,可是几次统考下来,成绩竟不比公办学校差,特别是我的成绩和公立学校的学生比也是名列前茅。因此我深得老师喜爱和看重。

1964年下半年，学校进驻了"四清"工作组，他们发现我们学校"阶级立场不稳，敌我不分"，于是宣布撤销原来的班干部，要求重选。可是几次重选学生提名第一个总是我，工作组长大怒，就亲自出马，先定候选人，再叫学生选。当候选人的名字写到黑板上时，同学们一片哗然，班上一个贫农子弟、成绩也不差的同学蔡仲立要求发言，老师允许了。蔡仲立问："选班干部的标准是不是换成了要求成绩最差的？"同学们哄堂大笑，工作组长斥责蔡仲立没站稳立场，警告他要分清敌我。在高压之下，同学们只得默默地接受了他们提名的班干部。

生活的挫折没有使我消沉，反而使我的精神状态更加振奋。我向数学老师要最难的题来啃，常常睡在床上，脑子里还是"公式""定义""定理"在翻滚，有时一激灵想到了某种解法，马上起床点上蜡烛把内容记下来。我还在学校十平米的阅览室里读《红旗》杂志，看"九评""给苏共中央的公开信"等，还很认真地记笔记。从那个时候起，我开始写日记了。

（二）日记的经历

我的这些从1968年到1978年的日记，本身也有不少故事。现在看，这些内容似乎平平淡淡，但在当时的社会环境下，我的日记如果被发现，绝对可以以现行反革命罪判处十年以上徒刑，因此这些日记不知倾注了我多少心血，饱含着我多少情感！它们又隐藏着多少风险。

第一本绿封面的日记就有两次冒险经历：这本日记的第一篇写于1967年10月30日，但只有这么一页，接下来是1968年1月21日我到江西打工的经历，这中间的近三个月日记为什么没有了？为了阅读方便些，我把它作为日记的第一篇，这是第一次冒险，这里就不赘述了。

第二次冒险是1968年7月3日，因为江西清查外流工，我在江西已无法立足，只得回家。从江西南丰县白舍镇到抚州这段路是包了一辆三吨货车，二十多人挤在一起，快到抚州已是傍晚，这时下起了大雨，我们个个被淋得成了落汤鸡，幸亏行李还用塑料布包着，没被淋湿。到抚州下车后饿得发慌，买了点东西吃后，大家商量怎么办。灯光下，只见抚州汽车站到处张贴着"清查外流人口""把三查运动进行到底"之类的标语，我们这些人个个都是惊弓之鸟，唯恐发生什么意外，再说住旅馆还要花钱。商量后，我们决定步行到东乡去乘火车，抚州到东乡九十二里路，一个晚上是可以走到的。

挑着行李，穿着雨淋汗湿的衣裤，浑身不自在，但是又有什么办法呢？我们一路疾行，天快亮时已走了七十多里路，到了东乡县虎圩公社陈桥大队，这里到东乡只有十多里了，大家心里松了口气想休息一下。可刚放下行李，就猛听到一阵急促的锣响，霎时电筒四射，火把熊熊，埋伏在公路两旁的造反派把我们团团围住了，喝令我们挑着行李到他们指挥部去。这时，我最担心的又是我的日记。如果他们看到日记，发现我是地主出身那就惨了，我从行李中偷偷抽出这本日记，塞在裤腰里，到集合地点时，我看到一辆造反派用来值班的平板拖车，就把行李放到拖车旁，把我的日记偷偷塞在了他们睡觉的席子底下。天亮后，造反派们把我们的行李全部仔细搜查，没发现什么违禁的东西。一个大胡子的头头大约看我年轻，似乎很关照我，问我们这批人里有没有人欺负我，哈哈！他还想为我打抱不平呢？我忙说没有，我们都是一起做工的工人。后来他们决定要我和保安公社的姚仕烈先回浙江，给其他人打证明寄过来，其他人要证明到后才能走。无奈之中，我们也只有服从。我乘人不备，从他们的席子底下抽出日记本塞回我的行李。

文化大革命的热潮一阵高过一阵，抄家、办学习班、批斗、游街，人与人的恶斗愈演愈烈，我唯一的财富就是有一些笔记、信件和几本日记。家里没有安全的地方，我就把这些东西用一块布包起来，塞到离家数百米的茅坑屋墙洞里，还不时地去看看、摸摸。忽一日，我们中队队长周永友一脸严肃地叫我到他家去一下。到了他家,他从柜子里拿出一个布包给我,我一看是我的那些东西,不由惊出一身冷汗,话都说不出来了!周永友告诉我那天下午他从我家茅坑屋过,见几个小孩去掏麻雀掏出了一个布包,他一看是我的东西,就赶快收起来带回了家。周永友说他看了一些我的日记,这些内容如果被人发现,后果不堪设想,他为我担心,叫我把这些东西烧了,千万别惹祸上身。我知道他是好意,但我又怎么舍得毁掉这些我视为生命的文字呢!我只有从心里感激他!

后来,我把日记本藏在一个空置的牛棚的墙洞里,写日记都是撕几页下来,写完了放回去又扯几页下来,因此我那段时间的日记本都是破损的。

1974年初,我又去江西做工,我把我的日记转交给初中同学吴乐灿保存,这可是个无比郑重的交托,是信任,更有风险。吴乐灿是我最可信任的朋友之一,当时他是大队会计,在村子里威信很高。可是他的爸爸当过几天伪保长,他也非常担心,说不定他家里哪一天会被查抄!因为他家养牛,家里堆了很多稻草,因此他把这些日记捆扎在稻草里,这样就不易被发觉了,可他又时时担心家里人把藏有我日记的那捆稻草拿去喂牛,因此经常把这捆稻草移来挪去的。一天他发现我的日记被老鼠咬了,其中一本1972年的红塑料封面的日记本被啃掉了一只角。他左思右想,最后把我的日记本用多层塑料纸包起来,埋在自家菜园里,几年后才挖出来归还我。

(三)我为什么要公开出版我的日记

粉碎"四人帮"后,中国走上了改革开放之路,一切工作围绕经济建设这个中心,我的内心是深感喜悦的,对政治也渐渐淡漠了些。说实在话,政治应该是政治家的事。政治清明,社会稳定和谐,老百姓瞎操心这些干嘛呢?

1980年，我向邓小平"自荐"后回到农村，决心投入到祖国的"四化"建设中去。1981年，我创办了"诸暨市孝四公社综合养殖场"，探索农村脱贫致富的路径。我们养长毛兔，培养桑树苗，种植花木，取得了不错的经济效益和社会效益。1982年下半年，中央新闻记录电影制片厂拍摄反映新时代青年风貌的纪录片《田野的希望》，我被作为主要典型人物之一。

1984年，当地提倡发展乡镇企业，我被选调到陈蔡区工业办公室当负责人。1985年我主动要求去筹办"诸暨市电容器厂"。经过我数十年的呕心沥血，经过说不尽的风风雨雨，这个企业得到发展壮大，现改名为"浙江五峰电子有限公司"，是中国电子元件百强企业，国家级高新技术企业。

2008年，一个偶然的机会我到了云南省瑞丽市，这里的青山绿水、旖旎的边疆风光、淳朴的民族风情使我流连忘返，更有那神秘的绿色翡翠令我醉心！在当地政府的大力支持下，我筹集数亿资金成立了"瑞丽市样样好国际珠宝有限公司"。这个公司集翡翠玉石毛料公盘、赌石、玉石设计制作、玉文化传播、翡翠成品销售为一体，形成了翡翠珠宝完整的产业链。2012年公司获评为三A级的珠宝文化产业园景区。

投身企业近三十年，我极力提倡"讲诚信，重价值，自觉承担社会责任"的企业文化和理念。

"讲诚信"：我的企业从来没有逾期过一笔银行贷款，从来没有欠过一分职工工资，过年时我的企业没有供货商坐等索要货款的现象。我公司的法律顾问经常感慨："受雇你们公司二十多年，还从来没有做过被告代理！"

"重价值"：作为企业，用最好的原材料经过科学管理加工出最优质的产品，这就是企业和员工的价值体现。我们公司每年生产二十多亿只电容器产品，合格率在百分之九十八以上，一等品率在百分之九十五以上。这在行业内也是罕有的。

"自觉承担社会责任"：我十几年前就创办了"五峰奖学金"。我每年都会投入上百万元助学、助困、修桥修路、抗震救灾。家乡附近的每条道路修建都有我的贡献在里面。每年春节，我会到自己家乡数百户贫困家庭慰问，我希望给他们的不仅是物质还有暖暖的温情。

做了珠宝企业，我教育员工："珠宝是个美丽的事业，我们要给人们带来的是兴奋、喜悦和珍爱。"我把云南边疆地区的一句祝酒辞"样样好"注册成商标，并作为企业名称。我希望"样样好"的不只是我们的珠宝产品，更有对人们的美好祝福！

时间真是风驰电掣，不管自己是否愿意，也不管自己是否意识到——我竟步入老年了！现在想些什么呢？

纵观自己一生，坎坎坷坷，曲曲折折走过来了！有什么可以回忆的呢？我还应该做些什么呢？

我自豪自己已经过去的时光没有虚度，我是作为一个创造者在这个社会上生活了几十年，我当过农民，做过石匠，建过公路，伐过林木，做过木匠，做过企业管理者，我在每个岗位上都可以称得上佼佼者！我留给社会的物质财富使我无愧于一个社会的"债权人"称号！

我庆幸生活于社会的最底层：它使我对人民群众有一种血肉相联的真实情感！我常对人说："捧起一把泥土，我能闻到它的阵阵香味！"

我庆幸自己生活于这么一个时代：这是个史无前例、也再也不可能复制的时代！这个时代从准封建社会到工业化、信息化时代，发展之迅猛不是前人所可以想象，我们经历的太多、太多……

2006年，我就读于浙江大学EMBA班时作为企业家与大学生交流，有大学生问我："我辛辛苦苦读十多年书，家庭也为我花了不少钱，请问我到你们企业来工作，你们能给我什么？这个社会能给我们什么？"我的回答是："希望你先问问自己，你能带给企业什么？你能奉献给这个社会什么！"

2010年，复旦大学搞了个"三十年重回顾——人生意义究竟是什么？"的讨论活动，《中国青年》杂志前总编关志豪、编辑马丽珍、参与讨论者黄晓菊、潘祎和我参加了活动。在与复旦大学学生交流互动中，学生们向我提出一个问题："你生于一个剥削阶级家庭，遭遇了那么多不公平的待遇，你为什么对生活还是那么热爱，对社会还是那么乐观？"这个问题太大，我想了想回答了一句话："小人常戚戚，君子坦荡荡！"台下掌声一片！

是呀，我们不应该从个人的经历来看待人生，而应该从历史角度来认识社会。"先天下之忧而忧，后天下之乐而乐"，个人的得失不是太渺小了吗？！

我常常翻阅自己的日记，青春是那样的令人眷恋！我把我的日记公开出来，我只希望青年朋友们能体会一下他们未曾经历过的那个时代。而我们，是如此真实地生活过来的！

2013年7月16日于瑞丽

风雨岁面
我曾视为生命的日记

1968-1978

1968
1969
1970
1971
1972
1973
1974
1975
1976
1977
1978

补记

1968年1月中旬，得到江西有活做的一个消息，我兴奋极了，匆匆准备了一下，决定立即出去。这天是农历十二月二十二夜。母亲哭了，说："别人是过年回家团聚，你怎么过年了反而要出去呢？"到外面经风雨见世面是我多么渴望的事啊，母亲哪能阻止得了我呢？

为了怕第二天早上被人发觉，头天晚上我就把被铺挑到了陈蔡汽车站旁的同学蔡培年家里。蔡培年的母亲极慈祥，极富同情心，知道我要外出，一定叫我吃了晚饭才回家。我记得那是我那时很难吃到的一顿饭——没有掺红薯、萝卜之类的白米饭，太香了！我至今记忆犹新。蔡培年妈妈还舀了几瓢水蒸蛋在我碗里，反反复复叮咛我到外面要千万小心。我只有含着泪频频点头。回到家里，夜已很深。这一夜，我毫无睡意，知道一早生产队要做早工，收草籽种，为了怕被人碰到，天还未明，我就摸黑出门了。母亲和哥哥送我到村口，我坚决不让他们再送了，走了几步就听见母亲的哭泣声……

我们村周家湾大队到陈蔡汽车站有十多里路，没有手电，我一个人在微弱的星光下疾行，气温在零下十度左右。我没有棉衣，单薄的衣衫抵御不了刺骨的寒风，我不自禁地牙齿打颤，抬头望望寂寥的星空，心里又有一种说不清舒畅的解脱感，我终于要到外面去了！

到了诸暨县城，才知道我们一起去的有16人，有西岩公社琴弦大队的吴东灿、吴光灿，有双桥公社章村大队章火根等人，还有保安公社姚下大队的几人。大家见了面，一想到以后是"同事"了，很亲昵。因为近年关了，诸暨火车站挤得水泄不通，熙熙攘攘，真想不到会有那么多人乘火车。

火车来了，人们不顾命地往车厢里挤，车上的人要下来，下面的人要上去，挤成一团。乘务人员个个凶神恶煞般喊叫着、拉扯着维持秩序，也丝毫阻止不了近乎疯狂的人们。看到有个车窗门开启，我蹲下身，一个同伴踩在我背上拼命挤进了车厢，等他一进去，我们七手八脚把行李往上塞，行李刚塞完，火车也启动了，我赶紧跑步跳上火车踏板，紧紧抓住扶手。乘务人员大骂："你找死啊！"他想拖我下去又不敢狠命地拉，我终于站住了。火车逐渐快了起来，惊魂未定的我才发现车厢外面的踏板上，挤着我和另一个人，我在最外面，怎么也挤不进车厢了。里面的伙伴从车窗挤出头来，拼命喊着什么——大约是叫我抓住吧！

火车飞驰起来，我只听见耳边尖利的风声和轰鸣的火车声。眼睛根本睁不开，脑子里只有一个念头："抓住！""抓住！""抓住！"

幸亏这趟车是慢车，约行半个小时后，车又慢了下来。外陈车站到了，火车停下，下去了几个人，我终于挤进了车厢，有伙伴挤过来，紧紧握着我的手。我整个人都麻木了，也可能是冻僵了，连后怕的感觉都没有。

火车到鹰潭，已是晚上。走出站台，寒风刺骨，又下起了雨，我们想进候车室休息，被值勤人员拦住了，不让进，无奈只得在车站近处的一处屋檐下集聚。有人说去看看旅馆吧，又有人说住旅馆是要证明的，问谁有证明。双桥公社一个叫章火根的说他有一张空白的大队证明，只盖了章，没写字。不知谁知道我有些文化，就叫我写，我当时毫不推辞，借着路灯光就着铺盖写了起来。大家七嘴八舌地报名字，一张纸满满写了十六个人的名字。写好证明，交给了火根，他与其他两人去找旅馆。回来说旅馆是有的，但每人每晚要一元五角钱。大家都说太贵了，坐一夜算了吧。正说着，又过来了一批诸暨人，他们也是出来做工的，昨天晚上到鹰潭，今天白天没有等到来接的人，就一直在火车站旁等着，有两个人的被子被人偷走了，他们显得很沮丧，叫我们千万小心。

在鹰潭车站坐了一夜，第二天乘汽车，傍晚终于到了目的地——南丰县白舍公社。一下车，见到来接我们的章宝祥，我就预感不好。这个心目中应该颇伟大的包工头已五十多岁，个子高，瘦得只有一副皮囊包裹着骨架，丝瓜似的一张脸，人中上两条鼻涕若隐若现。他穿着单薄，两只手拱在袖子里还是冷得直发抖。这个想做包工头的人也是我们诸暨双桥公社人，是去年才出来做工的，现在是一个林场的临时工。见到我们，他哭丧着脸说："你们还来了，我昨天就打电报回去叫你们不要来了！"原来，他联系好的工作是到白舍公社一个生产队的山上砍木头，做矿木。一般这种工作是要先修建好到山林的路，然后把山上的木头砍倒、去皮、锯成段，待木头干后用手拉车拉出来到当地林场堆场量方验收。结到钱后生产队的收入是山林费，我们得到的是工资。这一个过程一般需要大半年时间，而这大半年时间的生活费是要自己负担的。本来这山林所在地的生产队队长答应米由他们供应，并适当供给一些菜。现在这个生产队的队长换人了，新队长不同意由他们来负担生活费。

听到这情况，我们都呆住了，我们这些人就是因为家里没有粮食，吃不饱才到江西来的。要自己解决大半年的生活费，显然是绝不可能的事。

早上在鹰潭五点起床就忙着要赶汽车，我们连早餐都没有吃（说实在的，也想到目的地后好好吃一顿！），到现在已是十多个小时了，大家饿得路都走不动了。这里对外流人查得很紧，熟人警告我们不要乱走，我们只好到村外面河畔沙滩上坐。天黑下来后，章宝祥带我们到了一个老表的家里，煮了一锅粥。每人喝了一大碗，身上也暖和了不少。

这里也有一些比我们先来的诸暨人，都是到章宝祥所说的山场来打工的，连我们一起有三十几个人了，这么些人到哪住啊？下一步怎么办？屋外下起了大雪，北风呼呼地越刮越紧。我们一伙人挤在老表的厅堂里，一筹莫展。章宝祥嘴里嘟囔着，怪我们不该一下子来这么多人。确实，我们这些人大都是亲带亲、友带友盲目出来的，谁知外面是怎么个世界呢？

　　突然，听到门外一阵喧哗，大门被轰开，只见一片火把，当地造反派组织"井冈山战斗队"的一大群人冲了进来。他们有些人拿着梭镖，有些人拿着棍子，还有拿枪的。他们气势汹汹地把我们围住，也不说什么就喝令我们跟他们走。我们晕头转向，谁也不敢说句什么，只得挑起行李排队跟他们走。

　　这时，我最担心的是我的日记本，这本日记从1967年10月30日我到杭州半山钢铁厂做工记起，到今天1968年1月22日，有二三十篇。这些日记很容易看出我对现实的不满，并且很可能暴露我的致命短处——地主子女身份。我知道江西是革命老区，特别讲究成份，如果我的地主儿子身份暴露，后果就不堪设想了！日记本塞在被子里。怎么办？急中生智，我故意摔了一跤，押送我们的造反战士就叫："快起来！"我趴在地上，使劲从棉被里把日记本掏出来，起身后偷偷地把开头的一部分撕了下来。但厚厚的一叠纸，丢到地上又不行，他们肯定会发现的，于是我分几次在嘴里嚼，嚼烂了再丢到地上，当时地上积着厚厚的雪，纸团丢地下，又容易被发现。丢一个纸团我就用脚踢些雪，再踩一下。处理完这些日记，我的心稍微放松了些。（这本绿色封面，上有"北京"两字的日记本作为本书的第一本日记本。当时因为摸黑撕下，前面剩下了两页1967年10月30日在杭州半山钢铁厂一个工棚里写的日记，后面留下了这次在鹰潭写的两页日记。）

　　走了约半小时，造反派把我们押到一排平房前，叫我们把东西放到一边，人到另一边集合。造反派们如临大敌一般把我们团团围住，领头一个大喝一声:"跪下!"其他的造反派也跟着喝令:"跪下!"我们三十几个人都怔着,没有跪;引起了造反派们的愤怒,又一声呵斥:"跪下!"有一两个人先跪,其他的人也纷纷跪下了。这时我脑子很乱,"跪"——我这辈子连想都没想过!但是不跪,我肯定是要吃眼前亏的!当只剩我一个人没有跪下时,有几个造反派已经凶狠地赶过来了。就在他们刚抓住我的身子时,房子里出来了一个人,大叫:"谁是周晓东?出来!"这可真是救了我!我挣开抓我的人走到房子里面去了。当时要经过一道黑黑的过道,我不知等待我的是什么,咬紧牙,握紧拳,随时防备着不测。

到了房间里,看到几位解放军,我的心一下子放松了,我相信解放军是不会随便打人的。但他们为什么只叫我一个人呢?正疑惑着,一位解放军抖抖手里的一张纸问:"这证明是不是你写的?"我猛然醒悟,肯定是他们已经问过章宝祥,并查到是我写的证明了。我承认了是我写的,他们又问证明上写着的人的情况,我当然答不上来,他们又问我这证明是哪来的,我说也搞不清楚是谁的。几位造反派过来搜了我的身,并带我到放行李的地方把行李拿出来细细翻了又翻。这时我好庆幸,我提早把日记处理掉了!

1月22日　阴　于白舍镇

　　昨天我们乘长途汽车，傍晚到南丰县白舍下车，包工头章宝祥说工作没有办法了，以前包下工作的地方生产队的队长换了，现在的生产队长说工作可以去做，但是粮食要自己想办法。我们本来就是粮食困难才出外的，半年时间的粮食，在我们是根本无法可想的，只好不去做这工作了。

　　这里现在对外流人口查得十分紧，有熟人警告我们，在外面不要乱走动，我们只有到村子外沙滩上坐。不想到了晚上，这里的造反派把我们都带了去，对火根、仲元和我进行了审问，后来带我们到一个房子里睡觉。这房子是新建的，大约丈二宽，一丈长，门、窗都没做，地上铺了点稻草，15个人横七竖八乱睡，就这样过了一夜。

1月23日　阴　于白舍镇

　　早上起来后和火根、仲元一起到造反派"井冈山"指挥部里去了一趟，他们叫我们回家。火根他们也同意的，但是我们没有回去的盘缠，要求当地遣送。这些人又不同意，一个领导一拍桌子说："我们不来麻烦你们，你们倒来麻烦我们！"我们哪里还敢吱声。

　　章宝祥已是一点没法了，现在大家都是唉声叹气的。啊，真是"在家千日好，出门一时难"啊！

　　在我写日记的时刻，外面正在下雨和雪籽，天冷起来了，窗外风刮进来刺骨冰凉，花厅大队的一个伙伴去寻了几张破竹片，固定在窗子上，勉强遮了遮风。我们今天只吃了一餐饭，是二两白饭，没有菜，弄了点盐，现在我的肚子已十分饿了！

　　今天已是廿四夜了，家里正在准备过年，不知我妈如何想我！

1月25日　阴雨　于广昌莆田公社长生桥大队

　　章宝祥他们另去找工作也回来了，他一点也没办法了，说只有借给我们每人五元钱的路费回家。五元钱，连回鹰潭的汽车费都不够，到家里是不可能的，即使到家了人也够呛。再说出来一趟白扔了二十几元钱，回到家里岂不被别人笑话死？我决定不走，继续寻找工作。

　　事有凑巧，西岩公社琴弦村东西被窃的那几个人到甘竹三元大队寻不到伐木头的工作，又想法在广昌县长生桥找了个修公路的活，那工作光够吃饭没有钱，他们不想干。他们知道章宝祥在白舍包工程，一个叫吴先苗的人就找来了。见我们这样的情况，他说他们那里白吃饭有活做。我、吴东灿、吴保灿三个人都不愿回家，就跟着先苗一起走了。

　　南丰县白舍到广昌县长生桥有50多里路。我们昨天也只中午吃了二两白饭。出发时天已黑了。虽说走的是汽车路，但公路上铺的都是粗沙，走起来很不起步，感到很吃力。我们挑着铺盖在朦朦夜色中匆匆地走。两个多小时后几个人都是又饥又累又渴，不得不停下来休息一下，喝了一肚子冷水，肚子冰凉冰凉的，又饥不可耐。吴东灿说他出来时到他嫁在湖畈的姐姐家里拿了几根机器年糕，这可是奢侈品啊！我是连见都没有见过，只是听人说机器轧出来的年糕特别韧而好吃。吴东灿分给我们每人一根，谁知这年糕硬得跟石头似的。我先用右边的牙咬一角下来，拼命咀嚼，咬碎了，香甜味也出来了，美妙无比！可是咬了两小块以后右牙已经疼得不行了，就换左牙咬；可咬了两小块以后，左牙也疼得不行了……

　　一路走走坐坐，直到天亮，我们才到了长生桥。

　　到了长生桥工地，这里还有琴弦大队的吴仲华和舞凤公社施坞大队入赘到栋江公社新桥潭的周兰祥。他们都很热情，陪我到包头那儿，包头同意我们留下做工，我们高兴极了！我本想给包头说让周仲元也来工作的，但周兰祥他们说自己工作都没有弄好，别人只能不去管了！我没办法，只好由着他们，我自己留下来做工再说了。

1月26日　阴　于广昌长生桥工地运石组宿舍

今天早上包头来通知我们，叫我们昨天到的三个人到运石组去。我们到运石组，这里的工人正在做早工。有人陪我们到宿舍，宿舍在阁楼上，要用梯子爬上去，上面十分黑，也十分脏。

我十分挂念周仲元他们，希望他们也有工作做，就折回和包头商量，那包头说要等晚上再说。我们约定今晚十一点到白舍接应，与那包头说了，那包头说这样急就不要了。我和周兰祥他们商量后，打一个电话到白舍去，叫他们暂时不要走。

这里的工作是抬石头装竹排，工作累，工资低，大家都不想干。我十分记挂周仲元、章火根他们，整天高兴不起来。大家刚刚热热闹闹地在一起，一离开心里真不好受啊！

我这里的地址是：广昌县养路段长生桥工地刘跃伦小队运石组。我们一个组一共十三个人，却来自四个省：福建武平一个，湖南涟源三个，江西于都六个，再加上我们浙江三个。

晚上我到周兰祥他们那儿去了一趟，他们说没打电话，看样子他们并不热心。我虽然非常非常希望能和周仲元、章火根他们在一起干活，但目前的情况下，我又有什么办法呢！

1月27日　雨夹雪

因为天下雨，就休息了。

昨晚一夜都没睡好！原因是我们睡觉的阁楼不但又黑又脏又低矮，瓦片还不严实。昨晚下起了雪籽，雪籽从瓦缝落下来，把被子都打湿了。我只好用包被子的塑料布盖着。可是头露在外面，劈头盖脸的雪籽受不了；蒙着头睡呢，呼出的热气在塑料布上凝结起来成了水，头发都湿了！但又有什么办法呢！

我抽空给家里写了信，写着写着，我想起了家里人，想起了伙伴们，我再也憋不住，哭了。因为怕羞，一个人在门背后哭，费了好大劲才忍住。我给才标、开信、忠挺分别写了信，告诉了我的困难处境，要他们给我想办法。

我想起了以前的决心，我到外面来主要是经风雨见世面的，我应该坚持下去。假如我呆在家里不出来，一辈子也休想增加见识。丰富多彩的实际生活会给我增加人生的乐趣。我给家里的信说："我并不懊悔我这次出走，虽然吃了些苦，但我是情愿的。"免得家里人怜惜我。我是最怕别人怜惜的。

我听湖南的几个说，他们那里是地少人多，一个人一年只能吃到三百斤粮食，福建的老钟家乡情况也差不多。这里的老百姓告诉我们，他们这里每个人可以吃到七百斤粮食，因为人少田多，有的地方还可以更高些。这里的地虽多，产量却不高，要是改良土地，潜力十分大。

1月28日 阴

由于人熟悉了些，今天的工作比前几日有味多了。通过今天的劳动，我和老钟成了很好的朋友。他也想到别的地方去，他有县里的证明，假若工作接约好了，会写信给我一起去做。他有宜黄县头陂、泰和县两条路子，工作都很好。老钟很有见识，要我好好锻炼，说青年人应该经风雨见世面。我俩互留了家庭地址。老钟的地址是：福建省武平县城关公社城南大队红一生产队钟鸿明。

1月29日 阴

今天是大年三十夜,大家休息。

上面分配下来每个人二斤面,一斤多肉,好几斤面粉,两包烟。上午大家包饺子吃。因为人多又不会包饺子,直到十来点才吃上,饺子皮厚而肉少,咸淡也不均,东西并不太好吃,但是大家都很高兴。四个省的人同过一个年,大家说说笑笑,随随便便,真有趣味。要是在家里,哪有这样的滋味!

我又想起了家里,历年要是我姐和姐夫外甥不在,我妈总要念叨起他们,今年我不在家,姐一家又不在,不知她会多么难过啊!

妈啊!不是我不想一家欢聚,我出外来也是为了增加点见识,我也是十分想念你们啊!

听石工组的人说,这里包工头贪污情况十分严重,像江西于都的老刘他们以前修公路时,结算下来每餐一个人最多只吃五两米,现在这里结算下来却有毛八两,听说管伙食的人贪污了900多斤米,老刘他们希望我把账记起来。可我只是刚到这里,怎好去管这些事呢?

今天我心情十分好,晚饭后帮吴东灿写了一封家信,大家一起说笑、唱戏,十分有味。

1月30日 阴 大年初一

广昌离这里只有15里路,老钟约我们到广昌游戏去,我对到新地方去是很欢喜的,再加上坐着也没什么滋味,就和他们一起去了。

我们是步行去的。在沙子岑路上,我们看到了一只野兽,就奋力地追,追了一会儿追不到,人倒累得不行,大家却十分兴奋。这段路上两旁的松树十分密集,都是解放后栽种的,据说,这些树是用来采集松籽的，我从来没有看到过这样好的树林。在广昌县城，我们先看了广昌县革命烈士纪念馆，里面有一些苏区时期用过的武器、钞票、证章等，革命烈士的名单拿去审查了，只留有一个符竹庭烈士的事迹资料。广昌县的街道十分萧条冷落，还不如我们老家陈蔡街道热闹。广昌县北面有一座大桥在建，和诸暨大桥差不多，已经造好了桥墩，做好了一个桥洞。我还是第一次看到造桥的过程。

我已是许多天没有看到报纸了，这次就到宣传栏看了一下，报上正在批判派性，还登载了美国增兵朝鲜的消息。街道上出现了"农业的出路在于机械化"的大字报，我想不久将要出现一个大搞农业机械化的高潮吧。

1月31日 阴雨

还只是正月初二，在家里是决不会去干活的，但是出门人是不能和家里人相比的，只好去干活了。

因为撑竹排的人还没来，所以我也去撑排了。撑竹排这工作并不太难，我感到十分有味，要是叫我经常撑竹排，那倒很有趣啊！

不料只干了一会儿，天下起雨来了，我们就只好休息。

夜里又下起了雪籽，我们这屋很漏，像在露天的一样，满头满脸都是雪籽，我只好像几天前一样把包被的塑料布盖在被上面，但是蒙着头气都喘不过来，塑料布结起的水珠搞得一头都湿了，使得我又一夜没睡好。

2月6日 雪

我以前认为吴保灿、吴东灿不及周兰祥好，现在我觉得我的看法错了。周兰祥的人生观和我的人生观是格格不入的。讲到生活，他追求的是富裕，讲到女人，他讲的是相貌，这样的人怎能做知心的朋友呢？我以前还很想和他一起以弥补知心朋友的远离，我错了。一个人光凭外貌和一面之交是看不出什么的。今后要特别注意这一点。

想到了这，不禁使我怀念起家乡的祖坤和忠挺等知心朋友来。

这些天撑竹排，每天早上五点钟起床，六点钟就要去上班了，天还麻麻亮，撑竹竿上结满了厚厚的一层冰，要先用石片把冰刮掉手才握得住，但不一会儿手就冻得生疼，指头麻木，不听使唤，好长时间才会恢复。

太阳出来了，冰冻的田野一片白晃晃的，耀人眼睛，河水波光粼粼，美丽极了！我常常会情不自禁地高唱"一条大河波浪宽……"，心情愉悦，难以言喻！

这条河道只有两三丈宽，弯道很多，中间还不时有浅滩。有好几次，伙伴的竹排搁浅了，我们不得不下到冰冷的河里，一起用力把竹排撬到深水处。

我大约天生是撑竹排的料，撑起来得心应手，弯道越多，我的竹排越轻灵，我把竹竿用得龙飞凤舞，往往蜻蜓点水似的几下，就绕过浅滩，驶入深水道。

劳动的乐趣真是无穷！

2月9日　晴

富阳县章村公社常绿大队一个姓章的来叫我们去他那儿，工作是打石头，装汽车。老章这人已近五十岁了，能说会道，看起来是个老出门了。他说的工作在广昌，县水利局要造一个"河东水轮泵站"，老章的朋友姓单的包下了打石头、运石头的工作。老单已经去联系运石头的汽车和拖拉机了。老章说，只要老单带了汽车回来，就立即可以开工了。我想这里也没味道，还是和他们一起去好，听说他们那里有许多浙江人，大家都能听懂彼此的话。要是我什么话都懂的话，就可以交更多的朋友了。

2月10日　晴

　　今天家里寄来了信，我真非常高兴，信是哥写的，说他们接到我的信后十分难过，四处为我打听好的地方。正月初六，他冒着大雪到了我们公社的蔡义古大队，这个村的吴孝大年前在江西，这次回家过年，我哥和他商量。吴孝大说可叫我到他那儿去，他现在在江西奉新县上富公社东风二队锯纱棍，这工作还比较好。

　　我哥还说，我家表亲吴志正那里没办法去，说要是学过几个月木工才好办。我哥又说我柯企大队的二娘娘他们知道我的工作没有着落也非常焦急，为我的事到吴志正那儿讲了好几次。周开正也带来了便条，说他在家还没出来，如果出来一定会给我想办法的。他告诉我，我们邻村上河图大队的金狗在江西宜黄县，这人也很有门路，金狗的名字叫许永祥。他还告诉我，真没办法的时候，可以到江西资溪县汽车站旁有座石塔的地方去问一个叫何志英的，也是老乡，也会给我想办法的。

　　我哥他们希望我到吴孝大那儿去。到奉新上富东风大队只要说是诸暨的小吴，老百姓都知道。要是找不到吴孝大可以问上富公社九溪三队的吴江祥，只要说是吴孝大叫我过去的，他也会接待我的。来信中并说到祖坤向我问好，并说忠挺已回家过年，才标没回家来。

　　我为有这样好的哥哥而感到幸福，这样的哥哥是很少的。爸妈也十分想念我，妈妈已好几天为我而睡不着觉。

　　我决定暂时先到广昌工作，然后写信到吴孝大那里，如果真的好的话我就过去。我有点害怕盲目做事了。

2月16日　晴

　　昨天和今天两天，包工头谢强福和我们结账。出工每天工资只有一块四角钱，而每天伙食费要七角五分，我在这儿二十来天，因天下雨出工少，结果还欠包工头三块多钱。和我在一起做工的绝大部分都要欠包工头的钱，炮工组每天出工只有六角多钱，天天去干活的话都要欠钱！

我们又不知道公路指挥部到底每立方石头给我们多少钱，包工头谢强福什么东西都想占便宜，把以前买米的发票也算到我们这里开支，把运石头的价钱拼命地压低。我们和他争论了许多问题，算回了一些，不过也被他白白拿去了许多。比如运石头，他从来不参与，却要记工给他，并且多算工具费等。为了一个问题，我和他争论，他争不过我，他竟然说了真话："你何必这么认真，我是给湖南人算账，又不是和你算账。"（因为湖南的好几个人想到别的地方去）我是坚持自己的意见，我不能对不起一起做工的人！

后来我到指挥部去问实际开石矿的工资和运费，不想他们是与包工头串通一气的，对我们的问题支支吾吾，不讲真话，叫我们去问包工头。我们很气愤，但也没有办法！

2月17日　晴

昨天结了账，几个湖南人欠了债，他们想去其他地方，包工头不同意他们走。一个叫毛仲秋的把自己的一件衣服抵给了包工头。包工头一定要其他几个人也押了东西再走。一个叫邓孝平的只有逃跑了，一个叫雷杏主的脱得只剩下两件衣服一条裤子，他们的组长还要他再脱一件下来，雷杏主说："你们要我这件衣服就是要我冻死，我只有把性命交给你们！"我十分同情他，但又没有办法帮助他！后来他们想还在这儿干，等还清了债再走，可包工头又不同意了！结果他们每个人都只有押下了东西才走，包括被子、鞋子等。

我要是在家里不出来，哪能知道这种事！我深深地感觉到——我知道得太少了！

2月18日　阴

经过这几天共同的工作生活，我和曾业龙结成了知心朋友。他可以说是我的第一个知心朋友，比我大一岁，长得一表人才，身材中等，非常挺拔，一双大眼，五官非常端正，一看就令人难以忘记！

昨天晚上我和他一起睡，谈得十分投机，差不多谈到半夜，他讲了他的经历和家庭情况，我也把我的情况和盘托出。我们的一切都很相似。

在思想志趣和对一些政治问题的看法，我们两人都是一致的，如对党的阶级路线，对这次文化大革命运动等。

我庆幸我能得到这样一个知心朋友。

他的地址是：湖南涟源县新禾公社红旗大队。和他一起的邓积成也是一个十分好的人。他们两人同在一个公社，是一对知心朋友。邓积成的母亲和姐姐在新疆，他们都想到新疆去。

2月19日　晴

老钟对我说，他准备到南丰大桥去工作，南丰大桥的工作是很长久的，每天工作八小时，有一元五角钱工资，要是加班另有工资，下雨天也有六角钱一天。南丰大桥要二三年才完工，那儿做好后还要到鹰潭去造桥。我想这工作也很好。老钟还说，要是南丰大桥的工作不妥当的话，准备到洽村去包一段公路。万一都落实不了，他就返回泰和，他说泰和那儿的林场里栽树每天是一元零五分钱工资，并且有修公路、背树、背毛竹、锯板等许多工作。他把那儿的地址写给了我，"泰和县高山林场福山生产队去找武平人刘启华"。这刘启华是老钟的同乡，在那儿做长期工作，高山林场处在兴国和泰和的交界区，到兴国后乘车到贺堂，贺堂到筠福山，然后再找高山林场福山生产队。

老钟这人真好啊！我很尊敬他，他是我出来后的第一个好朋友。他反对一切坏习惯。前些天周兰祥他们几个人打十点半赌香烟，老钟知道了，狠狠地批评了他们一顿，使得周兰祥他们很难堪。

他的一句话值得我作为座右铭，他说："一个人应该健健康康地出来，健健康康地回去。"

是啊！一个人确实应该做到这一点。我从家里出来的时候，无论是道德上或者是身体上，自思算是健康的：在外面应该时时小心，特别警惕那种吃喝玩乐的思想，切忌把赌、嫖这些流氓习气沾染到身上来。这里的人大都喜欢赌，外流人流氓习气越加严重，我应时时注意，做到健健康康地出来，健健康康地回去！

2月20日 晴

这里的工作再做下去的话，那真可能要负一笔债，连走都要走不掉了。我好几天没有睡着觉，想来想去，决定到奉新县吴孝大那儿去。但又没有路费，再说我们这里一起有六个人，我一个人走了，他们留下的几个更加没办法可想，可能苦要吃得更多。要是有办法的话，我总想带他们在一起工作；要是确实没有办法，那也只有自己走。

富阳老章他们又没有了信息，我心焦得很，索性工也不上了。昨天下午到沙子岭老章那儿，他们找的工作必须有拖拉机来运输，而他们联系的拖拉机一直未到，他们也束手无策了。我今天又和他们一起到广昌等了一天，拖拉机还是不到。老章说，沙子岭的老缪那儿能包一个工程，我想那是最好了，我们几个人在一个组里自己做工自己分红，做他半个月，每人身边可以带十几元钱，那时候有办法的话再做下去，没有办法想了大家可以分开，要回家的回家，我自己也去另找出路，我算对得住大家了。

2月21日　晴　于广昌莆田公社沙子岭工地

上午我刚撑了一趟竹排，老章来叫我了，说是已和沙子岭老缪那儿约好了，烧好了中午饭等我们去。我决定走。恰好老钟和包工头老谢到广昌去了，我告别了曾业龙、邓积成他们，就留下条子，跟老章走了。

这里的工作是做公路，挑土方，包工头老缪是平阳人，他有四五十个工人在做工，都是他们平阳人。这里饭食由自己吃饱算数的，菜也较好。他们干起活来很有劲，比一般的工地要辛苦多了。早上六点钟就起床，晚上到五点多收工。工间休息一次都只十五分钟。

我们也喜欢这样干。但工作是够累的，要先把公路基地下的淤泥清掉，然后挑来新土填上。淤泥很重，水淋淋的每担不下两百斤，路又泥泞得很，草鞋也不能穿，只能赤脚挑担，一天下来大家都说吃不消！

我们的组长是一个姓卢的平阳人，有些文质彬彬的，听说以前是部队军官。

2月23日　晴

两天活干下来，我感到平阳人比较难相处。这一方面是他们人多势众，另一方面是我们与他们不熟悉的缘故吧？他们的语言我们一点都听不懂，并且他们个个健壮得很。在劳动上，除了吴先苗，我们确实比不上他们。特别是周兰祥，个子高，但人比较单薄，满担挑吃不消，只得挑得浅一些，还歪歪倒倒的，好几次摔倒，把烂泥倒在路上。他还一天到晚怪这个怨那个。他这个样子也引起平阳人的不满。

老章想在这里安家落户，我也很想把户口安到这里，人在外面流动也很好。我想等慢慢地熟悉了这里的情况，有好的地方，本公社或外地的朋友一起迁一个生产队到这里也很好。

晚上我给在奉新县的吴孝大写了封信去，询问他的情况。

2月25日　多云

昨晚上我给家里写了封信去，讲述了我的近况，询问忠挺、开信、祖坤他们的情况，提醒他们，要出来的话，搞一张公社证明，最好也给我搞一张来。

老钟到南丰去后，因为工作无着落，今天中午返回广昌，下午到了我这儿。他准备到泰和去，并顺便到头陂、广昌等地寻找工作。他钱不够，我又借不到钱，把自己仅有的一块钱和四斤粮票给了他。

一起干活的老徐他们告诫我说，外面什么人都有，不要上别人的当。我很相信老钟，对朋友要真心相待，我本想用自己的被子押给别人，借钱给他。听老徐他们这样一劝，我就不作这打算了。

3月1日　雨

老章有两个同乡，是两兄弟，小的叫陈月仙，大的叫陈梅仙，在丰城县矿务局梅仙岭矿工作。陈月仙是那儿的干部。老章说那儿的煤矿要招一万人，我想真要招人的话，我也会去。今天老章叫我替他写了一封信给陈月仙兄弟，询问那儿有没有工作。

3月7日　晴

老徐给我说，老单已经来了，河东的工作要开工。吃了晚饭，我们就到广昌去找，老单不在，河东这工作是江西遂川县服务站包来的。他们服务站来了两个人，一个姓冯，一个姓章。那姓冯的说他们的汽车到了泰和县出毛病了，又到井冈山去请了两部拖拉机来。来的路上没钱，老单连毛线衣、裤子都卖了，才到这里。

这里打石头每方2.2元，炸药雷管等损耗都要自己贴钱。那姓冯的手段很辣，要抽10%的管理费，他说这管理费要分给四个司机，每天至少要给他们一个人一元钱，那样司机才会跑快一点，大家才可多挣点钱。

我们去的时候很暖和，回来的时候刮起了大风，还下起了雨，我们躲在一间破屋子的门口，冷得发抖。回到沙子岭已近半夜，老单、老吴他们都在那儿。老单看起来很和善，说这工程来之不易。

3月8日　雨　于广昌莆田公社沙子岭工地

我和老章他们一起到广昌，碰到了叫张幼孝的老乡，他已买好了车票，准备明天乘早车回家。他说，要是家里实在过不下去的话，他准备再返回江西，到新建县恒湖农场。他说恒湖农场那个地方，插秧的季节栽一亩田有三块钱工资，从插秧季节起到12月底都有工作做，要是在那儿住久了的话，还可以把户口迁到那儿。

晚上我到长生桥曾业龙他们那儿去了一趟，他们湖南老乡中以前跑回去的人因为找不到工作，又回来了好几个人。曾业龙说，福建那边武斗十分厉害，在福建的流动工大都到江西来了。江西许多工作也停了下来，看起来目前形势比较紧张。我对曾业龙讲，如果我们广昌河东的工作能落实，我去打石头的话，半个月里一定给他们一封信，告诉我的情况。

3月9日　晴　于广昌顺化渡往南约十二里的一个古庙中

今天上午，老徐来叫我们到广昌去打石头。虽然考虑到这次去可能没有什么钱，但是一来那工作我以前没做过，二来那工作是我们自己当家作主，我又不是为了挣钱出来，我就叫吴仲华他们暂时留下来做着再说，我决定和老章一起走。

我们坐拖拉机去工地，几十里路，过两道水，才到一个古庙。这就是我们的住宿处，里面十分脏，一点用具都没有，真把我们忙得要死。老徐叫徐华，浙江桐庐人，三十多岁，人很精明，他当了队长；吴明利做生产干事；他们叫我做会计，我也答应了。

3月11日 晴

昨天和今天两天，在外面工地上没有找到一个合适的矿口，徐华他们到广昌河东水轮泵站建设指挥部里面吵，总算同意我们到里面找矿口，每方石头加七毛钱的运费。这种石块非常重，每立方超过四千斤，从石矿到外面装车的地方有200来米路，沙地不好走，抬石头实在是累，累死累活的，两个人每天抬不到两方，挣一块四毛钱，只有喝西北风了！

我今天第一次打了一会儿锤，是老章扶的钢钎，别人为了安全是不会肯给我扶钎的，老章待我真正是好啊！我应感谢他。

老章想在这里安家落户。今天他到广昌去回来和我说起：广昌一个垦殖场的工人全都回去了，这个垦殖场可迁进20户人家。老章的一个朋友的侄子要在这儿办一个造纸厂，已经批了下来，起码要200来工人，他叫老章和他一起搞，老章说他无论如何要和我在一起。

3月13日 农历二月十五 晴

老单他们借来的拖拉机要回去了，看样子，事情要发生变化。

浙江东阳昨天又来了20多个人，指挥部把他们安插到我们组里。我们本来就非常困难，他们一来，弄得我们吃饭都成问题了。

今天我们做公路时的队长老卢来这儿找工作，说是他们下一步做矿木的工作要30几天后才能开工。看起来留在那里的吴仲华一行下一步工作真无法可想了。

3月15日 雨

我们干着抬石头这么累的活，但是伙食钱却没有，今早上吃了点饭，中午就没饭吃了，只得炒了点菜吃。我们下午到广昌，找到老单，他只拿了30块钱给我们，我们一共有27个人，老单要我们维持三天。我们肚子饿得很，我和工友小叶找老单要点钱吃饭，老单不肯！我和小叶跟他吵，小叶差点和他打架，老单仍没给我们一分钱，只是让我们骂了一顿痛快。我们只有饿着肚子回来了。

3月17日 阴 于广昌河东水轮泵站石工组工地

昨天老单突然到宿舍来偷偷地把被子拿走，溜了！工人乱了窝，湖南石工队的几个人和老徐一起去找他，总算找了回来。

指挥部的人不相信老单了，晚上河东水轮泵站的工作人员来和老单结账，并要我们把榔头、钢钎等工具全部交出去。我知道交出了工具就等于拿去了我们的饭碗，和湖南姜石葵他们几个人坚持不交工具，要指挥部把我们下一步工作安排好后再交。但是那些东阳人生了私心，他们想自己去包来做，坚持要把工具交出去。我坚持自己的意见，吴利明还说我这小鬼傻，说我不懂事，指挥部哪能听我的？这种人真是可恨，自己愚蠢还说别人不懂事！老徐也答应交工具，把工具都交了出去。他们湖南人很团结，坚持不交，指挥部也没能把他们怎么样！

3月19日 雨

果然不出我所料，东阳的几个人直接去指挥部接洽工作。在工人的压力下，指挥部同意和他们订下开采300方大片的合同，东阳人用手表作抵押，领了60元钱伙食费。他们把钱领来后，只给我们一顿早餐，就不要我们继续工作了，这是我预料之中的！

昨天我做了一件丑事，我为自己的行为而深感痛心。事情是这样的：前天晚上，我们坚持不交工具时，东阳人把工具主动交了出去；这边老单和指挥部的账还没结清，正在争论的时候，我看到东阳一个姓虞的和一个叫李学章的拿出了自己的介绍信，暗中和指挥部谈工作。老单知道后，对他们的行为十分生气，我们这些工人也不满意他们这种做法。晚上，老单睡在我们的寝室里，对我们说，我们离开这里后，可以跟他去别的地方工作，要和他们东阳的人斗一斗。昨天起床后，老单叫我和他一起把还可吃一天的米抬到湖南石工组的房间里去，用意是不给他们东阳人吃饭。我当时迟疑着不想去，老徐踢了我一下，示意我去抬。由于对东阳人的行为不满，再加上存了私心，认为我们和他们东阳人一起吃，还不够吃一天，而光我们几个人的话可以多吃几天，没有仔细想，就把米抬了过去。把米抬到湖南人宿舍后，我猛想到这样做对不起东阳的工人们，就深深感到内疚，心里很不安。大家起床后，东阳的人发觉米不见了，就一定要老单把米拿过来，并责备了我。这弄得我入地无门，羞愧难当！在大家的压力下，老单不得不把那米又拿了回来。

在东阳人和老单争吵之时，我坐在床上，思想斗争十分激烈。我想：那几个东阳人的做法虽不对，但是我把大家共有的米拿走，归根结底是存了私心！我想到我出来不是为了挣钱，是为了经风雨见世面，也可以说是为了寻求真理才出外的。这件事主观上是我考虑欠周而做了错事，但客观上是帮助包工头压迫工人！想到这里，我懊悔莫及！我走过去给东阳的工人道了歉，他们说这没什么，小鬼以后做事要好好考虑。我这时已下定决心，一定把米拿回来。后来老单见势不对，也顺水推舟说大家去做工的话，应该把米抬回来。事情解决了，但我自责着……

今天早上，我和老章商量，决定离开这里。我们把行李挑到广昌县城时，碰到了新昌县一个姓邢的老乡。他对我说：小马和他想来叫我和他们一起去干活。小马是嵊县付仁公社人，比我大不了几岁，石工技术很好。他十号那天来帮助我们组打石头，我们才认识的，一见如故。因为我还有另外的伙伴，觉得还是自己去别处找找工作，如果别处没有合适的工作，再到他那里去。他们的工作是开山洞，比较危险。

我们县西岩钱家庄的李孟营刚好到广昌来，我们碰到后很高兴。我询问他那儿有没有工作，他说可以去和他那里的包工头谈谈。我和老章、吴东灿到了他那儿，那个包工头说人是需要的，只是没有伙食钱，要我们带十天的伙食钱才能过去。因为我们根本没有伙食钱，也只能算了。缙云的老陈对我们说，南丰县红卫公社上游大队有枕木做，自己砍伐，自己锯板，自己堆方，每一根枕木1.69元钱。但要几个月结一次账，这就更不合适了。

吴金灿说，下半年南丰县药材公司需要人种植药材，种植白术、元胡、云参、党参、米仁、薄荷、茯苓等药材，但现在为时尚早。

工作真难找啊！

3月20日　阴　于广昌莆田公社沙子岭工地

听说长陂有工作，我和老章决定去看看，只是身边没有钱。李孟营很慷慨，虽然自己没有钱，还是想法借给了我们五元钱。

前些日子在白舍饭店，我曾碰到几个永康县人，他们说，如果我工作没有办法的话，正月十五后可到他们那儿去，并写给了我一个地址：洽村上古朱坊锅炉厂欧龙小队。今天我就顺便去看看。茅坪到上古这段路很荒凉，从清风大队起一路上没有一户人家，荒芜的水田里槭树都有斗一样粗了！槭树长到这个样子，应该有50年了吧！这里的树木非常丰富，路中间一些粗大的松树和杂树横七竖八的，许多已腐烂了。这种景象我还是头一次见到，倒真有些趣味。

到了朱坊锅炉厂，屋里面一塌糊涂，锅子的模型都打破了，搞不清这是什么缘故。老章说他前些天听人说，洽村一带有一个反革命集团，许多人被逮捕了，那锅炉厂可能就是这个集团的窝点吧？很有可能。

江西的反革命组织是很多的，有"中国全民党""反帝反共救民救国军"等等，已经破获了。

长陂没有找到工作，我们就又回到了沙子岭。今天走了90多里山路，人走得很累！

3月27日 阴 于广昌顺化渡外二里大圹公社的一个小村子里

自19号到今天，我没有找到工作，只得到马士全那儿吃。马士全和小邢很好，说只管住下去好了。可3月22日整个河东水轮泵站停工，他们自己也没有了工作。我虽然在他们那儿吃，可心中十分过意不去，没有工作真是困难啊！我几乎天天在广昌街上徘徊。

沙子岭要到下月2日才能结账，吴仲华他们都在为下一步工作焦急。吴仲华和周兰祥家里前些天来了信，都说家里非常苦。他们都十分不安，周兰祥还哭了好多次，我见他眼眶都是红红的。真可谓在家千日好，出门一时难啊！

不过，我不是为了挣钱、享福到外面来，我是来经风雨见世面的，也可以说是为了"求真理"而出来，生活再苦，我只要有一点儿办法就决不回家。

3月30日 雨

听浙江嵊县的几个老乡说，他们县长乐中学有一个教导主任，是一个反革命头子，他组织了一个反革命集团。在被抓起来后还很强硬，在审判大会上大喊反动口号，结果被判了死刑。他的老婆也是反革命集团头子，也很强硬，被判了无期徒刑。他们还说东阳县的一个反革命集团，杀了好几个当地的公社干部、大队干部！

听他们讲起来真有点吓人，在现在这种社会里，还有这样的人，真令人难以置信。

4月5日　晴　于广昌莆田公社沙子岭工地

我在马士全他们处住了十几天，那儿吃饭的钱，本来由马士全垫，但小马他们兄弟俩要回家，路上盘缠不够，不能垫了。我别无他法，只有拿东西抵押，不想他们的会计鲁一清几个人心十分狠，我只欠他们三块多钱，他们硬要拿走五六块钱的东西，在大街上弄得我非常难堪。我以前没经过这种场面，忍不住哭了。后来来了两个萧山县楼塔公社的老乡，一个叫徐大春，一个叫俞关兴，他们俩给我垫了钱，才使我脱离了困境。他们十分同情我，我更感激他们俩。

我们做公路时的队长老卢，他们以前在老百姓那儿借了许多钱作生活费。公路工程结束了挣不到钱，无法还他们，只有叫欠账的人把东西拿出来抵押。老百姓十分凶，值十几元的东西只能算五六元。老卢他们无计可施，有的欠账的工人把自己仅有的东西（被子衣服）拿出来廉价抵掉，真是可怜！

我们做公路时的工资，老卢无法付现金，我和先苗的工资拿了一双旧皮鞋抵，折合七块钱抵给我，我反欠给了吴先苗三块多钱。这是一双旧的军用翻毛皮鞋，我的鞋子早烂了，一直赤着脚，这双皮鞋刚好能穿。

做外流工，生活真无保障，我得时时注意才好。

4月7日　晴　于广昌长生桥工地

我们自从3月30日停工后，一直无工作，食堂早已停火。我们又没钱，只得把衣服这些东西作抵押，借了几斤米，熬稀饭将就生活。这里的老百姓看我们可怜，大家半斤一斤地凑了六斤米给我们吃。我们实在吃不下这饭，像我们这样的六个好劳力，却无事可做，弄得如此模样，真没想到。后来知道沙子岭的百姓要条石砌墙，我们就给他们挖，在沙子岭的山上到处找旧的坟，挖到条砖就卖给老百姓，挣了七八块钱，并卖掉了一部分东西，总算度了几天。

原来和我们一起做工的一批平阳人也落了难。据说他们的家乡浙江平阳由于生活环境不好，有许多人从幼就出外做工挣钱，往往是十几年不回家。他们那儿有个规矩，出外的人起码要拿回家500块钱才有面子，否则会被人笑话。有人还因为挣不到钱受打击而自杀！

平阳人开山打石头的技术大多很好，据说可以算得上是全国第一。但是外面情况一年不如一年，如沙子岭工地做了几个月工，结果只能把铺盖行李都抵押给了老百姓，生活苦得没法说，这些日子就靠捡蚌、田螺吃。他们个个愁眉苦脸，都想回家去，但是出外多年没有钱带回家，要被人笑话，无法回去，只好在外面流浪下去。

这次来了一个三查运动，外流人都要回家，他们也无法立足了，不知将有多少悲剧发生啊！

我想起了前几天和我们一起在沙子岭工地上的平阳县的父子俩：父亲40多岁，人虽高大，但一只眼睛有病，个性很懦弱。儿子十三四岁，由于流浪生活，饥一餐饱一顿，生得十分瘦小，但很伶俐，也很听父亲的话。沙子岭停工了，账还没结，伙房就停了火，他们平时都去捡河蚌、田螺吃度日子。可由于光吃田螺、河蚌，肚子痛、呕吐，腹泻不止。当时我们几个人给当地人抬石头，还能挣点钱买点米和二分钱一斤的芥菜，熬点稀饭吃。我们十分同情他们，叫他们父子一起吃点稀饭，他们知道我们很困难，都不肯来吃，我们就用碗盛好端给他们。他们盛情难却，吃了一些。我们盛了一碗给小孩，开始他也不肯吃。我们让他父亲把粥拿给小孩，小孩才吃了，只几口就把一碗粥喝光。看着他这个样子，他父亲流下了眼泪，我们也很觉心酸……

公路工程结了账，他们倒欠了十几块钱，只得拿了仅有的一点衣服抵账。后来我到了长生桥做工，听周兰祥说，那父子俩找不到工作，天天坐在沙子岭哭，幸亏老百姓给他们一点吃的，周兰祥看到他们连老百姓喂牛的粥都吃！哎，不知他们以后会怎么个结局！

昨天我碰到一个湖南人，叫周维松，他以前在河东水轮泵站当组长。他在宁都找到了工作，他说我可以到他那儿去。今天吴东灿他们到茅坪去了，我和吴先苗到了长生桥暂做几天，沙子岭只留下了周兰祥一人。

下午我和吴先苗两个人，又到长生桥做，这里其他的都是湖南人，虽然他们待我们不错，可语言不通，很难交流，总不习惯。本来六个诸暨人在一起，现在只剩下两个，感到十分孤独，不过比第一次到长生桥做工要好得多了。

晚上周兰祥到了我们这里，诉说他一个人留下感到非常孤单。我以前对他的某些意见已烟消云散。我准备把他弄到一起来，他尽管有些缺点，但还算不错，再加上一起过来的，丢下了他于心不安。

4月12日　晴　于广昌古竹南面15里深山中的一个茅棚

昨天碰到了两个浙江老乡，一个是新昌县的，一个是绍兴县的，他们要我们跟他们一起去解板。他们在南丰一带好几年了，对当地很熟悉，一直是在解板。我们和他们讲好，饭吃他们的，做一天工给一块两角钱工资。

不想晚上徐华来叫我了，说是找到了工作。我是信任徐华的。我和吴先苗、周兰祥以及萧山的徐大春、刘俊成跟徐华走。离开广昌到古竹乡后就开始上山,大约走了十五六里路后,到了山上的工作地点。这里的工作是做化工厂装松油的木箱,这个大山的一个深山坳里,长满了一抱粗的杉树。自己砍伐杉树,锯成板,做好箱子,然后挑到广昌,每只箱子一共二块五角钱的工资。分解开来是:砍树、锯断、去皮二角,锯板九角,做木箱八角五分,挑工五角五分。

萧山县楼塔公社二大队的俞关兴他们和嵊县黄泽乡的两个人已到了山上。他们见了我们都很高兴,晚上先叫我们吃饭。江西的天气比我们家乡要热得早些,这个季节在我家乡竹笋露头的现象还是少有的呢,而这里已有笋快成竹子了。晚上我们第一次把毛笋当晚饭吃。

4月17日　雨

这里的工作是辛苦的。生活越加艰苦,没有菜,或者只有点笋和萝卜干,常要担心没有米。下雨就更糟了!一丈见方的一个草棚,要睡13个人,又拥挤又潮湿。棚子漏雨,把被子都漏湿了,晚上睡觉非常难受。这里除了毛竹,什么都没有,连吃饭的用具都是用毛竹做的。

这几天老觉腰部痒得厉害,到没人处翻开裤腰一看,只见一个个灰白色的虱子在爬动,吓了一跳!怪不得那么痒呢!我把有虱子的事告诉了老章,他哈哈大笑,说:"在这里谁身上捉不出几十个虱子来!"我也就坦然了。幸亏山上的这批人都很高兴,生活总算好过些。

我给曾业龙和一个新结识的江西瑞金人徒木生写了信,告诉他们我的情况。徒木生是烧樟油的,他说买到樟树的话我可以和他一起去。

我也给家里写了信,说了我的情况,诉说了我的想念之心,我想念家乡,尤其是想念家乡的人。

4月23日　晴

上午我们刚去上工，来了几个本地的干部，他们叫我们停工，说是上面来了命令，叫我们外流工人立即停工回家。这个晴天霹雳把我们真打昏了。在无法可想之下，我们不得不离开茅棚下山了。

现在三查十分紧张，许多人都被揪了出来，古竹乡天天有几十个人戴高帽子游街，广昌也是这样。我们下山路过古竹，古竹正在搞游斗，我都不敢多看几眼。

4月25日　晴　于广昌长桥里丰村

这是我一生永远不会忘记的一天。

昨天不知徐华、周兰祥、俞关兴三人怎样商量了，说我怎么坏，今天我回来后，他们硬逼我还4月5日俞关兴给我垫的钱。我只得把仅有的衣服抵给了他们。

今天我知道了人心之狠毒。以前我喜欢把别人和自己一样看，虽然某些事会由于考虑得不周而做错，但我毕竟年幼无知，缺少经验，我把事情看得过于简单了。

我以后应该走一步一个脚印，凡事周密考虑，特别是要防范那些自认为"同乡"的人。

徐华说我做的事对不起他，弄得我今天无法做人，有理难讲。他无非是想利用我先天的弱点，要挟我，把我置于死地，把我的东西带走卖掉！幸亏吴先苗力争，他们才不敢下手。

我扪心自问：我对他们三个人都是真诚相待，特别是对徐华，没有做一点对不起他的事。有时看不惯他自作聪明的样子和投机取巧的行为，就直言相告，想不到他把忠言当做恶话，竟对我背后下毒手。事实上，徐华这人对我一直是个谜。他这人看上去小白脸一个，根本不像做工的人。他有一次告诉我，他的真名叫奚德银。我想一个好人是用不着改名换姓的。

下午碰到了长生桥的包工头谢强福，他说可以到他那儿去，他还说他是一直很看得起我的。我答应了。下午我到了离广昌15公里的冬瓜岭，曾业龙他们在这儿开石。这矿口形势十分不好，看来又是个垮台工作。

晚上思想斗争十分激烈，想离开这里又怕现在"三查"如此紧，作为"外流人"无法立足；留在这里，又看不到一点希望。曾业龙劝我宽下心来，住几天再说，我仔细考虑后也只有决定暂时不走，等吴先苗或家里信来再看情况而定了。

现在外流工人都要登记填表，表的内容很多。

4月26日 雨

从我出来到现在止，已是三个月零六天了，这三个月里，增长了许多知识，特别是最近的一个月，遭到了许许多多困难，碰到了许多的意外事情。

我开始醒悟到做流动工是不会有好下场的，想在江西、福建找出路，那是不可能的事。我的心正在开始动摇，并产生了另一想法，在江西搞到盘费到新疆去。不过我的经风雨、见世面的决心是永远坚定的，即使碰到最困难最意外的事情，我的理智也会战胜感情的。

4月28日 晴 于里丰村

一是在这里工作不好，不想干；二是想去看看吴先苗、吴仲华他们情况怎样，我今天吃过早饭就跑路到南丰县白舍。不料到了甘竹乡碰到徐大春和徐梦雪从那边回来，说白舍没有工作，吴先苗闲坐着，徐华把我的皮鞋和背心拿走后，到南丰去了，这个人真狠啊！我只欠他三块多钱，他却拿走这些东西，可见他以前对我好是不怀好意的，是看我有点东西可以变卖。但我不怪他，他落到这个地步，要贪点便宜之心是可以理解的。

徐大春和梦雪真可怜，两个人体力极单薄，吃这样的苦，他们哪里受得了！他们把我在古竹山里解板做木箱的工资用了，我是无论如何问不出口。徐大春他们是想等到番薯出了后，搞机器做粉丝，他们叫我心不要太活，安心干到下半年，到时和他们一起做粉丝。

5月6日　阴　于南丰白舍镇

里丰村谢强福这里的采石矿口石质很不好，无法采出合格的石材来。

年初在长生桥的工作已结账，每天只有一块二三角钱，还要减去税收、工具费、管理费等，我们六个人倒欠了许多钱，包工头刘跃伦是谢强福的姐夫，他十分狠毒，想要我一人抵吴仲华、吴东灿他们六个人的债。他的阴谋被我觉察，曾业龙也劝我是走的好。我也别无他法，只有走了。昨夜，我骗过了包工头谢强福，辞别了曾业龙，挑着行李，跋山涉水抄小路走了二三十公里路。一路上不知跌倒多少回，经过许多曲折，总算走了出来。清晨到了广昌县汽车站。肚子饿得要命。东想西想没有出路，最后决定到白舍再说。

可是去白舍没车费，肚子难受，想来想去身边只有一双新布鞋可以卖点钱。这双布鞋是我母亲一针一线做出来的，我临走时她亲手交到我手里。这么几个月来，我四处奔波，都是赤着脚，实在是舍不得把这双布鞋穿掉，今天实在别无办法可想，我只有把这双布鞋拿出来卖了。我想现在布票要一块钱一尺，鞋面黑色棉贡尼要一块钱一尺。母亲一针一线不知几天才做成这双鞋子，一元工钱总要吧，因此我用纸头标了三块钱的价格在街上卖。摆了半天，只有极少几个人来看，有一个人只出了五角钱，我哪里肯卖！

过了中午，肚子饿得越来越难受！我看到从广昌到南丰方向去有许多运粮车，这些车进了汽车站就停下来，司机吃中饭去了。我不管三七二十一就爬上一辆大卡车的车厢里。谁知开这辆车的老年司机发现了我，开头一定叫我下来，经我苦苦哀求，他终于答应带我到白舍。司机是河南人，十几岁就到了江西，他说以前曾到过杭州，以后还想来玩，我很感激他，写了个地址给他，叫他以后来杭。他叫郭永祥，经常在这条路上跑，有时也到赣南去。他很同情我的处境，临下车时，一定要给我五元钱和五斤全国粮票，我再三推辞，最后收了他五斤粮票，这钱我是无论如何不能要的。

到了白舍，才知道吴仲华已回家去了，吴东灿、吴宝灿、周兰祥在给当地学校挖水井。这里工作也无法可想，这里的负责人姚济才是诸暨东和乡人，他们装卸班的人自己也没有工作可做。我从来没有像这次这样感到绝望。朋友、同乡那里信息不通，由于三查，工作都停了下来，弄得我一点没有办法。想自己去找工作，又没有钱，卖东西又不值钱。真是无路可走了，但我决不回家去。

5月8日　雨　于南丰白舍茅坪大队

昨天在我无法可想的情况下，吴金灿到白舍来看望我们。他们那里因为跟包工头闹意见而弄得一团糟，也停工了。他见我实在没地方可去，就说先到他们那里住下再说，我只好跟着他来到了茅坪大队。

从吴金灿那儿知道，徐华到过这里，把我讲得十分不好，使得李孟营等同乡以为我真的有什么问题，对我也存了些成见。事实上，我对任何人都真心相待，尤其是对待我们自己的几个人，真是一切都在为他们着想。我觉得只要我做人做得无私，就"身正不怕影子斜"。吴东灿、吴先苗他们知道内中情况的人是绝不会对我有丝毫意见的。为此，昨天我问了吴东灿对我有什么看法，吴东灿说：他是很信任我的，只是觉得我心太活，又太容易相信别人。李孟营、吴金灿等不明内情的人，只要我仍和他们一起，他们对我的看法是会纠正过来的。怕的是以后不在一起，他们无法了解我的真实情况，这种误解一直存下去，那倒是"哑巴吃黄连，自苦自得知"了。

做人，做一个好的人真是难啊！

今天下午，我遇到了人生的最大一次危险。事情是这样的：吴金灿他们在这茅坪大队搞杉木。这批杉木砍下后去了皮，堆放在河边，等着下雨河水涨起来时，利用水流冲运到下游，汇入到抚河扎排出运。这些天雨下得非常大，河水暴涨，这条河平时不过几米宽，深不及膝；现在却有十几米宽了，水势汹涌。我跟着吴金灿他们把杉木一根根地丢到河里，让木头顺水而漂。然后，我们又拿一根长长的竹竿做成的"扎钩"跟着漂流的木头跑，有横过来的木头就把它钩直成顺势漂流。在一河道狭窄处，一根巨大的杉木横向冲了下来，我们几个忙用钩去钩也来不及了，后面冲下来的木头和这棵大杉木搅在一起，拦住了整条河道。这棵大杉木变得像一张绷紧了的弓一样，我们怎么钩也扯不开！我拿了一把砍刀站在大杉木上砍了一刀，谁知这跟杉木承受的压力太大了，一下子从刀砍处断裂开来，后面的杉木排山倒海般冲了下来！我根本来不及想，把砍刀一丢，在飞速运动的木头上，"噔""噔"两脚跳到了岸上！如果我动作慢一点，或者有一脚踏空了，那么我早已是粉身碎骨了！一起的人都吓得大叫，都纷纷地埋怨我太不注意安全了！我自己也吓得倒了，瘫坐在地上站都站不起来！

晚上我写了三封信，一封写给在宁都县赖村开水沟的老周和沙子岭一起做公路的老卢，询问工作情况；一封给沙子岭工地房东凤山伯，请他把我的信转给我，内附给楼俊成和曾业龙的信，告诉他们我的情况；还有一封给叫我和吴先苗去解板的绍兴人孙国旺和新昌人老胡，说我想到他们那儿去。我急切地等待他们的讯息！

5月12日　阴雨　于南丰白舍镇

9日那天，吴金灿到白舍来，说白舍森林经营所装卸班姚济才他们叫我帮他们。

因为天下雨，抚河水位迅速上涨，堆放在马路边上的大批矿木要"下河"，装卸班人手不够。我很高兴，在9日傍晚到了白舍，10日去上工，工作是矿木下河。那木头很大，背了几天，累得肩痛腿酸，非常吃力。

我出来这几个月，由于吃食不均，力气还不及从前，从家里出来时我体重有123斤，由于饥餐饿顿，人瘦了不少，现在只有116斤了。

5月13日　晴

今天收到了我哥寄到广昌县楼凤山处的一封信。

从来信中知道，我在广昌长生桥工地和沙子岭工地时写的两封家信他们都没有收到，家里人非常着急；收到我在古竹时写给家里的信，家里人和村里人都很高兴。前些日子，我哥写的信寄到了广昌县古竹乡，里面有表妹蔡平霞的一封信，周忠挺现在在铅山湖坊公社横圹大队做工，他和周粉华的婚事已成了，我深深为他高兴。

今年家里旱情很重，早稻到现在还因缺水而无法插秧。

我哥已看了我存放在小箱子里的笔记，他非常同情我，并写了首诗给我。

…………

读着信，心痛如绞，我憋不住，又哭了。

5月18日　晴

　　我出来已四个月了，这四个月是我一生中最难忘的日子。四个月真胜似读了几年书，见到、听到、遇到了许许多多我从未知晓，从未碰到过的事，真可以说是经风雨见世面啊！

　　我深深感到我知道的太少了。

　　今天我给周忠挺写了封信去，询问他的情况，并向他祝贺。

　　近期这里三查非常紧，天天都有人戴高帽子游街。前两天，白舍镇上有数百人游街，大部分是地富反坏右分子，被批斗游街的人脸上都涂成黑色，穿的衣服也五花八门。如以前当过国民党军官的就穿一身国民党军官服装，以前是地主的就穿长袍马褂……在这样的热天，有的人甚至是穿着棉衣、皮袄游街。他们每人手上还都拎着一件能敲响的器物，如脸盆、铜锣、铁锅之类，一边敲响一边叫自己的罪恶名字，如叫"我是地主××""我是反革命××"等，部分人手里还拿根木棍，排在后面的人挨个打排在他前面的人，如果谁打轻了，"群专"人员的"金箍棒"就会打他。这些人解放前作威作福，现在的样子他们想都想不到吧！

　　这里是革命老区，人民群众对阶级敌人非常痛恨：我还看到一个老祠堂里十几人被四马攒蹄捆着用绳子悬挂在房梁上，远远就能听到他们的嚎叫。我们房东隔壁家是反革命，他们的女儿被抓去剪了头发，这个女孩竟拿剪刀戳项颈自杀。我看到他们把她从家里抬出来后放到一块门板上，抬着去抢救，流了一地的血……

　　这里的人非常敬仰毛主席，热爱共产党，我看到他们去干活的田地里到处都插着红旗和毛主席的巨幅画像，而且每个人的颈上还挂着一个毛主席的像框……

6月7日　晴　于南丰县白舍森林经营所装卸班

今天我给家里写了信，还给周祖坤、蔡平霞都附了信，告诉了我的情况。另外给舞凤公社尚典村朋友周祖球也写了封信去，主要是了解一下和他同村的女同学周月芳的情况。

这里三查越来越紧，今天看到了江西省革命委员会的通令。通令指责外流人口破坏森林，扰乱社会秩序。责令凡是1966年1月后到江西的，单位自行吸收的外流工人，不管有无户口和粮油关系，在这月底全部清理回原籍。

看来，我在外面流浪的打算要破产了。

福建省可能不会这么紧张的，但是福建省那边没有朋友，真正急死人！

这些天也是我经受痛苦考验的日子，这种痛苦是常人无法想象和忍受的，但又有什么办法呢？这里背一天的木头可能有三块钱，但每天的伙食要一块多，这工作机会太难得了，谁知道还能做几天工啊？

现在是江西的雨季，河水暴涨，白舍地段的抚河平时也就几十米宽，但现在涨水涨到三四百米宽，原来的河滩也都成了汪洋。

我们的工作是矿木"下河"，也就是乘现在涨水时节把堆放在公路内侧的矿木一根根地背过公路，丢到公路外侧的抚河里，再由扎排工人捆扎成宽十几米、长数十米的木排。这种木排浩浩荡荡顺水漂流，要漂到南昌才靠岸捞起。这些堆放在公路边上的矿木，高达数十米。堆在顶端部分被烈日晒烤，温度很高，我们背起来放到肩膀上炙热烫人；而矿木堆底部的木头，又长期浸泡在污水中，烂蛇烂鼠比比皆是，臭不可闻！木头放到我们肩上，黑臭的污水在身上流淌！如此忽冷忽热交替压在肩膀上，又受污水浸渍，我的双肩被感染发炎生疮。木头一压上肩，一阵剧痛，脓血直流！一丢下木头，血涌上来，又是一阵剧痛！我忍受着痛苦，不肯休息，也已痛得麻木了！

6月9日 阴

白舍森林经营所今天开了会，根据上级的指示，决定叫我们这批工人在6月20日全部回家！

这个晴天霹雳真把我打昏了！我非常想在外面生活几年，或是挣点盘费到新疆去的。江西已是无法立足了，要是福建有工作的话，我也很想去的，就是没有熟悉的人，再说要是福建也搞"三查"的话，那就越加糟糕了！

回家去吧？又有什么趣味啊！

算了，先把这里的工作做好，看情况而定。

6月15日 雨

在装卸队长姚济才的杂物篮子里，我翻到了湖南周和初在5月份从宁都县赖村写给我的一封信。信中说，他那儿的工价极低，生活也极苦，并且听说工作也要停下来，所以到他那儿工作是没有指望了。

听说黎川县对外流人口十分凶，看到外流的人就抓去吊打。马士全他们可能到了黎川，我真为他们担心。

我碰到一个缙云县人，是个瓦匠，在崇仁县烧瓦，瓦烧制好了不少，可以卖钱了，可那儿的人无缘无故把他抓去，吊打了一顿，逼他回家。在万般无奈之下，他只得抛弃了血汗钱，到了在南丰白舍的家乡人这儿。说起这过程，他就泪流满面！

6月18日 雨

接连下了四天大雨，江水猛涨，公路差不多全被淹没了。

堆放在公路旁的竹子都漂浮了起来，有些漂到抚河去了！白舍森林经营所的干部们忙得如热锅上的蚂蚁，慌慌张张地叫我们去背竹子。他们平时一副官僚相，现在这种惊慌失措的模样，让我不禁暗暗发笑。

今天接到了家里的信，我哥诉说了他无限的兄爱。他告诉我：他现在很努力，决心把他这一生倾注于文学，前后已写了一百多首诗词。哥哥的上进心真正可敬，我是服了他！哥的信中也说起浙江"三查"也将开始了，来势汹汹，我们大队副书记谓六叔叔叫我还是回家安全些。

表妹蔡平霞也附了一信来，讲起她的情况：她师范毕业后还没有给她安排工作，她过不惯枯燥的农村生活。她的想法和我一样："愿意过集体形式的，有政治文化的组织生活。"是啊，青年应该有对明天的期望，有抱负和思想，有努力的目标才是！正如平霞信中所说："这样过下去，现实不如理想，可真正是虚度年华了！"

我自思，我是在努力使自己不虚度年华的，但环境使我达不到理想，只能望月兴叹……

心中的伤口又流血了！

6月20日 晴

由于这次洪水太大，一个在捆扎的大木排被大水冲散了，森林经营所的人叫我们去把这个木排重新搞好。工作量不大，上午我们就完工了。中饭是送来吃的，吃完饭后我们四五个人坐了一只小船在抚河边的河叉里玩。雨后初晴，天分外地蓝，河水清清的，这里两岸是有名的南丰蜜橘林，我们穿行于绿色的林中，我仰躺在荡漾着的小船上，享受着这难得的美妙时光，又想起了许许多多往事，我感到这会儿我是个幸福的人……

傍晚碰到黄岩县的陈仕用，他家里的朋友给他写了信来，信里说家乡搞得十分混乱，海门区路桥区等许多地方都在武打，陈仕用家有三户邻居家里的财产被抢得一干二净,路桥区政府打得精光,干部全部逃走了!社会秩序非常混乱,每次赶集路桥市场上都有三四十张桌子在赌博……

我们在古竹做木箱时的组长叫金再发,温州人,很聪明能干,出外已好几年了,平时住在广昌和平饭店,他经常帮助没有工作的人找工作。今天他也到了这里,对我们说:广昌县外流工已全部赶光了,如果4月份我们在古竹再住上十天的话,就一定要被吊打了!现在广昌外流工做的工作都不予结账,做好的货也不收购。现在他也没有工作,他和装卸队长姚济才很熟,他想来这里做工,但姚济才没有同意,他只得返回广昌去了。

6月22日 雨

这段日子只有20日晴了一天,又继续下起雨来了!

大家都很愁闷,大部分伙伴都吃不了这种苦,又找不到其他的工作,只有回家去一条路了!这几天下雨就能上工,可每天伙食要一块三角多,大家都在为回去的盘费担心,有几个人已经准备卖被铺行李了……

吴金灿他们在茅坪做了一些矿木,原来说好在阴历五月十三后即收方,但森林管理所拖到今天还不给他们收方。前些日子发大水,矿木被洪水冲去了将近三分之二,剩下的几方木头,收方结账也不够抵销山价和伙食费开支,半年的辛苦化为乌有。他们个个愁眉苦脸,但也别无他法!

和吴金灿他们一起做矿木的有几个缙云县人,其中有父子两人,父亲58岁,儿子30来岁。他们老家的生活非常苦,过不下去,他们借了盘费到外面来打工。不料辛辛苦苦干了半年,都被一场大水冲得光光!他们家里又写信来说:村子里没有口粮的人非常多,家里人已无计可施,只有去讨饭了!老头子非常焦急,下雨天整天茶饭不思,念叨着"要讨饭了，要讨饭了"。我真十分可怜他们，但又有什么办法呢！

6月28日 雨

自从15日停工到现在，一直下雨。只做了一两个工，账又结不出，真把我们憋得要死。昨天姚队长叫我们住到下甘大队去。到了下甘，当地的造反派又不让我们住，没有办法，只好回到白舍。

经我们再三催促，今天总算结了账：背一天矿木，工资三元多，应该很不错了。但因为我们伙食费高，下雨天多，休息时间长，所以我只有四十几块钱可拿，周兰祥比我先来这里，还不及我的工资。

陈仕用今天到福建去了，他和我相处得很好。他说有工作的话，会写信给我。

昨天晚上，草塔平山公社红村大队的戚巨灿的老婆生了个男孩。我们十多个人本来都是挤在一间房子里的，人家要生孩子了，我们只得在房子外面坐了一夜，大家也没什么怨言。出门在外，大家都应相互体谅，相互照顾的。

我肩上的疮痛终于好了！前些天趁天下雨休息，我把大蒜捣碎成糊状敷在肩上，当时疼得我龇牙咧嘴又蹦又跳！休息了几天，我感到肩膀上不痛了，伙伴把结成板块的大蒜从我肩膀上掀开，数条寸把长的脓头也拔了出来，肩膀上留下了一个个圆圆的小窟窿。现在这些疮已结疤了！肩上的疮疤将陪伴我一生，会提醒我不要忘记这些曾经的苦难！

7月1日 晴

金再发今天又到了这里，他的户口已迁到了广昌县化工厂，但工作要11月份以后才会有，他现在联系着做纱棍的工作。他叫我们到家后写信给他，如果家里情况不好的话，到他这里工作。

他还带来了一封尚典村周祖球寄给我的信。周祖球说我们同学周吉利正月里到福建采茶，现在已回了家。他也说到周绍平订婚了，但没有说是不是和周吉利订婚，要是周吉利和周绍平结合，那可好了。周祖球还说，他同村的周绍生曾和一个姑娘谈恋爱，但由于成份关系而分手了，周月芳和同村的那个男青年也分手了。周祖球还以为我在追求周月芳，其实我早就把她抛到九霄云外了。我深深觉得：我和资产阶级小姐样的人是合不来的。这次外出江西，我的世界观比以前进步了很多。周祖球的看法和我一样，真如曾业龙所说的，天下的爱情，主要受财势所主宰的，真正的爱情不到百分之一。

　　我要如何创造新生活呢？

7月4日　于归途的火车上

　　万般无奈之下，我们只有回家了。

　　被水冲断的南丰到鹰潭的公路已经通了，但乘车的人十分多，根本买不到票。我们和白舍车站的工作人员商量，包到了一部到抚州的货车。我们一共21个人，其中一个是平阳县矾山人，他原来在广州做临时工，因"三查"运动，那边工作停了下来，包工头逃跑了，他整整做了一年工，一点钱也没有拿到。这次他到南丰找老乡，没有钱乘车，步行了四十几天，一路过来把被子、衣服、鞋全部卖光了！到了这里，老乡找不到，他真的走投无路了！我很同情他，买了碗面给他吃，叫他坐汽车和我们一起走。

　　车行到抚州，下起了大雨，我们下车后不知怎么办才好。晚上住旅馆不但花钱，并且这里对外流人查得十分紧，搞不好要吃亏，我们商量后决定连夜走路到东乡火车站，这里到东乡有92里路，一夜是可以赶到。

　　走了70多里路，在东乡县虎坪公社陈桥大队地界，突然响起了锣声，当地有造反派在守夜，他们个个执枪舞棒的，拦住了我们，把我们押到了一处公房，对我们进行了搜查。他们找不出问题。又要看证明，只有东河乡的姚仕烈有证明，其他人都没有。造反派的一个头头模样的人大概看我年轻又老实，就叫我和仕烈回家，其他的人留下，说要家里寄了证明去才可放回。在无可奈何的情况下，我只得和伙伴告别，和姚仕烈一起先走了。

走到东乡，刚好有一趟火车从南昌开往金华，我们就坐上了这班车。车到玉山县附近的时候，竟意外地碰到了徐华，他看到我很难为情，连说以前有误会。他说，他从广昌和我们分开后，到了福建莆田他原来工作的单位。但那里武斗还没有停止，他一到就发了一把手枪给他，叫他参加造反派。他不愿去武斗，在原单位领了300元钱，带了他留在福建的东西跑回家来。但是火车汽车都不通，并且到处都是枪声，他只得弃了东西，只身逃到上饶，路上把钱用得光光的。对他的话，我是半信半疑，但看他可怜，给了他两块钱、两斤粮票。他说他准备今年到诸暨割早稻，十月份以后还要到原单位去上班。我本想责问他为什么要挑拨我们伙伴之间的关系，但见他十分热情的样子，话到嘴边又没有说出口。到江山车站，他下了车。

火车行至衢县，有当地安仁的一批二年级学生到城里参观回来，他们坐上火车，都非常兴奋。看着这一张张活泼的脸，一双双聪明的大眼睛，我想起我八岁时在龙游县十里坪农场职工子弟小学读书时的同学阮荣裕、阮荣富兄弟俩了。那时我和阮荣裕兄弟俩跟这些学生一样，也是这样活活泼泼，也是这样无忧无虑！可到了青年，心里总是十分地沉重！不知这些小孩们的命运会是如何啊！

从白舍坐上汽车，再到东乡乘上火车，我的心一直不能平静，第一次出外见世面，短短的六个月结束了。我好像一只鸟刚出笼又要被关进笼子，内心十分郁闷！

我是多么希望过这种自由、新鲜的生活啊！

不管是汽车上还是火车上，我的双目总是注视着车外，我想把车外的一切都印在脑子里，并看穿层层高山，看到那远处更远处的地方……

7月9日 雨 家

回到家里后，家人待我十分亲切，大姨妈的儿子志良、女儿蔡梅、小姨妈的儿子周建飞都有六七岁了，比以前更懂事了。他们都很聪明可爱，喜欢整天跟着我，我也十分喜爱他们。

这里"三查"运动已经开始，前些天开大会对四类分子作了批斗，周绍炎和他的儿子周铁安因污蔑毛主席而被捆了起来斗争，周铁安不老实，项颈上被挂上了三块砖头！周绍炎家实际上是贫农，但周绍炎有帮人看相、看风水的行为，因此被当作坏分子对待。他的儿子周铁安只有12岁，在小学读书，脑子不是很聪明。一天他自己吃番薯，说叫毛主席也吃点，拿了一块番薯皮贴在毛主席像的嘴上，被人发现了，视为"反革命行为"。在查抄他家时，发现他家把毛主席著作当便纸！这样他们全家都成了反革命，逢会必斗……

村里凡是成份不好的人家都已多次查抄，我家多次搬家，已没有一点可清查的东西了。

农村将开展农业学大寨，诸暨有和济公社试点。昨天公社组织大队革委会的人去参观了。回来说起那儿"学大寨"的情况，主要是突出毛主席思想，每天要早敬祝晚汇报，每餐饭前要敬祝，晚上睡觉前也要敬祝。

现在敬祝有一套仪式，我是一点都不懂。

7月30日 晴 家

回家到现在已是二十多天了，这些天，我又回到了去江西之前在家时的痛苦状态中。除了晴天每天干活外，一点也没有心情做别的事，只是感到生活的无味、无味……

虽然是割稻时节，天又热，"双抢"活又繁重，但由于我身体健壮，感觉不到累。只是由于太无趣味，下午我无端地决定休息了。

走象棋、看书、睡觉……一切都觉得无味……还是干活去更好受些。

什么才能补偿生活的空虚啊！

"生活目的"，我的"生活目的"是什么呢？

"理想"，我的"理想"是什么呢？

"使自己活得有意义些"，这可以说是我的生活目的和理想吧！但如何使自己活得有意义呢？

有什么能比没有一个具体的生活目的而使一个热爱生活的人更感到痛苦啊！

或许我的一生就只有在这个问号中消逝了！

一个年仅21岁的人的心衰老了，衰老了……比七八十岁的人更为消沉……

前几天晚上，我哥、周祖坤、蔡平和我一起聊天，讲到做人，都觉得这样庸庸碌碌的就过去了，没有意思，于是都讲了各人的希望——这都是些微妙的、空洞的……

他们的想法与我曾经的一样，显得不切实际。我这次到江西半年，经历了那么多事情，我的想法现实起来了。

8月1日　晴

今晚在泥墙里中队召开社员大会，学习中央的"七·二四"布告和"七·三"布告。

"七·三"布告是中央就广西问题而发的。在广西柳州、桂林，一小撮阶级敌人和一部分群众，制造了一系列的武斗，中断了铁路交通，抢劫援越物资，夺取解放军武器装备，杀伤人民解放军指战员，拒不执行中央命令。

"七·二四"布告是就陕西问题而发的，那里的阶级敌人和一部分群众，除中断铁路，夺取解放军武器等之外，还私设电台，私放劳改犯，炸毁和抢劫国家仓库、银行、商店。

看起来，我们整个国家都不安定啊！

8月14日　晴

公社召开"贯彻'七·三'、'七·二四'布告誓师大会"。

大会上，县联总头头俞建华、孔逊超、阮超都上台报到，另外还有蒋澄水等多人。上泉的斯惠珍是个神枪手，在去年"9·14"解放军攻打斯宅公社的时候，她们"红总"的人武装反抗，她开枪打死了三个解放军，这次也上台示众。她是个才二十几岁的姑娘，那天打死解放军后，自己也被打成了残疾人。

做人真如做梦，斯惠珍在以前是何等有名，曾是出名的优秀民兵"神枪手"，绍兴军分区司令员亲自奖给她一支步枪。现在却是这等下场。

越想越觉得做人无味！我现在心情越来越坏了，真是喜怒无常，对一切人和事物有时近似冷酷。我虽然知道自己的缺点，但我却不能也不想改正它，只能容忍自己放纵下去……

我很想念湖南的曾业龙和邓积成他们，想写信给他们，又不知他们是否会在家。

隐藏在心里五年的对她——吴圆的无限的爱，益发强烈了，我自己都不能明白我为什么这样地爱她。五年来，我第一次对同村好友周祖坤讲出了我的心事。吴圆是我初中同学，我比她高一级，当时我们都是班里的学习委员，因此相互接触的机会也多些。我们俩的学习成绩都是班上第一名，都是相貌出众，品学兼优，因此同学们也常拿我们两人开玩笑。在我们读初二年级时，我们班上排演文艺节目"小放牛"，周渭月是男主角，因我人小巧，扮演了"小放牛"的女主角，当时我穿的那件粉红底带小素花的演出服就是吴圆的。自从穿了吴圆的衣服，同学们开玩笑更多了，我的内心也总觉得有种别样的滋味！吴圆婷婷的身材，白皙美丽的脸庞，明亮而略显忧郁、深沉的双眼，深深地烙在我的脑海里。我只要有和她单独一起的机会，心总会怦怦地跳动，我也能感觉到她对我的亲切和羞涩，她对我肯定是有好感的……

后来，陈月芳走进了我的生活……

记得那是初三下学期的一个星期天，我们班的同学勤工俭学去山上捡柴火，我们几个要好的同学一直上山到了吴子里村背后最高的山峰"羊上涧"，这山峰秀丽壮观，地势很险要。这里有一座原国民党上海警备司令宣铁父的祖坟，原来有牌坊和房屋等，但被日本人的飞机炸掉了，但还留有墓廓。我是个喜欢清闲的人，一个人跑到这地方躺在墓旁的一块巨石上，享受春天的阳光和清新的空气。正迷迷糊糊间，听到"窸窸窣窣"的柴草声，我猛地坐起来，原来是陈月芳过来了，她的神色很不自然，看她的样子是有事跟我说，我就叫她坐下来。陈月芳说："马上就要毕业了，毕业后我们可以通信吗？"我说："当然可以啊！"她又说："那你会不会想起我呢？"听到这句话，我的心猛地跳了一下，看到她美丽脸庞上诚挚而充满温情的眼神，我明白了她的心意！我肯定地回答她："一定会想你的！"……确实，我和陈月芳也是一直互相有着好感的，陈月芳虽然成绩不太好，但人很聪明，活泼，长得端庄而清丽，一头自然卷的头发更添了几分俏丽，她在文艺上可以说是有天才的，唱歌的声音特别清亮动听，我最喜欢听她唱歌了……

少年的爱情来得那么快！我们每每对视一下，心里都是甜甜的……

但是，我觉得陈月芳的家庭条件太好了，她的父母都是教师，她有些像《钢铁是怎样炼成的》里的冬妮娅，特别是她卷曲的头发、艳丽的打扮。我总觉得她有些像资产阶级的小姐，也觉得我们之间的思想志趣相距甚远……我觉得我和她没有"结合"的可能。事实上，少年时的

"爱"是不真实的，我们之间连手都没有握过。

因为与陈月芳有了这么个过程，我与吴圆就自然疏远了，但是我是那么清楚地知道——我爱的是吴圆，只有她才是我真正要的"爱人"！我真有些后悔与陈月芳的"恋爱"了！

我原来决定不学手艺的，但我现在只有去学手艺了。

让自己毁灭了吧！

8月20日　晴

周祖坤大侣公社的亲戚知道周祖坤会画画，就邀请他去大侣搞"三忠于活动"，也就是搞墙头开花，在墙上画毛主席和林彪副主席像。这种"墙头开花的三忠于活动"，我们大队早就搞了，许多毛主席像都是我哥画的，他利用放大的方法画在墙上的毛主席和林彪副主席的像，非常逼真，大家都说他画得好。我哥也想趁机到诸暨县医院去检查耳朵的病，因此周祖坤和我哥哥一起去了。谁知大队干部知道后不同意他们去搞，叫他们立即回家。周祖坤的爸爸太海伯伯特地到大侣公社叫他们回来。那边的大队干部来和我们大队的干部商议，说他们那儿没有画像的人，希望能帮帮他们，但我们大队干部坚决不同意，我哥哥他们也只有回来了。

吴明川在金华他姨妈处学医，公社和大队写了责令书去，叫他立即回家。他也回来了。据说吴明川的医术还不错。吴明川的父母这次是"三查"对象，公社干部说吴明川曾参加过1965年陈蔡初中的落后集团。村里的周仲元、周章木、周伯友他们叫我不要与吴明川接近，并说他们是为我好而通知我的。吴明川是我小学老师黄彩珍的儿子，是我小学同学，我们一直非常好，他那么年青，又能有什么问题呢？

我们公社戈企大队那边晚上都要查夜。大队副书记周渭六劝我们晚上九点钟以后不要到外面去。

我今天开始给吴圆写信，但只写了一点点又写不下去了，许多念想使我不得不停笔……

8月30日　晴

　　浙南地区武斗十分激烈。在以温州地委书记王芳、丽水地委书记张敬堂和坏头头姚国璘、吴俊津、张维森为首的"温联总"保守组织操纵下，对抗中央指示，制造了围攻殴打解放军，中断公路交通等一系列严重政治事件。省革委会已发了一系列的通告，并从各地抽调了大批人员组成工农毛泽东思想宣传队，进驻温州、丽水两地区，向反革命势力作政治攻势。

　　"三查"运动已轰轰烈烈地开展，各地文教队伍和其他领域都揪出大批的叛徒特务。我们公社上河图大队的陈仲瑜是一个军统特务，他一贯对抗干部，抗拒改造，近日又和干部打架，已被逮捕了。戈企大队的大地主吴亦志的小儿子吴君谦也已揪了出来，他在金华市人民法院工作，据说他是一个受过多次特务训练的大特务。

　　上级规定，所有四类分子都要戴白袖章，昨天我爸妈也戴上了。据说以后农业学大寨，四类分子工分最高只有九折，而其子女最高只有九五折。我想，这种做法不但没有任何好处，只能刺激四类分子的子女，使得他们对现实更加不满。

　　我算了一下：我们生产队有"队管委""贫协""造反派""民兵"这四个组织，整个生产队除了我们四五户人家没有干部外，绝大多数家庭是干部。大队一级除了生产队的四个组织外，有的还有"革命委员会""共产党支部组织""共青团支部""群众专政指挥部"四个组织。

　　而我呢？只有生产队社员这一资格，真是可笑可叹啊！

　　自7月10日下了一场雨后，直到8月9日才下了点雨。这次又是20天不下雨了，庄稼已被晒死了许多。

去年是大旱，今年又是大旱！

这个可恶的太阳啊！你的毒光不仅灼烧了庄稼，也灼烧了我们的心啊！

如今年又像去年一样大旱，那后果是不堪设想的！去年旱稻年成算好的，许多人家也不够吃，今年旱稻已普遍减产，像我们生产队已比去年减产了5000斤。如果下半年再因天旱而减产，那么有许多人家吃饭都要成问题了。

8月31日　晴

我真看不惯周开苗这种人！凭着"贫农"这一块金字招牌，干活十分偷懒，又千方百计想占别人便宜，极端地自私自利！我们同一生产队的周仲元给周开苗数过，在一抄劳动约两个小时里，周开苗要站着挖四十八次鼻屎！可见他的劳动态度了。他是一个地道的"运动分子"，"运动"一开展起来，就是他出息的机会来了！于是乎走起路来一蹦一跳的，一路"咳、咳……"地干咳着，算是表现自己的"威风"，他想出风头，捡便宜，又总想置意见不合之人于死地。运动结束，这种人是无论如何派不了什么用场的，又被抛弃了，他于是就鬼话连篇，比落后社员还落后。这次"运动"已将结束，过去"勇敢"的造反组织"红色造反司令部"战士现在仅当了生产队"红司"组长，——又是没有出息！

不知为什么，全家的人都是这样，都是好吃懒做，极端的自私自利者。前些天晚上，生产队开社员会。大家讲起周开苗，无不臭骂！被他母亲听见，喊来了周开苗与大家对骂。周章洪也来参加会议，他虽不是干部，但在群众中威信很高，讲话铁板上钉钉，把周开苗一家数落得比狗粪还不如。谩骂中，周章洪讲一句，周开苗妈回骂一通，周开苗见众怒难犯，就拉母亲回去，劝母亲"好了……你不要再讲了"。他妈妈走了不远，听见别人讲周开苗一句又转身来骂一通；周开苗又是"好了……你不要再讲了……"，拉扯着把他母亲推回去。这样反反复复，有十多次。周开苗的妹妹周林苏又帮腔，整个场景好像一出滑稽戏，煞是好看。

我深为周开苗家的境遇可惜。他们全家个个都是极好的演员：周开苗这个极端自私自利者和他母亲自私的"快嘴三叔婆"的形象，是任何一个演员都表演不到这样出色的地步的！

我是一个青年，对他们这种丑恶现象是不能"熟视无睹"的，所以我经常与周开苗"作对"。当然我的行动是得到大家支持的。周开苗的父亲周丁太甚至说："只要周晓东在，我们家是过不下去的！"可见他们恨我之深。但经过多次的争论，我不得不承认，我的做法是徒劳无益的。我深觉得，与一个麻木不仁、呆、刁、木、恶样样俱全的人争吵，那是瞎子点灯——白费蜡。

但是，我还是要与那些看不惯的恶习作斗争！

现在大家都在读毛主席的书，差不多的人都进过"毛泽东思想学习班"。虽然有的人进"学习班"的目的是为了坐着得几分工分，如周开苗等人，但他们总算也学了些理论吧？

我是一个青年，虽然没"坐着拿几分工分"的福气，但我自己是应该学习毛泽东思想了。一个青年人，只站在行列之外，而不投身于运动之中，作一个观望者，实在不应该。我应该静心思考研究毛泽东思想才是。

或许我还以为自己是"先进者"，却不知道自己已落在社会历史发展的车轮后面了，如果成为历史的遗弃物，到头发白了的时候那只有叹气的份了。

青年人，赶上去吧！

今天周祖球来我家玩，说起他们村对敌斗争十分严酷，四类分子等有问题的家庭经常要被查抄。陈月芳的父母都是"三查"对象，并且都患有肝炎。陈月芳的处境肯定不好，心情一定是苦闷的。我不由得对她产生了一种同情，如果条件允许的话，我是应该给她帮助的。

9月7日　晴

生产队的干部，特别是生产队长，要操劳的事情很多。由于只有操心而得不到多大好处，所以生产队长这个担子很多人都不愿挑。原因是他们缺少为人民服务的精神，当着干部想捡便宜而捡不了便宜，反而要被别人骂，心里感到委屈吧。

大队会计周永福叔到我们队参加会议。他这人说话很直接，他说："参加会议学习毛泽东思想的人这么多，而生产队里为什么没有人肯领先？这主要是有的人参加会议可以白拿工分，而做生产队干部却要出力的缘故。"他这说法虽然从原则性上认为是错误的，但实际情况却确实如此。现在去参加各种会议的人是越来越多了，一个生产队每天总有两三个人在参加会议。可生产队里的活儿却越来越没有人领先干了。

我们生产队，前年整年都是周岳祥当队长，去年周岳祥不肯干了，这个当几天，那个当几天，一年换了四个队长。今年周仲元当了半年又不肯当了，生产队一直处于无政府状态。没有人安排农活，有个人背了锄头出去上工，其他的人也背了锄头跟着去。如果有点轻便活儿，就有许多人去做；要挑点担出点力大家都想躲避，劳动力浪费了不少。自去年12月起到现在，连工分都没有评过，大家都不愿为评工分而挨骂，这种状态长此下去如何是好？可我连当个生产队长的资格都没有啊！

这种只说政治不问工作的恶风应该赶快刹住了，这实际上是思想觉悟没有提高的具体表现。我一直坚持自己的看法："如果政治思想真正好的人，工作肯定也是好的；而工作好不一定政治思想真好。不过政治思想不怎么好而劳动很努力，这也是一种美德。"

目前这个社会，人是越来越聪明了，也可以说是越来越狡猾了，心里想的、口里说的和实际行动三者不一，这是当前人们最大的特点，也是最可怕的社会现象。

而从小孩子来看，倒确确实实是越来越懂事了，我们小的时候，很天真，只知怎么玩，怎么搞点吃的；而现在的小孩，已经深入地参与到政治中，他们会给老师戴高帽子，会给老师的米桶封贴大字报，使老师不敢打开米桶，他们会领头早敬祝晚汇报，会带头游行呼号……

9月11日

昨晚到戈企大队去玩。戈企正在开批判大会，批判对象是吴保信，他以前在杭州莫干山当过警察所长。这次三查运动有人揭发说他藏有手枪，而他不承认，几天前的斗争大会上被做了"反翅膀鸡"的刑罚，还遭了打，前天晚上他就畏罪自杀了。在昨晚会上，人们扎了一个如吴保信模样的稻草人，作批斗对象。

我回来以后，与戈企大队的吴枝梅、吴芬华接触较多，深觉枝梅、芬华确是很好的女青年，她们有理想，待人接物大方。周忠挺这次到江西去取行李回来了，他说江西弋阳的情况和这里差不多，都是轰轰烈烈地在搞"三查"运动。

从吴枝梅处借来《海鸥》等几本书。其中一本是《六十本小说的毒在那儿》，分别述说了如《战斗的青春》《苦菜花》《青春之歌》《暴风骤雨》等60部小说的反动之处。其作者艾芜、赵树理、周而复、周立波、冯德英、白刃等许多有名的作家都被揪了出来。

从报上看到：在8月20日深夜，苏联和波兰等联军攻入捷克斯洛伐克，并占领了捷克全部领地，要挟捷克的修正主义领导人到莫斯科与苏联领导人举行会谈并发表了联合公告。

我写日记经常间断，原因是多方面的，最要命的是没有煤油。白天要干活没有空，心也静不下来；晚上想写点东西，思路也有了，但没有煤油，又无法写！现在煤油灯已油尽而将熄灭。这最后几个字差不多是摸着黑写的，没办法，只有睡了……

9月18日 晴

　　毛主席提出了"教育要革命，学制要缩短"。我们孝四公社把吴子里民中撤销了，全公社又新成立吴子里村、柏树头村和我们周家湾村三个中学。这的确是教育事业大发展之一例，但结果如何，那是不能肯定的。据说以后高中初中的应届毕业生只有极少数的人被分配作木匠、泥水匠等手工业学徒，绝大多数都是回村参加农业劳动。现在对应届毕业学生提出的口号是"面向农村、面向基层、面向工矿、面向边疆"。这次全公社应届毕业生有三个班。有的学生实际上只读了一年初中的课程就毕业了。

　　我这本日记蔡平霞拿去看了，她说我的思想感情很真实。所谓思想是受环境而自然形成的。

　　我很不满意当前社会对人身束缚过紧的现象。在现实社会中，每一个人都被圈在笼子里。我们这些出身不好的人呢？不但被圈在笼子里，而且被铁链捆住了手脚，比一般人束缚得更紧！

　　这对社会管理有极大益处：省心、省力、安定……

　　在田地里干活时，社员们讲起鬼、怪、八字之类，认为命运是一生下来就注定了的。我是无神论者，从不相信迷信，也不信命运是被注定了的。但我又是个现实主义者（虽然我并不理解什么叫"现实主义"，我只是凡事注重现实，从现实来观察处理问题），我不得不承认，我的命运被现实所束缚，我的命运不是在自己手中而是掌握在别人手中。

　　中国人总喜欢有一个极端，我也只能给自己一种幻觉以自慰——"一个人的命运是被注定了的"。这样，碰到某些事时，我可以不感到脸红，不会变成精神病，晚上也可以不必胡思乱想了，因为我的一切是被注定了的。

9月19日 晴

天上没有一丝云，阳光使人感到焦灼。自上月9日下雨后，一直没有下大雨，只阴了几天，偶尔有点毛毛小雨，这对干旱是无济于事的。中午出工去，只见满山玉米、豆子、红薯等作物和小树都是枯黄的。微风吹来，玉米叶子一摇一摆，没有一丝生机，没有一丝凉意，被吹动的也是干燥的热气；一切显得那么疲乏，无生气！我不由得一阵惆怅……

我的心也似在烈日烘烤下行将枯萎的庄稼——消极而又悲哀……

10月2日 晴

今天我们周家湾大队成立了革命委员会，很是热闹。下午开庆祝大会，放了不少爆竹。邻村的造反派组织向我们大队赠送毛主席像，并有舞蹈表演。庆祝大会由孝四公社革委会副主任讲话，并宣读大队革委会组成名单，主任是周仲荣，副主任有周洪雅、周吉山，委员有周林水、周章木、陈琴信等。他们不但是贫下中农，主要还是"红总"观点的造反派。如吉山，他是一个篾匠，从不参加生产劳动，不知哪儿学到一种捆人的本领，被他捆的人，手被勒得很紧，并且是越挣扎绳子会勒得越紧。在几次批斗大会上，他捆人的本领得到大家公认，并且他捆人又很积极，得到领导"对敌人狠"的评价，所以当上了大队革委会副主任。

晚上演了戏，是吴子里大队毛泽东思想宣传队演出的《沙家浜》。戈企大队的吴枝梅、吴百珍、吴芬华、周忠挺等都来了我家。

前天在柏树头看戏，碰到了周吉利等同学，和他们一起到陈公威家去坐了一会儿。其间，听同学吴乃岱说，他曾到上河图大队去搞宣传活动，上河图大队的革命委员会很不团结，革委会主任叫陈金荣，没有文化，村里社员一点也不信任他，副主任陈长水是很好的人，也没有文化，青年人也不服他。委员陈才林、陈伯根之间又有很深的矛盾。我想，这样的组织怎能很好地为人民服务呢？

10月9日 晴

4日起，孝四公社把一些有历史问题的人集中到我们村来办毛泽东思想学习班，吃住都在学校里。我们周家湾大队有周丁中、吴其正等十几人。听群专的周伯友说，这些人里面有的是特务，手腕上有记号。伍沿大队有一个叫陈苗根的，还是个年青人，据说有很大的问题，参加了一个反革命集团，和东阳县那边都有联系。这些情况是他曾在斯宅公社那边谈老婆，讲给那个女人听，然而那个女人揭发了他。

这些天我感到日子真难过，白天是重复着锄头钩刀；到了晚上，有的青年开会去了，有的参加俱乐部的活动去了，只剩下我和另外几个不能过问政治的青年，想看书又没有煤油，真觉得无聊至极……

昨天晚上，吴祖良和我讨论了些事。他认为一个青年应该积极参加社会活动，一个人有了思想包袱，不问政治，慢慢地会变成不满现实，直到走上反革命道路。他又说，一个人应该向好的人看，而不能向不好的人看。他还说，对社会也不能光看阴暗面，而要看全部，像一个人不能光看他的坏的方面一样……

这些话，在我心中起了不小的作用。我认为这些话是对的。比如在生产队里做活，周开苗经常偷懒不愿意挑担，我也不去挑了，这样自己也逐渐会学坏了。这样的行为确实不好，对己不利对社会更无益处，长此下去，到老了的时候我能瞑目吗？

10月10日 阴

陈蔡区开了一个斗争孙、何死党大会。走资派前诸暨县委书记孙子甫、大叛徒前县长何文隆等都上台接受批斗，另外是一些跟随孙、何的"保皇派"。

何文隆看上去就是一个普通农民，他已经快70岁了，站在台上站都站不稳，好像随时要倒下去。在以前，报上称他是诸暨60万人民的好县长。他很重视诸暨的水利工作，许多水利工程都是他亲手抓的，人们见他常背着一顶大凉帽走路去水利工地。有一次他等不到随行人员，一个人从陈蔡步行15公里去西岩水库，当时正是盛夏，气温达40多度，随行人员到陈蔡区政府见何县长已走了，马上赶去，在快到西岩时，见何县长躺在路边的树荫下睡着了。一顶大凉帽盖在他头上，他是累坏了……随行人员都流下了眼泪。

开会时碰到了吴满仓，他与我小学同学，后来考取了里浦中学，这在我们当地只有很少的几个人。他高中毕业了，没能分配工作，所以只有回到生产队劳动。

六六年、六七年、六八年的三届初中、高中毕业生都一起毕业了。初中毕业的都是回家劳动。我们吴子里民中六六届有陈正明、戴月华、吴菲堂、陈珠球、吴仲荣五个同学没拿到毕业证书。因为他们参加了"诸暨联合造反司令部"，是"联总"观点，属于保守组织。高中的三届毕业生中，有极少数的人被分配教书和学手工艺。

我们村的初中今天已正式开学，教师是西岩公社琴弦大队的黄如江和舞凤公社闹桥大队的周启浩两位，他们都是高中毕业生。黄如江老师歌唱得很好，他唱的一首《翻身农奴想念毛主席》，非常好听，充满了感情，我也很喜欢唱。

我们村口枫树垅头有一株桂花，有斗那么粗。前几天桂花盛开，从树下走过，香气扑鼻，令人心情为之一振。可是一批开会的人走过，纷纷爬上树去，不一会儿就把一树桂花折得光秃秃的，真令人心痛！这株桂花树以后可再也不会那样繁茂了！

10月11日　阴

孝四公社革命委员会第十一期毛泽东思想学习班召开斗争大会，好几个人上台接受批斗，但斗争对象主要是吴其正，说他是一个有血案的历史反革命，由于在老家吴子里大队无法立足才迁移到我们村来的。

这次清理阶级队伍可真是严格，真正算得上是"人民战争"。在9月30日夜里，全省曾进行秘密大查夜。经过这次运动，漏网的坏人确是很少的了。如果有一个来历不明的人或住在我们村，或来躲避，那是一定要被揪出来的。

10月15日　阴

今天大队测量分配自留地，每个人是三平方丈，原来每只猪五平方丈的自留地已收掉了。

10月13日早上，我们中队第一次集中搞"敬祝"活动。村里老老少少都集中到晒场毛主席和林副主席像前排队，哪怕是病人也不准请假。"敬祝"活动大家先唱《东方红》，接着由一个干部读毛主席语录，大家也跟着读。然后由一个红小兵领喊："敬祝毛主席万寿无疆，万寿无疆！""敬祝林副统帅身体健康，永远健康！"这样喊三遍后再唱《大海航行靠舵手》结束。敬祝活动时，四类分子和"保守组织分子"要在毛主席像前低头"请罪"。

公社还规定每家吃中饭前要敬祝，一般都是"红小兵"领头"敬祝毛主席万寿无疆，万寿无疆！""敬祝林副统帅身体健康，永远健康！"晚饭前除以上敬祝内容外，还要向毛主席"表忠心"……

10月18日　晴

　　凤山大队革命委员会今天成立了，我们全公社的人都去参加成立大会。戈企大队的毛泽东思想宣传队去演《沙家浜》，演得较好。
　　在戏台下碰到了周吉利、周绍平等朋友。
　　白天看到凤山大队种的三十几亩田晚稻"矮脚南"，看势头将颗粒无收，原因是延迟了种植季节。凤山大队本来山多田少，水田人均不足三分，竟有这么多水稻没有及时栽种下来，真不应该！
　　前天晚上，我们在周苗兴老师房间里听大队革委会主任周仲荣讲我们大队的情况。我觉得他讲的话很切合实际。他说：我们大队有的干部做事光讲表面好看，不讲实际效果；有的干部喜欢管许多事，而又不负责到底，不肯背责任。讲到我们大队的困难情况，他说，有人主张我们大队要排演大型现代戏，而大队连买煤油的钱都没有。他对这样的情况很担忧！
　　周苗兴老师在我十几岁时就在我们隔壁上河图大队教书，那时他就认识我了。他问我为什么有些"老气横秋"？这个问题提得很中肯。我生性活泼好动，但是现在在政治活动上确实显得"老里老气了"。我从我的经历向他述说了这困境。他很同情我的遭遇。他说到我在吴子里读初中时，华克晃老师也常与他谈起我，说我有培养前途，只是"成份"问题……
　　这使我想起了在校时的情况，华克晃老师对我确实是比较关心的，我在有些问题上也错怪了他。他还很年轻，要在社会中求上进，不能不跟我们划清界限。谁叫我是这样的出身呢！

10月22日

晚上开社员大会点名,革委会领导强调参不参加会议是对毛主席忠不忠,要不要学大寨的问题。因此到会的人很多。会上由周仲荣作了报告,主要是讲关于清理阶级队伍问题。他说:清理阶级队伍是毛主席的伟大战略部署。毛主席在五月份就说过"清理阶级队伍是时候了",江青、周恩来、陈伯达等对这都有指示,这是关系到国家是否会变颜色的问题,是关键的关键。这次清理阶级队伍成绩十分巨大,查出了许许多多隐藏下来的阶级敌人,光浙江就有一万多人。浙江情况是十分复杂的:许许多多国民党要人出生在浙江,蒋介石出生在奉化,陈诚出生在青田,毛森、毛人凤、毛万里、戴笠出生在江山,胡宗南出生在安吉……武义县有十多个国民党中央委员,号称半个国民党中央。蒋介石临去台湾时,在浙江留下了2000名特务。各地都揪出了大批特务叛徒和反动集团,如安吉,胡宗南出生的公社,反动势力十分强,解放军12次派了干部战士前去,都被赶了出来。这次清查出来是胡宗南的堂弟胡宗平在背后策划,此人现在已在各地被游斗。安吉县查出了国民党的中将少将各一名,金华破获了一个曾暗杀解放军和共产党干部100多人的规模很大的的反革命集团。总之这次清理阶级队伍收获是非常之大的。周仲荣说:凡是革命朝气不够的地方,一定是有阶级敌人在操纵;凡是政治情况好的地方,对敌人斗争一定抓得很好。

周仲荣说:浙江和全国各地一样,派了工人代表到北京国庆观礼,见毛主席。我们诸暨县也有2名代表。这些代表回来说,毛主席接见了他们三次,毛主席身体非常健康,除两鬓已白外,头发还是黑的,牙齿也只有大牙掉了几个。毛主席人非常胖,两腮的肉都坠下来了。

周仲荣说:毛主席最新指示中关于清除废料的讲话是对整个党而言,要把混入党内的阶级异已分子和蜕化变质分子坚决清除出去。那些革命意志衰退，死气沉沉的人要劝其退党。关于吸收新鲜血液的指示是针对建党工作的，包括吸收大批优秀的革命造反派入党和把优秀的共产党员提拔到一定的领导岗位。

会议上还讲到了农业学大寨的具体问题，如种子肥料问题、财产折价问题。

10月23日

全公社的四类分子今天全部集中到吴子里大队学习，要好几天，爸爸妈妈都去了。

诸暨县革委会关于毛主席思想宣传队问题作了指示：强调宣传队宣传的是毛泽东思想，文艺节目要小型多样化，采取自编自演的方法，要政治内容丰富，并能结合形势。宣传员应该是政治可靠，学习毛泽东著作好的人。我哥哥原来是我们大队宣传队的骨干，后场配乐全靠他一人并担任着全台指导，但今天晚上宣传队开会却没有叫他，看起来他没有资格参加毛泽东思想宣传队了！

元旦时，全县要举行文艺会演，我们公社也要在元旦前举行会演。

10月24日 农历九月三日 晴

吴金灿也从江西回来了，他今天到我们村来，说江西清查外流人口十分严格，他们留在那儿的几个人有时要到山上去躲避，但隐藏下的还是有的。

他还说，章保祥留在南丰白舍，被说是反革命集团的人，是他们以前一起的一个白舍人招供的，他已被关起来了。姚仕烈也被说成是反革命；白舍经营所装卸队长姚济才被捉去过；装卸组工人姚炳茂被捉住用刑，坐了老虎凳。

10月26日　晴

　　陈蔡区大批判办公室游斗小组在我们村批斗了原陈蔡区委书记蒋澄水和副书记金仁初、金国良，蒋澄水有些满不在乎，金仁初和金国良比较老实。

　　这几天生产队里农活十分紧张，黄豆已熟透了，太阳下爆裂开来，落得十分厉害，所以接连开了三个早工拔豆。由于没有钟，今天起床太早了，大家到了山上天还黑着，没法拔豆。穿的衣服太单薄，就烧火取暖，坐了有个把小时，也无济于事，大家冻得要命，只有回家再睡。过了一个多小时，天才亮起来。在这农忙时节劳力那么紧张，周开苗却不来干一个早工，白天干活又偷懒，今天又到陈蔡街上去了。社员们都十分气愤，大家都说，对于这种人要斗争。

10月28日　农历九月初七　晴

　　今天晚上大队召开斗争大会，斗争周丁中。周丁中一贯横行霸道欺压群众，又一贯偷窃，民愤极大。斗争大会开得十分好，真正为压迫者扬眉吐气，群众情绪十分激昂。在我参加的大会中，今天是开得最好的一个。

　　可见做事只要符合人民心意，人民都会支持的。

　　周丁中今天的样子十分狼狈，他是前几天知道要批斗他，就开始装病了。他大儿子周开正把他背来，他一到台上就装站不住，坐在了台上。他今天故意穿一件十分破的棉衣，装出一副可怜相，群众叫他站起来，他可怜巴巴地叫儿子周开正扶着他。后来群众又叫周开正走开。他虽然一副可怜相，却没有一个人同情他，台下的骂声不绝。一个人到了人人痛恨的地步，下场是可悲的。

我也联想到了我自己，性情很暴烈，对极个别看不惯的人，采取粗暴的态度，这也是应该改正的。不管对谁，都要讲道理，粗暴的态度只会引起别人的不满，每做一件事都要细加考虑才好。

　　上级要求从生产队为核算单位改变为大队为核算单位，我们大队周家湾自然村的三个生产队合并为一个中队，今后我们整个大队要做到土地合并、劳动合并、统一核算。现在大家都担心，大队核算会不会搞好，万一变成1958年大跃进时期的情形，那就糟了。干部好坏对农村的生产是起决定作用的，也关系到"农业学大寨"能不能顺利开展的问题。今天开会大家讨论干部，提出了周永友、周仲德、周林水、周洪生等十八个人的名单，交给大队革委会审批。

10月30日　晴

　　今天下午放假，到下吴宅开会，庆祝孝四公社所有大队革命委员会全部成立，实现了全公社一片红。

　　晚上放映电影，有《毛主席接见军队代表》《地道战》两部。碰到吴东灿，说起周兰祥在家里建屋子，江西广昌化工厂的金再发给周兰祥来了一信，叫他可再去广昌古竹做化工厂装松油用的木箱，周兰祥问吴东灿去不去，吴东灿说他是无论如何不去了。7月4日那天，我回来后，他们留在东乡县虎圩公社陈桥大队的一批人，白天要给当地割稻，晚上俩人被一副手铐铐起来。几天后，在东乡县城附近又被当地造反派捉住，用绳捆起，那苦是吃足了。吴东灿表示以后再也不想外出了。

　　我是非常想到外面去的，只是"农业学大寨"运动开始了，生产大队无论如何不会同意我外出。再加上我们这种成份，就是逃出去也会累及父母……

　　吴东灿与吴圆同村，就提起了吴圆，说她父亲现在没什么问题。吴东灿又说吴圆人品好，待人真诚……

我很想念吴圆,一直想写封信给她,向她表明心意。但又有许多顾虑,我下不了决心……

11月4日　农历九月十四　阴

晚饭后有许多青年伙伴围在一起闲谈,他们谈到宣传问题时,有人提议要召开一个宣传队会议,他们就都去了。周祖坤喊了我一声,由于我不是宣传队员,我的自尊心又十分强,怎么肯去呢?场地上只剩下了我和几个小孩……回家看了一会儿书,又到外面逛了逛,阴天,但朦胧有些月光,只有我一个人在这朦胧的月光下徘徊……

这时,一股说不出的孤单凄凉袭上心头!这时是多么需要一个人在一起啊!

白天,读蔡平霞写的《读了〈时间之恋〉之感》,她写到时间飞快地过去,这也意味着生命的逐渐缩短。是啊,一个活蹦乱跳的青年人已经感到了孤单和没事可做的空虚,到临死时,他能有什么值得回忆的呢?

晚饭后临睡前的一段时间是最难熬的,这时心静下来了,而惆怅的感觉也随之而来。白天,心整个都融化在劳动里了,和人们在一起,心里是舒坦的……

和谈得来的朋友们在一起互相探讨,谈论一切事情,多么有趣味啊!

11月10日　晴

中国共产党扩大的八届十二中全会于10月13日在北京开幕,于10月31日结束。

诸暨县革委会赠送给每个家庭一张公报,可我家是没有资格的!

11月19日 阴

　　西岩公社琴弦大队昨天成立了革命委员会，昨天他们村里演了《红灯记》，今天晚上舞凤公社屠家坞大队的宣传队去演《奇袭白虎团》。

　　周渭月也在演戏，他是那么地热情，与他在一起总觉得非常愉快。虽然一起的时间不长，但他谈起了学校生活，说到了初二年级时某一个夜晚一同睡在大寝室的情景，往事历历在目；那天晚上，月光从窗子里射进来，照在我们床铺上，我们在月光下作了第一次深谈，我和他谈到了过去并对将来充满了无限美好的向往……从那天起，我才感觉到我开始有了真正的朋友。以后，我们又常常一起讨论事情。

　　回忆是幸福的，但是想到了现在我们的境遇，又不由得一怔……心情骤然为之沉痛了！

　　碰到了吴圆，我去琴弦村当然怀着能碰到她的愿望。周祖坤和周富国找到了她，又恶作剧地把我领到她那里。

　　一看到她，我的脸就感觉烘烘地热了起来，但我马上冷静下来了。吴圆显得很热情，邀我们到她家去。三年没见面，她变了好多，人瘦了，反而不及我印象中的她来得高些。她显得更为老练大方了，使人感觉不出她只有19岁。我想，她的精神负担是不会比我好的，更何况她有很重的家庭负担，这两种负担都会使人迅速衰老的。

　　吴圆说，她们村的吴仲华曾告诉她我和他们一起在江西干活的事。她又说，我们已经有三年没见面了，听话语似乎她也一直关心着我。我问她会不会到邻村去看戏？她说不喜欢跑来跑去的，连自己村里看戏都不在乎！

　　我们一起只逗留了很短的时间，虽然我很想到她家里去，又觉得不愿麻烦她，并感到有些难为情，所以没去。看了不长时间的戏，告别了周渭月，我和周祖坤等一起到了吴东灿家，谈了很久才回家。

晚上很长的时间睡不着觉，我想得很多：自从和吴圆认识以后，她的聪明美丽使她在我的脑子里扎了根，我从来没有像爱她一样爱过另外一个姑娘，就算我和陈月芳"相恋"时也没有忘掉过她。我一直没有对别人透露过这心中的秘密。去年正月里我到屠家坞去，得知周渭月爱着她，当时心里很不是滋味。本来，对我朋友爱的人，我是应该忍痛断爱的，可总是无法释怀，吴圆在我的脑子里印象太深了！去年，我曾写信问起周渭月这事怎么样了，他回信说这只是自己对她有过好感而已，谈不上什么发展的。周渭月搁置了此事，而我也搁置了此事。吴圆是不会知道我们的心事的，如果她和另外的人……到那时我会怎样地遗憾呢？假如我写信给她，她也可能无动于衷；但万一遭到她的拒绝，那就没有话可说了！然而，我又想到，假若周渭月也是深深地爱着她呢？那我将何以面对他呢？高云览的小说《小城春秋》中的赵雄不应该是我，我决不愿也决不会成为"赵雄"的。

我的思想纷乱极了：我爱吴圆也重视周渭月，对他们的爱都是那么地深切……

周祖坤劝我把事情明朗化起来！这样可以迅速得到一个明确的答复。如果不是为了周渭月，我早就这样做了。我仔细地想了又想，我想还是应该写一封信给吴圆，向他敞开心扉，但如果周渭月还是爱着她的话，我是应该毫不怕痛地割断这缕"情丝"的。

11月22日　晴

周家湾小学附属初中班开了一个斗争黄彩珍的大会，由孝四学区各校同学和村里部分群众参加。黄彩珍在周家湾小学任教九年，对同学是严格的，同学的成绩也较好。但她对同学的手段有时近似残酷。今天控诉她的主要罪行是实施法西斯教育。昨天已叫她到学校里反省，但她态度十分强硬，村革命委员会副主任还动手打了她。

我以前对黄老师十分不满，主要是她太看重学生的阶级出身，以此突出自己的革命性。在她那儿我从二年级读到四年级，共五个学期，受尽了打击和排斥，尽管我成绩优秀，劳动也好，对老师也尊敬，但从未得过奖。而比我差许多的同学则往往得奖。

　　有这样两件事使我耿耿于怀：

　　第一是我们全校学生到寺坞集体劳动回来，一路上，大家都互相说"某某和某某"之类，我在泥路上写了"友仁和凤英"这几个字。黄老师知道了，就大骂："他们都是贫农的子女，你妒忌他们还是怎么样？"言下之意，表现出对我这个地主的儿子的极端的轻视！但我那时才十多岁，能懂什么事！？

　　另一件事是在我读三年级时，当时不知是政策规定还是别的原因，我们几个四类分子的子女须交齐学费才能上学。那时我家十分穷，爸爸在劳改；姐姐只18岁，哥哥只14岁，都还在念书；祖母已是七十多了；全家五口全靠妈妈一人劳动养活。我妈也是为争口气叫我们念书的。我记得当时只差了五角钱就叫我停学了，回到家里哭了一场。当时妈也借不到这五角钱，我只有暂时不去读书了。停学那天，我去割猪草，碰到了贫农的儿子周伯友，他刚好不愿去读书，见有了伙伴，就和我一起割猪草去了。后来，黄老师把我叫去骂了一顿，说我骗了周伯友，对他谎说学校不读书，害得周伯友没有去上课。我当然不承认，当着黄老师的面问了周伯友，周伯友也说我没骗他。但后来给我的品德评语上她还是写了这件事，说我"别的都较好，只是对老师同学要诚实，有一回自己因交不起学费而停学，却骗同学说是不读书"。这件事我深觉冤枉，当然很恨她！

　　但当时整个学校只有黄老师一个老师，一个人要教四个班，常常喉咙都是哑的，工作的确十分辛苦，她的责任心也很强。

　　划清阶级路线，对她来说也可能是没有办法的事！

11月24日　晴

　　22日，周家湾小学"红小兵"在我家大门上贴了一张责令书，责令我爸妈在红小兵呼口号时必须到大操场向毛主席像低头请罪。在大门上贴责令书，当然不是一件"光彩"事。我一见到这张东西，就像以前触到痛处时一样，冲动起来！血一下涌到脸上！想撕掉它！但我神志马上就清醒了——"到这步田地还怕什么羞呢？"我笑我自己——"我的小资产阶级虚荣心还挺强的。"

　　现在的四类分子和刚揪出的阶级敌人好像动物一样，别人叫他怎样他就只有怎样，哪里还当人看？四类分子义务工非常地多，公社叫四类分子造了一口井和一个厨房，美其名曰"文化大革命的丰硕成果"。对四类分子，干部们可以随心所欲，不论什么时候，叫他们做什么事都是件很简单也是很便宜的事。我家反正劳力多，爸去义务劳动无所谓，而有的四类分子是家庭的主要劳动力，自己家里损失不说，农忙时节都要去义务劳动，生产队群众都很不满意。

　　周仲元说他到斯宅公社去，碰到许多解放军到斯宅去驻扎。越南和美国在10月1日已经停战了，美国就派大批增援兵到了台湾。前不久，有解放军来我们当地测绘地图；里浦公社在建造一个规模很大的战备医院，清理阶级队伍工作又搞得这样紧张，种种迹象表明：敌人在磨刀，而我国也正在紧张地备战。

　　现在出身不好，做什么事都不行。就如周绍平、陈月芳所在的尚典大队，整个村成份非常复杂，历史清白的家庭很少。舞凤公社"清理阶级敌人"工作的典型、尚典大队的毛泽东思想宣传队里的主要演员，因为家庭都是有问题的，因此公社大队革命委员会已经勒令他们停演了。

11月25日　农历十月初六　星期一　晴

在这抢种抢收的大忙季节，孝四全公社停产开了一个"落实公报，彻底肃清二月逆流流毒"的大会。用稻草做成了刘少奇和浙江头号走资派江华的草人作为批判对象。

《人民日报》发表了两个小学教师"关于公办小学下放到大队来办"的建议，各地闻风而动。今年农村的学校中民办小学数量虽然有增加，但还是公办小学为主，而公办小学教师的工资都是要国家来发的，全国小学教员数量十分庞大，国家负担很重。

诸暨安平公社革委会已作出了公办小学由大队办的决议，不论本公社的教师和外公社的教师都回教师原籍农村，由所在大队安排工作，本公社在外公社教书的都要请回来，教员由大队记工分。

诸暨的"红卫兵报"还登载了陈家山初中三个教师的"把公办中学下放到大队来办的建议"。建议中说：现在的公办中学，老师和同学都脱离群众，脱离三大革命。三位老师建议中学脱离教育局的单线领导，也不要办到城镇去，中学教师由于来自五湖四海，并且各地文化水平高低不同，可落实到生产大队安家落户。

12月1日　农历十月十二　星期日　晴

陈蔡区召开了一个"彻底肃清二月逆流流毒大会"。孙子甫、何文隆、徐书生和原区级、公社级的许多干部上台报到，接受批斗，并对刘少奇和江华的两个草人，作了斗争。

大会照例在被责令上台报到的人上台以后，大部分去开会的人都散了，大多去开会的人是去看上台几个人的。所以每次开会只要有出名的，或是新的人上台接受批斗，参加开会的人特别多些。虽然真的去听报告的人很少，但我想这种造成声势的作用是不可小觑的。

晚上到戈企大队看戏，碰到了吴东灿。我和他谈起我和吴圆的事。吴东灿说：吴圆以前和屠家坞的一个人谈，后来分手了；我当时还以为是周渭月呢，听他介绍才知道是戴焱，原来是有人介绍戴焱和吴圆谈的，但这次清理阶级队伍，他的爸爸被揪了出来。他们大队干部叫戴焱一家搬回金华老家去，这事就无形中结束了。看来周渭月并没有和吴圆谈过婚事，戴焱和周渭月同在一村，彼此情况一定会相互了解的。

我碰到了同学杨仲生，并和陈础金、吴江型一起到陈公威家去坐。杨仲生一直是老样子，无忧无虑，高高兴兴的；陈础金脾气也没变，有点古怪，但他朴素的生活还是十分可贵的，在开会、看戏的场合别人总把自己打扮得漂亮些，但他有一次去公社开会穿了一双草鞋，衣服也补了几处，就这点来说，我不及他。

看完戏后，我和堂姐珠迪到表姐吴枝梅家去，和枝梅闲谈。她是个有知识、有能力的人，与一般妇女大不相同。我们都觉得我们前些年太幼稚了，想法过分天真，现实和理想差得太远了。枝梅说：她在读书时和社会没有好好接触，对阶级斗争这些问题都没有什么感觉。从书上读到的和听老师讲的，都是说中国人民勤劳勇敢、正直善良；可现在到了农村生活，所接触的人原来是这样自私，她感到自己受骗了！

我以前和枝梅的想法一样，而现实呢？人与人之间尔虞我诈，充满了肮脏的金钱关系。现实社会中人们是越来越刁恶了，或者说越来越聪明了。人们口里说的都十分好听，但心里想的、手上做的都是为了自己，自私自利之心人人都有，也就只是极重和较重之分而已。公正的人虽然不能说没有，却是那样地少。

这种认识，可能片面，因为我的知识毕竟太浅，识别能力又太不够，最重要的是对社会的接触面太狭小了。但从我所看到的遇到的各种现象来分析，我只能有这样的认识和结论。

12月2日 晴

今晚我写好了一封给吴圆的信。

信中,我从第一次见面谈到我们学习生活结束以及我后来的社会生活。我详细地谈了我的思想状况,我说:"'成份'这个可怕的字眼所致的政治上的不平等、人身自由的束缚挫伤了不知多少有志青年的锐气,也使我付出了极大的精神代价!"我向她诉说了苦衷:"热爱生活而又无具体的努力目标,导致精神非常空虚。"我觉得她是能了解我的,我希望她能理解我对她的真挚的爱,谅解我冒昧地写信给她。我在最后希望她能给我回信。

12月6日 雨

这些天来,劳动太紧张了,晚上又无煤油,学习是越来越少了。我想今后只有起床早些,抽早晨时间来学习。

我酷爱文学,但由于环境对我的限制,所以一直没写什么。今后我要写一些杂文,并写一些诗,对能看到的书作些分析、评价,这样对自己知识积累是有益处的。

我的日记已不能算是"日记"了,我记的内容都是不及时的,有时有了感触却没时间写,等到有时间时,往往会遗忘想记的事物,这只能算"笔记"了。习惯是容易养成的,我喜欢写日记,有想记下来的事物,没记下就总是牵挂着,觉得不踏实;写在日记本上才会安心一些。

现实生活确实不像书中写的那么美好,但我还是赞成文学作品应该写得美好一些。如文学作品仅仅是现实生活的再现和反映,那么读者读了书以后就不会有那种美好的向往了。一本好书对一个人的影响有时是很大的;就我来说,虽然无法分清具体的哪一本书给了我哪些东西,但我的思想和行动，离不开书本给予我的影响。

上月28日开始，吴子里办了个"清理阶级队伍"学习班，许多所谓有问题的人都去了。小姑妈周招凤也进了学习班，说她以前曾藏过土匪。我小姑夫在丽水工作，家里只留下四个孩子，大儿子周剑宝13岁，小儿子周剑飞6岁，这样小的孩子哪会料理家事啊！老二周剑超一点不懂事，尽吵架，老三周剑平手烫伤了，家里的红薯烂掉了……真是一团糟！八天时间就这种样子！我们小时候，母亲常年在杭州做保姆，那时真不知是如何过来的！我很可怜小姑妈的几个孩子，有人欺负他们，我经常要为他们打抱不平。

12月8日　上午雨　下午晴

今年的天气很不正常，七月份到现在，只下了很少的几次小雨，土地太干硬，冬种时山上的土根本掘不动，麦子、豌豆等都是硬扎种的，整个冬种季节没用过一次掘山锄。

昨晚终于下了大雨，并且打了整夜的雷。冬天打雷，这是很古怪的事。据老年人说："日本鬼子打诸暨那年，十二月三十夜又是下雪，又是打雷。"也有人说："冬天打雷，百姓遭殃，天下又要乱了。"我不相信这些迷信说法，但这些年的气候也确实反常。

下雨停工，刚坐了会儿，雨停了，岳祥叔叫人去清理水井。我本想下雨天学习点什么的，但又觉得他在喊而没人去不大好，又想到为大家做点好事是最好的学习，我就和周富国去了。我们村这条小溪早断了水，井水来源也很小，前些天因洗番薯淀粉，一些番薯渣什么的掉到井里了，长久没清理，井水变得黑沉沉的，竟有一股臭气了！我们吃的水都是到上道地冷水孔去挑来的，冷水孔的水很有限，哪够全村的人吃呢！

昨夜的雨漫进井里，井水很满了。用钩子拎水很慢，周富国想爬到井里面去舀，但一股难闻的气味使他刚下去就逃了上来，我想到这也是为人民服务,就把衣服长裤脱了,只穿了一条短裤,下到了井里。我在下面舀,富国在上面提,井水下降的速度非常快。井下臭气难闻,我满脸淌汗;井面上又洒下来好多泥水,我浑身是水,真是不好受!但我还是愉快地工作着——这是一种无强迫性的、自愿的义务劳动,真是乐在其中!

井里的水舀完了,我用扫帚扫了四壁,把井里的污泥用勺子舀了。岳祥叔又到冷水孔挑了一担清水来,我用清水冲洗了井底。正干得起劲,头不慎碰到了井壁的一块石头,痛得我眼睛都闭了起来。

干完活,我到冷水孔洗了个澡,真是痛快!

公社的"清理阶级队伍学习班"游斗小组来我村游斗。柯企大队的吴均谦,蔡义古大队的吴乐山,柏树头大队的陈其政,伍沿大队的钱校清等十人,由几个群专组的人押着,到村子里来转了一圈。被批斗的几个人颈上都挂着牌,他们中一个敲锣一个敲钹,其余的人喊"大家下午到学校开会去"。

下午开斗争会,斗争了钱校清、吴均谦、吴乐山。上河图大队的陈永贤还到台上斗争了吴亚罗。吴亚罗是上河图陈仲瑜的老婆,由于陈仲瑜多次被斗,她非常不满,态度十分强硬。群众造反的时候拆去了她家的一张床,她说:"你们楼板也可来撬的!"后来村里的红卫兵果真来撬楼板了,他们全家都躺在楼板上,才只撬了一部分。七月份时,村子里的人要斗争她,她逃到外面去躲了两个多月。回来后,村里斗争了她好几次,并在颈上挂石头、罚跪等。批斗会前,干部责令她的家属退出大会。

陈仲瑜的朋友说,现在到陈仲瑜家去玩都有麻烦,到他家去玩的人曾有两次被抓到公社审查。

枫桥区那边经常要查抄四类分子家庭,并没收一些东西,如果有两件的东西就要拿一件去,只留下够用的一点东西。如多点被、床、衣服,都会被拿走。反正要使四类分子家的生活水平不能超过一般贫下中农。

舞凤公社那边也不会例外的,我很为陈月芳家不安。她的父母教书工作肯定不能继续了,可他们身体弱,又不会体力劳动,家里一点积蓄又要被拿走,以后将如何生活啊!

早起后读了一会儿唐诗,读了杜甫的《梦李白》,虽然有几句似懂非懂,但诗人对友人的深切怀念之情,令人十分感动。全诗的思想感情十分真实,能引人入胜,我读了几遍后,细细咀嚼诗的意味,思潮随之而来。我的心似乎越过了重重隐藏在浓雾中的高山、滚腾的大江,伴随着一种深沉哀伤的音乐,飞啊飞啊……似乎见到了曾业龙、邓积成、老钟等远方的朋友,又似乎和吴圆、周渭月等人在一起……

唐诗太好了,我喜爱它,我得到了一本《唐诗三百首》,是蘅塘退士原编的。这本书曾被造反派拿去,后又被我拿回来的。这些古书装订得不好,拿回来后没有了目录,我花了一个下午的时间,才抄好目录。

12月17日 农历十月廿八 星期二 雨

我和周富国一起到了尚典、屠家坞、琴弦岗等村子,直到天黑才回到家里。

周绍平不在家,尚典村的四类分子家庭被进行物资清查。周绍平、周绍生的两间小屋被接管了,其他的东西也拿去不少,连周绍生结婚的棉被都被拿去了。

到屠家坞村先到了周渭波家,周渭月、周渭然、戴焱也接着来了。由于人多,好像没有什么话说。后来我执意要回家,他们见硬留不住,周渭月送我们到尚典村后的山上。路上周渭月讲述了那一次风波:屠家坞搞四类分子家物资清查,周渭月家原来三间屋被接管了一间,并要拿去别的很多东西,其中有一口铜钿柜也要被没收。周渭月想铜钿柜可以睡人,就拿另一个木柜去抵了;又有一顶纱布帐和一条被毯要被没收。

周渭月的妈妈认为自己家里被子不够，去说情，大队干部当时没说要没收，也没说不要没收，周渭月他们就没送去。后来清点时，接管小组的人见周渭月家调换了一口柜，又没把被毯和纱布帐拿去，便说周渭月家不老实，骂了一通。尔后又对周渭月说："你们要像××家一样老实，我们看××家老实，他们家东西不是拿了些回去吗？"周渭月说了一句"那大概是××家关系搞得好，我家关系搞得不好的缘故"，接管组的人听后大怒，认为周渭月污蔑他们和这家反革命分子勾搭。大队晚上召开斗争大会，周渭月的祖母是斗争对象，他妈妈旁听。上台去揭发的人说到了周渭月怎样不老实等，台下有一人喊了一声："叫周渭月到台上来。"喊的人有些胆虚，声音含糊了些，别人也没什么反应，周渭月也没上台去。过了一会，又有人喊："支持××的革命行动，叫周渭月到台上来。"周渭月只得到了台上，他们叫周渭月请罪，周渭月即朝主席像一鞠躬，又朝台下群众一鞠躬，即站在台上了。这时又有人叫周渭月到另一边去请罪，周渭月不肯过去，即有人来抓，硬叫他低头。周渭月硬不肯低头，说把他当四类分子看待是不行的！他们就采取了强迫措施，强行叫周渭月低头认罪。周渭月急中生智，站到了台上的一条凳子上，打开毛主席语录要读，这些人不允许他读，把他的语录本扔掉，周渭月立即去捡起来，又站到凳子上读了一段"谁是我们的敌人……"又想读另一段的时候，那些人一定不叫他读下去了。可是，谁又敢公然反对别人学习毛主席著作呢？这些人软了下来，周渭月反占了优势，台下的群众反而同情周渭月了。有人说"周渭月的问题是人民内部的矛盾……"，"周渭月学习毛主席语录要支持！"混乱中，周渭月趁势走下台来……

周渭月的大胆并以毛主席指示来服人，这是非常非常重要的制胜招数，这种策略真是用得十分好，我应该向他学习。

周渭月认为以后说话应特别注意，他这事就是讲话随便而引起的。他又说，对那些"朋友"要注意：到台上抓他的人，扣他领子的人，都是以前很要好的朋友，到这种场合就不顾面子了！这些"朋友"的表现，无非是想显示自己阶级立场坚定，以后有上进的可能！

平时很好的朋友，到了出卖朋友可以使自己获得某种政治利益的时候，就没有朋友的面子了，这种人不乏其例。

我们走到尚典村旁，周渭月还在望着我们，到琴弦和古居岩交叉路口时，我还远远看到周渭月在分手的小山上徘徊……

周渭月的乐观也是十分可敬的。那次会后，就吹起了笛，他回家唱起了歌，好像什么都没发生似的，使得那几个企图压服他的人又气又恨，亦无可奈何！

活得高兴些——使不希望你快乐的人生气！这是对那些人最好的反击！如果你整天悲观，不希望你好的人心情会舒坦，而你高高兴兴的时候，不愿你好的恶人心情就会抑郁起来——烦恼就属于他们了！

我们又到了琴弦岗村，我把给吴圆的信交给了吴东灿，托他转交。

12月18日 晴

因为小学下放到大队去办了，孝四公社的小学教员今天就要回原籍大队去了，公社革委会赠送给每个教师一个毛主席的半身像，一套精装《毛泽东选集》，一双草鞋袜，一把锄头，一把钩刀；公办教师每人另发了两个月的工资。

晚上柯企大队演戏，我到这里教书的吴赛珍老师房间里去坐，一起的有同学吴满仓的妹妹吴白娜、骆才信的妹妹骆水英等。我们一起谈论了许多话题。吴赛珍老师是语文教师，自初一年级起直到我毕业都对我很关心，而我又十分喜欢语文，所以我们之间的师生感情特别好。谈话中，我回忆了学校生活，并以过去学生的经验向她提了一些建议：我认为老师对同学各方面都应该非常关心，使得学生心里对老师有真正的尊敬感，如对同学采取压服的方法，当时看起来效果较好，但实际上只会存反感心理。

吴白娜和骆水英是吴老师现在的学生，她们也认为我说的是对的。

谈到学校里学生普遍怕作文的问题，我认为学生在学习时期见识太少，可写的东西很少，因此更加不能对学生的思想予以束缚。当有事可写的时候，写起来很容易，写出来的也有血有肉；但当无事可写时，写一篇作文要花尽心血，即使尽量生套硬搬，并拿一些华丽的辞藻来修饰，写起来的东西也是空洞乏味的。

要是我现在写起作文来，比以前读书时是会容易得多——因为现在知道的事情太多了！

我又说到了"六六届"毕业班有五个同学不予毕业，不发给毕业证书的事。这是很不妥当的，对同学教育上应该从严，处理上应该从宽。因为学生时代的思想是不定型的，转变可以非常迅速的。陈正明他们五个人，这一生的前途是活活让学校断送了。

12月19日 晴

在我们周家湾小学教书的周妙兴老师、周保生老师、蔡福庆老师今天回他们自己的大队去了。我们大队革委会赠送给了他们一个毛主席像。

对周妙兴老师的离去，我心里很舍不得，他在我们这一带群众影响很好。他回去还可以在自己大队教书，但他家里负担很重，自己大队教书只记工分，不发工资了，他的生活会非常困难。

12月25日 阴

昨天晚上召开了群众大会，宣布上级指示：决定对四类分子家庭财产进行清查登记，要求四类分子的家庭生活条件不得超过普通贫下中农，对超过部分的财产要没收。今天群专组把反革命分子陈渭桥的两间新屋、反革命分子陈渭土的儿子陈才标的两间房子都查封了，并查封了新揪出的坏分子周丁中的一间屋。陈渭桥、陈才标、周丁中都被弄得很可怜，特别是陈渭桥家，他的老屋早就非常破了，根本无法住人。房子封了，他一家六口人住哪里去？群专负责人周吉山叫他住到彰胜寺里去，他苦苦哀求，最后给他留了一间。

我们中队在前些天开始学现代戏《红灯记》，给我挑了个次要角色——日本伍长。如果是在以前，我是绝不会去演戏的，主要是我对演戏没兴趣。现在的情况与以前不同了，去演戏也是政治上好的表现，而政治上表现的好坏又直接关系到生产分工和评工分。他们给我安排了角色，如果我不去，这有些不太好。况且晚上没有煤油，黑灯瞎火的，晚饭后的一段时间实在寂寞得很。我于是决定参加了。

我的伍长的角色，起初我是很不情愿演的（心上想想，口上没说）。因在我们村，主要角色唱起来还不及我，我认为有点"用人不当"。又因为前些天到陈蔡看戏回来的路上我在唱歌，几个有点面熟的人带刺地说："哟，唱得这么好呀！"我也故意说："不错吧！"他们又说："你们村在学戏吗？"我说："在学啊。"他们又说："那你一定在演戏的啰？"我也说："这是当然的喽！"其实那时我们村根本没说要演戏呢。现在假如我村演戏时，恰好那几个人也来看戏，见我演的是这么一个角色，岂不要被他们笑话！

经过激烈的思想斗争，也就是"斗私批修"的过程，最后，我认为这也是一个人生观改造问题，个人是应该服从集体的，做一个真正的人应该从日常生活中多注意。我去演戏了，没几天处之泰然了。

宣传队出现了很不正常的现象：周茶素、周茶平、周凤英三个姑娘一出场回后台就跑到楼下，而周移信也紧跟在她们的后面，不知道他们在搞些什么！今天晚上越发表现得明显，引起了好些人的注意。年轻人在这些事上是最容易犯错的，也是群众影响最不好的事。周茶素的生活作风看上去不怎么正派，而周凤英纯粹还是个小孩子，只知吵吵闹闹，而周茶平呢，年纪已17岁了，长得却像个十四五岁的孩子，生活作风却坏得出奇，无论对谁都洋嘻嘻的，真看不惯！一个宣传队出现这些不正当的现象那怎么行呢？既然发生了，就应该及时阻止。我和周仲光等人商量了，下决心要杜绝这种不正当的现象。

年轻人这方面是应该特别注意的，很容易失足。我也应时时注意，绝不能让理智被感情所征服，应时时用理智来控制感情。这方面不注意，要想做好工作是十分难的，甚至于会走上犯罪的道路！

跟黄如江老师谈天，他说：像我们这种出身不好的人应该多做活，少讲话，话多了会出错，假如出身不好的人说了错话，别人钻空子是十分容易的，弄不好就是一顶反革命帽子！就现实来说，的确如此，但怎样做才安全呢？

12月26日　农历十一月初九　星期四　阴雨

24日，公社来人测量了村口的水库工程。要把大樟树砍掉，并在离大樟树外20米的地方筑大坝。

要把大樟树砍掉，我心里顿时有种说不出的不安和不舍！我们村三面环山，村子两边的溪流在村前合了起来，在刚合流的河上架有一座石桥，大樟树就在石桥的外侧。这株大樟树谁也说不上有多少年了，直径有两米左右，整个树都是空的，靠近路的一边完全是敞开了的。多少年来，村里人对这株樟树有说不清的感情，我们祖母一辈叫我们称呼它为"樟树娘娘"，孩子有病时，大人们会在樟树枝上拴根红线，树下插香跪拜，求"樟树娘娘"保佑。这株樟树，是我们儿时的乐园，我们在树洞里玩家家，在它向外平伸、状如小船的巨大枝干上睡觉，在它树荫下深水潭里和牛一起洗澡、捉鱼……

这次要砍去这樟树，因为是公社大队的规划，谁也不敢反对。真不知砍了这棵大樟树后，我们的村子会是多么地不像样！

今天开始了张家坞里面这段新路的建造。

中队成立了副业队，已种了500株李子，并计划栽培大批的茶、桑，要使村子在五年内改变面貌。

这些改造自然，建设新农村的计划和理想，是十分令人欣喜的，但愿不要走到歧路上去。

周富国收到了吴圆写给他的一封信，信中说她家不安全，经济逼人，由于劳动力少，欠了生产队200元钱，大队通知她，如果今天不交50元钱进去，全家粮食就要扣了！她向周富国借钱，并写道，"希望你这几天来一趟，一人无聊，叫周晓东一起来"。

看了她的信，我很难过。她家生活发生困难，但我却无力帮助。她叫我同去的一句话，很巧妙，意思也很明白的。周富国去她家的话，我准备同去一趟。

12月27日　阴

周富国约我到吴圆家去，我当然毫不犹豫地答应了。富国家猪刚刚卖了，他准备带十元钱去。我一点准备也没有，家里的经济权又不在我手里。我只好先空手去一趟。

我们先到了我江西伙伴吴仲华家，吴仲华砍柴去了。他的爱人毛囡，很热情也很健谈。

在她家坐了一会，她陪同我们到吴圆家里。我起初很有些尴尬。后来也平静了。吴圆对我们诉说了她家情况：她父亲是医生，可大队里一下叫他停医，一下又叫他行医，弄得生产队的活不做，反倒贴了一些药钱。今年一算要欠生产队200多元。她自己也常参加生产队劳动，但每天只有4分工分。这次大队和生产队一定要她家上缴46元钱，才可分粮，否则要把她家的口粮周转掉了。她父母无法可想，吴圆想来想去没另外办法，认为周富国是要好的同学，就写了这封信来求援。

我觉得吴圆很爽朗，我与她和她的父亲也很谈得拢。在富国和她的父亲到外面去时，吴圆对我说：她由于没时间，给我的回信还没写。我对她说："我是真诚的。"她说："处于同一社会地位，精神上是有同感的。"我们正谈着，她爸进来了，我们也没了单独谈话的机会。

我们约吴圆，我村演戏时来玩，她说只要有伙伴她会来的。

回到家吃完晚饭，我和我妈谈起了这事，妈妈十分高兴。老人的心事我是很清楚的，她劳苦一生，为的就是我们兄弟能成家立业。由于社会环境对她的约束，她的思想不可能再进步了。她希望我们兄弟早些成家立业的愿望很迫切。我对妈说了吴圆家里的情况。我说：能不能成功是另一回事，我应该帮助她的。妈妈很赞同，我想叫妈妈准备点钱，帮她解决些困难。我写信去约个日子请吴圆到我家来玩。

整个晚上，吴圆的形象总在我的脑子里。我爱她为人的大方，真诚；我爱她的美丽与智慧；更爱她思想感情的纯洁和丰富……她的一切远非一般的农村妇女可及！

为了她，我可以抛弃个人生活的幸福，而承担任何风险。

但我的人生观永远不会改变：生命诚可贵，爱情价更高。若为自由故，两者皆可抛。这永远是我的座右铭。

我相信：吴圆只能使我更进步起来，而不会使我停滞不前。

12月28日 阴

今天在砖瓦厂里做活。干活的人不多，但由于砖瓦窑师傅不会安排工作，干活的人一点秩序都没有，所以，劳动效率不高，自觉做的人累死，而偷懒的人闲得无聊。

周移信这种人，最会使奸刁。越是奸刁的人我是越要治治他。前几天，砖瓦厂需人担砖，我就叫周移信和我去担，他起初不肯担，我偏硬喊他一起担。他没法，只有来担了，但他很狡猾，只担20来块砖；我见他这样，自己故意担了30多块。后来索性担了42块，有300来斤重。我挑得这样重，一样的工分，他总也不能太轻了。但刁奸的人是不怕难为情的，只担了一上午，下午他再也不肯去担了，说是上午担得太重，腰痛了。

在农村集体组织中，热爱劳动、劳动积极是一个人最起码的品质。不爱劳动的人，就不能深交。不爱劳动的人不会有纯洁的心灵。懒汉，永远被人所唾弃，是社会的渣滓。

"工作可以使人美丽！"（茹尔巴《普通一兵》）说得真好！

晚上学戏。红小兵周移福几个人吵得十分厉害。大人讲讲不听，说是这种"官腔"不要听。

我对他们说："我也不赞成大人的话小孩都要听从和照做。因为大人有些话可能是错误的，不正确的；我是非常反对奴性的，一个人应该有自己的独立思考和主观性。但是大人的话不能全都不听，大人总比小孩社会知识多些，大人的话又是不可不听的。譬如今天叫你们不要吵，那是对的。做一项工作，总要有纪律才好。没有纪律性任何事都不会成功。小孩生性好动，一点不吵不闹是做不到的，但吵闹影响了别人，别人提醒你们时就应该静下来。光顾吵闹对自己和别人都没有任何益处。"

我这样说后，他们也听从了。

现在小孩子的胆量、见识以及工作能力，都比我们小时强得多。但是如果没有正确的引导，他们是会走上歪路的。

对小孩的教育是细致的思想工作。我们宣传队里有几个人不懂得做思想工作，而只知道粗暴地谩骂。

12月29日　雨

上午游斗小组到我村来游斗公社干部楼永根，他的罪行是"反对农业学大寨"。

下午我们冒着雨，担石头，建石灰窑。下了雨，路又泥泞又滑溜，草鞋里面都是泥，穿不住，只好赤脚挑，担子重，脚上被尖石子刺伤了好几处，直流血！

晚上，和周祖坤谈起了我和吴圆的问题。别人称赞我善于识别人；我自己也以能观察人的心理活动而自信。但对吴圆，我却不能洞察她的内心。是我自己对人的观察力不够，还是吴圆难以使人了解呢？

对个人问题，我一直是这样的态度：希望双方最好能多接近，求得互相了解，双方都能以诚实坦率的态度相对。我反对用虚伪的话语和行动来取得对方的好感。在婚姻问题上，任何卑微的手法我都不愿用，也不应该去用。我们村的有些青年人很可笑，向对方吹嘘别人如何爱他，如何写信来追求自己等，用以抬高自己身份。这有什么好处呢？

婚姻的感情应该是长期的，他们这种互相欺骗而获得的感情是不可能长期的。俗话说得好："真，真得到底；假，是假不到底的。"

我的态度一贯非常明朗：我认为书上说的"我非某某不嫁"或"我非某某不娶"这些是不真实的。假如我爱某某，而某某不爱我呢？有什么理由去爱一个不爱自己的人呢？假如配不上爱某某，就努力学习，改掉自己的缺点，使自己配得上爱某某！

婚姻，也受强大的社会环境所支配，如我村在江西工作的周祝培和陈冰英就是一例：

陈冰英聪明漂亮，是完全能配过周祝培的，但陈冰英家父亲被揪了出来，可能会成为漏划地主。因此，周祝培干部都不能当了。他写信到我大娘娘这里，说要和陈冰英离婚，两个孩子叫别人抚养。周祝培应该爱过陈冰英的，以前的感情到哪去了呢？陈冰英会如何悔恨啊？

现实生活中真正的爱情是很少的，地位权势把人们的头脑搞糊涂了！钞票可恶的花纹照花了人们的眼睛！

我希望：我和吴圆能多多接触，求得真正的互相了解，如可能，建立起真正的感情来。

前些天美蒋飞机来扔了传单，西岩公社那边专门召开会议，要社员们看到传单，不能去拿，说传单上有毒的；如果偷藏传单的话，作为现行反革命分子处理；看见传单要捡起来，上交。那些天，干部们都到山上去捡传单，还不准四类分子到外边去干活。我想这种宣传是太过分了，说传单有毒，只能吓唬没有头脑的人和三岁小孩，捡到传单看也没关系，用毛泽东思想武装头脑的人们是能够根据现实来分清是非的。反动传单只能起反面教材的作用。这还可提醒人们：世界永远有敌人，阶级斗争还没有消除。

风雨世面
我曾视为生命的日记

1968-1978

1968
1969
1970
1971
1972
1973
1974
1975
1976
1977
1978

1月1日 农历十二月十三 星期三 雨

枫桥区那边的大型现代戏都已停演，说是县革委会下来通知，现在现代戏只能演几出样板戏，而样板戏的要求很高，戏中的正角色，如《智取威虎山》中的杨子荣，只有政治条件好、年龄、外貌全部合格才能扮演。据说整个诸暨县只有一个人符合标准，但如果他出演杨子荣，还要到中央文革小组去批，批准了才可以演。

演戏——这是民间艺术，也是农民唯一的娱乐爱好。演的戏政治水平高，无疑对农民的思想认识提高有好处。但是农村演戏，决不仅仅是宣传思想那一种目的吧？

1月3日 晴

我们大队名义上是余粮大队，但大部分家庭粮食都不够吃。如果明年收成不好的话，那社员的生活越发成问题了。

今天下午去挑派购任务，派购任务也叫卖余粮。我们每年都要从村里挑谷子到10里外的陈蔡区粮管所。这是一次劳力青年出风头的机会。我们力气大的几个人，都会选用一根两头翘起、软硬适中的"翘扁担"，挑起中间"带尖峰"的谷箩，轻轻松松地走着，很是招人眼球！

路上看到陈蔡大队和水湖庄大队的社员正在挖沙修田，这是"农业学大寨"很重要的部分。

陈蔡街上戴白袖章的人很多，他们是"四类分子"，也有"现行反革命"……

1月7日　晴

柯企村二娘娘在前天死了，前两天我有事去不了，今天送她出殡。

二娘娘的女儿吴枝梅十分悲痛！她的女友——吴芬华、吴百珍、吴金枝也都哭得十分悲伤，她们之间的感情真好。

我七岁时，曾住在柯企村，由二娘娘抚养了半年，她对我是十分严厉的……

1月10日　雨

妈给我十元钱。昨天晚上我独自一人到了琴弦村，把钱给了吴圆，向她表示这是我家的心意，在吴圆家住了一晚。今天白天我去看望了吴启望。吴启望是我远房表兄弟，曾任教多年，当过诸暨中学校长，他知识渊博，也很健谈。据说解放初期他帮助一个国民党的官员外逃，被划成了反革命分子。下午我要回家，临走时吴圆给了我一封信。

这信是她今天匆匆写的，信中说她家不平稳，她感到生活没有一点趣味，很羡慕过去流浪在外的英雄好汉；在这样的环境下，她对个人问题失去了兴趣，无心考虑。信中又说，我到她家去只管大大方方，不必顾虑，反正我们是要好的同学；目前我帮助她，将来她好了也掏心掏肺帮助我，这是一个人的道德问题；这次没和我谈起她过去的情况，以后有机会再谈。

她的信，我看了不下十遍，细细地琢磨着她的心意。对她的处境，我十分同情：一个姑娘很少有社会活动，加上精神上的枷锁和家庭的不和睦，那种痛苦可想而知！她说"她对个人问题失去了兴趣，无心考虑"，这是真心话呢，还是对我向她提出的问题的委婉推托之词呢？她说"目前你帮助我，将来我好了也掏心掏肺帮助你，这是一个人的道德问题"，这说法是不错的，但我不知道她说这话的原因。她可能误以为我是别有用心才帮她的吧？如果她这样想，那倒真是冤枉了！

她内心的思想我一无所知，疑团一个接一个，我莫能解其详。由于环境所致，有些地方她肯定是及不了我的，我应该设法从各方面帮助她。但我们相距十多里路，彼此又缺乏了解，我能帮她多少呢？

据我判断，她对我没有太深的感情，因为我们毕竟接触太少了。

然而我爱她爱得太深了，简直到了如痴如醉的地步！如果此事不成，对我的确是一个沉重的打击。在我所熟悉的青年姑娘中，无论是人格还是其他，没有人可以和她相提并论。

我交朋友，主要目的是想从这个朋友那里学到一些好的东西；对于个人婚姻问题也一样，我不会去爱一个对我的成长和生活没用的人。我认为吴圆是可以从各方面帮助我进步的。

但爱情应该是两厢情愿的，是不能用卑鄙的手段去获得的。我虽年轻，但这种打击对我来说已经是无所谓了。我能够忍受别人可以忍受的；别人不能忍受的，我也可以默默地承受！

但我决不甘心这样无声无息地老死！

我白天精神不佳，晚上睡不着觉，思想很纷乱。

1月13日 晴

我们公社召开了青年大会，17至23岁的适龄青年都要参加，是为了号召青年参军。这次冬季征兵的命令由中央颁布，任务比较重。愿意参军的青年都签了名，我也自嘲地签了一个大大的名字。

前些天有人说：今年征兵，四类分子的子女也可以参军。我嘲笑他们的天真。现在的中国，全仗军队维持统治。中央对于军队十分重视，要建设成为一支"非常无产阶级化、非常革命化、非常战斗化"的军队。岂容我们这些不纯分子参加？如我们可以参加军队，那何必还要受到政治上的种种压迫呢？讲那种话的人真是丝毫没有政治头脑。

事实上，参军已成为农村青年的唯一出路，大多数青年喜欢参军，希望通过参军来脱离农村，从而改变自己的命运。现在拥军爱民的工作做得非常好，军人和军属的社会地位很高，但这只是在和平环境中的现象。

1月14日　雪

去年12月21日晚上，我在排戏的地方看书，读到了一首诗，这首诗触动了我从江西归来时坐在火车上的思想。我随即想写一点东西，当时写了一点点，就被别人打搅了。后来一直没空写，但脑子里一直想着这诗，十二号那天夜里，我很容易就写了这首诗，取名"归去"。

今天修改了一下，抄于此：

轰隆、轰隆、轰隆……列车飞驰；迎着强劲的风，我凝视着车外，一座座的山、一道道的河、一片片的田野，一闪而过。思潮，随着轰鸣声，如海洋的波涛，汹涌澎湃……

我渴望：读没读过的书、到没到过的地方、见没见过的东西、做没做过的工作。"人所具有的我都有"是我的座右铭；艾芜、巴金是我的良师益友。

栅栏围住了我，铁链捆住了我。我渴望自由，渴望平等，如缸中鱼向往大海，像笼中鸟向往蓝天！

我看到祖国山河辽阔壮丽，看到劳动人民力量无与伦比，看到包工头穷奢极侈，看到穷工人街头卖破衣。

我品尝了失业的痛苦，饥寒的滋味，我遇到了难兄难弟甘苦共济。勤勤恳恳的我，从劳动中收获着生活的乐趣。

我像摄影机，又像录音器，把看到的、听到的统统录入脑子里。

"三查"，清除外流人，带血的狼牙棒，纸做的高帽，卑贱的外流工！滚，滚！

哭泣！叹息！怒骂！命运又绑上枷梏！

列车飞驰，人、屋、树一闪而过，我意识到我是在驶向牢笼，等待我的是一片巴掌大的天和种种不平，没有异乡人归家的喜悦，只觉得沉重、郁闷。

我知道的东西还太少太少，我渴望，多么渴望环球旅行！

列车飞驰，我的心飞出了车窗，越过层层叠叠的巍巍高山，飘过波涛滚滚的条条大河，飞向远处、远处，更远处……

这首诗我认为是比较好的，主要是思想感情真实。每一句，都是自己的心里话，没有生搬硬凑，矫揉造作，因此写起来也容易。

我一直想根据外面的见闻，写成几首诗，凑成一本诗集，并从"经风雨见世面"这句话中取名"风雨集"。这一方面可以练习写作，另一方面可使自己细细咀嚼这短暂而难忘的六个月。如果可能，也可使别人了解一些流动工的生活和江西的情况。

这一篇，或将作为"风雨集"末篇。

1月18日 雨 农历十二月初一

生产队研究出了粮食方案，每户人家只有一点点可分，有些人家过年就要断粮了！这几天大家都在议论这事，"粮食！""粮食！"家家都为自己的粮食担心和想办法。

我们村土地肥沃，人均耕地也不少，只要收成好，粮食完全能够满足。去年一是遇了干旱，二是生产安排不好，再就是缺少肥料，这三种因素使粮食大大地减产了。

基层干部的领导能力与社员的生活密切相关。三队的领导好，得到的粮食也多，一队、二队的领导不好，产量就大减了。

我给萧山县朋友楼俊成写了封信，诉说了我和他们分别后的情况，并询问有无粮票可买。我们这里有钱也没有粮食买,粮票涨到每斤壹角玖分,还很少有。

前天写好了一封给吴圆的信。我对她说:我十分同情她的境遇,但希望她不要过多为家务事所困扰。对她认为做人无意思的问题,我认为主要是我们觉得理想和现实不能统一起来,不能正视社会的现实,归根究底还是我们自己的人生观没有得到很好的改造。我们既然出生在这个社会,就必须充实地、美丽地活完自己的一生。

我对她讲了我的志向——"致力于文学事业"。由于社会条件的限制,我自己也认为不会有什么成绩,但是我是那样地喜爱文学!

我希望吴圆也好好学习,我认为不学无术在任何时间,任何地方都不能给任何人有所益处。

我希望她跟我讲话应该明白爽快些,我不怕打击。愿她回信,有空也来我家玩。我把《归去》这诗附给了她,并给她讲了我对这诗的看法。我希望她了解些我的思想,也可使她对我这诗提出意见。我想把她引导到喜爱文学艺术这方面来。

1月19日 雨

上午认真地看了《人民文学》,并做了点笔记,看的几篇文章都是关于文学问题的讨论。

《初见高尔基》一文,介绍高尔基把自己全部的才能和全部力量,都为劳动人民的自由和幸福而斗争。我认为这是每一个文学爱好者的神圣职责,也是他们的唯一目的。

高尔基说:"应该学会观察事物的本领——透过偶然的、外表的东西——观察的艺术尽在于此……"

石凌中在《跨进这个灿烂的春天》中号召文学事业的从事者们要到人民生活中去,拿起笔来,推动生活,不被艺术形式束缚。

这些对我很有启发：他们说的真是我心中所想的。

下午，周富国跑来告诉我，吴圆、陈珠球在周仲华的陪同下到我家来玩，他们已到了村口。这出乎我的意外，也使我非常慌张，因为我爸妈都带着写着"地主分子"的白袖章，并且我家的门框上也贴着用白纸写的"地主家庭"四个大字！吴圆第一次来我家，看到这些，那如何是好呢？我赶快叫爸妈把白袖章脱了藏起来，但门框上的四个字怎么办呢？我不敢去撕，撕了是"现行反革命行为"！急中生智，我在门框上钉了个铁钉，把在石磨下接粉用的"朴篮"挂在铁钉上，刚好遮住了这白纸，只是显得很突兀！刚做好这些，吴圆她们到了家门口，我的心"突突"地跳……

刚好今晚有戏，但她们不想看，我和富国也就没有去。晚上，我们一起谈了在学校时的生活，并一起唱了歌，《想念毛主席》《见了你们总觉得格外亲》等，她们都唱得很好，我也唱，我沉浸在幸福之中。夜深人静，我们才入眠。

1月20日　雨

上午和吴圆她们一起到周仲华家坐。下午她们一定要回家，我和周富国一直送她们到古居岩附近，回来时衣服被雨淋湿了。我们互相嘱咐多接触。吴圆能到我家玩，说明她对我是有意的，这令我十分高兴。但是她肯定有来"看人家"的意味，我家条件这么差，她会怎样看呢？

回来后，我独自坐在睡觉的牛棚屋楼上，想得很多……

从吴圆的谈话分析——现实已经使她失去了一个青年人应有的活力。我的心很为之沉重。我总觉得她不应该与现实的农村妇女相苟同。而现实呢？它坑害了多少青年啊！我非常想帮她从家务中跳出来，从事一些对社会有益的工作，但我自己也处于这样的地位啊！我们一起的青年人都认为做人没意思，我自认为这种思想意识是消极的，但如何解释呢？实际上我的内心也很迷惘，对未来，理想更是渺茫啊！

许多人在一起，没有我和吴圆单独谈话的机会，要是能和她好好地交流，那多好！奇怪的是，我在想到吴圆时，从没有要和她成为"夫妻"的感觉，只想从她身上发现什么，或者了解什么，得到一些益处，或者安慰。

爱情是什么？爱情是一种崇高的、美丽的、无法用语言解释的情感！人生若缺少了这种思想感情，那就不是完美的！

不知吴圆能否了解我的这种思想感情，她又是如何想的呢？

晚上富国和我一起睡，我对他讲述了我对吴圆的深厚感情，并拿了给吴圆的信和写的一些东西给他看，他看后，认为我的学习精神真好；对吴圆的问题，他认为我把吴圆看得过高，实际上她在各方面都是及不了我的。但是由于"成份"的问题，又可能使吴圆不能深入地了解我，他认为此事难说。他也认为吴圆是个好人，要我多做些工作，使双方能够互相了解。

周富国的话基本上符合实际情况，吴圆是个聪明能干的人，这点是肯定的，但是她已被生活挤得缩起了手脚。

1月22日 晴

昨天周渭月来我家玩。晚上同睡，谈了许久，直到鸡啼才睡。渭月是我同学中相处最好的一位，通过今天的谈话，我们的了解更进了一步。

我向他仔细地诉说了我在江西的情况，并谈了我的其他如学习情况等。他对我详细地讲了他和吴圆的事：他对吴圆有强烈的好感，写了信去，并托戴焱的母亲去讲，但遭到了回绝，他认为吴圆缺乏某种感情，并且没有什么进步。

我想把我对吴圆的情感也讲给他听，但总不好意思，终于没说出口。其实对他，我不应该隐瞒任何事情的。

通过与吴圆的交往和别人的反映，我对吴圆逐渐地了解起来。她在我脑中"神圣"的形象已逐渐消逝了，但我仍真切地爱她。

渭月问起我与陈月英的情况，我原原本本对他讲了，并对他说：我对于陈月英的同情心超过了对她的责难。我恨她，但这是恨铁不成钢，她负了我，但我能体谅她：环境和无知才使她拒绝了我，并且我也有责任——我没有真心地爱过她（虽然我真诚地对待她）。现在，她也很苦恼。我认为我们毕竟是朋友，我总希望她幸福，所以，有可能，我愿意从任何方面帮助她。

渭月的生活是不平常的，他平易近人，最大缺点是容易感情冲动，不能细心地对待问题。他的人格是高尚的，他认为我们还是应该遵照毛主席的教导，全心全意为人民服务。

1月24日　农历十二月初七　雨

腊月初四那天，周忠挺和吴芬华结婚，我因有事没去。周忠挺带信来叫我去玩，我昨晚去了。他们热情相留，我在他们家住了一晚，今天下午才回家。

周忠挺和吴芬华的结合，是真正的感情的结合。我衷心地希望他们永远和睦，生活幸福。

现在结婚办喜酒这种现象是十分不好的，经济上十分浪费，并且去吃喜酒的人又要为"人情"而担忧，有的没钱，就只好去借，"人情大如债"这话是十分真实的。

柯企村的青年爱热闹，每晚都要"吵房"到天亮，搞得忠挺身体吃不消了，缺乏睡眠，饭量下降，精神很不好。他们村的另一个人是元旦结婚，但直到现在还有人在"吵房"。有一段时间一连吵了五个长夜。不知去"闹洞房"的人有什么趣味？这样胡闹有什么滋味啊？我真看不惯。

回忆起"文革"前农村的结婚场合，越发令人难忍，划拳喝酒，讲的是令人作呕的下流话；对新娘和"领凤姑娘"动手动脚，这不是"吵房"，纯粹是对人的侮辱。

12月26日　阴

我们家乡的田野里有不少乌桕树，乌桕籽是榨油的原材料，是传统的经济作物。乌桕树的叶子一到秋天就泛黄，随着秋深入冬慢慢变红，又是一种风景树。乌桕树生长在田埂上，遮住了阳光，影响水稻生长，因此生产队决定把这些树砍掉。

今天我也去砍乌桕树，有许多小孩跟在我们后面捡"斧头口"，把斧子砍树的残片捡回去烧火做饭。小孩很多，经常为一块木片而争吵，有的甚至不怕被斧子砍伤的危险，紧挤在树身边，弄得我们都不好干活。整天这样吵吵闹闹的，我心里十分恼火。有几个小孩只有五六岁，背一只鱼篓，见一点木片就喊"给我""给我"，抢不过人家就只能哭，见他们这副摸样，真是又好气又好笑！

现在的小孩自私心越来越重了。记得我们小时候，只是为了好玩贪吃而破坏点什么，或"偷"点什么，从没有"做人家"的意味。然而现在的小孩，只要有一点用处，他们都会拿回家去。我们谈起这事，大家都不满意。有的说："这是新中国的接班人？"有的说："毛泽东思想学到哪里去了？"

前几天，温度在零下2度左右，我们去草子田挖沟。水田积水，无法穿鞋，我只得赤脚干活。脚浸泡在水里还好受，到了没水的地方就非常冷，脚冻僵了，脚踩下去都小心翼翼的，很痛。我到一个泉水塘，把脚浸泡到水里取暖，一会儿脚就暖了。我想洗个澡吧，脱了衣裤就跳到水里。啊，太冷了！我冻得气都喘不过来！我马上游到塘边，浑身用脚布和手擦，直擦得皮肤发红。由于是阴天，又有风，上了岸反而感到冷，我又一直摩擦身体直到身体发热，才穿上衣服。

别人问我冷不冷，我笑了笑，说不怎么冷。其实怎么会不冷呢？

冬天洗冷水澡，这不仅仅是洗净身体，更是一次身体的锻炼，意志的锻炼。当时如果没有一股勇气，迟疑一下就不敢跳到水里去了。

为了锻炼自己，我要坚持洗冷水澡。

1月27日 阴

共同劳动，可以使人与人之间产生互相信任、互相依赖的感情。今天和洪良叔一起干活，谈得很多，他对我说了一些自认为是不肯讲给别人听的话。他说：对阶级斗争，他们也弄不懂，现在的地主富农以前都是勤劳吃苦的人，有些人舍不得吃，舍不得用，又做好事，现在却成了"阶级敌人"；可有的人一贯好吃懒做，专门作弄别人，在文化大革命中参加"造反派"，成了革命委员会的领导人。他们心里想不通，但嘴上也不敢讲。

1月28日 阴雨

萧山楼塔楼俊成来了信，说很怀念我，只是由于没有我的地址而断了联系，接我的信后，他很高兴，马上就回了信。他告诉我俞梦雪在教书，大春哥和吴全兴家里都很好。楼金成约我到他家玩。路线是诸暨——次坞——楼塔。诸暨到次坞是0.96元车钱，次坞到楼塔只有五里路。他们那边粮票早稻出时只1角钱左右一斤，现在由于晚稻欠收，要2角左右一斤。俊成说徐华已到过楼塔一趟，他们对徐华这人很不放心，问我知不知道徐华确切的家庭地址。

前几天，我拿来了表妹蔡平霞的日记，认真地看了几遍。她的思想和我有很多不同，但是她思念学习生活，并努力求上进，这是好的方面。平霞认为没有别的工作，就如失去了幸福，并厌倦家务劳动的"杂而烦"。我写了封信给她，对她的处境表示同情，并对她说："我们应该是现实主义者而不是空想家，应该从现实的环境、现有的条件来努力使自己上进、做一些对社会有益的事。"平霞写的字没有女性的柔弱，这是好的，但是她的字带过来联过去地有一些特殊笔画，使人看起来很费劲。我劝她多多练字。

1月31日 雪

昨天下河图村娘娘家蒸米梗，叫我去玩，我去了。表妹陈小莲拿给我一本《悲惨世界》。这是法国作家雨果写的，是世界文学巨著的缩写本。这本书主要是标榜人道主义的，写的是一个法国囚犯盎维尔盎受一个主教的感化，在当局的追捕和迫害之下，他仍努力做一个真正的人，成为一个英雄人物的故事。可能是缩写的缘故，这本书看起来构思不太好，特别是对于革命性这一章，无什么大意义，使人费解，有许多事都是不现实的，令人难以置信，并且把有的人物神化了。所以这书虽誉为"世界文学巨匠"的作品，但对我的影响远没有《牛虻》大，无论是思想性和艺术性都不能和《牛虻》相比。

表姐陈幼菊和姐夫陈章友两人一直争吵不休，姨娘要我劝劝他们，但我对他们的事又不了解，所以我到陈章友姐夫那儿去了。从章友的谈话中听起来，他是一个公正无私的人，但是他生活上有些腐化、烟酒不断，并且态度也很不好。他的女儿林华是个十分聪明伶俐的女孩，从她的讲话中听来：在家庭问题上，章友太粗暴了。章友有知识，有能力，但是旧社会那种夫权制度对他影响很深，他认为老婆就应该听丈夫的话。我对他说，现在男女应该是平等的，只要不做坏事，行动是自由的。一个人不管能力有多强，但是夫妻关系不好，那肯定不是一个很能干的人。

家庭纠纷很复杂，别人也不好介入。若夫妻感情不和，还不如不结婚。

2月3日　雪

1日吴仲元结婚。吴金灿来吃喜酒。他这人很可笑，前几天晚上我们叫他唱歌，他唱得比牛叫还难听，但他一点不怕难为情。昨天晚上，我们叫他唱歌，说故事，他乱吹一通，出尽洋相。大家把他当玩意儿，他还很高兴。

一个人最要紧的是朴实，轻浮是会被人看轻的。

2月8日　晴

这几天虽然雪还很厚，气温在零下八度左右，但由于烧砖瓦的柴不够，我们只好出去採松桠、背树。做起活来，倒也不怎么冷了。

前段时间，我对自己比较满意，做事有条有理，很少发脾气，心中想得多，嘴上说得少。努力培养好的习惯，努力改掉些不好的东西。但是这几天，忽然又很容易恼怒，头也昏昏沉沉的。我也说不清究竟是为了什么，可能想得太多了吧，我真害怕我会患上精神病。

昨天晚上和今天，我看了前一本日记，在江西打工的景象又浮现在脑海里。我在去年农历十二月三十夜外出，今天是十二月廿二夜，刚好一年了。我又回忆起了曾业龙、邓积成、老钟等朋友来。不知他们现在如何。好思念他们！我想写信给他们，不知能否收到。

今天修改了67年5月写的两首诗《彷徨》和《一种患"心痛症"病人的话》。

《彷徨》记于此："周围是无数的路，哪条是正道？——我应走的路。我彷徨……怎样才算不虚度年华？怎样才能把整个生命和精力献给世界上最壮丽的事业——为人类的自由、幸福而斗争？我彷徨，闯吧！闯破束缚自己的一切！向艾芜学习，到外面，经风雨，见世面！到人生的海洋里去！把社会作为我的学校，在劳动中寻找一条自己应走的路！"

看了这首诗，我又回忆起在江西的场景，燃起到外面去的决心。现在是不可能的了。我好像刚从学校出来时思念学校生活一样思念江西的半年生活，我是多么渴望再到外面去闯闯啊！还能有这一天吗？

2月13日　于嵊县甘霖旅馆

今天早上我和哥哥动身到新昌姐姐那儿去，汽车要转好多次，不方便，又要花钱，因此我们选择步行。现在到了甘霖。我们早上六点半动身，过了斯宅乡，路的两旁都是高峻的群山。到下城村后，沿途都有槠树，槠树异常苍绿，溪水清澈见底，哗哗地流。这种地方真别有一番景致，令人心旷神怡。过坑口村翻越五岭，五岭又高又陡。虽是冬天，我们脱得只穿一件衬衫还汗流满面。到五岭顶上向下望，只见群山连绵，郁郁葱葱。这里是诸暨县和嵊县的分界线。到嵊县境内，都是下坡，两旁群山高耸，岩石峥突，水田非常少。直到出了楼家甸大水库，才见到一片片的水田和村庄。下午三点二十分到了石房乡，这地方比较繁荣，又走了十五里路到甘霖，已是五点十分。

这一路途经八石坂、坑口、松应培、江夏、茶坊、楼家甸、石房、甘霖共九十余里路。

我们走得比较累了，还是早点休息。

2月15日　于新昌回山公社下山村

昨天我们到了新昌县回山公社下山村姐姐这儿。昨天早上七点钟动身，途经乌岩、澄潭、镜岭、竹潭、下潘、里外链水、石门水库到了下山。总计约八十五里，澄潭到镜岭乘汽车。

　　从乌岩起，一路上山很多，田很少。山上都是红石，好像江西抚州一带一样，很少有树木。这些地方很贫瘠。石门水库地势十分险要，真可谓是石门，一条江从几丈宽的峡口冲过。里面江底很平。这石门水库计划要造五十米高的坝，现在由于缺乏材料停工了。镜岭至石门水库可能要造汽车路。下山村这地方收入很少，如果山上种些茶和其他的经济作物，那是可以改善生活的。石门水库造好后，这地方还会繁荣起来的。

　　里链水村这地方应该是小气候，较热，见好几株桃树和李树已有了花蕾。这花蕾是那么有生命力，引起了我长时间的深思……我十分喜欢有活力的东西，一路上光秃秃的山给我的是死气沉沉、缺乏生命力的印象。

　　走陌生的路，我非常喜欢，就像看一本新书，每走一步都给人以一个新的印象。祖国河山太辽阔了！我的眼睛也永远不会满足！

　　外甥碧江和碧泳的聪明是超乎寻常人的，他们也长得很好看，见了我们非常高兴。这地方的文化程度较低，远不能和我们诸暨相比。我希望两个外甥得到很好的教育，要不是成份关系，我们把碧江带去读书培养，一定不会差的，我们也可以放心许多。

　　我姐是善良的，对生活环境的恶劣并不怎么抱怨。我认为应该这样。姐夫是一个很好的人，他们的感情也很好。我想陈冰英和姐姐比起来，一定要郁闷、痛苦得多。尽管陈冰英的丈夫是大学生，住的地方也不错。

　　当然，我唯一的姐姐嫁得这么远又是这么贫困的地方，思想上总归有些异样，想通了也就觉得无所谓了。

　　这里文化大革命的情况和我们家乡差不多。有些山光秃秃的，听说也是"大跃进"时刮"五风"搞倒的，原来都长着大树，很茂盛的。别人都以为我和哥哥是下放青年，或工作干部，链水村的人还以为我们是测量人员！呵呵！

听说今年浙江省城市下放青年总计达25万人，有到边疆的，有到内地的。仅杭州市下放到新疆就有三万人。

2月19日　农历正月初三　雨

昨天和我们姐夫的堂弟戴吉财、戴信求一起冒雨到宅下丁村看戏。宅下丁村离回山公社七里，编排了一些舞蹈、小戏《送肥记》和绍剧《红灯记》。《送肥记》用新昌特有的高腔演唱，特别有风味！

宅下丁村人非常客气，留我们住宿，我们直到今天下午才回家，两个叔叔和这里的村民非常熟悉，朋友很多。他们对我们非常热情。

这里的风俗习惯和我们那里不同，吃饭是先吃水糕，再吃粽，后吃饭，菜中有一碗烤豆腐不能去吃；吃点心时面条或水糕下面的一块肉不能吃掉……由于不熟悉风俗，心中惴惴不安，生怕做了错事。

听这里的人说，这地方生活是艰苦的，出勤一天10分工分，分红五六角算较高的了。这里整党建党将开始，要抽好多人组成"贫宣队"到各村去搞工作，如下山村就要抽15个人去。

2月23日　雨

这几天一直阴沉沉的，有时还下雨。昨天傍晚下了一阵很奇怪的雪，却不是雪花，一粒粒的，大如蚕豆，不易化且很结实，但又没形成结晶，或可以说是小雪团，只下了很短的一阵就停了。

昨天我们去看了石门水库。这水库坝身长三十几米，坝脚宽也近三十几米，整个坝都是岩石和水泥筑成，坝的两端插进两边石山。这水库原来打算造50米高，由于公社干部思想不统一，劳动力也不够，计划只造28米高。水库造了已两年，现在停了工，已用去了20万元钱。按计划建造28米坝的话，发电量约五千瓦。

这里的大队原来安排姐姐教书，现在由于成份关系，不能教书了。可这里整个大队连教书的人都没有，有两个刚初中毕业的，也被说成是"臭知识分子"，也不能教书。这些"臭知识分子"还不能参加如"贫宣队"这些组织。

3月3日　于东阳玉山区尖山公社宿夜店

这些天一直下雨，我们迟迟不能动身。下山大队又决定叫我姐姐去教书。我们今天带小外甥碧泳回家。姐夫和他表弟送我们，准备到东阳县尖山乘汽车。刚出村时，碧泳一定要叫姐同来，我背也背不住，他还大骂我，后来经姐夫他们劝解，才平静下来。过了新昌县和东阳县的界河，姐夫回去了，碧泳当时不知道，后来知道他爸爸回去了，大哭大叫，大骂他爸爸"戴老戴"，真好笑！小孩真是难离亲爹娘啊！

东阳县境内地势很高，且都是黄泥，路很滑。这地方也是很贫瘠的。尖山汽车站很小，是汽车终点站。这几天由于道路结冰不能行车，汽车已停了几天，明天可能会有。碧泳现在很高兴，我泡了碗茶给他，他喝得津津有味。

尖山的街上贴了许多大字报，内容是说东阳县革委会军队代表宏智和工人代表徐礼康之流，分裂县革委会，策划武斗等。

睡了一下醒来，听到锣鼓声，原来这里有演出。我起床看了会儿东阳婺剧，听不懂，也就觉得没味道了。

3月5日　农历正月十七　星期三　晴

昨天早上七点乘汽车离开尖山，途经岑口乡后翻一座大山到山口，经宅口、王宅、歌山、卢宅到达东阳县，再到义乌市，车费是2.33元。岑口到山口有座大山，汽车盘旋而上。到山顶还有积雪，冰冻压断了不少树枝。过了王宅，路平坦起来，田也多了，到东阳附近就成了平原，这一路土壤以黄、红为主。

由于山路崎岖，弯道多，全车人大多晕车了，就连我这样身体好，又乘了多次车的人都感有些异样。有一位娘家在东阳的妇女，带着一个十岁女孩，母女俩吐得可怜。我看她太难受就给她捶背，后来上下汽车、上下火车等都照顾她，给她买票，担行李等。她非常感激。我们到诸暨下车时，她送我们下车，再三嘱咐我到她家玩。帮助别人解决困难，这是一个人起码的道德，也是一种好的品质，我们应该多做。

碧泳一路很兴奋，别人也都称赞他懂事，长得漂亮。汽车下山行驶时，他说："汽车颠倒的，汽车翘脚了！"这时他大约感到有些不舒服了。在义乌见火车驶过来，他吓得紧紧抱住我不放；上火车后他东张西望地感到十分新奇。

回到家里，一切都好。妈说，周渭月、周渭波等同学都来玩过。

苏联在3月2日入侵我国黑龙江珍宝岛，进行武装挑衅，各地都游行示威和开声讨大会。

汽车上遇同学吴绍木。他与吴圆同村，问起我和吴圆的情况，我不能作答。他认为吴圆和我是十分相称的。叫我怎么说呢？

周富国去过吴圆家，回来说琴弦大队有个青年追求吴圆，请了大队干部去做工作，施加了政治压力；从年前腊月二十起到现在，到吴圆家说媒的人几乎没间断过。

3月6日 晴

晚上看书，忽地又想起了吴圆，为表达对她的深切的爱，我写了几句诗，没有取名，即曰《无题》："如若你是一朵花，那么，任何能引起对你回忆的事物，就都带着芬芳的花香。你知道我怎么想你么？——没有你，这个世界的落日和朝霞都不会这么美丽！"

这首诗的思想感情是真实的，爱情确实太美丽！失去吴圆，对我无疑是一个沉重的打击！可我应该乐观地生活下去，失去的是"爱情"这两个美丽的字，但这不是我的生命。

著名作家蒋光慈在《给某夫人的信》中有句话："爱情不是我的生命，我的生命在工作上。"我的工作是什么呢？是永远地脸朝黄土，背朝天吗？或许是这样碌碌无为地终老？可我有一颗滚烫的热爱生活的心，我的心永远热忱而充实！

3月8日 阴雨

今天出瓦窑时，我在堆瓦，有点破的瓦就丢掉了。这窑瓦质量不好，残破的特别多。当我把一块有一只角破的瓦丢弃到地上时，60多岁的老社员招法叔公看到了，他即捡了起来，放到了瓦堆中去。他说："这瓦还可以用的。"我认为他过于小手小脚，就说："破掉的能做什么呢？"招法叔公又说："这瓦是辛辛苦苦做起来的，又费了柴火，丢掉了太可惜，留在田里还影响耕作。再说这瓦是可以用的，有些地方瓦还要敲破来用呢。"听了他的话，我觉得我错了，脸也热了起来。我们青年人大都有些大手大脚，对一些细小的东西不在乎。这实际上是对劳动果实不爱护，是很不好的行为。我觉得我还缺少农民精打细算、勤俭节约的好习惯。后来，我把一些破损但仍可用的瓦放进瓦堆里，不再丢弃了。

晚上生产队评工分，采取自报公议的方法，今天先自报。大队规定评工记分条件很多，大家心里都没个底。田坂里议论时，大家都认为务农么，主要应该看劳动的强度和劳动表现的好坏。在自报工分时，大多数十足劳力只报了八折和九折半。我大前年起就是十分工了，除了用牛等几样有点技术性的活差一点外，一般的活都是做得较好的，体力也算不错。但我只报了八折半，看他们怎样评吧！

3月9日　星期日　农历正月廿一

今天晚上学校老师周林武来我家坐,谈起了婚姻问题。周林武很关心我哥,总想成全他。我哥哥是个非常好的人,但对婚姻问题有些古怪,一直漠不关心。林武说这样不好,他说我哥找个爱人是件很容易的事。我们村的姑娘们对林武是信任的,她们对他说,我们整个周家湾的青年最好的是我哥。事实上,哪个姑娘嫁到我家来,无论各方面都是不会差的;即使地主成份这点不好,但我们兄弟群众影响好,应该不会有另外的事发生;再说我们家庭十分和睦,兄弟之间很能互相体谅;妈妈待人真诚热心,加之经济上也较好,实际上可算是美满的家庭。

我又想起了吴圆,如果她能与我结合,她对我将是很有帮助的人!我想,她应该能理解我的内心世界的。但也可能我错了,我在给她的信中说到:"我总喜欢用自己的内心去衡量别人,这或许是一种缺点。"这是待人接物一种好的做法呢,还是不好的做法呢?生活总会给我解答的。

3月15日　农历正月廿七　星期六　晴

西岩水库要建造电站,要在西岩、舞凤、孝四三个公社抽民工,我们中队有一个名额。做民工虽有许多不便和困难处,但我很想去。呆在家里毕竟太无意义了!看中队如何安排吧!

3月19日　晴　于西岩公社泄头村

中队决定派我到西岩电站做民工,这使我很高兴。我们大队还安排了周志明和陈才标两人。今天下午我们三人到了西岩泄头村。

这次先来西岩乡的民工有70多个,其中要30个石工,今天民工还没到齐。周兰祥也被他们大队派来建设电站。

　　西岩水库,建造于大跃进时期,它坐落于西岩公社泄头大队西岩山下,集雨面积约十平方公里,主要是走马岗一带的来水。它的水量并不丰沛,建造时只有灌溉用途。这次计划从涵洞出口绕西岩山西坡建一条渠道,然后从南坡用压力轨道接入山底婆姆村的水电站。据水利工程师介绍,由于绕西岩山西坡大部分是悬崖绝壁,工程量很大,但南坡携程达400多米,因此还是很合算的。

　　我们和这个村里的百姓相处较好,我到同学吴乐灿家拿了两把稻草垫床,他家人都很热情好客。在外面大家都很高兴,宿舍里又是唱歌又是唱戏,很热闹,晚饭后还到西岩水库去玩了一趟。

　　青年人高兴容易过火,有两个伙伴怪声怪气的,还用石头扔狗。虽然当地人没有说什么,但我认为这些行为对群众影响不好,劝伙伴们行为检点些。到一个地方,一定要搞好群众关系,要遵守群众纪律。

3月20日　晴　有雷雨

　　今天我们开工了,上午我们跟着测量员在西岩山上打桩。从水库涵洞沿山建一条渠道,长约400米,在尽头造一个停水池。再从停水池接管子到山下发电厂里。这个水电站的建造,主要是建设山区,加强战备,这次各地送到县里去审批的有4个发电站项目,只批准了这一个。这个发电站建造资金约20万元人民币。

　　晚上召开西岩电站开工誓师大会。舞凤公社大林大队和孝四公社吴子里大队的毛泽东思想宣传队来演戏。后来下雨就停演了。

　　看戏时碰到了陈佩文、陈水英、周渭月、戴焱、袁承恩等同学,也碰到了曾一起在江西打工的西岩钱家庄村的李孟营。大家都很高兴。我和陈月英已两年多没有见面了,不知为什么,总想碰到她,台下搜寻了几遍，没有看到。她可能没有来吧。

3月21日　多云

陈才标比较能干，也很会吹牛，常说自己本领如何大，看不起别人，大家对他有很大意见。

晚上开了第一次民工大会，站领导说了建造西岩电站的重大意义，以及整个电站情况和一些日常问题。

3月25日　多云

22日下雨就停工了，我到屠家坞村玩，夜宿同学戴焱家。和戴焱作了第一次长谈。戴焱的思想和我们的完全不一样，他已经没有上进心了。一个人的思想确实是受环境的变化而转变的。回想起1964年"四清运动"时期，社教工作队进驻我们学校，清查我们学校"重用阶级敌人子女，阶级立场不清"的问题，戴焱是一个很积极的人，也是当时我心目中的"奸细"。由于父亲被打成了"阶级敌人"，现在他也尝到了我们这种人做人的滋味，就不得不消沉下去了。

和周渭月的表兄李培明谈了话，他是"县联总"里浦中学的头头，参与一些上层活动。在"9·14"以后"县联总"被打成保守组织，他们到南京等地去告过状。虽然南京军区也表示支持他们，然而没有干涉。"县联总"上层人物到底做了些什么，我们不得而知，下层的人不知内幕，只知顺潮流而动。处理这些派性问题，上面肯定抱着"求大同存小异"的做法，定了性再反复，会使两派斗争更复杂更激烈。然而不解决两派之间的矛盾，会在社会留下根子的。

渭月和东和公社朱村一个叫华英的姑娘谈过。经过是这样：华英到戴月华家玩，和渭月等同学一起打扑克，她觉得渭月人聪明又能干，就处处打动渭月；渭月也认为她很好，于是两人就有了交往；经过几天交往，他们有了很深的依恋之情，并且有了定情的打算；不料过了五六天，渭月再到朱村去，华英对渭月的态度完全变了；渭月连原因都未能了解。青年男女之间容易产生感情，但也容易破裂。

碰到了公威，他对我讲了吴圆的一些事：我们同学吴绍木的姐姐去问过吴圆的妈妈，她妈说我村条件不好，不同意我和吴圆的事。我想，我村地方不能说不好，说地方不好只能是一种推脱。同学们认为吴圆的确很好，希望我对她好好地做一些思想工作；但同学们也说我要有思想准备，以免不成功时感到过分的挫败。我对吴圆的态度很不能理解，吴圆对同学说："现在哪儿也不去，过几年再说。"她这人资格较老，想走得稳妥些。吴绍木的姐姐听吴圆妈不同意我与吴圆的事，就想把她们柏树村的陈力平介绍给吴圆。陈力平的为人我很看不起，就是我与吴圆不成，我也不赞成吴圆与陈力平结合。我总希望我的朋友们能得到真正的幸福，就是对陈月英，我也害怕她嫁一个没有作为的人，或者是使她痛苦的人。吴圆不能答应我的话，我也同样希望她不要嫁一个自己不了解、使她无所作为的人。假若我是一个女青年，那我一定把精神生活排到第一位。

至于同学说我要有承受打击的准备，这是不成问题的。我很喜欢"作最坏的打算，向最好处努力"这句话，也尽量实行。我对自己近些日子逐渐养成冷静、少讲话、多思考的习惯和脾气逐渐变好较满意。

渭月爸爸是小学老师。我们一起看中华大字典，讨论诗的韵律。古诗非常讲究韵律，讲究平仄。汉字根据发音而分平、上、去、入等声调。我们连拼音都没学过，不会讲普通话，因此写古诗就更难了。平霞也曾同我讨论过诗的押韵，我认为这些不必过分讲究，诗只要读起来流畅就是了。我们应该尽力使诗通俗易懂，重内容而轻形式。学习韵律不是件容易的事，特别是我们学习时间少得可怜，不如用这宝贵的时间来学习一点别的重要知识。

3月27日　阴有雷雨

　　下午我到打石组打了半天锤,以前没有接触过,不敢下劲,时间长了觉得很费神费力。

　　我虽不会打锤,但是看到别人打锤就手痒痒的;我觉得打锤很有一股天不怕地不怕、改天换地的英雄气概!对于石工,我总有一种特别的敬意。这种情感,在江西打石头时就有了。如果可能,我准备调到石工组去。尽管我现在没技术,但只要虚心学习,是可以掌握的,并且我现在也已有了一点基础。

　　傍晚放炮时下起了雨,一个石炮点了但没有响。在大家认为这个炮已不会响了以后,有一个人走到危险区去察看。我开玩笑,故意装作很惊慌地喊了声:"快逃,要响了!"吓得那人慌张逃回!我的行为引起了好多石工的责备,他们告诫我,石工不能开这种玩笑,这种危险工作是要严肃对待的。我认为他们批评得对,很后悔自己的做法,以后应该多注意!

3月29日　阴

　　打了一天锤,手臂有些痛。打锤时自己觉得锤头打下去很准,力气也用得上;但有时风迎面吹来,眼睛要模糊,越打越心慌。我把扶钢钎的人的手打伤了两次。把人打伤后,心里就会更加发虚,也就更打不稳了!幸亏石工都知道这是难以避免的,都很宽宏大量,把他打伤了还说:"不要紧,放大胆打好了,打伤总是有的。"有的流着血,实在很痛,可他还连说"不痛不痛",真令人感动。

　　在扶钢钎的时候,我也被别人打了一锤,手指肿得很粗,虽然痛得发麻,但我也装作满不在乎的样子。

我由于胆子大，又敢下劲，一个老石工称赞我打得好，说我一定打得多了呢！周渭海学习了另外一种打法，我也跟着学，这是把在前面握锤把的手伸直一直到肩上后再将上来落锤，这种姿势很优美，但要求锤把比一般的长并且软硬适中。我学习着打了一个下午，打得很不错，只是手还不敢抖得太远。

今天我到了同学陈佩文家，和陈佩文的公公陈潮友聊天，聊了好长时间，很是投机。谈到文化大革命的情况，都认为好多表现是"形左实右"的，如对于"联总"的处理，本来只是群众抱着对文化大革命积极参与的态度，只不过参加了不同名称的造反组织，谁会知道"联合造反司令部"会成为"保守组织"，而"红色造反司令部"是"革命组织"呢？可是，解放军到了西岩公社后态度十分严厉，对每户人家都搜查，连小孩都怕。

在干部问题上，绝大部分干部被定为"走资派"，又被批又被斗，已被弄得没有威信。经过这次运动，干部以后做事都怕了，不会放手去做了，怕吃眼前亏，不敢做"恶人"。现在很多干部没有事干就光开会，也不去参加劳动，不做真正的工作，使得社员劳动积极性不高。如西岩公社琴弦大队就有七个脱产的人管理学校，每个教室有一个人坐着听老师教课，别的没事，只是对不听话的学生骂几句而已！村里的社员意见纷纷，谁也不想去干活了！

现在西岩电站工地只有六七十个工人，却有13个脱产的"建站委员"。民工们提意见说："我们不是来劳改的，用不着这么多人管理！如果我们是来劳改的，他们这些人的影子都没看见，我们早就跑光了。"

3月31日　晴

今天一整天打的是一个抬炮，铁锤要打在比脚底还低的钢钎上，我当时不敢使劲。后来，我打得胆大了起来，敢放手了，并比较稳定。每一样工作都是这样：初看起来好像很容易，但去做了，都会有很大的困难。如做石工，就要会打不同位置的炮位和各种不同姿势的锤，扶各种位置的钢钎；要会装炸药；会撬、拆钢钎，定炮位，修钢钎等，这些工作都是比较难的。

现在我们打炮是在七八丈高的悬崖上，很容易出危险。我很为做这种工作而感到自豪。放炮时，随着震天巨响，看着石头四溅飞泻，心里就有一股难以平息的激情！

前几天我针对陈才标的缺点，直截了当地提了意见。他这几天改了不少，因此大家对他也友好了些。知错愿改的人是好人，我愿意相处。

我想着吴圆，很想和她好好地谈谈，但不知她的思想到底怎样，不了解情况使我很受煎熬。同学们的看法都一样：认为吴圆聪明、能干、品德高尚、行为端庄；但她的才智已被环境束缚住了。我真不知道我应该怎样才好。

4月3日　农历二月十七　星期四　阴

这些天的活干得很愉快，抬炮、插炮我都已经打得比较好了。

上午西岩公社开会，庆祝"九大"召开。

晚饭后，大家在寝室里唱戏，说笑之声不绝。我努力静下心来，修改了一首诗，记于此：

八月的一个正午
我徜徉在一株盛开的桂花树下
桂树深绿的叶映着亮晃晃的阳光
映衬着缠绕在叶枝上的黄灿灿的花簇
别有一种神秘的美
空气里弥漫着桂花芬香

我贪婪地吮吸着
忘却了人间的苦痛
心旷神怡之余沉浸于美好的遐想……

太阳偏西
一群开完"斗私批修"大会的人民
从桂树旁路过
他们显然很爱桂花的芬香
簇拥在树下
有人爬上树去
粗鲁地攀折下粗杈嫩枝
地下的人争抢、嬉闹
人人都得到了满把的桂花
他们满意地扬长而去
晚风吹来
没有了花香
稀稀落落的几枝叶子
挂在光秃秃的枝杈上
瑟瑟地响……

世界上这样的人不少
为了自己获得一些"香气"
他可以把满世界的"香气"整个地掠了去!

4月5日　今日清明　晴

昨天气温下降到零度左右,竟下起了雪籽。

中队已评好了工分。我在家时，为了评工分，曾开了几个会，我们中队工分评得普遍比较低，没有几个十分工。与我同档次的周章木、周迪良只有九分五，评到我时，大家认为我做活"忠心""猛"，并且质量好，给我评了九分七，是青年人中最高分。后来，几个干部搞了一下平衡，把章木、迪良他们加成了九分八，我仍九分七，反而是他们高了！工分低一点是小事，但这次评工分中的政治意味我是不服气的！干部们都有私心，总想着自家人工分高些，而别人是越低越好。

不过今后不是干部家庭，干活又刁奸的人要吃亏了，如周开苗原来生产队评是十分劳动力，这次中队评分只评了九分，周移信也只有八分半。

今天我回到泄头，石工吴友夫告诉我，吴大同在说我村石工只有一个名额，现在有陈才标和我俩人，他对我做石工有些气不过。吴大同是"成事不足败事有余"的人，这种人也很好使唤，虽然我不愿和这种人交往，但为了免除一些不必要的麻烦，我还是略施些交际手段，糊了他的口来得好。

4月8日 晴

我们的工地太危险了！这几天经常有人受伤。昨天有几个人险些被砸死，幸亏躲避得快，但还是有两个人受了轻伤。今天快收工了，有一个人到渠道的上面砍竹子，把一块比斗大的石头夹杂着一些碎石踩滚下来，直冲着我，要不是我动作敏捷，真要送命的。这种工作危险得很，随时有死伤的可能。

我给姐姐写了封信去，告诉她，外甥碧泳一天到晚笑嘻嘻的，聪明、活泼、天真、纯洁可爱的模样十分惹人喜爱。难怪人们都喜欢把小孩作为和平的化身，太形象了。对于小孩，我总有一种特别的喜爱劲。

和吴乐灿、陈才标等谈论小说，觉得许多小说缺乏真实感，如《敌后武工队》这本书，议论很多而缺少令人信服的情节。还有些旧小说情感很低俗，对人确实有害而无益。

　　我今天再一次写了封信给湖南涟源曾业龙的家里，问询曾业龙和邓积成的情况，我思念着这些纯朴真诚的朋友！

4月9日　晴

　　晚上开了石工排会议，大家提了许多意见。
　　一、技术员没有把渠道位置测量好，没有确切的标志，使得做工的人心中无底数，影响工效。石工们认为如果上级不来测量，我们自己来搞，也是能做好的。
　　二、大家建议建站委员会做好安全措施，我们这工地太危险了！
　　三、要求建站委员和民工所属各公社大队联系解决好民工报酬问题。这工作不做好，民工思想不安定。特别是粮食缺乏，大家都吃不饱，各公社的民工都很困难；打石头的劳动强度实在太大，比家里干活要多吃不少粮食。
　　四、食堂工作要搞好。已经有好多次生米饭；有时过早烧好就吃冷饭，有时太迟了就饿肚子。
　　五、为了提高工效，应该采取配对、分小组的方法。建议三个人为一组，合得来的石工可自由搭配，这样可以加强责任感。我们这批石工基本还是自觉的。
　　六、掌握好上下班的时间，以免影响民工身体。
　　七、领导应该做好具体事务工作。

4月14日　晴

　　同学吴满仓看了我关于桂花的诗，他认为应把桂树描写得瑰丽些，第三段改为桂树惨遭横祸后在诉苦，气氛写得悲惨些。我仔细考虑了以后，认为这样一改的话，主题就成了"那些人"为了自己的一点微利而惨杀了"桂"。而我的原意是突出我们的"享受"被"那些有资格开会的人"人为地劫掠了！

吴满仓是我幼年的好友，在柯企村完小一起毕业，他还是同学中仅有的一个考取里浦中学、又念了高中的人。他的思想很消极，他自己也称自己"颓唐"！缺乏大的抱负，干的又是毫无意义的、填饱肚子的活，谈何人生乐趣！

4月17日　农历三月初　星期四　阴

晚上读了一些报纸和一本1957年的《民间文学》。《民间文学》中的民间传说和诗，有着十分浓厚的"人"的情感和思想，感到十分亲切！

我想到：我应该歌颂正义，揭露邪恶，为人道主义、爱国主义唱颂歌，为自由、平等、幸福开路……

我应该静下心来，仔细地冷静地分析一些事物。拍马、捧场不是我们所应该做的！而脚踏实地、实事求是的精神特别要提倡和努力去实施。

事物要看本质不能看现象。人的思想不能光听他们讲，而要从他们的"悄悄话"和他们的"行动"中，去了解他们真实的思想感情。

4月18日　阴

前些天我们村的民工周志明和西岩邮电所的吴元珍谈过，现在不知为什么就结束了。周志明不打算瞒我，但我不想陷入到这种事里，就一点没去过问。陈才标对吴冰亚有意，对吴冰亚我虽不十分熟悉，但相处还是很好的，才标希望我能帮他想想法，我也答应了。

生活中的人事是十分繁琐的，我经常想躲开一些，但总不可能，朋友们有什么事都喜欢和我说，请我帮助。

读着书，我想，书是活生生的人写成的，那么就有活生生的思想饱含在字里行间，我们认识了解的也就是这种活生生的思想。

今天看成语故事，包括"一鸣惊人""三人成虎"等50个成语。有些成语的意思很深刻，不愧是千百年来劳动人民智慧的结晶！

高尔基在他的《我怎样学习写作》中说："谚语和俚语，用一种特别富于教训性的完整形式，把人民大众的思想表现出来，因此对于初学写作的人，熟悉这种材料是非常有益的。这不仅仅因为它能很好地教育我们学会文字的节约、语言的压缩性和形象性等；而且我们苏维埃国家人口占得最多的人民是农民……"

高尔基说得太好了！我们中国的成语也有同样的意义。

晚上我在看书写作时，吴明桥他们说，我可以向报社或广播站投投稿。我笑了笑，告诉他们我一贯的想法："我写不出适合时代的好文章来，因为我的思想跟不上形势。正如刚才我们谈的，投稿要熟读报纸、紧跟形势。"

大家还谈论到稿费问题，我说为稿费而投稿那是决不能写好作品的，记得有一位文学家说："当一些事纠缠着你不得不写的时候，写出来的东西才是真实的、有价值的。"违心的东西绝对感染不了别人。

4月20日　阴

昨天下午下雨停工，我抽空到吴冰亚家。她的父母都没在，我和她深谈了好几个钟头，吴冰亚详细地向我讲述了她的生活经历。

吴冰亚在16岁时，家里生活比较困难，父母亲不关心她的幸福，听信媒人之言，因贪财而把她许给了舞凤公社高山村的一个青年。嫁过去后发现，这青年人非常古板，不通人情，与她毫无夫妻感情，一起生活一年多，竟讲不到一百句话。她公婆又很厉害，常对她又打又骂，她呆不下去，就逃回家里。

　　没有吃过苦的人，是不能理解痛苦的滋味的。经过这次婚姻，冰亚深觉夫妻和睦之可贵。今晚我又和她谈了话，冰亚认为，婚姻问题最要紧的是男方本人的条件，人品一定要好，别的都没有多大问题。她说：只要夫妇之间能互相体贴，生活过得再艰苦，也是心甘情愿的。

　　经过这两次谈话，我对冰亚有了较多的了解。我觉得她是一个心地善良、性格温柔的女性，我对她十分同情。陈才标人品不错，性格直爽，聪明能干。他曾对我说，他对于自己认为好的人，就是对方对他冷淡些，他也愿意去接近；而对于自己看不惯的人，对方即使十分奉迎他，他也不会去和这种人交朋友。陈才标这种人生态度我是赞赏的，我看他也确是这样做的；我们石工组的正清叔在我们这些人里很有威信，他也认为才标品德较好，缺点是喜欢吹牛。但由于我一直的正言相劝，这些天他已改得较好了。

　　才标要是能与冰亚成功，是很好的事，他们能成为感情很好的夫妻。

　　冰亚已十分信任我，我也应对她负责任，我插手他们之事，应该抱着实事求是的态度，绝不能耍手段欺骗任何一方。

　　泄头村的女青年吴妙青突然对我说："你哥这人非常聪明，人非常好。"不知是谁对她说的。我哥确实是个很好的人，我在许多方面不及他。但环境把我们束缚住了，我们不能把自己所有的一切贡献给人民。

　　昨天晚饭后，和周渭海一起到将来的电站基地去散步，展望将来电站建成后，我们再到这里来时，一定会非常兴奋！基建工作太辛苦了，以后能够看到或享受到自己的劳动成果，心里会有一种自豪感。作为劳动者，最大的幸福莫过于劳动成果在为社会服务，让人民获益了。

　　我正在酝酿写一首《石工赞》。

4月21日 雨

昨夜与戈企大队民工吴明桥深谈到12点多。吴明桥是个有知识，诚实稳重的正派人。我们谈得最多的是双方的经历和恋爱方面的事。

吴明桥本来是董村公社下董村人，参军后由于身体不好而转业到新疆某县人委。在那里有60多元钱一月，生活过得很好。后来由于婚姻问题父母多次拍电报叫他归家，和干娘的女儿结婚。明桥不肯回来，干娘的女儿认为新疆苦，不肯到他那儿去，后来和别人结了婚。父母一定催促他归家，明桥多次申请下放，没能批准，后来就自行回来了。经人介绍，与董头村的一个姑娘订了婚，不久发觉这姑娘作风不正派，就解除了婚约。后来，他与戈企村吴美华认识了，很谈得来，就不顾世俗的压力入赘到了戈企村，现在他们夫妻关系很好。吴明桥说：他到电站工地后，看我有知识，劳动态度又好，就很愿意接近我。我也敬佩他。经过这次谈话，我们的感情已比较好了。我对明桥说我年轻无知，如有缺点，希望他直截了当地指出来。

"物以类聚，人以群分"，这十分确切。正气的人总喜欢和正气的人在一起；而邪里邪气，吊二浪当的人也有他们的小圈子。

对于有知识、人格高尚的人，我总竭尽一切办法去接近他们，而对于不务正业或极端自私自利、小里小气的人，则望而生厌。

我们石工排上午开会，讨论了两个问题：一是选派两名代表到诸暨县参加"九大"闭幕后的10万人大会。现在各地都在筹备"九大"结束后的庆祝活动，都花费了相当大的人力、物力。石工们愿意去开会的人很少，都怕要花钱，负担太重。第二个问题是讨论如何提高工效的问题，上级要求电站在10月1号能正式发电，向建国20周年献礼。

第二个问题引起了大家很多意见。由于报酬问题没处理好，民工们劳动积极性不高，特别是土工，工作效率十分低，大家都是"卖个日头过日子"。我们石工还算自觉，都能尽自己的能力做工。但由于报酬问题，思想也不安定，有好多人想回去了。特别是粮食不够吃，每到上、下午后半段，大家肚子饿得都干不动了。

工地上风十分大，飞沙打到脸上都有些痛，眼睛睁开都难；劳动又十分危险，进度再要提高是比较困难的。

大家提议建站委员迅速做好这些工作。因为建站委员大多数也是公社大队派来的农民，只能记工分，因此现在建站委员会的人，有好几个认为不合算而回家去了，又有几个只偶尔来看一下就又回去了。有许多大队都是派出了人员就不再管你的事了。实际问题不解决好，要做好工作是比较困难的，因为人的思想觉悟和生活水准，还跟不上形势的发展。

报上大量的篇幅刊登着知识青年下放到农村和支援边疆建设的消息。这是目前的一个高潮。

有许多城市青年怕艰苦而不愿到边疆去，千方百计安家在江南，有的回原籍，有的托亲戚，有的女青年用结婚来逃避。现在对这些下放青年待遇是高的，但不允许他们再返城市。报上也登着有些青年积极响应毛主席的伟大号召、到边疆去、到反修防修第一线去的决心书和家长支持子女的事迹，也有边疆人民欢迎青年们的消息。

假若我有机会到边疆去，我会毫不犹豫的，青年人应该闯闯世界，可从社会上获得知识。

"若要人不知，除非己莫为"，不知什么缘故，我和吴圆的事竟有许多人知道了，我本不希望别人知道的，这些事主要是吴圆那边传出去的。

对于这个问题，我又与在江西时一样，不想用过多的精力去考虑它。我不能知道吴圆的思想，这是最大的煎熬。有人劝我不要拖延，也有人给我介绍另外的人。对这事我的思想很纷杂，吴圆也太不可理喻了……

4月22日　晴

　　昨天晚上我到了琴弦村，恰好吴圆要去大队开会，她交给我一封信。信中说，对于我的要求，不能及时答复，并说对四类分子家庭的子女问题，她与我有完全不同的看法，以后会与我详谈。

　　实际上，不管她对我态度如何，若能敞怀与我痛快地谈谈，我是十分高兴的；我恼恨那种不理不睬、阴阴阳阳的态度。

　　今晚上我与渭海从泄头担柴到尚典村绍平家。前几天我也去过他家，由于人多，我们只讲了些闲话，没有好好地谈论一些正经的问题。我怀疑绍平是个迷恋小康家庭的人。他的妹妹倒是个大方、爽朗的人。在我们进尚典村时听到有几个姑娘在唱歌，渭海说月英也在，我却没有听出她的声音来。

　　渭海有一些天赋，学什么东西都很像。他讲话的声调、话语、姿势，很能引人神往。他在绍平家里，说笑吵闹，十分自由，我却有些拘束。

　　在回泄头村的途中，我们在龙宅水库洗了个澡，游了好几百米，很痛快！晚上游泳，我在西岩水库也有过一次，那天已是晚上11点左右了，天上没有月亮，四周黑沉沉的，我虽胆大，但一个人在这么大的水库里游泳，总有些心虚。在日常生活中，我经常有意识地培养自己的胆识，晚上游泳也可锻炼自己的胆量。

　　今天白天天气非常好，天碧蓝碧蓝的，没有一丝云彩，也不怎么热，凉风吹来十分舒畅。太阳将落山时，景致更是好看，西边的天空金碧辉煌，放射着奇异的光彩，层层薄云也被阳光映成橘红色。太阳的影子倒映在西岩水库的水面上，金波荡漾，像一块黄色的锦缎在风中飘动。山、水、树、人，都映上了一层金色的余晖！在这种美丽的景色中，人人都会为之入神。这时，我真想大声地歌唱，歌唱祖国河山无比壮美……

我爱祖国的河山，爱勤劳正直的人民。

4月23日 多云转阴傍晚有阵雨

我以前没有点过石炮，今天我向绍昌师傅提要求，绍昌师傅答应了。在点以前，我神经十分紧张，唯恐出问题。点燃第一根导火索后，看见导火索的火苗冲出来，嗞嗞地响，我有些惊慌，但梦来师傅他们的镇静感染了我，我的心也安定了下来，从容地点了第二炮。本想再去点燃第三炮，但另一人已点着了，然后我们迅速地撤离到安全地带。石炮爆炸了，石头飞蹦，烟雾滚滚！我的心也慢慢地平静了下来。

什么事都需要实践，以后我再去点炮就不会慌张了。

与渭海谈论人的思想意识和性格问题，渭海认为我的缺点是好胜心太强。好胜心是我一贯存在的，在以前我是很要出风头的，但后经朋友指出，我就真心实意地时时检查自己的行为，然而我又不甘中游。我最喜欢"人所具有的我也有"这句话。

渭海错了，我自己明白：我最大的缺点是情绪不稳定。别人看起来我是个很乐观的人，一天到晚高高兴兴的，无忧无虑似的。但其实我是尽量在克制自己的，有事当无事，不让人窥探出我的内心来。原有的心事，表面上装高兴，后来神经兴奋或是被兴奋情绪所感染，心事真的也会消逝了……

我们也谈论了我们共同熟识的人的性格，如绍平、绍生、吉利、月英。但由于相处少，他们的性格只能了解个大概。

陈才标这几天开始有些老毛病重犯，再加上我心绪不太好，我常要和他怄气！今天晚饭后我在上锤把，这也是一桩难做的活儿，我以前没做过，做起来当然不太好，他要帮我做，我不肯。后来我不慎削断了一片，他即笑话我。为了提醒他，我一刀把锤把砍断了，使他感到难堪，下不了台。别人可能认为我是做不好活而窝火，其实我是给才标一点颜色看看而已！做不好活，我会冷静地思考，逐渐地改进，这一刀砍断锤把的用意，只有我和他知道，量他以后也要注意些了！

4月25日　晴

党的第九次全国代表大会在4月24日下午4时胜利闭幕。

闭幕的消息到这里，已是半夜两点多钟了。干部们大声叫醒了酣睡的人们，要他们起来呼口号、游行、写标语。

但新闻公报还没到。

4月27日　阴雨

前几天我打锤很有把握，但这几天我为了学扶钢钎而没好好地打锤了，打锤的稳狠劲退步了不少，打起来反而没先前来得胆子大。

我做一样工作差不多总是这样的过程：进步很快、退步、稍进步、退步（这较少）、进步（比较有把握了）；有时这种反复可能还更多些。这并不是我有了进步引起自满所致，而是学习过程中的一种自然反应，不知别人是不是这样的？

和大林周成相处以来，我觉得他是个很好的人，聪明、和气、愿意帮助别人。最后一点对我感触很大：那天金友夫捉鱼割伤了脚，吴吉水等认为不应该记分，周成却到记工员周海祥那里去说了好几次，他认为友夫不到这里来也不会搞伤了脚，坐着吃没有工分，对他损失太大。据我所知，友夫和周成是没什么交情的，这使我很为之感动。

我有很重的妒忌心，并且无论事大事小，都盘算思考得过多，这是很不好的。我认为一个人应该抱大事清楚，小事糊涂的做法。小事上花费过大的精力，是没有什么好处的！

从金友夫处借来了《红楼梦》第一卷，虽早想读这部书，但读了以后我提不起精神来，只胡乱地看了一遍。这书暴露封建社会官宦人家的生活，这种充满着污秽、荒唐、庸俗的生活，看了令人很不是滋味！

那些上层阶级的人们，既不干活，又无能力，对社会有百害而无一利；他们只知任意挥霍钱财，自以为高雅，却还不满足这种穷奢极侈的生活。殊不知他们吃的、穿的、乐的，都是劳动人民的滴滴血汗！

我一直对那些衣冠楚楚、不学无术、自认清高的人充满着无比的厌恶！总想着骂他们一顿或取笑他们一场，解解气儿！这不能算是妒忌吧！

5月4日　晴

下午为了庆祝"五四"青年节，电站停工开会，会上对先进集体和先进个人发了奖品———一幅毛主席像。先进集体是我们石工排，无论在劳动态度上和劳动强度上，我们石工排当之无愧。

学习毛泽东著作积极分子有22个，这些并不都是劳动好的人。电站建站委员想用这种评奖的方法来鼓舞大家的干劲，这是不可能的。我们电站工地最根本的问题是如何吃饱肚子的问题，因为吃不饱，大家都是过一天算一天的，没有谁为了听几句好话而多出点汗，如果有，也只是一些假积极的人，他不会比别人多干一点活。

我想，我们做工，是应该做到出工出力的，因为这是一桩有意义的工作，所以我在工作上是肯下苦力的，并认真学习各种锤法，开始学习左手打锤，以提高劳动工效。虽然如有些人所说的，我们不靠打石头吃饭，但我感到开山打石这是一种值得自豪的工作，并且每一项工作都要努力做到最好。

傍晚，给房东吴乐江家劈柴，劈了好多，汗流浃背，干得很起劲。乐江的妈妈怕我累着，几次硬不让我劈，她很感激我。能够在空余时间帮助别人干些活，这是应该的，也是很好的事。况且乐江他们一家待我十分好，我、才标、红伟三个人的菜一直是吃他家的。我们感到过意不去，乐江的妈妈还这样说："我把你们当自家人，你们也只管把我家当自己的家。"说这话，她是真诚的，不过我们也不会让她们吃亏，净沾别人的光。

外出，群众关系最要紧，别看群众和我们接触不多，但他们的眼睛是雪亮的，能够知道这个人如何，那个人如何。如乐江的妈妈就对我们说："永苗不是一个正派人。"大家都喜欢行为正派的人，轻浮、吊儿郎当终归会被人看轻。

许才信这人婆婆妈妈的，没有年轻人应有的朝气。他好讲背后话又怕人知道，别人工作稍微轻松点，轮不到他，就心生嫉妒，喜欢念念叨叨，一切都显得小手小脚的！我看不惯他，当面讲了他好几次，他一点不改正，反而恨我，又有些畏惧我，拿我没办法。"邪不侵正"，这些人最怕当面揭露和公众的舆论，我们把他隔离开来，孤立了他，他就会意识到自己的错误了。

上月的工分已搞好了，我们干活的民工出勤最多的只有27工，但建站委员比民工们要多好几工。他们不参加劳动，平时经常不在工地，但工分却比大家多。大家意见很大，认为建站委员应该出一天勤记一天工，他们的工账让民工来记。

老爷相的干部我看不惯，如李家宅的李水木，平时总是摆出一副官相，看不起别人，很自以为是。这些人我要故意作弄的。有一次开会分鞭炮，他分下去以后说不准提早放，谁放谁负责！我看不惯这种淫威的样子，故意从别人那儿拿了一个鞭炮在他面前就放；他也只好看着，不敢说什么，在大家面前十分难堪。类似的情况发生好几次了，我都找了他的麻烦。大家对他这种自高自大、发号施令的样子意见很大，如果他不改，我们是不会让他得意忘形的。

许多干部是吃软怕硬的，西岩公社的女文书起初也看不起民工，我们教训了她几次，现在她的态度变得很好了。

昨天食堂开饭时，我不慎把一块压蒸笼盖的石头掉到了锅里，把锅砸了几条缝。尽管还不漏水，大家又认为我不是故意的，是为大家服务时的失手，不应该赔，但我还是到砚田供销社买回一口新锅。打破锅我虽然不是故意的，也是自己粗心大意所致，我以后应该多多注意！

5月6日　晴

晚上去琴弦村看电影《新沙皇的暴行》，影片控诉了苏联政府如何对中国进行武装挑衅。他们一次又一次地用汽艇冲撞我国渔船，用水龙头冲渔民，武装侵入边境，冲击中国驻苏大使馆等。这一切，说明苏修是有意识挑起边界纠纷的。

碰到了陈月英，和她谈了较多。我与她已有两年没见面了，我直截了当向她谈了我对过去这事的看法：我认为她以前的做法是不够恰当的，但我不愿意为这而失去同学的情谊。她虽有些尴尬，但在我真诚的情绪感染下，还是大方地回答了我的问题，她认为我的有些看法和说法是受了别人的挑拨，有些是她自己的无知而伤害到了我。

我在年前曾写了一信给她，在那信中，我详尽地说了我们之间的事情的过程，谴责了她的有些话语和做法，并希望以后能抛开以往的一些不愉快的事，能像另外同学一样和睦、愉快地相处；要她改正自己的缺点，搞好群众关系，不要迷恋于个人的温饱问题。过于的温饱只会使人颓唐，而艰辛倒反可使人奋发起来。这封信我本想用嘲讽语气来写的，后来考虑到我应该原谅她；头脑的简单、环境的逼迫才使她这样做了，我对她有很大的同情心或可说是体谅之心。

月英把写好的信交给我。信中说到我们以前的事，她是终身难忘的，我对她的帮助，她也经常想起。以前做得不对的地方，她一一向我道歉。她说她以前的心是活的，思想斗争十分尖锐，两条道路的斗争是非常曲折的！她经过再三思想，认为做人一生，对于这个问题确实是有姻缘关系的。最后她希望我能幸福，以后可当兄妹走动。

对于她的信，我是比较满意的。因为这次她讲得比较直爽，对于我们的恋爱结果不能成功，双方都有特殊的原因。这一点我在离开学校后就已经觉察到了。她信中说的"两条道路的斗争"，其实也就是选择贫下中农出身还是选择我这个剥削阶级出身的人。事实上，她的处境，她只能选择出身好的人！她希望我幸福，这种感情是真实的，我相信她。同样我也衷心希望她能幸福，我还希望我能对她有所帮助。

昨天西岩电站召开各公社的大队革委会负责人会议，向他们介绍电站情况，并就民工的严重减少而要求各大队迅速做好民工报酬处理工作。

晚上和建站委员吴启炎、吴柏桥聊天，讲到电站情况，我们认为如果电站的资金和机器的物资不落实好，十月一号电灯放光是不可能的。如资金、机器这些问题解决好，筑渠道、建站房、架电线这些工作一齐动手，那工程是能迅速完成的。

我们还谈到干部问题，他们解释了李水木不参加劳动的原因，原来他有很严重的伤病，对这病他是保密的。由于这原因，他很少参加劳动。精神的不愉快，导致了他态度的不好。一个青年人，有这种苦衷，他的心理我们是能理解的。但老爷风度我们是决不会宽恕的。

认识一个人，我们应该从多方面了解，要正面看，也要从侧面看，要能透过表象去了解实质。

5月8日　晴

写好了一封给月英的信。信中我再三强调希望她在考虑个人问题上必须冷静，切勿草率。我觉得一个自己十分了解但觉得有些不满意的人比另一个看起来什么都好，其实并不了解内心的人强得多；因为十全十美的人毕竟是少数。

从我和月英的交往中看，她待人接物的经验是不够的，她太任性了，不能设身处地地为别人考虑。

作为男人，很难了解女人，为了能了解各种女性的情况，我很希望交几个女性朋友作为我的老师，使自己多一些社会经验。所以我对月英说如她真心愿意，我们可作为推心置腹的朋友，并希望她能够给我提提意见。

我要她把我以前给她的信毁了。虽然我的信从没有庸俗的语句，不像一般的恋爱信，总是劝导她的话语为多，但看来她是不能理解我的苦心的，这些信还是毁掉了好，以免发生一些没必要的麻烦事。

这几天打锤，才标、渭海给我提了些锤法上的毛病，主要是准确度上还不够，真正做到铁锤的中心点准确地打到钢钎的中心点是非常困难的！他们能这样提意见，我十分高兴！但是由于他们讲话有些"简单"的样子，我虽然记在心上，认真地改正，情绪上似乎不大好过，所以嘴上带些不逊的语气。

我有极强的自尊心，甚至带些小资产阶级的虚荣心。红伟他们也说我的自尊心过强。我觉得一个男人，自尊心应该强些，但带小资产阶级的虚荣心就不好了，以后应改改！

为什么我的"自尊心"特别强，我知道我自己的病根——出身的低下！我信奉"人不刚强无立足之地"！

学习一种技术并不是件容易事，我打锤由于肯学敢打，许多人都称赞我锤打得漂亮。但是我顾了架势漂亮，而忽视了实用价值，有些弊病直到这几天才逐渐发现改正。

学习一种东西，主要讲究实用价值，"屠龙之技"是无用的，以后应注意。

5月10日　晴

昨天傍晚到家里去，本想今天早上回电站的。但恰好今天我们中队都放假，我妈也再三叫我休息一天，我就休息了。上午，我到村子后的山上去看看庄稼，去年的这个时节我在江西；今天看到山上这景色，觉得分外亲切。我们这个村子，土地肥沃，现在的季节麦子漫山遍野，麦穗抽出来了，整个山湾像绿毯上绣上了一层淡黄色的锦花！一经风吹，麦浪滚滚，别有一番景致。山上的树木、柴草都是郁郁葱葱的，远看东白山、黄鸡山，连绵起伏，山上缠绕着白色的云雾，所有的一切都是绿的，显得生气勃勃，河山真美啊！

我的家乡，山、水、田俱佳，生活在这如画的景色里，任谁都会赞叹不已！但他们却不知道在这里也生活着些不幸的人们……

苗福家、旺山叔家早就借一餐吃一顿了。洪生、洪良、我叔等许多家也早断了粮，像我家因为我妈妈会筹划、会节约，野菜杂粮勉强能填肚子，村子里为数不多……没有粮食的人家自然不用说，家里略有点粮的人家也都喊叫着没粮食了！

乘空翻阅了以前的日记和别的一些记述，觉得以前确实幼稚，我做每一件事时，总认为自己是老成的，是处理得很好的；但现在对照起来看，就觉得当时的想法往往过于天真。写日记就是好，它能帮助你记忆起以前的事情，也可以清楚看到自己成长进步的脉络。

5月14日　阴

昨天晚上，我写了一封给绍平的信。我告诉他：我并不想成名成家，更不冀图荣华富贵，但总想让自己活得有意思些，我也问绍平对人生观和世界观的看法。

我和绍平认识以来，我们虽然没好好地谈过话，但我认为他可以作我的朋友，并且也希望他能在增长知识方面给我以帮助。我很希望和有知识的朋友共同磋商我们人生道路上的各种事，以求尽量少犯错误，共同成长！

我还写了一封给启望哥的信，主要是讲我个人的一些事，如兴趣、性格、志向，讲了吴圆的问题。

　　我认为吴圆到现在还没有明确的答复，主要是我的社会地位和她对我还未真正了解。

　　给启望哥的信中，我说："虽然不能否认我们这些人在现实社会中遭到了一些不公正的待遇，但由于我们这些人在这种环境中生活，为了应付环境而不得不具有一些他人所不能及的本领。在地方上，我们这些人也是有一定的群众影响和群众威信的。现实社会对于我们的压迫，是被大多数讲真理的人所反对的！这种对社会无益的做法不能长久，这只是畸形社会的一种畸形现象！自由、平等、博爱不能只是一句空话而已。男女恋爱双方如果能真正地互相了解，互相体贴，受到一些打击也是无足轻重的，比到另一种环境中做男人的附属物，不知要好多少倍。那些把出身成份看得太重的人，考虑问题的目光过于浅短了。"

　　这些话不是我信口胡说。我们这些人由于政治地位与他人有所差异，临事就考虑得更为周到，谨小慎微，所以不大可能出乱子。我们为别人考虑得较多，比一般人更有道德修养。我们青年们在一起谈论出身问题时，大多青年对于阶级问题的处理方法是不满意的：出身是无法选择的，谁又愿意出身到四类分子家庭去呢？不过普通人是对己无关，不想多管，再说社会潮流如此，谁也不敢讲公道话！

　　信中我又说："我有很强的上进心，如果吴圆认为我有什么缺点，我可以迅速改正。我对于她的爱是真挚的，我不想，也不应该用什么手段去欺骗她，她可以对我逐渐地了解起来。"

　　启望是我远房表哥，他有阅历，有丰富的社会知识和能力，他曾担任诸暨中学校长，据说临解放时因给伪政权的一个长官私刻了公章而被定为反革命分子。他对我也很关心，因此我愿意接近他，向他求教。对于他们这些人，我尊敬他们，虽然他们的政治观点和一些社会知识陈旧了些，或不一定正确。但我们只要抱读一本书一样的态度，批判地接受，对自己是有很大益处的。

5月16日　阴雨

与吴乐江一起到舞凤公社八字桥村去玩。路上我们谈了好多问题。他很同意我对于阶级问题的分析，我们都认为：一个青年人应该有志气、有能力，而不能凭借什么先天优势来得到好处，腹中空空、不学无术的人无论何时何地都不会对社会有所贡献的。

我们也说到作风问题，认为这也非常重要。作风不好，在群众中会造成极坏的影响，也就不能很好地开展社会工作了。

5月18日　农历四月初三　星期日　晴

这几天我重视打锤的精确度，研究了自己打锤的毛病。我打锤也如做别的工作一样，容易受情绪的支配，高兴时锤就打得好，情绪不好时打锤也就不那么好了，打锤的精确度受客观条件的影响也很大，如锤柄的软硬、长短，锤的轻重，炮洞的位子。

我打锤还有一个很大的毛病：落锤时，铁锤镜面中心点和钢钎镜面中心点不能很精确地吻合，这样就影响了铁锤打下去的力度，也使得扶钢钎的手容易受震动而损伤。我用了在铁锤的镜面抹泥这些方法，也改不过来。有时真十分的懊恼，我要好好地找出原因之所在，改正不好的地方。

做一项工作，总要尽量做到最好。

这些天看的书很多，但总看不进去。我觉得看书要做到精读，马马虎虎地看一遍对自己获益不多，最好能做到多读并且能精读。

学习最好能有一个计划。但我目前环境条件太差了！我们的宿舍是一间30平米的农民房子，民工全部打地铺，一起住有20多人，却只有五盏煤油灯，根本没有桌子，写字只能伏在米桶上。因此看书受时间、灯光的限制，有时甚至连看书的位置都没有！再说也不一定能找到图书，最近几天我都找不到书看！

不过我总得有个大致的计划，规定一下什么时间读书，什么时间写点东西。

5月22日　雨

这几天工地上工伤事故十分多！有些人不知怎么搞的，打锤这么长时间，到现在进步缓慢，经常把扶钢钎的人打伤，周永祥打锤一般，但漏锤很多，把人打伤了，还有他的道理，"钢钎没把稳啦"，"不怎么痛啦"等等理由一大套！既然你把扶钢钎的人打伤了，不管他伤痛程度如何，总应该讲得好听些，还要说别人"把不稳""不痛"等，可知道别人心中会是什么感受？

今天和大林村民周巨东谈天，说到他堂哥周巨旺和我一样的处境，并且思想也相似。我曾多次听人讲起周巨旺，说他聪明、能干、待人好。我很想和他结识，只是苦无机缘，我得想个办法。

我苦苦地思索，觉得诗十分难写，我连拼音都没学过，押韵之类更不用说了。我还是应该练习写杂文为主。

我虽然一贯认为文学应该歌颂正义，揭露邪恶，但是遇到具体的事，涉及到社会统治阶级的时候就觉得不好写了！

文学是脱离不了阶级立场的，它有自己人，有朋友，也有敌人。

和表兄吴乃友他们谈到《红楼梦》。《红楼梦》作者曹雪芹见识之广是罕有的，他上层熟悉皇宫和公侯府衙的生活，下层了解普通民众的心态。没有丰富的生活知识，决不能写出这样的好作品。

《红楼梦》十分深奥，十分难理解。我根本没能力去研究它。

古书中好的书非常多，农村藏书也十分丰富。但是这次文化大革命中，古书绝大部分被毁了，剩下的也不敢或不肯拿出来。这对于我们这些追求知识的人来说是一个很大的损失。

为什么把"古"的东西统统都要毁掉呢？这种作法是十分错误的，甚至是有罪的。

身体健康十分重要。乃友哥一家三人，个个病痛缠身，要是全家身体都好，会是非常美满的家庭。但由于身体欠佳，一户人家穷困潦倒！

近年来，我非常注意自己的身体锻炼和保养。赤日炎炎的夏天，我可以赤着膊干活；寒风凛冽的冬天，我可以在冰水里洗澡，所以我现在的身体非常好，十分结实，皮肤黑黑的，和同样身高的人相比，体重、体力都要好得多！

"文明自己的精神，粗犷自己的体魄"是我的座右铭之一。

——我努力实践着。

5月23日 阴雨

我们电站帮下阴坑村修路，今天是我带几个人去。修路的地方比较危险，塘口高而狭窄，下雨天岩石上面又很滑，因此干起活来很费劲。

下阴坑村的生产队长叫小奎，他们夫妻经常吵架。今天下午他们又打架了，他的妻子一气之下到西岩水库寻短见，村里的几个妇女急急跑来喊我们去救她！我们在高处远远地看到她正向水库走去。我急了，立即跳下三米多高的石堆，奔跑过去！在我离她50米左右时，她已投入水中了！慌忙之中我抛掉安全帽、草鞋、脚布，也顾不得脱衣服就跳入水中。这时，她已到水深处，失去了控制，拼命挣扎着。我一手托起她的头，一手把她推向岸边！把她拖到岸上，她已讲不出话了。妇女们过来把她扶到家里后，我就到泄头村去换衣服。穿着湿透的衣服，要走三里路才到泄头村，今天天气冷，风又大，我冷得浑身发颤，一路不停地咳嗽，可能感冒了。

回到下阴坑村，我又去看望小奎的老婆，她说小奎十分专横，毫无体贴之心，动手就打，夫妻间毫无感情。旧社会的夫权制，在人们头脑中还有很深的影响，这是必须彻底铲除的。

晚上和一个叫潮海的老人闲聊，他较健谈，我也很能应酬，我们说古道今，天南海北地谈得很多。他说以前国民党的军队拉民伕、抢东西等无恶不作，老百姓都惧怕兵，一个政府的军队成了人民的仇敌，这个政府就必然要垮台了！

我们也谈到现在老百姓的思想觉悟事实上远没有宣传的那么好，现在的报刊、书籍上说的都是人民群众的思想觉悟在毛泽东思想统一下极大地提高了，上层还认为这是事实，岂知这些都是空话！思想觉悟提高的哪里有几个人！现在的新闻报道，任何人都不会相信的。

具体的、细致的、真实的思想工作做了多少呢？

大多数人的"自私自利"之心是极重的，思想觉悟的提高需要从根本上消除"私"字，可是消除"私"字有那么容易吗？

前几天我们到上步溪村看了电影《平原游击队》，游击队长李向阳临危不乱、沉着、果敢，真令人敬佩。这虽然是个虚构的、夸张了的人物，但我相信，战争能锻炼出这样的人来。

5月26日　多云　傍晚下雨

25日我到家里休息了一天，因为离家日子长了些，伙伴们和村子里的人都对我分外亲热。平时真诚待人，他们也同样会热情地对待你。

我妈妈是越加慈爱，对我照顾得无微不至，好像我还是小孩似的。母爱是无法用语言表达的，小外甥碧泳令人越看越喜欢，别人都说跟我小时候一样。他的脸被太阳晒得红扑扑的，皮肤很结实，一双水灵灵的大眼睛非常明亮，他对什么事都要刨根究底。他很狡猾，我叫他识字、写字，只要他认识的，他会十分高兴地讲出来；不认识的，他就故意打岔。但狡猾的小外甥终究骗不过老成的娘舅，我偏要盯下去，直到他红着脸承认，说了实话，我才放过他。对于小孩的教育是极细的工作，要善于窥探小孩的心理活动，不能让不良思想的萌芽成长。我在给姐姐的信中劝他对小孩要循循善诱，更不要束缚他的思想，要培养小孩大胆的思想和勇敢的行为，不能让小孩有奴隶主义思想！奴隶主义在我们的社会里太普遍，影响太深了！凡是有正义感的人都会反感奴隶思想。

吴信自从结婚以来，全家都不和睦，使得妹妹早早地出嫁，父母也不得不和他们分开居住。这次他老婆十分怨恨，认为自己挑错了人。他们夫妻不和睦，我早就料到了。我深知吴信的为人，他骄傲、狂妄、野心大而无实才。他们夫妻以互相欺骗的手法取得的感情只能是短暂的，不会长久的。

晚上我到琴弦村去了一趟，我有些不好意思去吴圆家，就去了启望家。启望哥也认为吴圆是很好的人，赞同我信中所写的内容。

5月29日　晴　晚上有雷雨

看了一本书《不倒的红旗》。书虽薄，但很有意义，令人看了极为感动。这书写的是为了"红旗"——为了全人类的彻底解放，不管是战场上，或法庭上，或刑场上，革命英雄们表现出对敌人无比的仇恨；对人民、对同志，他们表现出无比热爱的阶级感情和"宁愿玉碎，不愿瓦全"的崇高气节。

我相信这一点："有崇高理想支配的人们，是能够在任何情况下都不屈服的。"

晚上同寝室的人聊天讲起水英与作信的婚姻。说到爱情被权势、钱财所代替了，水英是牺牲品，像她这样聪明、活泼的人，却嫁了个"人参店馆"样的丈夫，夫妻间毫无感情。她有什么意思呢？她说："我没有丈夫，只嫁了一个婆婆（因为她的婆婆是很好的）。"

这话是实实在在的，可又是多么凄惨啊！

5月30日　晴

扶钢钎时手被打伤了几处，动不了，我只得背了两天钢钎。我干活虽是尽量主动，但也难免要受别人支配。有些人啰里啰嗦的，我真有些起火！我心里想：我打锤远远胜过你们，不是受伤了，我才不背钢钎呢！背钢钎算下等活，没有特殊原因我绝不会去背。

我这个人无论什么工作总是希望挑有难度的、有技术性的，这一方面是希望自己能学会一切，这是好的；但也包含着做下等活不光彩，不愿做打杂这些下等活的虚荣心，这很不好的，今后要注意改正！

晚饭后到西岩山大殿玩。和东灿、海均、百焕等和陈蔡公社西圹村来西岩大坝干活的几个姑娘一起坐着闲聊，有几个男人讲话十分庸俗下流，我听了很不舒服。西圹村几个姑娘很老练，也不怕这一套，讲话针锋相对，几个男人还斗不过他们呢！其中一个叫才霞的姑娘大方而又热情。对于她这样的人，我是佩服的，姑娘也应和男青年一样。有的姑娘表面扭扭捏捏的，但内心十分庸俗，动不动就开口骂人，并且动手动脚，对这些人我感到十分厌恶。

和东灿谈起吴圆，东灿由于知识有限，他的看法是不全面的，缺乏分析力。他总认为我这样优秀，吴圆还有什么可挑剔的呢！我叫他有空到吴圆家玩玩，听听她的家人对我反应如何。

吴圆也太无道理了，许多天了还是不能真诚地坦露自己的思想。不言不语真令人不好受！姑娘啊！你们自恃身价高，苦苦煎熬追求你的人，你们也要设身处地为他们考虑，须知他们做到甜蜜的梦时心中是多么兴奋！梦破时又会是如何失望啊！吴圆，你有话说出来吧！你答应了可以使我安静，你拒绝了可使我死心，用别的来弥补这空虚了的心灵！

6月2日　农历四月十八日　星期一　晴有雷雨

前天接绍平信。他为环境逼迫，而十分消极。他说："我也盼望环境能改观，但这成为了幻想，只能清贫、冷落地结束一生。"他又说："现在看起来我与世无涉。存在，不觉多了我；死了，也不觉少了我。"他认为这种被人所歧视的处境，哪里还谈得上上进，哪里还有前途。总之，出身决定了命运，决定了一切。

他对于家庭这一段写得很好，他写道："但当说起小家庭（当然有其艰苦的历程）似乎有些合乎客观，生活终究是现实啊！在过去，我们这个家庭艰难地走过人间曲折的道路，冲破了来自各方面的不可设想的困难，饱浸了社会赋予的风霜，暂时地赢得了人生的胜利。慈爱的父亲、患难的姐妹、理想的爱人，这个患难的家庭啊，它有它崇高的温暖，我确实享受了它给我的温暖——但它终究不是所理想中的终点！只要能干成合适的工作，我随时可以牺牲一切，投身于火热之中。整天兜在'生活'的小圈子里，勤恳的劳动、寡微的收入、政治思想、经济、粮食，这些日常生活的恶魔，它时时向你挑战，但又不能奋力冲破，叫青年是何等焦虑啊！"

绍平写得何等真切！由于父亲曾任国民党嵊县警察局局长，一顶"反革命家庭"帽子害惨了他！他的家庭和我家一样，受尽了人间的苦辛！这个家庭确实有它特有的温暖。但绍平毕竟不是安于小家庭的。只不过为生活——现实所迫无路可走了。现实不如理想，做的是无意义的工作，人生乐趣是谈不上了。青年的火热的心情消沉了，麻木了，这是多么令人心疼的啊！

我应该闯，闯破束缚自己的一切，在现实生活中摸索，为大家也为自己辟出一条新的路来。

6月5日　多云转阴　有时小雨或阵雨

　　收到老钟5月26日写来的一封信。他非常想念我，并非常希望我们能再一起工作。老钟虽和我在思想志趣上有差距，但他正直、品德好，也可以算是个很好的人。与他一起是有益处的，特别是他对我的深厚感情，很使我感动。

　　他去了太和县，由于三查而回了家，他打算九月份再去江西。回信中我详细诉说了别后经历，并告诉了曾业龙和刘沃伦的地址，请他尽量设法打听曾业龙和邓积成的下落。与曾业龙认识以来，我俩真可说是情同骨肉，无话不说。我们对社会问题的看法都是一致的，思想、志趣也相同，他有高尚的道德品质和聪明的才智，因此我格外想念他。但曾业龙的社会活动能力不及我。他一直跟着刘沃伦和谢强福，这两个包工头阴恶、奸诈。我担心业龙要吃亏。

　　我希望老钟详细地谈谈他们家乡文化大革命的情况，包括运动过程和当地人民的思想动态，我很想了解别处的社会状况。

　　昨天晚上，我到琴弦玩，和启望哥、吴圆及她爸爸谈了很长时间。我看吴圆比任何时候都要显得活泼和愉快。如果对我没有好感，她不会有这样的举动，由于她没有和我单独谈话，我也不能知道她的内心如何。这样也好，我也希望她在了解我的思想后再在个人问题上作出答复。我自信，如果她能真正地了解我，我们可以建立真挚的感情。

　　我们谈话的涉及面很广。谈到对社会问题的看法，吴圆爸爸看问题显得有些简单；吴圆和我在许多问题上有相同的感受；启望哥哥的确是个有知识的人，对每一事物和问题都能作透彻的分析。比如讲到读书，他认为应该做到多读和精读相结合，多看各种类型的书籍，可以使自己对各种事物都能作大概的了解。精读好书能使我们深层次地了解各种事物，并能用书中的人物和事物来影响自己，督促自己。他还要求我们能作笔记。我赞同他的观点,并认为应该从练习写作中读书,这样能使自己进步更快些。

我们认为,判断事物正确与否只能有这样一个标准:凡是对社会、对人民有益的事都是好事。我们不仅应该支持,更应该身体力行地去做。

6月8日　阴雨

我开始写名为《翘扁担》的小说,我想以一个青年去挑公粮、为了图好看、出风头,挑了根翘扁担,力气费了许多,最后折断了扁担、倒了谷子的事,给青年普遍存在的风头主义以教育。

这材料是真实的,反映的思想也现实。

写开头确是件难事,我连小说、记叙文、散文都还分不清啊!

作家,必须是现实生活的观察者。

我给吴圆写了封信。信的内容如下:

对于阶级问题的看法,我不赞同你父亲认为敌我矛盾很快就要转化为人民内部矛盾的过分乐观的看法。虽然就现实来说,我也认为对人不应分什么类别。社会环境、生活历程、一个人对外界(如人、事、书本)的感应的灵敏程度都使人有自己的思想和见解。一件小事,或许可能决定一个人的命运。蒋家王朝有其一整套的党政、经济、文化体系,难道说这里面就没有一个好人?一个人的好坏,只能用他是否有益于人民来评价。因此,看人应该看他的历史,但主要的还是看他的灵魂——思想的内在实质。最了解这个人的是他周围的群众,所以了解周围群众对某个人的评议,是最正确、最可靠的办法。

上层统治阶级(不管是哪一朝的),应该说他们在主观上总是想让老百姓能过上好的生活。虽然他们各有各的政策目的,但老百姓生活安定了他们自己的政权和统治地位才可稳固些,这一点还是一致的。但是在实际行动中,他们总是自以为是,制订的政策往往脱离现实,反使人民遭受各种损失。

　　这次文化大革命，主要是"权"的斗争，而毛主席和刘少奇在政治上的公开分歧在于阶级问题：刘少奇是"阶级斗争熄灭论"，毛主席是"无产阶级专政条件下的继续革命"。中国共产党在目前是绝不会放松阶级斗争的，如果有，也只能是表面现象，你父亲忘记了这个根本……

　　才标认为我这分析是对的，但这样说恐怕更会引起吴圆对我们前途的失望。我认为才标这想法不对，对社会问题的看法，应该实事求是地对待，不能投人之所好。如果吴圆连我这根本观点都不能理解，那是谈不上感情的统一的。况且实际存在的东西，掩饰毫无作用，相信吴圆不是寻常的人。她会理解我的。

6月9日　阴

　　到砚田村买米，在粮站墙上，贴着浙江省革委会关于彻底收缴各种武器弹药的通告。这也是备战的组成部分。

　　陈梦来与我同去买米。他说起曾多次和别人谈到我，认为我的性格、活动能力、劳动表现都很好。他认为对于成份不必顾虑太大，现在对成份看得太重是不对的，成份不好的青年在社会上的影响还是好的，不会因为成份不好而降低他们在人们心目中的位置。他认为一个人主要是搞好群众关系。

　　我给吴赛珍老师写了封信，向她借阅一些关于写作的书和《革命烈士诗抄》，我也希望吴老师给我以指导。

　　我看到一份农村简讯，介绍了城南公社马村大队用生饲料喂猪的经验。用生饲料喂猪，猪长得快，节省燃料和劳力，降低养猪成本。他们发明了食盐发酵法和酒药发酵法保存青饲料。作法如下：

　　一、食盐发酵法：将青饲料切碎，食盐（可用落脚盐）分层装入缸或饲料栈中，每百斤青饲料加盐四两至半斤或酒药1～2两，充分拌匀，分层踏实，上面加石块压紧，发酵后加满清水或用黄泥封严，有裂缝时，及时补好，防止漏气。

二、"土酒药"制法：准备辣蓼草、南瓜、草子、野草花各一斤，洗净去蒂，捣糊，加米粉2斤，用手搓匀，捏成100粒左右扁圆形的原胚，在老酒药粉上滚一滚；然后把原胚均匀地放在竹筛上，下面垫纸，上盖麻袋；在室内使之发霉1～2天，原胚发出酒香味、长出半寸长的毛时，晒干备用。

农村喂猪，习惯用熟食，从小猪到出栏需花数千斤燃料。现在的山已成秃头了，燃料极度困难，是大部分农村地区存在的问题。这个经验很实用。

科学实用的农业技术，有很大的价值。我很喜欢也很支持这种实验。

6月10日 阴有阵雨

娄曹村的一个民工，是个理发员。他做活好偷懒，并且要吹牛。我和海洋、才标等五六个人都讲了他，他认为我们不是干部，不要我们管，说我们多管闲事。下午他又偷懒，我们就讲了他一声，谁知他发起了脾气，开口骂我们。我们哪怕他，五六个人你一句我一句，说得他光骂人讲不出话。这个人气量小，并很刁钻，但我们人多，大家又不支持他，最后，他也只有无趣避掉了事。

对于这种人，只有采取群起而攻之的办法，他嘴上虽硬，心里还是虚的，以后或许会少偷些懒。

6月14日 晴

昨天傍晚帮绍昌到飞龙岗头挑柴。柴担有近200斤，从飞龙岗头下山，整条路都是陡坡，路面密布碎石，尖角快口，十分伤脚，我又许多日子没挑担了，更觉不适。下山约五里到里邵村金成的家里休息时，我已感到很吃力了。里邵出发时，时间已经7点半，脚下已看不清路了，好几次踩在滚石子上，差一点跌倒！从里邵村到石岭下村三里路的岭挑下来可说是费了九牛二虎之力。原来说有人来石岭下村接的，但接的人等不到我们，已回去了。天完全黑了，又没月亮，只能模糊地看到路的轮廓，到里娄家坞的下坡上，一脚踩在滚石子上，右脚扭了一下，左脚大脚趾也踢破了。脚痛、腿痛、腰痛、肩痛、口渴、饥饿，各种痛楚折磨着我，我真想不挑了！这时，我想到了这是一种锻炼，想到了英雄人物遇到困难时的坚毅，调节情绪由低沉变乐观！我低唱起了愉快的歌，强挺起了腰，又走了！

这时，我感到我肩上挑的不是担子，而是意志的考验。一路跌跌撞撞，十点左右终于挑到了外婆家坞，意志胜利了！

虽是小事，与英雄人物业绩不可比拟，但这个过程真的可以说是马特洛索夫、黄继光等这些英雄人物在我身上起了作用！

今晚看了电影《刘少奇访问印尼》，这是中央文革决定，供大家批判的。

收到月英5日写来的一封信。她希望我不要对她有看法，以后可像兄妹一样相处。我对这件事的结局是满意的，达到了我的善良目的。因为有多种原因，我和她根本不可能结合，虽然恋爱关系终止了，但保持了同学间应有的友谊，这样很好。

6月22日　农历五月初八　星期日　晴

公威到电站工地做了五天活。这五天中，看公威对学习有些松懈，我向他提了出来。他说自己知道，也决心改，主要原因是懒。

懒，也是一种不可原谅的恶习，"才能一旦被懒惰支配，就一无可为!"我们应当铭记。

　　前天回家,走来走去听到的都是粮食不够、生活枯燥之类的话。农村情况确实不佳,我也深为忧虑,心情很不舒畅。农民生活水平的提高,光靠农业是难以支撑的。我担心,农村人口迅速增长而收入却不见涨,以后生活怎么办?

　　昨天晚上到柯企忠挺家去了一趟,我与忠挺自认识以来,感情一直亲密。前年我和他有好几次深谈,极亲切。近年来,虽经常往来,但反而显得生疏了,忠挺已近似埋头苦做的人了。

　　埋头苦做,不问政治,我是反对的。懒汉固然不可交朋友,埋头苦做的人也不能成为知心朋友。

　　明川的医疗技术,已经比较高。他的聪明、对事物的看法,为常人之所不及。但是他和群众的关系不够密切,给人以"阴"的感觉,这是他的不足处。一个人不管如何有才能,但脱离群众,没有群众的信任,往往做不好工作。

　　今晚和乐灿交谈了许久。乐灿的思想,基本和我一致,他反对庸庸碌碌和不良的作风,认为做人应该有人格,并且要尊重别人的人格。现在社会非常注重形式,诚如乐灿所说的:理解不了有些人为什么喜欢勉强别人!

　　一定要一起生活才能真正的认识他(她)。乐灿在校时是个沉默寡言、看起来很平常的人,在我脑子里,他的形象是淡薄的。现在看起来,他不但有抱负,并且有一定的才干和稳重的作风。

　　到外面来,我抱着观察社会的目的,并努力地接触人,从别人那儿探察"人民的声音"——"真理"。到西岩电站已有三个月了,认识了许多人,虽然就一般感情来说,好相处的人很多,但却没有一个知心的朋友。乐灿是我最可信任的。

6月23日　多云到阴

许多伙伴家里生活有困难，普遍缺粮缺钱。我也很想帮助他们，但是没有能力，可以说是心有余而力不足，我深感内疚。能够设法解决一些的，我总尽力帮助他们。可怜啊！终日辛勤地劳动，但连最低限度的生活水平都难以维持，这哪谈得上人生的乐趣呢？绍平说："这些日常生活的恶魔使多少人有志有才而无法施展啊！"

我庆幸自己没有陷入到这日常生活的泥潭里。我比绍平等幸运多了。这些天，我又开始厌恶现在的生活，到外面去的心逐渐热了起来，我要写信给在外的朋友和在家的朋友，了解外面的情况，寻找工作，等这里电站工作完成，再到外面去。再要外出，这次阻力可能会更大了，我只有视情况而定。

社会的压力，只有奋力冲，才可能自由些。如果逆来顺受，老老实实，可能会被挤成一块薄薄的、软软的面饼。

如何使自己活得有意义啊？

6月25日　上午雨下午阴

昨天下了一天的倾盆大雨，西岩水库满了，水从溢洪道排出来。水库里的鱼也有逃出来的，有人捡了两条30多斤重的鱼！我太喜欢捉鱼了，昨晚上我到水库去了一趟，今天上午又去，在溢洪道的乱石中用鱼叉乱戳，浑身湿透，人感到有些冷，但我的兴趣仍很浓厚。旁观的人非常多，我突然猛省到：那些旁观的人中，可能有人以为我是想捉条鱼吃，或可卖点钱。这样一想，我的劲就减了一半。去捉鱼的人中，为了吃鱼或卖点钱的人是有的，甚至是多数，但有的人只是感兴趣而已。

兴趣爱好和经济问题不能一样看待。

才标约我游泳。我虽湿衣服穿在身上过久而有些冷，还是兴致勃勃地去了。我与才标从大坝下开始游，乐江拿着表在路上走着计时。我们游到库尾——下阴坑村，距离大约800多米，只游了24分钟，人并不吃力，就是再从库尾游到大坝也不会累的。

　　游泳，是我自幼喜爱的运动。但近年来游泳时间很少，差不多只是匆匆地洗个澡。有好的指导又有充足的锻炼时间，那多好！潜水我已不及以前了，以前可潜泳50多米，现在只能潜30多米了，并且方向也掌握不好。看起来，什么都是靠锻炼的。

　　我给嵊县马士全写了封信去，他可能还会出外。如果他回江西了，我也有出外的机会了。他是个喜爱朋友的人，我与他只在广昌河东见了一面，他就为我考虑工作了。如果当时我不是为了仲华他们的工作，而放弃去他那儿，我们能一起工作一段时间。马士全的锤法非常好，姿势十分漂亮，我很希望与他一起打几场。

　　听说冰亚已和下河图的康大谈成了。以前她不肯讲这件事，这些天我也一直没和她谈天，才标也已不考虑这问题了，他认为冰亚没有主心，冰亚又说才标不够实在。对于他俩的事，我已无耐心帮下去。这种事既复杂，又需要花很大精力。既然才标本人都认为不太合适，我哪还有心思去管它呢？

6月27日　阴

　　为了学习操面技术，我这几天的工作是把水渠底部突起的石头凿平，这是一项不太容易做好的工作。钢镢凿石，石渣溅在我手上、脸上、脚上，好几个地方出了血，双手又累又酸。今天我还学习着修了几根钢钎。学会点炮和拆、撬、修钢钎，才能算一个合格的石工。

　　前几天我还学习了打单手锤。单手打六磅的铁锤，每分钟打50下左右，够吃力的。打了几天，右手差不多会了，只是左手打不稳，好几次打到握钢钎的右手和自己的腿上。我后来把右手用脚布缠起来，这样铁锤打到右手也不那么受伤了，进步也快了起来。

我读了《洪秀全演义》上册，并从周铁治那儿借来了《太平天国文献》，这部书很有意义，特别是钱江、冯云山、李秀成等这些英雄对当时的政治形势和客观条件的分析都十分精辟。如果能借到第二册就好了，我很想费心好好研究。

做一个军事家，必须天时地利人和，无所不晓。政治、军事、文学、科学都是有密切联系的。一个人应该有多种本领，才可以对人民有所贡献。

对于有历史价值的古书，我的兴趣越来越浓厚。前人留下了取之不尽的精神财富，我们真应该好好珍惜和利用。我深深懊悔在文化大革命前竟没有觉察到农村有这么多丰富而有价值的藏书。经过文化大革命的"破四旧"运动，农村已很少有书籍留存下来。记得我们去"破四旧"，去每家每户查抄，只要是旧的书籍就全部拿走，集中起来烧毁。我们村的周高祥家有一套医治家畜家禽的书，因为是解放前的，也被拿走烧毁了，高祥叔讲了很多好话也没用。

6月28日　阴有时小雨

巨旺到我们工地来玩，我们相识了。他约我到他家玩，因为感到有所不便，我没有去。我想我们是能作朋友的。

到西岩电站工地后，学习时间比家里充裕多了，我也非常珍惜。前一阶段认真看了些好书。晚上的时间我尤其抓得紧，很少到别人那儿玩和闲荡。抓紧时间，这是好的，但对社会上的人事反而显得有些生疏了。以前无论到什么地方，我认识的人都比较多，但在这里，认识我的人非常多，我却常常叫不出他们的名字来。知识的主要来源是生活——活生生的现实生活。如果把书本放在第一位而忽视了社会生活，这无疑是极大的错误,这是我今后应该纠正的。

许多天来,我焦急地等待着吴圆的讯息,但到今天她还没回信。我能理解她复杂的内心,但是她这种不声不响的做法,真令我难耐!可能是她在故意磨练我,也可能是别的原因……我无从解释。

对个人问题,近来我考虑得比较少了。但也不得不考虑,我需要真正了解我的人做我的终身伴侣。如果妻子是自己前进道路上的又一包袱,那宁可不娶。

6月29日 雨

前几天晚上和泄头村青年吴小成等谈天。我们都认为思想觉悟的提高,首先必须是生活水平的提高,这两者是息息相关的。没有生活水平的改善,人们的觉悟是难以提高的。

小成他们反映,现在的干部,只会空喊口号,对于实际工作却漠不关心。如这泄头大队,社员们认为只要利用一年农闲时间,好好地干一场,泄头大队就可以整理出50亩以上水源丰富的水田。产量往低估些:每亩每年收500斤,每年就可增产25000斤。可现在他们大队还是以山上种植为主,人工花得多,种子肥料成本大,结果是广种薄收,得不偿失。如果把这些山地改种经济林或木材林,把适合开发水田的地全开发整理出来,那么泄头大队的粮食产量和经济收入都会好许多。

在农村,各项工作都依赖干部的好坏,特别是基层干部最为重要。如果任用真正能为大家办事的人当干部,那么,农村将会起天翻地覆的变化。

现在大家的生活都比较困难。在这种情况下,普通民众总要首先为自己的肚子考虑,就是思想好、私心杂念少的人,对于自己的生活不去关心,他就会处处吃亏!长此以往,到最低限度的生活水平都不能维持时,他的思想还能继续好下去吗?反过来,假如大家的生活水平都提高了，谁还会为一些微利而花费过多的心血呢？

我给巨旺写了一封信，述说了我的思想，并也希望他谈谈对社会上各种人和事物的看法。

7月1日　农历五月十七　星期二　阴有雨

我与乐灿同到嵊县竹溪栈尖坞村他外婆家玩。途经董头、苦竹溪、下袁三个村，计25里路。这里是山区，茶叶等土产很多。苦竹溪到谷来的汽车路已在建造了，这些天可能由于农忙而停了工。

我看到栈尖坞村旁有一座桥，全部用肉红色的条石砌成，显得格外漂亮，质朴而又端庄。

下袁村一户人家的黄泥围墙下，有一丛五尺来高的细竹，竹丛旁有一个用石砌起的小园子，里面种着一枝我从未见过的花，寥寥的叶丛中，突伸出两根二尺长的花枝，一根花枝的花蕾待放，而另一花朵已盛开，粉红色的、有盅口大，在四旁的绿色和围墙的黄色映衬下，异常夺目，真有"独秀"之感！凝视着这美丽的花朵，我深思良久，我们的生活太缺少美丽的东西了！

在栈尖坞村，听人说，这村里有一户人家，家庭条件较好，有三间新屋；夫妻俩只有一个儿子，20多岁了，因家人太宠爱而有些任性，并喜欢赌博；去年他去赌，有输也有赢，他总是泰然处之。有一天，他对人说昨晚他输了好多！别人问他输多少，他说输了一半家财！别人不相信，追问之下才知是他妈妈又生了一个儿子。按照农村的习惯，这个迟来的弟弟是要分掉他一半家产的。有人开玩笑说他把那弟弟杀掉，家产就可独占了！这个人听后被财迷了心，认了真，回到家就要把弟弟掐死，幸亏他母亲发现，才未得逞！后来他多次公开说要把弟弟杀掉！她母亲就时时防范，不让他接近弟弟，才得保全。

临回家时，我特地找了个借口去看了他的弟弟，那是个白胖可爱的小孩，想不到这个天真的小孩会这样惹人恨！钱财确是迷人啊！

乐灿的两个舅舅都很能干，特别是大舅舅在这一带有很高的威信。我们拿了几斤茶叶，准备去试着做点生意。这里的茶叶卖给国家，质量最好的2.12元/斤，最差的还不到1元/斤。

我与乐灿已是无话不说了，他的思想、性格我都十分赞赏。晚上我拿了些我和别人来往的信给他看。他认为我写的东西有一定的哲理。我隐约发现自己写的文字的语法、语气受古书的影响较深，书信之类的，总喜欢畅谈自己的看法。我担心多讲自己的思想，别人会认为我自负？我认为："一个新时代的青年应该有新时代鲜明的性格，说话应该是简洁明快的。"

我写给别人的信中，有许多内容对于缺乏思考能力的人会很费解，如月英，我给她写的信都是长长的，尽量把自己的思想阐述清楚，但她可能只会笼统地看一下，凭自己的想法去判断别人的思想。对她这样的对象大可不必花这么多的心思去写。实际上，我写的信也好，写的其他也好，每一句都有其用处和用意。有些别人看起来是多余的话，我却是深有用心的。我不会写一些废话的。

我的日记也是这样，如去年在江西的那段时间记的日记。别人看起来可能是流水账一样的东西，具体的人事记得十分多；但我看起来就不同了，这是活生生的生活。每一篇，都可以使我清楚地想起值得留恋的每一天。记着有些人和事，为的是以后作为写作对象的原型。总的来说，我的日记是具体的生活描写得多，自己的思想表述得少。生活记得多可以作为写作素材，思想写得少是因为我的思想有些奔放不羁，真实完整地记述下来可能会引起麻烦——那些别有用心的人可能会给我加上莫须有的罪名。

我非常反对把人的思想加以束缚，每个人应该有他自己的思想。历史能检验一切，一个人的思想若能符合社会发展前景，无疑不应该抑制；有些不正确的观点，当历史回答了他，在铁的事实面前，他会认输而改变；那些执迷不悟的和知错不改的花岗岩头脑，在真理面前必会碰撞成粉末，为人民所不齿！

7月5日　雨

　　孝四公社已开过"宽严大会"，对清理阶级队伍结果作了定性。我们公社的周绍根、周绍炎、金锦灿和伍沿村的一个人被戴上了"反革命分子"帽子。吴其正的罪恶是严重的，但交代得好，帽子暂时不戴。

　　这次定性，说是比较宽的。轻历史而重现行，反对毛主席的必须严惩；对待一般问题轻，对待政治问题则重。树敌不多，这是好的。但是有的并不符合人民意愿，如我村民愤最大的周中却没有戴帽子。他是对社会、对人民最有害处的人。而绍根、绍炎虽做有不好的事，群众反应却比周中要好多了。

　　陈红伟这次偷了电站的一株毛竹，被人发觉，建站委员把他送回了原处。陈红伟这人心眼比较多，他交朋友，做事情，总是想方设法从中获得点私利，很会拣小便宜。比如接近潘加坪村的梅木、茂根，是想弄点毛竹；接近李家宅等地的人是想弄点树料。他曾和我讲起要搞一些竹、木、柴到家里。我对他这种专为自己打算的行为表示过反感。

　　周成的行为也和陈红伟差不多，这些是我逐步认识起来的。他总是千方百计地为自己搞点东西，做床、做马搭椅，这些都需要树料。山区有资源的民工，他都会想方设法去接近。

　　陈红伟和周成都是读过些书的聪明人，不知为什么眼界这么小！这种"小狗头"相，我十分厌恶，同样，也被大家所看轻。陈红伟与周成一起偷这一株毛竹，犯得着么？毛竹偷到家了，仅仅得了块把钱，现在露了形，在群众中造成了多坏的影响啊！

　　看来认识一个人必须经过相当长时间的共同生活，以前，我对陈红伟和周成的看法都是很好的，现在完全变了。

昨晚，我与广灿作了深谈。广灿知识渊博，他同情我，但他告诫我，思想太奔放了，特别是日记上和给别人的信上的说法，会被人抓辫子、钻空子。

我对广灿说：我只任自己的思想奔放些。我自己认为没有站在阶级立场上去看待事物，做任何事我都立足于"人民"这个伟大的立场。因此，无论现实社会认为我是革命的抑或是反革命的，我总要凭自己的良心讲话，对朋友是这样，对一般人也是这样；平时是这样，就是到法庭上也是这样。我待人接物从不被对方的地位尊卑所限制。我认为有能力、有志向的人，无论他是什么出身，我都会不顾一切和他接近、求教。但我看不惯的人，无论干部多大，我都会不屑理睬。

自己的思想豪无顾忌地暴露出来，那些别有用心的人确是会钻空子的。但我怎能因为怕这些而不把自己的观点写出来，由历史给我以检验和答案呢？

对于地主成份问题，我已处之泰然了，能坦然接受社会给予我的歧视、怜惜和热爱。唯一使我自己夜不能眠的是：如何使人生有意义？

毛主席最新指示说："关于世界大战问题，无非是两种可能：一种是战争引起革命，一种是革命制止战争。"

我想，如果发生大的全面战争，所谓的阶级可能会在这场风暴中消逝。一个国家取得统一后，历史形成的阶级自然而然就消亡，当权者划分阶级，目的是防止人民的敌人颠覆政权，然而如果没有外部影响，仅一些内患绝酿不成大事的，因为绝大多数人民是愿意人类自由平等的。有一小撮野心家，企图占世界为已有，迟早会淹没在汪洋大海中。

今天是我从江西回家一周年的日子。这一年，我的思想感情起了很大的变化，有一定进步。我回忆起了在江西的生活，愈发增长了我到社会上去闯的决心。可以说，我的思想是去江西以后才逐渐现实起来的。

记得1964年一个春天的晴日，曾写过一首小诗，有一句是："十年之后艳阳下，未知我身在何方？"那时，我已有一定的志向了。时间真快，转瞬五年过去了。这五年，说是虚度吧，我没有白白耗费时间；说是过得有意义的吧，我的志向远未达到！我不能回答自己："我究竟做了些什么有意义的事？"再过五年，我会在什么地方回忆？总结这开始懂事后的十年呢？

我又回忆起了学校生活。纯洁无邪的少年时代，是何等地幸福啊！感谢老师给予我教诲，感谢朋友给予我帮助，感谢社会给予我知识。

夜深了，静静的。我伏在两张床之间的小圆桌上，一盏煤油灯伴随着我，桌上放着《太平天国文献》《静静的顿河》、字典、笔记等，我的思想再不能平静下去了……

7月7日　农历五月二十三

这些天我一直是操底，也就是把渠道的底部用钢钎铲平。现在我已能熟练地用单手打锤，我很高兴。操底弯着腰，左手扶钢钎，右手打锤，非常累，一天下来腰都直不起来了。而钢钎凿石溅起来的碎石飞溅到身上，脸上、手上、脚上都渗出血来！渠道里吹不进风，衣服被汗水浸透了，紧绷在身上，手脚不能施展开来。我们石工赤膊干活，因此身上多处出血而疼痛。

休息时，我在修钢钎处打了几把雕刀，刻了颗印章，较好。我准备学学，只是我的书法不好，反手字更加难写，我现在边写边用镜子照，看看印章上的字写得怎么样。这样边学边改也很有趣味。

但学习这些东西，就必然会放松或者耽搁看书，觉得很不合算。

我想就现在农村青年在婚姻问题上太看重地位、看重钱财的现象，写一篇名为《婚事》的小说。通过两对感情出发点不同的青年过着不同的生活、有不一样的结局的故事，揭示出真正因感情而结合的夫妻能够得到幸福；而为着满足个人的某种私欲而结成的夫妻，不可能得到真正的幸福的客观规律。

但是真决定要写了，就深觉没有足够的材料，并且我对人物的观察力也不够，不能生动鲜明地表现出人物的形象。实际生活中，每一个人都有不同的性格，不同性格的人讲的话也就不一样了，可我还不会准确地表达出来。

谁也想不到，周开苗昨天生病死了！他今年才24岁啊！这24年，他做了些什么呢？他死了，别人可能还会提起他，但提到的只会是他如何的自私、懒惰和愚蠢。我记得有一句话："一个人死了，但仍活在人们的记忆中，他并不可悲；可悲的是一个人活着，但在人们的心中他已经死了。"周开苗当然是属于后一种人，他的死对社会毫无影响，只不过世界上少了一个自私自利的典型而已！

7月10日　晴

昨天电站召开民工大会，会上强调要加强纪律，提高工作效率。我们石工排的周永祥由于购买杉树做蜂箱卖的投机倒把行为，受到批判，他上台作了检讨。

琴弦大队负责人吴柏桥他们到砚田村挣了几天现钱，同去的几个人都是电站石工，因此电站要他们把工资上交，然后记工分，但吴柏桥他们不同意上交，与干部吵起来。吴柏桥他们几个人都是贫下中农，建站委员对他们也没有办法惩治。

西岩公社泄头村的建站委员吴仲良在电站里面有很大的权力，以上两件事都是在他的坚持下才处理的，因此他们几个人都很恨他，在背后骂他是"恶讼师，哈迷嗤"！吴仲良这人无论是在自己村里，或是在公社和电站，官虽不大，但权力都很大。他的思想和行为与众不同，显得非常固执，古怪；主要是他很能坚持原则，不卖情面，也不为自己私利打算。这种人应该是先进者，然而现实社会中他这种做法是行不通的，许多人对他有意见，我估计他在电站也是呆不久的。

不为自己的生活打算，性格刚强，办事坚持原则，这是吴仲良值得人尊敬之处。

　　在现实生活中，有好多不甚了解我的人，甚至与我比较亲近的人都说我"心直口快"。但是，我有我的主意，当说的说；不当说的，无论如何都不说。真的，我的内心有别人所不能了解和觉察的"深沉"面。

　　一般的"心直口快"是和"简单"相提并论的，事实上我反对这种"心直口快"，但我认为一个人应该是"直爽"的。直爽和简单不同，我理解的直爽是遇到问题经过分析后，该说的要说，该做的也要做，也就是在讲究策略的前提下，不要"烂良心"！

　　具体的人和事，用具体的办法解决，而不是一成不变的，这是简单和直爽的根本区别。

　　工地上吴仲章和邵行开玩笑，邵行把吴仲章摔了一跤，吴仲章的腰被摔伤了。当时他就起不了身，几天内好不了！年轻人高兴点是应该的，但是恶吵恶闹，很容易受伤，甚至终身残疾！我自幼好动，摔跤比较内行，一般的人不是我的对手。我们睡在大寝室时，有人要找人摔跤，我怕伤到人，就躺着由他们压在身下，但都被我很轻松地翻过来；即使两个人压好，也被我翻过来，压倒在地。平时，有人要和我摔跤，我总是推辞的。

　　有人说我有拳术，我一笑而过。在我年幼时，曾受武侠小说的影响，非常希望学成一身无敌于天下的本领，专做那劫富救贫、打抱不平之事！后来，随着年纪的增长而懂事起来，觉得个人英雄主义没有多大用处，也是不可能的。尽管我对学武术仍有很大的兴趣，但总是无暇去学习。

　　学习其他东西要占用时间，与本已极有限的学习文学的时间产生了很大的矛盾，我只能在尽量不影响学习文化的前提下做些别的事。脑子不用要生锈！如果经常在钻研某项我认为理想的工作，相信我的脑子能永远保持清醒。

陈蔡区革命领导小组的干部为了表示对西岩电站的关心，昨天傍晚到了西岩，并去电站工地视察了一番，回到公社大吃大喝，喝得醉醺醺的，今天再没有见到他们！

文化大革命被打倒的干部，经过审查，不是叛徒、特务和现行反革命分子的，都逐步地解放了出来。陈蔡区原区长蒋澄水被分配到同山公社当革命委员会主任，原副书记金国良被分配在岭北公社。

昨天的大会上，建站委员吴培友表扬了我救人一事。吴光灿他们还开我的玩笑，问我受到表扬高兴么？记得在学校时，老师对我表扬的次数十分多，我也十分看重。到农村后，没有任何领导当众表扬过和批评过我。对于上级的表扬，我似乎不需要和不习惯了。我好像是置身于"政治"之外的人。

7月11日 阴有雨

蠡斯畈村有个姑娘，叫斯鲁英，和我村周章木家是亲戚。鲁英的妈妈常常听章木和他的爸爸周招水讲起我哥脾气是如何好、人如何聪明，有些动心，对章木说叫我哥去玩。哥认为看看情况也好，就去了。鲁英家的人对我哥印象很好，我哥回来后写了封信去。前天鲁英的母亲到了我们家，是个解放前的大学生，丈夫也曾当过国民党的大官，她来我家后表示她们都喜欢我哥哥，愿意把鲁英许配给我哥哥。这件事使我们全家都十分高兴！看看事情有无变化。

我们兄弟之间，一起时不怎么亲近，但当分离在两地时，我们的感情就显露出来了。我们的兄弟感情是非比寻常的，为我哥我随时可以牺牲自己的一切，他也可以为我不避任何艰难。

7月13日　阴有雨

吴光灿告诉我，吴圆在前几天到余杭采茶去了，这使我感到高兴。我希望吴圆和我的其他朋友们都能到外面去见见世面。想起她，我就觉心头热流涌动，虽然她不太可能属于我。我觉得在我熟识的姑娘中，只有她的办事能力使我放心，就像自信我自己的办事能力一样。

常想到有着共同的崇高理想的情人，他们是不会为生活琐事而放弃理想的，我似乎觉得个人生活是很轻微的事。

这几天看的书十分多，思绪也比较广。杜鹏程写的短篇小说集《年轻的朋友》对我有很大的触动。他的写作方法非常引人入胜，我十分喜爱。近些日子来，我有些怕看长篇小说了，觉得看长篇远不及看短篇的好处大，因为看长篇要占去太多的时间。读到好的小说，我就会忘记眼前的一切，有几次我边走路边看书而踢伤了脚趾，有时又会忘记吃饭或耽误别的事……

文学工作者真可谓是"人类灵魂的工程师"！好书会夺人心魄！

我常常会被书中的人物所感动，觉得自己实在太渺小！一回到现实生活中，我又比较容易自我满足和高估自己！看来书本和现实是脱了节的。然而我还是喜爱书中把一些人物形象描写得高大些，书本中的正面人物会鼓励我们前进的。

曾看到"今日事，今日毕"一语，十分有道理。我们遇事往往会等着"明天做""以后做"而耽误。我将这句话记录于日记开篇，可时时督促自己。

今天我就做到了这句话，11点时，我本来坐的时间长了，想睡觉了，但想到今天的日记没记，就坐下写，现在已11点40分，我还在写。

7月14日

今年自六月下旬来，大雨小雨不断，可以说没有好好的晴天，因此许多地方早稻长势不好。到诸暨县城去割稻的人非常多，大多因气候不好推迟了稻子收割期而回来了。

我们电站民工也有许多去割稻，这几天石工出勤的少了许多。我也想偷着去割几天。虽然有碍纪律，但到外面去割早稻回来的人总说起很多新鲜事，令我非常想去尝试！

7月18日　晴

16日帮周成去里山砍柴。砍柴的地点离泄头村有十多公里路，到里邵村后往左手过桥，一直爬岭约五里到外邵村的茶场附近，这里已是与嵊县交界处了。由于天气实在太热，气温超过40度，山上青柴气十分重，午时稍多劳动一下，太阳穴的筋就会突突地跳起来，呼吸不畅，头晕目眩，体力差的人真会有昏倒的可能！

周成确实太精了，一同帮他砍柴的吴大同对他很不满，埋怨说不招待饭，又没有香烟，劳动累等。这些对我倒是无所谓的，但他总不能如此待人。他不管别人劳累，光为自己打算。他来叫我时，我很不愿意，一方面砍柴这活我很不愿意干，另是天气太热，挑担不习惯。但他骗我说是约好了的，非去不行。碍于面子，又想到里山看看，我才答应了他。

周成告诉我，绍平的姐姐鹜青的未婚夫蔡木在部队当兵，因为绍平父亲的历史问题使其升军官受到了影响而回绝过鹜青。那时周成和绍平十分好，对鹜青也十分接近，鹜青对周成有了意思，写了封信给他，并一起拍了照。谁知遭到了绍平的激烈反对。后来蔡木又要鹜青了，他们结了婚，鹜青反而对周成有了极大的反感。

周成说绍平不可捉摸。

昨晚舞凤公社大林村有电影《新沙皇的暴行》。同学周渭月、戴焱、周渭波等都一起去看了。

这几天一转晴，温度马上升高了。我们干活的地点是朝西的，上午没有太阳，但下午一直要晒到太阳下山。这工地毫无遮阴之处，下午石头晒得发烫了，简直像火焰山！水喝下去就成了汗，全身流得水淋淋的，有时汗流到眼里会把眼都弄迷糊，擦汗过多，脸发痛！许多民工都要求改变作息时间，希望上午早些上工，下午提早收工，这样可以少晒点太阳。而每天回家住宿的民工却反对这样做。

初中同班同学吴元木回琴弦老家，知道我在泄头，特来探望我。他来时已六点半了，恰好我帮乐灿接车去了，等我回来见了面很高兴，谈了很多。他回家去，我送他到察墅村，在村旁边又坐谈了好几个小时，到十点多我才摸黑回到泄头村。

由于有了工作，元木已今非昔比，他现在在新昌县澄潭邮电所工作。他从实际工作中体会到必须搞好群众关系，群众关系搞好了干什么工作都会容易些。他又说到当干部不如当一般的工作人员好。我说：当干部可以知道一般人不能知道的事，去做些困难点的工作，这是对自己最好的锻炼；如果有理想，愿意为人民做些事就更要当干部，因为只有当了干部才有权力，有了权力就可以办事了。无论何时，干部的话总比一般人的话灵验得多。

我渴望当干部，这样我就可以做更多的事了！

7月20日 农历六月初九 星期日 晴

昨天晚上到家里去，恰好有电影《南征北战》。电影屏幕下碰到了忠挺，很高兴。前几天我曾到他家去过一次，发现他有失掉青年人应有的上进心的现象，为此我托张明桥带了个便信给他，信中我直截了当地提出了我的看法，我写道："懒汉固然不好，但埋头苦做，不问政治、专为工分打算的人我也是反对的，如果没有可以谅解的原因，我会摒弃他的。"话虽这样说，但我也相信忠挺不是那种人，只是如我自己一样，无从着手而已……

因没有合适的环境和充足的时间，我们不能好好地说说自己的思想，因此我约忠挺到西岩来挑沙时到我处住宿，忠挺也说他也有话要对我讲，约我回家时独自一人到他家去玩一趟，不知有什么事。

也碰到了陈小莲，她高中刚毕业，我们虽是表兄妹，但从没好好交流过自己的思想，这次谈了较长时间，事实上她是比较了解我的，我也比较了解她。她在我的印象中是个敏而好学、有志向的人，她的话中流露出现实不如理想，做人没有意义的想法！我也无从解释。

小莲说到西塘村，她的同学吴绿珍与她讲起我，说我人品好，希望我有空到她家玩，她们还向我借书看……

吴绿珍在我的印象中显得过分的"忠厚"，表面看起来她并无特别的聪明处，但她十分好学，成绩优秀，我觉得她似乎缺少社会经验。

昨天下午电站召开了民工大会，主要是关于改变作息时间和提高工效问题。会上提到要各公社向各村催齐和增加民工，因为诸暨县革委会认为建设进度缓慢。

从22日起早晨要四点钟起床，五点钟动工，九点钟吃中饭，十点钟动工，下午两点钟收工。这样一改明显缩短了太阳晒烤的时间。只是天天起早，人可能会更加疲劳。长期实行这样的作息制度，民工是否能坚持还是个大问题！到电站来的短期民工是毫无责任心的，自己偷懒还到处宣传这里工作松懈！

开大会时，我留意着发言人的表现，他们各人有各人的思路和性格特点，讲话表达各不相同。我想准备一本记录语言的本子，要描写人物的形象，只能在现实生活中获得生动的素材。

7月21日　晴

由于清塘的土工少，石塘里堆满了泥土，连炮洞都无法排，我们石工排只能自己清塘。我们用的钢撬棍一根就有十多斤重，拆撬很费力。下午天气非常热，工地上超过40度，干活真是吃不消，稍多干一会儿，人就头昏脑涨，气都喘不过来，大部分的人都是站的时间比干活的时间多。可是吴良忠，不是用钢钎撬石头就是用锄挖泥土，有时还用手去扔石头。他个子矮，人很瘦小，40多岁了，他干得已十分累了，也不肯休息一下。我深为他这种劳动精神所感动！

吴良忠不但干活勤恳，而且胆子大，不怕危险，从不叫苦！有一次，他在一个石塘里干活，点炮后来不及跑，石炮就响了！慌乱中他钻到几块大石块的缝隙中，石炮炸起的石块从大石上滚过，泥土撒满了全身，别人以为他一定死伤了！落石一停，当人们赶过去看他时，他却若无其事的从石缝中钻了出来，掸掸身上的土，又继续干活！这样的人实在太可敬可佩了！这才是真正的劳动人民啊！

我干活虽然胆大心细，但忍受痛苦的精神不够。

一般来说，精神痛苦的忍耐力，我超过了寻常人；肉体痛苦我也应该忍受得了，并要轻视它。

听吴伯根说，苏北和安徽那些地方十分贫困，有的地方的口粮指标一年仅200来斤。吴伯根去江苏当过兵，他们部队驻扎在苏北，当地老百姓要是知道你是浙江人就会特别热情，甚至会有年轻姑娘和你纠缠不休。

看来全国人民的生活水平普遍很低，我们诸暨县可以说是生活条件最好的地方了，但实际上家庭口粮成问题的现象也很普遍！如何提高人民的生活水平，这是个最重大、最迫切需要解决的问题！

7月24日　晴　于诸暨城西公社潭俞大队

　　昨天凌晨两点多钟我和周成、吴均定、吴高德、吴袁校五人从潘家坪村出发，走了15里到了陈蔡汽车站，乘坐七点钟的汽车到了诸暨县城。诸暨大桥头聚集了七八十个来割稻的农民，但要"割稻佬"的雇主很少。这些坐在大桥头"卖"的"割稻佬"，好像去年我在江西寻找工作时一样的情景，心中十分焦虑！我是第一次出来割稻，对这一行的情况一点不清楚，一切都听吴均定这个内行人的。今年割稻的工价是每天二元多，二元五角以上的很少。但因为农民太缺钱了，来割稻的人还是很多；新昌、义乌、东阳等地来的"割稻佬"，工价低些都会去，这引起我们诸暨本地"割稻佬"的不满！

　　下午，我们被"卖"到了城西公社潭俞大队，这个村子养了很多猪，但这里好像没有猪圈，这些猪跑来跑去，猪屎遍地都是，脏臭非常！我想不通他们为什么不把这么好的肥料利用起来。这大队共收了40多个"割稻佬"。晚上，都睡在一个破祠堂的地上。天热，蚊子特别多，整晚睡不着。今天早上四点半起床一直干活到傍晚七点半才收工，上午、下午中间各休息一次，连中午吃饭有两个小时。这里的活对我们来说还不算累，只是天气太热，下午两点过后，烈日明晃晃的，我晒得实在挡不住，头痛目眩，真随时会扔了镰刀！有好几个人热得干不动活，呼吸困难，大家都说气喘不过来了！我是强挺住了自己！咬牙！挺住！我坚持了下来，到三点来钟，有了一丝清风，人舒畅了不少。

7月28日　晴

　　这几天，温度还是高，大太阳下工间休息时没有一点可以遮荫的地方，人们只能挤在打稻机遮帘的一小片太阳晒不到的地方歇一下。我见到不远处有个池塘，就跳了下去，想凉快些，可谁知塘水热得发烫，心烦意乱得不行！我潜到池塘底下，身体紧贴在塘底淤泥里，才感到一点凉意！

这些年，我水田活干得较少，这几天整天浸在水里，感到脚酸手痛，很难受。水田里蚂蟥非常多，有时一只脚会有十多条蚂蟥叮着，拍打一下，蚂蟥掉了，但叮过的地方血流不止，痒得难受！前天，一条蚂蟥叮在我大腿根部，一直没有发现，直到收工后洗澡时才发现，蚂蟥已吸饱了血，肥肥的黑黑的，令人恶心。拍打一下，蚂蟥掉了，大腿根部流了好长时间的血，把我新换上的短裤都浸湿了！晚上更是要命，一间屋子的地上横七竖八睡二三十个人，热得受不住，蚊子又多得出奇，有几夜只睡了两三个小时。几天下来，我们都更瘦更黑了！

省干校有一批人到农村锻炼，到这里有40多个人。据说这些人过些日子，有的要填充到革委会去，有的要调动工作岗位，有的要下放到农村去。这些干部中劳动好的极少，大多数没有一点用处，挑几十斤稻草就歪来斜去的。幸亏这两天有点风，还较凉快，他们马马虎虎地度过来了。让城镇的人到农村来锻炼锻炼，这确实是个很好的办法，"谁知盘中餐，粒粒皆辛苦"的道理，只有通过亲身劳动，才能体会到。

经过几日的劳动锻炼，他们回去会比以前踏实肯干得多吧！

8月1日　农历六月十九　星期五　晴　于西岩泄头村

昨天乘坐12点50分的班车回了家，傍晚，我又回到了西岩电站工地，今天做了一天工。

这次出外我共割了七天稻，虽然时间非常短，但也了解了些湖畈农民的生活，经历了以前未曾有过的事。

以前湖畈农民的粮食是非常富足的，除国家派购任务外，其他可全部分给社员，水田多的地方光自留田的粮食就可以供一家吃大半年。现在的政策是每人平均分560斤，其余的必须全部卖给国家，自留田也减少了，收的粮食一般只能维持家庭两个月左右的食用。尽管比以前少了很多，和我们山区相比，他们的粮食还是很富足的。但这里也有粮食不够吃的家庭。

湖畈的经济收入除水稻以外还有藕、鱼这些水产收入。据当地社员们反映，经济还是搞得不够活，如果能在现有基础上，发展些副业，如在塘边、堤埂上种些桑，在光秃秃的小山上种上用材林或茶叶，经济就会更好些，环境也可以改变许多。

那几天，有时当地村里的姑娘来割稻，起初，她们瞧不起我们山里人，有些不屑理睬，因此上午很少讲话。到了下午熟悉起来，隔阂消除了，她们对我们的看法也就改变了一些。由于出生在山区而被人歧视为"山里寿头"，我还是第一次碰到。发觉她们有这种歧视时，心中很有股被侮辱而升起来的怒气！

以前山区和湖区客观上是有差别的，山区人文化程度低，交通不便利，见识少，碰到一些事就会大惊小怪；而湖区离城镇近，见识得多，相比之下，山区人就显得有些"寿"了。现在情况变了，大多数山区人的文化程度提高了，交通便利起来，见识也就多了，山区再也不是以前的落后愚昧状态了。而湖区呢？因为劳动分红要比山区高，为了贪工分，读书的人反而要比山区少，青年人的文化程度不及山区了，尽管他们的见识范围也在宽广起来，但是提高速度肯定不及山区来得快。山区人的"山里寿头"这顶帽子应该会很快脱掉了！

城镇居民下放到农村，落户在潭俞的有十户家庭，其中有五户是单身姑娘，原诸暨县委书记周林的女儿和我们初中老师华克晃的妹妹也下放在这里；两户是单身男人，一家几口人的只有三户。

这三户中，有一位户主姓孙，他解放前曾给国民党第一战区司令蒋鼎文开包车，后来给宁波镇海卫戍司令陈德法开过三年车子。蒋鼎文和陈德法都是我们家乡的传奇人物。蒋鼎文是里浦公社盘山大队人，离我家只有20里路。蒋鼎文官至特级上将,是蒋介石的亲信,因与张学良不和,西安事变时被张扣押。蒋鼎文带了许多家乡人出去当官,因此盘山大队一个村有100多根"横皮带"的说法。蒋鼎文在盘山建有一所小学,占地很大,种了许多名树名花。"盘山小学"的牌匾还是大书法家于右任题写的。

那个陈德法的老家——下河图大队离我村仅三里路,陈德法与我爸爸年轻时就很要好,俩人是一起去考黄埔军校的。可那时有"好铁不打钉,好男不当兵"的说法,我爷爷硬是在父亲去广州的路途上把他叫了回来。陈德法家穷,他去考军校的盘缠是我父亲给他的。抗日战争时间,陈德法任镇海卫戍司令,我爸爸在他手下任军需。镇海失守,陈德法被撤职,我父亲也回了家,后来得了一顶"反动军官"的帽子。1963年,我当时上初一年级,陈德法回老家,我爸爸带我去见他。他是个很和气的人。他和爸爸约定我初中毕业后到他那儿去,由他培养我。陈德法抗战胜利后任国民革命军新疆副司令长官。解放战争时,他跟随陶峙岳投诚共产党,新疆得以和平解放,他又任新疆生产建设兵团副参谋长,也是位高权重的人。这次文化大革命,他也被揪了出来。

老孙说起抗日战争时期他在宁波给陈德法开车,遇到许多次危险。一次他载着陈德法视察战场,三架日本飞机围了过来,向他们的吉普车投炸弹和用机枪扫射。他驾驶着吉普车一下猛冲,一下急刹,与敌机周旋!后来看着实在逃不掉了,在一竹丛边,他一个急刹车,陈德法打开车门顺势滚下车,躲进竹丛。老孙开着车又跑了一阵,当敌机又俯冲下来时,他也跳车了!结果车子被子弹射中,又被炸弹炸得剩下一堆黑铁!

听老孙讲述,真令我神往!

老孙有两个女儿,大的叫伊罗,小的叫伊敏,她们在我组里割了两天稻,我对她们有了一定的了解。伊罗聪明美丽,活泼而又大方,很通人情世故,是个很好的姑娘;伊敏显得很不合群,劳动态度也不好,一天到晚是怨言,又很难讲话。姐妹俩竟有这样大的差异,真令人难以相信！

　　这次外出过程中，我比较熟悉的人还有蒋清夫妇、信林、明奎等九人；还认识了蒋占孝。他是个石工，他自夸打石头本领非常好。但我看了他修的钢钎，不但形状笨拙，并且看钎头的颜色，白头过重，是淬火过了头，这种钢钎如果遇到硬的石头，很容易破裂。可见他的技术也谈不上高超。

　　回来时，汽车到里浦公社马郦村附近，看到山上的番薯藤因为干旱都耷拉着叶子，已经转黄了，玉米也晒得卷起了叶子。看到了这种现象，我的心就骤然沉重起来！周成曾对我说："住在这里和一般的农民想法有些不同了，在电站里最好是天天晴朗，但农民已在盼望下雨了。"我很赞同他的说法，我在电站做工，农民的思想感情的确是淡薄下去了。但我毕竟是农民，看到这种干旱的景象，看着庄稼缺少雨水而枯萎，焦虑感就会油然而生，就焦急地盼望下雨了！

　　湖区现在有了电排、电灌，不怕旱涝，而山区受旱灾的严重威胁，这种情况很需要改变。书上曾读到人工降雨法，要是真有这种事，那是何等好事啊！

　　看见孙伊罗，我就想到吴圆，尽管她们的外表是那么不同，但我总觉得她们的一切非常地相像，共同的劳动可以很快地了解一个人，我需要和吴圆这样的人做朋友。她到余杭摘茶还未归来，她回来后我决心和她开诚布公地谈谈。

8月3日　多云　下午有雷阵雨

　　最近电站工地劳动纪律十分严，也可以说是很刻板。每天上工要点四次名，一次点名时不到，哪怕差几分钟，也要扣四分之一工分。特别是早上，天还暗着就要去上工，五点钟点名迟到的人有不少。我住得离工地这样近还常常连洗脸都来不及就赶去上班，早餐都是在工地吃。对此大家意见很大，对建站委员很不满。为此我给吴仲良、黄仲贤反映了，可他们说只有这样抓才行，否则工程进度上不去。可实际上这种做法没有好处，那些迟到的人，干脆把扣掉工分的时间坐完再干活；有的因为被扣了工分，劳动时就偷懒怠工，这种情绪又感染了别人，更影响工效！民工们认为干部们这种做法不合理，应该迟到多少时间就扣多少工分，做到实差实扣，或者规定留十分钟时间作为余地，但建站委员不同意民工们的意见，只是规定从今天起早上上工推迟一个小时，这样早上迟到的人会少些了。

电站领导做事有些极端，劳动纪律宽松时，松得不像样子，紧张起来又好像刮"五风"一样。一般人的思想觉悟还没提高，电站建站委员会又没有实际确定民工报酬之类的权利，他们的话，对民工起不了多大作用。

我想电站工地最好能搞一些业余娱乐节目，这样可以活跃气氛，增加团结，有利工作。如搞一个文艺小组，可以出出黑板报或小报，对落后现象提出批评，对先进的工作方法和劳动积极的民工给予表扬，并且开展一些劳动竞赛。这样，人们的热情高涨起来了，干劲也会鼓起来；对于有上进心的青年，也可以鼓舞和帮助其成长。

这样去做一定要花费很大的心血，但要是我有实际的工作权力，我一定会这样去做的。

8月4日　阴有阵雨

下午，有黑云漂浮过来，大家都欢呼雀跃起来！那种急切地盼望下雨的心情是难以形容的！看到远处在下雨了，人们都跑到高处去看雨能否下到自己的老家村子处，眼看黑云飘到别处去时真恨不得用钩子把它钩回来！终于落下了雨点，人们的心里一下子松弛了，说不上的喜悦！那些匆匆忙忙奔跑着避雨的人群中也夹杂着高兴的笑声！

有谁不盼望粮食丰收，过个好年啊！

吴元木昨天到泄头村来宿在我处，今天才回去。他告诉我，吴圆前几天回家了。吴元木从初二年级起就和我同一个座位，我对吴圆的心意，他是最早知道的。因为吴元木和吴圆同村，我曾向他打听吴圆的家庭状况及她在村里的群众影响，甚至向吴元木问起吴圆名字的由来。我记得那时我甚至希望听到一些她的坏话，或许这样可以使自己对她的感情淡漠些！这种想法是可笑的、幼稚的，但也说明了我爱她之深……

可吴元木对吴圆每次都是称赞不已！我与其说是"失望"，更多的是内心的喜悦。事实上，我这样问吴元木也只是希望从别人的嘴中听到赞美她的好话而已！这样我心中会更加地舒畅些……

想到这些，我就又想到我的前途，我的心跳又激烈了起来！我又想飞！我要飞！

8月8日　多云　有时有雨

前天接到吴海章的来信，信中说吴圆回来已有几天了，他前几天同吴圆提起我，在他看来吴圆对我一定是有感情的。他叫我千万去一趟琴弦村，和吴圆好好谈谈。

吴海章的好意我是知道的，但他不能了解事情的真实情况，太性急了些。现在叫吴圆作个决定性的答复，那是困难的。

昨晚我还是到琴弦村去了一趟，没想到吴圆已睡了。我请海章把我的信和7月31日拍摄的一张照片转交给吴圆。在给她的信里我说："由于思想的纷乱，我竟不能和你好好谈谈自己的思想。真的，近来我的脑子很昏，静不下心来细细地想想问题。"实际上，痛快地谈谈自己的思想是很困难的事，我们之间横着一条望不见底的深沟！但我又很希望她能真正了解我。

在给她的照片上，我题了几句诗："胸怀健鹰凌云志，迷途转辗苦彷徨。何日认定主义真，一腔热血献人民。"

我是这样写，心里也是这样准备的。一旦有了坚定的信仰，并认定自己的信仰是真理，抛头颅，洒热血，我当在所不惜！

共产主义确实是理想境界中最好的生活，我也愿意为她而献身，但这"主义"就现实来说，太遥远了。我们一生应该有现实的、具体的生活道路。

白天和同在石工组的正清叔聊天。说起现在社会上人们是那样地惧怕"成份"这两个字，而正清叔这样的贫下中农，却把自己的女儿许配给了"反革命分子"的儿子绍平，我问他对这件事是怎么想的？他说："如果一般地过生活，绍平持家会很好的，就是成份不好也能够像一般人那样过去，也可能过得更好些。如果到真正任人唯贤的时候，绍平的前途就不可限量了。"

可见，社会上各人的想法还是不一样的。正清叔的想法和我相同。我也认为做一个人应该具备相当的生活能力，在你无法施展才智时，仍能很好地生活下去；而一旦社会需要你时，你必须具备充足的知识，有能力为人民大众做一番事业；平平庸庸的人永远是毫无用处的，不管是现在还是将来。

机遇属于有知识、有能力、有充分准备的人！

8月10日　晴

昨晚去琴弦村看电影，影片是介绍"九大"会议内容的新闻纪录片。我没有好好地看，约了周绍平到吴圆家坐了一会儿。绍平说起"七二六"反革命案件并未破获。据说从琴弦村经过尚典村到大林村的一段路上发现了十多张反动传单，传单内容是号召青年人参加一个反对毛主席的组织，传单是用钢板刻字后油印而成。尚典大队作为"封建堡垒"，公社"专案组"进驻了村子，召集绍平他们这些会刻钢板的人并对其验了笔迹，进行了调查询问。

　　这起反革命案件，作案地点在西岩、舞凤两个公社的地段，邻近的孝四公社也作为重点调查对象。据说伍沿大队的陈苗根和吴子里的月半是反革命集团犯，陈苗根到公社隔离审查时出逃了，这人我有些认识，是个很虚浮的人。

　　看电影时我和吴圆聊了一会儿，她说自己没有时间学习，主要原因是没有心思，她劳动出勤很高，我怕她过分劳累会影响身体和学习，劝她还是要注意保重身体。

　　今晚七点起，进行全省性的大普查，凡是可疑的人都要拘留，外地户口都要送公安机关审查备案。

8月13日　晴

　　10日晚上到下阴坑村看电影，也是介绍"九大"的纪录片。这一次我看得非常认真，没有漏过任何一个细节。我有许多感想……

　　在回泄头的路上，我和石工伙伴周渭海闲聊，我们回忆了童年和少年生活。那时的一些事，有的甚至过去15个年头了，却像一幅幅的画，深深地铭刻在脑子里，永远不可能磨灭……

　　记得我7岁那年，父亲劳改，祖母70多岁，哥哥9岁，姐姐11岁，家里只有母亲一个劳力，生活实在难以维持，只得把姐姐寄养在小娘娘家，哥哥寄养在叔叔家，我被送到了离家三里的戈企坞村的大娘娘家。妈妈到杭州给人家做保姆，挣点钱寄回来分给我们三姐弟。我孤零零一人在戈企坞村，非常想念家乡和家人，每天晚上睡在床上想的都是我们村到戈企坞村这三里路上的一切，有一片高高的杉树林、有一口塘、有一段陡陡的下坡路等，我时时想着回家。大娘娘很凶，一次一头小猪刚刚阉割了，在吃饭时，她叫我看住小猪，不能让它睡下去。偏偏小猪很不听话，一次次躺下去，我一次次把它赶起来。这头小猪可能又痛又累，实在挺不住了，躺下去后我怎么赶他都不肯起来。我正骂着它，大娘娘听到声音走出来，一看小猪躺着，拿起一根柴棍朝我拿碗的手打来。碗破了，碎片割伤了我的小拇指，血流如注。至今我的左手小指还是弯的。但是我也不会忘记大娘娘一家对我的好，大娘娘和姑父及表哥表姐对我不错，生活上也并没有虐待过我。

9岁那年，父亲劳改期满留在龙游县十里坪农场，可以带家属去，我们一家都去了。我记得去的那天，叔叔用箩筐挑着我和哥哥翻过钱大王岭，经过大尖溪村到里浦去坐竹排。一路上有人问叔叔挑的是什么，叔叔都会回答："我挑的是谷子。"在大尖溪村祠堂门口休息时，许多人围上来问长问短，叔叔向他们解释。这个村的人都和我父亲熟悉，听后都是一片叹息……

我记得我第一次到龙游十里坪农场附近的农会陈村去读书的情景，我记起那时我最喜欢的红红绿绿的拼音字母卡片、我得的第一张奖状、带小镜子的小日记本……

十里坪农场到农会陈村有三里路，当地人知道我们去读书的人都是农场人员的子弟。我们经过他们干活的地方，一些年轻人会骂我们"小劳改犯！"有些人还会拿泥块掷我们，因此我们总是绕路远远地避开他们……

后来农场有了自己的小学，我记得十里坪场办小学里的生活：加入少先队那天典礼热烈而隆重，郑光坚老师教我们唱《歌唱二郎山》时情绪激昂；有一次我用脚钩一个在奔跑的个子较高的女孩子的脚，她摔倒后陈炳清老师狠狠批评了我；和毛小凤、阮荣裕、阮荣富和许金娟这些同学一起做过的许多有趣的事……

我的童年是血和泪多于快乐，十里坪是我一生最快乐的、最幸福的阶段。

昨天下午，电站全体民工开了大会，是为了周成的问题。周成这人，刚接触时都认为他年轻聪明，电站让他当保健员。从此他就不参加劳动了，一天到晚东荡西逛，群众影响很不好。他自私自利之心极重，处处为自己打算，后来竟发展到贪污医用纱布做成蚊帐出卖赚钱，又和陈红伟一起伪造发票，贪污了十多元钱！电站决定开除他。

对周成这人，我也是逐渐认清的。一开始，我很愿意和他接近，后来我逐渐发觉了他的自私自利，就开始疏远他。他和陈红伟非常亲近，我看出了这里面有不正当的经济关系。陈红伟曾和我说："他把我当作贴心人说的一些话，实在使人害怕！他现在对我好，这样对待别人；以后他也可能和别人好，也会用同样的方式来对待我！"可见陈红伟早已认清了周成，他们的继续交往，纯粹是出于相互利用、狼狈为奸的龌龊心理。

这个大会开得很好，树立了正气，这种会对人们，特别是对青年是有警示作用的。

我刚好在看一本苏联小说《大学生》，这本书描写了一个叫塞尔盖伊·巴拉文的大学生，"他有才能，他得满分，他写诗，他活跃，精力饱满……他好像没有什么毛病似的，可是往深里看，原来只有表面是光滑的。在表皮下面，我们发现了一个很不同的巴拉文——一个热爱自己、道德方面不干不净的巴拉文，而且是个渺小的、平庸的利己主义者"。而巴拉文从小的朋友瓦吉木·白洛夫完全是另外一种人，"对他来说，生活的意义在于为祖国的利益工作，为祖国正在希望的光辉前途工作。他知道他的祖国，他的同胞，需要他，他高兴；他被这种思想支持着，全心全意地读书，热心地为他的事业作好准备"。白洛夫对巴拉文的行为，作了不调和的斗争，在共青团会议上，他揭发了巴拉文的道德操守和行为，使人们认清了巴拉文的真面目！白洛夫的正义行为使巴拉文发觉自己的作为是卑鄙的，行不通的！经过激烈的思想斗争，巴拉文终于有了进步。

巴拉文隐藏得很深，他的女朋友华丽雅三年才认清他。瓦吉木·白洛夫这个巴拉文"从小的朋友"也是经过很长时间才逐渐认清他的。比较起来，巴拉文比周成强多了！他隐藏得那么深，甚至在白洛夫揭发他的时候，他的同班同学还是糊涂的。然而，假的就是假的，伪装应当剥去！当人们终于认清了他的真面目，他的才能就变得一钱不值了！他们的自私、虚荣、爱好功名，是从"私生活"中逐渐被人认清的，也就是从小事情上显露出来的……

《大学生》中的苏联青年"热诚、警觉、朝气蓬勃、眼望前方，信任未来，对于艺术家来说，他们实在是鼓舞创作的力量……"，他们有"尖锐的目的性、目标明确的、固有的集体主义精神"。

我太羡慕他们了！我觉得这样的生活才能称得上是"生活"啊！

对于《大学生》这本书，专家学者给予了很多表扬，但也提出了中肯的批评，叶尔米洛夫说："那在我们现实中是领导和进取的肯定原则，在艺术品中也应当起着领导和进取的原则作用。"他批评说："作者把巴拉文描写过多，白洛夫的形象不够丰满，集体活动和他的作用没能得到很好的描写。"这个观点，我在读这本书时也有这种感觉，可见，"批评"概括了不少读者的思想。

8月16日　农历七月初四　星期六　晴

又是好多天不下雨了，山上的作物又开始枯萎。看着这种景象，心又焦躁起来！我想，科学发展能不能造就一种人工降雨法呢？农业生产不受自然条件的限制才好，靠天吃饭是不行的！这些年，年年旱灾，年年减产，怎么了得！或者应该改种一些特别耐旱的农作物来应对这种气候状况。

今天傍晚我帮乐灿接车回到泄头操场，刚好陈月英路过，我大大方方地招呼她。不知什么缘故，她却有一股特别的扭捏相。过去了的事情过去就算了，何必还要有另外想法呢！为什么我们不能像其他同学那样坦然相处？有这种躲躲闪闪的必要么？

收到了吴海章的来信，信中说，他已和吴圆谈起我，吴圆认为我心太急，把事情看得太容易了。海章还说，吴圆她妈不会同意我们的事，因为他们已吃够了成份不好的苦头！

8月20日　晴　下午有小阵雨

昨天回家，平霞给了我一本《读报手册》，读后觉得这手册内容很广泛，很有意味。但看到书中的一些哲学名词，很费解，有的句子读十遍以上才能体会到其深意。对于一般读者来说，哲学通俗易懂才行。

读《鲁迅言论集》，深有感触，其中有一句"倘能生存，我当然要学习"引起了我一番深思。学习——它包括很广的范围，平时的生活也可以说成是一个学习的过程。但我们一般说的学习，指的仅是书本知识为主。书本可以使我们了解我们不能见到、遇到、听到的东西，可以大大地开阔我们的眼界。特别是现在这个历史时期，社会发展很快，没有文化可以说做不成社会工作了。文化——"学习"，更有了其特殊用途。

有些人是不希望我有所作为的！我偏要违背他们的意愿，努力地学习，力求使自己多些知识。我可不是为了学习点本领摆布人，而是为了在社会需要时，能做些事情，哪怕是微小的事！

8月24日　阴多云

周成前些天曾到尚典村绍平家，我和吴仲良估计他的用意是先发制人，恶人先告状，在别人还未了解他的情况前，用手段遮掩掉自己的丑事。他也可能对仲良有报复之意，特意到绍平家去询问仲良的情况。为了弄清这些事，我和仲良到了尚典。我们把周成的所作所为全告诉了绍平，相信绍平能洞悉人的内心，我想他也一定了解周成。但是他十分老练，没有说过多的话。

前些天我到琴弦村看电影，约了绍平一起去吴圆家。谁知我们刚坐下来，就有琴弦大队革委会的人来查看，吴圆爸妈很惊惶！这些人走后，我们也走了。第二天，大队革委会的人问吴圆的爸爸关于我和绍平的情况，勒令吴圆的爸爸书面汇报检查。过了几天，舞凤公社"7·26专案"小组驻尚典大队工作组把绍平叫去，询问那天去吴圆家的原因、呆的时间、讲的话，责令绍平写书面汇报。工作组的人对绍平说：吴圆的爸爸说了"怀疑绍平有作案嫌疑"的话！这使绍平很气愤。我认为吴圆的爸爸绝不会讲这种话。

在这种情况下，以后我去琴弦村更不方便了！我真不愿意因为我而使吴圆一家惹上麻烦！但是绍平说得对，只要我们胸怀坦荡，做事光明磊落，是不怕别人存戒心的！

现在做人真是难！行动都不自由！假如我碰到了那些侮辱人格的事，我会难以忍受的！

这件事，肯定将影响吴圆一家的思想，对我与吴圆的关系造成不好的后果。

8月25日　阴

和周渭海说起周成的问题，我批评他不应该站在周成方面。渭海也认为周成的做法，群众影响会很不好，但是有的事牵连到他，又因为都和建站委员有矛盾，这样别人就误以为他是站在周成一边了。不过，渭海是不会和周成决裂的，这是性格使然，因为对他来说，没有这个必要。

我想，周成为什么这样使人厌恶，主要他做的事是在损人利己的可恶的"私"字上。"私"确实是一切罪恶的社会根源。

看了些关于写作的书。说到写作必须深入到生活中去，现实生活中有取之不尽、用之不竭的写作素材。这是对的，没有生活就没有思想，没有思想怎谈得上文学创作呢？创作是必须有明显的立场的，如我自己没有确定具体的立场,就什么也写不出来了,即使写了,也是十分肤浅的东西。

沸腾的生活才有壮丽的诗篇。我们的电站工地,到处是拖拖拉拉的现象,干活做工仅是为了换取考勤表上的一个圆圈!这样的环境,我找不到写作的灵感!

8月28日　阴

吴海章前天特地到泄头村找我,告诉我吴圆的妈妈很怕事,害怕我去她家;吴圆也说我把政治问题轻视了,她很担心我的前途。吴圆的妈妈对海章的家人说我人很好,只是成份……

我没有想到吴圆会这样看问题,但我仔细考虑后,觉得吴圆的细心是对的,我确实应该正视现实。不过,在我确定自己应走的路之前我绝不会走错决定人生的每一步!

我读了我哥写的一些篇章,思虑非常多。我哥的思想比我还高尚些。在婚姻问题上,他是固执的,认为宁缺毋滥。

昨天,邻县嵊县搞检查,把没有本地户口的人都关了起来。泄头村有几个在那边做工的人也被抓了起来,要这边大队写证明去才能放回。据说嵊县有个反革命集团,都是理发匠,嵊县的理发匠被逮捕得很多。

8月29日　阴

泄头村的龙潭很壮观,水大时飞瀑直泄50多米,瀑下的岩石被激流冲刷,岩体分外坚硬洁净,岩石缝中的几簇青草也显得格外坚挺可爱。

人也应该像这岩石,在激流冲击下傲然屹立,显其顽强和不屈!

"7·26"反革命事件终于破案了!据说为首的是琴弦村的教师章茂佑,他是地主出身,在这一带任教多年,在当地有很大的群众影响。这次反动传单案的主要人员都是琴弦大队人，前几天被秘密押到泄头村进行隔离审查，其中有吴绍章、吴高里和琴弦大队造反派负责人宣科章。他们这一伙人经常在一起活动，与大队革委会作对。

　　章茂佑这人很有手腕，惯于收买人心，在文化大革命运动中，小学教师造反派要批斗他时，琴弦大队群众坚决保护他，他没有受到冲击。我早就听说章茂佑做事很谨慎，自己每天说的话都要记录下来。当时我听后就有怀疑，认为一个人只要光明正大地做事，何必生活得如此小心呢？他这种"此地无银三百两"的做法，反而弄巧成拙了！

8月31日　多云

　　8月29日晚上11点半，全县进行了大查抄。我家也被查抄了。因为我家曾迁住龙游十里坪农场，四面破壁，整个家似水冲过一样干净，别的没有什么可抄去的，只拿了一些书和哥哥的笛子、胡琴等乐器。我哥非常喜欢音乐，有些竹笛和二胡都是他自己做的，把他的乐器拿走，他很不高兴！我们虽然出生在这个地主家庭，但玩乐器这点权利不应该被剥夺吧？

　　这些日子形势非常紧张，对四类分子家庭经常查抄并对四类分子进行游斗。西岩、舞凤、孝四三个公社因为"7·26"反革命传单事件而更加紧张，晚上都有群专人员巡逻站岗，被关押的人很多，据说我们邻村凤山大队和尖溪大队也发现了反动传单！

　　据说章茂佑已经承认这个集团是1966年组织的，具体情况还在继续刨根究底。

9月1日　农历七月二十日　星期一　晴

　　今天起我们电站工地改变了作息制度，规定早上6点起床，7点动工，11点吃中饭，12点半动工，4点半收工。

晚饭后和泄头村的小章夫叔聊天。他喜爱古书，并且有很强的记忆力；而我看古书一般只是了解它的大概内容，对于细节比较忽视，无心去记；而他很重视细节，因此我们的谈话不是很投机。当聊到"太平天国"李秀成缴洋枪的故事时，他问我记不记得，我支支吾吾说了声："我记不得了，可能是下集的吧（因为我没有看过下集）。"这引起了他的一阵大笑，可能他以为我在不懂装懂呢。我感到很不高兴！

昨天陈蔡地区组织的一个游斗小组到了泄头。这些人是各个公社的典型人物，有投机倒把的，有偷税漏税的，有反革命分子等。他们大概习惯了，好像经过很好的训练似的，一个个机械地"哧嘡哧嘡"地敲打着乐器，呆板的脸上毫无表情……听着他们这种有节奏的敲击，我呆看着想："一个人竟会如此地容易被驯服，被驾驭啊！"

9月3日　晴

8月23日"浙江省联合造反总指挥"宣布光荣完成历史使命。9月1日"诸暨县红色革命造反总司令部"宣布光荣完成历史使命。今天公社召开"红总"胜利完成历史使命大会。

据不可靠消息说，我哥是章茂佑他们那个反革命集团的，现在已在查了！猛听到这消息，我脸上没表露什么，心里却阵阵紧缩！真有这事吗？昨天下午我没有去做工，昨晚看电影时思想也极不集中，整夜翻来覆去睡不着，想得非常多，今天决定回到孝四公社了解情况……

我自认为对我哥的思想是非常了解的，他做事比我要细心、稳重得多。要是真有这事，我只有担起家庭的重担来！对于哥哥的思想，我是没有权利去干涉的。"人各有志，不可相强"，并且一个人一旦抱定了坚定的信仰，要他改变，非易事。

昨天西岩公社召开落实"8·28"命令大会，到会的人都携带了锄头、钩刀等武器。

9月7日　雨

　　3日回家，知道我哥这事的真相。8月29日夜我家被查抄，拿去了我哥的一本笔记和各种医药书、乐器等。31日公社革委会的陈金荣、吴乃立把我哥叫去。他们先问那笔记是不是我哥写的，哥说是的，华克晃等就骂这是反动日记等。我哥辩解了几句，他们把我哥捆了起来！哥说他的那些东西是1967年写的，有些是看了杭州景色的感触。那时他的耳病不能治愈，又处于这样的环境，那种消极、悲观情绪是浓厚的。还有一首是看了《牛虻》后写的，表达了自己对真理的渴求和坚持真理的决心。但是他们分析说这些都是极端反动的，1日他们放我哥回家，但事情可能不会就此了结！

　　我和我哥在本大队里面有非常好的影响，只有极少数的人对我们抱有成见，但是公社干部却对我们兄弟十分关注。我哥哥发生这样的事情，当地群众反应十分大，大家都感到惊叹和表示同情！

　　这种事，没有发生以前我害怕发生，但既然发生了，我反觉没什么了！我的心肠又显得那么"硬"，那么"冷"！只是苦了我妈。哥哥前几天被关在公社两天不归，我妈像生了几年大病！"在吊打了！""在用刑了！""事情了不起了！"的种种传说，如毒蛇吞噬着慈爱的母亲的心！几天里，妈妈没有上床，卧在睡椅上两天没有吃任何东西！什么磨难我母亲没有受过啊！但是还有什么比儿子的不幸更使母亲痛苦！！！

　　我问哥哥他的笔记的内容到底是什么？我哥哥告诉我主要是两点，第一点是1967年他去杭州医耳病，到灵隐寺看到红卫兵在砸菩萨，他也是不相信迷信的，认为砸得好，写了一首诗，诗里有一句"（菩萨）今日何不显灵惩小将"，他的话原意是嘲讽菩萨本来就是没有的，如果真有灵，现在为何不显灵？造反派硬解释是我哥"刻骨仇恨红卫兵"，

"要菩萨显灵来惩罚红卫兵"。第二点，我哥看到现在开大会或游行时每个人手上都举着一面红旗上路，会场上往往一片红色，因此他在一首诗里面有"红旗蔽日"几个字，造反派说"日"就是"太阳"，"太阳"就是"毛泽东"，因此，说我哥哥"污蔑伟大领袖毛主席"！

欲加之罪，何患无辞！

螽斯坂村的斯鲁英来过我家，她是愿意来我家的，但是哥认为她没有什么知识，性格合不拢，对她说可作姐妹走动，他还准备写信回绝她。爸妈为这事非常焦虑，要我从中劝说。我知道，这种事劝说是没有用的，但我还是根据实际情况给我哥哥写了封信。我在信中说："现实生活中真正的爱情是少有的；地位、钱财主宰了这一切！可我家却太需要为母亲分忧分劳和帮助料理各种家事的人了，也更需要小孩子的嬉笑声了！人们往往把能不能成家作为看待一户家庭、一个青年的影响好坏的重要组成部分；爸爸妈妈的急切热望，周章木一家的好心说合，斯鲁英母女的一片诚意，你都是应该认真考虑到的。"我还写到："只要一个人质地纯正，天资聪明，感情可以逐步培养，知识和思想也可以逐渐地积累和灌输的。"

今天我和乐灿到舞凤公社下步溪村初中同学袁承恩家去玩了。袁承恩是大队造反派负责人，现在是革委会委员，他曾在尚典大队因宣传落实"七·二三"布告而住过半个月，对尚典村情况比较了解，因此对绍平的情况比较熟悉，他认为绍平是个很好的人。

现在社会上对于那些家庭出身不好，又较聪明能干的人是十分注意的，各大队对这些人的思想和活动情况严密地注视着，并向上级汇报。特别是像我们这样的人，更是重点监视对象。

照目前的情况，我不应该再写这些文字了！因为我虽无反党、反人民之心，但是想不通的问题还是有的。钻牛角尖的人可以抓住一句话而给你扣上顶"反动"的帽子！但我又怎能不写！

诸暨形势比较紧张，新党校驻了一个师，还到了许多工兵。现在全县有四个反革命集团正在侦破中。随便哪个人，只要稍有可疑，就被叫去隔离审查，捆打一顿，这是极易发生的事！

　　一举一动还是小心为上……

　　"7·26"案件的主要反革命成员宣科章关押在大林时跳窗逃走了。吴乐灿弟弟吴乐飞在嵊县碰到过他。他能逃到哪儿去呢？到处都是"无产阶级专政"的天罗地网，他躲得了吗？

9月12日　晴

　　我伤风感冒，回家休息了两天。

　　表妹蔡平霞里浦中学的同学周国英到平霞家玩，我们本来就认识的，但我竟没有招呼她。我这种态度不是针对她个人，有好几次了，我都懒得理人，我觉得我待人缺乏热情，觉得自己以前不是这样的，心中很内疚……我痴痴地想着，企图解开这个症结！

　　为什么？是因为我的生活中，太多事严重地挫伤了我，那些人伤了我的心，使我对人缺乏应有的信任了……

　　不平静的社会，不平静的生活，那些抛头露面做事的人在这风浪中得到了很好的锻炼，工作能力、认识水平都得到迅速成长。但是我，感到生活越来越空虚，与朋友交谈的话题越来越少！在工地上，庸俗的玩笑话我也会不能自制地说出来！这样下去后果会怎样？难道我的一生就这样算了吗？乐灿还说我生活得有条有理，其实我的心啊，越来越乱！越来越烦！越来越焦躁不安！

9月13日　多云到雨

　　诸暨东和公社到嵊县苦竹溪公社的拟建公路，是国家战备公路。经过多日准备，东和公社到龙宅水库段今天开工了。枫桥区的民工和当地的社员今天在大林开了动工大会。这条公路既然是战备公路，建筑任务就十分紧迫，40里的路程，要在春节前完工。8个公社的农民将参加建造，枫桥区是舞凤、东和、保安、枟溪四个公社，陈蔡区是西岩、孝四、泄浦、陈蔡四个公社。我也可能要去做公路。

9月14日　雨

"备战"这句口号刚一听到时，大家都有些震惊，但是直到现在也没有一点确切的消息，战争好像是一朵漂浮在地平线上的白云，似乎离我们非常遥远，人们甚至怀疑是否会真的发生战争。从中央发布的"8·28命令"看，战争好像已经开始了；从当局实施的各种措施看，战争迟早会发生。"三查""清理阶级队伍"和现在这股名为"煞歪风"的红色风暴，应该都是和国际国内政治大局紧紧地联系着的。

读到马克思说的一段话："我们往往不能自由选择与自己的志愿相符合的职业，因为我们能够决定以前，我们在社会中的种种关系早已确定。"这段话是马克思17岁中学毕业考试题《青年人怎样选择自己的职业》中的答题，回答得太精彩了！马克思在这样年轻的时候，就已经把自己置身于社会之中，洞悉了社会现实，从社会现实来考虑自己的生活了，真了不起！在17岁时，我在一般同学中可说是很有头脑的人了，但那时我们的思想仅仅局限于学校范围里面，就是有自己的思想也不敢大胆地讲出来。

我认为教育事业就应该启发学生自觉和社会相联系，大胆地想，大胆地说，大胆地做，对任何事情应该有自己的思想。这样学生才有可望出现年轻的思想家，他们才能真正地学习到一些将来在社会上适用的东西。

9月16日　晴

"7·26"案犯宣科章出逃到了上海，被抓住了。原来他出逃后写了封信给上海的亲戚，说要到上海去。没想到写错了地址，信退了回来。公安局就等在他的亲戚家里，他一到就被抓住了，昨天押回了大林。

我据此判断宣科章他们这个组织不会有外部联系，要是真如外界传说的他们这个集团势力很大，宣科章绝不会逃到亲戚家去的。

听说对这个反革命集团已初步定案，章茂佑和宣科章要法办，吴绍章要在本地管制劳动。吴绍章说："宁愿坐十年监牢，也不愿回到村里受管制。"确实，在农村受管制比坐牢还要难受！现在农村专政机构空前巩固、坚强，政治空气从来没有像现在这样严峻！

平霞的同学国英说："这些九类分子被叫'田鸡'，这个名字是最恰当的。"事实的确如此！我们这里有句土话，叫"杀田鸡，警猢狲"，有那么几只"田鸡"做着精神榜样，还有谁敢乱说乱动呢？难怪吴绍章宁愿去坐牢了。如果绍章押到农村管制，无论是精神上，还是肉体上都会比监牢里要伤害得重、痛苦得多！

在前两天下雨休息时，我想写一篇"运动分子"，主要是揭露像周开苗这样的人。他们不务正业，背着一块"贫下中农"的金字招牌，明明是烂木头自己却认为可作栋梁，"呆、刁、木、恶、懒、馋、占、贪"无所不备，是农村中的无产流氓、极端的自私自利者。只要政治运动一到，他们就昂首挺胸、手舞足蹈做起"整人"之闯将！他们自以为是，洋洋得意，以为这次要交好运了！可是，由于在广大人民群众中影响极坏，到头来一场政治运动过去了，他们仍得不到好处（这样的人是无论如何派不了什么用处的，每一个阶级的人都明白这一点），"运动分子"们就情绪低落，表现得比任何落后分子还落后！如此循环几次，他们终被历史的车轮所淘汰，为人类所不齿！

这种人我见得不少，每欲痛斥，但是要用笔写出来就不那么容易了。我找不到表现他们的性格特点、思想变化的典型事例来，表现不出他们的个性。有的事例却不能写，真是难！

我感到很苦闷，我观察生活的能力还需提高啊！我想应该和朋友讨论一下这种人，大家都会有所感触的。每个生产大队都会有这类人的代表，只是表现程度上有些差异而已。

9月17日　农历八月初六　星期三　阴

下午和周渭海一起打了一个齐肩高的抬炮，这种炮位位置特殊，十分费力，也很不好打。我和周渭海一个右手锄头，一个左手锄头，都打得非常漂亮，我们是整个电站工地的"绝配"！所有的炮位只要我们俩个人上，都能打得大家驻足观看，喝彩声连连。这个炮，我们两个尽所有的力气狠狠地打了一个多小时，没有休息片刻！在打炮时，我们全部精神都集中到了锤上，有一股难以形容的干劲！一个青年人，该干的时候还是要干他几场的！爽快无比！

我们石工排的人大都很高兴，爱开玩笑。我以前总认为无谓的玩笑不值得说，想改掉它，但做不到。事实上开玩笑也有其好处，它可以活跃气氛，在一定程度上可以减轻身体疲劳和加深伙伴之间的感情，消除隔阂。

但是像石工周永祥这样的玩笑就不好了，他和别人开玩笑很不自然，有点做作，并且一定要捡点便宜才肯罢休，令人很不舒服。石工伙伴陈梦来的性格我很赞成，他对于周永祥的玩笑往往应酬得很勉强。如果周永祥想捡点便宜就偏偏不让他捡，每每使周永祥无趣而归。可我装不出那种假应酬的样子，因为我从心底里厌恶周永祥那种假笑的脸面！周永祥似乎也认识到这一点，极少和我开玩笑。

周永祥狡猾奸诈，脑袋也很尖。他并无什么技术，却硬充爆破员，使炸药浪费不少。他喜欢背个炸药箱，像个爆破专家似的，洋洋得意。他这副样子虽然大家都看不惯，但他这样做没有另外报酬，反多辛劳，石工们又对工作不那么负责任，才允许他这样装模作样的。要是我们较真些，他早就干不下去了。

上个月我去县城割了几天稻，导致出勤天数太少，怕自己生产大队里面不好交代而叫周永祥给我多记了四个工。我叫永祥在八月份把给我多记的四个工扣掉了。他说反正别人不知道，用不着扣。这里也表现出来他的狡猾，用大家的工分，讨好了我。我当然不要这种白来的工分，想自己去取消掉。但梦来师傅等说："许多人拿的都是别人的白工分，你拿这四个工也没多拿人家的！"我想想也对，我从来没有拿过一分不费力的工分。这四天工分我不是白拿了别人的，算是拿回了自己被人剥削去的工分吧！出于一种特别的恶毒心理，我没有去取消掉！

看完了苏联小说《游击队员廖尼亚》。小说描写一个叫廖尼亚的孩子的童年生活，他参加游击队侦察组，多次英勇机智地完成侦察任务，勇敢地打击敌人，从而成为了苏联英雄。我十分喜爱廖尼亚和他的小伙伴们的天真活泼，特别敬佩他们。他们怀揣一颗有正义感、热爱人民、憎恨敌人的正直的心。

9月19日　晴　有雷阵雨

昨天海章来信，信中说十一号他与吴圆一起去大林，在去的路上海章和她谈起了我，吴圆对他说我人很好，也很直爽，但在婚姻问题上要我别处去考虑……

看信后，一整天我总痴痴地想着到底是为什么。我没有那么大的震动，只是回忆一切，寻求问题的答案……

我总喜欢用自己的思想去衡量别人，对吴圆我都毫无保留地暴露了我的全部思想。我虽然不那么全面地了解她，但总认为她是个可以信任的明白人。不料从种种迹象来看，她缺乏某种感情，对于我的行为也不能了解，她想的是摆脱她这种困境。

　　敢于正视现实不是那么容易的事。有时我自己都被环境逼得企图逃避现实社会，更何况像吴圆她们是可以比较容易脱离掉这环境的人！我前次给我哥哥的信中说："现实环境中真正的爱情是少有的；地位、钱财代替了人们的情感。如我们这样社会地位极低下的人，要找个称心如意、志同道合的爱人就更为困难，就是看起来应该是十分了解我们，同情我们，能够和我们同舟共济的人，也不会甘愿冒这个风险！在现在这种'无产阶级专政'登峰造极的政治环境下，'出生不好'实在太可怕了！"

　　鲁迅先生曾说过："必须敢于正视，才敢想，敢说，敢作，敢当。倘使连正视都不敢，还能成什么气候。"

　　是的，我必须正视现实，根据实际情况来选择一条适合自己的路。如果说挫折会使人消沉，对我却是相反，打击只会使我更坚强，刺激会使我越加奋发！

　　目前，我最需要有新颖思想、肝胆相照的人作我的伙伴和导师。我渴望过有意义的生活。所谓的个人幸福迟早会令我失望，甚至会厌恶的。

9月22日　晴

　　20日、21日接连两夜，枫桥枟溪公社的"民工毛泽东思想宣传队"在杜家坞、尚典演出了舞蹈，我都去看了。他们的舞蹈很活泼，有青春活力；我仔细地听着、看着，被音乐所感染，有一种愉悦感。

　　碰到了许多同学，但我们好像没有什么可说。我觉得我和同学周吉利甚至都很生疏了。

　　灯下，重温《蒋光慈诗文选集》，深有感触。我现在读到了"乡情篇"，这里有个抬桥夫的儿子叫黄牛，被人百般歧视。他激起了我无限的感想……

　　黄牛到底贱在哪里呢？

　　9月27日　农历八月十六　于西岩公社泄头村　雨

　　25日晚上，我因拿粮食而在家里，睡下后11点钟左右，大队"群专"的人又来"造反"了！他们从睡梦中叫去了我的哥哥、爸爸、妈妈。才六岁还不懂事的外甥碧泳被惊醒了，但他一点没哭，他不知道发生了什么事。我抱着他坐在楼下，他尽问我："外婆、外公、大娘舅到哪儿去了？"听到楼上群专人员的翻箱倒柜声，他又问："他们在楼上做啥？"一个天真无邪的小孩怎能懂得社会上的事呀！

　　在楼下，我等着，等着！那翻箱倒柜的碰撞声触动着我每根神经！忍！忍！忍！我再也忍不住，"蹬蹬"几步冲上楼去！我把一根方凳重重砸在楼板上，恶狠狠地向"群专"人员大喝一声："你们到底要干什么？"这些平时的"朋友"怔住了，悻悻地说："晓东，你不要这样！"一个个溜下楼去……

　　我等着，等着，等着不测的到来……我不怕！我准备着那一刻的到来！我在月初就有打算了……

　　我无法入睡，俯着窗子看外面的景色，正是农历八月十四，皓月当空，映照得祖国的河山分外地美丽清新，我理解不了，这么美丽的大自然下，人们彼此之间为什么要这样恶斗？我正呆呆想得入神，忽然几阵风刮来，一簇簇云涌来，遮住了月亮，天顿时阴暗了下来……

　　碧泳受了惊吓，不能沉睡而惊叫起来了，"外婆！外婆！娘舅！"我只得抱着他睡了！

　　"阶级斗争"为何如此残酷！阶级是怎么造成的？我们为什么无端地就是"敌人"？我百思不得其解！

　　何时才能够消除阶级呢？那时大家是自由平等的，那是何等的欢乐啊！我愿意为消灭阶级而尽自己的一份力量！

25日起有台风，今天风很大，有阵雨。这次风雨对于紫云英可能是不太好的，大部分生产队刚刚播下了紫云英的种子。

今天下午因为开会，我们石工排十多人到枫桥区修筑公路的工地上看看，这些做公路的石工一点不懂石工活，炮洞排得很轻，爆炸效果不会好，他们也不会打锤头，我们给他们示范了一阵，他们称慕不已！下起了雨，衣服都淋湿了，我们也回泄头了。

9月29日　晴

我给湖南曾业龙的父母写了封挂号信。我非常想念曾业龙和邓积成，也想了解些外面的情况。

我给吴圆带了本《蒋光慈诗文选集》，并附了一信，信中我说："我同情《选集》中《少年漂浮者》一文中纯洁的、朝气蓬勃的汪中；敬佩《短裤党》《田野的风》中那些无私的、勇敢的革命者；更敬佩蒋光慈不畏强暴，在黑暗中用自己犀利的笔揭露邪恶，歌颂冲锋陷阵的战士的气概。"

我也对她说，我写信给她不仅仅是由于爱她，而是想和她成为知心朋友，并且希望她不要抱庸庸碌碌过去就算的想法而颓唐下去，让生活无形地消磨尽她聪颖的才智。

晚饭后和伙伴一起散步，说到人生一些事，深有感想。对事物的认识必须根据实际情况，作细致的分析。譬如对自己的前途，又譬如我为了某种目的而写信给某人，要考虑到对方的思想状况、现实环境以及对方的反应等等。

我有时候甚至觉得我要感谢这个环境，因为我的这种环境可以迫使自己多想、多做。那种脱离群众的公子哥们的生活和我现在的这种深深融入在人民之中的下层生活是不能相比的。

宣科章在24日再次潜逃，昨天西岩公社干部毕明校在虎休岭碰到他，宣科章说他是自己来投案的。昨天傍晚，宣科章被捆绑在公社办公室旁的一棵白杨树上，我们都去看了一下，他的神色坦然自若，不知是"硬"呢，还是已经麻木不仁了。他昨晚曾上吊自杀，但没有死成，被救了下来。这个人我觉得不像什么"反革命集团"头目，从他两次逃跑的情况看来，他们这个组织是没有多大范围和力量的，至少可以说明宣科章没有多大能耐和没有做过什么了不起的事……

　　现在电站工地采取了分公社包段的方法，我们孝四公社的任务是建停水池，西岩公社是做渠道，舞凤公社是做电站屋基。

　　集体劳动，个人工效差距十分大。西岩公社有娄曹村的楼海生和楼方歧，这俩人特别好讲话，干活忠心，力气又特别大。他们这样的劳动力，一个人可抵其他民工好几个。可我们孝四公社的民工，平时拖拖拉拉，一天抬石头趟数不到15次。但建站委员吴尚松、黄仲贤俩人来和民工一起抬石头，两个小时就可以抬十多次，一天起码可以抬到30次以上，并且大石头也会抬过去；要是他们不来是没有人肯抬大石头的。哎，劳动觉悟怎样才能提高啊！

10月4日　农历八月二十三　星期六

　　和周绍平一起，给他岳父正清叔家担了一天沙。经过共同劳动，我和绍平之间的关系显得随便了。前些天我总有些摸不着他的心思，觉得他这人不易深入了解，甚至不愿意到他家里去。看来，是我的疑心太重了。

　　绍平说他的性情是暴躁的，并有极强的敏感心。他对事物的看法，很有分析力，也喜爱文学，我与他认识已经四年，总是一般的应酬，我总觉得他深不可测。他待人接物没有"婆婆妈妈"的味儿，反而显得过于大意。共同的劳动生活可以增进友谊，从劳动中了解一个人。

　　但一般的客套还是需要的，有时生活细节上的疏忽会使人产生误解。

我到吴圆家里去了一趟，刚好只有她一个人，虽然在一起的时间极短，但我们很坦然地谈了一些话。吴圆确不是寻常女性，此后，我们的隔阂会消除得快些。吴圆说她看了我的日记，觉得我过于轻信别人。她劝我万事要小心些，不要太相信别人。

保安公社做的诸嵊公路段，离泄头村十分近。稍有空，我们几个石工就去看看，我们和保安公社石工贤信、天山、叔燕等已很熟悉了，他们的石工技术都不行，对打石炮不内行，也打不好锤。我们愿意尽自己的本领教他们，但这不是件易事。为了防止打锤的人打不稳鎯头打到扶钢钎的人手上，我教他们把钢钎插在草蒲凳中间，这样打锤的人胆子要大不少，打不稳钢钎也不至于打到扶钢钎的手上，免得过多的人挨打受伤。他们试了几下，效果很好。对我们的热心相帮，他们表示十分感激。

10月1日　晴

昨晚到下阴坑村去看望了我们大队来做公路的民工，他们都分散居住在下阴坑村农户家里，环境条件不怎么好。

同学陈础金到电站做工，我们谈了很长时间，他的知识比以前增长了许多，特别是书本知识，听起来较为丰富。

我好像"井蛙"，但是我并不愿意做井蛙，只是环境形成的这口无形的井，是那么地深！我虽奋力也难以冲出！我既然不能爬到井外去，倒也可以，深切地了解"井"里各种"生物"的生存状态。

我们也都体会到了"口是心非"状况的普遍流行，础金说"口是心非"在现在来说是褒义词而不是贬义词。确是如此。

上午召开对敌斗争大会，斗争了现行反革命分子宣科章，并宣布对他实施逮捕。

10月15日 晴

前天收工时，西岩水库还在放水，电站民工从龙潭顶上过去，一个叫小红的50多岁的泄头民工失足掉进了几十米峭壁下的龙潭里！当时我和志明、淮良正从高塘子下面的陡坡上下去。看到有人掉进龙潭，我完全没有想到自己安危，从渠道的陡坡上冲了下去，不料这坡经打渠道的数千方石块滚压，已非常结实，如岩石一样坚硬，我接连跌了两次，仲贤、志明他们吓得大喊："晓东，自己当心！"我爬起身一看下面，吓得心都停了一下！要是我自己也从这地方滚下去，那就性命难保了！但为了救人，我仍从那陡峭的坡上下去，遇到难以跨越必须爬行的地方，想到小红正血淋淋地喝着水时，我又急得冒起火来。这样我终于连滚带爬地下到了外龙潭，然后从沟底往里面攀进，一道两丈来高的岩石横拦住了我，从岩石冲下来的激流使我无法攀登！我又从旁边攀登上去，但岩石太滑，我又几次跌了下来。当我终于攀上龙潭时，见洪光已从另一个方向下水托起了小红，我也就心宽了些，赶紧游过去一起把小红救了上来。

遇急事时，我十分容易冲动，虽然如救人这些事必须要求毫不顾忌自己的安危，但是冷静是必须的，要细心考虑如何才能迅速达到救人的目的，又要尽可能地考虑到自身的安全！如果感情冲动，一味猛冲，既救不起人家，也害了自己！注意啊！

现在西岩和孝四两个公社都需要石工，我们石工排开了会，决定哪个公社需要就到哪个公社工地去做。我虽是孝四公社的人，但我丝毫没有要帮助哪一个公社的意思，哪儿有活我就到哪儿干。不料这却恼了孝四公社的负责人吴尚松，他怪我不帮衬自己公社，借大队想调我去之际，当众宣布要我回去，借机泄愤和显示自己的威风。后来大队没调我，他的命令也失灵了！但我在群众中造成了某种不好的影响，我本欲与他讲理，但我忍住了。

吴尚松这人，还是比较能干的，但做事光由着自己的个性，稍不顺心就翻脸不认人，开口骂人；自己干活也不踏实，偶尔来工地，雷厉风行地干一阵，可没干上两个小时就回寝室睡觉去了！他的这种行为，在民工中造成了不良的影响。

10月24日　农历九月十四　于西岩公社下阴坑村

我们大队分到的诸嵊公路路段石方多而缺少石工，因此在20日调我到诸嵊公路做石工。初到这里，无论是生活上还是其他方面都感到不便。特别是学习环境比泄头村差多了，心绪也很不平稳，非常乱。吴子里大队的吴其忠、吴贵海也在这里做公路，今天他们到我这里玩了。我因为在家时间少，这些以往的朋友都已生疏了。

昨天晚上到屠坑村看舞蹈，碰到了陈月英、陈础金，三人一起谈了较长时间。陈月英虽然经过生活的风波而对于社会的残酷认识了一些，但在有些问题上还是显得十分幼稚，在我们这样知根知底的同学面前还总想着顾全自己的脸面，其实，她因为出身不好而受到的冲击，我们是可想而知的，哪用得着瞒我们呢？

听说诸暨县附近有个公社破获了一个很大的反革命集团，已抓了许多人。

11月1日　农历九月二十二　星期六　晴

29日公社来了一个通知，说是18至22岁的青年到本公社学习班学习，我也回家去了。不料这个学习班是为了动员青年参军，我没有资格去开会！我记得去年也是同样的会，我去参加了，并签了字，只是毫无意义形式一下而已，但道义上还算过得去。作为一个公民，是应该有尽参军的义务和责任的。今年的征兵非比以前,是真正准备去打仗的,提前征70年的兵。那些不必要的形式是应该丢掉了。反正表面上的好听和实际的做法,人们心中清楚得很。

这段公路的工作比电站乏味多了,我们四个石工意见不和,对具体如何干的问题上有很大的分歧。再加上都是一个生产大队的社员,又有那么一些"领导",我自己的主观能动性不能得到很好的发挥,心情压抑,干活也没有劲头。

我记不清楚谁说过这样一段话:"在劳动是快乐的时候,生活是幸福;在劳动是不得已的时候,生活是痛苦。"这活永远有极其深刻的现实意义。

学习环境特别的不好,连写个字的地方都没有,这篇日记也是在郦孙木家里、人们的嘲杂声中写成的,十分匆忙,毫无思绪。

11月2日　阴

上次回家时,路过察墅、琴弦等村子,正当傍晚时分,晚霞满天,又见满山的乌桕树叶红彤彤的,装饰着这片黄土,十分瑰丽,真是天红地亦红!但我想到这种美丽的时间是不长久的,霜风凛冽之时,到处将是满目荒凉了。乌桕叶的红,虽然很美,但绝不是好的征兆,它标志的是——衰落。

做人不应该像乌桕叶之红一样,红极一时就下台了!

11月5日　晴

我们孝四公社猪肉非常缺少,每天杀一头猪,每次排队的人都有100人以上,社员们起个大早,走好几里路赶到公社供肉店,运气好点的也只能买到三四角钱的肉。我们这些地方没有另外油供应,靠买点猪肉熬油炒菜。这段时间来，我家缺钱又没有时间去买，一直是吃素的。

今天是泄头卖猪肉的日期，我昨天宿在泄头，早上天没亮就起床排队，直到七点多才买了点猪肉。这些日子，泄头买肉的人也非常拥挤，今天一个来买肉的老人脚骨都被挤断了。

这次诸嵊公路又增加了董村、陈蔡、斯宅三个公社的民工。据说因为苏联与中国自上月20日谈判破裂后，形势看起来是非战不可了，所以这条公路一定要在元旦试车，任务十分紧迫。

在陈才标指导下，经过自己的多次实习，我基本上学会了修钢钎，我总是希望学会一切可以学到的本领。

这里下阴坑村有个叫蔡冬梅的姑娘，今年17岁，长得很端庄、健美，我与她是上个月在泄头村看电影时认识的。不知怎的，有许多人竟拿她来开我的玩笑。她这人比较活泼大方，也很勤劳，我对她产生了较好的印象。可能由于生活太过寂寞吧，我对个人问题考虑较多！

11月6日　晴　于西岩公社阴坑大队下阴坑村

晚饭后和来公路工地干活的蔡义古村的一些青年站在操场上闲聊。大家都说起在田坂里干活经常讲的是下流话，似乎除这个外没有别的话可以说似的。我一直是不喜欢讲下流话的，更讨厌有些人的庸俗举动。但是到电站后，大家都喜欢讲下流话，我也情不自禁地会讲出一些"厚脸皮"的话来。虽然经常在克制自己，但却不能杜绝。

"与香者同居，久居不闻其香；与臭者同居，久居不闻其臭"，确实如此。

我逐步创造自己的学习条件，同学陈佩文在下阴坑村教书，我从她那里借来了一张课桌，用一根木棒支住一块小小的木板，用铁钉固定做成一个拔秧凳样的凳子，尽管坐着摇摇晃晃，但比站着强，用硬纸折成一个纸盒遮风，里面放上一盏小油灯，一套办公用具就成了，倒也很便利实用!

广播在播送京剧《智取威虎山》选曲,有几句唱腔伴奏着音乐,十分雄壮、低沉,有一股"荡漾"的感觉,我的心陡然热了起来!

我做了些什么呢?做一辈子人就如我现在的生活吗!

唯一可安慰我的是书,是书中朝气蓬勃的人物!书不仅给人以知识,更是一味可抚慰人心、激发感情的良药。

在一个钟头里写好了一首叙事诗《中秋月夜》,用第一人称叙述解放前一个穷人家孩子的中秋的一幕,"哥哥逃壮丁被抓,爸妈到乡公所求情,我——这个被艰辛的生活铁了心的青年,懂得了'好话怎及银子白,无势何用去恳请',伏在窗台上,想起了多少人遭劫在呼号!多少人胆颤又心惊!几多人欢度佳节嚼月饼"。

这儿的弟弟,他太小,"不知人间悲与愁",暗喻着"生活会给人以思想的真理"。"我"也是通过艰辛的生活,又凭着一股穷人的骨气而知道世道之艰辛,懂得人不刚强无立足之地,懂得只有反抗才有自由!

11月9日　晴

工地上其他几个石工都回家了,只留下我一个人,修炮钎、爆破等都由我安排。凡事做起来就会了,要是我独自一个人负责一个塘口,我也无所畏惧了。今天我扶钢钎时,手被打伤了好几处,到泄头村医务室去包扎了一下。

建设电站时,我住泄头村同学吴乐灿家,在他们家自由得犹如自己家一样,他们待我真好。乐灿的小弟弟阿君这小孩很伶俐,我十分喜爱他。我离开泄头村到下阴坑村20天了,前天我到他家去,他对我非常亲热,依依不舍。群众关系搞得好,对自己的好处很大,别的不说,就是精神上也十分舒畅。

在房东郦生木家坐,和他的爸爸郦绑一起谈了许久。郦绑叔比较有知识，因此我们谈得很投机。下阴坑村子小，和上阴坑大队不是一起核算的，经常要吃亏。如下阴坑村教师的工分要下阴坑村自己负担，而上面拨下来的粮食却全被上阴坑村分掉了等等。大村吃小村这种不合理的做法，上级应该认真管一管。

我读了《中国文学史》"屈原"一章，并做了笔记，有比较大的收获，主要是理解了屈原的爱国忧民思想，并了解了一些他写作上的艺术手法。

11月17日　农历十月初八　星期一　于家

这次到家里住了七天，去生产队种了两天罗汉豆，自家自留地做了几天活，前天下起了雨，气温也骤然下降，高山上已有了积雪。

堂姐周珠迪到枫桥去参加了县革委会召开的"全县革命文艺座谈会"，带回了一些资料，我认真看了一遍。这些资料主要讲两个问题：第一个问题是说目前农村中的俱乐部普遍被四类分子和阶级敌人掌握实权，文艺演出不是真正为了宣传毛泽东思想，如诸暨安平公社毛家圳大队俱乐部成了反革命集团巢穴。第二个问题是说文艺演出讲究大、洋、全，不喜欢小型多样。珠迪说农村不能随便演出现代样板戏了，上面传达《红灯记》中李玉和手中的红灯要80瓦的强光灯，每场戏的布景、时间都非常讲究，每出戏演几分几秒钟，每个动作几秒几都有规定。用这样的标准，我们绍兴专区还演不起来，那我们农村是更不能看戏了。

接连到下河图村和寺坞村看了两夜电影《地道战》。13日在下河图村碰到了西塘村的陈月球、陈芳琴和吴志金。这些人是我在电站做工时认识的。和吴志金一起谈了会儿话，他说他们西塘村来西岩水库工地的几个姑娘，都向他问询他是否和我熟悉，都对他说我和气、聪明、行为端正。吴志金还说，陈月球对我很有意思，曾要吴志金陪她一起到我家来玩，可因为生产忙而没有来。后来在父母决定下她和白果树村的一个人订婚了，订婚后她还对志金讲了酸话，怪志金不肯带她来找我。

听了吴志金的话，我心中激起了一阵难以平息的激情！她们的心太纯洁，也太单纯了，如果吴志金向她们说出了我的一切——我的地主成份，她们又会如何想呢！吴志金又和我说起了同去做工的另一个姑娘吴银儿的情况，志金说吴银儿很开朗、聪明，只是因为家里情况不佳，父亲也有历史问题，也很苦闷。志金说银儿也常跟他提起我，他希望我能跟她联系起来。

在寺坞村看电影时，与富国、保华、春凤一起谈了些话。春凤成长得很快，不但人改了样，看上去漂亮了不少，而且有上进心，有胆略，有可能成为一个能办事的人。在我们交谈时，她的眼睛里闪烁着火花样的光，虽然光线很暗淡，但我能窥探出她的眼睛里隐藏着什么话，由于家庭等原因，我不想去触碰她……

因为战备，城市人口已开始疏散，55岁以上的老人和16岁以下的儿童都要疏散到农村。诸暨县城已挖好了地道，有许多公社、大队也已开始挖地道了。如果真和苏联交战，用上了原子弹，这些地道可以防止核伤害。

11月19日　阴

晚上读了司马迁的传记文学，并做了笔记。司马迁曾游历了许多地方，有着广博的知识，从而完成了伟大的《史记》的写作工作。

只有生活，才可能有写作的题材。生活贫乏的人是不可能写出内容充实的文章来的。

我记笔记主要是摘些对自己的思想有影响的内容，特别是以后可供写作用的内容（写作题材和对自己写作有督促作用、借鉴作用的内容）。我不知道我到底能写出什么来，但我是一定要写作的。就说记日记吧，写的时候一方面是从中总结自己一生的思想发展进程；如果能留存也可使人了解些一个人是如何地成长起来的。我希望自己能够完整地了解一个人的生活过程和他各个人生阶段的行动以及思想状况。可惜的是农村中记日记的人很少，没有办法知道他人的成长过程。

11月22日　阴

蔡义古村的伙伴吴祖良也来做公路了，就睡在我们寝室。昨晚从泄头看电影回来后，我们交谈了许久。讨论最多的是在我们这个生活环境中，碰到各种各样矛盾时，我们应该怎样看待？又该怎样去做？吴祖良是个很聪明的人，又在部队生活五年，得到了很好的锻炼，具有比较丰富的实践经验。对这些问题，他也不能明确地回答我。他认为我们只有保留自己的看法，在实际生活中去鉴定自己的看法是否正确。他认为我们不应该把自己遇到的一些困惑全部归结到社会这个大的整体中去；如果那样的话，容易走向另外一个极端！

我又谈到，公社大队不让我们这些成份不好的人参加宣传队，连我在墙上写毛泽东语录，那些干部都有意见。我们这些人好事不让做，坏事就更不用说，这样的环境下，我们的理想和生活怎么融合起来？我们的才能怎样得到发挥？如果一味逆来顺受，内心强烈的"自尊心"和"自卑感"将不可调和地吞噬我们！

祖良说现在他的思想和我们是有很大差距的，五年以后我们的思想可能会合拍起来。他由于受到了各种各样的挫折，思想也很消沉，在生活中不像我这样锋芒毕露，棱角不倒！我认为我们不应该消极地应付生活中碰到的矛盾，而应积极地设法解决这些矛盾，从而实现自己的理想！

有那么些人，以为我们在考虑的仅是个人的问题而已，岂知我这颗火热的心啊，跳动得是多么激烈，我的脑子想得那么地多，那么地远⋯⋯

庸俗屑琐的私心杂念只会使人颓唐，周晓东，注意啊！

12月3日　农历十月二十四　星期三　晴

　　上月29日回家时，我们村已经在挖防空洞了，上级对挖防空洞很重视，公社干部还专门来进行了检查。上步溪村蔡汉根的儿子是装甲部队的检修兵，他写信来说他们的部队已有70%调往西北前线。部队在大规模地调到前方去，我们这一带也常有解放军在晚上过往。嵊县苦竹溪已驻有军队，据说那里有个重要的战备仓库。诸嵊公路任务也十分紧迫，要在元旦试车，已增加了许多公社的民工。今天我们公社的基干民兵到吴子里村报到集训。

　　昨天晚上到下步溪村去玩了一趟，到了周功豪家，周功豪是吴圆的表哥，我与他交谈中听出他知道我的一些事。我到现在也没有明白吴圆的思想到底如何。

　　看了乌兰巴干著《燎原烈火》下集，受到很大的鼓舞。

　　巴吐吉拉嘎热——这个"带罪字的奴隶"，受了共产党的教育，懂得了他并没有"罪"，这个"罪"字是社会强加给他的，有罪的是那些吸人血的魔鬼！那些披着人皮，挂着护身符的狼！他觉醒了，和这个社会斗，和这些狼斗。他和李大年、黑子这些旧世界的叛逆者一起，唤醒了被愚弄的劳苦大众，揭穿了敌人一个又一个的诡计，终于在科尔沁草原上燃起了燎原的烈火！金川、主权、达尔罕王爷等反动分子，在这大火中被烧成了灰烬……

　　奴隶们——受愚弄的佛教徒，"走路小心翼翼恐怕踩死一个蚂蚁"的劳苦人民，曾把主权当做"活佛"，却成为了敌人的工具。但他们一旦觉醒过来，就爆发出移山倒海的力量，他们化仇恨为力量，汇成一股滚滚洪流，旧世界将彻底地埋葬在这股洪流中……

12月10日 晴

诸暨县革委会毛泽东思想宣传队来公路工地慰劳民工，连续在泄头村、上阴坑村、东台村进行了演出，我都去看了。他们毕竟是专业宣传队，演出的节目十分精练，演得也生动活泼。只是看的人喧喧哗哗，赶赶热闹而已，演出也就谈不上什么宣传意义了。

去东台看演出回泄头的路上，我和他们宣传队的人一起走并聊了一些话，他们大都很和气，我询问了一些他们的情况，他们都很乐意讲给我们听。前些年他们在文化大革命中一直是搞斗批改，剧团进行了精简和整顿，原诸暨越剧团、诸暨西路剧团、诸暨城关宣传队合并组成了现在一个30多人的毛泽东思想宣传队。

晚上在蔡绍奎家里看了会儿《鲁迅短篇小说集》，其中一篇《幸福家庭》很耐人寻味。文中主人公处于一个混乱黑暗的社会，又生活在一个贫困、潦倒的家庭里，却要塑造一个"非常平等、非常自由、受过高等教育、有优美高尚的道德品质"样式的"幸福家庭"来，确是不可能的！况且主人公写作的目的是为了得到些稿费来维持自己的家庭，何来的幸福啊！

和绍奎谈起了她女儿夏香读书的问题，因为家庭负担重，又觉得现在读书也学不到什么，绍奎打算叫小学刚毕业的女儿夏香休学了。我认为不管他家里如何困难，应该让夏香去念书，社会在发展，没有文化是不行的，没有文化不仅对社会不利，就是对她个人生活也将有极大的影响。

说着说着我又想起了我的家庭，我写不下去了……

12月19日 晴

昨天到娄曹村去看了斯宅下宅大队演出的节目。周玉英、周林娣、周冬梅等好多人一起,我不知道怎的,兴致来时讲话简直可以不要力气,有些平时怕难为情的话都会讲出来,她们这些姑娘都被我逗得笑个不停,气氛很活跃。

我哥碰到过吴圆,谈了些问题。吴圆写了封信给我哥说:"我对于任何好的人可随时起敬,但总没有随时起爱的心理。晓东我始终认为是一个可信赖的同志,我应把他作为知交朋友,但爱情我没有设想,婚姻问题也就不答应了。"

吴圆是不错的,对于好的人起敬没有什么条件可说的,起爱则涉及了方方面面的,政治、物质等等,因此也不是那么简单了……

吴圆和我的这件事,我毫无责怪她的理由,更没有怨恨她的心理。只是她长时间不肯诚恳地谈自己的思想,是她的不对之处。不过她也有她的原因,其实她一直都在犹豫之中……

给哥的信中,虽然吴圆也认为我们要"高瞻远瞩",但是她也认为"成份"是个"可怕的"字眼!

现实生活,总是一点一滴给人以知识的。

我13日回家去取粮食,刚好工作队在我们村召开社员大会,着重指出了今冬明春文化大革命的任务是狠抓阶级斗争,打击资本主义倾向,加强领导班子思想革命化。工作队的人在分析阶级斗争还存在时,举了我哥写诗的例子。

日夜担心我哥的问题,由于寺坞自然村的人的攻击,公社群专组的重视,很有翻起来的可能。公社很可能拿这来作为典型而作为重点处理,因为我哥的问题对他们来说是难得的"靶子"。

幸亏我哥有很好的群众基础,在我们一、二中队没有攻击他的人。他平时的行为也没有可以让人非议的地方。他的那些诗句也说不上反动。

不过像我们这样的社会地位,让人无隙可趁倒也马马虎虎;既然被人抓住了小辫子,你就不要有简单了事的想法!

风雨人生

我曾视为生命的日记

1968-1978

1968
1969
1970
1971
1972
1973
1974
1975
1976
1977
1978

1月21日　农历十二月十四日　星期三

　　1月17日，枫桥王家宅到泄头的车路已经试车，来了五辆车，一路顺利。

　　这条诸嵊公路的任务大部分已经完成，施工人员正在逐渐减少。孝四公社蔡义古村已经完工，19日那天孝四公社全体建路民工开了会。我们周家湾大队、蔡义古大队、吴子里大队被评为"四好单位"。我们大队的工作确实抓得很紧，这许多天来，风雨无阻，只停了两天工，比一般大队要多做许多活。

　　这段时间我的思想十分消极。在道德品质上似乎不如从前了，主要是女性的诱惑力比以前强烈，工地上讲话大多是关于女人的玩笑话。这是我的本意吗？不是的！我只不过是迎合大家而已啊！我的志向是这样吗？但是又有什么办法呢？一天到晚庸庸碌碌，共事的人讲的又都是这样的话，好像除了女人就没有话题可聊。我有什么办法呢？我只有随波逐流而已。

　　晚上到娄曹村去看戏。去的路上，和蔡义古村的姑娘吴桃英聊天。她这人勤劳朴实、大方热情，我对她较有好感，她对我也特别亲切和热情。前些日子，与桃英同村的朋友吴孝大问我是否可和桃英或吴小华谈谈个人问题，我当时没有表态。一个青年人热衷于个人问题并不是好现象，但是谁叫我生于这样的环境呢？个人问题上要是有合适的人选，早点解决或许可以弥补心灵上的空虚，又可慰父母殷切的期望。称心如意的爱人是不可能了，只要对方勤劳朴实、心地纯洁，也可考虑。我冷静想想，书上所描述的美满的感情可以说是不存在的。

1月28日　农历十二月二十一　阴　于家

　　25日诸嵊公路陈蔡区段召开"积代会"，会后放映了电影《列宁在

1918》。

　　在看电影时，我与吴桃英到外面谈了一会儿话，我向她表明了我的爱意。她认为我很好，但需要考虑考虑。她询问了一些我的家庭状况，我把一般情况告诉了她，她说正月里到我家来玩。我没有把成份问题告诉她，经验告诉我，在双方没有感情基础的时候，贸然知道这一情况，打击太大，事情肯定会变成僵局。

　　本和桃英约定26日晚上再一起看电影，但她们蔡义古村的人26日都要回去，她也只得回去了。当她们挑着被铺行李往钱家庄村岭上走的时候，我正在公路工地上铺路面，彼此距离不过几百米。我知道她们要归去了，心里说不出的难受，心上空落落的，像失去什么似的！我站在工地上眺望她们。桃英也不时停下来呆呆地看着我，我知道她非常喜欢我。忽然她不知被什么东西绊了一下，差一点跌倒！我心里一阵紧张！她的伙伴好像是在问她："怎么啦？"只有我知道她为什么绊了脚。

　　啊，"爱情"！

　　晚上有电影，是《地道战》。银幕下，我与蔡冬梅谈了许多，主要是说对人生的看法和一些个人问题，我劝导她要注重真正的感情，不要被别人的表面现象所迷惑。在最近一段时间里，因住得较近，我与这儿的几个姑娘接触很多，女性特有的纯洁温和的情感使我心里时时有甜甜的、香香的温暖感……冬梅、梅英等姑娘经常叹唉声气的，说我们走后她们会难过和寂寞……沉迷在这种软软的情调里，我难以自拔。我常常想，归家后要好好地静养。

　　27日，我们大队的公路任务完成了。我到下阴坑村和泄头村给相处得好的人告别，大家十分亲切，有些不舍。总的来说，我在这两个村子的群众影响都很好，我与这里的人们都有很深的感情。

　　今天在家休息，开始有了冷清感。恰好蔡义古村婶婶也在这里，我与她说起了我与吴桃英的事，婶婶说桃英人品很好，很勤劳，待人很好。她说只要桃英父母对于成份没有顾虑的话，事情是一定会成功的。

我想明天到蔡义古村一趟，和吴桃英好好地谈谈话，告诉她一切情况。

从1969年3月19日去西岩电站直到昨天，我在外面长长住了10个月。这10个月我基本过得很充实，劳动技能学到了不少，特别是石工技术，已经能够较好地完成一些基本活了。这段时间，我接触的人也十分多，具体成绩很难总结，但我感到这一年的知识增长很快，特别是对社会的观察能力和待人接物之道。

但是，对于自己的前途，差不多可以说由彷徨走向了消极！不过，我生性刚强，绝不会因为一些变故而改变自己的志向！

生活又开始走旧路了，或者可以说开始新的生活了，往后我将在生产队参加农业劳动，我的生活又是在这一平方里的天地里！我在家里会因为心灵上的空虚而越发难耐！我的内心是痛苦的。

要是有办法，我还是要争取外出，我在外面的人缘非常好，听不到看不到与自己政治处境相关的事宜，心里总好过些。到外面去，知识也可以增长得更快。我想，25岁以前，我可以容忍自己的生活放松一些。

昨天同学周吉利和陈月英到我家玩了一趟，但我迟了一步，没有碰到她们。我特别希望看到月英，没见到她，感到特别遗憾。

1月31日　星期六　晴　家

前天我和堂弟迪良一起到了蔡义古村，晚上约了吴桃英在婶婶家楼上谈了好几个钟头。我说了我的生活和自己对人生的看法，桃英很赞成并佩服我。我问她对于我们两人个人问题的看法怎样时，她表示对我很有好感。对于自己的成份问题，我总想寻个适当的机会告诉她，但总是难以启齿！在我还没说到这事的时候，吴桃英问起了我家的成份，我实告了……她的脸刷地红了，头也低了下去！我心里明白，这个事实，对她是个多么沉重的打击啊！

我说话结巴了，口发干，喉咙像梗着什么东西……我似乎感觉到了一层雾从地上涌起，把桃英和我隔开，她在雾中飘忽着……

忽地，我记起了"该怎样生活，还是要怎样生活"这句话，我的心渐渐平静了。我必须敢于正视现实生活！一种做人的自豪感又从心里涌起！我坦然把我的家庭情况从解放前讲到现在，我也谈了我对"成份"这方面的看法，我告诉桃英，这是畸形社会的畸形现象，它不可能长期存在下去！桃英听得很认真，可以看出她的思想斗争很激烈，她低着头，抚弄着手上的几个钥匙，很长时间没说话！终于她对我说：对我个人的一切，不但她没有问题，就是她爹娘也会同意的；但是，我这样的家庭成份，她的父母绝不会同意的。

我清楚桃英的思想，她没有设想过我的成份，对于"地主"成份，她肯定吓住了！因为对我个人有了特别的好感，她才不愿直接拒绝我！我一再要她谈谈自己的想法，她只是低着头，不说话。

这样下去，局面只会更难堪。我扯到了童年趣事，她被我引到了那种意境里，慢慢地有了笑容，气氛也就活跃了一些。我给她一张我的相片，她长久地注视着，并用手轻轻地抚摸着。姑娘的心啊，是多么纷乱！

第二天上午我与迪良到了小康叔家里坐。小康叔原来是蔡义古大队的支部书记，四清运动下了台，人比较能干。我与他谈得很多，他对我真诚，表示愿意去桃英父母处做做工作。

下午，小康叔与我一起到了桃英家里。我感觉吴桃英的母亲十分厉害，据说整个蔡义古的妇女数她最能干。从和她一家的谈话中听出来，这个年近50的女人不但掌握着这个家庭的大权，而且还关心时事。她对自己大队的情况一清二楚，很有见地。我预料到她不会同意我这种出身的人娶她的女儿的。果然，讲到我和桃英的事，一提到成份问题，她就回绝了！她说，成份不好，连讲话都讲不响；别人听到她的女儿嫁给地主的儿子，名声也难听！我与桃英在一旁听着，不好意思插话。后来我还是把这件事的全部情况告诉了他们，并讲了我的思想认识，提到了政策问题，也说了家庭问题，我希望她们眼光能放远一些。

最后，桃英妈妈说他们一家会好好考虑的，我们也就告辞了。

今天早上我回来时，去桃英家辞别，桃英一直送我到外面。我走了一段路，到转弯处回头看，桃英还在呆呆地看着我，我向他挥挥手，她也向我挥挥手。我知道桃英心里是悲苦的，她太喜欢我了！如果她的母亲能同意，她肯定会答应嫁给我的；若她的母亲不同意，她不可能反抗的。

今天上午，孝四公社开基层民兵连成立大会；下午又开斗争大会，全公社的四类分子都上台被批斗了，当然，有我的爸妈。

2月2日　农历十二月二十六日　星期一　阴

今天我到陈蔡街上去，恰好碰到了吴圆，我很想和她好好谈谈。她刚好有事要到下蔡村去，我即陪她到下蔡村幼菊表姐家吃中饭。办完事，我与她同行十多里，到百步街亭才分开，各自回家。

这次吴圆较直爽，告诉我一些她个人问题上的事。她说：她们村的吴才，是个很好的青年，对她家帮助很大，并对她十分诚恳；对这事，她的爸妈基本上同意了，但是吴圆自己总有些不太愿意，拖了下来。我认识吴才，对他的印象是比较好的，但我觉得吴才太平凡，吴圆需要一个能闯出一番事业的爱人。我劝导吴圆，现在还年轻，在这几年内不要轻易地决定个人问题。吴圆也认为缓缓再说。

我们交流最多的是对于人生观和世界观的看法，但是我们都不能透彻地洞悉社会，也难以预见社会的发展，因此感觉前途渺茫，心情也就随之而消极了！

我们固然不能随己所愿将自己全部贡献给社会，但如果安于小康家庭，那么我们就像一块好铁在氧气和水作用下氧化成一块烂铁一样，最后成为废物了。

2月4日　阴　家

今天天气阴冷，已到腊月二十八，爸爸妈妈俩个老人还是被群专组叫去修路了！

劳动，不管是被迫的抑或是自觉的，都是一种崇高的行为！

劳动创造一切，就如修路、扫地之类，也可使人行走舒坦、安全，给人们以利益。

物极必反！

2月5日　农历十二月二十九日　多云

昨天下午与迪良一起到斯宅公社，我们还到斯鲁英家去了一趟。我见鲁英比较大方，看来是个好姑娘，不知我哥有何想法。她的父母都是能干的人，我对她们一家印象很好。

今天是除夕，晚饭后到寺坞村大姐家玩，直到12点才回来。大姐她们说起，我堂姐珠敏与周阳初的事，她对珠敏颇为不满，珠敏在婚姻问题的处理上，变化太多，思想不够成熟，受到大家的责难。周阳初给大姐的信中，十分气愤，他写道："我向来诚实待人，也相信别人能够同样对待我，不料我的诚心换来的却是虚伪和欺骗……"看信后，我十分同情他，并因此而对珠敏不满！

明天，姐夫要为我与桃英的事到蔡义古村去。我认为桃英妈妈的反对态度那么明朗，不必去了。但姐夫他们碰到桃英的朋友小华，小华告诉他桃英对我感情很深，舍不得与我分手！姐夫认为桃英既然这样重情，我们还是应该去给她母亲做做工作。

我给小华长长地写了封信，托姐夫带给她，信中，我一方面作为朋友而告诉小华我与桃英之间的一切，征求她的意见；可另一方面也是我对桃英这件事的总结。不管怎样，我总希望桃英幸福的！

桃英婀娜多姿的身材，白里透红的脸庞，扑闪明亮的大眼睛，不时闪耀在我的脑际……

2月22日　农历正月十八日　星期日　阴

今年的正月与往年不同，冷冷清清，毫无正月应有的热闹景象。

初四以后，我到殿口村给永友的丈人家扛了两天树，又到柯溪村帮乃友哥干了几天活，后来一直在生产队干活，前天到舞凤玩了一趟。

年前，姐夫到蔡义古村，他问吴小华对我和吴桃英一事的看法，小华认为桃英妈妈对我的成份问题顾虑太大，不会成功。姐夫也就没有再去做工作。我早已预料到了结果，没有多想什么。

正月初，我在柯溪村的几天时间里，和吴桃英最要好的同村朋友吴爱凤谈了几次。吴爱凤在去年元旦嫁给了柯溪村吴水星。她告诉我年前1月28日桃英来过柯溪村她家，和她说起了我，桃英对她说我聪明能干，做活好，文化高，对于这个人问题她算是决定了，还说她十分满意这件事。年后的2月8日，吴爱凤去蔡义古村娘家，她还以为我们这事已成定局了，问起桃英才知道，因为我家的成份而不可能成功。

桃英写了一信叫爱凤交给我。我匆匆打开读了，桃英在信中说："……我真对不起你……我对你的看法是好的，对于你的成份，家里有很大看法……"爱凤认为，桃英由于对我有很深的感情，就是我成份如此，她也能想得开，只是她妈妈一定不会同意的，事情也就很不好办。吴爱凤还想在桃英那里做做思想工作，但考虑现实不可能有好结果，我也就劝爱凤不用再去讲了！

这件事对我无疑又是沉重的一击，但我的心已由麻木而日趋冷酷，说不上感想如何了！

在婚姻问题上，我已经遇到不少挫折，每次都是人家对我个人没有意见，只是对我家庭成份问题顾忌大而告终！

　　昨天去舞凤公社屠家坞村，夜宿同学周渭月家，晚上谈得很多，过了半夜还没有睡意，谈着，渭月突然提出各人写点当时的感触。我写的是："同学少年忧心重，豪气奋然风雨中。今日相逢话路迷，明日东西觅正义。"渭月写的是："寒号命绝三九天，理当力争美羽添。夜雨沥沥人声静，畅述心绪共济温。"

　　渭月的"共济温"这几个字用得形象而又确切！

　　17日我们孝四公社在下吴宅村召开落实中央文件大会，我到顺勇家里，碰到吴赛珍、华克晃、王荣芳三位老师和吴小华她们。这次运动是大议、大揭、大查、大批反革命活动；反对铺张浪费，投机倒把，贪污盗窃。

　　我们大队的洪定叔他们想去外地拉煤，我也很想去。

2月24日　阴

　　明天公社召开批斗大会，已贴出海报。大会责令我哥哥听取揭发！

　　这对于我们全家的打击太大了，但我们也可以平淡地过去……

　　晚饭后有许多人来看望我们。他们的神色是忧伤的、沉重的。我们表现得若无其事。哥打扑克，我下象棋……

　　我是极少下象棋的！

3月1日　星期日　农历正月二十九　多云

　　68年1月21日在去江西的火车上的感受十分深，当时我的心情开朗，十分舒畅，一颗希望知道一切的心在燃烧。

　　我喜欢回忆过去的一切，这时不管是沉重的泪或是欢欣的事都会活跃在脑子里，特别是当时的感情，可以很真切地体会到。

2月28日我写下了《列车上》这一诗,今晚作了修改。抄于此:

列车上

车厢的角落里,
一个青年低头沉思。
浓黑的双眉隐现坚毅,
明亮的大眼闪烁着向往。
面前的地图册上标着红线,
摊开的日记本"闽"字分外大。

对面是他的伙伴吧!
咀嚼着饼干,喝着浓茶。
"自行车""手表""缝纫机",
梦儿圆又圆。

冷嘲的眼神一闪,
渴求知识的心复又燃烧。
"八一"起义的南昌是何模样?
"高虎垴大战"战壕可依旧?
井冈山人民话革命斗志昂扬!
"湘鄂""自由人"话乡情,寓意更深。

汽笛长鸣弋阳到,
青年起立倚窗望。
《可爱的中国》响脑际,
怀玉山上红旗飘!

凄凉的荒地，
明媚的花园，
烈士遗志
——人民的心愿
牢牢记心头！

铁轨在车轮下穿梭，
窗外的天地越来越宽广。
向前！向前！向前！
青年人！
无限希望在前！

我试着以一个旁观者的身份来写，通过旁观者对一个青年人的动作、神态来推测这个青年在想些什么，也寄托了这个旁观者自己的心愿。不知这种写法别人能否理解？

3月5日　大雪　于西岩公社泄头大队

拉煤的事到现在还无头绪，经大队同意，今天我还是回到了西岩电站工地。

这一次不同于去年刚来时的心情，那一次十分兴奋，而这一次，心情沉重而郁闷！

3月20日　农历二月十三　星期五　阴

这个天一直阴雨霏霏，又接连下了好几次雪，把人下得头昏脑胀，无聊之极！社会上患流行性感冒的人很多。

我的心绪烦乱极了，不知是不是这天气的缘故，心情非常不舒畅，简直失去了做人的兴趣！往日愉快、乐观的周晓东和现在的我恍若两人！

看了几段《郁达夫小说选》，有《银灰色的死》《微雪的早晨》《离散之前》《春风沉醉的晚上》等，没有一篇不是消极悲观的，更触动了我的心事！

一种"无事可做"的失意感越来越强烈，早早地上床睡觉，又睡不着，无数往事涌上心来……

住在电站里吧！寂寞！难以言喻的寂寞！

回家吧！家庭琐事又搅得人心烦意乱，我的脾气又暴躁起来！

翻阅了一些有着同学们题词的日记本。周月英写的"不要放过青春的一切"这句话引起了我思绪纷乱。谁肯放过誉为"黄金时期"的青春年华呢？这一个个不眠之夜，只有一些空洞的回忆，我的心里是痛苦的，但这并不是我的本意啊！

回忆起了学校生活，那时，虽有过不少的打击，但现在回想起来却幸福得很。学习生活、夜自修、唱歌等，多么有趣味，多么有意义，但过去的已经过去了啊！

础金希望我，"能够摆脱庸俗琐屑的个人欲念的纠缠，在那科学的路上，不怕困难，不断前进"。他说得好，说得诚恳，我虽无过多的自私杂念，但我应在力排庸俗琐屑的个人欲念之中，寻求生活的乐趣！

3月22日　阴转多云

昨天细细地考虑了目前的处境，我决定抱大事清楚、小事糊涂的生活方法。生活中的琐碎，会花尽人的全部精力，还可能会搅得自己心烦意乱。对一些无端的事，不要去细究它，不要因为某一件小事心中不快，逍遥自在些吧！

天气看起来会转晴了，我的心境也舒坦了一些。今天整天修钢钎，虽然比以前生疏些，但还可以。只是我的眼睛不适合做这工作，近来我感觉自己的眼力差了下去，特别是去年下半年开始，眼睛经常发红，视线模糊；我觉得主要是修钢钎时间过长，被炉火和淬火的蒸汽刺激的缘故。

3月25日　农历二月十八　星期三　阴

自从去年下半年到下阴坑和蔡冬梅认识，我们彼此都有很大的好感。冬梅长得很健美，略显黝黑的皮肤结实丰满。虽然年纪轻，但很老练大方，不像一般十七八岁的姑娘那样幼稚，也比较能干。我们相处时，听说她已经解决了个人问题。在公路工程将完成的那段时间，我与她接触很多。在我所处的外村青年姑娘中，我与她最坦率、最无所顾忌。后来知道了她并未落实婚姻，但却有了和吴桃英的这一段感情，致使我与蔡冬梅一直保持很好的朋友关系。

前些日子，同在电站的民工周志明对我说：在我回家这段时间，蔡冬梅曾多次向他打听我的情况，她言语中流露出对我有特别的情感。啊，我真埋怨自己的糊涂。

今晚，我约蔡冬梅到我的宿舍谈了很久，当我向她表示我对她的感情时，她立即愉快地表示她是爱我的！她坦率地告诉我，曾有好几个青年追求她，因为她心里早有了我，所以都坚决地回绝了！听了她的话，我心里不由暗暗地骂自己真是瞎了眼！我差点辜负了一个姑娘的一片深情啊！冬梅叫我写信给她的哥哥绍文，说她家的权力在母亲那儿。她的母亲很相信绍文，而她知道绍文对我的看法是很好的。

冬梅对我家的"成份"是了解的，看来她并不在意"人"之外的另外一切！事情可能会顺利的，但也可能有意外的变故，从最坏处打算，向最好处努力吧！

3月31日 阴

　　27日夜到李家宅看电影，我约了冬梅一起去，和她商量了好些事。我对绍文讲起了这件事，绍文说他对我比较了解，他们兄弟是没有意见的，只要冬梅自己愿意就是了。我叫他在母亲那儿给我做做工作，他答应了。

　　昨天，我同冬梅的表兄祝青一起到下阴坑，刚进村就看到冬梅站在门口，她见了我就跑过来。我见她的脸色有些沉重，预料到有些不好的消息！果然，她开口就对我说："我妈横竖不同意。"我心里一惊问："那么你想怎么样呢？"她吞吞吐吐地说："妈不同意，我没有办法的，你是否可以另外……"我没有让她再继续说下去，即对她说："你怎么可以这样想呢？"我到了冬梅二哥绍奎家，她也回家吃饭去了。

　　坐在绍奎家的火炉旁，沉默着，思考着到底是怎么回事？过了许久，我才同绍奎谈起了这事，并告诉了我家里的一些情况。绍奎说："我对你和你家的情况是了解的，像你这样的青年是无可挑剔的，对我来说，成份问题是能想开的，只是冬梅小哥绍文还未定亲，这一点我们有点顾虑，事情慢慢来吧。"

　　冬梅吃了饭就过来了，我问她到底是怎么回事。原来，前天我到冬梅大哥佳章家，和冬梅的大嫂美凤讲起了我和冬梅的事，美凤听我说后把冬梅叫过来问了情况，随即，就给冬梅妈妈讲了这事。所以冬梅回到家里，她妈妈就骂了冬梅，说我家这样的成份，无论如何不同意！而冬梅的几个嫂嫂也有些怕而附和她，劝冬梅不要和我恋爱！因此冬梅非常冤。

　　冬梅痛苦地说："我是没有地方可讲啊！"

　　哎！她到底年纪轻，对事情的复杂性没有认识，只从好的方面去考虑，而没有从坏处打算。我劝慰冬梅：只要她不变心，我一定想尽办法说服她妈妈。冬梅向我表示：时间长一点没有问题，她会等我，别的地方来做媒，她会一概回绝的！她对我说：她妈妈脾气躁，她也很怕她，我们现在表面上要冷谈些，反正我们年纪轻，耽误一年二年没有问题的。我理解她的心理，同意她的意见。

在我们俩谈话时，冬梅的妈妈因为知道我在，叫了她好几次，催她回家。冬梅恼火而又无可奈何地回去了。

在我几次恋爱中，姑娘的母亲们没有一个同意的，而唯一的因素，就是"地主成份"！母亲啊，你们为什么这么想不开呢？

写了些日记，刚才翻阅1958年第三期《人民文学》，我被刘白羽写的《从富拉尔基到齐齐哈尔》中的一个女青年写的信截住了视线，信是这样的：

……我的个儿很高，我的臂膀很粗壮，我以一个共青团员的身份告诉您，我不是一块豆腐，我也不是从水里泡出来的豆芽菜，我是一个热血沸腾的青年，我要用我钢铁的意志和热情的火焰去烧掉那荒地里的野草，用我的手和头脑去跟大自然搏斗。我要向大自然索取，在这辽阔的土地上建起幸福的乐园，为祖国积累起黄金财富。是的，我鄙视坐享其成的寄生虫，我决不准自己沾染上一点那样的气味，而要做一个真正的创造者！

多么充满青春活力的豪言壮语啊！我的心激动起来！

有多少日子了啊，我失去了一个青年应有的活力！我又回忆起从初二开始我在学校读报室里的自学情况：那是一个十平米左右的读报室，我贪婪地学习《人民日报》《红旗》杂志的文章，认真地研读"九评苏共中央公开信"，我还认真地记下了许多笔记……

那时的我心如白璧无瑕，志向高远，对未来充满着无限美好的憧憬！

从这篇文章中的女青年我又想到了冬梅，心又回到了现实中……

"生活毕竟是现实的",一个朋友的话又在我耳边响起……

我想起了我白天的工作态度——得过且过"度日子"的消极态度。一块可以练成铮铮响的钢材的铁,在氧化……

下雨天,电站建站委员组织民工政治学习。建站委员会的同志说:"有的同志把政治学习看成是下雨天不能干活,用这种方式挣个圆圈、记个工分,这种认识是完全错误的。"哈哈!哈哈!

我们学习毛主席著作《改造我们的学习》《关于正确处理人民内部矛盾的问题》。我极难得地白拿了"开会"工分!

我看了《革命大批评》之类的造反组织的宣传资料,觉得很有意思,它暴露了很多问题,是很好的历史材料。

上级已经决定孝四公社在四月一日后撤掉,吴子里、蔡义古两个大队合并到西岩公社,下吴宅以外的几个村包括我们周家湾大队合并到陈蔡公社。

有些建站委员,不好好参与劳动,工分却比一般民工要高许多。如黄雪康,要么不出勤,要么上工还穿着鞋袜,东站站西望望,整天板着脸,活像个监工!我对柏桥说:"最好拿一根小孩打旋陀螺的桑条鞭子给他,那么更威武了!"

最近,掀起了一个批判周扬、阳翰笙、夏衍、田汉"四条汉子",肃清封、资、修流毒的运动。

上面命令,所有民间藏书必须收集上交。其实民间已很少有藏书了!

4月2日 农历二月二十六 星期四

周云林来叫我去陈兆坞拉煤。他们下步溪村已有三个人在三月份去了,拉了好几趟,每趟可拉千把斤,比较合算。我想回生产队作个审批,生产队同意的话我一定要去。有人说拉煤苦,但对我来说苦点根本算不了什么，一个青年人懒懒散散不是好事。想起了去年江西背木头，两只肩生满疮，木头一压到肩膀，脓血直流，疼得咬牙！那样的痛苦都熬过来了，我觉得什么苦都不怕了！

很幸运，西岩供销社到了一匹花绸，我知道后赶了过去，买到了三尺半。这花绸花色很好看，摸上去滑滑的，很高档，我想给冬梅做件短袖衬衣，晚上就去下阴坑村，不料被冬梅的妈妈知道，竟没能和冬梅见面……

封建顽固的老人啊，您的一意孤行，会造成什么后果！你们可想过，你们的婚姻可曾有过幸福？

我给绍文的信中写道："冬梅对我的感情是深的，我也真挚地爱她，我们的感情是在相互接触、相互了解之中逐渐滋长起来的。如果伯母的坚决反对而使我们不能如愿，无疑对我和冬梅都是非常沉重的打击，我们可能遗憾终生。"

我想和冬梅好好谈谈，如果她有决心，困难再大我也要把它克服；如果她变心了，我的一片痴心也只能付诸东流……

4月12日　阴

今天诸暨县召开公判大会，枪毙了三个人。一个是里浦镇的纵火反革命分子，两个是贩卖幼少女集团首犯。

准备了好几天，费了许多周折，总算把拉煤的事办妥，生产队干部怕背责任，没有同意，我也管不了那么多！昨晚一切就绪，本想今天早上就到汤家店去拉煤的，不料晚饭后云林突然到来，说拉煤要暂停十天，我就只好再等几天。

这些天的活是剖石头，电站压力轨道下面要造一座拱桥，这些石头就是作桥石用的。剖石头技术要求很高，我因为基本工扎实，剖石头的工效和质量都比其他石工要好。

周永祥"尖脑袋"的行为我一点都看不惯！他很喜欢使唤别人，今天他叫周夫去拉风箱，自己去修锥头，俨然一副师傅使唤徒弟的模样。我叫周夫别理他，周夫也这想法，就没去拉风箱，结果永祥只有自己拉风箱自己修，弄得手忙脚乱，我们在一旁冷眼相看！后来又一根钢钎掉了角，永祥又争着去修，连着修了两次，把钎子弄得不成样子！刚好我们休息看到了，他自觉脸上无光，就借口要渭海修，渭海又叫我修。我想到永祥那么喜欢做"大师傅"，就故意叫他自己来修，弄得他没有办法下台。后来我觉得我再不去修，要被别人误会我在摆架子，就去把那根残破的钢钎修好了。

要想别人尊重自己，首先要学会尊重别人。

3日那天下午，我约冬梅谈话。冬梅告诉我，她二嫂有意叫她留在自己村里，因此对我与她的关系不支持，并对她说，从我说的话听来，似乎认为我们俩的恋爱是冬梅自己来寻我的，以后也是个话柄！她的挑拨话使冬梅产生了一些想法！真是人心隔肚皮，她二嫂表面对我是何等好，背后却说这样的话！冬梅的妈妈多次逼迫冬梅来拒绝我，又是好话又是恶话，使得冬梅的态度有些消极。我鼓励她自己的事要自己作主，冬梅虽较老成，但要她反对母亲，那是不敢的，毕竟没有经受过风雨。

9日那天，我们又碰面了，冬梅的态度又好了起来。这几天她到里浦去了，不知她姐姐对她会有怎样的影响。这一次去里浦，她的思想一定会有些改变。

这两天，我忽然又抱凡事无所谓的态度了。

4月17日　阴有阵雨　于汤家店

昨天我和才龙一起到汤家店去拉煤，没有想到盛兆坞占家村的石煤质量不大好，余姚县那边不要了，所以这里的石煤不再拉运了！当时知道这消息，我们心情十分焦急！云林他们拉石灰到县里直到八点钟才回来，他们说还有一部分石灰可拉几天，只是天一下雨就要停下来了。

气象站报告17日有雨，我们今天迫不及待地去买石灰，打算去县城卖，不料走到章家，窑上没有石灰，天又下起了雨，真是屋漏偏逢连夜雨啊！我们只好在章家村煤窑厂里休息。蚌鱼潭村的陈章信说，阮村有石煤可拉。我们就赶到阮村大队，这个大队的石煤矿在香霞岭岗，上路很危险，但我们也顾不了那么多了，只要有煤拉就好。和他们大队的干部商量了，他们说把石煤从香霞岭岗拉到枫桥骆家桥，约十七八里路，运输费每斤3厘钱。如果拉一千斤可以挣到三元钱，还是比较合算的。阮村的阮伯田很热情，给我们介绍了详细情况，还在下午到奕村他姐姐那里为我们准备住宿。真是在家靠父母，出门靠朋友。要不是朋友帮忙，我们都会束手无策的，我因为新到这里，一点起不了作用。

我们从泄头村到盛兆坞的路程约55里，途经闹桥、丁家岭（邵家坞）、岩畈、姚家庵、城隍、石飞、钱家山下、仙店、太南、上庄、汤家店、水底城到达盛兆坞花园村。我们在汤家店的住家是白果树下石绍章和李永、李根兄弟，他们对我们很好。今天晚饭后我还到初中同学陈高永处玩了一下。陈高永学校毕业后在汤家店兽医站工作，他见了我很热情。

汤家店一带农民的生活较好，粮食基本自给，有的家庭还有点节余。

晚上，我心一冷静下来就想到冬梅！不知她现在有何感想。如果她文化水平高一点，我们就能通过书信互相倾吐衷肠，那该多好！

乐灿托我到花园陈章友处去一趟，为石灰问题。我写好了一张条子，明天可叫人交给他。现在我的记性不知为什么会这样差，因此，常为要忘却事情失信他人而担忧。

4月19日　阴雨　于枫桥骆家桥大奕村

昨天一早从汤家店动身，八点半到达阮村，放下行李就到香霞岭石煤矿去拉石煤。出了煤矿就是香霞岭，路非常陡，一个人把车放下来非常危险，如果滑倒了，可能有性命之忧！我们不内行的两个人一部车都不敢往下放！我的车装了1430斤，阮村大队拉车本领最好的一个叫木大的青年人来帮我，他独自一人就把车放了下来，直到岭下，真有些惊人！

大奕村到骆家桥是十里路，但路坑坑洼洼，凹凸不平，拉车很吃力，特别是过了江口村到榨山村后是沿江的堤埂土路，新筑的，土层很软，会下陷，在这路上拉车简直像老牛耕田，不一会儿我们就累坏了。

我们12点钟在大奕村匆匆吃了点饭，五点到江口地界时，我的肚子已经很饿了，把车拉到距骆家桥约三里的一个50米长的上坡时，我们四个人合力把三部车推到坡顶时，我已感觉眼睛发黑，气都喘不过来了！推第四部车到了坡顶，我们全都瘫了，摊着四肢，躺在地上一动也不想动了……

这时云林偷偷塞给我一颗纸包糖（因为他只有两颗），我咀嚼着这颗糖，觉得又是甜又是鲜！天下再没有这么好吃的佳肴了……说起来谁都不会相信！当我把这颗糖的甜水吞咽到肚里，霎时，感到胃部热了起来，这种热量传导下去，直到腿肚，热乎乎的，感觉无比美妙！

我已无力拉车。云林他们叫我在后面慢慢来，他们拉一段路后，会回来接我的。他们拉着车走了，我咬着牙，拼命拉着车，心中一再鼓励着自己："要坚持，坚持就是胜利！他们也累，饿极了，我不能拖垮他们！"这样支撑着拉了一小段，心就怦怦跳，一阵晕眩，只能把手搭在车杠上，休息一会，稍好点又拉几步……云林把自己的车拉了近百米远又来拉我的车，看他那疲惫不堪的身躯，我感动得眼泪都快流出来。好不容易到骆家桥头，伙伴们一个个躺在地上，无力挣扎。我看到不远处有个小店，就迈着机械的步子，好像醉汉一样挪到店里，急急买了两筒饼，迫不及待地扯开包装纸，两口就把一个饼吞进了肚里。小店的售货员看我这样子，很是吃惊，忙倒了杯开水给我，连声叫我："慢吃，慢吃！"我狼吞虎咽吃下两个饼，喝了杯开水，肚里一阵响，整个人感到热了起来，霎时有了劲！我知道伙伴们也饿坏了，忙拿了饼出去，在桥头分给他们吃，大家觉得有些劲了。

卸了煤，已是七点钟，拉着空车回到奕村，已是八点半了。

今天下雨，休息。因为昨天肚子饿过头了，喝了太多的冷水，昨晚开始肚子难过得厉害，一直吐清水。我十分害怕江西种根的胃病要复发，一天坐卧不安，到傍晚买到了八粒苏打片，吞下后，胃才好受了些。

4月22日　阴有小雨　于骆家桥大奕村

这两天的磨难、曲折，真是一言难尽啊！

香霞岭石煤矿一出洞口，就是又直又陡的下坡，长达几百米，重车下岭对我这个从未拉过双轮车的人是太艰难了！

20号上午在矿洞里装石煤，我心太贪，装了大约1500斤。出洞口最陡的一段是别人帮我放下来的，约50米后我从别人手中接过车，心里就发毛！我用肩死死地顶住车杠，一点也不敢放松！由于心中没有底气，我感到十分紧张而害怕！我不断地鼓励着自己，"冷静些，慢慢来，冷静些"，非常小心地一步一步向下移！没走多远，脚踩到了一颗圆石，脚下一滑，肩上的车杠一松，车子就起了快，再也无法守住！我前面不到10米就接着一部重车，如果我的车冲下去，前面的车就会被我的车压倒！太可怕了！"不能伤害别人！"我心里只有一个念头！慌忙中，我猛地把车向右一转，双轮车的右轮子冲到了路边的石坎上，我的车子翻了个身，好像戏剧中的武侠场面似的，我以车杠为轴心一个大翻滚，竟然翻出10多米远，稳稳地站立在了路旁梯田的稻丛中，万幸自己竟没有受伤！

伙伴们围了过来，见我没有受伤，都说万幸万幸！大家又说，如果冲下去，那不知会是个什么后果了！

人是没事，但是我的双轮车的右轴断了，这里没有双轮车轴头卖，云林说他们村朱全章可能有，我就动身去下步溪。下午一点多，我走到了枫桥汽车站，去下步溪方向的班车要四点五分才到，我只得等着！

在枫桥镇街上闲逛，阵阵失意袭上心来！说不出什么滋味，看到有个照相馆，出于一种说不出的情感，我走进去拍了个照。出于什么目的呢？一是纪念当时的处境和心情！二是想到早上的那一幕，以后的活要是还这么危险，我不会退缩的！可是谁能保证不出事故呢？——留下一张遗照吧！

拍了照，三点钟左右回到汽车站，我呆坐着，头部因为昨天被急剧翻身的车杠打了一下，因而昏昏沉沉，又回忆起以前的生活来……

我想不通，我的人生为什么如此艰难，如此潦倒？

当天晚上我宿在下步溪同学袁吉林家，并在朱全章处买到了车轴。第二天早上我准备回家一趟，走到花园村的三叉路口，我迟疑了，站着想了很长时间：回家做什么呢？不回家了！回到枫桥时只11点，车轴要先整修，等到下午两点多才整好。我又急忙赶回奕村。把我的双轮车背到了阮村修理组，请他们给我装上轴头，想不到我断了的车轴是顺牙，可我买来的却是反牙的！只有在车轴上钻洞打上铁钉来固定它。阮村的阮仲校很好，他陪着我到他们村的铜匠那儿修理，不料钻到一半，铜匠的钻头断了！他又陪我到章家加工厂，请仲校帮我在轴上钻眼。钻眼时，钻头断了两个！钻好眼，仲校帮我用钉把轴头插牢，弄好，我心里不知如何地感激！

离开阮村时，五点钟的有线广播已经响了，我一个人把空车拉到前天翻车处，把倒在路边的煤装好，拉走，一路还算顺利。到小奕村我发觉车子有问题，停下来一检查，发现车轧头松了，轴承里的钢珠掉得没剩几粒，我只得转回去寻找，找回了十几颗。我用车闸板撑起车架，没有黄油，只得用田泥和着把钢珠塞进了轴承。我正忙着，云林来接我了，我们一同把车拉到大奕村，吃了点晚饭后又拿着电筒回去找钢珠，只差了六颗。修好车，已十点多了。

今天把煤拉去了，可是拉不多远，到江口附近时，我觉得我的车越拉越重；拉到枫桥附近，我再也拉不动了，浑身被汗水浸得像洗了澡！拼命拉到汽车路上后一检查，才知车轮左右方向装错了，那缺了钢珠的右边的轧头越卡越紧，把轴承卡住，车轮都无法转动了！我一个人取不出车轮，云林过来和我一起把我的车架子拼命背起来，用一根木棍撑着，我们就去取车轮了。这时另一辆车从我们车旁拉过，不小心把我们的车碰了一下，我们撑着车架的木棍脱开了，整个车架压在了云林身上！我们急忙把车架抬起，但云林的腰被压伤了，幸亏伤势不太重！

我又把车背到枫桥修理，又花了两个钟头……

云林的腰被压伤，被附近一个牧鸭的老人看见，他叫来儿子，把云林的石煤车拉到骆家桥卸掉，来回有十多里路！老人又把我们叫到他家，硬请我们在他家吃饭。这样的人真少有啊！太感激老人了！

老人家是枫桥公社化农大队，老人的儿子叫陈开堂。我不会忘了他们！

回到奕村已是下午一点钟，云林累了，躺在床上，我也休息了。

这次出外，短短的几天，我经受了多少曲折啊！虽然吃了许多苦，但我心中一点也没有懊悔的念头。只觉得我的社会经验太缺乏，劳动技能如拉车等技术也远远不够，自己看事情往往理想化了。

这几天受到了许许多多的帮助，特别是拖累了云林不少，我心里真过意不去！

4月24日　多云　于骆家桥大奕村

这两天拉车有些内行起来了，下岭时技术掌握得不错，胆子也大了，也不感到吃力了。我每车都有一千多斤。今天拉车回来约三点钟，回到大奕村，乐灿的弟弟乐飞从泄头赶来，叫我即回……

哥哥的事情恶化了！

我说不出心中感想如何！等待着我的又是什么？

一切随他去吧！

匆匆准备行李，理了点账，感到浑身一阵阵地冷！我可能要生病了！云林他们拉车到很晚都没回来，我在路上逛，感到了一阵阵的心悸、发冷！

4月26日　晴　于泄头西岩电站工地

昨天一早辞别了房东魏均祥、魏均正和自己的伙伴，拉着双轮车回家了。沿途经过奕村、冯村、桥亭、宅士下、杨村、石砩、陈隍、顾家坞、天马山、姚下、岩坡、绍家坞、丁家坞、闹桥、大林等十几个村子，回到了泄头，全程约40里路。我在姚下村姚土根家吃中饭，还到了姚昌桃家坐了一会儿，也碰到了姚昌海。他们这些地方都为粮食而忧心，群众争着要多分预备粮。

昨天晚上，回家知道了一些情况，为避免一些不必要的麻烦，我在今天早上天未明就回了电站。

我怕我会控制不住！

我们村来了贫宣队。整党、建党搞得非常热闹，贫下中农们天天晚上都开会，整党、建党、阶级斗争搞得非常激烈！

我哥被他们反背捆起双手在水库工地上跪了几天！当我看到他手腕上被绳子勒过的伤痕，我的血真要喷出来！

我是有准备的！我的膝盖是绝不会弯的！谁碰我，谁就……

4月30日　多云

这几天，有一个雕刻师傅在泄头雕床上的花板，他的技艺很高超，花雕起来真是胸有成竹，又快，又好，令人十分羡慕。我一有空就到他那儿看，简直是入了迷。我问他是否可以带带我，他说可以是可以，但我年纪这么大了，无论各方面都要好好考虑。

对于手工业，我并不喜欢。这雕刻不是一般手工业，而是一项真正的艺术，东阳木雕，驰名世界。如有可能，我不管经济上损失多大一定要去学的。

这雕刻师傅，是东阳怀鲁公社水各大队人，叫俞云其。我和他这几天接触较多，已比较了解了。

陈天法通知我，大队革委会主任仲荣叫我回家，我知道不会有好事！

人不犯我我不犯人，人若欺负到我头上，我已准备好了。头掉下来也就是碗大的疤！

5月2日　阴转小雨

不看书、不学习，会使自己的头脑越来越迟钝，眼光越来越浅，心胸越来越狭隘。

这些天来，我没有好好看过书，因此把自己的思想束缚在一个很狭小的圈子里，常常因为一些小事而心绪不宁。今天翻阅了《人民文学》，心情舒畅了起来，眼界也开阔了。

婆姆村渭祥的妹妹小英，今年五六岁，漂亮聪明。我与渭海和她玩，说要将她抱去，因此她十分害怕我们，一遇见我们眼睛就畏惧地、躲闪地偷看我们，几天下来，人也觉瘦弱了下去。我想到我们的玩笑开得太不好了，对小孩是十分有害的。小孩子不是大人，这点应该注意。

姐夫叫他表兄弟把碧泳带走了。碧泳不肯回去，我哥他们费了不少力气才把他带走，妈妈为碧泳的离开，又因为另外事，哭了好几次，人日渐干枯。我的心里非常难过。前些天我给姐姐的信中写到："如果说因为碧泳而使妈操心不少，倒不如说因为碧泳而使妈妈心中有所寄托，感到了些快慰。"是的，妈是多么希望有小孩在身边啊！前几天，因为我有心事，所以不太想到碧泳，现在心静了下来，他的天真、活泼的神气就活现在脑海中，幸亏他在我身边的日子不多，要不我更会无限地记挂。

昨晚上放了电影《伟大的中阿友谊万岁》《毛泽东思想的伟大胜利》。我与冬梅谈了会儿话，冬梅的姐姐并没有对冬梅说些什么。冬梅太胆小，受不了打击，甚至受不了人家的玩笑，对她需要做细致的思想工作。实际上，我们的事，主动权全在于她个人，而不在别人手中。我总劝她坚强一些。

诸嵊公路昨天全线试车。来了七部车，我们爬上去乘到董头，挤得要死，更谈不上欣赏风景了。

今天挑砖，我每趟都装40块砖，重达300余斤。其他民工比我挑得轻多了，有的只有我一半。我认为积极些也好，反正力气好挑重挑轻都是一趟，挑重点也无所谓。可我挑那么重使别人不好意思过于挑轻，有人暗中还埋怨我。

对那些庸人，我心中有些厌恶，又无法离弃。他们对我的思想没有帮助，反可能带来反作用。但因无知心之友，也只能庸庸碌碌地一起过活，寂寞时说些无聊话，以度光阴。

我现在越来越需要朋友了，不管做什么事，我都喜欢有朋友一起。

那个俞云其师傅叫我有空学学美术。美术是雕刻的基础，另外我也很喜爱，我的观察力和欣赏力较强，这是学习美术的最有利条件。

昨天碰到了桃英。她看见我很亲热，这个泼辣的姑娘对我实在是很难舍。我也喜爱她的泼辣和勤劳，我告诉了她我和冬梅的事，看她的神情，她的思想斗争激烈。对待任何姑娘，我都采取大方的态度。

琴弦村的反革命集团案件，查到最后原来是子虚乌有！可高里、绍章他们被关了八个多月，受尽了折磨！对他们来说，是一次严重的考验和很好的锻炼。我很想知道这事的始末。

5月3日　多云

　　昨晚我到下阴坑同学陈佩文家，和佩文的公公潮友伯谈天直到十点半，主要谈了冬梅的问题，也谈了我家的许多情况及冬梅家的情况。我村的治保主任陈琴才和潮友伯算是铁哥们儿，他到这里做公路时和潮友伯说，主要是我家的群众影响太好了，才发生了我哥被打成现行反革命的事，公社干部对我家比较关注，经常要大队注意我们兄弟俩，所以我哥哥才吃了这种亏！陈琴才还说我们兄弟的安排太好了，比我们的母亲要强得多；他还认为我到江西、杭州等地，都是为了挣高工资。实际上，他们怎么了解我们的心理呢？他们看我家的生活好，产生了妒忌，心里不舒服了！他还有一句话使我十分生气，他对潮友伯说，我家还不够大方，别人借钱不太肯。真是一家不知一家事，我家经济上并不怎么宽裕，但别人来借，家里有点积蓄都外借了。

　　陈琴才前几天又对潮友伯说，对我哥的事，他做了恶人，后来想起来真犯不着！据他说，他是受了我们自然村的人的指使和怂恿才干的。

　　作为一个干部，应该有正确的立场，按政策办事，哪能用个人的想法代替政策呢？在他们肆无忌惮地凌辱一个青年、无缘无故把人捆起来时，他们的良心在哪里？

　　潮友伯也说冬梅妈妈确是厉害人，冬梅爸爸的反革命帽子是由于她才戴的。她这人十分顽固，很难被劝动。我叫他尽可能在冬梅的哥哥那儿做做思想工作。

　　今天到离上培还有五里的赤岭背树。人行高山之上，微风带来阵阵兰花芳香，心胸舒畅，远观群山隐秀，俯看竹林葱郁，我们高声地唱歌、呼喊。

　　早早回到电站，洗了个澡之后即看书。

　　生活又有了些乐趣和头绪。

5月9日　雨

　　昨天回了家。我们村里的贫宣队已经撤去了，整党已基本搞好，仲荣、洪生、渭六组成了新的临时支部。

　　苗福、培生已到草塔拉运石煤，迪亮也准备明天到盛兆坞拉煤。要不是这次政治原因，我也可以安心在外了。

　　今天回到泄头还很早，我看了会儿《怎样画铅笔画》，并且看着窗外的一株樟树作写生。当然是一塌糊涂的一张画，我无法准确地表现樟树的特点，枝叶顶端的枯枝尤其难画。

　　绘画是一桩崇高而优美的劳动。学好绘画不但可以为学木雕打好基础，并且可以反映生活，表达文艺作品所不能表达的意境。

　　昨天回家时与琴弦村高里同路，他因受反革命集团案牵连，刚回家不久。高里说，他们这些人受刑不必说了，被关进去的人因为饿肚子都已患有胃病。高里分析造成这件事的根本原因是：他们原来有地位、有权时，没有搞好群众关系，与群众严重脱离；另一方面是与其他干部不团结，因此受到了陷害。现在干部们都已认了错。

　　前几天与冬梅同村的青年小根谈了好几次话。小根的心地很善良，对我抱有同情心，很支持我。他说到冬梅不够坚决，不敢违抗自己的母亲。由于母亲的反对和咒骂，冬梅有些动摇。我现在想解决个人问题仅仅是为了安慰母亲的心理，自己似乎并不迫切，我不喜欢勉强，难得与冬梅这样坦然。实际上，理想的人是少的，潮友伯伯也为我的成份而惋惜。

　　看了一页早年保存下来的杂志，说到俄罗斯美术大师谢吉·柯宁科夫的作品，表现了强烈的"向往、奋发、敢作"。在他的头脑中，"人是崇高的，时间是紧张的、宝贵的"。

　　每每读一些珍惜时间的作品，我都要为自己"消遣时间"而痛苦、悔恨，并向往那种紧张、活泼的生活！

5月25日　星期一

上午因下雨而休息。先看了会书，只觉得头昏沉沉的，一点也看不进去，到外面逛了一趟，头脑才清醒了些。看了一会《鲁迅短篇小说》，鲁迅先生的作品十分含蓄，我们因不明当时社会的情况，看不太懂。但仔细回味某些话语，意味无穷，寓意深刻。《孤独者》中的连殳，这个忧国忧民，但寻不到正确道路的青年的遭遇和他的性格给了我很深的印象。

"小心是一种忙的痛苦，因此会百事俱废"。

昨晚与祖良到下阴坑，国球的祖母要我不要再为冬梅的事费心，因为她的父母坚决不同意。冬梅来了一趟，叫国球的祖母转告我，她的爹娘是无论如何不同意我俩的，她经受不住打击了。听了这些话，我的心绪波折起伏，在冬梅家屋后桑地的小路上独自徘徊了许久。我给小根留了封信，说到冬梅不应该这样轻易就抛弃自己的愿望，我想与她好好谈谈。

冬梅太单纯了，她曾深切地爱过我，现在竟会仅仅因为母亲的反对而抛弃自己的愿望。一个文化程度低、缺乏社会知识的青年往往分析事情很简单，她有没有试图反抗呢？我给冬梅的信中也说过："社会上的人事是复杂的，如一遇挫折就灰心丧志，会一事无成的。"对她的思想，我应承担很大的责任，由于自己对解决此事不那么迫切，许多事也就不积极大胆地去做了，她那儿也没有好好做工作。她只有18岁，太年轻了，由于单纯，可以软弱下去，也可以坚强起来的。

5月28日　农历四月二十四　多云

前天下午，读了《鲁迅短篇小说》中的《伤逝》，是写青年知识分子史涓生与子君由恋爱而同居，又因生活的逼迫而离散，因之伤逝的悲剧。看后思潮起伏，想得很多，当时就想写一篇心得。但像以往每读一篇激起自己的思潮的文章一样，我照例是读一段，就情不自禁站起来辗转一阵。这时思想不能集中起来，想得多且乱，尔后就又因他故而搁起了，但心中总惦念着，有着记下这事的想法。而到现在提笔想写时，思绪又纷乱了。

这篇文章对我总的概念就是一句话，"生活毕竟是现实"。

我是现实主义者，所以特别能体味这篇文章的思想。

譬如处理个人问题，我不像有些人仅着眼于恋爱，我会考虑到婚姻、生活。

5月30日　农历四月二十六　星期六　阴雨　于泄头

连殳在挣钱的时候，人们崇敬他，孩子们亲近他，他的客房里人来人往，很是热闹。他失业了，几乎成了乞丐，他的客房里再无客人，甚至连大良、二良这些孩子也避他了。后来他得了势，成了杜师长的顾问，于是乎，社会舆论又为他捧场，"朋友"又空前地多。

但魏连殳一直仍是那个被人认作"异类"的魏连殳。

人们就是这样的势利！

人们常说"时运"，似乎是有一点的。所以有些人在做着被人认作高深或伟大的工作，我对于这种人并无多大"敬畏感"。因为他们在做的事，我也能够做的，可能会比他们做得更好些。

看人不能看死。

25日晚上到下阴坑，原约定叫冬梅和我一起谈谈的，等到八点十分她还没有来，我到了国球家，小根也在。他们告诉我，冬梅现在每天一吃了晚饭就睡觉，变得十分胆怯了，她母亲把她管得十分严。追求她的生木差不多每天晚上都在"巡查"，而他二哥绍奎毕竟是"好角色"，他为生木费了不少心，对我竭尽了诽谤之能事，幸亏他对我个人没什么好说的，尽在我家的成份问题上喋喋不休！

没有想到冬梅会这样怯弱，主要是我们今年没有好好接触，我们之间的关系有些疏远了，我总想和她好好谈谈。

6月3日

这几天一直是在西岩山大殿背后的石矿里打炮、剖石，还与渭海一起给别人镌了几部石磨。

报上登载了阿尔巴尼亚劳动党第一书记恩维尔·霍查关于国际形势的报告。他把中国誉为反帝反修的强大社会主义堡垒，称中国为最忠实的、最强大的朋友。

西哈努克亲王访问越南，受到越南政府的热烈欢迎。同样的命运，把印度支那三国紧密联系了起来。他们懂得美国的"分而治之"策略的阴险性和危险性。

今天西岩公社新党委成立，上午开了庆祝大会，西岩公社书记是毛松潮。这次大会是西岩、舞凤并社后第一次大会，较隆重。

下步溪仲达的老婆掉在龙潭里淹死了。听说去救她的人，因为水性不好，迟迟未能把人救起，而造成死亡。当时周夫他们到处找我，去捞救，没有找到我，等到我知道后赶到现场时，她已经死了。要是早知道，我一定会不管任何危险去捞救的。她掉下去的地方，也就是上次小红掉下去的同一个位置，那龙潭上部的石凹被水冲洗得非常光滑，行人从那儿过，很危险。我去年就向建站委员提议，在岩石上打几根钢钎拦着，以防不测，他们没有在意，现在发生的这两件事，和几根钢钎、几个人工相比，相差了多少！

5月31日回家，大队里正在搞整团工作，很是热火。已在大会上宣布除毛泽东著作和《欧阳海之歌》外，所有的小说、杂志、教科书等都要上交。

我和明川他们仔细分析冬梅的问题。黄老师知道我们的情况后愿意给予帮助，她认为虽然有曲折，但只要工作做得好，是能解决的，她还说我们这些青年太老实了。言下之意要我用不正当手段，这引起我的反感。对于恋爱，决不能用无耻的手段！

冬梅家和上阴坑仲娟家是亲戚，仲娟的母亲和黄老师很要好。我想她们可能于这事有些帮助，至少可以了解到一些情况。老年人做老年人的工作，青年人做青年人的工作是比较合适的。听说原来吴子里学校里女同学数吴圆和仲娟能干。我想把情况告诉仲娟，通过仲娟转告冬梅。冬梅不会写信，这是我们这事的致命弱点。冬梅曾对人说起过我外貌漂亮，歌唱得好等，她之所以对我有感情，可能大部分着眼于我的外表。她对我的内心也不能十分了解，由于生活道路不同，文化上又有差距，我们的人生观不能融合起来。对于人生，她的态度消极了。建立在外貌上的感情是不牢固的，我们应该从心里建立起崇高美丽的感情。

我总凭理智处理一切问题。

处理个人问题，我内心越来越不迫切了，想想还年轻，再过几年也无关系，理想的爱人现在不可能有。人生没有这一过程也罢！

转念，我又想到了母亲、家庭、社会。一个人的行为不仅仅是个人思想的反应，它受着强大的社会影响。

6月4日　多雨到阴天

剖石做孔时，碎石溅伤了眼睛，上午到医院检查后，无奈地睡在床上，我想得很多，也感到些难受。一个人不能有任何病痛，有病痛时才更懂得珍惜健康。

下午利用工间休息和收工后的时间，帮汉成和福良挑砖，足足有半天的工作量。虽然由于没有休息而有些累，但心里很舒畅。我总是这样，在自愿地干活时，心里十分愉快，并且有使不完的劲。记得一个外国作家有这样一句话，"当劳动感到有意义时，生活是美好的；当劳动是被迫时，生活是奴隶"。

翻阅了茹尔巴著的《普通一兵》和以前作的关于这书的摘记，马特洛索夫的充沛的精力和永远乐观的情绪给我很大的精神上的支持。

我十分喜爱看外国小说，《牛虻》《钢铁是怎样炼成的》《普通一兵》《卓娅和舒拉的故事》，我都翻阅了许多遍，书中人物给我的影响都十分大，有的直接指导着我的行动。牛虻的坚毅、忍受痛苦而又毫不诉苦的品格，奥斯特洛夫斯基坚强的革命意志，马特洛索夫一生平凡而又伟大的事迹，卓娅和舒拉纯洁、美丽的心灵，卓娅的母亲留·柯斯莫捷米扬斯卡娅对子女的热爱和对他们真理的灌输，如一块块座右铭，时时闪烁在我的脑子里！

书早已不是仅仅用来帮助休息和消遣的东西了。不，它是朋友、顾问、导师。

怎么能不读有意义的好书呢？

马特洛索夫爱唱歌，用歌声来鼓舞斗志。

我也喜爱唱歌的，爱唱很久以前的老歌。唱起一支歌就会回忆起唱这歌时的特殊情景和当时的情绪来。唱《二郎山》时，我便想起龙游十里坪小学二年级时的生活，想起阮荣裕兄弟、丁吉刚、占明全、那个不怕死的会把头顶在石头上"竖蜡烛"的刘勇敢等唱着这首歌，用手狠狠拍着课桌。十几年来，我一直奇怪地想着，我们激动拍打桌子时，老师为什么不来阻止！大约他也沉浸于这歌的感情里了吧！

唱《太阳出来照四方》，我就会想到江西长生桥时的生活。这首歌是老钟和我先学唱，寒冷的冬日早晨，我在竹排上迎着日出放声地高唱……曾业龙和邓积成向我学唱过《高高的太行山》，不知他们现在何处，业龙和积成的浓重的湖南腔调回绕在我耳畔……

《毕业歌》抒发了我们的抱负和理想。那时我们初中刚要毕业，同学们都喜欢唱这歌……

但现在我们很少纵情地歌唱了。

6月10日 阴

农村里现在是最忙的季节，农民整天到晚没有休息的时间。我也投入到了这农忙里，抽电站劳动空余时间，给别人干了不少活。

3日晚上，泄头放电影《南征北战》，冬梅也来了。她和一帮姑娘在谈天，看到我时，很尴尬，叫我一声时，音调中带些凄凉的味儿。我默默地站在她们旁边许久，想得很多。我想到了去年我们一起时无拘无束的情况，也想到了3月23日那天和冬梅的谈话，没有想到我们现在会处于这种状态。我即回到宿舍写了封信给她。

6日上阴坑有电影，我们到仲娟家里去了一趟，到一个完全陌生的家庭里，去诉说这样一件事情，我很有些难为情，看仲娟和她的妈妈都很忙，我也不能把这事始末详细地述说。

看电影时和上培村同学陈珠球一起谈了会儿话，我们讲起了吴圆。我曾问过吴圆的学习情况，吴圆说她不看书，不读报，也不参加社会政治活动。我替她惋惜，像她这样的人，完全可以为人民做一番事业的。我问起她去年采茶的情况，她说还想去，只是没有路子。我准备给同学周吉利去一封信，问问她去年在外采茶的情况，最好吉利能带吴圆一起去。

6月13日 农历五月初九 星期五

和乐灿谈到了泄头大队的一些情况。泄头两派之争，主要是仲良和福山之间的斗争。原来，他们是很好的朋友，但文化大革命中在揪谁的意见上有了分歧。恰好上面有档案下来，记载泄头村有一个叫吴福山的是国民党员，并在国民党内担任一定领导职务。吴仲良他们就借机诬陷福山是那档案里的人，并说他是漏划富农，斗了许多次。现在真相大白，档案上的福山是蔡义古村的，斗争福山亦就成了政治陷害。

在起初要揪福山时，吴仲良完全应该从年龄上来推算档案上的人不可能是这里的福山，他也犹豫过，后来在招章等的共谋下，才下了决心。我问过吴福山，吴仲良为什么要揪他，福山说："仲良是为了达到他的个人野心，因为我不被打倒，仲良就不能随心所欲地做事，总会觉得碍手碍脚。"

去年，我和仲良交往是比较密切的，他做事的确有魄力，不卖人情，但是他不能容人和用人，他要失败在这点上。乐灿也说起他原来从邮电局归家时完全可以搞好群众关系，他的能干，再有雄厚的群众基础，他可以立于不败之地。但他太自负，太孤傲清高了，看不起一般的人，脱离了群众。

6月16日　晴

前几天，我给同学周吉利写了封信，询问她在外面的情况。继严给吉利有一信，放在吉利妈妈处，吉利妈因知道我要写信给吉利，就叫我把这信转给她。继严的信中说到吉利的一些事，大概是恋爱的破裂给了吉利很大的打击。看了继严的信，深被继严同情吉利和对吉利的诚挚感动！不知怎的，我想到了我和吉利初一时的情谊，我们之间有过许多信，我记不清那些信中写过什么，总之我们是有非比一般的情感的。后来我一直把她当成姐姐看待，并且在67年给她的信中已说到过愿作她的弟弟。那时我有些儿女柔肠。到江西之后，我的性格刚强了起来，逐渐消去了软绵绵的思想情感。现在猛想到以前的事，不觉一股浓烈的柔情涌上心来，我把称呼改作了姐，吉利可能会笑话我的吧！我没有好好和她谈谈自己的思想，只是有"千头万绪"涌上心来，述说了写信时的情感。

新昌姐姐多次来信，叫我对她谈谈自己的想法，并责备我好几个月没有写信给她了。姐姐的责备是难怪的，我上次有一信略吐了些自己的思想，使姐姐感慨非常，姐姐到现在才发觉我并非常人。我知道她非常关心我，希望了解我，我也应该写信的，但我能说些什么呢？

在我拉煤刚回来时，尚松等有信写到我们大队里，说我不安心电站劳动，恶意地诽谤我，说我晚上到处玩，造成泄头大队群众的极坏影响。洪生叔告诉了我详细的情况，他们还以为我怎样胡来呢？我非常愤怒尚松这种卑劣的无中生有的中伤，想我在泄头，很少到别家玩，不用说吵闹和任何轻浮举动了。泄头的群众谁不称赞我行为端庄，为人和气呢！我要求洪生叔他们到泄头调查，泄头大队一百个人里面只要有一个说我群众影响不好，我就可以承认我确实表现不好。我也说到吴尚松他们可以因一点小事而处理我们村的民工周志明，让他回家，要是我的表现是如此不好，那他们还不是能很容易处理我吗？为什么要这样偷偷地背后搞？这本身就说明了他们的行为不得人心！

大队根据电站的这一信，要我调回，我岂肯因为这原因回去呢？柏桥支持我，他说他们是摊不到桌面上来的，因为有电站其他干部和广大民工及社员支持我。我不愿离开泄头，因为我对这个村子和电站工地有了很深的感情；我也舍不得这样好的学习环境。我意欲和吴尚松他们斗，又觉得犯不着，我不能像以前那样凡事想得太天真，应该学得狡诈些。

冬梅到泄头来，祝苗告诉我后，我追上去和冬梅在西岩水库大坝上谈了些话。冬梅总认为她妈妈是不可能做好工作的。单纯的冬梅啊，你为什么将自己的命运交付他人掌控呢？

姑娘的心为什么这样多变呢？想我今年刚来泄头时，冬梅对我是何等有情，多么主动接近我啊。现在她却怕了。我只嘱咐冬梅我们有机会好好地谈谈，她答应了。

渭海这人有些好笑，事事一知半解，却要充内行人。他有骗得别人的本领，但难免要露马脚，碰上我这"硬板店老板"更要取笑他。但他也是有某些才能的，比如做活起来，只要认真肯做，谁也比不上他；他口才不错，口技表现得很好，他学琴弦村"抽牌婆"的声调，音颤颤的，下巴抖动着，使我们笑出眼泪来。

6月18日　晴　傍晚有雷阵雨

晚饭后雨止了，我和福良、仲孚等坐在门口闲谈。谈到泄头大队的生产时，我们都认为光顾收割点粮食，没有长期计划，想要改变泄头面貌是很困难的。我认为如果泄头大队有决心，订出个五年计划，逐步扩大水稻田，发展经济作物，五年内可以大变样。

政治路线确定之后，干部是决定的因素，应该抓活的思想，踏踏实实地干，有计划地干，才能做出成绩来。

大跃进时期，虽然"五风"瞎指挥造成了很大损失，但那些热火朝天的场面还是令人怀念的。

干部应该使社员们明白，生活的改变全在于自己，订出农村改造计划，使社员心里有谱，做活有希望，那工作一定会好起来，劳动热情可以高涨起来。

电站工作进程慢是由于没有计划性，领导不力之故。如对于我们石工的安排吧，一下要求那样做，一下要求这样做，花头十分多，我们心里无数，何谈高效率？

6月20日　雨

看完了苏联尼·伏尔科夫著的小说《我们切身的事业》，这是描写苏联卫国战争前后俄国商业工作者生活的。

斯大林这样说："……苏维埃商业乃是我们切身的布尔什维克的事业，而商业工作人员，包括售货员在内，只要他们诚恳工作，就是我们革命布尔什维克事业的执行者。"苏维埃商业工作者们认清这一点，他们勤勤恳恳地工作，为人民谋福利，他们的工作做出了成绩。

小说主人公列娜·白珂娃，从一个纯洁、正直但毫无工作经验并缺乏斗争经验的女孩子，成为一个大胆、干练、具有高度共产主义觉悟的优秀商店经理。她的成长是曲折的。塔鲁希娜、戈龙斯基等这些坏蛋们企图把她引向邪路，并想扼杀她，但列娜胜利了——她坚持了真理，她生活在一个崇高、伟大的大集体里，她有团、党的帮助。

列娜和她的朋友们对自己的工作有高度的责任心，她们尽力把工作做得更好。

安得烈·伊里契·契尔佬夫是个真诚优秀的布尔什维克，他和列娜从相互关怀、相互热爱而最后结了婚，他们之间产生过许多隔膜。安得烈以为他自己重伤残疾后，别人会看不起他，决心不再去"害"列娜。但是有真诚的爱的双方在互不知道情况时，心里只有难以言喻的痛苦。最后列娜找到了安得烈，消除了隔膜，列娜不因为他的残废而有丝毫动摇，她从生活上、政治上真正地体谅安得烈，使安得烈重新获得了生活的希望。

他们和鲁迅小说《伤逝》中的子君和涓生完全不同，安得烈和列娜具有充实的灵魂，共同的事业把他们的命运和思想结合在一起，困难更加深了他们的感情。

安德烈和列娜，子君和涓生，这两对情人在恋爱中都是那样热烈，然而结局完全不同，这是因为他们生活的社会不同。社会环境往往决定人们的命运。

6月26日　雨

讨厌的天气！自18日至今一直是下雨，气温在24度左右，这天气会严重影响水稻产量的。

昨天晚上给姐姐写了一封信，比较详细地述说了我的生活过程和思想状况，我也谈到刚和勇，刚十分聪明，特别是好问，这品质是难能可贵的，只是他的体格不太好，我要姐夫和姐姐想法多让他参加些体育锻炼和劳动。一个人应该能文能武，缺乏任何一样都会给自己的生活带来很大困难。

勇是聪明的，但他不爱学习，我曾严格地要求过他，他总有些心不在焉。他还有些刁，对于知道的事会滔滔不绝地讲，不知道的事也要装懂，并且还想法岔开这些问题。虽然他只有七岁，有些事不能用大人的眼光去衡量，但对小孩的道德品质，自幼就应该注意的。

姐夫写给我们第一封信，信中说到了他自己的思想，现在，主要因为姐姐的成份，他不能第一批恢复党组织生活，但姐夫是想得开的，我从心里感激他。

日本和美国加强了联盟，自动延长了"日美安全条约"，美国一直扶植日本，使日本成为他在亚洲的一个堡垒。前些天周总理曾应邀访问朝鲜，柬埔寨国家元首西哈努克亲王也在最近访朝。世界上形成了以美、苏、中为首的三个阵营，但美与苏差不多是一致的，很多方面都在加紧联盟。

前几天西塘村月球到泄头来，我和她谈了会儿话。月球告诉我，银儿的爸爸因为受不了批斗的侮辱而跳水自杀了！但结果只是越发连累了家人。银儿的妈妈认为自己是个能干的人，其实只不过是个没有远见的尖利妇人。我在一封信中暗讽了她，使她对我十分不满，对银儿，我除了对他有些偏见外，更多的是同情、怜悯。

7月6日　农历五月初四　星期一　晴

前几天到上阴山挑柴，我挑了228斤，挑十多里路到了泄头，非常累，腿肚筋都抽了起来。我的体力好得很快，现在主要还是缺乏锻炼，要不，还会更好！回忆起学校时，十分羡慕别人的健壮、力气大，心想要是自己能挑两百斤多好，现在挑两百斤对我太轻松了。

日本有一个叫"无病会"组织，发明一种"冷水治病法"，是每天早上喝两斤半天然水，喝后做20分钟肺力活动，可以治疗百病。没有病的体质会更好。我从23日开始按此方式喝冷水，没有间断过，喝后毫无不正常反应，以前我经常要头昏，现在十多天只在4日昏过一会儿。看来这个方法是有好处的。

今晚泄头大队开庆祝大会，庆祝泄头大队党支部成立，大队党支部书记是吴怡来，委员是福山和友章。泄头大队的大部分干部缺乏演讲能力，有的干部讲话，别人甚至听不懂他说些什么，只有福山讲得很好，不仅语句通畅，并且意义也十分深刻。

人人说泄头大队四个人能干，福山、仲良、招章、祝银，但后三个都是不爱劳动的人，虽有能力却在群众中影响不好，因此也不能成多大的事。

7月10日　雨

先后收到吉利两封信。第一封信中说，她到余杭采茶的目的不是为了挣几个钱，而是游山玩水度度日子。

吉利第二封信中说到四件事，一是吴圆她们想去采茶的事，因采茶时间长，天气热，不合算，人又够了，所以今年无法可想。二是她与钱传慰已断绝联系。三是说到继严给她信中说到的事，即她与溪北村徐如根恋爱的事，徐如根为人老实、诚恳，吉利对她很有好感，但她母亲和哥哥认为他家庭条件差，不同意，致使事情僵了，她感到有些痛苦。对于这问题，吉利说："我认为家庭条件不是决定因素。处理个人问题的决定因素是人，我认为世界上没有绝对理想的人，只要本人好就是了，其他条件不必过分考虑，反之，对自己会带来不利。"四是介绍了继严为人，他出生于大地主，文化只是高小毕业，但人非常聪明能干，待人诚实，为人很好，对吉利有着姐妹般的感情。

吉利聪明能干，有一定的社会经验，在姑娘中是少有的，我敬佩她。但她的个人问题也不能由自己随心处理，封建残余这个恶魔还侵袭着青年人。

昨天和乐江聊天时，小章夫叔过来和我说了一些话。小章夫叔认为我很好，并出于关心我，曾经和冬梅爸爸谈过我与冬梅的事，冬梅的爸爸回答他说："像这样的青年人是难以寻到的，只是成份不好，不过我也不过于阻止的。"小章夫叔说要我胆大些，只要冬梅个人愿意，别人是不怕的。

这些日子来，我并不热衷于个人问题，但也常在考虑如何处理这件事，我不能轻易放弃，也不能长拖下去，我应该妥善采取措施，理出一个头绪来。任何事都是这样，不去做总觉千头万绪，无从着手，去做了就能逐步了解情况，逐步予以解决。

现在农村已普遍开始搞合作医疗。许多赤脚医生到山上采草药，发展中医已成高潮。但诚如水湖庄村的一个采药老人所说，采药应该有计划地进行，注意保护药源，否则好事会变成坏事。

我从江西回来已有两年，又回忆起了那时的生活，如果在江西作到现在，那我一定已经有很大的活动能力了。在外面我是"活人"，在家里我是"死人"。业龙、积成这些朋友不知在何处。我想念他们。

7月11日 雨

人应该懂得自己是主人，应该知道做人的尊严和意义，这是我崇敬书中的人，特别是苏联小说中描写的苏联人民的原因。因为在我们人类中，那些没有想过自己为何而生、为何而死、庸庸碌碌地过一生、不知自己做了些什么的人太多了。

"人，这是美丽的！这个字读起来是可骄傲的！应该尊重人，不应

是珍惜、怜惜，这样降低了他，应该尊重他！"（高尔基）

我极端痛恨那些怜惜我的人，怜惜和同情是不同的，我反而会怜惜那些怜惜我的人。在我心目中，怜惜带有十分严重的"轻视"意味。

写了几段给吉利的信，心静了下来，思绪也随之而来。

这几天我在看《金陵春梦》，感慨与想法是无穷的，我将另以笔记记之。

7月21日　晴

抢种抢收已经开始，由于今年劳动力紧张，生产队叫我回队参加双抢。电站领导不同意我回去，叫保才到我们生产队做思想工作。生产队总有些本位观念，认为电站是大家的事，生产队是自己的事，叫我一定回去参加几天双抢。电站叫我带了封信去，信中说到，我在电站劳动表现较好，抽回村对电站不利，并且电站十分缺乏石工，要大队党支部给生产队做工作，暂时抽回几天即回电站。这一封信彻底地揭穿了前些日子尚松玩弄的把戏。

电站建设经过测量，基本上定了下来，压力轨下面的闪桥不造了，改从江底过，这样一来，以前的许多地方要返工。我们电站由于缺乏计划，劳动的浪费是难以估计了。

借到了两册《儒林外史》，作者吴敬梓。这是一部政治讽刺小说，共55回，出现190个人物，全书故事人物虽无主角，但有一个中心思想贯穿其间，那就是反对科举制度和封建礼教的毒害，讽刺士人因热衷富贵功名而造成的极端恶劣的虚伪的社会风气。作者选取这样的思想内容，具有十分重大的现实意义和教育意义。

8月16日　农历七月十五　晴　于西岩电站工地

　　8月6日割好了早稻，又因电站梦来师傅与渭海在四号来叫过我，所以我回了电站。这段双抢时间，有许多新事，但当时因为活紧人累没有记下，回电站后又因从泄头村搬到了电站新屋，忙忙碌碌懒懒散散又没有记下来。

　　这次水稻种植我们生产队80%采用了小苗带土移植。这种种植方法优点很多，节省秧田、工效高、秧苗活性好等，但这种种植法育秧须有较高的技术要求。对于科学种田问题，领导十分重视，提出打破"三个6"提倡"3、5、7"，就是退行3寸，横行5寸，每行种7株。第一次去种小苗时我觉得很不方便，分秧速度较慢，一块带土的小苗捧在手上容易滑落，捧着秧苗的左手又很累。种了几天后，逐渐掌握了规律，觉得分秧容易了，秧苗种得又密又快，只是秧苗底部的谷壳会刺手。以前习惯了栽六株一行，现在改成种七株一行，双脚后退时踩不好位置，秧苗就容易栽到脚印里，产生浮苗现象。

　　现在农村的合作医疗也很好，可以使农村病人得到快捷医治，小病不至养成大病，还节约了许多人力和物力。但农村合作医疗，必须有强有力的赤脚医生队伍来保证医疗质量，这是个大困难。

　　明华来过我家，她眉飞色舞地谈起珠芬与水旺的婚姻状况，好像一出滑稽戏，着实有趣！我越来越喜欢明华这种爽朗健谈的风格。珠芬自从社教回来后和水旺谈恋爱，我看她整日整夜就是为这事在操劳，他们之间的故事充满了尔虞我诈，曲折动人，真可以写成一部小说。我以前也曾预计过华清和元成的婚姻不会有好结果，他们从恋爱到结婚成家，整日在吵吵闹闹中度过，亦可令人笑掉大牙！没有正确指导思想的恋爱是笑料，也是悲剧！

　　13日帮上阴坑的炳渭伯去砍柴，晚饭后与仲娟的爸爸谈了很长时间。仲娟的爸爸的确是能干人,他说话态度和气又有分寸。潮友伯曾向他谈起过我,因此他详细地询问了我家的情况,我都细告了。他对我与冬梅的问题十分关切,希望我能与冬梅多联系,尽可能使她坚强起来,只要她坚强,事情就好办了。仲娟爸也要我多到冬梅家去坐坐,和她母亲面谈,把一切实际情况摊开来。我们都认为冬梅母亲在不了解我家实际情况的时候,不同意我与冬梅恋爱是很自然的。

今天电站到西岩水库尾的下阴坑用船运沙,派我去划船。中午休息时我到下阴坑村,恰好冬梅的姐姐冬青也在,冬梅在排着淤泥,她们对我的态度都比较好。绍奎嫂十分热情,还说了些生木的坏话,她的思想也可能有所转变。我总想和冬梅好好地谈谈,使事情有个结果。

昨天公社召开"夺粮"大会。前些年我们诸暨县粮食产量在绍兴专区是上游,今年变成了最后一名,县革委会召开了紧急会议,大队主要负责干部都参加了,会议提出一定要争取晚稻超早稻。

粮食减产的原因一方面是因为今年平均气温偏低,上半年雨水过多,影响了早稻产量;但另一个更重要的原因是粮食分配用分户定额的方式,引起社员劳动积极性不高。

8月18日　晴　局部地区有雷阵雨

昨晚是农历七月十六,我在楼上看了会书,见月光很好就到路上走走。天上虽有些浮云,但月色依旧很明朗,独自徘徊着,想得很多!我想到了初二年级时的某一个月圆夜,我和渭月同坐在吴子里小学操场旁的柳树下闲聊,探讨学业和生活的一些问题。我们谈得很投机,谈着谈着,猛一抬头见四野在月光下皎洁晶莹,群山如冰堆银砌,非常美丽,不禁有所感触,写下一诗:"月映柳影两朋友,对坐戚戚互倾心。话昔展前道路灿,抬头望月赞江山。"

这诗的意境我经常在脑中浮现,那时的我们无忧无虑、天真烂漫,细尝着人生的快乐……

现在我的心情完全变了，沉思默想了许久，只感到冷清、寂寞和无奈……我似乎是个生活于社会之外的人！

望月兴叹不应该是有志人之所为啊！

今天上午，西岩东边外邵一带下了一阵雨，家在那里的民工欢呼雀跃，如小孩般喊叫起来！这次已有20来天没有下雨了，山上作物晒死不少，人们心里都非常焦急。

"人定胜天"的口号喊了许多年，工作确也做了不少，但农村的生活还是受天气的支配，要是人真能造雨驱云该多好！

今年的天气比较凉快，可能离我们这里远一些地区的雨水过多了。

我的脚被石头砸伤，发炎了，又冒酷暑给炳渭伯砍了一天柴，右脚脚背肿得如馒头似的，十分疼痛，好几夜睡不着觉，睡梦中也常常被噩梦惊醒！

8月23日　下午有雷阵雨

今天总算在较大范围内下了雨，当地人心里的喜悦自不必说了。

19日夜，我给仲娟的爸爸写了一封信，向他讲了一些自己的思想。我还带去了今年前段时间的日记给他看看，希望他指教，我在信中也说到："日记原是一个人每日里行动的总结。我记日记是为了记载一些社会的发展过程和自己思想的变化过程。人的思想是活的，它在实践中不断改变，升华；但有些人往往要把他看死！把思想记载在日记上，可能会引起一些不必要的麻烦，因此我的日记大多成了空洞的东西，有时甚至觉得没什么可记。但它多少总有点内容，有一点自己的思想。"

昨天电站召开了各大队负责人会议，要求各大队大力支持电站，争取在元旦发电。电站现在主要是压力轨道清基和机房清基工作。

李志清是李家宅大队人，已近50岁了，很有些啰嗦，从早到晚唠唠叨叨不停息。以前他在食堂做饭的时候，对民工的态度也不大好，民工用点热水他都要小气，有些苛求民工，因此大家对他没有好感。我不知道为什么，一听见他唠叨，心中的反感就油然而生！他竟成了我们的打击对象。但仔细想起来，我认为我的做法也是过分的，因为他心地毕竟还是比较好的。有时候人们把他当成取笑的对象，有些话毫无分寸，惹得李志清发脾气，应该说他是没有错的。因为一个人总有些自尊心，忍受也是有限度的，李志清的做法有点像癞子，就怕人家掀他的帽子，可他又是个没有能力的人，他越不想要人家戳他的痛处，人家偏要作弄他，他也是个弱者啊！

　　建站委员周功夫的领导作风比较好，平易近人，待人和气又不迁就某些错误行为，在劳动上也能以身作则，所以他在民工中威信比较高。他还爱用些浅显易懂的比喻说明一些问题，或说服某一个人。可惜的是他没有文化，可是有文化的吴仲良与他比起来反而差远了。

　　听说华克晃老师被作为反革命被揪斗了，虽然不知是否属实，但我认为他迟早是要垮台的。他很能干，但刚愎自用，惯用拉一派人打压一派人的手段。每到一个地方他就拉一批农村青年起哄，不是实实在在地在群众中扎根，而是和这一批人（这些人差不多是挂着金字招牌的根正苗红的贫下中农子弟，引导得好可以成为闯将，引导得不好就像二流子似的人）胡作非为，吃喝玩乐，搞特工一样的小把戏。如果他不痛改前非，那么他这种邪派总要被正气所压倒，被人认清而唾弃。

　　华克晃是我的初中老师，但年龄比我们大不了几岁，他也是刚高中毕业就来教我们的。他担任我们班主任时还是很看重我的。他很上进，每天早上跑步，冬天洗冷水澡，笛子吹得很好，还坚持练习毛笔书法。字写得刚强有力，很有特点，应该说是一个很有才华的人。文化大革命中，他成了我们公社"红总"头目。他是把我哥哥打成"反革命分子"的重要推手！时势造"英雄"也造就着"恶人"！但他这么积极地表现自己的革命，主要还是想跳出我们这个山区，往上爬升，摆脱民办教师的地位吧！

　　翻到一张纸，上面有我读柳青著《创业史》后摘抄的几段语录。其中有一段写道："劳动是人类崇高的行为！人不论思想有什么错，拼命劳动这件事，让人喜爱，令人心疼，给人希望。"这是《创业史》中女主角改霞看着农会主席在为自留地赤着膊拼命劳动时的感想。

　　《创业史》我在好几年前看过（可能那时候在念书）。对于这一段文字脑子里印象十分深刻，也记得很明晰，当时还觉得说得很好，可回到农村后看到有些人为生活拼命劳作时，就会想起这段话来，我似乎觉得实践并非如此！记得在一个炎热的暑天，仲华在生产队劳动时很偷懒，可休息时他为自家砍起了柴草，砍得汗水直流也顾不得擦，砍好后又拼命背到路旁。我当时看他瘦瘦的身躯上油汗直淌，猴子似的脸上血红血红，气喘呼呼！看着他的模样，我怜悯他又鄙视他！这时我想起了柳青的这段话，我敢肯定柳青错了！这张纸是今年我看柳青写的《创业史》后抄下的。这段文字下面我写道："柳青同志，你错了！劳动的确是人类崇高的行为，但劳动是有很多区别的，为着大家的利益拼命劳动，当然令人喜爱，令人心疼，给人希望；但为自己的小家庭，为了一点蝇头小利，为了这个可鄙的'私'字，一天到晚劳劳碌碌的人，除使人心理厌恶外，岂能给人希望？"

9月7日　阴雨

　　仲娟和她妈妈送稻草到电站来，我和她在我们的寝室里谈了会儿话。她说到他们村子里的派性十分严重，所以许多问题都搞不好，她爸爸被审查也是由此而起。仲娟的爸爸为人正直、不畏权势，为我尊重。

　　上培村然山师傅和我一起在电站干活，他的姐夫黄东祥是蔡义坞村人，和邻居杨茶花家发生了纠纷，黄东祥家的人被杨家人打伤了。我听了这件事情的单方面言论，就以为是对方为了争财产而仗势行凶，不禁十分不平，自告奋勇给黄东祥家写控告书上告。五号那天黄东祥到了电站，向我诉说了情况。我对于他们村的情况一点也不了解，只是听黄东祥诉说。在诉说过程中，黄东祥讲他家如何如何好，而对方杨茶花家又是如何如何不讲理。在他叙事的过程中，我察觉到了黄东祥家在蔡义坞大队里是没有地位的，大队干部都站在对方，而且群众也不支持和同情他们家。据黄东祥说他们大队革委会主任黄仲德、委员黄万明、黄万洪、黄万永一派手握村权，对黄东祥的儿子恨之入骨。杨茶花一家有五子两女，十分强悍，两家为争夺黄东祥弟弟黄南祥的一间屋而发生纠纷，最后导致打架。他讲了许多，我觉得黄东祥家也并非全都有理。

我原想等了解一下情况后再帮助黄东祥家写申诉状，但他们催得很急，我只得根据黄家单方面言论作为一般民事纠纷而写了诉状。细节是不必说了，有时常为某几个字眼而苦思，用16开纸写了满满的四张，黄东祥相当满意。

昨天和同学陈楚金谈起了此事，楚金说黄东祥的儿子黄渭源曾和他在石壁林校上学。他说黄渭源不是个好人，在村子里影响很坏，喜欢惹是生非，他们全家在村子里处于孤立地位。

我很清楚，一个人要人人说好呢也难，但是被大多数人看轻而被孤立，那他肯定不是好人，如我们村的开苗家一样！我很后悔自己这种轻率行为，当时我也想到不要管这些事的，免生是非，但又想到我应该将所学贡献给社会，难道可以因为怕事而不敢做这点小事吗？激于一股义愤，我承担了下来，帮黄渭源写了诉状，现在看来反而是助了恶！

"好心做坏事"是可恕的。不过以后临事总须郑重考虑一下，不能凭一时感情冲动而行。

我以前曾认为陈楚金"迂"，主要是觉得他缺乏新青年的气概和朝气。和他几次深谈后，我对他的看法彻底改变了，他不仅有志向，而且十分好学，有钻研精神，对一些问题的认识和看法很深刻。与他谈天，我感到很投机，也很受益。

从表面看，楚金不容易引人注目。在了解他的思想之前，我曾善意地嘲弄过他，在某封信中我还希望他："把自己投入到现实生活中，丢掉那些'古'气和'迂'气，滋长培育些'新'气来。"楚金、乃代还曾在公威那儿说我看不起他们，嘲笑他们呢。

祖良要求我集中精力，发挥特长。他还认为我应该学习一种乐器。我告诉了他我的思想，我最大的兴趣爱好。我最爱文学（政治性文学），但因为环境的限制我不能在这方面有所上进，这是我的最大的痛苦。

对于音乐我发自内心地喜爱，但我没有精力去学习某种乐器。在日常劳动中，石工是我十分欢喜的，"石头""鎯头""钢钎"和剧烈的爆炸声，可以综合成一种"石工的性格"——"硬朗""爽快""热烈"！这很符合我的个性和情怀！

9月14日　农历八月十四　星期一　晴

10日起，电站实行了两班制。第一班早上五点开始到下午一点，第二班下午一点开始到晚上九点。早上与晚上，工地用探照灯照明。我感到很有情趣，特别是晚上六点多到九点的这段时间里，在强烈的灯光下打鎯头，十分舒畅！我与渭海配对打鎯头非常有味道，我们的八磅头柄有四尺多长，软硬适度，站在离炮洞三尺远的地方打低于地面的钢钎，我们俩可以闭着眼睛打！我们打锤都是又稳、又狠；身架姿态自然漂亮！我们打鎯头打得激烈时，很多人停下来欣赏。在强烈的聚光灯下，我们曾经用加长钢钎，打了一个半小时不休息！那滋味神了！

什么事都是熟能生巧。"艺高胆愈大，胆大艺愈高"，确实如此！

我与鎯头已结下了不解之缘。今年正月后，未到电站来的这段时间，我经常会到自家楼上拿起这把心爱的八磅鎯头抡上一阵！在电站工地的一年多时间，我的身体变化很大，肌肉特别发达，力气增长很快，特别是臂力，一百多斤重的石头我可以随便搬起来扔出去！使劲地打鎯头，还使我的呼吸频率变慢，吸气深厚，胸部特别发达，有种空旷的感觉。我的力气大在当地出了名。我曾挑起两个共500多斤的电站水轮泵的铁水轮走上一段路，惹得旁观者喝彩鼓掌！

电站在各排设立报道组，石工排叫我写稿，我不想写，主要因为周永祥爱贪小和喜出风头，无形中我们石工有了派性，如果我去写稿表扬好人好事，可能无端地会把我卷进争名夺利的漩涡中！尚松、泉水和茂林几个建站委员催逼下，我写了一点。我报道了几个好人好事。建站委员叫我再写些文章，我拒绝了……

我很难写出适合目前形势的文章来！

省水利厅和县农业局的一个检查组在前天到了电站，为了下一个五年计划的预算和实施搞调查。他们对西岩公社琴弦大队的土壤改良和水利工程十分感兴趣。

我收到了仲娟爸还给我的书和日记本。他附了一信，信中说："来信收到，日记尽阅，很好。你是一个有志的青年和一个学会了怎样生活的人，我表示敬仰和高兴。对冬梅的问题，来信述及周围环境渐好转，这是有利的一面，但应重视客观存在的困难，希望不懈地进行工作，取得圆满。今后如遇可援之处，我当尽情为之。《金陵春梦》和《儒林外史》两书可否借阅？如行，叫炳渭带转。

"谈及阶级问题，我认为还应提高到原则上认识，伟大领袖毛主席关于'千万不要忘记阶级斗争'的教导是千真万确的，农村这样贯彻执行也是完全应该和必需的。问题是如何正确地对待和处理实际问题。这一看法，希望多学毛泽东著作，多作研讨。附上批判'理论'报纸一张，认真读之为盼。"

这信他是9月2号写的。9月13号他又写道："我准备近日赴下阴坑，倘有机会，我定尽力设法成全。希勿念。目前身体比以前已有好转，但不能完全复原。希书之类，代为设法，以解闷心。"

他写这两信时，思想状况和情绪有很大差异。看了他的信，我心里久久不能平息。今天刚好是夜班，九点钟以后我阅读了自己的日记一遍，又仔细地看了他信好几遍，想得很多。

确实，我在努力地学习做一个真正的人，但这境遇，使我日渐消极！我为自己的未来担忧！社会在前进，光阴在流转，对如何做人的问题至今尚无定向，我怎能安心？

"生活毕竟是现实"，已铭记在脑子中，时不时如磷光似的闪烁几下。它指导着我的思想和行动，也成为我"自己欺骗自己"的一个借口。

"人固有一死"，我不能过分地束手束脚了，应该有一股闯劲，抱老老实实的态度，用踏踏实实的脚步，向未来迈进！

9月21日农历八月初二　星期一　晴

16日，我与祖良、础金登走马山岗望远。我们下午三点左右出发，在山上停留了约一个半小时，回到电站已是晚上八点多了。

走马岗在董头大队背后，山腰有一条横路，据说这条路的上面不长坚槭树和毛竹，如果横路上有坚槭树，那是宝物。我们看了一下，路上毛竹确实没有，坚槭树没有留心看。我听说过走马岗的宝剑和酒泉的故事。

我们五点左右到山顶，在山顶远眺，东北方向是西王山坑一带，盛产全国驰名的"枫桥香榧"，只见那山上一簇簇的榧树十分茂盛，但稍远处有一座高山，挡住了视线，因此看不远。西北方向是诸暨城关、枫桥一带的湖畈，在条条小山脉中散布着青青的片片稻田。在斗岩一带有几个水库如一面面镜子闪发着银色的光。最远处是富阳山里的大山，层层叠叠，隐隐可辨。在陈蔡、里浦、五指山到琴弦岗尖溪这一个圈子里，山势都比较平缓，山间有比较宽阔的田坂。除琴弦岗外，一般的山都青蓬蓬的，有富饶感。琴弦岗看起来范围很大，都是黄土没有生气。础金说琴弦岗可以发展檫树，如果在土质差的地方种上檫树，土质好点的地方种上茶，几年之后檫树、茶树成了林，那么琴弦村就如广州城一样,十分美丽了。

古居岩背后九峰山上的一株枫树,特别显眼。或许是附近的树都被砍光的缘故,它才那么引人注意。

东南面,都是连绵的山,绿树青竹,青绿相间别有风味。

我们的心情畅快淋漓,在登山路上采了些草药和一些不知名的花儿。我们还摘了些红蕃,高山红蕃特别好吃,甜甜的、酸酸的,别有味道。山顶都是些突兀的岩石和陡峭的山崖。最高处竖有一个木头三脚架,可能是供飞行勘察用的。山顶风很大,我们迎着风大声地唱了几支歌。

我兴致不高,没有好好地唱,不知怎的,我想到了冬梅!在这山脚下的一个小村里,她在做什么呢?

登高远望,看到了祖国广阔美丽的河山,心情激动,但是极目所见和整个地球面积相比,却小得可怜;而我们的那个村庄又仅仅是我眼前所见的区区一隅而已!想到自己在这一隅里都无立足之处,我不禁一股难耐的心酸……

我想到了五年前,我在一幅风景画上题的一句话:"美丽的祖国,做您真正的主人是多么地好,多么地值得奉献啊!"我是美丽祖国真正的主人吗?那时的心情和五年后的我的心境仍是一样,我不禁有些凄然了。

我把一块小石头放到如锅盖样的大石头底下以作留念,不知以后何时再来?我摘了六颗茶籽,每人两颗,这顶上的几颗油茶籽就作登山的留念吧!

我提议三人每人写一篇游记,祖良说他没有这心思,叫我和楚金每人写一篇,我准备练习写写看。

从走马山岗带来的一束花,形如喇叭,深红和粉红的花朵,娇艳得很,摆在房间里,使人神清气爽。

我也是爱花的!

18日回家住了两天。我哥的问题已作了处理。结论是:"承认错误拿回胡琴等乐器。"哥哥又拉起了胡琴，音质很美，只是这把胡琴蛇皮受潮，音太轻，还可再响些！

我们同母亲的思想有非常大的差距，她叫我们以后别再写东西了，免得再惹祸！可怜的母亲啊！

10月2日　农历九月初三　星期五

写"走马岗游记"，费了好些天还没有写完。思绪不能集中，常被闲杂事所打扰。我已经写了一个开头和"松"引起的一些想法，也写了"酒泉"和"宝剑"的故事。

昨天晚上到大林看戏，在戏台下和月英一起谈天。前几天她到电站来捡石子，对我十分热情，我们之间已十分坦然了。昨晚月英尽情地谈了她自己的思想，她觉得做人没有意思！环境把她束缚住了，也注定了她的命运。她母亲看中的现在月英的未婚夫与月英合不来，听月英的口气他们之间有可能决裂。她以前给我的信中曾经有"两条道路，两条路线的斗争十分激烈"一语，我当时没有想到她这句话包含着十分深刻的意思。确实，我和月英的未婚夫分属两个极端的阶级。对于月英来说，选择"他"或"我"，今后确实将走两条完全不同的道路！她说对我爱得很真切，不但以前，就是现在还是如此！她深邃的眼神，悲伤又诚挚的话语使我很不好受！我心中涌过一股暗暗的冲动，但抑制住了，我不能再草率地做事了！

我希望她不要庸碌，要学习，要有青年人的气魄，并且希望她不要草率处理自己的终身问题，应该想得多些、远些，遇事和他人多商量。

明川家曾托人向绍平妹妹月青求婚，遭到月青的拒绝。月青对明川个人的看法是好的，不同意的主要原因是明川爸妈的历史问题，她说："我出生于这样的家庭，已经受够了！再到那样的家庭之中，真是见鬼了！"

啊！啊！说得多真实呀！

我给几个炮洞装炸药，由于我的粗心大意和估计错误，放多了炸药，爆破后的飞石打破了一户人家房顶六块平瓦，我感到十分羞人，心里十分难受，甚至有见不了人之感！我同吴柏桥说起了我的疏忽，吴柏桥劝我以后不要去搞大爆破了，不是因为这次偶尔的失手，而是因为我这样身份的人不能发生什么意外！

又是一闷棍！我的怒火熊熊地燃烧起来！可吴柏桥他是好意，可以说是对我的爱护……

我曾想过：不能过分地束缚住自己的手脚，应抱实事求是的态度，用踏踏实实的脚步向未来迈步。但仔仔细细地想如何做的问题，只是越想越迷惘！根据现实条件，我想还是去学木工吧，主要是做木工自由些，并且接触面广，可以学到更多的社会知识。只是想学木工也没那么容易啊！

10月10日 阴

前天到上阴坑村看电影，是电视纪录片和革命样板戏《智取威虎山》。在仲娟家楼上，我与冬梅伏在窗台，没有好好地看电影，谈了不少话。

姑娘的心情是多变的，从3月份和我相恋到现在，她的态度不断地变化，时而大胆热情，时而消极悲观，令我很难受！但她对我的爱一直没有变。冬梅始终认为不能忤逆母亲的意志，因此对我们俩人恋爱的成功缺乏应有的信心，要她抛开自己的家人，她是十分痛苦和困难的！想到母亲的思想无法扭转，我们的事情最终陷于绝境，她有些冷淡；可当只有我们俩人时，她实在无法割舍我们的情感！她的热情迸发出来像火一样的热烈！

我对她说：我不能设想我们这事的不成功，如果真要分离，将给我沉重的打击！她也说：她也无法离开我，如果不能成功，她会心碎的！我们拥抱了！这是我人生第一次那么亲近地与女性接触！我感到前所未有的幸福！冬梅也颤抖着，她告诉我她不会变心的！

　　冬梅不仅仅对我，而且对我的家庭已有了一定的感情，并且喜爱我们村子里的人们。因为她提到这些时有些甜蜜的感觉。

　　我爱冬梅，爱她的勤劳、朴实。她还缺乏锻炼。如果好好锻炼，她可以成为一个能干的人。照现有条件来看，她是我理想中的爱人。只是她缺乏文化，不能深切地理解我的思想感情。

　　昨天在琴弦看电影，元木和月英寻找我。一起看电影时，说到以前的学校生活，元木还提到了月英和我的事，致使我们都有些难受。我和月英一起，特别是她对我有所留恋时，我总有些怀旧的。带着激动的心情，我对月英说：我衷心地希望她幸福！不堪设想，以后她的生活中有不幸时我会多么难受！我看月英常常陷入一种沉思默想的意境中，她比以前朴实、坦率、诚挚多了。她希望我到她家去玩。说实在的，我踏得进她家的门槛吗？

10月13日　农历九月十日　星期二　阴有小雨

　　昨回家，妈说起她到过琴弦启望家，和启望提起了亲事，希望启望把女儿静心嫁给我，望老两口应允。启望说他见的青年人中，唯有我是他看中的，只要静心与我两情相愿，他是毫无问题的。

　　静心对我是有意思的，从我到她家去她那种不太自然的动作和平常的闲聊中听来，她很注意我，但是我对她没有起过一点情感。虽然她也是个十分勤劳朴实的人，·与她家结亲还可方便许多，但我不想去做这件事。主要是冬梅的问题，冬梅虽不是我十分理想的人，但我已把自己的心暗暗地许给了她，在她那儿我已经享受到了一点女性的温暖。我不能作负心汉，使这纯洁年轻的姑娘感到有人欺骗了她。

《蒋光慈诗文选集》为我所喜爱，有的文章和诗我不知道读了多少遍，我深深地为其中的某些情书感动。不料这本书在明川看时被革委会陈渭科收去了，我十分惋惜！

　　石工中无形的两派中，我与梦来师傅成了一派中的主要角色。周夫、永祥他们还以为我们是在争权，用权，谋划私利。而实际上呢，我与梦来师傅都可扪心自问，无愧于人。我同他要好，纯粹属意气相投而产生的朋友情谊。我们一起商量事情，从来没有要作弄某一个人，或者自己想占点便宜，出点风头的念头。我们都实事求是地了解每一个人，真诚地对待每一个人。由于自己的纯洁，我没有考虑到别人对我们会作如何猜想和中伤。想不到他们曾有过许多阴谋，想给我从政治上以打击。由于我在民工中的影响、为人的耿直和不大好惹，他们的计划才都没有实现！

　　我最恨的就是那种想从政治中——"阶级成份"上来压制我的行为！这些蠢人总以为我最怕这一招，想从这方面威胁我，却不晓得我对待这成份是毫不规避的，从来都是抱正视态度的！他们想用这种手段对付我，显出了他们的无知和卑鄙！我可以随时坦然承受这些，并给予坚决的回击！

　　对于永祥贪小和喜出风头的行为，我绝对不能坐视；对待其他石工，我都赤诚相待。可由于永祥的挑拨，个别伙伴对我产生了误解，我不害怕。因为无论怎样说，我自己是对得起别人的，我相信他们会明白过来的。

　　受到别人的挑拨，因而使朋友之间产生误会，与《青春之歌》中晓燕对林道静是一样之情景，这是一种最难耐的痛苦，因为这是一个人人格上的猜忌和受侮辱，我真的忍受不了！

　　"设身处地为人着想"，我一惯喜欢奉行这样的人生态度，但人心并不能都像自己一样善良。我往往要轻信别人，没有提防暗箭，等到发觉时已是受了伤！如在江西时徐华挑拨我与兰祥的关系，完全是徐华想捡我们的便宜被我识破，使他丢了面子，以致他恨我怨我，并且猝不及防地从中挑拨，说我在拆朋友的台，把自己的行径嫁祸到我的头上，使我有口难分，有话难说。同兰祥几次发生冲突，使我受了不少精神上的痛苦。

在回浙江的火车上突然相遇，我射向他的责难的眼光，他难道心里还会不明白吗？我仍解囊相助于他，此时此地，他如果是个有良心的人，他是应该忏悔了，他不自然的热情，躲闪我眼光时的局促，他的心里会好受吗？

我比一般的人心灵要纯洁得多！

《儒林外史》第44回的五河县人，他们"非方不亲，非彭不友"和"非方不心，非彭不口"的可笑的丑恶社会现象令人感慨不已！吴敬梓痛快淋漓地刻画出了那些势利小人的市侩心理！

10月18日　阴雨

浙江省六所大专院校招生，西岩公社有两个名额。我们同学周芬素和另外一个人已经被公社推荐上去了。诸暨县还有一个训练农村通信员和培养文娱骨干的学校招生，我们同学陈珠球被录取了。她们都是贫农和干部子女。

我给仲娟爸爸写了封信，说到我的生活态度，我说我时时用"该怎样生活还是要怎样生活的"这句话来鞭答自己！

我提醒仲娟爸爸应该清楚明白自己，别人把他当成一只老虎，即使没有干，旁人也会认为他是幕后指使者的。

10月20日　晴

看了几张《参考消息》，报道了中国外交取得越来越大的成果、苏联和美国处境越来越困难的一些消息。

加拿大正式与中国建交,这引起了世界舆论的很大轰动。有一些国家,准备投票赞成恢复中国在联合国的席位。美国与苏联也存在着一些隔阂,在中东问题和印度支那问题上都公开存在着分歧,但美国希望苏联报刊的评论不是官方的真正想法,想通过私人谈判解决问题。南斯拉夫领导人铁托组织了一个集体的领导核心,用来对付苏联的渗透行为。

日本参议员社会党木村禧八郎访问了中国。访问地点是北京、广州及两市郊区,访问时间两星期。他发表了一篇文章《一个重视人的因素的——未来的国家》,他认为中国国民经济是稳定的,人民的生活水平提高了,中国国家的收入主要来源于国营企业(90%),因此农民的生活水准是高的;思想上也有很大的提高,主要是毛主席的备战备荒为人民的战略思想和一不怕苦、二不怕死的奋斗精神落入到了人民的心里。他说到中国将召开四届人大选举新的国家元首来代替刘少奇。

印度报刊发表评论,攻击中国的内外政策,他们认为中国发展进程缓慢。国际问题上,最使中国领导担心的是日本的经济已经发展到成为第三个"超级大国",并且它的立场是和美、苏站在一起的。尽管中国政府说这是日本军国主义复活,但进一步说明了日本在世界上的影响的重大。中国虽然在核力量方面取得些成就,但是"另外国家在伤脑筋的问题也是中国领导人在伤脑筋的问题"。

另外有评论说"中国已经大大地使一些国家失去了魅力"。

又有国家认为中国的发展和胜利在很大程度上是苏联的失败。

国外的评论观点很多,我只是觉得他们真的了解中国吗?中国的真实情况,特别是思想情况,他们哪里了解得了,理解得了……

10月26日

24日夜,泄头放映革命样板戏《红灯记》。《红灯记》在许多方面都比《智取威虎山》要好，特别是唱腔上和演员服装上。

　　冬梅也来了，我想与她谈谈，不想她躲避了，我觉得心里很不好受！我当时一怒，发自内心对她产生了不满。后来又想到我不能用自己的思想去衡量她。她对于母亲的转变始终是缺乏信心的，现在又与许多姑娘一起，离开她们会遭到别人的笑谈，人言可畏，她是害怕的！想到这些，我心里平静了些，但整个晚上一醒来就想到她，有一种"失恋"的痛苦感觉。

　　昨天晚上到仲娟家和仲娟爸爸长谈。我们在各方面的看法都能一致。仲娟爸对于自己如何做人的问题，是有深刻的认识的，并不脱离现实。他已经真正认识了我的灵魂深处的东西。但他可能把我估计得太好了些，我觉得我有许多思想需要改造，知识也太缺乏，我为我有这样一个关心我的长辈和朋友而感到高兴。

　　对于我与冬梅的问题，他认为在冬梅不会变心的基础上，是可能成功的。但他考虑冬梅和我在知识上、思想上都有很大差距，假使成功的话，我以后会不会觉得满意？我告诉他，对于冬梅的问题，我是经过郑重考虑的。冬梅虽缺乏文化知识，但她本质是好的，并具备人最基本的勤劳、朴实。况且在我们这个年龄段，又有谁在读书，又有多少人具备文化知识呢？我相信她如果能嫁给我的话，各方面都会迅速成长起来。我也说到冬梅不能算是真正理想的爱人，但现在我对于家庭特别是母亲的需要考虑得较多。如果不是这些的话，我不会迫切地要求解决个人婚姻问题的。

　　我尽我所能，告诉了我家全部的经历。他很感慨。

　　今天我到上坞岗玩了一趟，恰好表妹小莲也在，谈了些话。她说到：她有一个堂妹金雅，与自己村的一个青年恋爱。因为堂妹家父是反革命，男青年的父母坚决不要她；可是她已经怀孕七个月了，万般无奈之下，她只能嫁到这山区高山上的小山村——上坞岗，幸亏这丈夫对她也体贴，但金雅的悲苦自不消说了！听小莲说后我大吃了一惊！金雅我认识，她是个非常漂亮、性格乐观的姑娘！她在她们村的毛泽东思想宣传队演出，演得十分好，戏也唱得好，曾扮演过《金沙江畔》的卓玛，那美丽如花的形象令人不能忘怀，谁知今日落到如此地步！我本想去看望她，但怕她难受，也就算了！

下午到下阴坑，去冬梅的几个嫂嫂那儿征求了意见，她们都是同意的，但都怕母亲而不敢插手。我鼓起勇气与冬梅母亲谈了些话，她对我采取躲闪正题的态度。冬梅的态度又很好，我对她了解得还不够。

前几天回家，和支部书记洪生、大队干部仲校等，都好好地谈了些话。洪生说到了大队的安排、规划和远景，如果这些计划远景能得到实施，我愿意贡献自己的力量。

洪生说他忙，这样工作那样工作弄得他昏头昏脑，无闲暇时间。我感慨地说："这种忙的忙死，闲的闲死的情况，应该改变。如果人人都忙的话，事情就好办了。"我饱含着深刻的意思。现在干部的忙是空忙，一天到晚都是这里开会那里开会，真不知忙的是什么？一般群众没有觉悟根本不需要忙；而我们这些人愿意忙、有能力忙却无事可忙！

我与仲校、姑夫都商量了我自己的一些问题。

我也与哥哥谈得很多。哥哥的思想现实起来了，觉得以前的幼稚。我对他说他应该正确对待自己。他对鲁英的看法已确定了下来，他认为对于我的家庭来看，鲁英是十分合适的人选。可现在鲁英的爸妈因为我家的成份和我哥哥的"诗"引起的风波而不太同意了。我哥哥不能使事情得以迅速解决，我妈十分焦急，我准备在这事上帮哥哥去努力一下。

10月30日

25日我给鲁英的爸妈写了一封信，说了我们的家庭情况和我自己对于鲁英与哥哥婚事的看法。我哥哥聪明，有钻研精神，待人诚挚，他琴棋书画件件皆能，并是一把劳动好手，在人们的心目中是个典型的好青年。我们兄弟由于在思想志趣上的一致，对于许多问题不需要多说而能互相了解。至于在经济上和物质财产上，我们就更无那种卑鄙自私的贪财心理了。我们的家庭是挣扎过来的，我妈为我们姐弟三人历尽了千辛万苦，因此我们愈能互相体谅，一家人和和睦睦，妙趣横生。我们一家都希望鲁英与哥在互相了解的基础上能结合。我相信他们会幸福的。

昨晚到上阴坑，我与冬梅小哥绍文谈了一些话，绍文的婚事已可落实。仲娟爸为我费了不少心，我心里很感谢他。

在大殿背后打石头，下阴坑就在眼前，我常常要向那边凝神眺望。心里想得很多，虽然看不到冬梅，但心里好像有些自慰！

我回忆起了从学校回家的那段时间，经常要想念月英，她的形象曾使我振奋不少。有一次我为了想看到月英住的村子以慰己念，曾借拔胡葱到过九峰山附近，远眺尚典村。

纯洁的爱情可以使人的心灵美丽起来。

冬梅要有文化该多好！

11月4日 农历十月初六 晴

1日到闹桥帮工友做活。在晚上回电站的路上，渭海同我说起了一个秘密：她的爱人这几天要生小孩了。这些天他一直默默地享受着这份喜悦！他们结婚好几年了，一直期盼着有个孩子。我恭喜他！

不知为什么，我这年仅21岁的人竟对小孩有一种特别亲切的情感，特别是对自己朋友的孩子，特别钟爱他们，心中俨然以保护者和长辈自居。村子里的小孩们也十分喜爱我，有时小孩子们"晓东阿哥、晓东阿哥"叫得我应接不暇。看到孩子们活泼的圆脸，明亮的大眼，我就会回忆起童年，展望起未来……

我还太年轻，不应该过于消沉。我有时觉得自己是多么地热爱生活啊……

谁能想到这个乐观、热情、纯朴的晓东，心境会如此地枯衰！

别人的恋爱是幸福的过程，而我处理个人问题只觉得凄苦，甚至有些"滑稽"！我很不愿意早早就让自己有个"家"，但现在又希望有这个"家"。

读了1959年12月的《人民文学》，描写作家生活的篇章很多。章靳以、巴金、吴晗、谢冰心这些作家都是十分热爱生活的。不知他们现在如何，我很希望能与他们交流交流。

吴晗希望能有大量的政治要求和艺术要求都高的图文并茂的儿童读物，也还要有更多的人们需要合他们口味的书本。

吴晗在《灯下集》前言《灯下杂谈》中说，他自己"灯下"清闲，总是夜晚写，白天的工夫溜了过去，又想有较长的、较完整的时间来写，就又轻易浪费了不少时间。他感到可惜，认为："一有空闲就写，今天写一点，明天写一点，这会写一段，那会写一段，只要抓紧时间总可以写点什么来。"这是很好的经验之谈。

我越来越喜爱文学了，有时甚至觉得我参加劳动只是在体验生活，在为文学作铺垫似的。

我并不是那种懒惰人，只是觉得无内容可写。

写到11点，基本上完成了《走马岗游记》。

11月8日

6日晚上，我给仲娟爸写了封信，告诉了我的婚事上的创伤："我曾热烈地爱过一个同学吴圆，她聪明、美丽、有很好的道德品质和聪颖的才智，我与她相处得很好，她对我有着很大的好感。我相信：由于能够互相了解，双方会产生深厚的感情的。我做过许多甜蜜的梦，设想过真正相爱的生活，一起讨论社会和人生的事，一起读书，写文章和诗……没有料到她——我热烈地爱的人，不能冲破环境的束缚回绝了我，当时我的痛苦是难以言喻的，我默默地忍受了，但是，这个心灵上所受到的创伤经常是血糊糊的！我想这个创伤是不能痊愈了，因为就是能够进入我心灵深处的姑娘，她也会因为'成份'而不可能做我的爱人。尽管从实际生活的角度来看，凭我的能力不会使她受苦，但是这是冒险！有平稳的路可走，人总是走平稳的路来得现实些！基于上述缘故，我不再去追求爱人了……"

吴圆，她太使我伤心了，我相信在适当的条件下，我同吴圆是能美满地结合的。我的人格，我的思想，我的知识，哪一点不及别人呢？吴圆是老成的，态度含蓄。我知道她对我有一定的感情，但是她家的政治条件、经济条件逼使她不得不把自己的命运任人支配了。

我并没有因为吴圆回绝我而对她有所不满，相反更加热爱她、更加同情她了。她——也是一个被摧残了的灵魂，她是多么聪明，多么有才能啊。但现在她谨小慎微，失去了一个青年人应有的活力。

现在，虽然因为长期的疏远和婚姻的不可能成功而对她渐渐有些冷漠。然而回忆起以前来，我的血液又往上涌了！

我非常痛恨别人对我所爱的人的污蔑，有人说吴圆是"红沙日"生的，是"苦八字"，又说"要害丈夫的"等等，并且在人格上也对她有所猜忌。这些无端的刻薄诽谤使我非常愤怒，朋友被侮辱，比我自己受侮辱要痛恨得多。

11月10日　晴

突然想到了诗的问题。我是喜爱诗的，但是总有些如对待理论书籍一样，抱"敬而远之"的态度，主要是因为理解能力不够，不能进入诗的意境，所以诗对我才缺少诱惑力。

然而有时我也常被诗人的美妙句子摄住心灵，被引入到美妙意境里。有时这种意境会如此怡心，如此入味，不由得自己对诗人肃然起敬！

　　常说"诗中有画"，这很确切。每一首好的诗都可以令人脑子中形成一幅美丽的画卷。但这幅画是否动人却因读者思想而异，普通常见的画，容易引人入胜，而有的诗中之画由于曲高和寡就不太能使人接受了。

　　我也十分喜爱写诗，总觉得诗可以用短小精悍的形式而表现出一般文字难以表达的感情。但由于自己技能不够，自己有深刻感受的事物写出来，别人看起来也会觉得平淡，无意义。诗的语言应该精到，能发人深思，给人以美的感觉。我是没有这能力的。

11月12日

　　从仲娟家归来，和仲娟爸谈话所引起的思潮一路都难以平息！他家的经济一直不能好转，特别是去年他被关押，拷打这么长时间，更促使了家庭经济的窘迫。他被关时家里用去的不算，光是他出来后为了补养身体，钱就用了100多。他告诉我，他家欠债300多元，而他自己借给别人有100多元，但他去讨难为情，切实的生活困苦使他十分伤脑筋！

　　我十分同情他，能够设想到处于他的境况时思想的苦闷，深深地为自己没有能力帮助他而心里苦恼。

　　别人总以为我家经济十分宽裕，前些日子祖良也说我家总有三五百元的现金存着。实际上真是哑巴吃黄连自苦自得知！我家三个劳力在生产队做工，今年全年只从生产队预支了二十几元钱！家里经济紧，唯一的出息就是猪，这仅够家庭紧巴巴的零用。粮食按人口额定了下来，我家劳力强，我们兄弟吃得多，粮食根本不够吃，我家又养了母猪，明年上半年粮食又要成问题，家庭又需要添购些生活必需品。我和哥哥没有像样点的衣服和鞋子，今年夏天，我妈妈花三元多钱给哥哥买了件白色的汗衫，哥哥好喜欢，但他舍不得穿，一定要给我穿。我当然不能要，妈妈说明年给我也买一件汗衫。我说我不要汗衫，我宁愿买件白棉布的衬衣，一件衬衣也只要三元多钱，但这种衬衣四季可穿，还是越洗越白的。妈妈夸奖我会盘算。是啊，贫困的生活只有精打细算才行！日常生计也常常使我感到烦躁和不安。但是，就是这样，我的家庭经济情况还比另外家庭要好过一些。

想到这些问题，心里会越发不好受。我想到"日常生活的恶魔侵袭着"的绍平和仲娟爸，以及许许多多肩负家庭重担的人们的处境。

"生活毕竟是现实"又在我耳畔响起！

倾听着仲娟爸的话语，我心里真的不好受，如果我可以失去自己的某种东西，或去做某项工作可以给他以帮助，我真会毫不犹豫地去做！

云林也太无道理了。上半年我吃尽苦头拉石煤挣的一点钱，他们收了却连讲都不来讲起！他对我的帮助我从心里感激他，但经济上如此做法就使他的人格受到猜忌了。须知他帮助我，我也是为了挣点儿钱，才遇到这些困难！拉了几天石煤算账下来他应该给我20来元钱，如果能拿得来，我准备不拿去家用，借给仲娟爸。

渭海他们到苦竹溪打石去了，我心里很想去，但考虑到大家不会同意，又想去学木工，就只得安下这心来。政治地位的低落，必定导致物质生活的损失。

仲娟爸已和冬梅妈谈过冬梅的问题，冬梅妈的思想有些转变，但冬梅已同她讲过我们的事结束了。我前次同冬梅的谈话使她认为我有结束关系的意思。冬梅妈就这样搪塞了仲娟爸。我准备和冬梅谈谈。

11月15日　阴到多云

昨晚下了雪，气温骤然降到零度左右。但是娄曹村的陈启标，这个冬梅的表弟，还穿着件露肩的单衣。这个可怜的孩子因为没有父母的教育，沦为了一个很轻浮的人。

昨晚到上阴坑，回下阴坑到绍文家坐。冬梅在烧火。火光映着她丰满的脸庞，显得楚楚动人。这个可爱的人儿，头脑却是这样的单纯。我心中呆想：你为什么这样胆小，把自己的命运任人支配呢？你应该振作起来抗争，自己来争取自己的幸福。

电站即将完工，我本想回自己大队去了，但冬梅这问题不能解决，就是回家我也按捺不住这颗心的！没有使人满意的工作，心灵空荡荡，冬梅的影子将会苦恼我很长时间。心静下来时，看书也看不进去，她好像占据了我整个脑子……

建站委员吴泉水对我说，旁人十分惋惜我，这样好的青年却是这样的成份！但我能说些什么呢？我不能怨天尤人，更不应自我陶醉。我只能凭着一颗对人民、对社会、对事业热爱的心生活下去。

11月16日　晴

诗人海涅在《哈尔次山游记》中，用锐利的笔锋揭发和嘲讽了愚昧的统治者，敏锐地感到了统治者及其走狗的残酷与无耻……

我想，人为什么到了统治者的地位就会变成这样的独裁和贪欲呢？从原始社会到现在，经历了不知多少朝代，也不知有多少集团执过政，为什么他们都是历史的反动逆流呢？这根蒂在哪儿？

"人民，只有人民，才是创造世界历史的动力"，这句话无疑是对的。但是作为各个时代的主宰人，他们对历史的发展怎么可能没有任何积极意义呢？

我想：现在各国社会制度是如此不同，矛盾是如此之多，各国究竟谁是谁非？各国的统治者们都会标榜自己，认为只有他们自己国家的宪法、法律和各种政策是绝对的真理，可事实上他们国家的人民的思想状况究竟又会是如何呢？人民认可自己国家的制度是最完美的吗？

这也是值得深思的问题。

现在我忙于摘抄，又静不下心来考虑。不过是为备忘而记上这点，以后应该与朋友们讨论到这点：这历史的结论是否符合一分为二的观点？

11月18日 多云

回家，为自己学木匠问题而好好地与中队干部永友、仲校、洪良等谈了一些话，看来，暂时去学一段时间是会行得通的。对于知道我家内情的人谈话，我可以用实际诚恳的态度。

和木工师傅金国珍闲聊，他说的一些木匠生活情况是真实的，去做一个木工学徒，对于师徒关系、与东家的关系、对待技术的态度等，都需要自己能正确地对待。如果我有可能去学木匠的话，这些情况都会遇到的，我相信自己能够很好地处理这些关系。在遇到困难时，我不应该妥协，要用理智去解决问题。

碰到犹豫不决的问题，要采取对比方法，不做结果会如何？做的结果会如何？这样做结果会如何？那样做结果又会如何？从而决定正确的方法。

11月22日 阴 于家

19日到绍平家和他说了一些话。绍平的思想十分消沉。他说只是糊糊涂涂过一日算一日。我和绍平在讲话时，他妹妹月青也在旁边，她的思想也如绍平一样，缺乏应有的自信。回电站的路上，我想得很多：我从心里喜爱绍平，他有敏锐的洞察力和聪明的才智，我更爱他高尚的人格。一个仅仅读过半年农业中学，平时又不能好好学习的人，却写得一手好字。他写给我的信意义深刻，用词妥贴，真是十分令人敬佩，可以说他很有天赋。

虽夜已深,我仍即给他回信,我说:"你的环境和你的思想,我能切身体会。不过我认为你不应该让岁月无形地消尽你的才智。无辜的政治枷锁,沉重的家庭担子,确实会压得人消极而颓唐。但主要的是如何对待它的问题。应该对人生有美好的愿望,对生活要有信心,客观条件不能决定自己人生的一切。伟大的先驱马克思的生活曾经也何等的困苦,但他有大的志向,他奋发自励,把毕生献给了人民,为人类留下了巨大的精神财富。苏联英雄奥斯特洛夫斯基在双目失明,四肢瘫痪的情况下,仍要努力创作,这是为什么?因为他们认识到了'人应该怎样地生活'!"

我又说:"我想你可以挤点时间看看书,摘写笔记,写一些杂文之类,并且能主动地多和人们交往,书中的人们,现实社会中的人们,都能给你以丰富的教益,他们会把你引入到美丽的意境中去的,他们会给你一些生活的乐趣。绍平,仔细想想吧!如果活得糊里糊涂,到满头白发之际会如何感想啊!"

绍平对我说,在别人眼里,他可能是"冷酷的",但实际上他的心灵是被压抑畸形之故!我对他越来越了解了,我感到了亲切,特别是他送我出来时,更流露出了非比寻常的感情。我叫绍平能从各方面给月英以帮助,我总是希望她幸福的。

昨天仲娟爸到泄头来找我。他已和冬梅谈过,万想不到冬梅变心了,主要也是成份问题。她对"是她来找我的","是门当户对的"这两句话非常介意。仲娟爸好好地与她谈了。但她无动于衷,后来仲娟妈批评了她:既然有这样的想法,应该真心相告晓东。并说:你不应该不知足,像晓东这样的人讨个比你好点的老婆绰绰有余。这样说了以后,冬梅也有些难为情了。

我没有想到冬梅自己的思想竟会是这样。以前,我对她本人的心理变化是在注意的,但总以为是她胆小。10月10日夜,上阴坑仲娟家楼上我和她谈话,我再三问她对未来的想法,她回答得那样诚恳!她的真挚的情感，更加深了我对她的爱。万万没有想到，不忍心使她这"纯洁年青"的心灵感到有人骗的我，反受了她的伤害！我蒙受耻辱和痛苦，我怎能不愤恨起来呢？"感情"，那些虚假的"男女感情"，给了我什么！

对于这个问题，终须我自己与冬梅作一次深谈后再下最后的结论，她缺乏知识是我唯一应原谅她的。她的性格有种顽固的、过分相信自己而局限性很大的内在缺陷。

冬梅二嫂在冬梅身上起过不少作用。她挑拨冬梅说，我对她说了两句话，一句是"我和冬梅之间的恋爱是冬梅找我的"；第二句话是"我家是地主，你家是反革命，我们门当户对"。这两句话确实伤她的自尊。

可我怎么可能说这样的话呢？冬梅的二嫂太有心计了，我一直很怕她。

我处理事情，一般能够透过现象看到本质。与冬梅恋爱的失败，也并非我不敢正视，主要是对于那些会起威胁作用的萌芽，无能为力，只得坐视它的发展，到既成事实时只有望而叹气了！

下午我与哥和祖坤去西岩上培村办点事。返程时到上阴坑仲娟爸家转了一趟，仲娟爸对我太好了，我也诚心诚意地告诉他我的思想和家庭的一切。冬梅这件事情的成功与不成功都一样，我已经感到了满足！因为这件事情而使我结识了仲娟一家，得到了仲娟爸这个真正能互相了解、又无限关怀、尊重我的长辈和朋友，我感到高兴。如果这件事上只能收获这点，我也从心底里感谢"上帝"了。每和仲娟爸谈话，都使我获得些知识，受到很大鼓励，增加了我更大的自信和乐观。

冬季征兵已经开始，这次征兵任务又重又紧，兵种也十分多，看来今冬与明春又会有火热的战备热潮。

社会上对于我们这些出身不好的青年有许多说法，有些人甚至用迷信的观点来解释我们这些人为什么与一般人不同。人们似乎觉得我们这些人特别正派，特别聪明，是有"风水"的。这些讲法是不科学的，不过也可由此看出我们这些人并非与社会发展无涉了。为什么我们这些人会显得成熟些，智力也更好些？我认为先天性原因有一些，而主要的还是生物适应环境的一种本能吧？

我哥与祖坤来上培村约元良一起去做油漆，祖坤决定放弃教书。他们有一种美好的打算：与仲法（他的国画很有水平）、元良一起，一方面做工，一方面学习，使自己的知识得到提高和发展。

我十分高兴他们有这种打算，但我也能预料到这打算会失败，因为社会环境不会允许他们有这种"浪漫式"的自由的，并且人曰"漆糊涂"，油漆工往往以偷工减料挣钱。一到现实生活之中，小手工业者的思想会侵袭青年人的心灵。他们不能太天真了。

在我的心目中，小贩、小手工业、私人商业，都是一种容易造成一个人眼光短浅的职业。

11月25日　阴雨

昨晚到琴弦村光灿家。光灿已问过槐槐师傅，我是否可以到他那儿学木匠？槐槐师傅说要明年再说。我是等不到明年的，谁知道生产队明年是否会同意我出外学艺呢？

光灿说听启望的亲家谈起，启望把静心留给我。光灿劝我把这门亲事答应下来，他认为静心人品十分好，她的家庭也非常好。这使我十分为难。我没有对静心作过了解，更不能盲目答应下来，况且仲娟爸的谈话使我对自己的婚姻问题又开始有了些自信！回绝了静心，我妈妈她会生气；采取不理不睬的态度，又于我的品德有损。但我决定在近些日子里，不再去考虑个人婚姻问题。

书中常看到地方风物介绍和名胜古迹，自己也略有些见闻，对于这些，我兴趣很大。我备了本笔记，名曰"美丽河山"，将记述这些内容。

今天摘了点四川南江县"玉石大街金铺路，木兰遍岭香满屋"的奇观。

以后如有可能游历这些地方，该多好！

11月26日　农历十月二十九　星期四　阴雨

读1956年4月《人民文学》，陈伯吹作《试谈童话》。童话是把许多平凡常见的人物和社会现象等综合成一个不平凡的奇异的图景，展示在读者面前，以特殊的形式达到教育的目的。它植根于现实生活，在现实生活这一基础上通过幻想，用假想的或象征性的形象来表现事物和现象的"超自然的"力量。

童话能引起人们健康的笑，促使人们产生向前进步的力量。

童话尽管是假想的故事，但它也是现实主义的作品。

对于这篇文章，因为没有细读，因此我对童话只有个大致了解。它可通过活泼的语言创造出个性鲜明的人物和拟人形象，并倾注了作者强烈的爱憎，使人们愉快地获得各种社会知识。

儿童时期读过的《狗和公鸡》的故事，使我对不听朋友忠告、喜欢阿谀奉承的公鸡终遭狐狸毒手的故事有着难忘的记忆；对《太阳山》故事中老大的贪财而死也有过感想……童话式的故事，对于儿童的身心健康成长是有很大好处的。

我们这里民间口头传说的《老虎外婆》故事中，三姐妹中的妹妹勇敢机智，为儿童所敬慕；《田螺姑娘》美丽善良，为人所喜爱……

现在的儿童们知识的丰富是我们孩提时所不能及的。但是他们不像我们孩提时来得"纯真"。我们那时因为"好玩、贪嘴"，损坏过一些东西，但并无"做人家"的打算，而现在的儿童却很有"拿到家里去就是自己的"这种自私的想法和做法了！

儿童的教育，特别是道德品质教育应当引起人们重视。

我给姐姐的信中写过:"要特别注意不要让'自私'这可恶的东西玷污了碧江和碧泳纯洁的心灵!要注意对他们的教育,但不应该束缚过紧,应该赞赏大胆的思想和勇敢的举动。奴隶主义会受到正直人的反感!"我非常喜欢碧江和碧泳两个外甥,很关心他们的成长。

由于母亲的过分严厉,我的"畏惧大人"和对人的"过分小心尊敬"的习惯,一直到自己独立生活后逐渐改掉。

在今晚看的这篇文章里,陈伯吹说到了"利用童话作品(其他文学作品也一样)进行教育,决不能头痛医头,脚痛医脚,而要普及",这当然是对的,但也应注意"有的放矢",对一些最普遍存在的社会恶习予以无情揭露,使儿童不受其毒害,这具有更大的现实意义。

小奎告诉我说,今天冬梅的小哥绍文订婚了,这难免要引起我的思绪,那天火炉旁绍文的爱人射向绍文深情的眼光,使我有些感动!冬梅的思想,我自信能用一定的方法扭转过来,但有无这种必要呢?

11月29日 阴

夜太深了,这几天的生活及感受只有等稍空时再记,因为感受很多并且很乱!但翻看《论共产主义社会》列宁斯大林关于"工业的合理分布——工业区和农业区的融合"这问题时,所引起的思想我把它写下来了。

列宁对这问题说道:"如何合理地分布俄国工业,使工业接近原料产地,并使得在从原料加工转到制成成品时,能把劳动力的浪费减少到最低限度,把生产合理地合并和集中于少数最大的企业,最大限度地保证一切最主要的原料和工业上自给自足,特别注意工业及运输业的电气化和电力在农业中的运用。利用次等燃料(泥炭、劣质煤)以便在开采燃料和运送燃料上用最少的花费来取得电力,注意水力风力发动机,特别是它们在农业中的运用。"

斯大林对这问题指示:"首先,应当注意到把我国战略地区划分为工业区和农业区的那种旧的分法已经过时了。发展的趋势是我国所有的地区都成为或大或小的工业区。其次，应当注意到把我国各地区划分为消费区和生产区的那种大家知道的分法也开始失去它的绝对性质了……"

对于这几段文字，我首先感到了作为第一个社会主义国家的领袖的伟大，作为国家领导对于国民经济发展应该有这样全面的、细致的、英明的安排，并且把这种道理通俗地告诉大家，使广大人民群众有清楚的认识。

同时我也想到工业、农业这国民经济的两大体系，都是那么重要而又不可分割，那么从事这两大体系的人同样是十分光荣的，也同样有光明美好前途。但中国现实社会中人们为什么总是重视工业而轻视农业呢？归根结底，是我们国家对于农业和工业没有平等对待。举一个明显的例子：为什么要把犯错误的人下放到农业岗位，而不把犯错误的农业人口下放到工业岗位中去呢？这就使人们自然感到了农村是个低人一等的"大杂烩"的所在！

另外是工业发展快，速度快，效率高，具有很强的技术性，而农业生产缺乏技术性，也就是说工业岗位中与农业岗位中的人们智力发挥上差距太大；工业生产具有创造性，农业生产缺乏创造性。特殊的现象固然有，但普遍的社会现实确实如此。

我认为国家应该平等地对待工业和农业，并且全面地组织农民也能从事"创造性"的劳动，把农民从锄头镰刀中解放出来，唤起农民对农业的兴趣来，特别是尽可能地发挥青年的积极性。

12月1日　阴雨

11月27日回家，28日到了斯宅一趟。我先到表哥斯彪家，他们对我很好，斯彪哥对我谈了一些我们大姨夫的历史和大姨娘家现在的情况。

大姨夫斯葵青30年代到日本留过五年学，后来在军阀队伍中官至副军长兼二师师长兼浙江省财政厅厅长，那时候他们的军长兼省长。他们军长想在浙江闹独立被何应钦部下所打垮，此后大姨夫十年没有出仕。抗日战争时期他的一个朋友当福建省长，他才出任福建同安专员，福建省财政厅厅长。几年后回杭州当地方银行董事长。解放后在省政协做过事，53年因病逝世。

据斯彪哥讲，大姨娘家现在很不平稳，过惯了太太生活的大姨娘待人有些尖，群众关系不好。几个表兄能力都不够强，有些看不清形势。兄弟间也不团结。大表哥因为两派矛盾被隔离过半年。

我也到鲁英家去了一趟，这次我对鲁英的看法改变了，她冷漠而又缺乏思想。鲁英爸直截地谈了他对我哥哥与鲁英问题的看法。他认为我给他们信中所讲的情况是真实的，对于我们家庭以及我哥哥的评价也不是太高。他认为我们兄弟都可以自立了，并且有前途。为了不耽误我哥哥的青春，他劝我哥还是别处去谈，要找个鲁英样的爱人不成问题。我问他下这个结论的原因，他说并非对我哥或者我们的家庭有不好的看法，而是他了解鲁英，觉得鲁英对我们的家庭来说不合适。后来我又到了鲁英妈那儿。鲁英妈的热情超过任何人，看她心情十分激动，她的眼光常凝视着我，深情地称赞我们兄弟。我问她鲁英的问题时，她犹豫着回答不出，只问鲁英爸爸是怎么说的。可以看出，鲁英妈是喜欢我哥哥的，对于这门亲事，她会有千丝万缕的不舍！她直送我到大路上，还不断嘱咐以后去玩。我又问了鲁英本人，她很单纯，只说还早。鲁英的祖母对我哥哥看法也很好，说结论是鲁英爸爸下的，他们也没办法！

这次看到的鲁英，我没有什么好的看法，她懦弱得很。鲁英爸爸的认识应该是正确的，他也说他的话是出自真心的。我相信这一点，我也认为，鲁英只能是一个平常的家庭妇女，她不应该与我哥结合。我妈非常担心我们兄弟成不了家，为此日夜不安！

28日夜，因为明川与文霞的婚姻问题，我诚恳地与文霞交谈了。我直截地问她对明川到底有无感情，她说是有的；我又问她，你到底希望与明川成还是不成，她又回答"喜欢不成"。这话听起来是矛盾的，但深知双方情况，特别是洞悉文霞心灵的我是不会感到奇怪的，我也认为明川的痴情只能是付诸东流。原因只有一个——明川父亲的历史问题！

29日早晨，我要回电站时，给明川留了一封信。我说："文霞对你是有感情的，但这仅仅是对你个人的好感，这种好感不可能发展成为能使你们美满结合的积极的感情。文霞个人的思想顾忌不大，但需她父母的同意，她父母的思想问题也可解决，但又必须有文霞的坚强和真挚感情。这是矛盾的，而这矛盾的原因就是人力所不能及的了。"

我劝明川："毅然放弃她吧！她也并非你所想的那样美好！"

27日夜与祖良、我哥、平霞四人同坐，聊天到后半夜。我们谈得很多，畅述了自己的思想，各抒己见，十分热烈。后来各人谈个人的性格特点，我说："我具有一种别人所不能觉察的刁恶面。"他们明白我自己评价自己"刁、恶"两字的意思，只是平霞说："用'刁、恶'两字未免太残忍了点。"是的！——我的"刁"是对世事的看透；我的"恶"是叫那些不愿看到我们幸福的人看看，我活得是多么快快乐乐、健健康康！让你们难受去吧！

祖良总结自己是："心静下来如呆子，激动起来如疯子。"

谈到平霞的性格特点，祖良与平霞一定要我总结，说我能一针见血，并具"鲁迅"风格。我给平霞的总结是："心地善良，多愁善感。"他们都认为我总结得对，平霞也赞同了。确实，平霞没有经受过风雨未能老成起来！

12月3日　阴　于西岩电站工地

昨天在下阴坑度过了一天，下阴坑人对我都十分诚恳、热情。听了很多"好话"，心中得到些"快感"并又产生了"笑"的意境！

祖良要回去了，他来道别。29日夜我和他去了琴弦村，回来的路上，他向我透露了他对我表妹文霞的无从解释的好感。

奇怪，文霞好在哪儿？除了勤劳和朴实，其他如聪明、知性都不具备，为什么竟能博得别人这样的痴心？我逐渐有些明白恋爱与婚姻了。

人如同一块材料，应该重视质地！

祖良一走，我心里顿觉空落。

晚饭后同元良到李家宅，回来后写了上篇日记的下半段与今天所记。我对元良已逐渐地了解。

为什么我与他人谈话总不及与仲娟爸谈话来得投机呢？30日夜与仲娟爸又深谈到半夜，真是诉不完的话，讲不尽的事啊！

人们都很关心我，现在有几件婚事摆在面前，等候我处理了。我并不热情，但是总应妥善处理的……

寝室的门因受潮而过紧，我自持力大，费尽了力气还是打不开，结果还弄伤了手。别人告诉我，只要捏住插销，稳稳地拉开就是，一试果然如此。就如开门这样简单的事，都有窍门在其中。

诸暨县各公社已召开过落实"六十条"会议，一些不适合拼合的大队仍要拆开，粮食仍要实行"三结合，通天分"。这次诸暨县减产情况是惊人的，上层领导一定吃惊了。

陈蔡要建造一个大水库，要迁移九个大队。这个决定已在县贫代大会通过，上报上级审批，九个大队人心惶惶不安，波动不小，大家都在考虑切身问题。

12月4日 晴

阴了有20来天，今天才是真正的晴天。

这几天修了一些钢钎镬子，比以前生疏多了。

这些天的工作是在从电站通往枫桥的输电线路上打电线杆洞，其中泄头公路上的九号洞是整体岩石，我的意见是采取矿洞爆破的打法，周围打三个或四个眼，中间一个抽心，那么线杆洞就能一次性爆破成功。关键是爆破时间要掌握精准，这可以用同样长的导火索把几个引线头捆在一起，用导火索点火冲燃，这样时间也不会有什么问题了，但是大家都没有试验先进办法的兴趣，我也算了。结果干了这些天，一个电线杆洞只打了60厘米左右深，却费了二三十工，难以面对领导和其他民工。

我晚饭后到下阴坑村，得到国球祖母和小根妹妹冬珍的帮助，与冬梅在国球家楼上谈话。这次冬梅的思想感情又起了变化，对我非常好，看来她现在还热恋着我。从她的谈话和她上半年来的心理变化分析，我隐隐感到冬梅缺乏感情，思想也很狭隘。我不能自欺欺人，应该冷静些，认真考虑这件事情。

冬梅说她知道我的情况，因为她的事，我前些天在我妈面前流了泪，可笑之极！她对我太不了解了，她还真的以为有这件事呢？她这次思想的转变是因我前次到下阴坑一趟，并且听到上面那句话和别人对我的好评而引起。她们大队的潮水曾为我劝冬梅应该有主心，冬梅还以为是我托了他呢！我没有作任何辩解，要她真正地了解我的思想，目前看来是不可能的。

12月8日　农历十一月初十　星期二　晴

5日夜到上阴玩，与仲娟爸谈起冬梅的转变，仲娟爸认为应该尽早下结论。

4日夜从下阴坑归来，我的心久久不能平静，天未明又醒了过来，考虑到这问题时再也无法入眠。我想最好叫冬梅到我家来一趟，使她对我家有个清楚的了解，在一切都明白的前提下，叫她再作决定。

5日归家与玉英母亲商量，玉英母亲满口答应尽可能帮助我；到下湖图看戏时，我与珠华、玉英商量了，叫她们到下阴坑去玩，把冬梅叫来，她们都十分热情地答应了。

12月9日

　　昨晚上从外邵归来夜已深,想写日记,千头万绪涌上心来,我写不下去了,为了免使大脑想得过多而承受重担,我就睡了。今天晚饭后我给仲娟爸写了封信,系统地诉说了这几天的思想,我把这信抄于此,算作今天的日记。

　　仲娟爸,您好!当提笔写信给您之时,我的心里是多么地激动啊!我不得不向您倾吐一切了。

　　3日我到您处一趟后,6日我即回家。亲人们怀着兴奋的心情,期待着我与冬梅事的成功,热心的朋友们也都关切着事态的发展。7日玉英、珠华为了我而到了下阴坑,得到冬梅的回答是:"像晓东这样的人要娶我,这是求之不得了,但这样的运动在搞,我仔细想想横竖都不大好的,我妈妈是更不用讲。"她们万万没料到这结果,都怔住了。

　　昨天上午,我在您家煎熬地等待着,心绪十分不宁。下午,玉英到电站告诉我这一切时,我真说不清当时感想如何!

　　不明内情的人,对于这事,或多或少会认为我轻浮的。仲娟爸,难道热烈的拥抱也可以作为应付他人的一种手段吗?

　　我总凭理智去处理一切问题,对于个人问题也一样,绝不让理智受感情所支配。但当感情发展到白热程度时——拥抱,这并不是有损道德的事了。这时我们的热血在同样地奔流,此时,双方之间还需要什么话去征询对方的心意呢?

　　我想,作为一个有感情的人来说,他(她)是不可能轻易地从脑子中消失这时留下来的充满着感情的神经细胞的,想不到留在冬梅脑子中的痕迹竟会如此肤浅,她可以轻易忘掉这些!

　　这几天,我恍惚地如做了一场梦,现在突然惊醒了,我说不清感想如何……

　　我恨冬梅，她使我的自尊心和自信心受到了不可弥补的、惨痛的挫伤，使我蒙受了难以忍受的屈辱和痛苦，不愿意使她年轻、纯洁的心灵感到有人欺骗了她的我，却受了她的骗，我怎能不愤恨起来！

　　我又不怪冬梅，冬梅曾是个深情地爱过我的单纯的冬梅，她充其量不过是个受无形的魔力支配的、有机的、摸得着、看得见的弱者！

　　我不会去责难她的，我仍愿意她过得幸福！

　　昨天晚上我无端地与伙伴一起到处去游玩，直至半夜才睡，今天一天，我神经异样地处于兴奋状态，心中时不时地有要"笑"的感觉，一起的伙伴们还以为是我这几天十分满足，遇到了值得高兴的事！

　　唯有我自己知道自己……

　　我觉得我毕竟太幼稚，知道得太少。

　　我又感到了我的心灵比他们要纯洁，高尚得多，我又感到了自慰。

　　不知慈爱的母亲知道这一切后，失望之余会如何的不安？朋友们又会作如何想法？

　　仲娟妈和仲娟为这事操心不少，我深深感激你们出自真心的关怀和爱护，我真难有脸面去面对朋友和亲人。

　　生活总是点滴地给人以知识的，我必须更认真地来考虑面临的一切了。

　　以上就是我这几天的思想状态和生活情况。

12月11日　于西岩电站工地

　　西岩公社召开大力"开展文艺活动"和"整团建团"会议，上培大队党支部委员、大队长陈苗灿到电站来，和我们谈了一些话，他的话很符合农村实际情况，我听得非常入神。

陈苗灿说到上培大队在西岩公社来说，条件是好的，物产丰富，竹子、木材产量较高，有亩数较大的水田；社员的劳动积极性也不错，所以经济情况比其他大队都要好些。

68年下半年，农村全面开展农业学大寨运动，这首先要解决的就是以大队为核算单位的问题。经过大队革委会讨论，群众无权或不敢过问的情况之下，上培大队180来户人家改变了以中队为核算单位的现状，而成为以大队为核算单位。

以大队为核算单位，有利条件是多方面的，主要是可以统一规划全村，搞一些较大规模的基本建设。但是这首先需要一个强有力的领导班子。

学大寨不应该仅仅是一种形式，最重要的是把思想学到手，在行动上落实下去。就上培大队来说，就要因地制宜地制定出实际可行的规划，发展和护养好山林，发展经济作物，尽可能地扩大水田面积，搞水利，开田拼田，放茶植林，发展一些副业（造纸、畜牧）等。这些都要靠干部领导社员来实施。

上培大队革委会中以陈锡林、陈田标为主的一批人，他们不是考虑如何把上培大队建设好，而是有权在手就想尽一切办法贪图私利，他们打击以陈苗灿为首的在群众中有威信的、工作踏实肯干的老干部和一些与他们个人有意见的社员群众，扶植、庇护亲属亲信，自己不参加劳动。如陈田标自从拼队起就没有好好参加过劳动，在"920农药厂"里逍遥，一个大忙的双抢，竟然戴顶大草帽，穿着鞋袜到县里配药去了。他们的行为在广大社员中造成了极坏的影响。

大队党支部成立以后，原支书孙炳相仍为第一把手，陈苗灿成为生产组组长，负责全大队生产工作，他为大队生产鞠躬尽瘁，整日忙忙碌碌，虽然产量下降不多，但也减产了两万来斤，其他如基础建设等都无法上去。

一个人毕竟只有一个人的作用，尽管陈苗灿"讲话有人听，走路有人跟"，但是在广大人民群众思想觉悟还未提高之时，他的苦心起不了作用。

　　支部书记工作不肯狠干，心中有顾忌，只求过得去，一般的党员干部就是有一定能力和能为公家打算的也不太肯"出面"，有的还闹派性，图私利。干部如此，一般社员更是出工不出力，只要"圆圈"上簿，工分到手。陈苗灿处于这样的环境之下，又在家庭经济十分贫困的情况下，也消沉了下来。他吸取了"四清""文化大革命"运动的经验教训，有事还是往上推算了。

　　前些天，省革命委员会关于重新讨论学习六十条的文件下达之后，西岩公社组织了学习。与其他大队一样，上培群众对现状意见十分大，大部分群众要求分队，干部中又出现了活思想，有的干部考虑到切实情况，认为在社员思想觉悟还跟不上的时候，为了不使生产损失，还是分队有利，有的干部认为分开可减轻担子，但有的又怕分队后自己不能脱产了，不想分队。总之想法很多。

　　陈苗灿认为照现在的情况来看，还是应该分队，但是大队核算也有其一定作用，因此没有表态。由于思想上不统一，生产也更松懈了，上培大队在西岩公社是个典型的先进大队，实际上也不过如此。

　　听了陈苗灿的话，我也只有叹息和对他的同情。这就是目前农村情况的真实写照啊！

　　在生活水平没有跟上去之前，思想政治觉悟是不可能有多高的。物质与政治互相促进又互相制约，有着密不可分的关系。

　　陈苗灿还说到："别人弄我下台时，我的生活反而很好；别人要我好时，我却可怜得很！"这也是实际情况，陈苗灿在靠边站之时，他起早摸黑可为家庭做不少事，顶得上两个劳力，并且开支也较省；但是站出来当干部后，整日整夜为大队的事忙得吃饭的时间都没有，更说不上为家庭安排了。结果只挣了点工分，开会出差经济上损失也大，家里九个人吃饭，到年终结算要欠生产队口粮钱好几十元，家里有点其他收入时，为了不使别人闲话，还要上缴大队一些，现在他连棉衣都没有。讲到这些，苗灿十分激动！我也十分同情他！

像他这样的人，踏实肯干，实在是少有的优秀干部。但是遇到各种阻力，又处于这样的环境，他的思想负担是何等的沉重啊！

我也想到了我村的章洪叔，这个正直硬朗的人，由于与大队干部意见不合，干部们没法奈何他，就借机把他安插到勘探队里去，这反而使他的生活好了起来。但是这次文化大革命，单位武斗，一年多无法回单位，没有工资收入，经济窘迫。在农村眼见本大队一些不合理的事，自己忍不住要管却无权过问，提意见又置之不理，还遭钉碰，他祖上有些神经病遗传，这种情况下，他竟疯了……

如果给这些人以实际权力，并且好好引导，使他们的工作既适合现实，又能起大的作用，这样他们的干劲也会更大，而不致趋向消极，或犯神经病了！也应该为干部解决生活上的后顾之忧，"大公无私"的人实在是少之又少，并且干部也有家庭，他们也要生活啊！

12月15日　阴到多云

这几天我的心中觉得有种异样的清静感，没有迫切需要做的工作，在婚事上，心又冷静了下来，这使我觉得有些舒坦，但那种无事可做的失意感也就随之而来。

这次玉英她们去冬梅家，冬梅的话语严重地伤害了我的自尊心，使我有难见人之感。上半年冬梅是回绝过我的，但那时她的内心十分痛苦，她实际上是出于无奈，对于她思想的变动，我总以高姿态去对待，认为我不应该与她一般见识，想不到我对她的感情和对她的迁就，得到的是她这样的回答，难道她没有热切地怀念过我吗？

元良说到过，没有一定思想基础的姑娘的心是冷酷的，你对她的痴心，当她无意于你以后，她不会想到这是真切的爱，反而会产生对方在死乞白赖地追求她的厌恶心理。你如果想在这时到她那里去寻求"精神安慰"，只能得到刺激。我想这是实在话，这种心态不仅姑娘有，男人也一样。记得在读书时陈幼华给我的充满激情的信，我不是看也不看就撕掉了，她对我近乎可怜的接近，我不是感到非常厌恶吗？现在只不过是随着人的成长，逐渐明白了人与社会的关系，思想感情变化而已。

昨晚到上阴坑，仲娟一家对冬梅的这种做法都很气愤，她们都宽慰我，认为这是无所谓的事，仲娟爸到小尖溪去碰到过吉利，他认为吉利十分老练，他与吉利谈起过我的问题。吉利对我十分关心。

和仲娟经过一段时间的接触，我对她很有好感。她与冬梅相同的年龄，但与冬梅各方面都十分不同，我把仲娟、冬梅和另外有代表性的人心中作了一下比较，更感到人与人之间的差异。仲娟聪明、大方、热情、健谈，只是由于环境所致，也没有大的志向。有好多人还以为我到仲娟家去是和仲娟有恋爱关系，这些人在仲娟那儿当面说了。当仲娟大方地告诉我时，作为一个情感丰富的年轻人，我是不无感想的！别人还说我们之间感情很深呢！

然而环境不允许我想入非非，更何况如别人和我讲到，我可否和绍平的妹妹月青谈谈一样，我是坚决反对的。虽然我对月青、仲娟都有好感（这种好感是正直的，无邪恶心理的），但是如果为了这婚姻问题而丢掉如绍平、仲娟爸样的朋友，或使他们心里对我产生无从解释的看法，我宁愿一辈子做光棍。

虽然绍平也好，仲娟爸也好，不管有无可能，一定能够体谅我，理解我，心里不会来责怪我，但是有极强的敏感性的我，总是那么地固执己见。虽然这种情感是压抑了的，我仍愿把这种情感深深地埋在心灵深处。

电站机房下面的管子已开始安装，闸阀在今天已装下了。对于机器，没有任何实践，我只知道一些基本原理，其他是一窍不通。我自己认为我有能力去掌握、运用机器。

我希望我的朋友们不要让岁月无形地消尽了自己的才智，同样的，我也应该珍惜自己的才智。

12月17日　晴

为了完成过江涵管铺设任务，我们昨晚开夜工，直至天亮。我白天在乐灿家睡觉，十分香甜。

晚上到下步溪云林家，我们一起拉煤的账他们已经算好了，是才龙算的，把我拉煤的斤两扣了许多，伙食更是一笔糊涂账。我以前大方地拿出了过多的粮票和钱，吃的天数又少，他们却平摊了事，我多拿出粮票却还要贴钱。对这种算法，连保根都十分不满，认为我吃了亏。我没有想到会这样结账，当时心中有些气愤，但考虑几元钱几斤粮票的事，为了朋友的面子，还是由他们算吧！云林、保根都有些难为情，我在经济上一般是大方的，绝对不像别人那样穷凶极恶！

从这事看来，人心都不太好。大手大脚会使自己经济上吃亏的。云林、保根懊悔自己没有好好地记账，要是我与他们在一起的话，才龙休想占便宜。我对于账目一类也很精的，如以前在江西河东当会计，总使大家心里满意，决不会去捡别人的便宜。我认为，经济上委屈些无所谓，但如果他人想暗地里捡便宜，那我也不会容忍的。

12月18日　阴到多云

在6日晚上与珠华的交往中，我开始真正地认识了她。她聪明并且有一种特殊的温柔。8日她们从冬梅处回来的晚上，我没与她们好好地谈我的思想情况以及我与冬梅这件事情的来龙去脉，冬梅的态度一定会使她有所想法。我很想与珠华诚挚地谈谈。今听茂林说起她在钱家庄做缝纫，我就到钱家庄去看她，未料她到外邵做活去了。

这样，我与同去的陈水良一起到了李家宅，看望我们初中同学陈水英。按理水英是应该非常热情的，但她的态度使我稍感不满，她的婆婆不好客，水英的态度可能与她婆婆有关。水英已有了一个女孩，满月了。时间过得真快，想起几年前，水英还是一个小女孩。

后来我们到元良的朋友李成波家，李成波待人坦然大方，使我有一见如故之感。这个烈士的儿子思想变化很多。我看了他最近的一些日记，觉得他是一个努力上进的人。我喜爱他，我亦希望我们能成为朋友。虽然我们没有好好地谈话（我埋头看了一些书），并且阶级上又是那么不同，但力求上进这一点就足够使我愿意了解他，接近他了。

从他那儿借来了两本书，一本是日本留苏学生座谈苏联现代修正主义实况的《苏联是社会主义国家吗？》，此书由香港三联书店出版，作者是新谷明生、足立成男、佐久间夫、原田幸夫，译者是余以谦。我翻看了一些，觉得从中可获得许多自己所未知的东西。另一本是朱道南著《在大革命的洪流中》，叙写1927年前后的大革命状况。我翻看了《马日事变追记》，觉得这本书有真实感，也借来了。

我对于历史性书籍的兴趣已越来越浓厚。

"历史的经验值得注意"，自己国家的历史值得注意，其他国家的历史也值得注意。

看书已近两点，是应该睡了。我有时想想应该注意时间，注意休息，但衡量休息与看书的利益关系，就又看下去，睡觉的时间真可惜！

这几天我比较满意自己，心情愉快，脑子清晰。

12月21日　农历十一月二十三　星期一　多云转晴

前天回家，到伍沿看戏《沙家浜》，演得比较好。

昨天到铜岩山去看看，是铜岩山矿上工作的周忠三陪我们一起去的。这铜矿已下放到县办，有260多个工人，据说要亏本。现在这段时间，干部闹派性，工人劳动态度也不好，拖拖拉拉的，工效很低。周忠三房间里的另两个伙伴由于派别不同，正争得面红耳赤，一个说要相信革宣队，一个说就是不相信。

　　下午我们到矿井里去，这矿井深有1000多米，700多米都是岩石，还没有找到矿苗。这矿洞高约二米，宽约三米。洞口有好几十米，是用条石砌起来的，工程量很大。矿井里面有电灯，但光线不够强，看不清路。这矿采用半机械化施工，工人工作不算很辛苦。

　　今天下午我回了电站。晚饭后看了《苏联是社会主义国家吗？》，并作了些摘记。

　　我感到人人都有那么一些私欲，包括物质上和心理上的，没有达到目时，欲望非常强烈诱人；一旦达到目的，品其味也不过如此，心灵上更无多大快慰。如果真正的理想得以实现，那种精神上的愉快是会全然不同的。

　　应该有大的志向。不应沉溺于庸俗屑碎的个人欲念之中不能自拔。

12月26日　多云

　　回家住了好几天，看了一些戏，并和人们有较多的交往。昨天到上培，今天才归来，为的是个人问题。

　　这或许是件很好笑的事：

　　梦来师傅一直非常关心我，他多次要我去看姑娘，但都被我谢绝了。前些天，他说他们上培村有户历史不太好的家庭，这个家庭有个19岁的女孩，长得十分漂亮，也十分勤劳。他一再叫我去看一看，经不住他劝说，我昨天傍晚到了上培村，并与姑娘家讲好第二天到她家去。今天早上梦来师傅先到她家去了一下，看姑娘在不在，不一会儿就回来了，他颇兴奋地告诉我，姑娘就在家旁的墙脚下边晒太阳边吃饭，叫我先去看一下，如中意再到她家去。我也就跟随他过去了，走不远就看到一伙人都在边吃饭边晒太阳。梦来师傅偷偷地告诉我是第三个。这种场合我还真是第一次经历，走到姑娘身边时害羞得不敢抬头！走过去后梦来师傅问我怎么样，我回答说："我只看到了她的脚，好像没有穿袜子！"梦来师傅怪我太胆小了，要我去她家。我想这种"相亲"的游戏真不应该是我做的，怎么也不肯再去了！

晚饭后，因感到身体不适，我六点钟即睡了。但睡不着，想得非常多……

形成了一个决心——以一个热爱祖国忠于人民事业的公民身份，根据自己生活感受集中精力写封信，向中央反映基层的实况。这个想法我好几年前就有了，但受到了朋友的劝阻和批评，写了一些就搁下来。我躺着，不知为什么想到了毛泽东主席的生活历程，他横渡长江的情况和他畅游十三陵水库时与青年们的谈话。我感到了人与人之间关系的亲近。我想到个人的利害得失丝毫不能与人民事业相比拟。现实的有些做法无疑是不正确的，对人民革命事业是无益的，我不能安于"家庭"的圈子了，我要闯！

我再也躺不住，坐了起来，可起来后脑子突地迷惘了，觉得所想的过于乐观，或许是我太天真了！但我仍起床，在这里写下了自己的想法。我决定不管有何遭遇，不管朋友们的看法如何，决心做这件事了！

我是一个青年，现在是最富有活力的青春时期。我不甘心让自己的才智在庸俗屑碎的杂事上消磨掉！对于社会、人生，我都没有透彻的认识。但是在这狭小的圈子里，是不可能有所长进的。我不能前怕虎后怕狼而裹足不前！

可能有人会认为我幼稚、天真，也可能会有人嗤笑这是改良主义，不管它了！

我自己明白自己，我只要抱着对人民事业负责的态度就是了。

12月27日　阴

昨天激动的情绪，驱使我白天思索很多。因为昨夜不能入眠，今天脑子也有些昏。我没有把昨夜写信的内容告诉仲娟爸，我想再考虑考虑。

昨夜写下了这些后，我睡下后又想了许多，并且思考凑成了《登走马岗》一诗："高歌走马岗，目极心浩荡。雄心何日展？慕鹰冲凌霄。"这诗可作"走马岗游记"一文开头，是很符合当时意境的。

动手写"信"，列了点提纲，觉得茫然无头绪，要讲的太多，但无从讲起，许许多多问题都是有机地联系在一起的。

年龄增长了不少，社会经历也比以前多了许多，但我反觉脑子的灵敏和清晰度不及以前。

与察墅村民工吴章生谈了许多。他的生活是曲折的，思想也是成熟的。他的思想同祖良有很多相似处。

他的话对我有很大的启发，对"信"也有帮助。我们认为任何问题根源都是"公"与"私"的矛盾。

阶级斗争是存在的，但这不仅仅是四类分子的问题。四类分子的思想需要斗争改造，但更重要的是目前我们整个社会每一个人都需要思想革命化的问题！

"毛主席是伟大英明正确的，毛主席的一生是为革命奋斗的一生，他的一系列指示是绝对的真理。"章生这样说，我同意。毛主席的思想对于世界革命是有很大贡献的。这也是"走向共产主义的一条路"。

但是下层的一些做法，仅是从形式上落实了一系列的政策，而在人们的思想上没有真正落实下去，因此造成了社会舆论与实际思想状况严重脱节的现象。我认为必须严格地、认真地、不折不扣地落实政策，并建立一整套的检查、监督的机构和制度。

应该把不认真落实政策作为一种严重的犯罪行为对待。反革命活动必须惩办，因为它妨害了人民事业；而不认真落实政策对于人民事业也造成极大的，甚至是普遍性的，巨大到无法估计的损失！

应该发扬光大"公"字，狠斗狠铲"私"字，使人人树立起以

"公"为荣的思想。

12月28日 阴

上月，中央军委发出了"关于军队开展两个月野营活动"的通知，毛主席亲自批准照办。学校也要开展野营活动。前些天，各大队都作好了准备工作。今天泄头到了一些解放军，标语上的署名是"南字一零二部队三中队"。其中也有些不穿军装的人，我估计大约是高等学校学生或者是机关工厂抽出来军训的。看他们都很活跃，有朝气，我很羡慕他们。

毛主席指示"全国都要学习解放军"。解放军最突出之点就是平等：上级之间、上下级之间、士兵之间的关系都是真正"同志"式的。

我好好地考虑了"信"的写法，我想不必谈得太全面。我也没有能力对于各方面都有深刻透彻的看法。我认为最必需解决的是阶级问题，也就是最普遍性的落实政策问题。"信"还是从阶级问题上来展开话题较好。

12月30日 阴

因下雨天无法上工，我又回家里住了几天，觉得有些无聊。

才明到我家玩，晚上又和我们同坐至深夜。我们一起纵情地唱了一些歌，也谈了一些个人经历。

我们村子里年青人是不少，但大部分都沉醉于小家庭之中，生活很是无聊。虽然他们对我都很好，但我总觉得与他们有些格格不入。农村年青人工作应很好地抓起来，青年活跃、关心政治、求上进的话，社会风气可焕然一新。

夜到外邵，和邵见苗谈了一些话，邵见苗曾到电站来做过土工，他很喜爱石工活儿，因此对于我的鎯头打得好很是崇拜。现在他与成豪鎯头都打得比较好了。一般人对于自己行业有特长的人总有敬佩的感觉。他和我说起了邵行的作风不好，外邵的青年都不活跃，出色的人甚少。

外邵粮食比较困难，现在已有好些人家没有粮食了。黑市的粮食十分贵，米一斤要三角以上，还很难买到。

我们中队今年减产近五万斤，全队去年总产粮食是21万多，今年只16万多，全队共251人。每人平均可分493斤。其中按需95%，其他5%按出栏猪分。今年分红方案每十分工是0.633元，全队总工分237000分。我家有8041分，和去年结余分红后在生产队留下来的共可余304元。但真的要从生产队拿钱，20元都拿不出来。因为许多结欠户根本不可能交钱给生产队。

风雨世面

我曾视为生命的日记

1968-1978

1968
1969
1970
1971
1972
1973
1974
1975
1976
1977
1978

1月2日　农历十二月初六　星期六

昨天是元旦，到尚典看戏。与柯企村比较，尚典村演得不够好。绍平、绍生、月英仍都去演了。

戏还没完，我就到了大林，祝青今天结婚，我到了新房里坐了一会儿，恰好仲娟与冬梅也在那儿。婚礼是新式的，但也有闹房的，说着无聊的龌龊话。但比起以前的老套婚礼是好多了。

夜与启望同睡，谈得很多。启望老成有见识，他现在的做法是"看"与"想"，反对我写"信"。

今晚到仲娟爸家。仲娟爸对于我写信这问题的看法与启望一样，他们都认为没有结果，对于人民事业来说也不可能有价值。因为中央对于这类信根本不会重视，肯定把信转到下面来，这样我就有"好看"了。

阴坑大队原支书孙洪渭一直在大队握有实权，现在新支书又是自己亲信，所以他和他的同伙们在本地横行不法，使群众敢怒而不敢言。前几天他们将大队旧木料偷卖，今天又可能要出运一批。阴坑大队有几个社员十分不平，认为他们是"只准县官放火，不准百姓点灯"，因此要去路上把他们偷的木料拦下来。

我想，就是设置一套检查落实政策的机构，检查机构仍是这么些人，他们也同样可以徇私舞弊的。问题还是要干部的思想觉悟真正提高起来，这用人上就必须"任人唯贤"。

这几天认真地读《苏联是社会主义国家吗？》一书，对于书中所揭示的问题，我认为是真实的，不是凭空捏造出来的，因为在自己身处的现实社会中我也都深有感触。看来"思想领域的革命"不是易事。

我不准备写"信"了，这次的决心自己也淡漠了下去。

躺着想与坐着想不同，坐着想与动着想又是不同。

我对自己还是放任一些好。当然，这放任不能有损人格，或对人民事业有害。我的志向仍不会变,也永远不可能变。

1月9日　晴

回家到伍沿看了电影《智取威虎山》。

在祖坤的房间里,与明川、我哥、珠华等五人又欢谈高唱至深夜。与明川同睡,谈得多且深。

我们现在都在为婚姻问题而花费精力,但我们又都一样,都不愿意并且害怕有那么一个"家"来束缚自己。如果我们都有了家庭负担,那么再也不能如现在这样自由放任地聚在一起了。

我们谈到了自己的前途,都认为不应该就这样无声无息、庸庸碌碌地度过自己的一生。我们必须使自己的人生观与世界观正确地、牢固地树立起来。明川还认为我们有必要写那封信,只是写后大家商讨一下方好。

这段时间以来,我与明川接触得越来越多,彼此愈加了解了。明川看事情的深透为一般人所不及。我们对一些问题的看法都能一致起来。对于双方的内心活动都可以正确地了解到,谈到一些"心底秘密"时,我们只有由衷地大笑。

我总结了一下自己,我的心地是纯洁的,缺点是虚荣心过强,受不得"委屈"。

我与明川谈到了鲁迅的风格,他立场的坚定,笔锋的犀利,是我们从心底里最敬佩的。我们都是可以置个人利益于不顾的人,但是我们与他所处时代不同,社会不同,环境不同,因此我们的认识也有局限性了。我们应该学习鲁迅不屈不挠的精神。祖良、绍平都是有才智的人,但他们被生活的激流冲击成了"掉了棱角"的石头。我们还有棱角,我们也不应该"掉了棱角"!

离开政治的"技术道路"是不存在的。没有政治地位也不可能对人民作出大贡献。明川学成了医术,可因为没有政治地位,无处可施。

珠华和我们谈起了夏迷的处境,她的丈夫虽是大学生,夫妻感情也较好,但是他的丈夫一年只能来一趟,一起仅度过几天。她的公公非常封建顽固,只允许夏迷与一些"本分"的妇女一起,而不许与男人和那些"轻骨头"女人一起。她的言论行动都受到了严格的限制,处于这样的环境,我想物质生活再好,生活也是无味的。

我害怕那些只会"做人家"的女人做我的终身伴侣,我希望她是爱人、同志、老师和助手。

我想到渭月家去,与渭月好好地谈谈了。今年我没有和他好好地谈过。这个热情、充满朝气的朋友,现在碰到我时只会暧昧地笑,这笑包含了多层意思:有相逢欢乐的味儿,又有无可奈何的苦笑味儿,又有探询的意味……

渭月,不要这样笑吧!我们可以谈的事很多很多!

1月11日 晴

西岩公社革委会发了"关于加强山林管理"的公告。前一段时间,外邵里面的柴源源不断地外流,现在甚至连外邵这些山区都没有好的柴了,竹木也滥伐了许多,山区资源日趋枯竭。燃料问题如粮食问题一样已形成危机。柴在山里要一分多一斤,茅柴也要八厘左右,一到泄头外,每斤柴卖到二分,至枫桥可卖四分左右,其价格确实吓人!

各地都掀起夺煤高潮,公社有专门的夺煤部门。人力物力花费了许多,但挖出来的煤有用的很少,大部分煤矿的煤不能作燃料。从报上看,工业比较发达的国家已对海底矿产资源有了十分大的兴趣。

矿产资源也需要有计划地开采。

昨到渭月家,与渭月谈了这近一年思想状况和经历,也讨论了一些关于如何做人的问题。

渭月的祖母也和我的母亲一样,具有善良的母性。母亲们都历尽了辛苦，都甘愿自己苦些，而无限地挚爱后代的人，对后辈寄托着无限的希望。

渭月批评了我关于要写信的思想，他指出这是风头主义的行为，我仔细考虑后，承认了。

这种风头主义与个人主义不同，但也是一种风头主义。

我的出发点是纯洁的，也是勇敢的，有较大的"闯"劲，但这"胸脯一拍，豁出去"的行为不可能对人民事业带来好处。

绍兴地区发出了"一年大干，二年巨变，三年建成大寨式的地区"的战斗号召。一切宣传机器都大力宣传，这是绍兴地区对元旦社论的响应、落实。

"干"必须唤起工农千百万，同心干。能不能从思想上真正唤起工农千百万，是能不能实现"变"的关键。

干部必须脱去鞋袜，做踏踏实实的实事求是的实际工作，这是"唤"的最重要途径。

在思想上"斗私、立公"又是干部能否以身作则、带好班的基本保证。

我感到我与我的朋友们都是社会上的最先进分子，他们具备朴实的实事求是的美德，人格上、思想上都是高尚的，并且有才智，他们是社会上没有开采的矿源，是革命的潜在力量。

新的一年即将到来，我必须抱老老实实的态度，为明年的实际生活作好安排，打下基础。一、争取学木工；二、认真学习马恩列斯的基本学说，特别是有关目前社会切实问题的著作，学习中苏论战双方文件，提高自己的理论水平。抱着正确目的，深入地向社会学习，从而逐渐形成自己的思想；三、视家庭需要，视客观条件，解决个人婚姻问题；四、作一些杂文、诗之类，努力提高文学水平，并视条件学习绘画和雕刻。

我刚才阅读了1月8日《新绍兴报》，有些感触，好几篇文章都有一定的内容和思想。这些文章中介绍的学哲学体验，体会是真实的。可惜的是能这样学以致用的人太少了。

政策、思想都必须系统地学习，哪怕暂时作用不大，只能起形式作用，也必须学习。如果过分计较效果，只想立竿见影，一口吃成胖子，这是不可能的。

1月14日　晴

今天搞私有，到上步溪镌石磨，这手工业行为与小贩有点像，我感到很难为情，幸亏我社会活动力较强，对这些也能自由应酬过去，我一天镌了四部石磨。现在能镌石磨的师傅已很少了，农村还是少不了用石磨，这也是一种为民服务的劳动。镌一部石磨两元钱，已收得低了，但一天赚八元钱真是个很大的数目了。说起镌石磨还是有故事的。外邵村有对姓邵的老夫妻，专做豆腐卖，他们原来的镌磨师傅是个老石匠，这老石匠架子很大，镌一部磨要一天时间，工资四元，还要包吃饭、吸烟、喝酒，并且用不到半年时间磨面就平了，豆子磨不细，出豆率也低了。邵大伯从自己村做民工的人那儿听到我会镌磨，就来请了好几次。前些日子我到他家去帮他镌石磨，掀开石磨令我大吃一惊，那个老石匠为了多镌几次磨多赚一点钱，竟然只镌了差不多一半的磨面！我把这石磨仔细地镌了一遍，扩大了有效面积，并且整整大半天才镌好石磨，我没收工资就回来了。谁知这邵老伯从第二天开始就隔三岔五地送豆腐和豆腐皮给我，说那磨现在磨出来的豆腐又细又稠，同样的豆子，每天要多出好几斤豆腐，他对我千恩万谢的，逢人就对我赞不绝口，我竟成了这里有名的镌磨师傅！哈哈！

听外邵村邵锡太的老婆诉说家事，我对她的处境深感同情，特别是她儿子的问题，更引起了我的愤慨！

她的儿子只有七岁，在外邵小学读书。有一次他们两个小孩一起争谁大,那个说我是"林彪",他即说我是"毛主席"。又有一次两人争喊"永远忠于毛主席",他喊叫得不及别人快,就说"你这种下流话"。那个同学把这两件事告诉了老师,老师即召开了学生大会,对他进行斗争,说他把"永远忠于毛主席"污蔑成"下流话",是小反革命,如斗争大人一样地叫他交代,低头,还叫同学去按头。这样被斗一次后,同学们再也看不起他了,他被同学当作了玩艺儿,叫他跪,把他当马骑,弄得他垂头丧气,再也不肯去读书了。当家里一定叫他去读书时,他还不敢讲实话,被逼不过,他逃到了峡山外婆家。到了外婆家里,光是笑,不说话,弄得他外婆十分奇怪。第二天发烧了,也还仍是笑,后来生了一场大病……

邵锡太的儿子为什么受到这样的遭遇?归根结底,由于邵锡太是"坏分子"!锡太就算不是个好人,他的儿子讲这些话也不对,但是他毕竟只有"七岁"啊!

对儿童采取这种方法,这几个老师是有罪的,这是对孩子的一种心灵虐杀!

1月17日　农历十二月二十一　星期日　晴

昨夜到琴弦看"文艺革命交流座谈会"演出节目,都是一些唱段,也有革命样板戏选场。

回来后想写点什么,但拿起笔翻阅了一些自己的笔记之类,思想又纷乱起来。我自己与仲娟一家认识以来,虽然日子不久,但已从心底里对她们一家起了感情。我看仲良十分朴实,又敏而好学且老成,心里对他很有好感。他今年十六岁,是少年到青年的过渡时期,对于人生社会各方面的好奇心十分强烈。我对于这一年龄段的感触、体会都是十分深的,这年龄段特别的一点,就是使我自己的思想日趋现实,虽然我现在的思想还非常动荡。我想根据自己的体会和仲良谈谈如何做人的问题,但思路集中不起来，写了一点就放下笔。

睡在床上，但睡不着，与章生哥谈到了我的思想与性格问题，章生哥由于与我同睡一个房间，因此对我的认识是比较深的。他肯定了我的优点：上进心强，对自己要求严格，待人热情诚恳、聪明好学；但是他指出我的性格上的最大弱点是"听不得批评"，"有些个人英雄主义"；我思想上的最大弱点是"造反精神不足"。他说得十分恳切，认为我的人格高尚。

对于个性上的"听不得批评""有些个人英雄主义"，我检查自己确实存在的，并且是妨害自己进步的最大的障碍。我虽然思想上愿意别人能诚意地指出我的缺点，并也愿意改，但由于听惯了"好话"，因此对于别人的"坏话"，心里马上就会产生反感。这点我必须痛改。

至于思想上的"造反精神不足"，表面上看，我确实存在。我只能看着、想着，但不想讲或不能讲的事太多太多了！我的心胸是多么难耐，多么郁闷啊！由于自己处于这样的阶级地位，我看透了现实，我只能这样地过下去，但我并不甘心！想写那封"信"，也就是自己"不甘心"的一种具体表现。

章生哥希望我能摒弃外界的一切，"闯"出一条革命的道路，"任劳任怨"甘做螺丝钉。

我想得非常多，想得最多的也就是自己怎样走"路"的问题，我岂会不想过"闯"！

"生活毕竟是现实"，这句话时时敲打着我！我把自己的生活感受细细地与章生谈了：关于学校生活，关于中国的无产阶级文化大革命，关于社会舆论，关于人们的思想实质。最后我认为那条路是悬的，不实在的。我也谈到了他本人的处境，他也只能叹气了！

章生哥思想上主观是好的，他对我寄予了无限的希望，认为我是大有前途的。我思想上同他的看法有很多不同，谁是谁非现在不能下结论，现实生活会回答这些问题的。

1月24日　阴　家

　　这几天在家里，为家庭的一些杂事而团团转，没有好好学习过，心情倒还比较好。我是20号到家的。

　　在18日夜，碰到了仲良，给他谈了些对人生的概念性的认识，我希望他树立远大的志向，努力学习，要有具体的生活理想。

　　我给仲娟爸的信中写到了章生与我的谈话，也写到了被人誉之为"带露水的黄泥笋"的我内心的"老"，和熊熊燃烧着的但深深地埋藏着的炽热的心！

　　由于我一再要求，生产队委已同意了我出外学木工。他们怕担责任，只说生产队对于劳力是没有问题的；政治问题，由大队决定。我给生产队的报告中写了劳动力过剩和本人要求迫切两点原因，有人认为我应该写得婉转些，我不是不能写，而是愿意诚实些，并且我也想不出应该用什么别的理由来申诉我的要求。

1月25日　晴

　　朋友们都支持我的学艺打算，看起来学艺是目前的社会环境下我们应该走的一条路……

　　音乐、美术、医术等都是一些很好的有用的技艺，但其发挥受环境限制太大，应该学习手工技术，学习实际生活中最有用的东西，学习谋生方法。

　　我家今年无论是经济还是粮食收入都比较好，全家四个人都参加劳动，没有另外负担，生产队里结余的和别人借去的钱总的可余400多元。尽管家里现金只几十元，粮食也只几百斤，只能够度过春荒，但我们这个年过得是富裕的！想起前几年我们幼小时家庭的穷困状，不禁令人凄然！

可有好些人家经济粮食都十分为难，对于他们，过年真是过关啊！

2月3日　农历一月初八　星期三　晴

正月初二我就出门，到了璜山许村等地。璜山同学黄国梯已结了婚，他的爱人叫黄国琳，是个很好的人，干练而且老成。

到许村上房我三姨家过了两天。三姨娘的几个孙子都在家里，他们都很聪明。表兄许纪昌与大儿志龙在宁夏，纪昌哥在银川碾米厂工作，志龙在部队参军。初四，我、三姨娘和她的二孙子志槐到了宣何村我外婆故里，外婆家族目前只有小外婆还健在。我是第一次到外婆家，到了自幼就充满美好向往的外婆家，有种特别亲切的感觉。外婆家的几间房屋由于害白蚁而已经拆去部分，留下的也很陈旧破败了。在那儿吃了中饭后，一个堂舅的儿子何焕淼从下岭脚村归来，说住下岭脚村的二姨娘想到宣何村来一趟，我即与焕淼、志槐一同到了下岭脚。

二姨娘只有一个女儿叫周小波，嫁给自己村里的木工周如洪，他们生活得很好，小波表姐已有了一个女儿、四个儿子。女儿妮妮16岁，已成了一个很漂亮的姑娘，大儿泰顺12岁，二儿金太9岁，三儿百太6岁，四儿敏之4岁，看起来都很伶俐聪明，他们的地址是牌头公社新四大队。表姐十分热情，这次会面实在是难得的。

初五，二姨娘与志槐同去宣何村，我到丰江周村会见幼时龙游十里坪农场小学同学周国平。分别十四年音信全无，童年伙伴相聚分外高兴。恰遇国平的婚姻问题遇到麻烦，他很忙，无暇陪我，我与他的哥哥国柱同游了安华水库。

周国平的出生和我家一样，他是个很聪明热情的人，在大队中有很好的群众影响。因为婚事上的挫折，周国平一气之下买了部脚踏车，他本村原来就和他很好的一个叫华琴的姑娘就跟他一起学骑，华琴对国平很有好感，国平也喜爱华琴的美丽、质朴、勤劳，在学骑中俩人朝夕相处，更加深了他们的感情，最后发展成了恋爱关系。华琴的家庭出身成份很好，妈妈、哥哥、嫂子都是党员，因此她的家庭坚决不同意华琴与国平的婚事。正月初一她家开家庭会，她的父母企图制服她，她没有屈从，和家庭闹翻了。两家吵闹了起来，华琴的爸爸一怒之下拿了把剁肉的斧子，闯到自己家楼上要去砍华琴，被人抱住。此时华琴已睡下，见爸爸这样子，就披了一件棉袄出逃，国平就把她藏起来了。第四天，华琴舅娘出面讲和，华琴回了家。华琴经过挫折反而越发坚强，爱国平爱得更深了；国平也愈疼她；她父母也没法奈何她；群众舆论纷纷谴责华琴父母。华琴父母已到无计可施的地步。

这件事教育很深刻，正义还有啊！

在婚事上，丰江周村还有一例，恰好初五夜结婚，也是男青年家庭成份是地主，女青年成份是贫农。两个人感情十分真挚，女方的父母虽然坚决反对，但终究无法分开他们，经过了反复、曲折的斗争，青年人胜利了。订婚的那天，女青年的父母避掉了，送定礼的人到了女方家，那女青年自己系了"围布"上灶烧订婚酒席。这事在那一带成为一种美谈，青年婚事上遇到父母阻力，群众就说："只要自己系了'围布'，什么都顶得住。"

初六，我带国平的哥哥国柱和我一同回家，到里浦下车后我到了亲戚陈丹生家。陈丹生陪我到冬梅的姐姐冬青家里，恰巧冬青生了小孩不到一个月，冬梅在服侍她。冬梅对我比较热情。联想到了华琴，我不禁对冬梅的懦弱和多变有些不满，我已认为没必要再和冬梅继续恋爱关系。正如仲娟所说，冬梅与我差距不少，我与她恋爱很大程度上是我对生活的屈服，想不到我的迁就反遭冬梅有了另外想法！在婚事上，我的自尊心也是极强的，如果冬梅爱我，我可以忍受任何闲话、打击，但我忍受不了冬梅的半点轻视，这一点，有机会面对冬梅时，我一定要说清的。

昨夜，我给国平写了一封信。信中我说："我对这次旅行，感到十分愉快，特别是会见你们一家，又巧遇你的婚事，使我分外高兴！我是在个人问题上有曲折的人,因此格外地敬佩华琴这样的人。她对你的真挚爱情不仅是对你个人的好感,而是包含着一种崇高美丽的品格!她是青年向旧的保守势力反抗的一个勇敢的战士!她使我对自己的未来增加了很大的信心,请你代我向她致意。我衷心地祝贺你们,并希望你一定要寄一张你们的结婚照片给我,我要让那些眼光狭隘心灵卑鄙的人看看:做人终需正直!让那些不幸的、屈服的人们看看:自己的幸福必须经过自己的斗争才可能获得!

信写好后,我写了"寄友"一诗:"泪别十有年,风霜容颜改。忆昔看弟辈,俯首为孺牛。"我把这诗抄给了国平。

这"寄友"是与国平见面后有感而作。这"友"并非国平一人,包括了儿时同学阮荣裕、荣富兄弟、丁吉刚、李国太、占明全、刘勇敢等人。与阮氏兄弟分别时,我们抱头大哭,我送了一张一年级时的奖状给他们作留念。泪别并无悲戚之意,我是想活现纯洁天真的童年面貌,一别不觉已14年了,天真无邪的圆脸改了容颜,风雪霜冻,盛暑酷热留下了它的痕迹。回忆起那时的生活,看着弟辈们活泼的脸庞,我不禁想:"这不就是十几年前自己的再现吗?"我们已经过来了,为了他们过得更美好,为了后代的幸福,我愿俯首作一孺子牛!

吴圆写了封信给我,述说有多方面的原因,她的婚事可算是决定了,定在初七结婚,她要我们去玩玩。

看了吴圆的信,我心里是不无波动的,但是令我心欣慰的是,据说他的未婚夫吴才也是一个很好的青年,他对吴圆十分真挚,他们以后的生活会幸福的。前年上半年,正当我狂热地追求吴圆之际,也是吴圆对他冷淡之时,虽然冷淡并非单纯因为我的缘故,但吴才认为我与吴圆是一定会结合了。他对光灿说:"听说晓东是个很聪明能干的人……"光灿回答说:"不光这些,西岩水库游几趟他也很容易。"可见吴才对我是尊重的,并无妒忌之意。我也同样。虽然不认识吴才,但他有很好的群众影响,聪明和气。只是我认为他太平凡了些。我要写信给吴圆,向她表明我的心迹。我也希望吴才能正确地对待我们之间的关系。我认为我们都是有一定知识的人，我同吴圆无疑是思想上比较了解的朋友。由于她的缘故，吴才同我亦应该成为朋友。我想吴才一定会赞同我的意见的。

2月11日　农历正月十六　星期四　阴

为学木工寻找师傅而奔波了好几天，至今还无结局。以前我总认为我路数广，人头熟，自己要学手艺寻个师傅是容易的，但遇到了许多意想不到的困难。手工业社里的师傅有的要大队公社同意，有的根本不允许带学徒。农村里的木工有的被大队束缚住了，不能出去做木工活；有的由于作场不稳定，活不多不敢带；还有好多是有了徒弟的……所以至今还未找到合适的师傅。

与瑜叔一起到上宅觅师，在路上我们谈得好多，他认为他的问题主要是和干部不和引起的，他的硬、他的勇敢是由那种"精神上必须压倒别人"的心理所支配的。他说："人如一棵树，应该永远保持绿色。一个人如果心里衰败了，精神上萎靡不振，他就完蛋了！反之，不管一个人环境多恶劣，但只要他心里不自卑有活力，他仍是一个有用的人。"我认为这是对的。但必须从思想上树立起为人民大众的志向，他才能永远精神旺盛。

瑜叔也和我谈起他的历史问题：

1943年抗日战争时，他在读初中，当时招募"远征军"到缅甸参加抗日，参加军队后他们千辛万苦才到印度受训，然后从印度出发到缅甸打日本兵。他是狙击手，曾打死过好些日本鬼子。抗战胜利后，他们部队到上海驻扎，国共内战爆发，他不愿意中国人打中国人，想方设法脱离军队回了家。他始终认为自己的历史问题是"抗日爱国"，而社会上总认为他是国民党部队的骨干分子。

前几天曾与吉利、才幼同聚，吉利的哥哥犯了多发性神经质，因此弄得家里十分不安；才幼的爸爸犯肺病已深，家庭经济非常贫困，也弄得她们一家不安。祖国的医学真需大力发展起来才是！

设想到病人的痛苦和家庭的不安，我也就更感到了健康之可贵。我常会头昏，所以我到陈蔡卫生院检查，但卫生院的血压计坏了，没法检查。赵医师说我是无须检查的，脸上的气色非比一般，决不会有大毛病，一看就知道。这使我心安了些。我虽不懂医术，但我能清楚地了解自己，我是决不会有内病的，我的异样是由湿热重，肝火过旺引起的。头脑有间歇性昏茫茫的状态，除了受肝火旺的影响外，主要是长期忧郁、思考过多所致。我往往在努力使自己镇静下来时，只要有个安静的环境，思路打开了，自己的各种看法就能有机地联系起来，这也就是别人认为我聪明的根本点。

平霞认为我观察生活敏锐。这只不过是多思考并不为事物表面的现象所迷惑而已。观察必须目的明确、认真、细心。不能忽视细小事物，对细小事物不注意就会对大事熟视无睹。

所谓钻研，也就是对周围的事物仔细观察后认真总结的过程。

2月17日 晴

15日收到周国平来信，他与华琴的婚事已快要解决了。他们准备这几天到公社办理登记手续，然后到我家玩，与我好好谈心。国平也说到这14年中我们都由小孩变成了青年，社会的变化不算小，我们经过的风浪也不算小。我想我们是顶得住风浪的，原因是我们做人对得住自己的良心，真理在我们这一边。他说到华琴问题："我这一次要没有群众干部的支持，事情要想成功是不可能的，但主要还是华琴本人的意志坚决。"

与珠迪谈到了祖坤的为人，我们都认为群众对祖坤的看法，有些是不正确的。祖坤待人诚恳热情，为个人私利考虑不多，这是他的一种美德，也是我愿与他接近的原因。珠迪患脑炎时，祖坤对她十分关心，毫无邪心，后来珠迪个人问题有曲折时，珠迪曾对祖坤有过好感，但祖坤没有向珠迪说什么，事情也就没有发展。现在珠迪有些后悔。我曾向吉利介绍过祖坤，当时吉利没有答复。前次碰到才幼说起吉利有所考虑。我有成人之美的心理，因此我想再给他们拉线，叫他们互相了解，希望他们成功。

从珠迪的话中看来，个人问题感情是最重要的，双方如能互相体谅，另外条件都是次要的。现在社会上男青年总有比女青年低一等的感觉，往往不敢向自己心爱又尊敬的人表明心迹。女青年又往往有优越感和自尊心，也不肯向她恋爱的人倾吐内心想法。这样往往就造成那么些留下遗憾的事情。

这几天与珠华姐妹、玉英接触很多，我又好像陷入到了前年做公路时的那种温暖的"情网"里，我对这种纯洁的情谊感到了温暖。在下阴坑时，我常提醒自己不要陷入到那种"情网"里去，现在想想没有这种"苦行主义"的必要，只要自己心地正直，无龌龊心理，能够享受这种纯洁的女性温暖也是青年时期所特有的幸福。

这几天生产队在种茶。1969年生产队种茶时，我认为应该逐步地扩大种植面积，便于积累经验和加强管理，使之能好好地发展。那些不愿意种茶和要短时期大面积种植的想法我都反对。现在已经证实了我的看法没有错，1969年种的茶当时出苗率很高，但因为面积大，管理疏忽，都晒死了，所剩无几，浪费了资金、劳力又浪费了土地。如能逐步发展，重视管理的话，这几年可能已经有一些成绩了。今年的种植不犯同样的错误才好。

2月19日

生产队改溪造田，我觉得很好，增加了收入，也使田块更加整齐，便于耕种。有些人对于造田这些事缺乏正确的认识，认为花费这么多功夫，只可多收几百斤，还不如省点好。这些人缺乏远见，田造出来了，不只是几年的收入，而是长远的收益。收入增加了，再节约一点岂不是更好。

有人说周丁中狡猾有本事，我却觉得他是个愚蠢无用的人。他的狡猾被大家识穿了，大家都像防贼一样提防他，他还能刁到哪儿去？今天他到某处去办事，但没有去那里的亲戚家，因为那户亲戚有一个女儿和他家相邻的青年在谈，他说如果他去亲戚家的话，成了不用说；不成的话，那个青年还以为是他的缘故。我听他说后，当即就说了他几句，我说："因为你自己心术不正，才会有这种想法！自古说做贼心虚，如果你自己心摆得正，就用不着想到这一些问题，别人也不会胡乱怀疑你！"他被我讲得很难堪。对这种人，我从来都不留情面，总是针锋相对地揭穿他。前几天他儿子订婚，他把每个干部都请去喝酒，迪良与他非亲非故，关系又一直不好，他竟去请了四次。我狠狠地嘲笑了他！待人接物，要热情大方，但他的这种做法明显让人觉得是一种笼络，也就可见他之愚蠢了。

昨晚写了信给吉利，我如实告诉了祖坤的为人及其群众影响。我以前对祖坤有些不好的印象，是开苗这几个"灵魂卑鄙，不愿他人好的，以侮辱他人为乐的肮脏之辈"的恶意中伤而引起的。实际上，祖坤有很好的群众影响。

今晚与仲华同到吉利家，谈起这问题，吉利认为需要好好地考虑。我也到渭海家，渭海仍在电站。他说起以前的老伙伴们都很想念我，希望我能回去，他们对我的乐观精神十分喜爱。

路上与仲华主要谈及自己的一些个人问题。她认为年纪大起来了，迫切需要解决个人问题。听了她的话，我感到一个姑娘挑一个丈夫确是困难的事。她也说起女人的心比较多变，如果男方对女方有心，必须追得紧，如果一不如愿就放弃，他就可能会遇到更多的困难。

2月28日　阴雨

这几天生活并不觉得无味，但每当夜晚拿起笔想写日记时，却又觉得没什么可写的。

柴火太困难了，我们当地几乎没有可以燃烧的东西了。斯宅云章哥家山上还有柴，他约我和公威一起走十来里路到蟲斯坂，但因为雨天就玩了一天。与公威、云章哥一起谈了好多话。我们都谈了个人的生活，心灵上都感到空虚无意义。特别是公威，因为在社会上接触范围小，又没有好好学习，因此思想上格外空虚，他决心要好好学习，使自己进步起来。回忆了学校生活，谈到了四清时"写家史"和"选干部"，我们觉得那时我们毕竟太幼稚，如果那时有现在的水平，那学校生活就更加有意义了。

晚上到柯企看电影《红旗渠》，描写了河南省林县人民奋战在太行山区，六年里劈山架桥建渠道438华里，把漳河水引到了太行山区，使山区变成米粮川的英雄史诗。林县人民那种叫高山让路、叫河水听话的改天换地的英雄气概，我们非常敬佩。他们奋战在悬崖绝壁上的镜头使我十分激动，这里再一次地体现了中国人民的勤劳和勇敢。

今天天不亮我们就出门了，到东前岭只有凌晨六点，站在东前岭亭门口观摩，雨雾茫茫，亭旁松树苍翠，枫树挺拔，巍巍秀丽，如入雾山之巅。忽听亭后人家公鸡"喔喔喔"之声，我陷入了一种美丽的意境之中。公威与我又谈到昔日之情景，不由我心潮翻腾。

今天我也在蟲斯坂大屋里串了一圈，这大屋有128间共分8个小四檐集，有屋柱一千来个。"千柱屋"名气很大，在江西都有人问起过我。我觉得这屋子并不好，阴暗潮湿，不适合居住。这栋建筑不知花了多少人民的血汗钱啊！现在住在这屋子里的有64户人家。我也到了大屋背后"松小坂"游玩。这里建筑别致，四周竹树环绕，很是秀丽，景致环境比大屋好多了。现在这里是小学,前几年斯宅民中曾设这里。这校门口有几树"瘙痒树",在树的下身用手指轻轻地搔,整株树枝摇动起来,我很好奇。

3月1日　农历二月初五　星期一　阴雨

明川到我家玩,他拿了他小姨夫给他的一信,叫我们解释其中的几句诗,诗是"会用十指压针线,不将双眉斗画长;惯用双手使锄落,莫论薄怀量英才"。他小姨夫的用意是叫明川用这几句诗的涵养来勉励自己。因明川说这信里他小姨夫讲了一些自己对人生医学方面的看法,我想看看整信内容。不想明川竟说:"这整信内容你不能看的。"就将信藏起来。难堪之余,我的心中激起一股愤气。好几次了,他曾将信之类要我看,但又不叫我完全看清,我心里很不舒服,使人以为他是在故弄玄虚。我与他之间能有什么不可相告的吗?我向来以至诚待人,从来不做阴阴阳阳之事,很不喜欢这样的行事方法。明川对我也来这一套只能激起我的反感,而不可能达到他自己的某种目的。我要用书面形式向他坦率地说说。

昨夜想到了东阳怀鲁公社水各大队的木雕师傅俞云其,我很想去学木雕,但不知俞的情况如何,他在我的脑子中是个具一定技术,但有些轻浮的人。

夜与础金同谈,讨论到他的"登马岗"一诗,也讨论到文章的修辞,有些人喜欢堆砌一些华丽的词藻来装饰文章,但是空洞无物。我写的一些东西中,常有好几个形容词修饰的句子,也可能有人会认为我是种装饰现象。但我写文章从无想表面看起来漂亮的意思;有那种现象的话,也只是自己不能确切地表达思想的缘故。我的用词是深有意义的,别人可能体会不进去。

我们还一起看了些唐诗。人常说"熟读唐诗三百首,不会作诗也会吟"，因此我想好好学学，但总无决心。谈到这些时，我就又有这种想法，亦就讲了些平仄之类。础金后来说到，他常用"要把精力集中在培养自己的分析问题和解决问题的能力上"这句话来检查自己，我认为这话是对的。

祖坤26日已去学漆工了，他总算如了愿。我对学木工未能如愿而焦急，今年的第一个计划，还未能实现，这是最不安心的。我为寻找师傅而奔波了许多地方，经历了不少曲折，但太无聊，我也就没有写在日记上。

学习在现实生活中没有迫切需求的知识或技能，并非易事。如绘画吧，我是喜爱的，但到现在还没有花精力学习，胸中没有那株"竹"。我想如果我迫切需要用到了，那进步可能也会比较快的。

凭感情做事容易，凭理智做事困难。但人终需凭理智做事方好。

一整天没有做别的事，就专心地学习，也记了点《苏联是社会主义吗？》一文笔记，别无成绩。

3月7日　阴雨

4日到斯宅公社下城大队对面的高山上砍柴，与公威表兄珍儿同去。斯宅柴也不多了，前几天斯宅公社已经禁止一切燃料出运，公威的几车柴也是借口说是自己山上砍的，才得到批准。珍儿比较聪明。与他谈到路英家里的事，我叫他转告路英爸，就说我不承认他的能干。因为我认为路英爸也与银儿的母亲一样，缺乏某种感情！

4日夜深才回家，不想母亲病得十分厉害，她是底子虚，又加上有严重的高血压病，一伤风就患病十分厉害了。明川给母亲诊治了后与我同睡，我们谈得很多。

我向明川提到了一号那天那封信引起我对他的看法，并说这方面他如不正确对待，甚至可能成为我们之间的一种无法弥补的裂痕；我再次向明川指出了他的弱点——"不容易使别人从心里信任他"。明川解释这问题时是诚恳的，他承认对人的这种态度是自己的性格所致，但主要还是认为自己对有些问题的理解"有比别人多一些想法"的优越感，所以形成了他不坦然讲出自己一切想法的现象。明川也指出了我的缺点，可以说我们的缺点根源是共同的——认为自己看问题的"深""透"为一般人所不能及，也可以说有些自高自大！但我与明川的不同是：我也相信别人能有独到的见解，比明川更信任别人一些。这样，就由相同的原因，形成了不同的缺点，明川的缺点是对人不够诚恳，不容易使别人信任他；我的缺点是做事有以我为核心的现象和个人英雄主义。

这些缺点归根结底是自己的人生观没有得到很好的改造的缘故，我们必须互相督促改去缺点，树立起好的行事风格！

明川分析了母亲的病因，除了客观因素外，引起病情加重的根本原因是"不断的精神挫折和长期的思想负担"。因此现在要使病情好转，一般药物不能起作用。母亲现在最大的心事是我们兄弟的婚事，如果能有一个贤惠的媳妇，她的病肯定有好转的希望。

这样，我们也就谈了一些别的……

对于我们兄弟的婚事，我真为难极了，我总希望我哥能早日解决，这样我亦可放心一些。但哥哥有他的想法，他是不会轻易地为婚姻而婚姻的。我自己呢？联想到以前几次恋爱的结局，我真不明白什么叫感情！月英、吴圆、银儿、桃英、冬梅哪一个不是对我个人有很深的感情呢！然而由于成份！她们有的怀着痛苦的心情回绝了我，有的模糊地应付了我。爽朗的银儿甚至认为我"很好，很稳重"，可是为了不能顾"一面"而要顾"全面"，不能顾"一时"而要顾"一生"，来个"完全不同意"！所有这些，给了我什么呢？

我也觉察到了生活中还有那种对我们有着很大好感的人，但友谊、恋爱、婚姻各不相同，我应遗忘她们！处理这些我有些冷漠，可是我又有着一颗火热的心啊！我也不想把自己束缚于婚姻问题的枷锁中，但我却偏偏处于这样一个身不由己的生活环境之中！

5日，母亲的病还十分严重，我内心焦急。做着挑牛粪的活儿，我过一会儿就来看看母亲。看着她蜡黄的脸，触起了我对母亲过去生活的回忆，一股心酸难以抑制，我背着母亲，不习惯流泪的眼中迸出几颗泪来……

母亲，慈爱能干的母亲啊！生活使您经历了多少个噩梦啊！您为我们姐弟三人而挣扎，就是现在还为我们精打细算，连饭都不舍得吃，现在你又为担忧我们而生病了！

坐在母亲的床前，我说不出话来，我许下了"空头愿"——答应她两年之内结婚……

吉利在前几天有一信给我，说到她的个人问题还很难决定，她相信我能以真心待她，所以对祖坤也有所好感，她同意与祖坤互相了解起来。接信后我就与祖坤妹妹珠华同到大唐公社祖坤做活处，我把吉利的信给祖坤看了，祖坤没有说什么。在返回的路上，我同珠华谈了一些话，珠华的性格是喜欢默默地想，不肯畅快地交流。她对我们有较深的了解。

我们曾好多次谈论过珠华，她不太引人注意，但是与她深交后又觉得她是十分值得关心的人。但她的性格有些孤僻，我们都觉得如果她的生活遇到不幸，她容易颓废……

前天初九是明川订婚之日，明川希望我能就他的婚事记一篇日记。事实上，我对于明川婚事上的情况，特别是细节是不很了解的。他的个人问题与我们一样，遇到了好多曲折，现在和如霞订婚，他不甘心。但是由于母亲和亲戚的愿望，媒人的好心，如霞家庭的诚心，他不得不答应下来。如霞的知识和能力与明川有很大差别，但是现在看来，男青年比女青年总要强一些的。

小良说起忠挺与他一起去拉车，但因生病回家了。忠挺是我朋友中最有生活经验的一个。他聪明热情，待人诚恳，并能顾到一些细小问题。但他入赘到柯溪后，由于他岳母做事不与他商量，有些事情不为他考虑,生活上又缺乏应有的温暖,他内心十分痛苦。忠挺自尊心极强,却生活得十分无趣。他对我说,他到柯企村已经四年了,但是这个家庭一直没有给他"家"的感觉。

朋友的痛苦比我自己的痛苦还难受一些。我认为忠挺和他岳母索性打开天窗,把心里想的都摊出来,矛盾一定能得到解决。如果闷在心里,大家都不会好受。忠挺为了使自己心情舒畅些而去拉车,不想又生病了,这样他心里愈加不舒服了。我想写一信给他妻子芬华,同她谈谈,希望她们一家能正确对待忠挺,但提笔却无从写起。

正月初一,础金送了我一本笔记本。里面题了一首诗,是去年9月16日我们登了走马岗后,有所感而写的……

"所望在几里,相思为万亿;欲得赶山鞭,万里成平篇。仰观浮云去,请君莫生悲。秋花及时萎,春风吹又现。俯视暮日辉,别时无意归;二鹰冲青天,争高互叫唤。且视东流水,学习放心间;安得赶山鞭,与君尽开颜。"

他这诗是一时而就,并无修改,写得太好了!我看后细读几遍,对础金的文学才能不由地肃然起敬。这诗无论是思想上或是结构上都是成功的,结合了当时情景,又抒发了自己远大的抱负,通过对自然景物的描写,揭示了"人间正道是沧桑"的真理,从而勉我"莫生悲",为"安得赶山鞭"而努力,仰观俯视都饱含了深意。"二鹰冲青天,争高互叫唤。"借喻了我们之间应该胸怀鹰志,争高共进!

3月8日

昨夜与明川同到上河图,后又谈了一些话。我同明川之间的了解愈来愈深,但我们不像《海涅诗选》里的两个水鬼"它们彼此了解得太深了,客客气气地分开,以后远远地相避",相反,我们的了解,是基于共同的对真理的追求。明川相信我的求知欲永远是旺盛的,并且在环境许可的条件下，能够做出对人民有益的事来。他对我的估计是正确的，我也自信这一点。

我认为明川如在医学上有深造机会，能够有些成就。明川害怕自己被现实生活压得喘不过气来，他的体力不够好，对繁重的农业劳动有些怕。这点我比明川幸运些，健康的身体使我有了充沛的精力。社会也应该照顾到每一个人的能力方好。

我到忠挺家去，忠挺的岳母和我讲起她与忠挺之间的隔阂，她说她不明白自己有什么地方对不住忠挺，忠挺总是以无言的沉默来对待她，有时独自一人呆坐在门口……这使她们感到十分为难，她希望我们能够从中进行劝解。忠挺与岳母的不睦，不仅使他们的心里难受，也使身体受到摧残，我们做朋友的应该尽可能地帮忙解决这些问题，消除朋友的痛苦。忠挺"呆坐着"的情形，我想起来就感到难受。

我们村学校调来了陈蔡中学的杨仕翰老师，据说他练得一手好字，并且在文学上有较高的水平。明川说起他具有旧知识分子的弱点。我的文学水平虽然经过不间断的学习，进步了一些，但我总感到愈来愈不够，特别是语言太贫乏了。我想同杨老师接近，得到他关于写作技能上的指导，但又有许多原因使我没有接近他。我仔细想：获得点知识总须下定决心才好。因为我常觉得我现在的劳动，寻师傅学艺，只不过是一种暂时的谋生度日子（也就是在下层体验生活），我的主要任务是文学，因此现在应为实现这个目标而努力。这样我临事就以对文学上有无益处来权衡，有时甚至会放弃身边忙着的事，去从事"练习与体验"。

今夜到杨老师处去，他已睡了。我与明川就到周珠华家，她和陈蔡的表哥培延在谈恋爱。在珠华家谈笑的几个小时里，我很注意培延的举动，有时亦引来他几句话。我对他没有好的印象。他谈吐举止不洒脱，看起来不可能具有远大的志向和较多的知识。他的性格也不开朗，缺乏朝气，不可能从心灵深处了解、热爱珠华的。他可能具有一般人说的"聪明"，而不具备做大事的能力。当然，要了解一个人光凭表面印象是不够的，尽管我对自己的观察能力有些自信。如果能看到培延书面写的东西，那我就可以较正确地评价他了。如果珠华问询我的意见，我应抱对她负责的态度，坦率地谈谈自己的看法。

同学周仲华与梨树坞村的黄金才在谈恋爱，金才的亲戚旺来好几次托付我，希望我在仲华处好好做做工作。仲华也是信任我的，为这事征求我的意见，我凭自己所知实事求是地告诉她。他们这件事，看起来应该会成功。但媒人周小爱无知，和金才的六叔讲了一些有损仲华自尊心的话。仲华婶婶这个疯疯颠颠的女人又在金才六叔那儿讲了一大套仲华家的坏话。这使得仲华非常气愤，前天夜里她听到这些话后特地来告诉了我，昨天又气得整整睡了一天。我同情仲华，劝慰她不必与这些无知的人计较，对金才也不要因为委屈而有另外想法。从这件事中看来，冤屈之事确实有的，姑娘的自尊心切不可伤；听话必须全面些，如果金才听信那些谎话，又错误地评价仲华，那他会失败的。

今天我已与周小爱谈了自己的看法，周小爱诚恳地接受了。仲华缺少真正从内心上关心她的人。

妈的病好了些，也使我们心安了不少！我前些天已同柏树头村的郭超师傅讲好了，去他处学徒。今天他到以前的徒弟家去一趟，明天到我家来，不知情况会不会有变化？

正清叔到我家来，他说政权想去江西解枕木，但没有好的伙伴，希望我能与政权同去。虽然我十分怀恋江西的流动工生活，但考虑到想学木工，生产队里也很难处理，所以不准备出去了。

3月13日 阴

9日郭超师傅没到我家来。我夜晚到柏树头问公威，他也不知何因；又到础金家，才知郭超是无端的不想带学徒了！

10日夜到陈蔡水章处，谁知他已应允带下河图村的林统。知道我也想学木工，他很懊悔，说他很愿意带我的，但以为我已经有了师傅。他很不情愿带林统，只是碍于面子，无法回绝了。我也感到非常后悔！前些天我也想到他处去一趟的，但想想不大可能，就只托了别人去问了一下，可那人没有同他说，这样就造成了十分遗憾的事！

郭超师傅在斯宅八十坂做活，我11日与友木、公威到八十坂。我想问问郭超师傅答应得好好的，为什么突然又不带我了？经过交谈，知道郭超师傅对我没有意见，只是因为在陈蔡徒弟处受了些气，一时窝火而不想带学徒了。他前后已经带了三个学徒，都是一年多点就不跟他了，使他的名声受了些影响。我们好说歹说，他答应愿意带学徒的时候会来叫我的。

昨夜到大尖溪村看电视纪录片芭蕾舞剧《白毛女》。对于芭蕾舞剧完全不懂，也看不出它的艺术性在哪里，只觉得那些演员身体特别轻盈。就内容来说，《白毛女》比其他戏要成功一些，它有真实感，也就能感动人。

3月17日　农历二月二十一　星期三　晴

13日写日记时被打断，现在想接下去却记不全了。

我答应过保华她们，向她们好好谈谈自己的生活经历和思想状况。12日夜从大尖溪村看电影归来，我们在钱塘王岭岗高唱，很是兴奋！

高尔基在《伊则吉尔老婆子》一文中说："我们爱唱歌，只有美的人才能够唱得好——我说美的人，就是热爱生活的人。你瞧，难道在那儿唱歌的人劳作了一天后不会疲惫吗？那些不会生活的人就会去睡觉。那些喜欢生活的人就——唱歌。是的，只有热爱生活的人才唱歌。"

前几天掘毛竹山，我掘了一些兰花和桂花树苗。吃中饭归家时，手里拿着几丛兰花，口里唱着歌，天是那么蓝，沐浴在温暖的春日阳光下，我舒畅极了！生活是多么充满诗意啊！

我把兰花种在门口天井里,把桂花树种在村口山上。我喜欢桂花浓郁的香味,喜欢桂树墨绿的、郁葱葱的树形;我喜欢兰花所特有的清雅芬香——它们象征着另一种美好的生活!

　　每晚,我又与周珠华这群姑娘谈笑,品尝着那种"纯洁的青春时期所特有的温暖"!我们相处得很好,很融洽……

　　14日我到安华买炮药。周国平与周华琴已到上海去结婚了。据说她们的婚事经历了许多波折,华琴三次遭父母毒打,但她坚强不屈,最后与父母亲断绝关系,把自己的一切还给了家庭,甚至包括内衣内裤!

　　他们终于结婚了!国平、华琴,我深深地祝福你们!

　　这些又使我想起了自己的生活,我这几天心中隐隐地有股莫名其妙的烦恼。我觉得这些天是自己在欺骗自己!那种"舒畅"、那种"歌唱"、那种"温暖",都不是那么地真实!联想到自己的过去和未来,我又只能皱眉沉思了!

　　我只能约束自己一些了。放纵的生活虽然容易过,但它总是不真实的!如口渴吃冰棒,吃的时候又凉又甜又解渴,但吃后反越觉口渴了!我不能白白地让青春时期的可爱时光流逝。

　　看了电影《红旗渠》,又激起我对石工的无限崇敬。石工是伟大的人群,他们有着伟大的性格和伟大的能量。

　　石工——那些粗鲁人,他们无法表现自己的感情,因为他们没有渊博的学识,没有美丽的词汇;但他们的生活充满了激情,已到了不可自制的程度,这时他只有高兴地呼喊"嗨!""嗨!"震天撼地!这种呼喊,是一首美丽的诗!他们的呼喊声里有一种潜在的勃勃有力的勇气和力量!

3月20日

　　昨日孝四公社召开了"狠刹资本主义歪风"的大会,批判了一些破坏山林分子、投机倒把分子、赌博分子和贪污盗窃分子。这个会开得及时、有力。

当前农村在一般社员思想里，普遍存在"拿得进东西是自己的本事"的想法，所以偷树、偷公家东西成了普遍现象！

高尔基《母亲》一书中，巴威尔对母亲说："人们很坏，那是真的。但是自从我知道了世界上的真理后，人们就变得好了……"他又说："连我自己也不知道是什么缘故！我小的时候就怕人，长大了开始憎恶他们。对于有些人，是因为他们卑劣；对于有些人，却不知原因，只是单纯的憎恶。但是到现在，我对他们有了不同的看法，——不知道怜惜他们还是其他原因——但是自从我知道人们的丑恶并非全由自己的过错以后，我的心肠就软下来了！……"

是的，环境在很大程度上影响和决定了人们的思想！我总认为，人的思想觉悟的提高肯定是与物质生活的提高相对应的。

目前农村的粮食和燃料是最基本的实际生活问题，也是最重大的困难。粮食的增产跟不上人口的激增，山林资源由于开荒种粮和养猪业的发展而日趋衰竭！长此下去，怎么办？

空洞的口号、不切实际的工作是解决不了这些生活问题的，除了发展科学事业外，节制生育问题必须列于当前社会工作的主要地位。

人口增长太快了！如我们这个50来户人家的生产队，今年粮食定量比去年要增加3000多斤。百年以后，以这个增长幅度来计算，粮食必须提高到现在的2.5倍才能维持生计，而光靠增产不可能达到如此大的数量！

人口迁居能解决一些困难，但这只能是暂时的方法，并且这方法本身也存在很大困难，安置问题是庞大复杂的。在文化大革命初期，我看到了一张"支援宁夏人员"的传单，传单中陈述了他们痛苦悲惨的遭遇。支援宁夏的人员，除极少部分人比较好过外，大多数人都已逃回，死伤不少。那张传单具体的统计数字，我记不起来了。

3月24日　晴　于枫桥东溪公社黄坑大队茶场

现在是清晨四时许，我在这与走马岗遥遥相望的东溪公社黄坑大队茶场木工棚里写这日记。

前天我到西岩，同学陈水英的哥哥陈水明是个技术很好的木工师傅。经人介绍，他答应带我学艺。后来他的丈人硬要他带自己的老婆舅，他没法只得带了。听说他们在黄坑做活，我也赶了过来。

昨天，我翻越走马岗到黄坑茶场。走马岗这一侧都是深深的峡谷，一条溪流在那乱石缝中穿流着，水透明纯净，显得活活泼泼。这里是盛产驰名的枫桥香榧的地方，整个山谷遍布香榧树。榧树别有风度，粗大的树干曲折婆娑，都不太高，一小丛一小丛的针叶扎成小簇，墨绿墨绿的。松树有"劲松"之称，榧树应有"苍榧"之号了。

前夜下雪，走马岗上还有积雪，我是翻"雪山"来的。在榧树丛中行走，树上的雪融化下来，成为雨，我只得撑起了伞。这样边行走边欣赏，真是心旷神怡！我拗了几枝榧树枝，想拿回去给珠华、保华她们看看，说说这种地方风光，她们一定会很神往这个地方的。

大约下行了六里左右的陡峭峡谷，到了黄坑村。这里的社员在砌石造田，他们的工作很艰巨，四五米高的石坡砌起来，围填成只有一担稻谷可收的区区几十平米的小水田，如按他们这儿的条件，我们村到处都可造成水田了！

我向社员询问水明师傅在哪儿做活。他们遥指说在对面山岗，远远看去，似在天上云雾之中，我不由暗叫苦！岭陡异常，曲来弯去，视线很暗。我走得热极了，浑身是汗，就脱了衣裳、裤子，只剩下短裤单衣，才觉得舒畅了一些，就很快往上爬，大约又是三里的上岭，才到茶场的木工棚里！

水明、巨明都在这里，还有琴弦的阿木和桂忠两个师傅，水明师傅见我到了这里,很觉为难。他们在这里造屋,可以穿木桁了。我要求在这儿操操手,练练基本工,他们答应了。昨天下午就开始了我木工生活的第一天。

他们叫我刨串片,第一次拿起刨,刨子一点不听话,也刨不起花,刨片常常塞住刨子,我下死劲地刨着,到后来熟练了一些,但是两个食指和两个大拇指痛得厉害,手掌也十分痛。因为昨天爬岭时衣裳太单受了凉,肚子痛了起来。我咬着牙坚持着,手痛揉几把;肚疼难忍,换一个姿势。后来刨一块枫树料,更加难刨,食指痛得厉害,刨子按不下去,越刨越刨不起花。我把手指弯曲几下,活动会儿就又刨,直到天很黑才休息。

"高山有好水",这里的水十分好,又清澈又凉爽,我把手浸在冷水中,疼痛减轻了一些,一看,我这厚厚的手掌起了血泡。我觉得学习一样东西真不易,但我一点不觉得乏味。

我肚子疼得难受,又吐又泄!我没有吃晚饭就睡了。生病的痛苦我很难尝到,真不好受。

深夜常被从竹笆门缝隙中吹进来的风吹醒,一张不到七尺的简易木床挤着七个人,动都不能动。我无法入睡,听着呼啸的松涛声和哗哗的山泉声,又想起了自己的生涯!68年的上半年,我在广昌古竹的山里也经历了这样的山林生活。我想起了以前的朋友,又想起了现在相处的一些人,他们都是那么地可爱,令人怀念啊!

3月25日 晴

昨天上午凿榫头眼,这对于我是比较容易的事,拿惯了八磅鎯头和锥头的手干这活是合适的,只是木头的性质和石质不同,似乎还是石头听话一点。

夜到黄坑村去玩,到黄坑大队革委会副主任全法家坐。黄坑大队有

100多户人家，田很少，山林资源丰富，有直径达十里的山面，榧子的收入占全大队全年总收入的60%左右，去年他们榧子收入有八万多元。从树上采下来的榧蒱要四斤左右才能晒一斤燥榧子，今年榧子单价0.54元/斤。榧树收入很高，黄坑村有一株最大的榧子树可收1000多斤榧蒱，可晒300斤左右的干榧子，抵得上两个全劳动力的收入呢！榧树寿命可达三四百年，真是一种非常好的经济作物。

这里的山都是笔陡的，山谷很狭，地理条件差极了。但是这里的社员干劲大，思想觉悟高，有创业精神，他们不怕艰苦的坚毅风格很使我感动！现在的"大寨坂"，以前都是深谷，可以看出在改造这个山谷中，社员们流了多少血汗啊！这里建造房子，由于没有平地，只有依山傍水，有的房屋石埂要砌几丈高！一座房子下部建筑可能比上部建筑还难些。

这一带黄坑、杜家坑、里宣、外宣、丁家岭、钟家岭等十几个大队是香榧主产区，都属枫桥区东溪公社。

据说钟家岭还产"红蒱"，像茶蓬一样培植，这里的红蒱特别大、特别好吃，也是一种很好的经济收入。

这里也是革命根据地，金肖支队司令部曾设在我们现在住的茶场下面的山洼里，人们都很熟悉金肖支队的马青司令。

3月26日　阴

旧时代留下来的封建残余，做学徒需忍受不少精神上的压迫。无论干活、生活，处处得看师傅脸色，甚至吃饭夹菜都要小心翼翼的！我认为做学徒"勤快"是应该的，但决不能做"奴隶"！这几天我不习惯这种生活，有些地方不得不谨慎些，但做人的自尊心又使我内心强硬起来，师傅是人，学徒也是人，都应尊重人格。如果处处小心的话，过了三年学徒生活，人变得小心谨慎，唯唯诺诺，自己的个性都没有了！

今天我细细地看了一下屋架，也就是简简单单的几根柱、樑、桁、椽的串联。在没有竖起前，大堆大堆的木料使我觉得屋很复杂，现在看起来，十分简单，我想学木工不会是那么困难的事。

收工后，天还早。我坐在视野开阔的山坡上，翻阅了一会儿日记，触动了自己的一些思想，我唱了几支歌，自觉唱得很好，可独自一人唱，无知音，兴致不高！我又怀念起了那些值得怀念的人……

离家还只五天，但好像过了好些日子似的，心静不下来。

3月28日　晴

水明师傅他们都到黄坑去了，只剩下我和学徒周五"守山寨"。周五只有16岁，人比较聪明，也比较幼稚。他对学徒生活感到不满意，也惧怕沉默不语的师傅。我鼓励他大胆些，用不着怕什么。

为了怕妈妈记挂，今天我写了封信去说要到清明前后方才回家。但一到夜里，他们又说后天就要回家了。

我对自己做事自信心很强，也自认为活动能力强。但想到了自己的一些失败，不觉怔住了。我的生活是那么地不如意，常常感到苦闷。有时觉得我要做的事是那么地多，真忙得不亦乐乎，但是有太多时间，经常被无事可做的苦痛扰得心神不宁！我的生活是小事太多大事太少，由于心中愿意做大事，因此对于小事不太注重，对一些事心热时恨不能一下做好，心冷时就凡事无所谓了……

我认为不管客观事实如何，我绝不是属于做事浮而不实之人。如果真正了解我心理活动的人，他不会来指责我这些的。

又想到了社会工作。我曾就我村支部书记洪生说他自己忙而发过感慨说："必须大家忙起来才好！"是的，领导做工作必须做到人的头脑里去，使干部也忙，群众也忙，并且干群能忙到一条轨道上去，这样，事情也就好做了。

社会工作是错综复杂的。就如计划生育工作，靠几张宣传画，说说大道理顶什么事呢？除了有些人觉得负担太重、自己太苦而去节育外，思想觉悟高而去节育的人是不会有的。这个问题要解决就必须从人们头脑里清除那些旧的封建思想，如宗族主义、多子多福等，并且要真的拿出手段来，人们才会去节育。

　　社会工作目标是十分明确的，归根结底是与人们思想领域里的"私"作斗争。"私是万恶的社会根源"，总结得太好了。

　　越是对这些问题认识得清楚，我就越从心里厌恶那种空洞的脱离现实的所谓的思想工作。

　　设想自己处于领导地位，我也常常会思想很纷乱，有时觉得大刀阔斧地做会做得很好；有时又会觉得茫然而无头绪。章生哥说我应该大胆地闯，不被环境所束缚，我解释了这是不现实的想法。可是现在有现在的理由，但那时或许也会有那时的理由！

　　想到这些，也就想到了地位与权的重要性。

　　"人民是历史发展的真正动力"，谁否认这一点，他就不可能正确地认识社会。但是"人民"这不是一个抽象的词，它是有组织有领导有机地联系着的一个整体。各级领导不管哪一层面都是非常重要的，而负有历史职责的是最高一级——旧时代的朝廷和现在的中央，它是制定政策、决定社会命运的机关，因此它必须由优秀的人组成。他们不能是手拿大印，而只管自己过奢侈生活的特殊阶层。他们应该不为名不为利，与最基层有密切联系，全心全意地为人民谋福利的纯粹的人。

　　"实际生活中的进取原则也应该是文学作品上的进取原则"。"历史的经验值得注意"。有条件的人应该认真研究这些历史的经验。其中必须包括占人口绝大多数基层人民的经验和最高阶层人们的生活经验。

　　私生活岂能与人民事业相比拟。抛开琐碎的生活杂事，多想想社会上的事吧！心胸会宽广起来的。

3月30日　阴雨　家

昨天，离了山棚回家了。

从黄坑上走马岗，我又一次被黄坑美丽的景色迷住了！也可以说，我是被那一丛丛郁郁苍苍的榧树迷住了！天下着蒙蒙细雨，这雨粒细微得像水汽，或是叫雾雨更确切。群山笼罩在这白茫茫的雾气中，深黛色的榧树绿得分外厚重，榧树丛中几株梓树刚绽放黄白色嫩叶，像是娇艳硕大的花朵，十分鲜艳夺目！它们和榧树相互映衬，好似一片片无比巨大的花丛。

我又"啊，啊……"地啊了起来！有几个妇女看着我觉得奇怪，她们以为碰到精神病患者了吧！呵呵！

我飞奔着下山了！

到上阴坑村时，雨下大了。一群小学生放学回家，三五个一群匆匆地跑，有好几伙学生对我说："嗨！同志！你把雨伞给我撑，你为人民服务啊！"

他们的戏语严重地损伤了我的兴致！我又想起了别的……

到仲娟家，仲娟爸已归来了。我们没有好好地谈谈。前次我到过东桥，碰到了仲娟，与她交谈了两个小时。仲娟的思想很不安定，她现在处于我去江西前的思想状况，非常向往到外面去闯闯，增加些见识。我赞同她的想法。

夜与珠华同坐至深夜，她的话证实了我的想法没错。她也同我一样，前些天感到自己现在的生活不能再好了，现在又觉得有些空虚。我同她性格太不同，思想上差距也大。

今天上午去拔草，想得很多。在大自然的美色中，我兴致较好。我想用生活写一首浪漫的诗，使自己以后能够记住这些。我的思想感情是不太健康的……

渭月到我家，我们总感到自己知道的太少，因此心灵不够充实。

看了一会儿《高尔基作品选》，被"罗伊可"和"娜达"的庄严悲伤的故事吸引住了。高尔基写得真好，他的语言美得像诗一样！高尔基的作品，对生活有较深理解的人更能体会其中意境。我看书也凭兴致，有时觉得没意思，有时体会很深，百感交集。

我要再有一本记故事的笔记和一本描写景物的笔记。我的语言太贫乏了。

4月4日　农历三月初九　星期天　阴

昨天下午我写了一篇"红花和白花的故事"。

红花是一朵怒放的花，肥硕厚实的花瓣无羁地绽放着，花芯里滚动着几滴露珠，花蕊茁壮有力。那血样的红色里透出不畏风雨、勃勃生气、闪耀着坚毅和质朴交融在一起的光泽。白花显得弱小一些，有着那种令人油然会产生怜悯之情的几分动人的憔悴，但它的洁白似玉的花瓣隐隐透出那种少女脸上所特有的滋润、妩媚气质。

它们之间隔着一道篱笆，近在咫尺，又远在天涯……

晨光初露时，红花想起了白花，它低吟一起唱过的歌，思念着和白花一起的生活和白花给予它的温暖和友情……

凄白的月光映进篱笆，照到红花身上，凄切孤单。它又怀念起了白花，突然想到了它的死。这样它可以放下心中的所思、所念、所感，大声地在白花的灵前痛哭，向白花之灵抒发自己心中无限的怜爱和痛苦……但它马上又忏悔了。

它仇恨自己的想法，又从心里祝愿白花的幸福和快乐。

"生命诚可贵，爱情价更高。若为自由故，二者皆可抛。"红花低吟起了这战士之曲，它傲然地望了望篱笆，篱笆在腐烂，它把头探出了篱笆，看到浩瀚的花海在春日的阳光下欢腾……

红花摒弃了应该遗忘的一切，用它结实的花瓣撞击着那将倒的篱笆，那边，伙伴们在向它微笑招手……

这或许就是我生活的真实写照！

不知是出于自己的敏感还是其他原因，我感到那些曾觉得有诗样胸襟和涵养的人，他们的内心并不是那么地纯洁。他们也需要我用一般社会上惯用的"看人说话"的方式来对待他们！

我又骄傲起来了，我又觉得自己是那么纯净，那么无邪，而能和我相比拟的，能从灵魂深处洞悉我的人是这样的少。

我对"小事"又抱无所谓的态度了。

明天是清明节，农家今夜都在包"清明果"。

4月6日 雨

刚才抄了《高尔基作品选集》中"伊则吉尔老婆子"讲的第三个故事，我深深地被丹柯燃烧着的热情感动了。这是多么美丽的诗篇！丹柯熊熊燃烧的热情也在我的心中燃烧了起来！基督显得太无力，太渺小了。丹柯的热情会在我和其他正直的人们的心里不停地燃烧！我坐不住了，站起来踱步！我凝神凭窗远眺，近山在春雨之中已呈现出了顽强生命力特有的青色，远山蒙在白茫茫的雾光中，我的心又飞得很远很远，也燃烧着！

前些天，我答应保华她们，好好讲讲自己的生活经历，但一直没有讲。因许下了承诺，心中就会时时浮想起二十几年的生活经历。我的生活是不平静的，有着钢针扎心般的痛，有着美丽的咏吟的诗，也有嘹亮动人的歌！

我的生活除了用我的笔写，用口说是表达不清的。它自始至终贯穿着"阶级路线"这条粗重触目的黑线。但我不能用笔写啊！

我曾问过保华她们——我们现在相处很好的几个人，以后能不能永远保持这种友情？她们回答说："每个人要保持是不太可能的。"我又问她们："我属于哪一种？"她们说："属于能够保持之内。"

任何事情都是一分为二的，我对自己的了解比任何人都要深刻些。就一般情况来说，由于我待人心地赤诚，如水晶样纯净，如火般热切，我们之间永远能友好地相处，我能够正视我们之间的任何问题并作正确的处理；但是，我又有一股特别的"冷酷"、异乎寻常的"敏感"和"自尊心"，一旦触动了我这一敏感的神经，我会如冰样地无情！

说得直截点，我与她们之间的关系须由珠华一个人来决定。珠华是我爱得十分热切的人，但我又怕她。我爱她但是没有要与她成为"夫妻"的想法，或者又可以说这想法是强烈的。《蒋光慈诗文选》中有一段："凄白的月光映在她的脸上，她的手是那么地冷，我激动的问她的脸色为什么这样苍白，她回答'所以我总是要早死的啊！'"每每想起这个镜头，我的心中就会渗出血来……

珠华是个聪明的、多情的、骄傲的姑娘。她有些像林黛玉，但又不太像。

我有些像贾宝玉，却又完全不像！

3月4日，我从斯宅回来的晚上，明川与我谈起珠华，明川认为我把珠华幻想成"红花和白花的故事"里的白花。与其说她是这朵白花，还不如说我希望她是这朵美丽的白花更确切些。

我把她看得那么地圣洁，那么地美丽。

但是这几天，珠华的态度在变，她对待我有些异样。我害怕她会触动我"冰样冷酷"的那根神经，这样，我们之间的一切都完了。我也只有用手去整理支离破碎的心，用舌舔净伤口上流出的血，以后就会有"狼样残忍的眼光"来射向别人了。

我希望珠华这样看待我：晓东是个强健而心灵纯净美丽的人，性格开朗，心胸宽广，实在是一首美丽的诗（我有时会自满自足的，镜子里的我容光焕发，浓黑的双眉透出性格上的不屈不挠，而内心的纯洁，对社会的认识,对知识的渴求,又从深沉敏锐的眼睛中表现出来)。他是一个值得爱的人!但是他是一个失去自由的人!她无力冲破这枷锁!她仍爱他,但她不能给他一切;她知道他爱她,她也珍视这种情感,她不能去戳痛他的心。这样,明智的他也会原谅她的,他会把自己的心藏得深一些,再深一些!

珠华啊,希望你不要破坏自己的美丽!你的美丽在我的心中的破灭会给我带来多少对人生的悲观啊!

昨天,趁生产队劳动的间隙,我给自家的自留地掘地,干得十分起劲,我感到自己的力气很大,越觉干得欢乐!在劳动中我想起了上面写的意境来,想到珠华和祖坤,又想到了祖良。祖良的知识和人格超过寻常人,经我与他在电站的共同劳动生活,他对我十分了解。我曾经玩笑地问过他:"如果我和你的妹妹恋爱,你抱什么态度?"他大笑回答我:"如果有这种事的话,我会感到高兴并且十分支持的!"祖良不是信口开河的人,他的回答使我感到高兴。只有那种眼光深远、不以名利为重的人才会有这种思想。如果我问祖坤:"如果我和你的妹妹恋爱,你会怎样?"祖坤绝不会像祖良这样回答我的。对于他,"成份"会影响他的前途啊!我要写信给祖良,向他系统地诉说自己的情况。

对于自己的阶级地位,我由听到心跳脸红到现在处之泰然,这证明我已经成熟了,其中的过程是漫长的、曲折的。我心中已把这定义为"畸形社会的畸形现象"!

"红花和白花的故事"我想把它写下去的,有可能会成为一部脍炙人口的文学作品。但是涉及到了"篱笆",我的思想斗争十分激烈。

"篱笆"是一种反动的逆流呢,还是革命途中的一种错误呢?

多少次,我抬起脚,想迈出决定人生的第一步;但我又多少次缩回了脚!

这几天,我的内心是复杂的,珠华的问题深深地苦恼着我;但作了个长久的计划,我的心境就十分宁静安适,我摒弃了应该遗忘的一切。

我为什么要根据别人的心理变化说话呢？晓东，勇敢些，应该怎样做就怎样做。我要把自己的一切告诉珠华，也可能告诉祖坤。在生活中撞几次头，擦破点皮，流点血，没什么了不起的，我甚至非常希望有人和我激烈地争辩。

又想起了珠华，我很不愿意和她一起，她把自己的心藏得太深了。对于我的性格，微笑着的沉默是最令我难受的。她的沉默胜过了别人给我的鞭挞！

"唱啊……跳啊""跳啊……唱啊……"我的心活跃了起来，脑子里灌满了东西，异常地兴奋！

不管它，睡吧！明天会是个雨后的阳光普照的大晴天，我又会在哪儿呢？

4月7日　晴到多云

写了一封给珠华的信，我说："我总觉得你的心理活动和我是有联系的。你能理解我4月6日写的日记的思想，我会感到高兴；如果你理解错了，并因此而对我有所看法，我也不会怪你的，我只会'笑'！我抓破了胸膛，把一颗跳动着、流着血的心给你看，因为我相信你不会在这伤痕累累的心上再扎上一刀——希望你不要破坏自己的美丽。人是自私的，他看到'好的东西'，就会产生'拿来给自己'的思想；如果那'东西'是物质，这是卑劣的行为，你应该把唾沫吐到他脸上；如果这'东西'是人，你不能去怪他，那是她值得他心生怜爱的缘故。事实上，这说与不说，对于我来讲，是无所谓的，我会默默去承受一切，反正我忍受惯了。但是我想在你的心中留下点青春的记号。几十年后，我们会畅谈这些。以后我会一如既往地对待你，并且再也不会提起这些。"

夜到她家，恰好她独自一人在编织毛线裤。我把日记与信给了她。

她看着，并不善于掩饰自己，时而脸色沉重，时而低头，时而微笑，但她沉默着！真使我难堪啊！我又失败了！我想与她比比谁沉得住气！

她又看了一遍日记，后来看到我抄下的"红花和白花的故事"时，她说："我以后再不敢看你的日记了。"

这是她性格的生动刻画。她说这话，是因为我这跳动着的心使她的内心太沉重了呢，还是我撕破了遮着她心底的布幕，露出了她赤裸的心，向她揭示了她的血的结局而使她灵魂震颤，还是这两种情感都在挤压，逼迫着她，使她精神承担不了这负担？我想都有可能。

她默许以后和我谈谈她自己的思想。

我感到轻松和解脱，某种沉重的心事释怀的快乐！我已用自己的生活写下了夙愿已久的浪漫的诗。

以后，我会用一种美丽的意境来写"红花与白花的故事"了。虽然白花不能是战士而只能是牺牲品。珠华没有从我的心里破坏自己的美丽，我感谢她，一切都与我所想的一样。

我感到我应该尽早解决自己的婚姻问题了。这个问题花费了我过多的心血，我有些难以支撑了。

但是吉利与祖坤的问题又使我深深地苦恼了起来。吉利是我的同学和姐姐，祖坤是与我思想有一定差距但相处很好的伙伴。在一定程度上，我关心他们超过自己，我发自内心希望他们幸福。

现在种种迹象表明，吉利对祖坤是热切的。但是，祖坤却认为吉利要求高，不可能成功而不想考虑。他的心理时不时地变化着，也把吉利的病痛，抱"美中不足"之慨。

不知为何，我把祖坤的心理变化与我自己联系了起来——他是否会认为我在讨好他，因为他的妹妹珠华？我常拿一些无端的思想苦恼自己，但是这种思想竟又会如此顽固，令我不安。骄傲的我容忍不了半点委屈。

我十分明白，我与祖坤的关系是有一定界限的。他不能与祖良比，如果我和他的妹妹恋爱，他一定反对。因为现实社会和势利思想使他难以解脱出来。我理解他，也原谅他。如果他认为我给他介绍是因为我与他妹妹的关系，那么我心中的火山会爆发的！我与他之间的一切就都完了。鉴于他的态度，我应该给吉利写信，使事情有个了结。因为作为朋友，我们对这种事只能起互相介绍的作用，决定是否幸福的是自己，并且我也不愿意做勉强的事。

一般说来，祖坤是不太会有那种想法的，他也不应该有这种想法；我也不能凭主观臆测别人。对于他与吉利的事，我还是抱对双方负责的态度，认真处理好。

4月8日 雨

昨夜整晚没有好好地睡觉。前半夜睡不着，后半夜下起了瓢泼大雨。一种对集体事业的责任感使我们兄弟早早起了床。我们和姑父一起给秧田灌了水，那些刚撒下秧田的种子会被大雨淋散；我们堵住了灌进水田里的溪流，搬掉坍塌下来挡住水流的石头和泥土，手脚一刻不停地干了好几个小时。在雷鸣电闪，风呼呼、雨哗哗之中奋力劳动着，心中有股特别的激情！清晨五点钟的广播响了。看着我们兄弟浑身湿透的模样，我想到了我与哥哥这两个地主的儿子哪里是那种敌视祖国建设的人？在这几个小时的紧张劳动中，我不曾有过半点私心杂念！

想起昨天下午，女社员莲子工间休息到家里去，回来劳动时已迟了半小时，但她一上工，拿起锄头就急匆匆来挖塌方上的柴蕻头，因为柴蕻头可以拿回自家烧饭。我看不惯，讲了她几句。莲子却理直气壮地宣称她是自私的，大家都是自私的！我无言以对，虽是有理的一方，但结果我"妥协"了，能怪她吗？

今天上午与明川闲聊了一会儿，明川对如霞的聪明和贤惠感到满意。明川说如霞及另外的姑娘背后都在议论，说我是个值得姑娘托付终生的人。我不禁笑了。一个热情开朗的人是能给人以好印象的。在我的生活中，不是有好多姑娘表示出对我特别的好感吗?不过这些是庸俗的无聊的事，我不愿让它在脑子中逗留太久。

　　如果有一个姑娘对文学、对生活由衷地热爱，我与她一定能非常融洽的。对待自己的个人问题，我不会光从感情上来考虑。我自信我不会使爱人在精神上和生活上受到痛苦的。

　　明川眼光太锐利了，现在他最了解我；而我们俩又最了解珠华。珠华骄傲脆弱的心灵会使她自己受到摧残的。我应毫无顾忌地帮助她，她要选择一个合适的爱人太困难了。

　　翻看了些日记，那些私生活记得太多了，简直可以说是恋爱史。但是我又有什么办法？况且这"恋爱史"中也有别样的生活，它与社会生活有着紧密的联系。

4月13日　晴

　　这几天十分繁忙，生产队每天都要出工，一回家又要整理自留地，晚上还要剁草子做猪饲料，真连稍坐一下的时间都没有。近段日子的学习荒芜了不少。

　　为找木工师傅，我到董村张军威家去了一趟，军威又到江西去了。军威的爱人说起68年我们在白舍时，生小孩的那个女人并非戚巨灿的爱人，而是他的情妇。现在那小孩也给了温州一户人家。我以前还常常想到这个生得有意义的小孩。

　　我寻个木工师傅学艺比另外人是难些的，除了一般的困难外，年龄偏大和我看起来的"聪明"使有些师傅感到不合适。一般木工师傅带学徒是为了挣几块钱，因此他希望徒弟能跟他满三年。而"聪明"的学徒往往一二年就自己飞了，这和挣钱是有所抵触的。我越来越想去做学徒了，可能是想脱离现实，或想更多地接触社会吧！

给吉利写了封信，对于她与祖坤的事，由于祖坤有所顾虑而不可能成功。在婚姻问题上，我与吉利是有分歧的，即对于阶级成份的看法上，我认为她不应苛求这点，眼光应放远些。

噢，又想起一件事，今天同生产队的青年周仁孝订婚！仁孝显得特别的愉快、兴奋。前段日子，仁孝曾和下河图一个姑娘谈过，但那姑娘父母不肯，仁孝却无缘无故地说是明川在给我哥作介绍，因此他十分仇视明川，妒忌我哥哥，甚而对我也表现出不和善的憎恨。我真觉得好笑。今天他对我又是那么和善恭敬。我觉得奇怪，社会上二十几岁的男青年只对姑娘感兴趣，好像除了这件事，他们无事可做。

4月16日　农历三月二十一　星期五　多云

从昨天开始，我又感到生活有头绪有意思了。但总不大可能像前段日子那样头脑发热了。这转变除了到础金处去一趟和昨晚与明川好好交流了一番外，我对书籍又表现出很大的兴趣。

我已经消除了同明川之间由于祖坤到璜山遭到难堪而引起的不满，事实上他是无可责怪的。我也感到缺乏同志式爱的友谊也会走到"物极必反"的道路。我不能与从心里不愿把自己的姐妹或女儿嫁给我的人成为知己挚友。因为我是纯洁的，我不允许别人侵犯我的尊严。如果他把我最深恶痛绝的阶级偏见用到我身上来，我更无法忍受！

粗览了几篇《中华活叶文选》，细读和缩写了《高尔基作品选》中的几则故事，我的心胸宽广了起来。

今天早起后和休息时的学习，我缩写了《高尔基文选》里的三则故事，约8000来字。我深深被高尔基写的故事情节感动，也深深被他的美妙的艺术语言吸引住了。在这三个故事和前面两则故事的缩写过程中，我对书中的描述难以取舍，他的作品没有一句话是多余的。舍去一句就会使内容逊色一些，意义少去一点。但我不能全部抄下来，只得凭自己主观想法摘抄一些，以便保存故事的大概轮廓，并抄下一些对我以后写作有益的篇章。

看书必须广，但又必须有重点地细读，再拣精华摘抄和缩写。在摘抄和缩写的过程中理解会加深许多，书中内容会像食物一样地消化和吸收；而滥读只是用舌头舔了一下，尝到了一点点味儿；细读也不过是咀嚼了一阵，咽下了一些，吐去了一些。

人类的精神食粮——书，万岁！人类的灵魂工程师——作家，万岁！

时间不够用，今天我几乎没有闲过一分钟，队里劳动外自己家里又做了好多活，还看了不少书。生活越紧张，时间越不够用，我的心就越舒畅，龌龊的思想也无滋生之地了。我热爱生活……

我有时眉宇间凝结着冰霜——这时看到了卑鄙的东西；有时从眼睛里喷出闪烁的火花——这时看到和想到了诗和歌一样美好的事物。而当看到美好未来的象征——小孩和一些美丽的花朵的时候——我的整个脸庞也像一朵盛开的美丽的花朵了。

让过去的过去吧！让应该遗忘的从我心底里逝去吧！

4月18日　清晨

昨天又趁休息时间阅读和缩写了《高尔基文选》。高尔基的形象在我脑子里加深了。在这摘抄过程中，我喜悦地觉得自己的思想和高尔基的思想是那么相似——我也一贯贪婪地观察事物、了解事物，冀求在生活中摸索一条路——人应如何地生活。

高尔基爱读书。对于少年时期的他来说，书好像奇迹一般。有一次，他想了解书中的故事为什么会那样地打动他的心灵，他凑到光亮处仔细瞧每一页，仿佛这样可以弄明白书所特有的力量似的。他写道："我读的书越多，就越使我和世界亲近，觉得生活就愈光辉灿烂了。"

书使他形成一种信心："相信世界上并不孤独，并且是决不会失败的。"

但是——他看到人民的艰苦生活："……思想被乌云堵塞住，生活窒息而困苦，可是怎样换另一种生活呢？到什么地方呢？"当无论是书，无论人们让他觉得"可能有另一种生活的理想并没有得到反应"时，他感到"我必须把自己改变一下，要不然我会毁灭了……"

他与我是多么地亲近啊！他后来终于找到了路——社会主义的苏联，他以全部的热情来爱祖国！他写道："巴什基里亚和乌兹别克斯坦、西伯利亚和卡列里阿的大森林、莫尔达维亚和楚瓦什——大家都欢喜而骄傲地、异口同声地说：'我们复活了，我们站起来了！'我们在工作着，我们理解我们工作的深刻含义。党万岁，我们的领袖万岁！"

在苏联，高尔基觉得人类生活的基础——劳动，变成自由的创造和愉快的东西。

高尔基是在美好的意境之中逝去的，他会感到满足和幸福的——要是那时的现实确是他所写的那样。——我这人喜欢怀疑！

但是，现在的苏维埃变了！《苏联是社会主义国家吗？》一书所诉说的生活使我相信这一点。但是为什么变了呢？我并不完全赞同《苏联是社会主义吗？》一书作者的观点。

可能是"十五个卢布换一斤西红柿"的现实景况使苏联变了——共产主义的首要条件是物产的极大丰富呀！

中国，也就是《苏联是社会主义国家吗？》一书的作者们所憧憬的地方。实际生活也并不是那么充满诗意。7.5亿人口是一种沉重的负担，数额庞大的国防支出与人民群众的生活所需有了抵触，但这又是必需的。物质生活和政治水准的脱节会严重地影响那些"有着良善"的领导人与基层人们思想上的一致。

我对未来感到迷茫，但是我认为，并且愈来愈坚信这一点：人们都不应该自己欺骗自己，应该正视现实生活。

政府应当坚决地采取人口压缩的政策，从强迫直到人们成为一种自觉行动为止，并且在不加强武装力量的基础上，集中全部精力，动员人民全力以赴地从事建设。

4月20日 清晨 家

时间真的不够分配了。昨天又因为一些家庭琐事和水坑蓄水而挤去了我的学习时间。我们村环境条件是好的，在水的源头上，水质清澈洁净，水源也足。但是，人们不够重视用水清洁和水坑保护，经常把井水弄脏，坑水弄浑，有时甚至饮用水都成问题。水坑太小，洗用的人又多，水坑经常肮脏不堪。我经常去清理，这似乎成为我个人的"私事"。这些实际生活问题是应该关心的，但好多人都有"靠我一个人是没有用的"和"凑现成"的思想。我们村的水坑应好好地改造，这虽是非生产性的事，但这是切实的生活问题，应该得到重视。

17日小毛爷爷死了，这几天村子里时而传来阵阵"出丧锣"的响声和妇女的几声干嚎。

小毛爷爷是吃素的，他的媳妇高祥婶为他下葬的衣和被的颜色发愁，她来请教我妈，问："有人认为吃素的人要穿蓝的衣服和鞋子，带的小被也要蓝的，而一般人都是穿红鞋和带红被的。而我们准备做小被子的料子——一块纱布已染红了，这该怎么办才好？"于是我妈告诉她："我爷爷一辈子吃素却是穿红鞋下葬的，我祖母带去的被子也是红的，只有上面还有辈分更高的人在世才不能穿红鞋，他还要带孝……"我听得好笑又烦躁了起来。

对于吃素的人我心里很有反感，"吃素强盗"——人们往往这样称呼他们。他们吃素的目的就比一般人贪心得多，他们想长命，修来世，但吃素反而愈益利己和自私起来。我说："如果真有那么一个公正的阎王爷，那么小毛爷爷应该打屁股！——他的一生是欺骗人而养活自己的一生。"他有一个小故事广为流传：他的徒弟瞎子叫水忠，一日问师傅："小孩的命怎么算？"小毛爷爷回答说："给他们造几间屋，买几亩田难道要你的本钱吗？"这话被旁人听见了，成了笑话！

我由于他而想起了我家的事，我哥哥出生的前一夜，我爷爷去求神，"太子菩萨"说："周绍太家文曲星下凡。"东方发白时我哥哥出生了。第二天小毛爷爷的儿子高祥叔说：天快亮时他听见天上轰轰之声，打开窗户看见一团火红的东西落在我家屋上。小毛爷爷给我哥哥算命，说得天花乱坠，把我那吃素又盼孙心切的爷爷乐得合不拢嘴！后来我出生了，又叫小毛爷爷算命，说得比我哥哥还要好。现在我妈都在念叨这些，而现在，我们的"八字"好么？我们有聪明的优点，但并非"八字"生成，而是自己在与实际生活的锤炼之中，逐渐地成长起来的。

昨天是小毛爷爷的"出山日"。上午十来时又响起了"出丧锣""嘭、嘭、嘭"的声音和妇女们"爹啊……公……哎……爹啊……公……咳……"没有夹杂一丝感情的干嚎声。妇人们对于自己公婆的死而发的哭喊声是一种残忍的表现，我常会听得毛发都竖起来，它是那么地虚伪，使人联想起肉猪去卖时妇女站在门前的几声呼唤。她们心里有一种养好了一头猪，减轻负担的轻松；但又想从"咿咿"的几声呼叫里向猪神祈求更多的"猪钱"！

人们解剖妇女哭死人的原因："哭给活人听的！"原来如此——我懂了！

倒是出丧锣的低沉，给人以"死了人的感觉"，"嘭……嘭嘭……嘭……嘭嘭……"的声音勾起了我一缕对于人生悲哀的幽思——人间再无小毛爷爷圆圆的光光的发亮的头皮、深陷进去的双眼和他永远蠕动着"喃，喃……"地念着些什么的瘪嘴了……

——那些无知的自私的可怜的人们啊！人的一生就此完了，你可曾感觉到过自己是个"人"！？

我家的一只白猪，它已经养了两年，还只40来斤重——这也难怪，人都吃不饱，哪里还有粮食吃？怎么长得大？可这只猪却成了精，它有一双聪明的眼睛，一对灵活的耳朵，把它关在猪栏内，或从下蹿出，或从上蹦出，就是不肯呆在猪栏内！这使我十分恼火。今天我在修被它拱倒的矮门时，它拱了出来，我把它关好。不一会儿，它又从栏上蹦了出来！这样反复几次，把我惹火了，拿了根棒就打！打得它乱跳乱窜，逃到屋外，我追它逃，我心中起了蛮劲，下决心要制服它。它终于逃不了了，被我关在栏内一顿狠打，直至它躺下为止。可我刚走到门外它又嗷嗷地叫了起来，好像小孩喊冤一样，我走回屋里它又不敢叫了，一副吓得要命的样子……

我很明白对猪是犯不着来这一套的，但它服帖了，我心里感到快慰——在有些时候，人都是愚笨点好，何况你是应该愚笨的猪！

前些天掘地，翻开土，一只冬眠的青蛙躲在泥洞里，我动了"佛念"把它好端端地推到旁边，不想它自以为是地一个急翻身，鼓着两只凸出的愚笨的大眼瞪着我，我一股怒气，狠命一锄头背，它成了肉泥……

这两件事说明了我的什么呢？我讲不出所以然来……

明川对我"眉头一皱，眼睛犀利的光泽一闪"的表情有看法，说我这种表情在不了解我内心的人看来，隐隐有种"蛮不讲理"的样子；而理解我的人，会认为是一种果断和坚毅。我知道自己，在"豁出去了！""随你怎么来吧！""应该这样做就还是要这样做！"的思想情感来的时候，面部表情是这样憎憎的。

这种表情会使温情的女性感到害怕，她们不可能明白这种强悍坚毅的后面，隐藏着多么热烈的感情和能够支配自己感情的有力的理智。

我能从明川平淡的几句话中意会出深刻的寓意来。这原因很简单：我的所想似乎就是他之所想，他的所想就是我之所思。

前夜和祖坤同睡，祖坤的话使我吃惊。他说要不过问政治地为自己的私生活而活一生。我激动地反对他，但他却说："那么走着瞧吧！我不问政治地过下去，你关心政治地过下去，看结果会有什么两样的！"他错了，他彻底错了。一个人活在世上，不过问政治是不可能的，他的所谓不过问政治只可能是少为别人打算，多替自己着想而已。

怎样活下去才是幸福，有意义的呢？由于书本给我的影响，读初三年级时我已经形成了"先天下之忧而忧，后天下之乐而乐"的人生观。为自己的小家庭而活下去的人，尽管他在物质上得到满足，但精神上是空虚的。他会脱离朋友脱离群体，走到孤独的路上去。当物质也不能满足时，他色内皆荏，就只好走到毁灭自己的道路上去了。而具崇高幸福观的人，他的一生是为千千万万人民谋福利的一生，他的命运同千千万万的人民联系在一起。他永不会感到孤单，就是当他穷困潦倒时，他也不会被生活所压倒。他会因为觉得人民需要他而顽强地斗争下去。

昨夜与明川到才林家，三个老同学在一起就难免谈起学校生活。他们也谈到我学习成绩的突出。我的学习成绩确实很好。读书九年换了五所学校，同班同学的成绩不曾超过我。我那时的知识掌握得全面，记得初二年级的一次期中考试有七门课程，每一门成绩都在97分以上。我也不是那些死用功的人，课余也很活跃，并能自觉地学习。到初三年级，由于思想受到打击，学习表面看起来有些退步，但实际上是我开始真正地认识到学习的意义了。初三年级是我进步最快的一年，有一篇"弃燕雀之志，慕鸿鹄而高翔"的文章对我启发很大，正确的人生观开始慢慢地形成。我一直很喜欢看课外书，有时上课也偷看，后来逐渐能看些理论书籍了。初中时"学生报"上曾登过我的几篇文章，其中"怎样对待课外书籍？""怎样利用课外时间？""几何学习中的几点体会"等已经很有一些辩证法的观点了，得到老师的赞赏。

现在除了语文水平有些提高外，其他的东西差不多全遗忘了。我常常想：我再能多读几年书，那多好啊！

才林讲到他们煤矿的工人思想十分落后，比农民都不如，工作拖拖拉拉，"劳保、福利"一天到晚挂在口头。

我与明川常常谈到珠华，她的聪明是一般人难以企及的，但我不喜欢她的性格。我很希望知道她对我的看法。姑娘们很好笑，她们心里很愿意同我们接近，但是害怕我们同她们谈恋爱！而我这个热烈的，在这问题上已经有了经历的人，更会激起她们这种恐怖……哈！哈！这是很有趣的事，我又要"笑"了。

4月21日 夜 家

19日早晨，我起床到路上走走。还不到六点钟，看着这春日清晨大自然的美景，我舒畅极了，特别是那美丽的朝霞。我欣赏着，沉思着，走走，停停，看看……站在张家湾上面的土垄上，我贪婪地看着朝霞不断地变幻着美丽的形状和颜色。我拿出笔写起来，开头一段是"画"的，很形象："天空好像个硕大无比的圆圆的蔚蓝色的瓷盆，远山黑沉沉的，天际的交界线明晰而整洁，沿着山岗的树好像是一排队伍不整的负重的人，疏疏朗朗地从山脚向峰顶爬。"我又想描绘朝霞了，不想天空竟变幻得那么快，朝霞已淡去了，我也就描绘不出朝霞的瑰丽了。接着我写了山、田、村庄、鸟儿。"东方愈来愈明亮了，朝霞变成了透明金黄色的，渐渐地太阳透出来几毫米，初看隐隐的，但越看越明晰，明晃晃的光芒强而有力。再一会儿太阳从山背后露了起来，那么红，那么亮，亮使红褪了些，就愈觉耀眼辉煌了，不一会整个太阳悬了起来，树木、麦田都镀上了一层淡淡的金黄色的光波。秧田里注满水的洼坑，一菱菱地发射出冲天的光亮。"

今天我到斯宅作华家去了一趟，传威师傅在那儿做活。我十分喜欢传威师傅的性格，他同我有许多相同的地方。他的动作也是那么地有诗意：果断、明快、有力。我与他谈得很投机，我们的看法差不多一致。我心中很想学木匠，但很惧怕那些为做手艺而做手艺的师傅，跟这样的师傅一起三年，对我将是一种很大的折磨，但我准备好忍受这些痛苦了。这次遇见传威师傅后，我真的不愿意再到另外师傅那儿去了，我深信我们之间一定能相处得十分融洽。一般情况来看，我想他会愿意带我的，徒弟总归是聪明一点好，但是传威师傅欠了好多债，带学徒也就不得不考虑经济问题。如果他真正地认识我，我只可能给他帮助而不可能使他为难的。我的思想和家庭情况会允许我这样想和这样做的。

哥15日到杭州医治耳病。他来信说他觉得十分烦躁。

4月25日

明川在我一本摘抄的笔记本上题了"梅花"两字。他是有深意的。

在未成年时，我有时很爱花，有时对花很厌恶。在看见花的时候，我会把美丽的花和美丽的事物联系在一起，这时感到花很可爱；长久不见花了，对花的印象有些淡漠，这时看见一些打扮得花枝招展的女孩子，我不知不觉地把她们和花联系起来了，觉得她们纷扰烦人"没有丈夫气魄"，我就厌恶起来了。

随着年龄的增长，对生活、对事物的看法都在改变，对花逐渐地热爱起来。"爱美之心，人皆有之"，但我最爱的还是梅花。梅花是先知春意者，她在严寒中仍给人美丽的暖意，她象征着坚毅、无畏、不惧、不妒的风格。

我崇敬梅花，喜欢梅花。但作为名，它总归有些女性的样子，它被人们用旧了，用俗了，玷污了。它应该是男性的、响亮的，就叫它"梅树"吧！不知合适否？

前几天，我与水苗争过。他是个愚蠢的吹牛的无用的家伙。事情起因是他凭一知半解在众人面前卖弄，他把冀中地区称呼"某某的老婆"为"某某的媳妇"的叫法搬到我们这里，是一本正经地说："老婆也可以喊作媳妇。"我告诉他："各地方言不同，不能搬用。"他竟说我"想闹省与省的地方分裂"，把我的正色批评说成是我打击他以抬高自己，奴役他，气不过他们贫下中农！我把他驳得体无完肤，并狠狠地嘲笑了他。他在无言以对时竟"无师自通"地搬出了很通用的"法杖"——"你的政治身份去想想看"！我听后哈哈地大笑起来，笑得是那么地痛快，那么地爽朗，他真有些惶恐了……

又，前些天几个青年在谈论偷树之类。我因为在想另外事情，没有注意到他们的讲话，亦就没有插嘴。可苗章说："晓东讲起这些事恨死了，你要去偷点都不好去偷的。"我猛地清醒过来，先是一种做人的尊严被侮辱的气恼，就一连问了苗章几个"为什么？"他脸红了。后来我想到他是个很好的人，他的思想代表着一部分心底善良、有同情心但缺乏正确认识的人，也就没有责难他。我单独和他谈了一会儿，我说到他不应该这样地看待我，更不应该这样地看待事情，因为"偷"总归是不光彩的事；我们和他们的区别不应该是在他们有"偷"的特权上。

与人们接触是很好的事，聪明人会给你教益，普通人甚至愚人的话也可十分形象地描绘出现实生活的某一个画面。

6月7日　农历五月十七　星期一　于浙赣线列车上

列车过了龙游湖镇，我从沉思中清醒过来，揉了揉望酸了的双眼，前面就是"十里坪"——我少年时期的乐园，我多少次梦见了您……

心飞得远极了，我异常地畅快……

这次，是董村张军威写信来叫我去江西宜丰搞木头。我约了斯宅的木工斯东良。现在于火车上写这日记。

我掏出了1968年赴赣列车上有感而写的《列车上》：

浓黑的双眉隐现坚毅，明亮的大眼闪烁着希望；面前的地图册标着红线，摊开的日记本"闯"字分外大。

三年前的景象又重现了……

鹰，飞吧！飞吧！飞吧！

无师自通地,我瞪视着车外哼起了:"祖国!美丽的祖国,我爱您!"用心声唱起来的歌太令人激动了。蓦地,我想起了昨夜的一幕,我的心又哭了……心中充塞了一些咸咸的东西,是血,抑或是泪?

　　喇叭播送起了"白毛女"……

　　一个经历悲惨的女人!她的泪,她的心脏病,我多么难受!

　　多少事,多少脸庞浮上了我的脑际……

　　车到樟树潭,眼前是一片片绿绿的无边无际的稻田。远处那崇山叠嶂气势磅礴的山啊,令人心胸越来越宽广了!珠华、保华、玉英……你们都应该出来看看!仲娟,你不是非常渴望外面的生活吗?来吧,这里多美啊!

　　10点半,火车到鹰潭。车站里又热又闷,蚊子又多。我漫步大道上。鹰潭建设很快,1968年的荒地上现在建起一座座高大、壮丽的西式楼房。到八一公园,晚上没有灯,我逗留了一会儿才回车站。这里的大道很漂亮,中间灌木丛围起处种着扁柏树和海棠丛。这里的扁柏和我们家乡的不同,叶不是很扁,每株扁柏都是圆锥形的,别有风味。我拗了两枝以作留念。

　　这里有个客运员是诸暨人,他很好,询问我的情况。我实告了,他同情地说:"不容易啊!"他又说,要是工作没有就糟糕了。真的,要是工作有变化,那怎么办呢?

　　我们浙江清查"五·一六"已经很热火,而江西连一幅标语都没有见到。我同弋阳电影院的一个姓陈的同座。我问起"五·一六",她说连这个名字都没有听过。奇怪,这是运动有快慢呢,还是各地搞"运动"的形式有所不同?

6月10日　于江西宜丰县同安公社车槽大队

　　列车上过于颠簸没有写好日记。8号早上7点多到了南昌。我在南昌城里逛了一个上午。我到八一大桥，站在桥上，望着浩浩荡荡的赣江水，不禁"心事浩茫连广宇"。我把我们村的小溪放在这里一比，那简直太可怜了！

我游了好多地方，参观了百货商店，也参观了"万岁观"。特产商店的景德镇瓷器确实好，晶莹晶莹的；但不是我们这些人所买得起的。

9日早上5点40分南昌乘汽车，过新建、高安等县，下午到奉新县甘坊乡，军威来接我们，说情况很好。我们悬着的心才安定下来。甘坊到东槽13里路，大多数都是穿行于原始状态的深山中，山绵绵而不高，林木浓郁。

今天我到甘坊担行李，路上碰到三条蛇，虽不是很大，但我看清其中一条是"犁头扑"，是一种剧毒蛇！山场活，我最担心的就是这东西！它在暗处，又可以致人死命，而我很不愿意死在它的毒牙下。在南昌买了本《毒蛇知识》，今天又买了盒蛇咬丸。

下午和斯东良一起做了张简易床。昨天一到这里我就给仲法写了一信，请他告诉我妈我已平安到达。我妈总是非常担心我，她又常会用那些无端的假想来苦恼自己！其他人那儿我只有过几天写了。

说我有情呢，我不会那么地留恋那些"情谊"；说我无情呢，我在心中对他们的感情是那么地真挚。

想到6日晚上的一幕，我又心痛起来。6日晚上，我到仲瑜叔家辞行，碰到仲瑜叔家吵得乱成一锅粥了！原来是瑜叔被批斗抓到县公安局期间，村里革委会的一个畜生屡次去骚扰瑜嫂，多次到她家里坐。瑜叔出来后，责怪瑜嫂不该让这畜生进屋。瑜嫂觉得很冤，她觉得自己清清白白，但她也不敢得罪那畜生，因瑜叔不谅解，为此多次争吵。她在6日下午喝了农药，虽抢救了过来，但患心脏病的她已奄奄一息，她只想早点结束自己的生命！我必须给仲娟爸写信，请他帮助解决。只是仲娟爸可能解决好这一件，那更多的呢？谁来解决？如何解决？

6月11日　多云

　　今天第一次上山伐木，很累。天气又闷又热，衣服好几次被汗水浸透了，只得绞几下重新又穿上。伐木要讲姿势，窝着身子拉锯子越拉越累，胸部挺起来力气要省不少。这里伐木工具好，大锯很锋利，比我们家里的快很多，只是木材浪费十分大。当木材如我们家乡一样短缺时，现在的浪费就变成一种犯罪了。

　　傍晚，突然下起了瓢泼大雨。我们在下雨前没有发觉，茂密的树林遮得天空只剩下一小片一小片的；大雨来了后，只得坐在树下任它淋，个个成了落汤鸡。

6月12日　晴

　　砍伐和锯筒比昨天要内行一些，也要省力一些。一抱大的树快倒下来时最危险，当时的风向变化会突然转移树的重心，人往往会躲避不及，被倒下来的树压伤的人不在少数，甚至有压死的！这个工作特别要注意安全，天天注意，时时注意。

　　想写信，精力集中不起来，又有些累。我心情一直很愉快，这一次和68年的那一次的情况大不相同，这次的工作要稳定一些。

6月14日　晴

　　上午抬树，看起来很大的木头，抬起来倒也不那么吃力。我们每个人扛的麻桠树长2.8米，直径30厘米以上，重量在200斤以上。

　　下午第一次拉木头到同安收放点。由于这条路拉木头的人用单轮车为主，因此我们用双轮车拉和单轮车拉的车辙不在一条道上，特别坎坷不平，拉起来非常吃力。东槽岭几里路的上坡没有休息的地方。我们三人一组，一个人在前面拉，两个人在后面推，坡度陡的地方整车木头几乎是靠三个人双手抬上去的，到岭岗时，两只手几乎麻木了。

距离同安14里路，拉到同安天就快黑了，卸下木头堆放好再回东槽，已是8点多了。

昨夜给仲娟爸写了一信，没有抄好。一方面是自己实在太累了，精力不足，再一方面是大家都很疲劳，睡着了，我不能妨碍他们。今天我把它抄好并给仲娟也写了一信。我对她说：社会上的一些事儿，实际和想象会有很大不同。

6月17日 晴

连续拉了几天车，非常疲劳。我赤着膊拉车，汗水浸透了短裤。用来擦汗的脚布经常被汗水泡得像刚从水里捞起来一样。天热，我一天要喝十多斤水，其中冷水要一半以上，看到一注泉水，人俯下去，喝到喘不过气为止。

天热，体内更热，像是燃着一团火！这时一股清泉从心田流过，那是多么舒畅啊！

冷水洗涤了肠胃，汗水排除了污秽。我只是感到疲劳，身心却异常地畅快！

我拉车是不内行的，下陡坡时往往会控制不住车速，好几次出了危险！除了客观原因之外，自己思想稍不慎就会铸成大祸，注意啊！

今天，我第一次和斯东良闹了别扭，这不能怪我。他总有些自以为是，我可没有任人差遣的习惯！我向来尊重别人，也希望别人尊重我。斯东良品质无疑还是好的。我们三人各有各的个性，也各有各的特长。

我想念我的朋友们，尤其想念我妈，担心她的病，她太爱我了……

6月19日　农历五月十七　星期六　雨

昨天给姐写了一信，我对她说："我离开家乡并不是我不爱家乡和家乡人，实在是那儿的天地太狭小，而我想看大点的天地。"

今天下雨，我给军威做了一张床，虽然做得不好，但我感到进步了不少。我自恃身体好，昨天下午拉车实在很热时喝了许多冷水，又洗了个冷水澡。这里的山泉特别冷，洗澡时就觉身体发寒，浑身起鸡皮疙瘩。回到东槽已有八点半多了，我肚子难受，泻了好几次，浑身觉得冷，手脚都没洗就睡了。睡了一觉，出了一身大汗，身体才恢复过来。今天已经一切正常。

13日我给仲娟爸的信中说到了6日晚上的事，请他帮助解决。我真不敢设想流血的惨剧。我还抄了7日的那一页日记给他，仲娟爸是能理解我的心理的。我叙述了我现在的思想情况。对仲娟爸一家，我已经有了很深的感情。

也给仲娟写了一信，我十分赞成她到外面锻炼锻炼的想法。但我认为她必须认识许多事情，实际与想象会有很大差别，因为我们往往会把一些事想得太好，尤其是没有外出过的人，会天真地把外面的生活想得十分简单。

6月21日　雨

我们林业队负责人李友云到花桥参加各林业队负责人会议。他回来传达说，林场领导会上说，要工人们响应毛主席"中国应当对于人类有较大的贡献"的教导，多做木头，支援社会主义建设。还说要批判资本主义思想，批判那种"钱多的多做，钱少的少做，没有钱的不做"的资产阶级思想，并要进行政治学习，订阅报纸。林场领导还说以后花桥木场不再收工人了。

李友云的传达，引起了工人们的很多议论。

大家说很好笑，我们这些农民也可算是一种有一定保障的工人了。

夜，给家里写了一信。我谈到这里的生活时说："多出点力工资高一点，多用点钱生活就好一点，再加上在外面我的心境舒畅，这样我的生活就过得比家里好多了。"我希望爸爸多注意自己的身体，也希望他能体谅照顾妈妈，她一生太苦了……

一个没有文化的人和一个有文化的人会有差距的。我要哥哥从各方面注意自己的生活，要知道"生活毕竟是现实的"。

也给明川和仲法简单地写了一信。我本想和他们好好谈谈的，但精力集中不起来。我希望他们详细地告诉我家乡的情况，我太想知道家乡的一切。

6月22日 雨

晚上翻阅了一些信之类。一封给平霞的信的底稿触动了我的一些心事，我想起了她们。对于婚姻问题，我确实保持冷漠，但又认为有必要解决了，到底如何做好呢？

未来，使我越来越感到迷惘了。我会怎样地度过一生呢？居家时，只是单纯想出外；出外了，生活较安定，心也静了下来，又感到空洞。

很想给朋友们写信，但又不想写。主要是想写的内容太多，但又不能尽情畅谈！

6月25日 阴

前天张军威的爱人张文丽和她的亲戚周荣贤一起到了这里。大家很高兴。

林场干部老刘和廖会计来开了会，谈了要学习党的基本路线，提高继续革命觉悟。也谈到要加速采伐，多搞木材，搞木材必须提到政治高度上来认识。

　　但是，这些工人们可没有这样的"高度"来认识。大家都是从"钱"字上来着眼。譬如，从砍伐开始一直到同安收方，杂木有27元一方，而松木只有17元一方，尽管林场干部一再提出要多搞松木，大家还是拼命搞杂木。

　　今天砍伐一株大树，估计不准确，枝杆打了老表的柴屋。虽然很快就给他们搞好了，但终归影响不好。

　　前些天，姚公埠的姚信贤、姚小均兄弟和江苏的赣志贵算分红账，姚小均与赣志贵吵起了架。姚小均为几块钱几乎发了疯，使哥哥姚信贤都听不下去了。对于姚小均的行为，我非常看不惯，这人虽然较能干，却是一个不可能有大作为的人。

6月26日　阴

　　扛木头，人累得很，肚又饿，木头又重，浑身上下汗水淙淙。但我很高兴，唱歌，讲些风趣话。

　　昨夜给乐灿写了一信，告诉了我的情况。我希望他来。周荣贤是个很轻浮的人，我十分看不惯；批评他，他又不生气，真令人不舒服！我想他要是乐灿，那该是多么好的一件事啊！

　　同样是人，为什么有的人会惹人喜爱，有的人却会如此地令人厌烦？有的人还会令人如此地憎恶呢？

　　我思想敏捷，也喜欢讲话，但我认为我自己毫无轻浮的气味儿。

　　姚信贤一家三兄弟都在这里，姚信贤人很好，可以说是文武皆全；而姚小均却是那样小气精利；三弟小毛呆不呆，痴不痴的，什么工作都做不好，一副无所事事的样子。兄弟怎会如此不同？

6月30日　晴

　　昨天拉车到同安，到车行充气。打气筒被一个年轻妇女拿去，正在给她的自行车充气。这女人与另外人调笑着，慢慢地一下一下压着气筒，压几下摸一下轮胎，压几下摸一下轮胎，根本不管我在焦躁地等待。我身体热得不行了，浑身汗水直淌，湿淋淋的，心里非常烦躁！见她这样，就对她说："我给你打吧！"不想那个女人轻蔑地瞪我一眼，根本不屑理睬。我心里这个气呀！瞧着她慢腾腾、傲慢的样子，我真想揍她几下！我咬着牙忍受着，等着，可她还是那样慢腾腾地压气，故意戏弄我似的！最后我实在忍受不了了，就怒喝了一声"快一点！"没等她打好，就把气筒夺了过来！她朝我翻翻白眼，看我这副摸样，大概觉得不好惹吧，愤愤地走开了。

　　昨天木头量方，充满了矛盾。同安林木采购组组长是湖南人，叫廖加德，他给湖南人量木头时，往往很宽松。任凭湖南工人自己拉尺子，作弊，他明明看得清清楚楚，也不吱声。而给我们浙江工人量木头时，卡得十分严，2.8米长的木头，差一二厘米，他会扣成2.6米；量直径时，木头不可能很匀称，他又量最小处，平白无故少量了不少！我们都是敢怒不敢言！我们这些外流工，哪里敢得罪他们这些国家干部呀！

　　晚上回到东槽，我们都唉声叹气的。李友云说，廖组长这人很贪，据说湖南人经常给他送东西。怪不得他对湖南林业组的人那么关照！

　　今天早晨早早到了山上，只见东方一抹胭脂红的朝霞非常美丽，面前的山深黛色的，山腰处围着一环乳白色的轻纱，偶有几缕飘逸地上升，也许就是李白诗中的"紫烟"吧。

　　这里的青山绿水，多么地美丽！

7月2日 星期五 晴

听缙云组负责人老徐谈搞林业,很有意思。他曾经到过一个地方,那个地方的一个山场资源丰富,但深山峡谷,木头要运出来非常困难。那里的林业工人,搭起了一个十多米高的临时木桥。在这木桥上拉车,桥身摇晃得厉害,又高得吓人。白天不敢拉,林业工人就晚上拉车过桥,桥的两旁要点香火作记号,一车木头拉过木桥,好像是过"鬼门关",真是吓人,真是精彩!缙云的林业工人搞木头经验丰富,他们曾经在很陡的下坡拉车,最多的独轮车一车拉过1.8立方米木头!

不比不知道,一比吓一跳。我们砍伐60厘米直径的木头就觉不得了,拉独轮车每车还拉不到六尺!

搞木头总须有好的资源,但这里近处没有好的资源。远处路太窄又不能拉车。修车路本来是很合算的事,但我们这个组有派性,有矛盾。

我们组12个人,两个不管事,我们三个诸暨人和三个绍兴人观点相同,与阿才他们四个人有矛盾。阿才倒还可以,只是为了保一个炊事员而和我们发生分歧。德光人很坏,像个哈迷师一样,大聪明没有,小刁恶不少,专门挑拨是非,他是我在这里的"对头人"。

不知为什么,我到一个地方总有很好的朋友,但也有"对头"。人世间美与丑,善与恶真是无处不在。

我检查自己,觉得有"对头人"并不是我的缺点。我有正气,我的朋友也要有正气。我的"对头人"是邪门的,他们最突出之处就是"自私"。

"自私"我也有一些,但与他们的自私是大不相同的。我不是处处为自己考虑,处处精打细算。我遇事总先考虑大家的感受,特别是经济上,只要心里舒服,委屈一点也不斤斤计较。

正气能够压倒邪气,正气必将彻底战胜邪气。

走到屋外走廊上,月光皎洁,星星明亮,天分外洁净,树木的轮廓非常清晰。月夜给人以清静、安谧的气氛,我想起了一个盲诗人赞"夜"的一首诗。在诗中,他把白天描绘成充满着人与人之间龌龊关系的污秽场,而把"夜"描绘成童话式的美丽,那儿有纯洁的女神在歌唱,有人在舞,有人在吟,生活充满了诗意……

我静静地仰视天空,也有了这种意境。

月夜,也勾起了我的一缕幽思……

我等待着月明气清的一天!

7月5日 晴

我与张军威已经真正地互相了解起来,一切都与我所设想的一样。我在家时设想过我们的性格、思想等,到这里后的前段时间,我们之间曾有过一些隔阂,那时我也设想过以后的关系,现在都实现了,我们相处得很好。

我想到祖坤曾劝过我"应该学会让人"。这点我想我是学不会了,也不想去学了。因为应该让的我已经让了,而不应该让的我不准备再让——人是有尊严的,如果做人一味只是退让而不知进取,他还是早点消逝。

"让三分处世,退一步做事",我不赞成这种说法。

周荣贤越来越使人难以忍受了,他的所作所为我越来越看不惯,真好笑,他竟和我攀起同宗之类。"呆、刁"两字不是单独存在的,而是互相联系着。他也被我折磨得够难受了!

看了一些《高尔基作品选》的摘抄,很有感触。其中有一些是明川摘下的,里面也含有他的思想。我越加感到了他与我的亲近。我想念他,也想念其他的朋友。

不看书,不看报,人的心胸会越来越狭小。在这个小山村里,我们恍惚与外界隔绝了。这里的环境，会让人陷进经济至上的泥沼之中。

7月7日 晴

离家已经一个月了。时间真快，我甚至有些惊奇时间的流逝。这里的日子比家里更容易过。

收到姐姐的来信，她很不放心我，叫我各方面注意。她的心情我能理解，但是一个人如一头猪一样地关在栏内，那有什么意思呢？姐姐无比地热爱着、记挂着妈，我们三姐弟都一样。

今天收到仲法来信，说我出走后，村里有些风波。人们总喜欢把外出与发财联系起来，而革命干部们更认为是资本主义。生产队要我交25元/月买工分，在经济上这是不成问题的，但我去交了钱的话，人们就真认为我是发财了，他们要气不过的！人心很坏，你穷了他们看不起你，你富点他们气不过你！

对别人，我热情大方；对周荣贤，我竟会这样的苛刻，这是我的一种性格特点。

7月11日 晴

8日我们结了帐，每天有5元左右。我前月是6月11日开工的，有80多元收入。我寄去了欠斯章华的轮胎钱22元和欧处10元。

在结账中，周荣贤这个呆、刁齐全的人精细地盘算着，我怀着怒气没有向他让一分一毫，他反而是吃了亏。他有些怕我，邪不侵正。

9日收到哥哥的来信。说是大队长周洪生、贫协委员周保法对我提了意见，认为我外出搞资本主义，叫我回家。哥哥也说，因为我平时爱打抱不平，所以关心我的人很多。

爸妈很好，使我放心了许多，妈却为我担了不少心事，她是由客观原因引起的。

哥诉说耳病对他的折磨，他感到痛心，因为那是无妄之灾，那样地毫无代价。我也十分难受。

在给哥哥的信中，我说："这次我的毅然出走，一方面是对生活的一种强烈探求，另一方面也有那'好强心'所支配，但主要的还是对世事已十分明白地认清了。我绝不会把这种'影响'作为一种心事的，那是空洞的东西！但又考虑到你们要为我而承担是非和压力，我的心中又不能安然了。"

我也说到："我整天高高兴兴地，也无忧无虑地放开喉唱歌。伙伴们都说我乐观。真的，我比在家时更活泼了。做事在一定程度上能随心所欲，心情也就更加地好了。"

不管活儿有多累，人有多疲劳，我竟然不知道烦恼。

我问起了朋友们的一些情况，明川、珠华、保华、平霞、忠挺、公威、渭月、梦来师傅我都十分地记挂。我也非常记挂仲娟爸的身体和瑜叔他们的事。

给仲法的信中我说到："那种'影响'没有什么大不了的，更不需要'评理'，'理'字是讲不清了！那些蠢东西如狗一样，你怕它，它会张牙舞爪地扑来；你不理它，它只会朝天地吠叫几声；你捡石头打它，它会夹起尾巴灰溜溜地逃走！"

我羡慕仲法的画，想学，但已不可能。我希望仲法顽强地学习，有崇高的目标。

我也希望他谈谈他和伙伴们对我的看法。

今晚帮助军威写了一封给他哥哥的信，虽然我不熟悉双方的情况，但那种感情是很能体味到的。我写得较好，军威很满意。

军威告诉我，他爸爸是国民党的军官，带兵驻守张家口。在解放战争时期，他爸爸见战乱不断，就派人把军威和他妈妈送回了诸暨董村老家。军威的姐姐和哥哥就留在了张家口。解放军攻占张家口时，军威的爸爸开枪自杀了！他的姐姐和哥哥无家可归，在战乱中四处流浪！上个月，经过很多曲折，军威和姐姐、哥哥终于联系上了，军威非常高兴！

人间的悲欢离合、艰难困苦太感人了！

7月14日 晴

上午从东槽水库大坝开始用单轮车拉了两根木头，重约300斤，歪歪扭扭拉到同安。这是我第一次学拉单轮车，感到费力，也不稳。

寄出了一封给公威的信。

这几天菜吃得很好。前天肉，今天又是几斤甲鱼，这里肉要6角一斤，甲鱼只要3角一斤。想到村子里盐钱都没有的人们，我内心一股凄凉感油然而生，有多少人被生活压得透不过气来！又看到斯东良的同学双桥公社蒋仲的来信，信中说起农村生活的艰苦和单调乏味以及他心情上的忧郁痛苦，更激起了我对他们的同情和对世道的愤然！

人们都必须尊重现实，而不要信口开河！"大好形势"在哪儿啊？

不知怎的，我想起了我以前恋过的几个姑娘。她们对我还是好的。她们是我生活中的鞭子，也是我生活中的教师。她们使我懂得了不少，也使我承担了不少！

7月15日 晴

收到明川的信，我顾不得擦汗，满身汗湿涔涔，怀着激动的心情看了又看。信的内容如下：

您的信我是等急了，自从您出去后，我心中好像失去了什么，更加觉得空虚，另则也时时为您的外出担心……

关于瑜叔的问题，"外因触动内因"。理智的人总能把事情处理好,现在一切都好,请放心。我把您的信给他看了,他从您的信中得到了安慰。

您的外出在村中引起过一阵舆论,干部们也讨论过这个问题,现在比较平静,我自信在"家人"的努力下,不会引起什么风波,请在外安心。

合作医疗问题由于经费无着而暂停,二中队也有人从中打出了横炮。但说实话,这对我还是有利,一则我有更多的时间过问另外的事,二则增加了我的群众感情。合作医疗使广大群众尝到了甜头,现在一停下来,引起绝大部分群众的不满。从随便叫我看病到请我看病,人们的观念发生了根本的变化,这样治好的病人对我非常感谢。

昨夜在珠华家谈笑声中,月英忽然说:"假如现在晓东也在的话,那会多么地热闹啊!"我随即说了声:"月英,你是一个有感情的人!"当时她的脸就发红,朝我一笑,不再说什么话。

群众舆论说珠华同仲法恋爱……

祖坤总是发"冷热病"。

明川的信,给了我很大的安慰,也激起了我的怀恋。

我同明川很早就已经不需要多说而能互相了解了。我的外出使他感到心中失去了什么,这种感情我能体会到,特别是他空虚之时。同样地,我也十分真挚地怀念着他,只是我在外面精神舒畅些,又不乏知己,这种感情才不太强烈。

瑜叔的事很好,使我放心了不少。如果瑜叔没有处理好这事,我是不能原谅他的,他的家事不仅是他的私事,有许许多多双眼睛在注视着。

明川因为学医有成,大队叫他当赤脚医生,他很高兴地答应了。他很想用自己的医术为当地群众服务,可因为他父亲有历史问题,许多人对他当上赤脚医生嫉妒得很!明川认为目前农村的合作医疗问题和地位、权势牢牢地联系着,一个有才有志的人在没有地位的前提下,想为人们做点好事也不是易事。对这个问题明川的分析是正确的。但必须充分地利用群众反应强烈的有利条件，做适当的工作，使自己的才能得到发挥。我们应该力争在大的方面达到自己的目的。

月英的话，表达了她们对我的感情，也使我回忆起和她们一起时的热闹场景以及我们之间真挚的，但各怀痛苦的友情。6月6日夜，我曾和月英说过，我第二天要走了，她的感情也是微妙的。不知她们可知道我的行径，如果她们已经知道的话，我准备开诚布公地和她们说一些话。

珠华的确使人深深地爱怜了。我记起了我对她说的一句话："如果他想得到的是人，你不应该怪他的，这是她太使人爱的缘故。"

祖坤与我的感情不是在加深，而是在慢慢地疏远。他对"我们"存有一定的戒备心理，而"我们"又都是那么地敏感，并且那么地深恶痛绝那种心理。祖坤的不过问政治并非真正地不过问政治，而是害怕政治，只知设法成全自己的一种私心。

明川和才明也想到江西闯闯。对于他们的这种想法，我强烈地支持，但我考虑到明川的体力不够是不行的，且看具体情况再说。

昨天我给仲娟爸写了封信，我给他说到了昨天的感触。"那些日常生活的恶魔坑害了多少有才有志的青年"！我记挂着仲娟爸的身体，也想到他家的经济问题。

给瑜叔和仲娟写了一信。我对瑜叔说："我深深地了解您的处境和心境，我无限地同情您。"

给明川的信中，我写到他给我摘抄的《高尔基作品选》，摘记中题的"梅花"两字，会常常鼓舞我，使我有那种崇高的自豪感。我同他之间的友情是超越世俗的，是美丽的。我提到了合作医疗和他想来赣的问题，也写到了月英的话引起了我的感触。

7月17日　农历闰五月十五　星期六　晴

收到钱传威师傅的信。他说："我觉得您的胸怀是开阔的，适应性也较强，由于这种性格，促使您能始终地乐观。我不但觉得您应该这样对待生活，而且我也很羡慕你们。"

他也希望能离家远一点，摆脱一些繁琐事务，生活自由一些，这样可能会愉快起来。他的处境和他的脾气使他心情一直十分烦躁。

钱传威给斯东良的信中也说到他们陈蔡同学蔡继同患了癌症，已成不治之症，这使他有"做人会遭遇到意想不到的结果之感"，他认为"还是让乐观代替一切吧"。

钱传威说他能理解我不得志的心情，但劝我凡事不应操之过急。

他说到家乡这样发展下去只会越加贫困，因此希望我们能巩固工作，计划争取江西成为我们今后的谋生之路。

传威师傅的分析是对的。惭愧的是我们到这里后忙于工作了，没有休息过，更没有好好了解些情况，所以难以回答他关于工作上的一些问题。

青年本是最富理想、最有能力、最有活力的社会砥柱，但我所接触的青年啊，除了毫无思想的人以外，有点头脑的人都觉得生活无意思和活得难受！

我必须闯，为青年，为朋友，也为自己闯出一条使人生有意义的路！

7月18日　晴

缙云林业队工人拉的木头十分大，有的一筒就有近七尺板子，令我们很惊讶。我就去看他们的山场，我以为他们拉这么大的木头，里面的路一定宽且平。不料大出我意料，他们山场下坡路又窄又陡，新挖的双轮车路是盘山绕上去的，有些路段真吓人，一边是高耸的岩石，一边是几丈深的绝壁，而路只是松软的泥土上用窄窄的木头竹片简单铺一下。这样危险的路拉出这么大的木头，在我们看来简直难以想象！只见整座山上已砍伐了许多松树，去了树皮好似躺着一条条巨蟒……他们才有林业工人的气魄，我羡慕之极，唱起了"伐木的工人，请出一棵棵大树……"

我们这种投机式的东一棵西一株的搞法，和他们一比，未免太可怜了！

劳动人民真是勇敢、勤劳、伟大！

我与军威的个性都很强，因此难免在话语间有摩擦，我们又都是敏感性很强的人，所以在话讲明前，光凭自己的设想有可能会成为隔阂。今天军威竟把我脚痛而脸色不好看没帮他们装车怀疑成我对他不满意，他独轮车拉的木头比我们双轮车的轻，使我心里不高兴，他讲出这话后真使我大吃一惊，我怎会是这样的人呢！军威未免太过敏了。我从不会从经济利益上去计较这些，况且同他的友谊不比一般，我们之间有崇高的感情为基础，怎么可能因一点小利益而斤斤计较呢！

我们两个人的个性都应该改一些。

7月19日　晴

到这里后，我没有休息一天。今天觉得实在吃不消，就休息了。

上午沉沉地睡了半天，那么香甜，浑身上下都觉舒坦。

下午看了一些日记、朋友们的信和《鲁迅旧诗诠注》。思绪无穷，我写了《思友》三首，抄于此：

(一)
梦乡她歌他琴伴，高音清越谐音和。
歌犹未了笑声起，青春欢乐乐陶陶。
醒见月光窗外明，起倚栏杆远处眺。
与友曾赏中秋月，赣地月色故乡好。

这首诗是根据7月2日的意境写的，头两句描述了梦中见到以前和朋友们一起时的欢乐生活，第二句"高音"表示女声，"谐音"可作和谐低沉的男音解，也可作乐器解，表达自己思友之深。赣地月色是好的，但我忘不了曾与朋友们一起度过的那几个美丽的月夜，因为与好友一起，方觉那些夜晚的月色特别的明亮皎洁。

(二)
七人每晚聚一堂，又歌又笑忘窝巢。
醇酒醉人人自醉，醉醒痛觉酒醉空。
而今迢迢千里隔，两地苦忆旧时欢。
我孤寂时欲一醉，又怕醉后太无聊。

这是根据我在家时的生活情景结合现在的情感写的，7月15日收到明川的信后，就有了写点什么的想法。上半首写今年上半年，我们兄弟俩、明川、月英、祖坤、珠华、保华七人天天晚上欢聚在一起唱歌谈笑，那时真有陶醉了的感觉，我们都享受着这种青春时期特有的欢乐。但这种欢乐太短促了，我每每从"沉醉"中猛地醒来，骤然觉得空虚难耐！在今年4月份的一篇日记中我就写到："我觉得这种欢乐，这种温暖，这种歌唱都不是那么地真实，联想到自己的过去和未来，我又只有皱眉叹息了。"第二句"窝巢"用得妙，它既是我们所处的大环境，也有各人的"窝巢"的含义。第四句"痛觉"本用"方觉"，但还是"痛觉"好，因为我们之间的友情或许"恋情"，怀有深深的痛苦，而且还有那种精神上的"空"，就更觉"痛"了。后四句是现在的真实意境，我深深思念着那时的"醉"，但又怕那种"空"的生活。

(三)
友素有志亦有才，奈何柴米油盐贵。
时光疾随流水去，青春匆匆不复回。

> 青年本是社会砥，无奈苦叹"无意思"。
> 我恨不能如丹柯，举心呐喊奔在前！

这一首的感情可见于这段时间的日记。时间过得实在太快太快！我真感到恐惧！青年们深感生活的"无意思"是普遍现象，我心中常常有压抑不住的冲动，真想如"丹柯"一样掏出燃烧着的心，高擎着，呐喊着在前头奔去！

7月24日　晴

21日、22日两天给当地老百姓割稻。这里的稻谷又矮又小，亩产只有200来斤，真可说是广种薄收！老表的生活也非常贫困，这里劳动一天10分工分只有4角多的分红。他们的贫困除生产方式有问题外，社会管理也有很大因素。江西可能是革命老区的原因，对"政治"看得非常地重，我看老表好像有开不完的会。除了四类分子家庭，几乎每个家庭的墙上都是各种各样的奖状，贴得满满的。这里的"主任"也特别多，一个小小的山村二十几户人家，"主任"就不止10个，后来问了才知道这里的人只要当过生产队长、副队长、妇女队长，他（她）就终身是"主任"了。怪不得，这么多的"主任"！那自然就搞不好生产了！

这里的耕作方式也十分落后。插秧时就竖不成趟，横不成行，插秧好似"满天星"。耘田时更可笑，一手撑把伞遮阳，一手拄根木棍，用一只脚去"护禾"，真难以想象用脚怎么能够松土，又怎么能够除草？由于山林茂密，山上的水流下来冰凉冰凉的，老表们任凭山上的水自然地从高处的水田一丘丘地流到最低处，水不保一下温，肥料也流失了，稻子怎么长得好！

收到乐灿来信，他由于家庭原因而不能来这里，我感到遗憾。

21日给钱传威师傅写了一信，我告诉他这里的情况，希望他来。我有我的苦闷处,也有我的打算。他能来一方面是多了个朋友,另外在下雨天还可以一起做木工,我还是想学木工手艺的。

周荣贤10号回家去至今未到家,他的家人写信来问他的情况,据说已被扣在江西弋阳公安局,我给来信的人复了一信,我把周荣贤的行为都陈述了。斯东良认为太使周荣贤丢面子了,我坚决地反对这种宽宏。

我从来就是毫不掩饰地爱我之所爱,也毫不含糊地恨我之所憎。

8月1日　农历六月十一　星期日　晴

27日那天,我病了,主要是肚子发胀,吃不下饭,原因大概是天气太热,又没有菜,喝了过多的冷水。28日上午,我躺在床上,别人都出去了,我肚子非常难受,没有吃一点东西,我感到孤独……常言"每逢佳节倍思亲"还不如"人在病中倍思亲"来得贴切。但下午我又冒着大雨拉木头到同安,身体已好了不少。

林场安排我们帮同安公社第五大队割了五天稻。虽然经济上造成一定损失,但对于我来说也有一定意义,使我们同老表的关系密切了起来,也了解了些当地情况。同安大队人口只有1000多,但有7000多亩田,因国家任务重,粮食也不宽裕,有些人家还缺粮。这里生产比东槽要好得多。有的水田稻子长得和我们家乡一样好。

收到仲娟爸来信。他说,审查被关时留下了后遗症,他的身体已不能复原,主要是几个重要的关节痛,由受伤、劳累过度、营养不良所致。他承担了肉体上的痛苦,负债累累,又要应付世事俗情,这些都会影响他的健康,缩短他的寿命,他在担心,可又没有什么办法!

仲娟爸提示了我的弱点:待人接物中以自己的坦率襟怀去衡量别人,容易造成讲话不注意,他希望我多学马列、学毛选,要谦虚、谨慎,要多思、多省。

仲娟爸的境遇我十分同情,我应尽我的能力帮助他。他提出的我的弱点是中肯的，有好多朋友对我谈到过这个问题。轻信虽可以谅解，但终究是个缺点，我必须注意。

接到明川信，他说："怀着期待的思念的心情，一遍又一遍地看了您的来信，这充满热情、友爱、关怀的信，使我又一次地回忆起童年的一个片段：那时记不清我们各是几岁，冬季的有一天，大地变成了银白色，西北风呼呼地刮着，我母亲从戈企开会回来不小心丢了十元钱，您当时就主动要求一起去找。冒着刺骨的寒风，踏着厚厚的白雪，我们从周家山岭，戈企一直找到下白岭。在下白岭，因我的套鞋灌满了雪，我就赤脚了，但赤脚怎禁得住冰雪呢？不一会我的脚就冻僵，不会走路了。当时的情景清晰地印在我的脑子里，——是您用弱小的身躯，吃力地把我背在您的背上……我们的友情确是超过世俗的，是美丽的。绝不像某些人，那些'口蜜腹剑'的假'朋友'。'志同道合'对我们来说是多么地确切啊！"

明川下决心外出，"我也曾考虑过外出我的体力会吃不消，但闷死人的环境使我再也不愿意多待，我需要的是新鲜空气。记得高尔基说过，'如果人活着，而他的周围一点儿变动都没有，这是非常之难受，非常之痛苦的，假使这样不把他的心弄死，那么他活得越长久，他周围的死板越使他痛苦……'对于这点，我想你比我体会得更深刻，同时，我出外也不是像某些人那样完全是为了挣钱。得到您的支持，加上我的意志，我想我一定会吃得住任何苦的。"

瑜叔叫他转告我："不要脱离政治、经济，少同女性讲感情。"

家中一切都好，母亲一再叫我在外安心。

明川也告诉我今年家乡大旱。因为缺水，好多水田无法插秧，山上的农作物都已晒死，游龙水库也将干涸了！

明川的信激起了我思想的波涛……

但是29日那天李友云说花桥林场要整顿，只有大队证明的人，工作可能要发生问题了……

我不得不用全部精力来应付这场变故了……

8月2日　多云　下午阵雨

东槽村放电影《地道战》，我因为看过多遍，又觉得十分疲劳，看了一会儿就回宿舍了。

月色很好，我孤芳自赏。在家乡，我们看电影看戏，回家总是热热闹闹的，而现在只有我一人，思友之心悠悠……

躺在床上，和江苏的老赣、绍兴阿才闲聊，他们都比我大10来岁，羡慕我的年龄时的快乐，他们兴叹日子过得太快！他们哪里知道，被称为黄金时代的青年，我却心中隐隐有种"老"的感觉。68年时的"小周"已经是现在的"老周"了。我做了些什么呢？我能做些什么呢？

山场越来越远，近段日子，每天早上六点钟，我们就出工了。拉着双轮车到山场一般有十华里路，需两个小时左右。手拉车放在车路尽头，我们需到离它三华里的山场砍伐树木，锯成筒子，然后背下山。中午匆匆吃点随身带来的冷饭，休息一下又上山背木头下来，一个下午要背四趟，才够装满一车；到装车时已是下午五点左右。装好车开始拉出来时往往天都黑了。十多里路几乎是就着月光拉出来的。这些日子，老百姓把稻草扔在路上，我们也是捡不胜捡，在软软的稻草上过车分外重！多少次，我像老牛拉破车似的拼命弯腰拉，脚下一滑，扑倒在地，这时，我多想多想就这样躺着不要起来！可是，后面还有车，我只得爬起来拼命地拉！到东槽住宿处，往往八点多了，有时甚至到十点钟！

第二天一早，又要翻越东槽岭，拉十多里路到同安，卸下木头堆好，再拉空车回到东槽。日日重复，没有强健的体质，哪里吃得消啊！

8月7日　阴雨

江西的气候也特别，这几天下了几次雨，后半夜冷得我们盖着毯子还蜷缩成一团，直抖瑟。好几个人得了重伤风，我也感染上了，头昏脑痛，四肢酸痛无力。今天大家休息，我结了点我们组里的账，脑子有些昏惘的感觉。

5日、6日收了两天木头方。

日久见人心，自从我们林业队搬到一起住后，我同李友云、阿才他们是密切起来了；德光也不是很坏，他以前对我们的态度不好，很大程度上是因为与军威有意见引起的。而大个子邢水根却日渐暴露了自己的真面目，他自以为有几斤力气就觉得了不起，我们都不要看他。

林场要求我们去补公社证明来，但并未特别强调，只是新来的人必须有公社介绍信。看来我的朋友们又不能来了！

我想好好地写几封信。

8月8日　阴雨

到花桥公社茅岭去看有否合适的山林，没有找到。

在茅岭的老林业队，都是绍兴人和诸暨人。我对他们的印象不太好，他们没有家乡人应有的热情和诚恳。我介绍斯东良给他们做车架子，他们说要看到做好了的才做，很是琐碎。他们住的地方也不好，一个高垄上的小湾里，极简陋的几间草屋，在这里生活的人从小孩到大人没有一点活泼相。在这样的环境之中生活，钱挣得再多也没有什么意思。

茅岭大山，在云雾隐隐中显得气势磅礴，青翠葱茏。据说这山上竹子蕴藏量非常大，山顶上还没有人去过。

8月15日　晴

　　林场把我们的工资扣下了36%，说是要寄到我们大队里去巩固集体经济，这对我们造成了很大困难。

　　外面的情况真是难以预料，上一个月这样稳定，这一个月真是一波未平一波又起。

　　看到军威的哥哥写给军威的信，很是感动！昨天军威看着他哥哥的信哭了起来，我劝导他想得远些，想得开些，现在兄弟姐妹重逢有期已是一种莫大的幸福了。想到他们兄弟的经历，又设想他们兄弟重逢时的喜悦，我真为他们感到高兴！

　　我也想到自家的经历，亦是悲欢离合，血泪难诉！现在我又远离家乡，父母兄长不知如何想我！猛地，1957年时我们姐弟三人由爸爸来接我们到龙游十里坪农场安家，妈妈到湖镇车站接我们时，母子相逢的镜头浮了出来。……我不禁一股难耐的心酸，竟然热泪盈眶！那种情景刻印于脑际太深刻了！

　　我与军威两个血气方刚、历经坎坷的年轻人竟然泪眼相对……

　　晚上睡在床上，想着这事久久地睡不着……

　　凑成一诗记于此："风雨无情霜雪凛，连心骨肉万里分；二十余年音杳然，夜梦音容唤无声。喜鹊喳喳喜讯来，哥见弟信欣若狂；一纸南飞达深情，弟阅哥信血奔腾。历史巨轮无可挡，环境缚人命难挽；哥哥曲折弟坎坷，人间悲欢尽品尝。个人离合终寻常，艰辛难挡更奋发。待到红日普全球，天下同庆合家欢！"

8月18日　阴到多云

　　我经常回味着自己给仲娟爸的信中的一句话："我这次毅然外出，

就我主观愿望来说是对生活的积极进取，而不是消极地应付'度日子'。"

但是，我到底做了些什么呢？这里确是比家里好一些，但是每当我自愧地问自己"做了些什么"的时候，我就会沉默无语一整天……

家里也有家里好的方面，那里有刺激，有痛苦，有沉默，但也有知己人深切体贴的谈话，也有温暖和歌唱。

我愈来愈觉得自己是个斗士，我只有忙于做事时心情才会舒畅。

与天奋斗，其乐无穷；与地奋斗，其乐无穷；与人奋斗，其乐无穷。

8月25日　晴

许多天没有接到家里来信，我心头总感觉搁着件东西。前些天得知家乡又遭大旱，严重影响了农业生产。每当想起这些农村的艰难困苦生活，我就忧心忡忡，久久不能平息。

到同安，木头一卸掉就去邮电所，有信的时候顿觉喜从天降，没信的时候好不失望！

一件使我这些日子苦闷着的事情，我逐渐认清了……

我认为作为朋友，应该互相尊重，互相体谅。意见分歧时，应该用善意的、努力辨清是非的态度来解决，这个过程可以有热烈的辩论，但绝不应该用压制一方的态度。

作为朋友应该是互相帮助的，帮助他人不应居功，受帮助的人也应该有感恩心理，不应恩将仇报。

作为朋友不应互相猜忌，不能凭主观的臆测来判定别人的内心，他们之间应该是开诚布公的。

我再次觉得我比一般的人高尚、纯洁！可是每当我为自己感到自豪时，内心却十分地痛苦——我真不希望我自己有这种"自豪"。

做流动工的人，很信奉"有钱能使鬼推磨"这句话。我对伙伴们说："我们只能承认有这种现象，而不能以这种现象作为自己的行为准则。"

但钱似乎比另外的东西要好得多！

我与别人的最大不同点就在于经济问题。

8月29日 晴

接到哥哥的信，寄来了需要的证明和56斤粮票。

家乡旱情非常严重，山湾的稻田因缺水，稻秆都已枯死，缺粮已成大问题了！

惊悉才华姐病逝，我不免心中悲哀！才华姐对我们兄弟总是那么亲切。祖坤他们兄弟姐妹感情深厚，这使他们十分悲痛，珠华为此生了病。才华姐的早逝，也使我想到了人生的不测！

明川去拉煤，只拉了三趟，生了个毒疮，叫"贴骨痛"，很是厉害，他只有回家了。

所有这些，都加重了我的心事，我的内心久久不能平静，感到很痛苦，心情陷入低谷。

我哥已与祖坤谈及了我出外的事，珠华也已心知肚明。我并不想瞒他们什么，才华阿姐死了，我真想去信安慰他们。

8月31日 阴有雨

昨夜给家里和明川、仲法都写了信，今天也寄出了给老钟和曾业龙家里的信。

给哥哥的信中，我要哥哥代我为才华阿姐病逝而向祖坤姐妹致以沉痛的悼念。我解释我没有向他们告辞，原因是多方面的，我说："我的内心一贯十分活跃而矛盾，甚至有过'牛虻'式的打算——想和我这出生的社会割断联系！但是，我又和这社会有着千丝万缕的关系，实际上要割断也是不可能的。"

对我哥哥想买脚踏车一事，我考虑到目前本地农村经济状况下是不适宜的，并且就我家情况来说，是到应该花钱的时候了。但考虑到我哥哥不会偶然地产生这想法，如果他确定有这必要，我总是支持的。

给明川的信中，我说："你的信揭开了我少年时期生活的帷幕，我脑子里浮起了一幅幅已过去的生活画面。二十几年的生活过得不容易啊！……朋友的友谊也是我最难忘的事之一。"

我说到："我能深深地理解你的心情，我人虽在外面，心情也是苦闷的。这里生活是自由些，除应遵守一般公德外，自己的生活可自由支配。但是想到大的人生，我每每自愧地问自己'做了些什么'，这时，就要沉默无语一整天。"

对瑜叔劝我"不要离开政治、经济，少和她们谈感情"这句话，我说："你这话是对的，但如果你对我有这种看法的话，那是多虑了，我决不会过多地同她们去讲感情的。"我说："我经历了不少挫折，但我毫无失意感。然而，任何事情都应一分为二。在受挫之后内心更强硬之余，我有那种寻求某种温暖的欲望。现实生活使我明白，高尔基《少女与死神》中所描述的那种爱是不存在的，高尔基也只是幻想着那种美丽的人生。"

"我用笑来对待人生：看到太阳笑，仰对月亮笑，对着虚幻笑，望着真实笑，凝视着花朵笑，伴着孤灯笑，笑得是那么地畅快！过去的事已过去了！"

我明白"欲不可纵"的哲理！可我又何曾有过"纵欲"呢？

这段话，明川是能体会到其意义的。所谓的"感情"，是和整个社会紧密地联系着的。

写这段话时，我逐个地回忆了她们！

前几天收了木头方，昨天到黄海公社去看毛竹山场。山场竹林密密麻麻，只在银幕中才看到过这样的景观。

我们走近山场，整座林子被树木竹子遮得黑沉沉的，人走在里面有阴阴凄凄的感觉，树木和竹子挤得太紧，可说是密不透风。下起了雨，我们躲在竹木丛中，衣服都没有湿。雨后天晴，太阳分外地明朗，站在山上远望，远山郁郁苍苍，一个个山谷里微微有白色的水汽在飘荡。这种风景，不是我所能表达清楚的，只能说是"仙境"吧！

搞了几个月木头，看见挺直的树木特别喜爱，林业工人和竹木有深厚的感情，大家都有这说法。

9月2日　晴　星期四

搞木头的时间长了些，进步不小。现在直径40多厘米的木头我们也不在话下。只是木头越大，砍伐运输的危险也越大，时时有意外之可能，劳动强度更大了。

东槽一带路近的山场，木头很少了。大家都贪便宜搞近山场的，当地老百姓有意见了。采购组陈学友和刘官全经常来看山场，我们被扣了半里路程的运费。

听这里的王伯伯谈东槽的历史。在30多年前，东槽人口比现在要多很多。兵荒马乱的岁月，深山的东槽也难免兵祸。王伯伯亲眼看见房子被烧毁了40多幢，那时青年人逃的逃、死的死，所剩无几。因为缺少劳力，这里的妇女都参加田间劳动，王妈也吃了许许多多的苦，养成了喜欢劳动的习惯，现在50多岁了还天天参加生产队劳动。

战争夺去了许多当地人的生命，原来山湾里全是梯田，而今是一片荒凉。

战争的残酷性和危害性人人皆知，然而世界上却不知有多少人在从事军事工作，又有不知多少的人力物力被用于军事建设。军工从大刀长矛已发展到了核武器，而农业却还如此落后！

作为一个世界公民，不仅要热爱祖国，还必须热爱世界，热爱世界人民，热爱世界和平，为实现世界和平而贡献自己的力量。

国际问题错综复杂，可有时又好像小孩"玩过家家"似的可笑！

9月3日 晴

缙云的老徐到这里后，患了慢性肝炎，不能再工作了。他要回去，但他们林业组在山上已砍伐了许多木头，他一个人可以分到30多方。他与自己组里的人关系不和睦，因此他想把他应得的一部分卖给我们，由我们运输收方。从经济上来算，我们买下来应该是合算的，但要处理好许多关系。

老徐以前在萍乡拉车运煤，他说与萍乡峡山口新街交管站联系，可以找到拉车工作；湘东镇白云矿拉车也很合算，但那里拉车所得的50%要寄给老家的生产队；另外新眉大队拉车工资可以自己去结算，但那儿必须有公社证明，诸暨人也有在那边拉车的。

对于这样一些信息，我已经不会像以前那样光凭主观想象了。做事要注意考虑细节，要想得复杂些，全面些。

老徐也说到他同村的徐盈是个好人，徐盈的境况竟和我完全一样！

今天我们队里除我和斯东良做活外，其他的工人都休息。适当的休息是需要的，但他们赌起了香烟，从大清早开始到现在深夜还在赌，连吃饭都没有心思。这是一种非常不好的现象，我也劝了他们几句。小赌博会发展到大赌博，很容易造成难以设想的后果。我对赌博深恶痛绝，我绝不会沾一点边的。

记起了1968年长生桥工地周兰祥他们赌火柴，老钟看到后对他们发了脾气，制止了他们。也就是那一天，我和老钟交往密切了起来。老钟说："要健健康康地出来，健健康康地回去！"这句话深深地铭记在我的脑海里，指导我的行动。

9月5日　雨

　　昨天干活到天黑后才回家，到家时李友云刚从林场开会回来，他说林场领导通知我们后天全部回家。

　　我从上月月初起就隐隐感到了不妙，别人准备长远住下去时，我就泼了好几次冷水，他们还认为不会有这种问题，现在竟要赶我们走了。

　　这无疑是晴天霹雳！

　　林场干部刘官金对我们说，这次运动是全国性的"一打三反"运动的继续。花桥林场和县林业局想留我们，他们给民工家乡的公社去了信，家乡公社同意的留下来，不同意的全部回去。宜丰县林业局合同工有3000多人，光花桥林场就有300多人要回去。

　　昨夜大家都没有好好睡觉，互相写了地址，以便今后可联系。

　　我翻来覆去，睡不着，联想翩翩……

　　恰好接到姨夫来信，他说起表姐夫现在在江西德兴解枕木。我准备到他那里去，不到万不得已，我是不肯回家的。

　　下午我们林业组的人冒着瓢泼大雨背木头，拉车。

　　情况又有了变化，有可能再搞半个月木头。这使大家心安了些。

　　到了傍晚，因为打算回去了，大家都到街上卖车子，那种情形好像我们农村的"牛市场"一样。

　　昨夜和徐盈讲的话可以说是很可笑的，那么直截，那么单纯。

　　今天徐盈批评了我昨夜讲的话。说实在的，讲这话以前我是考虑过的，我并不是脑子单纯，而是觉得非这样说不可，所以才说了。事实证明，我没有看错人，并且因为这样做了，起了迅速促进我们友谊的作用。

　　徐盈是个能干、聪明、不同寻常的人，我和他会成为很好的朋友。

　　只是难为了老徐，使他受了气。

不过我以后还是应注意的，1968年时的徐华问题是个很好的教训，轻易相信人也是不太好的。

9月7日 阴

县林业局指示我们暂留十天，把山上的木头搞下来后再回家。如果能补到公社证明，便可留下。

我已写了几封信，不知能否想到办法。

这几天，我们林业队没有一个人是高兴的。前天遭了大雨淋，这两天又都有心事，脸颊一下子消瘦了不少。我也感觉十分疲劳，路很差，每车木头在五尺以上，脚跟部的淋巴腺又发炎，走路很痛苦，但只能坚持拉车。

下午拉车到同安。天灰蒙蒙的，空气沉闷，讨厌的知了烦人地叫着，发出"嗤嗤"声，蜻蜓呆滞地撞来撞去，田野一片死气。几只老鸦飞来，停在电线杆顶上"哇哇"地叫起来！一切都令人烦躁！

受了这环境的影响，我心里非常郁闷。昨夜翻来覆去地睡不着，脑子杂乱纷繁，像是无所思无所忆，又像想得太杂，忆得太多……

人非常疲劳，为使心情舒畅些，想看看书，却没有可以看的书……

9月9日 阴

天一直灰暗暗的，工人一日比一日憔悴。大家都有归意了，可能有公社证明的也得走，气氛很不祥，就像是雷雨前的沉闷气象。但农村声音还不大，在搞"批修整风"运动。

大家都在惧怕突变，已有人在安排早走了，他们被1968年时的那种"革命行动"吓坏了。

我有自己的看法，也有自己的打算，心里不慌，但也不平静。

出外一趟，三个月太短暂了。

9月12日　阴雨

天一直那么地阴晦，有时也下一阵雨，丝丝小雨间间歇歇，把人弄得湿不湿燥不燥的，真烦人！

社会上真有那么一些人，初接触时感到很好，相处越久令人心里越厌烦。我把这种人取名叫"不能生活在一起的好朋友"。

随着年龄的增长，我的处世态度有所改变，不喜欢作无所谓的争吵，不知这是属于自己的成熟还是对于生活的妥协！或许只是对于生活的某种认识吧？

信贤的叔父姚松根说，林场姚主任说我们不用走了，可以留下来，不知是真是假。

对于这种流动工生活，我也逐渐地认识了——它不能从根本上满足我的理想。

一张邮票而引起的对于某种生活的渴望竟是那么地强烈！（注：我从一本旧书中翻到了一张香港大学的纪念邮票。）

——我多么渴望再念书啊！

9月14日　阴

昨天接到哥哥信，说起大队支书仲荣已同他谈过，说我不是在学木工，后果自负。我哥的意见是叫我回去，直接到传威处做木工，或者同大队联系。他叫我不要任性了，仲法也有意外发生。

我仔细地考虑了一下，回家的后果也不会好多少，他们只会一步步地扣紧勒在你脖子上的铁环！但不回家，一方面会影响家里，使妈妈多担忧，另一方面他们可能写信给林场，给我以难堪。

我想到1968年曾业龙接到家信时的情景，他们生产队的压力也十分严重，他的姐姐写了一封婉转的、十分感动人的信给他，叫他回家。我看信后很受感动，问业龙如何处置，他回答说："下决心不回去！"我很佩服他的决心。

事情并未到非回去不可的境地，至少拖一段时间还是可能的。我仔细考虑后给仲荣去了一信，说了不少空话，也说了一些真话。空话他不会相信的，真话他也不会理解。随他去，看他的态度就是了。我现在只有拖这一办法。

接到公威信，家乡旱情十分严重，好几个月没下过透雨，现在处于紧张的抗旱阶段，许多人想外出。

接到老钟信，他也想到我这里来呢！

9月16日　阴到多云

前天，我给公威和哥哥复了信。给哥哥的信中，我说仲荣的话是他们知道我的情况后必然要发生的事。我虽不应任性行事，但也不能手足无措，无准备无计划地做事。我从实际生活中得出这样的看法：事物是不断地变化着的；看事物要看到实质，不能被那些浮在面上的现象所迷惑，所吓住。现在，我对某些事物已采取漠视态度，近几年来，我是愈益坚毅了。

我记挂着明川的病，仲法不知遭了什么意外，我感到非常不安。

昨天接到月球大姐的信，这位萍水相逢的大姐是位善良热情的人。她给我买了100斤粮票，每斤价钱是一角三分。

清晨，上山去砍木头，东槽村路旁的篱笆上透迤着一些牵牛花，这些碧蓝碧蓝的喇叭花常常要激起我心里的涟漪，那喇叭洞里好像有夺目的光芒在闪耀。

牛角洞的一个山谷入口处百米长的一段路，左边是密密实实的矮脚青花，右边是齐腰高的白花红蒂的辣蓼草花，那美丽的矮脚青花好像满天的繁星，眼花缭乱，而那一片锦团簇绣的辣蓼草花更童话般的美丽！蜜蜂嗡嗡地叫着，穿梭于花间；花香气清，露珠闪光，人行其间，真有些神话里的仙谷之概！

我简直是神往了……

我爱花，爱那鲜艳、明朗、洁净的花。

下午拉车到同安，伙伴告诉我有两封信，我匆忙地卸了车就赶到邮电所，其中一封是湖南曾业龙写来的，看见这四年未见的秀丽、端庄的、熟悉的笔迹，我兴奋得难以言喻，急切地拆开了看，业龙亲切友爱的话使我回忆起了已过的一切，不禁热血沸腾！

业龙信中写道："……正提笔向你——知己回信，心头万曲念波，汇成一语：万请您谅解我这不义之人。我在此向你道歉，并怀着最深的心意向你问好。"

"广昌里丰山边的小道，是你我1968年分别至今的地方。我坚信在那山凹一平米的地上，正长满了碧绿的青草，常青永继，沿着你我分别的异方山道蔓生，切切地示意着你我的心理——情感常青！友啊，别后的几年，是我纪念你的时光！那缺善的客观，迫使我无能多与贤弟联系，以你之所长补我之所短的理想如肥皂泡沫一样！……"

"我有你的同一渴望，想来日与我的知己——你再次相聚同工。我几年的挫折历程，待后有机面汇吧！"

业龙啊，我亲爱的朋友！四年，这漫长而又短促的四年啊！我多少次想起你！而今终于又联系上了，我感到多么地欣喜啊！

李友云从林场开会回来，因为宜丰县人少地广，林场决定让我们留下来。这次林场人走得已很多，我们留下的任务十分艰巨。

接到表姐夫如洪从德兴来的信，他那儿运动也开始了，也有走的可能，叫我千万不要过去。

我必须想法解决家乡大队的问题。

9月23日　阴

我与张军威已经闹翻了，这是必然要发生的事。

我与他这么一段时间的交往中，关系发展至此我并没有过错。伙伴们都支持我，认为这是迟早的事。以前好几次日记，我没有指名地写过关于朋友问题的看法，都是针对他的。说真的，我真不想与他弄得不舒服，实在是到了忍无可忍之境地。我绝不认为这是"恩将仇报"。

我认识到：在没有崇高品质的前提下的友谊是不牢固的，缺乏这个前提，什么共同理想，远大志向都是一句空话。

我也再一次地认识到"若要别人尊重自己，自己首先得学会尊重别人"这句话的重要。

20日给业龙写了一信，写信时，往事如画般地涌上了心间……

又收到了金成和仲法的信各一封，他们都叙述了农村生活的乏味和自己心情的苦闷，希望我给他们设法，他们都迫切希望到外面来。我的心情又变得十分坏了！

9月25日　农历八月初七　星期六　阴

与张军威的问题，经常在我脑子里打转。我认为我必须妥善地，从远处大处来处理好这件事。我已经决定用"批评和自我批评"的态度来处理它了。我将真诚地给他写一封信。

南昌下放到东槽的两个青年罗二子和熊冬理"想办法"到南昌过国庆节去了。在这里，我和罗二子、熊冬理接触较多，并也了解了一些他们的生活。下放在同安大队、罗家大队的上海知青和南昌知青都很多，他们的处境和思想状况都差不多。他们对我是毫无顾忌的，我还看了罗二子的两封家信，他们自己和家庭的唯一的心愿是早日让他们回到城里去，可这愿望要实现是那么地渺茫！

　　昨夜大家猜字谜，甚至"对课"，气氛很活泼！我猜字谜是猜得最好的。我平时的学习从这里看出并不是白费的，大家都称赞我。他们的称赞，并没有使我自高自大起来，但却激起了我许多感想：从一名品学兼优的学生，到现在性格刚毅、思想日趋成熟的青年，这道路是曲折的，也是不平坦的。

　　夜在门口看了电影：阿尔巴尼亚战斗故事片《伏击战》。阿尔巴尼亚人民为维护民族的独立和生活的自由，进行了艰苦卓绝的斗争。整个影片没有那么多空洞的内容，就这一点来说，远胜过那些庸俗的东西百倍。（注：针对当时空洞的政治说教）

　　今天下午从下放干部陈鑫如处借来了几本《大众电影》，里面有几篇很好的评论。

9月27日　阴到多云

　　又接到哥哥信，叫我速回……
　　我非常矛盾。
　　夜给仲瑜叔和仲娟爸各一信，征求他们的意见。
　　我不想归去！

9月29日　阴到多云

　　昨夜给祖坤、珠华、保华各写了一信，写时很激动，这是给他们的第一封信，也可能是最后一封信。

　　我没有过多地用抒情的笔调写，而用了自己一贯喜用的明快、简洁的语言写了。我毫不含糊地指出了祖坤同我之间的界限和他的弱点，也向他表明了我的处世态度。

我对祖坤说："我们没能从心灵深处深切地互相了解，我认为你在某些方面缺乏正义感。在对待生活的态度上，你不够勇敢。很坦率地说：我的阶级地位已从某种程度上决定了我的生活历程，我以前曾向青年伙伴们问起过她们对'人品、地位、物质'的看法，她们都没能辩证地认识这个问题，其实，所谓'人品、地位、物质'三者是有机地联系着的，三者之间密不可分。我的生活经历已很好地说明了这个问题。我不想掩饰我处境的困难，但精神上，我是乐观的，我对生活自始至终抱有美好的向往。"

我对珠华说："琼玛是伟大的，是值得学习的。"我希望珠华胸怀放得开阔些，"多思但不要多忧，""我不希望再看到你憔悴的模样。"

我对保华说："我曾和你说过这样一句话：'年幼时天真是一种纯洁，年长了天真会成为一种无知'。你否认了你的天真，当时你的态度是认真的，我想你是能理解这话的吧！我希望你学会思想，并且想得远些，想得深些，多问几个'为什么'。生活是无情的，尽管你有些早熟，但离现实生活还是有距离的，希望你晚点踏进社会这个大染缸。"

今天接到梦来师傅的信，信中说："听志云说，你们生产队已扣除了你的粮食，如不回家，可能要扣全家粮食！"梦来师傅和志云这两位西岩电站时的石工朋友非常为我担心！我这次的处境是很为难的。就我个人来说，我可以置任何后果于不顾，但我也不能过于难为了家里……

夜翻阅了《大众电影》，许多情节吸引了我。

1962年2月，《谢添、陈方千和孩子们在一起》一文叙述了他们拍摄《花儿朵朵》的随感，令人感动，激起了我无限的遐想……

他们无限地热爱孩子。孩子具有纯洁的心灵和聪颖的才智。他们为孩子的幸福而感到高兴……他们所描述的孩子们的生活确实是无限美好的，充满诗意的……

我无限地爱孩子，这些美丽的花朵曾多少次鼓励过我，我希望他们幸福。

10月3日　农历八月十五　星期日　阴有小雨　于同安东槽

　　10月1日是在花桥度过的。大家一起过得热热闹闹的。我与友云哥、阿才哥等已经有了一定的感情。李友云是个能干的、有一定社会知识的人。我已经初步地告诉了他我的情况。我觉得，我虽然不能轻信他人，但也不应该对真诚的人也不讲真话。只有彼此把自己的情况和想法敞开了，才可能更加了解起来，有可能发展成真正的同志式的朋友。

　　前天接到了公威的信，可敬的他说的话使我心里踏实了些。他已与我家里人商量了，我的家人情绪大有好转，妈妈叫我自己决定自己的一切，反正没有什么大不了的！但公威也叫我各方面注意，并且有所准备。

　　浙江现在搞的是以"战备落实一切"的运动，民兵在整训，并严格管制四类分子等。

　　这几天，心静之时，心里就会涌起一层阴云，怏怏不快。

　　我想，"物极必反"的确很有道理！

　　我永远也不会屈服于淫威的！

　　29日夜，我睡不着，不知为什么心里会那么地清澈。

　　夜半，响起了瑟瑟雨声——已是秋雨了！琴弦岗村的秋景映现在脑际，那乌桕叶之红啊，那么地瑰丽！我曾经为之兴叹过。但没有几天，寒风凛冽之时，红叶随着那阵阵秋风飘飞了……

　　秋叶是红的，但秋叶的红绝不是一种好的红！

　　陆游曾作《咏梅》，我睡不着，索性睁大了眼，也"吟"了起来，竟也凑成一诗《咏秋叶》，记于此：

　　途经乌桕岗，漫坡遍山火，熊熊晚霞映红叶，天红地更红。他认红是红，我识红非红，阵阵霜风萧瑟时，纷纷落叶飘！

10月4日 阴雨

给自己做木工工具箱，上午解板，下午做了一些，没有完工。木工活，我如果学习起来，进步不会慢的。

国庆节各地都没有游行，也没有放礼花，甚至连外国来宾都谢绝了。

10月12日 晴

还只是农历八月，这里山高林密，已很冷了。晚上盖着被还觉冷，早起手脚都有些不太灵便。

昨天休息，下午和李友云一起去捉鱼。这里的小河沟里鱼非常多，我们没费多少时间就捉了好多，吃得很有味。在家很少有这样的心境。

昨半夜，屋背后来了老虎，"吼、吼"地叫。那声音低沉而雄浑，令人心悸。几只狗吓得夹着尾巴串来串去，一下往桌子底下钻，一下往人的胯下钻。我们都紧张地拿起了木棍，有几个胆小的爬到阁楼上去了。王伯放了些炮仗，烧了几堆火来驱虎。闹腾了一阵，老虎终于远去了！

花桥林场决定叫我们到茅岭大山上去砍竹子，竹竿要经过滑道输送下来。大家都议论纷纷，认为这工作在经济上不合算，生活也会更困难。这些情况是实际的，但我倒是喜欢尝尝这种新鲜的滋味。

收到乐灿信，他对于我的事情分析得十分正确，他支持我不要回家。他来信中说到对恋爱问题已有些灰心，不知是什么原因。

这几夜，经常失眠。我常常想自己目前的处境和以后的生活，心里有些莫名其妙的踏实，也有那种不知所措的迷惘感。

南昌的下放干部陈鑫如是个有知识的人，他原在南昌新华书店工作，他对我较为注意，喜欢喊我唱歌；我也和他谈些社会问题，他常用欣赏的眼光看我。

这几天我也想到自己的婚姻问题，也作些了剖析，回忆了几个我接触最深的姑娘。她们给了我什么呢？——一些姑娘曾经留恋过我，但她们不能真正地认识我，也不能真正地认识生活，她们和我难以融合。看起来，婚姻问题对我来说将是一件不那么愉快的事。

想重新写《红花和白花的故事》，题材是多的。

10月15日　晴

干活到天黑才回家。在门口小操场看了电影《红色娘子军》。这几天日记没记，心里有所牵挂。

接连收到五封信，这几封信使我的心情很好。

仲娟爸在信中谈到了叫我回家的这件事，他认为家里问题应该不大，"无非是如此而已"……关于运动问题，他认为也只能是符合一般运动规律的一个过程。他说："念母是人之常情，但在紧要关头时，则应分清短暂和长远，表面和实际所起的作用，我相信做父母的也一定能够谅解儿女的内心所思。"他还说："东，闯吧！冲吧！难得的高飞雁，既到白云深处，怎能被恶魔拉回来呢？能住多久就住多久，但也要有一个临时被迫回来的打算。"

我认为仲娟爸的看法是十分正确的。

仲娟爸也谈到了自己的生活："我现在身体是好了些，但由于受旱，家庭负担重，经济和粮食问题已成了我最艰巨的压力，确实无法应付过去，难呀，真难呀！连日常生活的七件事都成了我精神负担，做人还有什么好处，写到这里，无法再谈了……"

看完娟爸的信，我一阵心酸！我只要自己有点办法，也决不能让他被生活逼迫得太痛苦！

明川的信中说到那问题时看法完全和娟爸的一样，他说："你不怎么样，戏也要演的……"

明川说："我完全理解您现实的心理，说什么话对您最合适呢？"他抄几段鲁迅语录给我作参考：

——我自己，是什么也不怕的，生命是我自己的东西，所以我不妨大步地走去，向着我自以为可以走去的路，即使前面是深渊、荆棘、峡谷、火坑，都由我自己负责。

——危险！危险令人紧张，紧张令人觉得自己的生命力，在危险中漫游是很好的。

——什么是路？就是从没路的地方践踏出来的，从只有荆棘的地方开辟出来的。

——前途很远，也很暗，然而不要怕。不怕的人的面前才有路。

还有什么话再能这样地鼓励我呢？明川，我亲爱的朋友，我深深地感谢您！

明川信中说起平霞到枫桥读红师班，仲荣被现实生活所逼，放弃大队第一把手的位置在校教书。

姐姐来信说，她们村子里出外的十几人都回家了，她们新昌县那里战备十分紧张，妇女做军鞋，男民兵军训、站岗等。她希望我早作回家的打算。姐姐当然是好意，而我惧怕什么呢！

我们林业队这次要收方的木材量较大，近山场也搞了不少。采购组陈学友调到花桥去了，因此收方的是廖加德。廖加德是个很坏的家伙，待工人十分苛刻，收方很会打折扣，好多林业队工人都和他吵过架。我们组大家合计了一下，认为硬是硬不过他的，只有用软法。我们组贿赂了他50元钱，友云哥送给他，他真的如数收了！收下后，就给我们定出了收方的时间……

"有钱能使鬼推磨！"

——这也是一种现实生活。

10月21日 晴

18日、19日两天收方，廖加德对我们的态度好多了。

林场叫我们到茅岭。我们今天又去看了山场。

滑道是用钢丝索做成的，作了试验，但还没有正式投入生产。从山下到山上，这条路的确很陡。山上的毛竹非常密，滑道附近的竹子有人砍过，再远些就没有人去采伐过，有好多的死竹。我们这次去的地方也只不过是茅岭大山的半山腰。

大家对于这工作都有畏难情绪，好几个人准备回去了。我知道到茅岭去，经济上不如这里合算的，生活也会更加艰苦。但我已下定决心，回家又能去做什么呢？天地总是外面的广，周家湾一个巴掌大的天空我是看够了。

粮食是个十分大的问题，我必须预先有个安排。林场里现在不收人，就是有县一级的证明也不行。林场干部老刘说这是个政策问题。这样我也无法帮朋友们来这里干活了。

10月23日 阴到细雨 于东槽

时间应该还不那么迟，但我似乎觉得夜已很深了。

看田间著《海燕颂》。只看了《论尝试集》和开头几篇。这几篇都是写诗的东西，我看时联想好多，现在要写下点什么来却有些迷茫了……

田间引了海涅的《倾向》一诗，结尾几句是："像凶神一样杀、吹、轰吧，直到最后的敌人逃亡；你为这目标而歌唱，但是你的作风必须接近大众。"

田间说："我们伟大的人民，所需要的诗歌，不是语言的杂凑、堆积、贩卖、抄袭、戏弄、悲叹、空喊等，而是需要胜利的凯歌，真理的韵文，乐观的语言。"

"诗歌的境界，不应该像水池一样，只有一寸波纹，应该像大海一样，浪涛万里。"

田间说得好极了！

我想：如果自己想做一个诗人，那么，他自己就必须是一个"诗中人"——一个充满热情的会真正生活的人。

想到这些，我就想到自己的一生，以及自己所写的一些东西。

这些东西如何来评定他呢？——也就是说，我生活得如何呢？

夜，深了。

10月24日　阴有细雨　于同安茅岭上茅蓬

今天我们搬到了茅岭，住在上茅蓬，准备到山上去搭个棚子，以后再到山上去。

俗语说："在家千日好，出门半遭难。"这句话对于我们出外的人体会最深刻，今天又体验到了。

我们在同安吃了中饭出发，独轮车到茅岭山脚下就拉不上来了。挑着一百多斤重的行李，登山而上，阴雾沉沉的天，飞着毛毛细雨，路窄而陡，累得够呛。到了这里大约近四点，但到上茅蓬，连住宿的地方都没有，住在这里的几户人家不答应叫我们住。后来到了下茅蓬，又没有住的地方，只好又回到了上茅蓬，好说强做，总算有了个住处。

我们十几个人分四五个地方住，我找了一个烤纸的弄堂，向老表借木板搭铺，他们说没有，向他们借稻草也说没有。一个不到四尺宽的弄堂，地底坑坑洼洼，着地睡确实不行。我看到一个猪棚上有几块木板，就向那户主人去借，那户人家男人没在家，有两个妇女，我刚到她们门口，她们看到我就逃进屋里去了，还栓了门。我从门缝里瞧了一下，见她们露出恐慌的神色，我只能走开了。何水根去拆了一块门板，老表心里老大的不舒服，骂了起来。

没有木板垫铺的确没法睡，我只好央求在这里削筷子的一个姓钟的工人再去问。那个工人叫她们开了门，他一踏进屋，那个妇女看到我在后面就急忙想关门，幸亏我动作快，装作没看到她的神色似的一脚跨了进去，她也没办法了。那个姓钟的工人好说歹说，她们还是不答应，我也在一旁苦苦央求，她们看我态度委婉，似乎放心了些。我给了他们小孩几个饼，这样她们就答应了。

后来我帮她们砍了一些柴火，帮她们锯了竹子，她们的态度就大大地变了。

吃了晚饭，男房东回来了，他姓刘，是湖南平江县人，我们和他闲聊，气氛很是融洽了。

出外可以学到不少的生活常识。

10月28日　雨

到山上去了几趟，但无头无绪，好几个人准备回去了。我同他们思想不同，看法也有些不一样，我毫无动摇之心。

获得一个不明确的消息，期待着它的发展，抱有很大的兴趣。

结出账来，我寄给了钱传威30元和仲娟爸20元，并给姐姐、哥哥、公威、传威、仲娟爸各写了一信。

姐姐来信说起姐夫身体不好，我感到十分不安。

给哥哥的信中，我也谈到了婚姻问题。在今年妈妈生病时，她又和我谈到了我们兄弟的婚事，我当时答应她今年两兄弟解决一个，当时我也不是信口开河。但自从我出来后，似乎已对这问题失去了兴趣，不想在现阶段解决了。我劝哥哥在"不太过"的前提下迁就一些。

我和公威谈到了那消息，社会上的事物是不断变化着的，我们作为青年应该对这种变化抱积极的态度。

给仲娟爸的信中我说："您的处境我能深深地理解，像您这种处境的人太多了啊。希望您能尽可能地保重身体，尽可能地乐观，不要让世事俗情过多地妨碍您。"

我认为他对于我的看法是正确的。

鹰，应该飞得高，才能看得远。鹰，也只有在同风雨的博斗中，才能成长。

仲娟爸在前一次信中指出了我的弱点：他认为我因为有一定的见识，已能自主，又加上青年人好胜，造成不管对象发表自己的看法和思想，讲自己的心得和体会。他认为这样做在现在的环境中相当不妥当。他希望我开诚布公地和他谈谈这方面的看法。

我在这封信中回答了这个问题，我说："您指出我的弱点十分恳切，我感谢您，我的这一弱点是和我整个生活过程和思想性格密切联系的，出于对生活的强烈探求和对美好生活的向往，我愿意主动地接近人们；向他们坦开自己的胸怀。又可能是听惯了过多的'好话'，我慢慢有了自负、不逊的不良习气，因此我的自尊心、敏感心都非常强烈，甚至已有些过分。可是实际上自己还很稚嫩，社会经验也不足，凡此种种即形成了这一弱点。"

我又写到："但是我对人们的看法是矛盾的，我有时把人们看得很美好，对人们充满了无比深厚的感情；然而有些事情，特别是联系到实际生活中人与人之间的关系时，不禁悚然了！我的处世态度十分明朗：我豪不掩饰地爱我之所爱，也豪不含糊地憎我之所憎。因此待人接物中，我有可能轻信而不可能滥交的，对于这点您放心。对于这个弱点，另外朋友也曾指出过，我会认真地注意起来的。"

在外面，环境更为复杂一些，我确实应该注意自己的一切，但是我这次的毅然出外，就我主观愿望来说是对于生活的积极进取而不是消极地应付"度日子"。因此在谦虚谨慎的原则下，我必须主动地接触社会，主动地接触人们，从而使自己有所提高。

就最后的问题，我和仲娟爸的看法是有分歧的，我不能消声匿迹做"隐士"，而应该自始至终做一个"战士"！

我从来没有惧怕过流血！

10月29日　多云　于茅岭山上

搬到了山上，搭床铺、整理门等，弄得很忙。我们这个房子非常有特色，柱子就是长在地上的大竹子，梁、椽、瓦、窗、门直至睡的床，全都是竹子做的，人住里面，有股竹子的清香。

夜晚坐在床上，听福建的工人唱地方戏，很好听……

我换了许多生活环境，每到一个地方就必须有一张简单的书桌，对于我看看书、写写字的地方是首需安排好的。我的桌子、凳子也是竹子做的。

一种新的生活又开始了。

从报纸上看到中国恢复了在联合国的席位，蒋帮被驱逐出联合国。

昨夜，有些诗意，一架大山隐没在云雾里……

人啊，接触起来就会亲近起来！我们要上山了，上茅蓬的几个老表十分客气，再三叮嘱我们去玩，短短几天，我们似乎有了很好的感情。

东槽村王妈她们，我们要离去时的留恋之情十分真挚，我忘不了他们！

10月30日　晴

修路计划，意见很不同。晚上开会，订了几项制度，还说要学习。

学习确是应该的，但学习的目的和方法各异。我想这一班人的学习要我来掌握，能不能有所成绩呢？很难讲。

收到了明川和忠挺的信。

明川说起家中并无"花头",叫我安心在外。他还想外出,询问这里的药材生产和收购等情况。

他也说到,今年家乡粮食普遍发生困难,大家都为这个"吃"字发愁。

高尔基说:"我看见人们并不是在生活,却只是在想办法喂饱肚子。"

用一切手段,喂饱肚子,并且把一生的光阴全花在这上面。等他们发觉一切有价值的东西全弄光了,白白地活了一辈子的时候,他们就悲叹起自己的命运来了!

人们活着是为了想法喂饱肚子,那确是太没意思了。可悲的是,活着,连"想法吃饱肚子"都成了十分沉重的心事!这样的环境怎能谈得上"人生的意义"呢?

瑜叔的话是对的:"不要脱离政治、经济……"

"政治是第一生命",无须多说其重要性,但是对经济问题的看法就有很多不同。我从实际的生活中认识到,在一般的环境之中,说不考虑经济,那是一句空话。

出外也一样的,就我来说并不太看重钱,但是在自己的现实生活中也不得不把"经济"提到一定的地位上来考虑。

对这个问题也是逐渐地认清起来的,记得我给吴圆的信中曾写到过希望她以快刀斩乱麻之手段,解决家庭琐事,"家庭琐事如泥潭,陷进去了就不能自拔",希望她不要陷进去,实际上这些话对于现实中的她实在很空洞,难怪吴圆妈对我有看法了。

11月1日　阴　于茅岭大山上

砍了两天竹。

这山上的竹林没有人砍伐过，有许多死竹横七竖八倒着，使得走路都难，一些山洼里的竹子又大又长，砍伐时很难掌握方向。我们要使砍倒的竹子竹梢在上，这样拖竹子方便省力些，但这里的竹子往往竹梢下弯，重心在下，要往山下倒，十分不易。因此砍竹子十分累，砍断了竹子根部后，要把整株竹子抱着端起来，使竹子下部尽力挪到低处才行，因此一天下来两只手臂的皮肤都擦伤了很多处。

昨夜给明川写了一信，回答了他问的几个问题。

我也说到，我始终像《归去》一诗中写的那样"……如录音器、摄影机把听到的看到的统统印入脑子里……"

缙云县有两个人文化程度较高，乐器也玩得很好，他们对我们很热情，今夜他们和采购组老刘一起同我们闲谈了许多。

天要变了，风很紧，竹棚很通风，灯点不成，点上就被吹灭了。

11月8日 阴

"消息"在今天正式宣布了。9月13日发生了林彪叛国投敌事件。今天开会传达了关于林彪、陈伯达、叶群、黄永胜、吴法宪、邱会作、李作鹏反党反毛主席的事件。

这件事我没有觉得奇怪和突然。因为这也是符合社会发展规律的。

给渭月去了一信，我写到："社会在发展，因为我们生活在最底层，所以对于上层的事不可能明瞭，但是生活在最底层的人占了全人类总量的绝大部分，他们代表了真正的社会力量，他们是真正正的英雄。我们有幸和他们生活在一起，能够了解他们真实的思想感情，因此我们反而成了'先知'！是的，就某种方面来说，我们没有自己把自己蒙在被子里。"

这里开始修建手拉车路，昨天我们几个人对这条路的前半段作了勘察，定了线路。

在勘路时，我和马国光谈到了"9·13"事件，稀奇的是两人的看法完全相同。我们都觉得发生这个事件没有可奇怪的。他对林彪和周恩来的看法与我惊人地一致，我们早就看不惯林彪那种"哈巴狗"模样了。

11月9日　阴有小雨

斯东良在今晨突然决定要回家，匆促地收拾了行李。我送他到东槽，他今夜宿陈庭荣家，明天走。

我和他之间虽不十分密切，但是我们作为朋友的友谊是十分深的，他待人厚道，也不过分，并能顾全大局，照顾到大多数人的感受。

路上我和他谈得很多，他说起伙伴们对我的看法都是好的，他们佩服我的"能干"和"聪明"。友云哥明白我的情况，对我抱有同情心。

斯东良留了好多木工工具给我，我没有客气就收下了。他回家可以办新的，但于我可不是件容易事。我对他的关心从心里感激。

东槽王妈家楼上——我们的老宿舍里。斯东良在收拾行李，我抽空写了个便条叫斯东良带给我哥，我想念朋友和家人……

凝望着重重叠叠的远山，我心里十分难受。斯东良要归去了，我又少了一个伙伴，非常地留恋。和朋友们相聚时的热闹是何等地有诱惑力啊！转而，我又想起了自己的处境，我对我哥哥说："我的内心永远是勇敢和强毅的。"

是的，我在这里的生活也有乐趣的，我怎能忘记在家时的那种"空虚"呢？

回茅岭的路上，我心潮翻滚，久久地难以平息。到桥头，望着云雾隐隐中的茅岭大山，那高山之巅有我的住处，我高声地呼喊了起来！

11月14日　晴

　　今天很有趣，我又增长了些知识。
　　山上的路修得已有些模样，因此我到东槽拿我的双轮车。天较热，我把空车拉过东槽岭后即把穿的一件毛线衣脱了，缚在车架上。杨家水库下坡后，我和水根到杜富良那儿去拿斯东良寄放的双轮车，当时我本想把毛线衣拿走的，但一想江西老表这点风俗还是较好，不会偷人家的东西，也就没拿走。杜富良不在家，我和水根没坐多久就走了。我们放车子处和老杜家只有几十米路，我远远就看到毛衣没有了。我当时考虑了一下觉得时间前后不到20分钟，偷毛衣的人肯定走不远的，也可能丢到冷落处了。还是追人要紧，东槽是条冷落路，过往的人寥寥无几，东槽我人头熟，可以了解到情况。因此，我叫水根往下追，我自己追回东槽。一口气到东槽，老田的老婆说没看到上去的人，下去的有一个，那人还问她到同安还有多少路，我即问了些这人的特征和拿的物品，老田的老婆告诉了我一些特征，并说此人挎了一个黄帆布背包。我马上又往回追，到水库上，水根回来了，说下面没人。我按时间分析，肯定东槽下来的那个人偷的。那个人既然不熟悉地方就必然要经过同安，就这里的地形来看，他也走不了另外的路，我就追到同安去了。
　　路上，我问了好几个人，他们都说没有看见这个人，我认为他如果绕另外路的话，正好给我争取了时间，就直奔同安。到同安后我从后门进了同安饭店，擦干了汗穿好了衣服刚走到座处，就见买票处一人汗淋淋的，还背了一个黄帆布袋，其特征和老田老婆说的一样，看这人也有些贼头贼脑，我就判定是这个人了。从他的行李看是个出门人，这样的天气，他穿一件棉衣，旁边还放着一件夹衣和单衣，看来这是他早上穿来的衣服了，照理说他除了这几件衣服以外，不应该再有其他衣服打进行李包了，可他的帆布背包鼓鼓的，看来是硬塞了衣服在里面，趁他买票时我挤近他,把他的背包摸了一下,软软的,我想毛线衣就可能放在这里面。我随即和几个认识的人谈了谈情况,叫他们给我监视他。我就到采购组找人。

我和采购组干部刘官金谈了谈情况,刘官金认为此事麻烦,因为没有依据。我和他走到饭店,不想那人竟把我的毛线衣穿到身上了,这个贼真是可笑,可能从来没有穿过毛衣吧,把衣服前后都穿反了,毛衣已皱得不成样子。看他满头大汗还没干,我不禁感到好笑。老刘问他从哪儿来,到哪儿去,他看情况不妙,边支吾地回答边想走了。老刘问他这件毛线衣哪儿来的,这个贼还煞有介事地回答是他自己的。我看不下去了,就站起来讽刺了几句,他竟反咬,说我冤枉他,我这时真想揍他一顿,但我忍住了,问了这件毛线衣的质量、重量、购买的日期,他都胡乱地回答了。这时饭店里已围起了好多人,我就把我这件毛线衣的重量之类情况都说了,一称,我说的是对的,他说的差了好多,大家都支持我。水根来了以后,老刘叫我们把他送到公社去,我竟慷慨地叫他拿上这件毛线衣。

送他去的路上,我们十分警惕,他也耍不了什么花头。到林场,我进楼去找李主任谈情况,只一会儿功夫,出来见那贼已跑了,原来水根去上了厕所!这林场是坐落在一座小山上的,跑出门就是柴山,我当时心里的懊恼是不消说,毛线衣被他拿走了还要给人家笑话。我跑到山岗上冷静地观察了一下周围的地形、环境,就肯定他钻了柴山。水根他们搜索,我为了防万一,从大路上追了一段路,并且监视另外山包和小道。

贼果然因为带了行李跑不远,他钻在柴丛里好像鸵鸟似的将脚露在外面,被水根抓住了。水根打了他一顿,刘官金也赶到了,狠命地打了他一个耳刮子。他们已把他抓到林场了,我到时,一股怒气,狠命对胸一拳将他打倒在地。干部们劝我不要打他,我也就罢休了。

贼由公社处理,我拿回了毛线衣就回来了。

今天一天，因为一时的疏忽，忙忙碌碌奔了七八十里路，还差点丢了这件二十几元钱的毛线衣。但这个抓贼过程，我深觉自己的判断力和分析力真不错，但可惜去林场时我竟叫贼拿着这件毛衣，如果让他跑掉了，那真的成了一个大笑话。

11月15日 晴

上午修路。出门在外，大家不分年龄长幼，都活泼得像个孩子一样。我们烧火煨苦子吃，还争夺起来，很有趣。

下午我和水根去看毛竹资源，爬了好多山。这座山越到山顶，岩石越多，土层越浅，毛竹也越来越小了，但以前从来没被砍伐过。爬山我很喜欢，越高处风景越好，但今天爬得这样高也未能看到好的风景，因为茂密如麻的竹林遮住了我们的视线。

砍了一株大杉树，我和水根把它抬到住宿处，我准备做几只大箱子，大家可以放衣服之类。

11月18日 晴

昨天绍兴友云哥他们的亲戚朋友又来了八个人，他们是有公社证明的。我已写信给明川，不知他是否能打出证明来。我决定不了朋友是否来赣的问题，我内心非常希望有自己的朋友在一起，但考虑到生活工作各方面都不稳定，就又有些踌躇。

日子过得很容易也很有趣。今天休息时和缙云的陶武德摔跤，他学过武术，很有经验，动作敏捷而有力量，论经验我不是他的对手。摔了两跤，开头都让他占了上风，但我翻力大，也多少有些技巧，第一跤被我翻了过来，第二跤他把我摔倒后，我在可以把他翻转时看到翻下去是高坎，所以没有太用力就停止了。这种玩玩的事儿也是需要的，我们很看重友谊，陶武德向我指出了动作上的弱点等。

　　我和缙云县的几个工人相处得很好，他们这几个人给我留下了较好的印象。陶武德是徐盈的表哥，出外也十几年了，是个老实诚恳、心地善良的人。我今天和武德也有了一定的友谊，他们对我的评价也比较高。陶武德说我是一个"毫无忧愁的人"。

　　今天收到三封信，楼金城谈了些工作情况，他们安排明年到萍乡拉煤，并希望我帮助他们从江西打出一张要人的证明。姐姐的信虽然是生活琐事，但充满了对我的真挚关怀之情。

　　姐姐又说到了哥哥的痛苦——耳病。这对他的折磨使我心里非常难受。如果我能替代我哥哥的痛苦，我真会毫不犹豫的！

　　娟爸的信又使我心潮翻滚。

　　他谈到了他的生活："目前经济上的压力好像满天阴雾，漫天盖地地向我压来，要想避开它和解除它，找不到根本的办法，连日常必需的都难以开销……"

　　这使我十分不安，我真恨自己能力太薄弱，我要是架万能的机器多好呢？眼前我的手头十分紧，过一段日子如果情况许可，我准备再帮助他一些。

　　但是，社会上真不知有多少像仲娟爸这样的家庭啊！

　　仲娟爸看了《思友》三首之后，他说："我从内心上佩服您的学识，敬仰您的才能，怜惜您的处境，同情您的向往，理解您的经历和过去。"

　　但他又提醒我："不要在诗词上发泄自己的思路和见解，学习要学到肚里去，不要学在表面上。"他还是担心我会出事。

　　仲娟爸对我的表扬和评价，我内心是感到高兴的，但也不无内疚之感，因为我毕竟学得太少，知道得太少。然而娟爸劝我的几句话，又刺到了我的痛处，它又流血了！我希望自己不要庸俗地过一生，我希望自己对人民有一定的贡献。

我热爱人民的艺术珍品、智慧结晶——文学。我希望自己成为这一神圣领域里的一卒。但是，23岁的我懂得了什么？学到了什么？做出了什么呢？因为我的心冷了起来，硬了起来！但我也不得不承认自己失败了！

失败！——我不想承认，也不能承认，更不应该承认的！

走吧！老老实实地向前人学，向人民学，一步一个脚印，我深信，我精神上永远不会失败的。

11月26日　晴

林场的工作虽不是一日数变也可说是数日一变。

这次毛竹任务非常紧，各地都缺毛竹，连山东的军队都来调竹子，采购员亲自到采购组来了。

滑道还没有搞好，也不能预计以后的生产状况，我们浙江的两个组已经修了肩路，把竹子背到山下后再用车拉到桥头去。

我们今天已背了一天毛竹。这不是一般的"背"，方法是在一株最大最长的毛竹离蔀头三尺处捆上四五株小点的竹子，肩膀就背那株大竹子，准确地说是把竹子"拖"下山的。路用竹子搭铺起来，竹梢滑下来较顺畅，这比背更省力一些，工效也更高。只是这条路陡，有的地方几乎是七八十度的陡坡，也很滑，容易出危险。肩上的一株竹由于后面的竹梢头一档档地跌落下来，震力十分大，有时另外缚着的竹子又会撞到身上，很危险！

我这几天身体不太好，吃不下饭，也乏力。

听新来的几个人谈浙江情况，驻浙江部队空五军政委陈励耘是林彪的亲信，他想刺杀毛主席，已逮捕了。

友云哥说起他们家乡有个贼，十几岁就开始偷东西，现在已23岁了，他大笔地偷钱，然后就大赌特赌。他还很大方，很可怜那些赌输了的人，没有钱的人问他借也是有求必应。他并不认为偷东西是可耻的事，经常大言不惭地在众人面前夸耀自己的技能。

友云哥他们描述他赌博时的情景，我似乎能想象到当时的场景。

我想，那些贪婪地看着他的钱、并向他要几块钱的人，比他还更可怜，更贪心！

11月30日 晴

气温骤降，下了一天小雨后，今天早晨竟有了冰冻。前几天送阿六到花桥看病，上山下山弄得我很累，住在这个大山上真太不方便了。

收到哥哥、明川、仲法的信，我心里常常挂着些什么。

于是乎，我就想开世界之先例，谈些生活经验了。我们村的友法是个箍铜匠，给人家干活，菜不好他活也不好好做了，他应该是个很会生活的人。看到甘坊林场的墙报，有人写了一篇"评一瓶葡萄酒"，这人应该也懂生活。

12月7日 阴

昨晚下了一夜雪，今天早晨竟是另一个世界了。

大雪封住了茅岭山，到处都是白茫茫的，毛竹被压得低垂着头，枝叶上满是雪，好像一株株神奇的盛开着白花的树木。

为了欣赏雪景，也有其他事，我下山去同安。山路上，雪有半尺深，路被压倒的树枝所遮住，我们用木棒探着路，打掉树条上的雪，愉快地前进着。马国光比较好，路上和他谈了好多学校里的事情。

到同安打了回乒乓球，回家已是天黑了。

前些天林场收了些有大队证明的人，我赶快写了封信给梦来师傅、公威、明川，希望他们过来。不料第二天情况就有了变化，我就又赶快写信回去，叫他们不要来了。斯东良他们也想返回，我叫他迅速回来，让他了解些情况并带点东西来，但又觉得没什么好带的，叫他带几本书来。他们往往对事物的发展估计不足。

林场已经决定调我们组和马国光组下山搞木头，我们准备这几天下山找山场。

林场要收一批正式工人，必须是真正的贫下中农子弟。

收到了哥哥、仲法、明川的信各一封，我想好好地给他们写几封信。

12月14日　晴

拖了几天竹，十多里路一天跑三趟，每趟都约有200斤重，人之疲劳是可想而知了。

翻阅《西湖杂谈》，里面详细地介绍了一些名人名胜，其中白居易、苏东坡、陆游、岳飞、张苍水、秋瑾的事迹颇令我感动。

我并不"多愁善感"。那个自称"多忧"的时期过去了，但我又怎能不忧？

他们是不幸的，但他们是伟大的，千秋不朽！

我想了些什么呢？……

茅岭山上横路旁有一株梅树，长得很茂盛。寒风刺骨的冬天，它的枝条已透出绿色……

1968年腊月，我到新昌姐姐处过春节。途径新昌澄潭镜屏庙附近，看见一棵梅树在这样的季节竟结满了蓓蕾，我浮想联翩，由蓓蕾而想到了青年……

白居易诗："鬓毛不觉白毵毵，一事无成百不堪。共惜盛时辞阙下，同嗟除夜在江南。"我与诗人有凄然之同感。

又白居易诗："神鬼曾鞭犹不动，波涛虽打欲何如。谁知太守心相似，抵滞坚顽两有馀。"他写的是秦望山下的那块罗刹石，也表明了他的心迹。我也应学习这种精神。

12月16日　阴

下山到同安，糊里糊涂地过了一天。

收到了表妹蔡平霞的信。她信中谈到了她的生活，她是10月5日到诸暨工农兵学校红师班学习的，学习的目的是培训民办的初中教师，分理科和文科两门。这些学生有各种职业，带着不同的生活气息。平霞认为，值得学习的东西很多。

平霞还说："这次到这里来学习，我也是意想不到的，离开学校三年以后的今天，会重新开始我的学习生活。我不想将来有什么利益，抱着学点知识的心情又跨进了求学之门。现在的生活虽然是很艰苦的学习生活，但我感到非常的愉快。它又唤起了我对过去的学生时代的美好回忆，又指导了我应该如何地把这两年过得有意义的打算。我想到我一定要把这两年过好，使自己在各方面有新的提高。事实也使我感到，生活在学校是这样的无忧无虑。"

平霞对我的生活"感到艰苦、新鲜和一些说不出的感觉"。她问询我生活的情况，还问我："你对你现在的生活是如何想的？"

她过誉地评论了我，她对我转战社会饱经风霜的精神表示佩服，她感慨地说："你是战斗在生活的激流中的勇士！"

看完她的信，就又是一阵心潮翻腾，却又是出奇地平静。

我说不出想到了多少，回味了多少，也不知回味到的是苦或是甜。我也不觉得自己心的激动。

近几年来我感到自己是那么容易激动，又是那么莫名其妙地稳定和平静。

我只有深深地祝愿平霞的幸运，并觉得自己应该在学校之门以外的学校——"社会",这个大学校中加倍地学。

我如何地回答平霞的问题呢?我对于自己的生活究竟是如何想的呢?

在现在的生活中,我说不出到底是"好",还是"差"。我认为我活泼是好的,但我应该注意"谈正经",有意识地接近人们,了解人们,从而了解社会。

12月19日　多云　于同安茅岭脚下桥头村

昨天下山了,住到了桥头。今天开始用独轮车拉毛竹。

这独轮车路坡很陡,毛竹那么长,路又那么狭小,这些对我这个初学拉独轮车的人威胁是相当大的。我抱着一定要学会的决心,拉了三趟,每一趟都有增加,我比较满意自己。陆仪哥车翻了,脚受了伤,我拉他到同安医院治疗,到夜深才回桥头。

昨夜到同安看了电影《乒坛盛开友谊花》,是描写第31届世界乒乓球锦标赛的,运动员们精湛的技艺深深地吸引了我,他们那种良好的政治素养和热情友好的态度很令我感动,他们是多么幸福的人啊!

12月23日　雨

拉了几天独轮车,我已经基本学会了。

前天接到哥哥的信,又说到了生产队的问题,就又引起了我的满腹心事。我甚至有些害怕家里的信了,它给我的只能是忧虑和不安。

我考虑后随即回信了,我对哥这样说:"现实社会,他们对于好欺负的人不会有同情心,你要退一步,只会导致对方的进一步欺压。"

农村要掀起一个经济战线上的大运动,那必然会涉及到我。但是,我的诚恳是不会得到他们的宽容的,明年不管我如何做,他们是不会同意我出外了。我再没有必要向他们让步。我自己得有新的准备。

今天开了全林区工人大会，林场姚主任向大家宣读了中共中央《关于揭露林陈反党集团的材料之一》。

目前，我们这个林业组已经有了20多人，这对于一个林业组来说显得太大了，人太多管理难度大，工效会降低。我们想放弃几个，但我考虑到出外人之困难时，心就又软下来了。

绍兴五星公社的俞万和等四人，他们的家乡人何邦远、吴志文是友云哥的同学，因而我们收下他们。但他们几个人不相信我们，有些自以为是，竟不顾客观情况又从家乡叫了11个人出来。这些人到了这里，工作没有着落，只得卖了被铺回去，非常可怜！这使我对俞万和等人的做法很感气愤！我存了报复心。

12月25日　雨

到同安给斯东良拍了个电报，叫他不能来了。小均和祖义昨天到了这里，林场却不收了，他们很困难。

昨夜和友云哥他们谈到了过去时期的美妙插曲。过后很长时间睡不着。我想得最多的是关于吴圆的问题，像吴圆这样的姑娘是罕有的，她的品格、她的聪明不是一般人所具备的。

但是她已经被生活牢牢地束缚了。不知她现在生活情况如何？

吴圆，我在这里衷心地祝愿您幸福！

不知为什么，前不久我梦见了吴圆，这个梦很不祥……

我梦见的吴圆完全不应该是如此的……

想给仲娟爸写封信，但心绪总不宁。

这些日子我努力把自己的生活引向"大"的方向去。

风雨世面

我曾视为生命的日记

1968-1978

1968
1969
1970
1971
1972
1973
1974
1975
1976
1977
1978

1月3日 阴 于宜丰县同安公社桥头林区

友云哥开会去了，我就担负起了二十几个人的生产安排问题。如果我有完全的支配权，带领这几个人还是可以的。但令我烦恼的是他们的自私心太重了！从索道口背竹子到堆场原来每趟一个人应该背三株竹子，昨天他们只背了一株，而且还丢在庙下，丢得乱七八糟的。今天我讲了以后，情况才好了些。

人心不统一，工作也会无头无绪。对于这工作应如何做，我自己心中都没有底，哪谈得上妥善安排呢？待友云哥回来后，视情况而定，林场究竟怎么安排我们？

斯东良26日回来，他的工作问题经过了些曲折，现在还不能完全定下来，我对他采取完全热情的态度。

现在外出找不到工作的人好像大水中的浮漂，飘来飘去，无着落处，焦虑而又无可奈何！

我看到他们，就想到了自己1968年时在广昌的生活，也想到了家乡人们的生活，没有粮食，饥饿、穷困威胁着他们的生计。他们明年上半年的日子如何过啊！

据说诸暨县已在进行出外人员登记。红湖公社的干部已经到江西，叫出外的人回去；我们生产队干部和气不过我的人又有和我纠缠的动向，这些都使我感到不安。

我不满意我哥哥对我的问题的看法，我又不是在做犯法的事，他们真的那么可怕吗？

我哥哥在给我的信中说到祖坤因为我没有信给他而生气。我就给祖坤写了一信，我说了我没有信给他，是因为他没有回信给我的缘故。

我要他们向我谈谈他们的生活情况。我很怀恋今年上半年的几个有意义的夜晚。我还对祖坤说："我的性格已决定了我会如何来处理我面临的事情，我要摆脱这些庸俗和琐碎的纠缠。"

1月23日 多云

家里情况较好。经过我哥哥努力，生产队已同意我外出。我哥哥认为我不应该对他不满，他对别人这样说，是为了给自己制造一个理由。

林场又要压缩人，已撤销了几个林业队。斯东良和祖义今天也走了，他们到奉新甘坊附近削筷子，合同是姚信贤订的。我向姚信贤介绍了公威。

这些天，我心情一直不好，生活太枯燥了。

天气也出奇地热，腊月天好像四五月一样。

茅岭山上的那株梅子树已是满树银花，蜜蜂嗡嗡。这使我想起，生活中不仅应该有可以变成纸币的竹子，还应该有这种美丽的花！

2月2日 雨

接连下了七天雨，休息了好几天。

28日收了方，这几天处理一些账务，由友云和我主持。由于大家各怀私心，这一次吵得十分厉害。

第一个问题是扣10%毛竹运费补助以前修路、整场地等375个杂工。这是完全应该的，不能叫杂工做得多的人吃亏；但杂工做得少的人认为吃亏了，不愿意。经过争执，终于决定扣了。

第二个问题是林场扣了我们组近山场偷砍300根竹子而罚款37元钱落实到谁头上的事。由于我们组里有几个人不守纪律，在茅岭山脚下偷砍竹子冒充从山上背下来的，致使我们组的名誉受了很大影响。这被罚的37元钱完全应该由偷砍的人负担；但偷砍最多的俞元士耍无赖手段，百般抵赖，使得大家十分愤怒，最后扣了他们每人5元钱。我在下面拉车，没有砍过一根竹子，但为了解决问题，我也主动承担了1元钱。

　　第三个问题是从山上用肩背毛竹下来的人和拉车运竹子的人的分成问题，用肩背毛竹的人不清楚路程的计算法和实际里程，不采取协商的态度来决定工资分成，以致吵得双方都不舒服，最后决定以4∶6的比例分成。

　　第四个问题是俞万和等人要回家，他们做了几个杂工，但这几个杂工林场还没结钱给我们，并且不知道到底能结多少钱。俞万和他们提出要拿走这几个杂工钱。我们这个组里是没有集体资金的，怎能盲目先付这心中无底数的工资呢？由哪一个人来垫付呢？组里当然是不能同意的。这个问题，不走的人全部反对，俞万和他们几个人却把矛头指向了我，我没有退让，他们也就未能结去。当然，以后结到了账，我们肯定会如数寄给他们的。

　　经济上的争执，必然导致人事纠纷。尽管我没有过问这些事，但也被卷进去了，通过争执，弄明白了一些事情。有的人没有清晰的头脑，对事情仅凭自己臆断，固执己见，妨碍了我们组的团结。

　　总的来说，在这些事情的处理过程中，我完全是用公正的立场来讲话的，尽管导致个别人对我的不满，但我还是感到舒畅的。以主人翁的态度处理事情，这是一种幸福。

　　但是，我觉得我的涵养不够，性格强硬，有时理智不能克制感情。

　　姚信贤他们那边的工作由于甘坊林场的干涉，山界未定，所以垮了台。我只好又给公威拍电报，叫他暂时不要来了。

　　斯东良心太花，这山看着那山高，觉得各方面都不顺心。我总是尽力地热心帮助他。

　　今天给上培梦来师傅寄去10元钱，除叫他帮我归还正明处我做木工时吃了的10斤米钱外，多余的钱给他。

　　我也给仲娟爸写了封信，并寄了20元钱给他。他经济上的压力过重，我是理解的。

给仲娟爸的信中,我也说到了以前的生活和我对于生活的看法。

2月5日　雪

给公威和哥哥各一信,为公威的工作问题,我曾去过几封信,不料两次事情都发生变化,使他精神上和经济上损失了不少。

给哥哥的信中,我说不准备回家过年了。常言道"每逢佳节倍思亲",这是十分真切的。节日临近,妈妈又得为我流落异地而伤心落泪,除夕之夜也不能入眠了。而我又何尝不想一家欢聚,欢欢喜喜地过个年呢?

我又要哥哥劝慰妈妈,我在外面只会比在家里过得好,我们这个集体里大家相处融洽。

我又对哥哥说:"当这一年将终之际,因为未能为自己作一个满意的总结,我的心境也未能平静。然而我仍然是那么自信地、那么自豪地来迎接新的一年。"

我哥哥在给我的一封信中说到,我不该不满他的几封信。这使我感到内疚,说真的,我哥哥为我承担了不少,如果没有他的自我牺牲,也就不可能有我的这种相对的"自由"。当时我的不满,实际上是对那些事情而感到恼火,我最深恶痛绝那种卑鄙、愚蠢、吹毛求疵的行为。

看了几封斯东良家里给他的信,每一封都述说了生活的困难。平霞给我的信中也说:"走进村子里,到处都可以听到忧愁的谈话……"

2月9日　晴

这次的雪真是少见。路上雪厚超过50厘米,茅岭山上更不用说了,我们住过的竹棚子被雪压倒了,还住在那个棚子里的工人吃了好多苦。虽晴了三天,雪也只融了一点点。远看茅岭山顶,原来密密的竹林被雪压成了一条条雪的小岗，失去了本色。

休息了这些天，好几次想静下来学习，写点什么，但却没有头绪。如果有好书看，那多好呢？然而，已很少有有价值的书了。

房东杨桂秋和他的爱人周一凡吵架，甚至打了起来。他们两人都是萍乡下放来的，妻子周一凡不能安于农村，两人性格又不能相合，所以经常会吵架。像这样的夫妻，也是没有多少意思的。

今天我给冯启浩老师写了一封信。信中我向他述说了我对他的怀念之情。冯老师离别我们已七年了，虽然他和我们一起的时间不长，但给我留下了难以磨灭的印象，他对我们是诚挚的。我很清楚地记得他对我的一次批评：初二上学期，我因为受了一些政治上的刺激而放松了学习，上课时也不太专心听讲，对自己采取了放任态度，另一方面又有些骄傲情绪；冯老师那时是我们的班主任，他在一次班会上指名批评了我："这段时间就是周晓东同学也不够认真！"他的批评好像在我心里猛地刺了一针，以后我改得好多了。

七年，社会的变化是七年以前所不能设想到的。我也从一个不太明白世事的少年而成长为一个有了一定经历的青年人，我已经懂得了不少事情。令人觉得奇怪的是：随着年龄的增长，和冯老师分离的时间越长，反而愈觉得他的亲近，愈能体会到他在教育我们时的满腔热情。

我希望能跟冯老师相联系，多多接受他的教益。

2月14日　阴　于同安公社鹅井大队

今天是春节。

晚上，我们全林业组的人和另外几个客人热热闹闹地会餐。来自绍兴、诸暨两个县十多个公社的二十多个人，在远离家乡的异地欢天喜地过这个年，很有趣味，大家太快乐了。我甚至忘记了家里人。

现在夜深时分，他人都已沉沉入睡，我独坐在这床上看书和提笔写日记之时，不禁千头万绪涌上心来……

我想起了妈妈，她今天又要因为我不在家里过年而食无味，夜无眠了！妈妈太好了，尽管缺少文化和处于这样的社会地位决定了她的思想，但她还是非一般人可比的，她太苦了！她对我们太慈爱了！我应该设法从精神上来安慰她，从体力上帮助她。

哥哥：您是个多好的青年啊！我从心里同情您。我相信您能赢得人生的胜利。

我的那些可亲可敬的朋友们：你们今天过得怎么样呢？我在这里从内心深处向你们祝福，希望你们的生活过得有意义。

1972年，我23周岁了，日子过得太快了。我觉得自己各方面都欠缺。或许我得更慎重地对待自己的生活了。

我也应该有自信。人家能做的，我也能做。人，就是在与风浪博斗之中成长起来的！

2月18日 阴有小雨

初一出外跑了一趟，从同安乘汽车到潭山，又跑20多里路到了古阳寨。这里有好多我们家乡在江西安家落户的人，他们对我们非常热情，使我感到了一种异样的温暖。

到了古阳寨医院友云哥的同学吴志文处。吴志文是一个有知识有能力的人。他的生活也是不平常的，他对社会的接触面很广。我对他的印象十分好。他们场里想要一个阉猪师傅，我向他介绍了表姐夫。如果情况确实好的话，对他有利。

又到了逍遥电站，我听说老赵在那儿而特意去看望他。也碰到了何国柱，他们原来在萍乡拉煤。和老赵、老何这类人打交道，我是存戒备心理的。我向来对做包工头的人没有好印象，我自己也不愿意做像他们那样的包工头。

在老赵处，听说孟杨灿刚刚出了问题。老孟用了一张江苏的证明在天宝林场订了合同，但事情败露了，老孟由于政治背景不好，吃了大亏，手表被没收，人也受了侮辱，他已走了。听说他是个好人，吴志文也和他是朋友。

这件事情对我是有教益的。遇事，特别是遇意外事，不能过于慌张，应该沉着机智地对待，特别要会看形势。

不知为什么，家里又一直没有信给我，使我感到了不安。

白天不劳累，夜又漫长，一静下来就一阵阵心潮翻滚。生活太迷茫了，我的内心受着何等的煎熬啊！

多少事，多少人……在此时此刻涌上我的心头！没有以前的生活，心里或许会好过一些吧？

无知是可怜的，但有点知识，从某种程度来说也是一种可怜。

如果我现在过着有意义的生活，那又是何等的幸福啊！

什么才能慰我之心呢？是"她"吗？不是的！但到头来也只能是"她"啊！

一种像诗一样的 "青春之歌"从我的心里涌了上来，那是那么地美好啊！青年们都在欢呼，在狂热地跳舞，在尽情地歌唱……我也应该是这欢乐的人们之中的一个。

2月20日　阴雨

雨、雪绵绵不绝，一直下了20来天，真烦人！

这些天我给自己做了一个独轮车架子，这活儿看起来简单，实际上比较复杂，特别是榫头和眼，只有很少几个是正的，其他都是斜眼，很不容易做准确。

这几天有时实在闲得无聊，看书看不进，想写点什么东西也无头绪。以前每天必看书的习惯到现在竟废弃了。这一方面是没有书，另一方面也是主观上的原因。比如说书吧，我昨天和今天看了一些毛泽东早期的著作，看后也觉得很好，对自己也有一定益处。

今晚踏着泥泞的路到鹅井大队去看电影。周挺飞和陶武德他们住在那儿，他们对我都十分热情，老周这个不喜欢看电影的人也都陪我看了电影，他们甚至对我抱着很大的期望，老周多次说我一定会有大好前程的。

电影放映前宜丰县水泥厂下乡宣传队表演了一些节目，也较活泼和谐。许多日子没有看到戏之类了，这些热闹场景就更容易吸引我，有时引起我对家乡的生活的一些回忆，使我陷入深思中。电影是一些新闻简报和朝鲜故事片《南江村的妇女》，影片描述了朝鲜战争时期，位于前线的南江村的妇女，为了保卫自己的祖国，克服各种难以想象的困难，把自己的一切献给祖国的英雄事迹。影片也真实地反映了战争的残酷性，谁看了这影片都会从心底里仇恨战争制造者！

影片中，南江村的女村长得知自己的丈夫牺牲了，但她坚毅地承受了这一打击，化悲痛为力量拼命地劳动。一个原来思想有些落后的妇女知道了情况，她深深地被感动了，跑过来和女村长紧紧地抱着痛哭。看到这样的一幕，谁能不受到感动呢？

想到她们的精神，一切私心杂念在心底里就无法生存了，崇高的敬意油然而生！也觉得自己更有力量了！

2月25日　雨

何国柱到这里住了几天，他是枫桥乡栀溪花明前大队人，在江西承包工程已有10年了。他说了好多在外面的经历，听了倒也有趣。

昨夜看了一本《战斗在浙赣红区和白区》，是1934年时的浙赣特委书记罗孟文写的，书中叙述了红军北上以后，坚持在苏区的游击队与地下党的斗争事迹。

斗争是残酷的，但是有了为人民利益而死的决心，红军战士表现了无比坚毅的革命精神，"红心"的人民群众也为了人类和自己的解放而进行了不屈不饶的斗争。他们的事迹是动人的。

2月28日　晴

昨天老赵到了我这里。他们那边的工程垮台了，孟杨灿也已被遣送回家。

和他谈到了他们村的情况，也谈到了忠挺一家的情况。我为忠挺的处境而感到不安，芬华的妈妈曾和老赵说起过我，她对我是很好的。

老赵和孟杨灿是最好的朋友，他对老孟有敬意。他也和老孟谈到过我，老孟还曾想来找我的。以后有机会我一定要结识他。

和他也谈到了我的私生活，又激起了我的思潮。老赵想回家一趟，但身无分文。我现在经济也十分困难。朋友那儿已借出了不少钱。只得去借，黄继根那儿拿了本存折到同安信用社去取，不想信用社没有人。后来到阮伯林处借了25元，我就都给了老赵，我叫老赵带了支钢笔给我哥哥，带了支天麻给我妈吃，据说天麻能治头痛。妈一直有头痛病。

前些天收到了乐灿的信，他说起今年过年和以前不同，显得格外冷清，有些人家连粮食都没有……

他又说到，和蔡乐意的恋爱问题使他十分苦恼。

乐灿心境苦闷，他说："前段时间我看了一本巴金所著的小说《家》，虽然自己对这书的感觉不是很好，只不过是一本'哭'字贯串全文的书，但书中的人物对我的影响实在太深了。我仿佛变成了觉新，现实使自己处于软弱怕事，命运也被别人掌握着似的，而又不能自拔的人了。自己也明明知道自己的处境，但又是这样的无能……"他又说："人有忧患之感时更想起了和你相处的日子……我为无法和你立即见面、畅快地说谈而感到不幸。"

乐灿这封信是三十夜写的。他问询我过年的情况。
我无限地同情他，但他不应该把自己束缚得太紧。

2月29日　晴

天爽气清，人格外地舒服。
美国总统尼克松于21日访华。当日毛主席就会见了他。尼克松和周总理已进行了几次会谈，会谈内容没有发表，但是观察家们认为会谈很顺利。
周总理和尼克松总统的祝福词都很含蓄而有意思。周总理的讲话中说两国的分歧不妨碍友好关系；尼克松总统说要为两国之间的鸿沟架一座桥。
由于尼克松的访华，按说战争的危险是减小了，苏联也不得不有所顾忌。但是，真如尼克松在访华以前所讲的，会谈的后果如何不在会谈本身，而是在于会谈以后发生的事情。
今天是月半，甲子年的第一个月圆之夜是美丽的，雨后的月亮，显得格外清澈。
尼克松总统在旅途中大约也要大发诗兴了。

3月15日　阴雨

天晴时劳动实在紧张，稍有点空就又要修刹车之类，夜晚精力不济，连日记都好些天没写了。
这些天收到好几封信。我也抽余暇的时间回了好几封。
特别令我高兴的是收到了冯启浩老师的来信。
冯老师在信中说："接到你的信后，你孩子气的形象老是浮现在脑际之中……还有你的很多同学……想得太多了。"

他说到他现在主要是在教育和科技战线上。"生活的八年，也是斗争的年头，我老是与自己为难，给自己提出斗争任务，并以一定的毅力，战胜了一个又一个生活上迎面扑来的困难，从而在斗争中增长了才能，获得了一般人所不能得到的乐趣。"

　　他说："'生活就是斗争'，看来也是我们的共同心声了……从你的来信中，固然文字不多，但已使我看到了你的生活道路上之大概。可见你对生活已有了相当深刻的理解，并在其中斗争……你的工作、生活我可以知大概，说直点，不能使人感到满意，但做个人来说，应该经常把'世界''中国''社会''人民'……挂在心上。因为我们是20世纪70年代的人了，应该以应有的理智来做人，胜利总是降临在挺起胸走大路的人。"

　　冯老师也认为我国确实相当穷。他说："总想扎扎实实地搞一点工作，为改变我国穷白面貌出一份力，流点汗，眼看自己30多岁了，但工作上还是看不出什么起色，心中也颇焦急。但我决不泄气，坚持下去就是胜利。晓东：你说是吗？做'有心人'总不会错吧。"

　　许多乡下的亲戚都想请冯老师帮忙解决经济、粮食问题，他觉得十分为难。他觉得自己好像做了什么对不起人的事似的，心静下来时惦记着他们，生活在城市里的人生活条件显然比农村的要优越得多了。这就更激起了他要改变我国穷白面貌的决心。

　　冯老师邀我到他家玩，说见了面要比写上几十封信还强。

　　现在的冯老师和我印象中的他仍是那么一致，他仍是那么热情，那么亲切！

　　看了他的信，我内心不能平静。我又想起了许许多多……

　　我想好好地向他谈谈自己的生活、思想状况。

　　公威的信中写到："每逢佳节倍思亲，春节的今天，我的心情是平静的。随着时间的消逝，我经常想到您，回顾过去您、我与其他人之间的关系，思考将来的发展，巩固思想与行动的一致性。国际形势的迅速发展，证明了我们过去的思想的幼稚。望你在江西也认真地总结一下。"

也收到了我哥哥和明川的信，哥哥信中说到今年家里的粮食、经济很困难，妈妈的病又有加深。哥又说仲法和祖坤已有了分歧；半年工夫，珠华、保华她们进步很快，保华已变成一个成熟的姑娘。

哥哥说到了自己，"我的一切和以前差不多，毫无意义地过日子，耳病又有加深，这使我的脾气变得很坏。虽然从表面上看，我仍唱呀跳呀笑呀，但我的心是无时无刻不在饱受折磨，思想也无所寄托。但是请你放心，不管怎样，我是永远也不会失掉理智的，我已经习惯于忍受难以忍受的一切！"

哥哥，我怎么向您说呢？

明川信中说到才标婚事已落实，女方很不错，他的婚事这样顺利成功很出人之意外。明川也说到珠华对才明有意思，但才明没有考虑，他说我妈的病确实使大家感到不安，家里多么需要接班人啊！

明川误认为我没有信给他是因为有"第三者"，这样想太不应该了。如果真的有一个第三者，我也不至于不写信给他的，在对待人的态度上我从来不暧昧。但是，明川对祖坤一家的态度是不够正确的，我不满明川用这样的口气谈到珠华，很坦率地说：我对珠华绝无半点恶意，我只会祝愿她幸福！明川同祖坤之间的关系对于我还是个谜，我很难判断他们之间一些事谁是谁非。

3月19日 雨

16日到花桥金源阿大他们队里去了一趟。他们队里新到了几个诸暨人，但阿大和他们的关系不好，新到的几个人是花桥林场姚主任亲自介绍的，他们也想到我们这里来。考虑到今后的工作问题，我们都同意了。与他们的几次接触中，我对他们的印象不是很好，但看待人不应该凭表面现象，何况他们对我是那么热情。

有事到义源徐盈那儿去了一趟，也由于接触得少，对徐盈反而感到有些生疏了。

金源到义源是山路。在山上行走，到处都是郁郁林木，这是江西特有的山景，这也使我回忆起68年我从广昌到宜黄长陂的一次旅行，路途景致都和这里差不多，但那时我的心情和现在是那么地不同，又是那么地相同。

江西的生产经验很不够，譬如种紫云英吧，现在紫云英刚出土，他们就在田里灌满水了，叫它怎么长呢？昨天晚上我们老乡间谈到这些事，大家都有一套经验，也设想过由我们来这里领导一个队，是能领导好的，但这比我们想象的恐怕要复杂得多！

梦来师傅在广东乐昌县梅花公社担任农技师，他写了信给我。江西农村确实需要有经验的人来指导，这样才好些。

哥和明川的信中说到了祖坤和仲法之间的关系变化，这使我感到不安。尽管我和祖坤思想上已有隔阂，但我还是重现我们之间的友谊，今夜我给仲法写了信，希望他谈谈这件事。

不知祖坤为什么直到现在都没有信给我。我曾经对他说过，没有真正的原因，我是不能谅解他的，我或许不应该坚持这种与人为善的态度？

今夜，再一次看了以前所写的一些信。

我给冯老师已回了一封几千字的信，我向他叙述了我的"伤痛"。

日子过得太快了，过得太轻松，也太难受了。我已不能很好地约束自己。

我又想到了他——绍平，我这个可亲可敬而又可叹的朋友，他是多好的一个人啊！但他把自己牢牢地禁锢在那个小家庭里了。我多少次地想写信给他，但又多少次地放下了笔。是要写的太多呢，还是没有什么可写，还是兼而有之？我应该给他写信的。

写吧，今夜就给他一封。

3月21日

又是春天了。大地显出了青绿色。江西的天气比家乡热得早些，春意已浓。拉车到同安，见同安村旁的几十亩田里，油菜挤得密密实实的，油菜花黄得炫目，好似一片金色的海洋，风起处金涛滚滚，一股浓郁的花香沁入心腑。

同安村里有几株桃树，花已开得很旺盛了，那粉红色的桃花，好似那美妙的少女的脸庞，显出无限的妩媚气质。

在这风和日丽的春日，我的心境十分舒畅，一些俗事，随风飘到脑后。我不由大声歌唱起来，连我自己也觉得唱得那么地美妙！

在家不会有这样的好兴致！

3月25日 多云

林场里要我们报名落实下来。条件是真正的贫下中农，40岁以下的青壮年，小孩不超过三个。我们组好多人报了名，我却没有报，我有多少难以解决的为难事啊！报了名，就会产生家乡事的纠缠；不报吧，自己在这里就立不住脚，心里乱极了！

军威写信来，他现在在万安县谷中水电站采石，工程是诸暨外陈公社大砚石大队的人承包的，工程较大，预计要三年才能完工。我今天回信给他，信中谈到了我们的分歧，主要原因是他的过分自私，我希望军威在以后的生活中能捡点一些，这对他是有益处的。

这里谷种已有好多下田了，同安大队竟已开始插秧了。我们那里可能还要一个多月才插秧呢。

3月19夜深时我给绍平写了一信。当时我拿着笔，默默地坐了一个多小时，我真不知道如何写才好。

我给他的信中写到："您给我的印象自始至终是如此的正直、善良、聪明。我承认在许多方面，我比不上您，很少能有人使我产生这种感觉。我是个很敏感的人，看人甚至有些挑剔，但我从未感到您有什么不足处（这在我也是不太多的），我们好像不要多说就能深深地互相了解。"

他被生活压得太苦了，我非常地同情他。去年又是苦逢大旱，肩负家庭重担的他，可以想象心境不知是如何的痛苦啊！

4月4日　阴　宜丰同安公社鹅井大队桥头生产队

2日到奉新县上富公社去了一趟，昨夜才回来。去时要翻茅岭岗，翻过岭下山约五里路就到了大港，这是一个较大的山村，有一个垦殖分场。从大港到上富有20多里路，大港到桥头一段汽车路十分险峻，山高沟深，有一处像西岩龙潭样的瀑布，下游造了一个电站。上富是个闹镇，水陆运输繁忙，地方很富饶，物产比同安要丰富多了。

何颖慰和友云哥村里的冯阿森在这里承包了一座砖窑，但是上富公社不同意，只得停工了。做好的砖坯没有烧过就只是一些泥巴而已，连一点报酬都没有，他们都很发愁。保夫在我们回来时还流了泪。

也碰到了吴孝大，他们现在在棠浦烧炭，还有王安宋、吴连，都是我们家乡人。

孟杨灿也已返赣，说他被拘留是一种谣传，他在东风垦殖场已订下了合同，他昨天到罗坊找我，但我不在，没有碰面。

收到了表姐的来信，她说表姐夫现在在做枕木，但工作要发生困难了，他有县级的证明，他们希望我给他想办法找工作。

收到了绍平的信，他的信十分真挚。他说："看见那熟悉的字迹，真是看见了你那同样熟悉的面孔，我一直很惦念你，我们之间相识并不太长，可是彼此的了解却跟时间很不相称，现在见面又隔了几度春秋，但我们之间的感情不但没有因意外的暂时的分离而减退，反而随着岁月与日俱增。我了解你并尊重你，你的形影占据我心灵的很大部分。"

他也说到由于旱，家里粮食经济都十分困难，希望我能帮助他。

看了绍平的信，我心里很不是滋味，像他这样有才有志的青年落在这样困苦生活之中，实在令人叹息！他是一个多好的人啊！对于他的困难我是义不容辞的，正如他说的："我也相信你能同样地理解我。"

也收到吉利的信，她的个人问题已经基本决定。她也想出外，要我设法。她对我的个人问题也很关心。我能向她说些什么呢？

4月10日 晴

今天收到了我哥哥的信，说了不少事情。

仲法与祖坤的问题，我哥说：他们两人都有缺点，而且相互间也有误会。最重要的一点是相互之间思想志趣的不一致。仲法的脾气也太固执了，他对祖坤有着很深的成见，而这分歧的责任应该由祖坤来负。

我哥认为："祖坤就一般来说还是可以信任的，但局限于他所处的一切，他同我们之间的思想是有很大的距离的，对他自己先前的思想他现在已不是那么地自信了。为了我们之间的友谊，他是不无牺牲的。他同明川的矛盾已到了不可调和的地步。他所以不给你写信完全是因为你与明川的关系，他说你信任明川，而不信任他，明川如果在你面前说了他的坏话，他也不知道怎么分辨，有话可以等你回来再谈。珠华、保华不给你写信的原因也在这里。"

姐姐也给哥哥写了封信，与给我的信内容相同，使哥哥十分难受，他受到了很大的震动！

哥哥对我有无限的思念之情，他在清明节非常思念我，写了"清明思弟"一首："山河难隔手足情，佳节欢愉随思平。桃花舞处西风过，忙问吾弟安与否？"

看了哥哥的信，我想得好多。

仲法和祖坤的关系恶化会如此之快，我是未曾预料到的，我认为仲法比一般人要高尚些。

祖坤与明川的关系，又使我思考到了他们两人的为人。我哥哥对祖坤的评价是正确的。祖坤一般待人诚心，特别使我感动的是他那么诚心地对待一个生病的姐姐，他们姐弟之间的关系是那么好。明川和我之间的关系当然不比一般，但明川不如祖坤的心地善良，虽然明川对我一直真诚相待，但我认为他对祖坤一家的态度是不适当的，甚至是刻薄的。

我很清楚，祖坤作为一个上中农出身的人，在目前的社会中很难扮演好他的角色，想"上进"，但他算不上"根正苗红"，人家不会接纳他。他想不问政治地生活，政治又太诱人，青年人往往不会甘心。他的心态是时时处于矛盾之中的，这也表现在他对我们的态度上。

姐姐的信说民办教师整顿，家庭情况对她很不利，她对家庭有怨恨情绪。我对姐姐的这信是不满意的，我已一个多月未曾给她写信。我给姐夫的信中说："这种先天性的缺陷给予我的打击不会比别人少一些，但是我是绝不怨天尤人的，我不认为这是一种真理，因此也就从未屈服过。我自己是有傲气的，但有时为了顾全他人，也就迁就些。奇怪的是我对这些'待遇'没有半点难受的感觉。"

哥哥对我的诚挚的思念之情令我十分感动。

前些日子，外甥碧江也给我写了封信，写得很好，很有深意。友云哥他们都称赞他。

乐灿给我寄了独轮车用的内轧头20个，这里连这些配件都买不到，我十分感谢他。他也是好不容易才弄到的。他说到乐意的问题现在是好的，这使我十分高兴。乐灿说："我现在觉得这种生活是那么地无意义，我想冲破这个牢笼到外面过一段日子。"乐灿的心情我是能理解的。

我们的工作是把从索道运下来的竹子，用独轮车运到同安。索道是成功的，我将记之。

夜晚睡下后，思绪滔滔，辗转难眠。细嚼哥哥赠诗，思亲之情悠悠！

"雪花飘过地又青，游子佳节倍思亲。思绪滔滔似春潮，寄意红日达我情。"

4月23日　雨

天晴了好几天，前几天因为索道竹子不够而没有好好地做工，这几天天气好，路也好了，就天天拉车。我们都拉得好重，我一车可以拉到20多尺，重量在千斤以上。用独轮车拉竹子，装车非常重要，首先要把大的竹子放底下，做到下重上轻；其次要做到重心稳定，一般要前轻后重，车把的重量在100斤左右，这样便于使力；再就是捆扎要结实，不能有松动；加上车架牢固，刹车灵敏，那样推车省力许多。我一车竹子平均8寸要装30根左右，车架两边的竹子堆得很高，我在中间几乎看不到我的人！推起车走，自有一种潇洒劲！当地老表和林场的干部，看到我们的竹车，真是赞叹不已。特别是当地老表，看到我像草篷一样的竹车，都连叫："啊呀！这个浙江人厉害呀！"

什么事情总是这样，越做得多就越熟练，越熟练就愈加有趣味了。真可谓胆大艺愈高，艺高胆愈大！

姚信贤向林场反映了我们在东槽时送钱给廖加德的事，水根也反映了一些，这使我们组在林场威信大减，友云哥吃了几次批评。19日夜黄田贵和老郭到我们组开了会，我们没有反映什么问题，友云哥开会回来，我们才知道出了事。20日夜我们组开了会，我们的目的在于避免事态扩大，以免向不利方向发展，但后来友云哥对水根发了火，会议引起了混乱而没有达到好的目的。会上我们初步编了组，并且决定建立一套健全的账目。大家对于我的账目是没有任何不满处的，但林场需要一种形式。

原来在金源的张金波等三人到了我们组里，我们组已是20多个劳力的大组了，以后事情会更多，我们也更应注意搞好一些关系。老孟昨天到了我这里，今天我和他到同安逛了一趟，也到供销社生产资料部联系了一下收购问题。这里只要有公社证明，收购的东西很多，4米长的竹梢是一角二分一根，一米长、小头直径3.5厘米的硬木棍是一角一根。这些都应该是很好做的活。我和老孟谈得比较多，他给了我良好的印象。

收到了仲娟爸的来信。他的信中谈了农村的困苦生活，也谈到了家里的窘境，我十分地不安。他也向我提示了三点应该注意的："（一）要注意劳逸结合，不要过分劳动，有伤身心。但劳动观点要强，劳动态度要端正。（二）要过得有意思，有意义，要有一个好的观点和风格。（三）要多思善虑，每前进一步每消化一刻时间都得先思后省，谨慎从事。"

仲良也已因粮食困难而回家，他也想到我这里来。

5月10日　阴有小雨

江西的雨季是烦人的，这许多天来几乎未曾有过好天气，阴阴阳阳，道路泥泞拉车都不好拉。

收方收了五天，断断续续的，竹子共有9000多根。为一些杂事所缠，几乎也无闲暇。

今天为了搞木头而去看山场，和阮伯林及徐祖义同去，先到了黄海，这一带山高路陡，树木只有沿山顶零零落落的一些，不成气候，资源缺乏，且路不好，我们放弃了。

下午到党田二队的山场看了一下，木头不多，以前都被人砍过了。山场旁的老表是浙江移民，名叫项姜根，很是客气，向我们介绍了一些情况。吃了点心，我们至深夜方回宿舍。

此山场虽不理想，但鉴于目前资源缺乏，也不宜放弃，二队队长老郭同意我们去搞，因此我打算明天去林场办手续，先做起来再说。

　　阮柏林在这一带已20多年了。他说以前这里到处是深山密林，随便哪座山都可搞一大批木头下来。那时野兽也很多，有一次他和一位同事一起看山场，听到不远处传来野猪粗重的呼吸声，他俩急忙爬上一棵大树。不一会儿只见一大批野猪漫山涌来，吓得他们在树上半天不敢下来。

　　接冯老师信，他对我的那一封信作了如下答复："生活的斗争经验使我对于你的处境、意识、所为，几乎是那样的明确，你那样的情况，可说是我朋友中的第二位。是的，当今的社会是'一切皆为阶级搏斗之产物'。你在这一点上必须理解它，只有这样，你也许会知道，你在整个地球上，也可以说是在整个儿宇宙之间的确实方位。知道自己的位置是首要的。因为它是行动和意识的活动范围——出发点。"

　　第二点："悬崖上，陡峭的岩石上常可以看到傲然挺立的劲松，这是其他同类所不能比的。劲松，就是她，她并不因为知道了自己所处一落千丈的陡壁上或处在贫乏的岩层里，又受疾风暴雨的摧残而'灰心''沮丧'！恰恰相反，她把根扎得更深。为了把根扎到岩层里，她确实是花了很大的毅力和意志，确实不是一日之功，从而获得了人们的佳话实名，人们夸赞她，羡慕她，无非是因她的刚强，挺劲，以及她对于大自然的点缀——贡献。"

5月12日　阴

　　由于花桥林场同安采购组的记码员的不负责任，我们林业队9000多竹子的码单数和点头数差了400多根，为这事我在采购组里整整待了一天，但也算不出个结果来。我认为很大的可能性是记码员把码单丢了，这里的工作人员的工作态度实在太差，他们没有尽职地做好应做的事。

　　听生祥说起富阳章村我的朋友章福增已在棠浦附近落户。这使我很高兴。有空我要去看望他。

我们公社蔡义古村的吴孝大在这一带流来流去，多次到过我处。我由于同这些人没有共同点，也就没有热心地和他交往过。但他和我谈起的一些家乡事和"故人"却使我心里久久不能平静。他说到了他们村的祖良，也说到了小华和桃英，桃英早已知道我在江西，她对我一直还是好的，多次向吴孝大打听我的情况。我有时也要怀恋起她来。冬梅在我的脑子中的印象不及桃英好。孝大说起他们村的茶英很是热心，常常问起我的情况。奇怪，这个当年还未很成熟的姑娘，我与她并未有什么交往。

一想起家乡，无限往事即涌上我的心头……

隔壁房东大伯屋里的广播播放着优美的音乐，我的心又随着那音乐飞了……

5月17日 晴

接连地拉了几天车，人是够劳累的了。人的身体也奇怪，持续地做事不会感到太吃力，休息时间长了以后再去劳动几天，真是有些吃不消的感觉，一天车拉下来，人累得脚都不想洗就想上床！

茅岭山的索道得到了上头的重视，现在已经开始架一条从云峰坛到桥头的索道。如果这条索道成功，这里年产可达几十万根竹子。昨天，县林业系统的一些干部到这里参观了。其中有一戴眼镜的白嫩妇女挂了根棍子不敢走一条十多米长的下坡路。这条路我们每天都要背着几百斤重的竹子下来，她却吓得赖在路上要两个人扶起来才能走。我真从心里厌恶这样的人，试想这样的人能做一些什么实际工作呢？干部确实非劳动锻炼不行。

到采购组和陈学友座谈。谈到了学校生活。我们都渴望得到一些好书，但买不到呀！

5月18日　雨

　　雨天就出不了工。说是没有事吧，又整天忙忙碌碌；说是有事吧，又没什么正事可做。我真有些担心自己就要这样地毁了自己。

　　怎么安排时间？我心里经常反复想着，难以取舍：组里的工作我要参与计划安排，但我往往又想摆脱这些事而使自己有点学习时间。然而基于我的性格和我的"贪心"，因为许多事情只有去做了方能获得实际知识，这样我就不得不去积极参与组里的事了。

　　邢柏松是友云哥的侄婿，他原来在屠富良处做工，后来屠富良处没有工作就到了这里。按我们这个组的情况是不宜再收人的了，一方面是林场名额已满，更主要的还是工作场地过小，人多工作展不开。曾有好几个人想到我们组来，我们都没有答应。这次柏松到了这里，就引起了种种反应。（一）以前别人来不行，现在邢柏松来落实了，友云哥很明显地成了一种特殊。好多人当面不说而背后嘀咕，为这事我做了不少工作。（二）这件事也多少引起了派性，这是由第一种原因引起的。（三）友云哥的哥哥李云顺也就是邢柏松的岳父自私心很重，对自己安排打算得太好，引起别人不满。（四）阿羊和邢柏松是同来的，阿羊也曾来要求我们收下他，我们没有答应。他一走，柏松即落实了进来，引起阿羊的亲属不满。总之，矛盾是多方面的。如果和林场重订合同时邢水根不能落实，李友云排斥水根，后果就更严重！我估计那时我们组的矛盾就公开化了，以后的生产安排会困难重重。

　　在这个问题上，我实际是可以抱中立的态度的。邢柏松到我们组，对我不会有多少损失，就是他占了点工作去，我也少不了几块钱，就是让他白白地拿我几块钱，我也不会小气。但是，基于我的性格，我不能做局外人，首先我认为李友云亲疏太明显，这件事处理得确实不合理；第二，邢柏松在我心中的印象很不好。他的行为，那种狡猾虚伪的应酬方式是我从心底嫌恶的。同时，我也认为友云哥不应该如此地迁就他哥哥。凡此种种，我是应该站出来讲几句话的；但随之我又想到邢柏松处境的困难，我就不想讲什么，反而想保护邢柏松了。

这种矛盾的心情使我隐隐感到了一种不安——这件事有可能成为我们组分裂的开始，也随之会影响我与友云哥的关系。因为如果柏松的所作所为真令我看不下去的话，我不会让邢柏松留下来的。尽管我没有必要把自己卷入到这种漩涡里，但我的性格，我知道自己会强硬地反对他留下来。但如果柏松的行为有所改观，在我的印象中好起来的话，这场风波是可以消除的。在对立的双方，我都可以做好工作。这事结果如何，就全看邢柏松自己了！

友云哥的性格也强，思想工作做得不够细致。虽然他不一定是想造成我们组里他的势力的集权，但客观上是已经开始形成了。语曰："物极必反"！人们的嫉妒心——一种敏感的自卫心理会使问题复杂化。

有可能的话，我有必要向友云哥开诚布公地谈到以上问题。

写了一封给绍平的信，我向他诉说了我的想法："在自己受限于现实社会时，我一方面想为实现自己的志向而努力学习打好基础，另一方面我也不想被日常生活束缚得过紧。"我想学做木工，但外面的生活对这种打算是有矛盾的，我无法决定我以后的计划，我征求他的意见。

翻看了《鲁迅旧诗笺注》，深为鲁迅先生宽广的胸怀所感动，他的诗没有一首不是涉及整个社会政治的。他的学识之广也令我深深的佩服。但我觉得，我的处境还是比他的处境好得多！他能把自己的话讲出来给别人听，他还能从中得到知识！还有人跟他争论……

5月25日 多云

一张报纸上登有"工农兵学哲学集锦"，看了后觉得很有水平。如有几则写到："形势在不断地变化，人也在不断地变化。不向好的方面变就必然向坏的方面变"；"虚心是变好的起点，骄傲是变坏的开端……"；"往后看是顶点，往前看是起点。成绩只能说明过去，不能说明现在和将来"……

如果人人都能学哲学、用哲学，那整个社会肯定会进步很多！

24日结了账，摊误工时又是争执不息。大家都各有各的想法，特别是何思山场的费用摊派问题。我们组当时为这山场花了较大的代价，后来因为没有木头而放弃了，这责任是应由去看山场的陈国祥等人负责的，不过我认为事情过去了，只能作为一种教训，经济上没有精打细算的必要。但陆义哥他们提出来当时没有发扬民主，这也是有道理的。

因为场地原因，从今天起，我们队搞大集体了。从今天一天的情况来看，大家的劳动积极性都不错。如果安排得当，搞单干可能不及搞集体来得有效益。今后我们要多多注意自己，如果我们自己几个领头做得好，一般人都会跟上来，个别人想偷懒也偷不成了。

6月1日　多云

大集体做了几天活，情况看来比较好，除有少数人耍刁奸外，大部分人都很主动，我是努力地在使大家不要斤斤计较。如果大家都不斤斤计较的话，事情会好做得多，因为干集体活绝对平衡是不太可能的，就这一点来看，友云哥的作用是大的。我们几个领头的都做到了"任劳"这一点。

看了钱传威师傅给斯东良的信。他有带学徒的想法，问我是否愿意学，这使我很矛盾。我想回家去，学成了木工再说，但又怕事情不如我心。这情况使我思想斗争很激烈。我是再也不愿意死困在生产队里，让巴掌大的一片天笼罩我一生的了！

我有必要写几封信征求朋友的意见。

这里情况也可能有变，花桥公社综合厂已经订了合同的人在10日以前要解散，花桥林场也可能会有变化的，大元已撤除了一个林业组。但我们队在林场的影响是好的，特别是劳动方面，真是出了名。林场领导经常称赞我们，当地老表莫不以异常敬佩的眼光看待我们。

6月7日　晴

这几天是收方。

情况确实发生了变化。花桥林场近300合同工只留下106名，这些名额是准备正式落实的。我们组水根、继根、陆毅三人被辞退了。水根、继根两人走我们无所谓，但陆毅哥要走，我们真舍不得！当他以真挚的感情同我谈到一些事时，我不禁心里阵阵波动，这里大多人和我的感情是很深的，一旦离开，我心里都会不太好受。

去年的今日，我离开了家乡……

一年，愉快、轻松而又辛劳的一年！今天我说不清感想如何！昨天晚上，我想起了去年的同一个晚上的情景，内心就又沉重而悲凉……

人的思想随着环境的变化而转化，轻松的日子使我遗忘掉了一些沉重的往事。但是过分深重的伤痛是不会因为暂时的愈合而不再复发的，它在受到风寒湿热时，就又会并发起来，——创伤毕竟太深了。

这一年，我的社会经历多了些，待人处世也就更自然一些了。以前对社会、对生活的一些认识经过实践的检验，是正确的。可见我们的一些思想，并不是局部性的。

这一年，我深深地感到自己在逐渐成熟，这平等环境中的一年，我的能力和性格特点明显地得到了发挥。我是明朗的、坚毅的，没有隐晦的色彩。和1968年在江西的那一年相比较，我的思想更现实了。但是颇感遗憾的是，我觉得自己不及那时来得纯洁，尽管我现在的内心世界并不肮脏，但至少失去了以前的天真烂漫，少了些理想色彩。

今夜，我又会失眠的，熟人们又会在梦里和我相会了。

仲娟爸那里已许多日子没有给他写信了。他是在困难中挣扎着的，但我现在又无力助他。孟杨灿三人已从我这里共借去了60元钱，但现在他到了哪儿我也不知道，他这样做真是很不应该的，但或许他也有他的难处吧？

6月13日　晴　于宜丰县同安公社鹅井大队桥头生产队

晚上举行了在我们外出的环境中来说是很隆重的会餐。一方面是要离开这个地方了，与房东等举行一下联欢；另一方面是在外面过个热闹的端午节。

这次会餐，我是负责筹备人之一。虽是小的会餐，但充满了平等、活泼、兴奋的情绪。我心里非常地畅快，并有那种"庄重感"，这种感觉非一般人所能体会的。

但是今天接到的哥哥的信，所述及的事引起的不快和沉重感充塞于我的脑际。会餐结束，我兴奋稍平静下来时，即从内心里涌上一团阴云。

哥的信中以平谈的口吻说到了一些农村实况。那些事太令我厌恶了！

哥哥也说到戈企坞村的反革命分子吴生才因为家庭穷困而偷卖了树料，被大队发觉，他忍痛抛下一大堆孩子而出走了……这事使我心里不好过。我虽不熟悉吴生才，但他的情况是了解一些的。不管他自己有多少过错，但我对他的孩子们的不幸还是感到深深的同情！

伙伴们在外边热闹地娱乐，喝酒、猜拳，我独自回到了自己卧房，坐在床上沉思，门外他们的兴奋叫闹更令我充满了一种说不清的感情，我想起了许许多多。

友云哥侄女李荷英到我房间向我谈了一些事，她以坦率的态度谈到了她的私事。她说到她觉得邢柏松这人太小家子气，她看不起他，但他父母答应了，她也没有办法。我总以诚恳的态度对待这些事。

6月20日　阴有小雨　于同安白市大队

　　18日，离开了桥头，到了白市。到白市后人生地不熟，住宿的地方都找不到，后来在大队卫生所的空屋里住了下来，但一位大队副主任还不同意，言下之意是没有征求他的意见。
　　我们帮湖南队欧阳涌清组拉的竹子工资结账出了差错，他们来找我，我昨天傍晚到同安，吃了晚饭又到桥头解决此事。采购组郭振友对我较友好，但是记码的老高很固执，这是一件很明显的错事，但他坚决不认账，这使我非常恼火而又无奈！
　　从桥头回同安时已近十点钟了，天非常黑，我没有带手电，就只得慢慢细细地看着路走。一路上，我想得很多，我觉得作为一个工作人员，应该对自己所做的事负起责任，决不能知错却不认错。
　　路上有一小山叫太平岗，是个乱坟岗，据说经常闹鬼，但我心里不曾有鬼，也就毫无对鬼的恐惧心理。然而，我怕蛇。因此只得用木棒探着路走，甚至还把一根绳子误当蛇，狠狠地打了它一棒。
　　今天早上和老郭交代好了事情，我才回白市。
　　林场交给我们的是一个大家都知道的望而生畏的艰难任务：在茅岭山脉的白市山岗上，早些年的林场工人砍倒了几百方杉木，这些杉木原来打算架索道运下。现在索道不架了，派我们队和赵柏成队来把这批木头弄下山。17日那天，我和几个人特地上山去看过，走的是比较好的山右边，却也骇人，十多里路上坡，绝少有平缓点的路，比茅岭山那边还陡。要把这些木头搞下来几乎不可能，伙伴们又开始唉声叹气了！
　　林场要愿意安家的人打申请，我也写了一张。

6月22日　阴雨

友云哥从林场回来，带回了很不好的消息。整个宜丰县木材已停止砍伐，我们组在完成这批杉木运输任务后被分配去造林育林。造林育林工资低得很，并且要有公社证明，这使我们无法干下去了，况且白市山上的杉木也是无法运下来的。

大家都各自找门路，昨天我也到了奉新县上富公社，董村人张水贤在东风砂轮厂订的合同只是挖土方之类活。应店街的应然义在做木工，他也答应我去。孟日明很诚恳，他劝我决不要回家去，留下来和他们一起干。说实在话，我哪会留恋家乡生活呢？

今天早上，我和徐祖义、马林土、斯东良四人在上富拍了个合照，我自己也拍了个全身照，以作留念。

夜看电影《列宁在一九一八》《铁道卫士》，我再一次被列宁平凡而又伟大的气魄所感动。

6月24日　阴有小雨

林场下发了一种"国家招收亦农亦林工人"的表格，要求我们填写。许多人都愿意落实下来。但也有好多是口头上愿意而内心不愿意的。就我内心而言，我想摆脱家庭那个圈子的束缚，但又不想在某处落实下来，况且这里的情况也不会太好。但是当大家都在填表时，我的心里真是非常地难受，我的心只有我自己知道！

我对于自己的生活充满了迷茫，一种不想被生活所压倒的愿望是强烈的。我想到我在生活中应该有进亦有退，这"退"应当是积极的、主动的，是为了更好地"进"。

6月30日　　多云有小雨　　于奉新县上富东风砂轮厂

　　昨天，冒着大雨到了上富东风砂轮厂。到这里来，我的内心是复杂的。花桥的伙伴们对我的出走很是不舍。不过，我总得对自己的生活有个打算，并且也应尽可能地妥当一些。

　　这里的工作是张水贤订下的合同，但在人事上面搞得十分混乱，孟日明他们几个年轻人，做事光从自己的意气出发，同张水贤及其他人之间分歧很大，关系很不融洽。

　　我是能洞悉其中的内情的，并且几方面的人都希望我来主持公道。如果花桥那边情况不好，很多朋友都会向这里集中，我的担子也就会十分沉重。

　　因此我就有责任尽自己的能力挽救这里的局面，竭力使这里的工作稳定下来。昨天和今天两天，我与多人聊，了解了不少情况。今晚去散步，我已向孟日明、张银土、张仲贤谈了一些话，希望他们顾全大局。仲贤比较懂得社会人事，做事也讲究策略，他与我的看法比较相同。今晚，我向他们分析了形势，对他们有较大的影响。

　　恰好应然义到这里来，又向他们讲了一些大道理，他们也听得进，这就更有利于今后的合作。

　　这里的局面如此混乱，主要是张水贤的能力太弱，孟日明他们这些年轻人做事欠考虑。如果作为领导的张水贤能力强一些的话，情况就会好得多。

　　我现在首先须抬高张水贤的威信，这会有利于团结的。

7月9日　　晴

　　做了好几天活，天气实在太热，今天大家休息了。

我们在白市的这个队，情况很不好。山太陡，连肩路都无法建，更不用说修车路了。因此，我们林业组有散伙的可能。友云哥来这里联系工作，我根据这里的情况，想另去筹一个组，再逐步地扩大起来。但由于这里人员实在太多，砂轮厂基建负责人不同意再加人，所以这计划未能实施。这里的厂长符发根是江山人，待我们不错。

六喜和培土要一起去萍乡拉煤。据说斯才保也在那里，我即带了个便信过去，路总是多一条好。

这些天我的心里十分平静，但又有一种强烈的隐隐的焦虑，使我不快。接到姐夫的来信，说哥哥的耳病又有加深，这使我更加地难受。

7月11日　多云转阴

今天的心绪非常地不平静。

收工后，疲乏的我顾不得擦洗一下身体就想去食堂买饭，因为这个食堂去迟点就会关门或卖光饭菜。但找来找去找不到自己的饭盒，想找杯子又被人拿走了。肚子饿得头发昏，汗流满身的我心绪十分烦躁，按捺不住心里的怒气，我发起了脾气！

"不去买饭了！"我沉着脸坐在床上，冷静后又洗了一下身体，穿起了衣裤想到上富街上去吃饭。原来，饭盒是孟日明拿去想给张银土买饭的，也没有买到。他很不好意思，即张罗着蒸饭，烧汤，并把我的饭也蒸下了。张银土是目击者，他看到我的动静，心里也很不好意思，想对我讲什么又没有讲，他们是有些怕我的。

但当我憋着气想到上富街去时，他们都不约而同地劝阻我，看到他们诚挚的心情，恳切真诚的话语，我不禁软下来了，想说什么，又没有说……

顺手拿起一本《南方风暴》，我内心如潮涌，一直不能平静下来。我想着这里的一切，想着自己的境地……

说实话，我的怒气并不是针对这一小事而起，有多少事郁结于胸，我多么想痛痛快快大喊大叫一场啊！

乐喜到萍乡未能联系好工作，昨天回来了。砂轮厂负责基建的老陈坚决不肯收他。无奈之下，我昨天下午和他一起到大港林场桥头分场去了一趟，给他落实好了工作。

砂轮厂基建负责人老陈受了嵊县老金一班人的贿赂，已经对我们一批的人中的孟日明、张银土有了另外的看法，令他们处境不利。我们不得不打算万一事变时自己的退路。

我自己的工作是不成问题的，凭着自己的能力，我不怕什么。并且我一点也不想做什么头头之类的。但是，这些伙伴们怎么办呢？

7月17日 晴

又是一个难忘的日子。

老孟前些天来了信，叫我们这边的人全部过去，但几经考虑，我没有走。

过程是曲曲折折的。今天我送王师傅、应善义、孟日明走了，心里留下了一种难以说清的滋味……

回砂轮厂我躺在床上，想得很多很多。

后来翻阅了小说《李自成》，李自成农民军的这种生活虽极艰苦，但他们有目标，有理想，他们的思想和行动给了我很深刻的影响。

7月18日 晴

今天又送张仲贤和张银土回家。

我叫张银土带走了一些东西，其中有樟木箱等。临别时，张仲贤说了声："以后的事情要拜托你了！"他，一个男人竟流下了泪！我感到更多的是未能帮助他们的内疚！

夜，我给甘坊一队和五队的张镇喜、小陆、小周各写了信去。他们都是上海知青。15日那天，我曾到他们山上过了一个有意义的夜，张镇喜那天没有在。小陆、小周是两个热情、纯正的青年，他们对我非常好。住在这座徒步十几里山路才能进出的大山上的他们，要安心是不可能的，他们渴望着能进工矿。我虽然并不支持他们这种思想，但就现实生活方面考虑，他们也确实不适合生活在高山峻岭上。

我与上海的知识青年接触较多，这是社会上不可忽视的一批力量。

7月23日　多云

双抢已十分紧张，但今年还没有叫我们参加双抢。

江西省委有文件下达，所有的基建都要停下来。这主要是江西以前是林彪死党程世清领导的，他们在江西搞了许多战备项目，所以这次所有的工程都要停下来。

砂轮厂的基建也要停下来。我现在倒不是怕无事可做，而是在考虑去哪儿做？做什么？几年来我做木工的打算，眼看也不能如愿了。

"如何决定下一步的工作呢？"我很矛盾。照我的条件，我是满可以自己去联系工作的，但我十分不情愿，而又不愿求靠他人。

7月28日　阴雨　于上富砂轮厂

孟杨灿从吉安来信。他说："这里所有的人都欢迎您来。"考虑这里的工作，考虑了我自己的理想，我也就再也无意在这里待下去了。

我准备这几日赴吉安。这将是一次有意义的旅行。

夜读《李自成》，这本书写得好极了。书中人物栩栩如生，当时情景历历在目。我似能亲闻其声，亲临其境一般。它激起了我对于英雄们的无限崇敬。

睡下去不能入眠，心内觉有无限思想。伙伴孟茂祥问我在想什么？我却不能明说！记得有"家事、国事、天下事，事事关心"一语，我颇有这种意境。

我觉得自己"生于最底层，而关心的是最广大的"！

8月3日　农历六月廿四　星期四

锯了几天板。1日接六西从吉安来信，说情况有变，工作困难，善义、日明都落难了。这使我异常不安，我也只好放弃去吉安的打算了。他们把工作的希望寄托在我身上，我怎么办好呢？

接梦来师傅、海祥信。他们在宜黄黄陂新建煤矿——梦来师傅的堂兄弟陈小康处。

给姐姐写了一信。我说到碧江与碧泳夏天玩水要注意安全。但也不要制止他们玩水，他们的年龄可以逐渐学习游泳了。我希望他们的体格和劳动技能都得到健全的成长。

是的，我的体力和劳动技能（包括水里的一点技能），给我的生活带来了很大的便利。

8月6日　上午晴　下午雨

收到哥哥的信，说我家人和我的一些伙伴见了我的照片，觉得我的确很好，感到十分高兴。

但他们中有的人又怎么能理解我"迎着朝霞"的心境呢！

哥说起我给娟爸的信被别人拆了，我感到十分气愤，我即给乐灿和娟爸各一信。

给乐灿的信中我说：自己的生活要靠自己来争取。

8月8日 多云

和张水贤一起到了石溪。上富到石溪有36华里，汽车路沿峡谷曲曲弯弯地向上爬，愈往上，坡愈高，路愈险。石溪确是名副其实的"石溪"，溪水在山谷底的石床上奔流，时有层层瀑布，有的地方整个山谷充满了隆隆水声，雾水冲天而起，非常壮观而神秘！

我们是到石溪大队综合厂找工作的，看来比较顺利。我准备自己来订合同。这事我虽不欢喜，但为了伙伴们，我也没有办法，只得不愿为而为之。

8月13日 晴

在石溪住了几天，和石溪大队综合厂订好了合同。

工作主要是搞竹片和解铺板、挑铺板，工作场地是石溪村对面的老山上。

我们到了老山。这是奉新县和修水县交界处，属九岭山山脉。这一带真是崇山峻岭，就风景来说，确实非常美，处处尖峰簇秀，层峦叠翠。但要翻越这十多里的老山，到一个山沟里长期干活，恐怕不是耐得住的！再说要把锯好的长两米、宽二三十厘米的铺板翻山越岭挑回来，那就是更不容易的事了！

交际我已经学会了，这是我最反对的，也最不愿意做的事，但又不得不去交际，去应酬。

甲方代表是石溪综合厂罗时兴主任，他尖瘦尖瘦的，给我的印象并不好。

夜，给公威写了信去。

8月16日　晴转多云　于奉新县石溪公社石溪大队大源生产队

昨天到了石溪，住在大源生产队胡文启家里。再一次看到了剖竹片的毛竹山场，情况较好。夜，给公威写了封信去，叫他速来我处。

今天又到上西坑生产队。看了毛竹山场，也订了合同。我今天和上西坑队订的这个合同是为了补充这里的工作而去订的。有两个山场的活可干，人员能分散，工作就展得开了，也便于工作的安排。

对于工作，我要作最好的打算，更要作最坏的准备。这方面，我以前吃亏太多了。

张水贤和我一起走了几天，我对他没有好感。这个人很轻浮，讲话不负责任，使我十分头痛。我真不相信社会上这样的人是如何生活下来的，还想做包工头呢！他做事无明确的目的，毫无头脑，真可谓"成事不足，败事有余"。在与罗主任他们的谈判过程中，他的乱讲话使大家很看不起他。

以后，只要这里的情况稳定，我不再打算跑来跑去。做"包工头"之类的事不是我的本意。

我希望搞一个有好的纪律、劳动热情高、团结活泼的小集体。

联系工作开支十分大，我虽然尽力节约，但每天也不能少于一元钱。

我提醒自己：今后要多为大家着想，切莫做"包工头"这样的人。

8月17日　晴转多云

剖了一天竹片子，因为以前没有做过这种活，生手生脚的，工作效率也就不高。

夜看《李自成》，看到"神医"尚炯和牛金星京城相遇，同观元宵灯节，我似能体味到当时金星之心情。我希望看书，看一些有价值的书，可事实上办不到。

现在老表都在学习中央文件，有好多内容。我非常想看看，想听听，但是这里的人警惕性很高，很保密的。我新来这里，人不熟悉，也不敢去打听什么。

8月14日夜，我为了联系到石溪来拉竹片的汽车问题，曾到上富东垦招待所的省林业汽车团的王师傅处，他那里恰有一位在贵州工作的采购员，他和我们一起谈了好久。这位采购员见多识广，也很健谈。他谈到各地生活水平很差，也谈到了下放知识青年的严重问题。他说起东北旱情非常严重，物价很高，饭店里一碟子炒黄瓜都要卖到5角5分钱。

8月18日　上午多云　下午雨

下午在山上砍伐竹子时下起了大雨，我们躲在树底下。这山上蚊子出奇地多，我用两只手扑打，根本无济于事，密密麻麻的蚊子如果用手去抓，一把可抓到十几个！手一停下来，马上就有许多蚊子把手叮得满满的。我只好用脚布包起了头，又用一树枝不停息地乱拍赶蚊子，这才稍好一点。回到住屋，通身无一丝干的地方，还摔了几跤。但对于我们这种人来说，这已不成为什么"苦"了。

老梅和我谈他以前出外的情况，出外的人当然各人有各人的曲折，但各人也有各人的趣味。

他到过皖南，在大山里做过梭子木。皖南是大山区，更有许多军事要处，他也说到"皖南事变"后那里人烟稀少了，山林深处有的地方从"事变"后没有人去过。他们做梭子木的人在那里能捡到破枪械、破军号等。

下午休息，我从房东文启伯的一个在读共大的儿子那里借了本《我们一家人》（孙肖平著，少年儿童出版社1956年出版）。作者以第一人称"孙二小"描写了一家人，包括爸爸、妈妈、哥哥、姐姐和他自己参加革命的经历，通过对一些事件的描述，反映了当时的艰苦生活和革命形势的发展过程。我觉得写得还比较合乎逻辑。

书中的妈妈给我以难忘的形象。她从一个自己吃猪食省下窝窝头养活自己孩子的善良、悲苦的普通农村妇女，经过长期的革命斗争成长为一个不惜自己的生命危险、偷偷试服药物的革命战士！她使我深深地感受到母爱的伟大！

是的，母亲——伟大的母亲是会这样做的！我的母亲难道不会这样做吗？一定会的！

我多么能理解和体会孙二小的遭遇啊！

夜，雨越下越大，屋子是漏的，雨水滴在楼板上"嗒嗒"地响。在一个深山孤独的破屋里，我伏在一个破柜子上，就着一盏煤油灯，翻看着书，翻看着一些信，也凝视我5月21日在上富拍的一张照片，照片下部，我题词"迎着朝霞"！我呆呆地想着……

我必须活得有价值，不然我会更加苦恼。

公威不知是否会来？我希望他能来，这样我的心境会好转的。

8月19日 雨

读《金陵春梦》第二集《十年内战》。

那个动荡的社会，腐败的统治集团衰亡是自然而必然的！

令我感动的是张学良，他"只好把脑袋放在腰带上，为国家进行兵谏而已"。

是的，"西安事变"，对中国的历史起了转折的作用，张学良将军虽身陷囹圄，但他当流芳百世。

我不能同意那种一笔抹煞别人一切的论调。对于人民，对于国家有过贡献的人，他的错误当批判，但如张学良将军的这种出于大义为国家、不顾自身的精神是不朽的。

　　我也笑那些"领袖"，"罪在万方，唯有领袖是完人"。世界上真有尽善尽美的人么？怕未必有！

　　一个人有什么理由把一切功劳归于自己，而把一切过错推给人家呢？事物的发展是曲折的，一个人的思想也只有在实践中才能检验出正确与否，从而改正错误，并引以为鉴，发扬正确思想观点，用以指导自己前进，这是一种客观的发展规律。既如此，那么，一个人有错误是很自然的，是思想发展的产物，我们又何必掩饰起来呢？如果一味大吹特吹自己伟大，而未有丝毫的过错，只会给人非常不好的印象。人们会怀疑——你是否真的有过功劳？

　　这也符合另一个客观规律——物极必反。

　　这种例子，并不在少数。

8月20日　阴雨

　　上午雨一直没有停息，直到下午才停了。

　　整个下午，我捧着《十年内战》一书，没有放下手。傍晚，屋内显得有些昏暗了，我又到外面坐在石板上看。

　　放下书，我从俗杂、繁乱的社会人事中钻了出来，这个社会啊！

　　望远处，四周层峦叠嶂，云遮雾掩，一片苍茫。我不禁长长地呼了口气，并踱步到一个高坡上远眺。

　　这一带的山，比茅岭山更高。满山竹子，好像孔雀身上的羽衣，密密实实，锦毛鳞鳞。风吹过处，山腰云雾逐渐上升，逐渐淡去，逐渐消失，山就愈益苍翠可爱。西边山与天的交界处，显出一带蔚蓝，那么蓝，那么洁净。不一会儿，蓝天上又浮起了几块淡淡的橘红色的云朵，飘飘地上升，蓝天逐渐地扩大，整个西边的天，也就显得更加明朗，清晰起来……

我的心就又飞得很远，很远，飞到了家乡。我回忆着以往的生活，也设想着一些美好的未来……

我想唱，但唱不出来！我已有些不习惯唱了！我只得在心底里，大声地，大声地向远方呼喊！

8月22日　阴雨

昨天，到石溪碰到了戈企的吴生才。吴生才从家里出逃后一直流浪在江西。还有两个人和他一起。他们是在吉安听到我的名字而来这里的，一路上吃尽了苦头。他们既已到了这里，我怎能不收他们呢？但我的负担的确是太重了。

和吴生才谈了很多，我也问到大队说他偷树的事，他说实际上农村生活这么苦，大家都无法生活，偷点树卖，换点钱大家都在搞，只不过他有顶"帽子"，偷了两株树被发现后就成了天大的事，把他抓去关起来吊打，他只有逃了出来。说到家里的四个孩子，他泪流满面，我也深感同情。我对他以前是不了解的，总的来说，我对他没有好印象。

待人接物中我很有慈善心，这是必要的，但我怕这种慈善心给我带来某种过错。《农夫和蛇》的故事，现实中也是有的。

8月23日　农历七月十五　多云

今天综合场里的罗主任和王主任到了我们这里，他们是为工作问题而来互相协商的。

情况不太好，主要是结账问题，商店不同意我们自己去结账，说是我们结账的话要有个收款单位。这可难死我了，我明天再到石溪去一趟，和他们商议后再作结论。

今天是七月半。山里的月亮比别的地方要升起得迟些，月亮升起来了，十分清澈，大约是雨后的缘故吧？

　　七月半是我往年最欢快的日子之一。每当今夜，我们总要怀着一种期待的心情赏月，但是也每每要被一种不愉快的阴影所笼罩。

　　不知我的一些朋友们今夜过得如何？

8月26日　晴

　　为了更好地安排工作，我派了几个人去上西坑剖竹片。夜，我到上西坑生产队书记黄朝相处，得知情况有些变化，商店已不肯收购外地人搞的竹片。

　　还有风声说外流人全部都要回去……

　　这几天我十分担心，思想负担十分沉重。这么多人的生活如何安排好呢？我想到这些人并不是单单几个劳动力的事，而是那么多家庭的问题，他们家里都有待哺的孩子啊！

　　我不得不给公威写了封信去，叫他暂时不要来。内心里我是十分希望他能和我一起的，有他的帮助，我的负担会减轻不少。

　　他如果来了，工作问题是能解决的，但是谁又能预料这风声会不会更紧呢？

8月29日　晴

　　公威和才章到了这里，我感到十分高兴。但由于情势不大稳定，我感到负担沉重。

　　昨天到上富，夜坐拖拉机到下东岭斯东良处，恰逢他们得到通知，要求外流工人在五天内全部回家。这使我们都十分不安！

　　我当夜就乘拖拉机回到了上富陈六顺处，整夜没有睡好。

　　我急急地往宜黄和萍乡发了信去，询问那边的朋友工作上是否能想办法。

9月2日　农历七月廿五

风声一阵紧过一阵，流动工们的命运也就一天危过一天。

这几天，我夜不能寐，白天又要繁重的劳动。我的思想负担是沉重的。

这几十个人的工作，这几十户人家的生活怎么办呢？

眼看我这次出外又将是一个不好的结局，我内心非常焦虑，却又出奇地平静！生活已经日益使我懂得它的复杂多变！

不晓得这运动的规模如何，也不晓得这运动的内容是什么。在这闭塞的深山里好像聋子、盲人一样。想出外跑一趟，了解一些情况，这里又离不开我，我感到分身乏术！

9月3日　雨

昨夜起下起了大雨，但今天我们还是冒雨做工了。记得去年的这个时期，我也在冒雨干活，生活怎会如此地重复，只不过是换了个地方，一年前是在宜丰县同安，而今天是在奉新县石溪。

对于自己的生活，我不知道会如何继续下去，也不知道自己最后会如何结束。

读丁玲著《延安集》，我感到她经历的生活真是错综复杂。她的这些生活经历引起了我什么样的情感呢？我自己也说不清。

好想回家去一趟，看看家乡人也好，他们现在怎么样呢？她们呢？

但是，回家会给我的生活带来什么乐趣吗？我不能有这种奢求！

9月6日　多云　间有阵雨

我周密地安排着时间，也安排着工作，这几天我的内心活动只有我自己知道……

由于老梅不能在工作上合我的心意，做事过于拖拖拉拉，我对他感到有些不满，曾发了脾气。这是不应该的，但我在这种非常时期的果断性是完全必要的。

何吉清昨天到了我这里，对这种骗子一样的人，我从来都不会有好感的，对待他的态度也不可能多好，但也以一般礼节相待。不想他竟在背后大不满于我的态度。真是笑话！如果我能与他这样的人和谐融洽，那我又成什么人了呢！

老孟也到了我这里。对于他，我是信任的。想来他也应是以至诚待我的。但我不满意他的性格，一天到晚一副神秘兮兮的样子，说话做事婆婆妈妈的，大概他是被吓怕了。

9月17日　晴

几天来，情况似乎好转了些，风声有所缓和，前几天我曾到过干洲等地联系工作。

13日起，我开始了木工生活。这里有好多上海、南昌的知青和下放干部，他们到这山区来大都还是想着返城，因此准备了好些木头，想做些家具带回去，但这里没有好的木工师傅。前几天，我和王师父、应然义几个木工师傅商量做木工，他们都很赞成，但缺乏工具。我特意去上富、奉新买回了刨、锯、斧等木工工具。他们动手做刨壳、锯架、做线刨等，没几日就搞好了几套木工工具。我们就先动手给南昌下放在这里的游银棣老师做起了全套家具。我们几个人，我是头头，又是徒弟。我终于开始了久盼的木工生涯。但是，这对我不过是一种谋生手段而已，真正地做起这些事来，我的兴趣却并不浓厚。

才章到干洲去解板，因为没有安排好工作，仍回来了。

9月19日　晴

听上富来的人说，外面风声很紧。我们这里眼前工作将完成，下一步如何是好呢？

我原来是打算自己一心一意做木工的，另外的事我交给老梅他们自己管。但无论是工作上或是经济上，我是非自己抓起来不可了。

自才章和公威来后，我的心情是好了不少，但时时感到一种沉重的负担。他们能力都不弱，但不熟悉情况，我总得承担起他们的工作、生活的责任。

与公威已经七年没有在一起生活了。他的独特的性格一直还是这样鲜明。他能洞察事物的深处，并能一针见血地谈出自己的看法，在这一点上，我及不了他。但由于少出外，对外面的某些事物，他还是陌生的。他的心也有些活动，就这一点上，他是不足的。

才章稳实，心地好，重情义。我与他接触虽不多，但从这短时间的接触中，我对他产生了很好的印象。我们之间的友谊定能有一个好的结果。

斯宅的章清哥人也很好，随和、善良，我与他相处得十分融洽，他很早就跟他父亲学艺，木工手艺很好。王师傅是应店街人，今年已快60岁了，他身材高大，力气惊人，木工技术也很好。我庆幸碰到这么几个好师傅！

做了几天木工，由于另外杂事打扰我，我精力一点也集中不到这上面去。但这样做多了，基本功会很扎实。

9月20日　晴

　　孟杨灿到花桥去，发生了一件令人愤怒的事：他原来在宜丰那边搞工程垮了，他和几个合伙人都有损失，谁知这次在花桥碰到了那几个合伙人，那几个人利用老孟出生不好的把柄，把他抓到派出所；他们逼他拿钱出来，老孟没有钱，他们把他全身扒光，只留下了一条短裤，才让他走！见他这副狼狈样，我只得又尽自己的能力帮助他。我想：老孟他是应该知道如何做人的了……

　　收到家里的来信。哥哥再一次向我谈到了耳病带给他的痛苦。看了信，我心如刀绞，我是不能替代他的痛苦呵！

　　他说："真正妨碍我生活的是我所患的那疾病。为这，我才真正地感到难过。而且对我的精神折磨也确实是太大了——因为这是毫无代价的呀！今年来，我的耳病不但不见好转，反而是更加深了，（杭州去后好不到一年）。我总是预感到，我已不得不向疾病屈服了。我的一生将会被这疾病毁了！难过时，我真想什么都不顾了，但理智总是叫我冷静。我知道确实应该冷静，应该有战胜疾病的信心。但我已默默地忍受了许多年了，实在难以再忍受了。我从来不喜欢在别人面前说我的痛苦，我只在自己的日记上滴下了一滴又一滴的眼泪。你能想象到疾病给我的生活带来了多少的妨碍，它夺去了多少我本来能得到的东西！有可能，我这沉默而又刚强的性格和一生会在这疾病碰击中折断了！"

　　这是血，这是鲜红的血呵！我真想哭，但眼眶又太干燥了！

　　哥的信里还向我谈及了妈妈非常渴望我们兄弟早日成家！

　　我不得不再一次地回忆起那"恋爱史"来。一幕一幕的影像都是那么地清晰！但又是那么地遥远了！

　　一个美丽的月夜，在吴子里学校旁边的水井边，我和周月英作了最初的深谈，她给了我第一次女性的特有的温情……

1968年自江西返家后，到琴弦看戏，遇到了朝思暮想，三年未见面的吴圆！当我叫她一声，她震动了一下，我的血液沸腾，结结巴巴连话都噎住了，好一会才恢复了平静……

　　斯银儿给了我一封"因为——所以完全不同意"的信，我看了后，心里只是觉得要笑起来！

　　腊月的一个夜，在上阴坑看电影，吴桃英激动地答应了我，尔后是在大迪哥家的楼上她低着头，玩弄着一串钥匙，怔怔地说不出话！

　　蔡冬梅是深深地爱过我的姑娘。那是初春的一个夜晚，我和她在我的住舍里，作了推心置腹的交谈。那时她是那么地痛快，那么地毫无顾虑……

　　最后来可能就是周珠华吧！她在我的日记本上画了几个问号，又点了省略号！但后来她又涂掉了……

　　这些都是那么好玩又值得回忆的事！

　　我知道这些姑娘都深爱过我，但她们都"怕"！能怪她们吗？

　　妈妈，我知道您确实应该有儿媳了，但您可知道您的儿子的痛苦的心！

　　晓东，你也应该现现实实地对待这问题了！

9月27日　多云

　　我怀着沉重的心事……

　　第一场工作已经结束。由于时间短，我的精力又放不到这上面去，所以，结果并不太使人满意，经济收益不理想。

　　主要是在劳动力安排问题上，是不太妥当的。

　　我还是逐渐减少一些负担，这样对自己比较好。

　　给哥哥写信去，我希望他再去求医，他的病要能好，我会多么地欣慰啊！

给姐姐也写了信去。

仲法在弋阳，我今天也写了封信去，他有一个从九江乘长江轮船经上海回家的愿望，与我真是不谋而合！

我又有到贵州去的想法。我希望趁年轻，游历一些地方。这对我会有好处的。

10月3日　农历八月廿六　晴

我着手解决一些使自己陷于困境的事务。因此，也就不得不耍些手段。

既然是自己也明白自己在耍手段，当然也就会使别人产生一定的想法。

张水贤真所谓"成事不足，败事有余"，他乱七八糟的鼓吹、乱讲一通的做法，简直使我伤脑筋，却也能迷惑一些人。人为什么把鬼当作人，而把真心的人都迷惑成为"鬼"呢？——也使我反省自己以前可曾把人当成鬼，而把鬼当成了人？

读莎士比亚《威尼斯商人》。对莎士比亚的大名向往已久，但读后却感觉不到多少的"味"。是理解能力太弱，还是看书时心不在焉？两者都应该有一些吧？

既是自己的日记，我索性写上些只能自己知道的"荒唐"的事吧！

大约是自己外貌不错吧？我的生活中闯进来的姑娘也就多些。平时，很多年轻女人朝我投来期许的目光！

我自己也说不清，但是可以肯定的是，没有觉得高兴！

石溪住了几天，有几个相貌不错的姑娘，甚至有问起我的个人问题来的，我似乎觉得有些好笑！她们只看到我一个活泼健康的躯体，她们能看到我身上无形的枷锁吗？

但是，更可笑的应该是我自己了——我的心好像被她勾去了！我爱上她了吗？不可能吧？没有吗？也不可能吧？

她还只是个少女啊！我怎能因她对我脉脉含情的眼光而想入非非呢？

她太美丽了啊！我怎禁得住她一眸清泉里的无限温情——那明亮的大眼射出来的灼灼烈焰！——她在暗恋我吗？

她怎能瞒得过我？

晓东，不要太荒唐吧！

写上点日记当作以后回忆吧！

10月4日　晴

为了解决老山上的一些工作问题，我在老山上逗留了一天。

今天令我很高兴。公威以他的诚恳实在而得到了很好的人缘，我非常满意他待人接物中的这种坦然、大方的态度和对待工作的认真负责态度。几天前，我叫人带了个纸条给他，写了"凡事不能看得太好，但也不能看得太不好"。我还以为他一定要厌恶老山的生活了。事实与我所预料的相反，他生活得很好。

我看了他出外来的日记，写得十分生动活泼。他很注重自己的思想，也十分认真地在了解社会。我十分欣喜我的老同学这种求知不倦精神未曾有逊色的本色。他会是一个很好的活动家。事实证明，我过分的担心是不必的。我很高兴。

在这里做工，我的条件是好的，我每晚都能看点书，读点报。

这些天报上主要是报道日本首相田中角荣访华的事。

10月8日　多云

昨夜公威和我睡在一起，长谈至鸡叫时分。

天南海北，谈到了社会，谈到了人生，也谈到了我们一起熟识的一些人。

说的话，要想搬到纸上来，却是困难的。但正如看书一样，它给我的影响将不会太少，也不会是无益的。

我们对未来——自己的人生是有信心的。我们都觉得要学习、要上进。

对待我们的朋友们，我们用实事求是的眼光来看待他们。我们觉得环境在很大程度上决定了人们的思想。

当然，环境也要靠自己来争取。

我们也谈到了各人的婚事。于是，我又回忆了自己的恋爱史。

这些是值得珍惜的呢，还是一种耻辱？

我又一次地回忆起了珠华，珠华，她的聪颖超过了寻常人，我知道我在她的脑子中是不会太肤浅的，然而，她却不能让这爱的火焰去烧毁那些丑恶的、妨碍着我们的篱笆。我不能否认，我的确深深地、深深地爱着她，但我又只能把这心往深里放，再往深里放。

因为有她——我的个人问题将难以决定。

因为有我——她的终身决定也将不是一件易事。

写"红花与白花的故事"时的思想感情又涌上了我的心头。——我并不希求红花和白花的结合，但我希望"白花"能配得上"红花"的爱。

——这就是生活，也是美丽的诗！

10月9日　阴有小雨

读中华人民共和国外交部副部长、出席联合国二十七届大会代表团团长乔冠华在联大会议上的发言。

发言是精彩的。阐述了中国在国际问题上的立场——和苏联是针锋相对的。

对于书或报刊之类，我似乎已成一种习惯，边看边批评，评其思想性，也评其艺术性。这两方面，我现在似乎都懂得一些。

学生阶段把铅印的东西都当成了绝对不可有异议的圣品，后来逐渐懂得了：铅印的东西也是人写出来的——所以铅印的东西也就有各种各样的立场观点，包括正确的和不正确的。

10月12日　晴

吴生才走了，我早就打算叫他走了，但是每每看到他的孩子们在来信中说起家里的困苦境地，我就心软下来了。

但是我还是叫他走了。我的心里是不好过的！他并不知道家乡有人检举我窝藏了他，如果他们真的来抓他，会害了他的！

夜读《李自成》，读到卢象升战死一节，我不觉心里发热，血往上涌。

我敬佩卢象升，我似乎觉得岳飞还及不了他。但是，我对于卢象升的"忠君"，还是感到一种遗憾。"民"即是"国"，既然他明白这样的"君"并不以"民"为重，他有什么必要一定要忠于这个"君"呢？

三府代表姚东照老人说得好："大人！大人！死有重于泰山，有轻于鸿毛。不能击败鞑虏，徒死何益！"

10月14日　晴

昨天到大源，看了卸竹子的场地。

公威叫我另外找找工作看，他认为一方面尽呆在山沟里没有意思，一方面工作的确太苦，工资又低。对于这个问题，我也真是伤透了脑筋。江西轻松的工作不多，好一点的长久一点的工作只有国营单位，但我们又没有好的"证明"。到江西来挣钱的人，有几个会觉得工作满意呢？

周仲法来了信，他热切地希望我们过春节回家能一起从景德镇、南京，乘长江轮船至沪赴杭。我对这个美好的愿望也是非常期待的。如果我们能一起游览些名胜古迹，多看看祖国的美丽山河，那是何等地有趣味呀！我甚至经常设想着我倚在轮船的栏杆上，极目浩浩荡荡的长江，那种无比美妙的意境。

　　但是，我知道，理想只是理想。事物的发展不能由我们顺心顺意地来安排，生活中谁能设想到几个月后的春节，我们会在什么地方？情况又会怎么样呢？

　　然而正因为生活有变化，我才感到有趣味，才感到出外的一种乐趣，否则那不是太枯燥了吗？

　　一个人是不能遵循着前人或者别人走了又走的路，按部就班地行进。虽然这样过一辈子似乎会觉得轻松些，但是刻板的、平庸的生活也只能给人以刻板平庸的结果。我们做"人"几十年，不能给社会带来点好处，也不能给自己带来点乐趣，那他还做什么"人"呢？

　　我说过："地很大，天更大。"明川也说："地大，天更大，让我们在'大'字中争取吧！"

　　是的，我们事事、处处都应该心里有个"大"字！

10月22日　晴

　　今天月亮很圆。在马路上站了会儿，感到阵阵凉意，明天是霜降，已是初冬了。

　　月亮，她总是这个样子，清亮皎洁，平平静静，并不为人间世俗所动，但仰观月亮的人们却各有各的心事啊！

　　流落他乡的外流工，已面临严峻的日子。这一带都在拆队拆社，山场也就不能落实。那些缺衣少食的人们，对着清凉的月亮，真是苦水往肚里咽呀！

　　我现在是在做着木工，也算了了自己的一场心愿，丢下了一桩心事。然而，我会真的满意这种生活吗？做木工的好处是多，能接触各种各样的人们，从中获到不少知识。这一个多月的时间，东家们表现出来的思想形形色色，各不相同。尽管表面上大家都是客客气气的，但凭我这双看了不少人的眼睛，我能窥探出他们的内心世界。他们各有各的特点，也有共同之处。了解人们，熟悉人们，这对我是有益处的。

但是想到自己近24岁了！我到底做了些什么呢？懂得了多少呢？我是喜欢和那些年轻有为的人去比的。蒋光慈20多岁已经写出许多有思想有文采的文章和诗了。我呢？我只能感到内愧。

用什么来弥补自己的不足？我只能鼓励自己不要泄气——学习，学习，学习。

说到学习，我又想起了书。我渴望读一些好书。听说《三打白骨精》的电影已放映了。《三国演义》《红楼梦》等几部书已开禁。前几天我看到一本新出版的连环画《三打白骨精》，感到无以言喻的兴奋。这不仅仅是一本连环画，它象征着文学——人类的精神食粮将有一个恢复。青少年们，他们又能得到书本知识了，他们会得到很好的教益。

我以一种期待的、急切难熬的心情等待着一个文学艺术的繁荣时期。我想这是可能的。因为人民需要文学，怀有聪颖才智的人民又会给文学艺术创造另一个天地！

事物，总是在挫折中得到发展。

收到了乐灿的信，他病了，我十分地不安。他看了我和公威的信，觉得十分高兴，觉得病都好了不少。他认为"在外面过一天都是有意义的"。乐灿的心情，我十分能体会。是的，生活在外面的时候，自己也不觉得有多么大的意义，但当以后回忆起来时，定是意味无穷的。

乐灿也谈到我们县里判了一批罪犯。我们村的周招德也判了刑。我虽与周招德接触得非常少，但对他犯罪过程了解后，我能十分清楚地理解他的思想发展过程。真正的罪魁祸首其实是周洪光。周洪光是个自私自利、卑鄙狠毒的坏家伙，曾和周招德是"莫逆之交"，周洪光偷了生产队出纳周招德刚好收到的一笔公款，又陷害到木工宋师傅头上。宋师傅当然不承认，大队也认为宋师傅不会去偷。但周招德固执地认为是大队干部包庇宋师傅，引发了对社会不满，最后甚至用写反动标语的方式想陷害大队干部，结果被查出来了。公安部门不但认定标语是他写的，还认定钱也是他监守自盗！

"与香者同居，久居不闻其香，与臭者同居，久居不闻其臭"。血的教训，再一次使我们认识到——人必须选择伙伴。

周招德应该是无辜的被害者。如果他稍有头脑，他是应该懊悔的。

11月1日　农历九月廿六　星期三　阴　于奉新县石溪

公威家里又叫他回家，而他们的工作能否做下去也是个问题。公威很坚决，他在回信中不同意回家，他说："这是个原则问题。"我主观上十分赞同他的态度，虽然工作问题有实际的困难。

斯东良明天要回家，他是为了去贵阳作准备的。

我给哥哥的便信中说："希望您尽可能地支持我们，我是心坚如铁的。"

收到了仲娟爸的信。他以诚挚的心向我问候，并述说了他的处境。

仲娟爸的态度是："早胸有成竹，平生无亏心之事，何惊之有，光明磊落，岂疑暗鬼。所以我一生的宗旨是直来直去的直道，以眼还眼，以牙还牙，迎风接浪，绝不回避，不管风吹浪打，胜似闲庭信步而已！"

我从心底里佩服他。

想好好地写封回信，但写不成，没有时间，心也静不下来。

11月9日

因为明天要上老山，今天就休息了一天。

收到哥哥和明川的信。明川回答了我好几个问题。

在"白花"的问题上，明川说："从现在情况看，这白花生了不少刺。"他说我哥哥也是"有所认识"。

我给明川的回信中也说道:"我以后对些事情不会想得太美好了。"

给仲娟爸复了一信,谈了些生活情况。

11月14日　农历十月初九　星期二　于石溪大源

我想人生最有趣味的事应该是知己密友一起时的愉快生活了。这时的热烈争辩,情投意合地各抒己见,再衬上一个美丽的风景,都是回忆时带甜味的时刻。但最感痛苦的呢?或许也就是迫不得已的别离吧!

我是10日上的老山,去完成石溪综合厂订的两百副铺板的任务,路上我们四人都很愉快,像小孩似的游玩着上山。老山,这是一个连鸟语都少听到的地方,山高谷深,林木葱郁,天空虽不能说只有一线,但也只有一条而已。一到晚上,峡谷水声轰响,如万马奔腾,我时不时惊醒。躺在床上,因为木棚没有门,恰好能看到天上闪烁着的几颗星星,我就任自己东想西想,任意念驰骋一阵。

12日傍晚,突然接到综合场托人带上来的两个电报,都是催促公威"母确病危,见电速回"!我顾不得天黑路远,山路崎岖,如飞似的奔了30多里路回到了石溪大源。和公威他们见面后,知道情况不觉一阵心里发热,原来又是公社和大队催促公威和才章他们俩回去,否则要扣掉全家粮食了!

情况是很不利的,根据这里的工作情况,考虑到家事的后果,我们从各方面权衡,最后决定公威先回去。当然是迫不得已,这不能说是怕,只是对现实生活的一种妥协吧!

我们是不想离别的,昨天上午,我们三人聚在一起,谈到了各人的生活,谈到了生活中的风风雨雨。当说到一件事时,公威竟哽咽了,才章也流出了泪。我没有流泪,但是我觉得我心里在流泪,不!不!是在流血……

　　这是一餐别离前的不寻常的中饭，才章特地蒸了一碗放了两个鸡蛋的咸肉，他给公威和我各拈了一个鸡蛋，我推托了一阵，这并不是一个鸡蛋，是一种诚情啊！我默默地吃了……

　　吃饭时，几个人都想用一些玩笑话使气氛活跃点，我们脸上都笑着，我时而偷看一下他们两人的脸，眼圈红红的，我觉得自己不是在笑，而是在哭，一种比哭更悲苦的"笑"！这一些聪明人都能知道各人的内心，但掩饰得都很巧妙，却又显得笨拙……

　　他们送公威到石溪公社后回大源去了，我送公威到上富，昨夜宿在上富分场陈六顺处。和公威同枕而眠，公威说："不知要何时才能再同枕而眠啊！"我也愕然！江西与家乡只千里之隔，但对我们却好似十分遥远，这种间隔，并不是空间意义上的距离啊！

　　今天11点，公威上了去南昌的汽车，我希望他能沿途多看些江西景色，因此请一位乘客把靠窗的座位让给公威坐。平时我总是方便别人的，但今天例外了。

　　在上富桥头，我站在开往石溪的一辆货车上，公威乘坐的客车迎面驶过，公威激动地朝我挥着手！车辆转弯，我看不到他清秀的脸庞了，但脑子里却浮上来一个更为清晰的他，我揉了揉被雨水湿润了的眼睛，紧紧地咬紧了牙。

　　运毛竹的货车把我带回了石溪。

　　为了工作便利，我决定在大源住下，把这里的工作完成再说。又接到才章的哥哥的信，他也催才章回去，说不回去公社要拍电报来了，叫江西当地公社把他遣送回去，现在每天要扣他们家20斤稻谷。

　　我们时而谈论着公威，猜测着他现在到了什么地方，公威真是个"肝胆皆冰雪"般纯洁的人。

　　在油灯下坐了一阵，我踱步到门外去，这又是一个雨后美丽的月夜，月光洒在屋前的一块空地上，有一种柔软的感觉，近山是黑黝黝的，远山显得洁白纯洁，高耸庞大的山峰上围着一缕白茫茫的雾气，听山涛轰鸣……我又呆呆地想着，心飞到了山那边、再那边、再那边、那列隆隆地飞驰着的火车里有我亲爱的朋友！此时，他在继续着他的心血旅程吧！

再见了，亲爱的朋友！我们都会是胜利者！

在才章的日记本上，我给他题上了："五指山挡不住我们的视线，真理是永恒的太阳。"

为什么这样写呢？因为他必将回去，必将回到那五指山下的一隅里。因为他们尚缺乏一种我从未动摇过的信心，我写到了"真理是永恒的太阳"！太阳是永恒的，什么也遮不住的！

——人们需要真理，人们拥护真理。

11月18日　晴　于大源洞华里

挑担，我以前未曾怕过，但自恃体力好的我这几天真被担子压怕了！挑一担竹尾子下山十多里路，每担重量在180斤左右，这样长途地接连地挑几天，我以前还未曾有过。开头是脚痛，肩酸，现在是肩膀痛得厉害，两只肩膀都好像熟透了的桃子一样红肿，换肩时真痛得我龇牙咧嘴的！伙伴们都照顾我，我从心里感激他们，但是我也不能让他们过分劳累。

才章，我们亲切地叫他"队长"，他力气好，照顾人好，安排工作也好。如果他这样的人领导生产队，那这个生产队一定是一个先进队。

我们很思念公威，想到他，我就觉得心里沉甸甸的。他这样的一个青年，却被牢牢地束缚住了手脚，在处理好回去后的一些杂事后，今夜，他会是如何的空虚和寂寞啊！他应该做些什么呢？我应该做些什么呢？我感到不安而又渺茫。

不知道去贵阳能否成功，如果能成功那就好了。

和几个伙伴曾议论过青春，青春时期应该是18岁至28岁这一段时间吧。"青春"——这是多么有诱惑力的时期啊！才章说我这年龄是青春期最有意义的时期，是的，我也认为这两年我真正地成熟了，尽管有些地方还显得幼稚。但是，我的意义在哪儿呢？做人，确有一种美妙的意境，但真正身临其境时仿佛不觉得那么"美"了！

11月24日　于鲁源茶坪

21日，大源的工作完成了，我结了账，22日上了老山。下午3时多，住宿的木棚子突然失火，我们发觉后要扑灭已根本不可能，眼看大火要烧到我们床上，我们迅速地把被子等东西抢到了外面，这时屋子已开始倒塌下来，我们只能再抢，丢了几副铺板出去！火迅速地燃遍了整个棚子，火苗"吱吱"地蹿起有几米高，灼得我们脸上火辣辣的，疼得厉害，我们只能退离棚子，并迅速地在外面打了一条"火弄"，免得火势再蔓延开去。

棚子不大，不到一个小时，整个棚子已经烧光了，只有残剩地上的一些铺板还慢慢地燃烧着，几根柱子和几根木樑七倒八歪地相互支撑着，还在冒着灰色的烟，时不时蹿出几条火舌来。

人们一边惊慌地扑打着抢救出来的物件上的余火，一边谩骂着，火灾肇事者在哀哀地哭，我走过去，他朝我大叫："老乡咧，不得了呐，我闯格大祸啊！"他的眼睛里闪出绝望的神色，我只有默默地走开了。

挑铺板到石溪的人回来了，他们是损失最大的，一见此景，惊慌地寻找自己的东西，发现都已烧毁了！有几个绝望地捧着脸干嚎起来："啊！我去格几十块呐！天呐！我去格几十块呐！我没有格衣裳呐！"

最可怜的是河南的王虎，他的床铺因为在中间位置，一点东西都没有拿出来，他也绝望地干嚎着……

没有吃饭的地方，没有睡觉的地方，摸着黑，我们又下了老山！疲劳、饥饿，20公里崎岖的山路是够呛的，我们到了石溪宿舍，真的累垮了！才章他们听了这情况，都为我们捏把汗。

公威已来了信，他叫才章再坚持几天，看看情况再说。哥哥也来了信，他向我说了一些情况。

我是苦恼的，但心里是愈来愈感到了冷静和坚毅。

我能很好地生活的！

11月25日　多云

"啊，又是一天！"过日子太容易了，特别是做木工活时，没有一丝闲暇，不知不觉一天就过去了，每当临睡时，我们总要这样地"笑话"一声。

真的，日子过得是太快了！我们的年龄每年都要大起来，一想起人生是过一天少一天，我心里对这一天也就不无惋惜之情。

吃了晚饭，我在聚精会神地看书，广播里播出一首美妙的笛子独奏曲，优美极了，笛声时而如百鸟争鸣，时而如流水叮当，时而缓慢，时而急剧，我完全神往了！模模糊糊地，笛声把我带到了那些我最快乐的日子里，那些愉快明朗的、阳光灿烂的日子……

我的好奇心很强，对一些古的、旧的文字特别有兴趣，有着考古学家那种不管什么东西都要仔细考究的癖好。我们现在晚上睡觉的这个地方，原来大约是个书房吧，现在是肮脏、黑暗、死气沉沉的，四壁泥墙都贴着报纸，这是1952年的一些报纸。我提了一盏灯，费神地都看遍了，这是历史车轮的痕辙，读者感到很有意义的。报纸内容有初解放时的治安安定工作、生产建设恢复工作、支援抗美援朝工作等。也有一些内容使我联想到了社会的变迁：如当时拍电报向毛主席致敬的达赖，在不久后即叛乱了；当时无私地援助各社会主义国家的苏联老大哥现在已成为中国的头号敌人；一些著名人物已经倒台了……

所有这一切都证明："人间正道是沧桑！"人们有什么理由，只着眼于现在而不展望一下将来呢！

　　我粗粗地读完了苏联小说尤利·克雷英夫著的《工程师》。这本书深刻地反映苏联在30年代的生活状况，我觉得写得真实形象而有意义。

　　格里果里，是个像苏联小说《大学生》里的白洛夫一样的人，他老练有能力，但实际是个愚蠢、卑鄙、保守、精神空虚的人。

　　安娜、大个子谢辽什卡、舍因，这是一些热爱劳动、充满活力、思想健全的人，这些人才是社会的真正的主人。

　　像格里果里这样的人，生活中是有的，但也不乏安娜这种类型的人。

　　我读着书，也反省着自己，我像格里果里呢，还是像安娜或是谢辽什卡，还是像舍因？我觉得这几个人有的心理我们几乎都会有一些，但我毕竟是喜欢安娜的，也就觉得和格里果里没有丝毫共同点了。

　　其实也是不应该有的，如果有，那我成了一个什么样的人了呢？

11月28日　晴

　　夜给姐姐写信，不知不觉我写到了妈妈，心里就涌起了难以平息的激情。妈妈一生太苦了，她也太热爱我们了。但我们却不能使她在晚年过得安定一些，痛快一些，我内心是深深地惭愧不安的。我有时真想迁就一些，早点"成个家"来安慰她。但仔细考虑，觉得这样终究是不好的，我们必须要有意义的生活。

　　大源工作结束后，才章他们三个人到老山挑木板，原来三分钱一斤的散板挑挑也还好过，我想想也只有这样过过再说；但石溪综合场偏偏要他们挑铺板，铺板是湿的，每副有50多斤，这样崎岖的山路，铺板有两米长，很难挑。昨天他们休息，跑了十多里路到我这里来，和我说到工作问题，觉得挑铺板实在太苦了，也不太合算，希望我能给他们另外想想办法。但这谈何容易啊！我真是非常地不安！

近几个月来，情况越变越不好，宜丰县那边工作完全无望，奉新县上富做工的人也陆续散去了。我的一些伙伴有的落难，有的回家，也有的虽仍在，但情况不好，使我失去了依靠力量。他们三人的工作怎么办呢？搭到别人处，三个人不可能，我也不放心！去新辟工地吧？没有理想的工作不说，就是有，又能坚持下去吗？烦人的雨季将要来了，新开工地只会吃老本，而他们又无老本可吃。再说我自己又不能去，我不能使自己的学艺半途而废，因此工作就更困难了。

我真是伤透了脑筋，连做梦也是有关他们工作的事，过几天，我只得出去跑一趟了。

联系工作，我不能说是外行，但我清楚自己的资本，基础是有限的，我不能像孟、赵之类，做一些荒唐的事情。但才章他们的工作必须找个比较妥当的解决办法啊！

唉，我又记起了前次到砂轮厂基建科郑定功处要工作时，我恭恭敬敬地递了一支烟给他，而他却傲慢地只顾做自己的事。给他点烟时我不小心把火柴盒掉到地上，当我弯腰把火柴盒捡起来时，我只觉得自己的血在沸滚，脸在发烧，没跟他多说话，我就回上富了！一路上，我觉得我受了很大的屈辱，嘴里念叨着："公威啊，公威啊，你知道我在为你们受这种屈辱吗？"

这一幕在我脑海里留下了深深的记忆！

11月29日　晴多云　于奉新县石溪公社大源洞华里

还是这间小黑屋，三米见方、一人多高。

我捧着《牛虻》聚精会神地读着，坐在床上是吃力的，但这本书特别有吸引力。

绮达给牛虻唱一支匈牙利的古老民歌，"在摩哈奇的战场上，丧失得更多"。绮达的歌声非常优美，从她嘴里发出来的音调是清越而有力的、充满了狂热的人生的欲望。牛虻听得瞪着两眼，张着嘴巴……

读到这里，我的眼睛离开了书，默默地呆住了。在我的耳朵里，不！脑子里响起了优美的歌声，是那《冰山上的来客》的女高音？还是朝鲜影片《战友》里的插曲？都是，都不是！这是一支深邃的、充满着感情的、优美的歌……

啊！这是在一个麦苗青青、菜花金黄、阳光灿烂的日子里，我在原野上忘情地唱啊！

我是会唱歌的，特别会唱一些抒情的歌！

突然地想到：一个充满浪漫色彩的、活泼纯洁的青年即将变成一个"手艺人"了！

"青春啊！您快回来吧！"我臆想着一个疼爱自己儿子的母亲在给病中的儿子招魂……

空想是没有什么作用的，它或许会把自己的心灵都掏空了吧！

"过去属于死神，未来属于自己！"（雪莱）

面对自己的未来，我如何来处理它呢？

我当然比不过孙悟空……

又读《牛虻》。牛虻在刑场上，对刽子手们说："今天早上你派来的这队人真不行，上校！让我来试试看能不能使他们像样些，来吧！伙计们，把你们家伙提起，向左边移一移，啊呀！朋友，你们手里拿的是枪而不是油锅啊！都对准吗？那么来吧！预备——举枪……"

"草地上那堆鲜血淋漓的东西又重新挣扎，呻吟起来了！"

"在那鸦雀无声的一片寂静中，他慢慢举起那只打断的手，把十字架推开。十字架上的耶稣就被染上了满脸的血，神父——你的——上帝——满意了没有？"

"活着，跳着，活活泼泼地，不论我活着或者我死了，我都是一只快乐的大苍蝇。"

……夜真的太深了！太深了！

我该睡觉了，明天早上又会起不来的！

12月16日　阴雨　于石溪综合场

这里多美啊！我要能在所有美的地方去走走，那多好！

这一次出去了三天，是为才章他们两个人的工作问题去的，得到信息说奉新干洲解放综合垦殖场需要把山上的板子尽早运下来，我到那里山上去看了，情况是比这里要好一些，但生活和工作当然还是艰苦的。他们将去的地方是躁下公社汪家大队。

我从来都不会失掉满足自己欲望的机会，这次好好地走了一下。前天到干洲，昨天到了汪家，下午五点到了靖安县。靖安县县城不大，但新建筑比较多。我到处走走看看，晚上找不到宿夜的地方，只好又走了20里路到干洲住宿。今天很早就到了奉新县，在街上又好好玩了一下，这里和靖安县一样，是个新兴的、生机勃勃的城镇。下午我又乘车到了躁溪公社九仙汤，在九仙汤温泉里好好泡了个澡。九仙汤温泉在一个庙一样的大屋子里，是个约五米直径的大池子，一进屋，热气腾腾的。我脱了衣服，下到池子里。谁知水烫得我跳了起来。后来慢慢地把身子浸下去，真舒服啊！泡了半个小时出来，走在回石溪的路上，面对凛冽寒风，我觉身子热烘烘的，一点都不感到冷。

我在靖安县买了本《列宁回忆录》，还买了好几本马列主义读物。我理论水平太低了，必须好好地学习，使自己有所提高。

到外面走走，能增长很多见识。最近做了几个月木工，我觉得我活动的圈子小了不少。刚走出去时，觉得自己缺乏信心。但马上，我恢复了自信，又是个活活泼泼的、自自然然的周晓东。

是的，我还需要锻炼。

我也觉得，我没有"差"下去。

12月24日　阴

　　昨夜给仲法写了一封信，仲法的思想和我十分相投，他热烈地赞成"飞"。我对他说："我自己是这样地向往着'飞'！也希望其他的青年是这样——至少有这种'飞'的愿望。"
　　我也和仲法谈到了祖坤。对于祖坤，我真不知道应该怎样认识和对待他才是正确的，我希望仲法能向我谈谈他们之间发生的具体的事情。
　　回忆去年我将赴江西的前几天夜里，我们村里放映电影，电影是在泥墙里的水塘边放映的，看完电影后仲法和我们兄弟一起在祖坤家的小屋里闲谈，为一个问题而热烈地争辩。我已记不清那事的细节，只记得是关于一个阶级上的问题，当时，仲法坚决地站在我这边。
　　才章他们是17日走的，到今天还没有来信。我非常地记挂，有时甚至梦到了他们。
　　家里又有许多日子没有来信了，我十分记挂。

12月30日　多云　于石溪综合场

　　这些天一系列的事，很使我高兴。
　　才章他们已来信说那边工作好的，每天可挣得5元，并且说工作有可能是长的，这使我十分地放心了。他们在老山的那些天，我每天看到他们挑铺板回来时疲惫不堪的样子，心里就觉得沉甸甸的，现在我可以放下这件心事了！我写了封信给他们，叫他们要有情况变坏的打算，并叫他们搞好各方面的关系。
　　今天收到我爸爸的信，爸在信中说到今年年成尚好，粮食是丰收的。爸说起哥和祖坤一起去蒋村做漆工画画，并说哥与才章妹妹郦珠华的事，是会成功的。

如果哥哥和郦珠华能成功，那真是我衷心希望的！我会尽全力帮助做好这件事，这不但从精神上和体力上帮助了妈妈，并且也会使哥哥获得一种人生的乐趣，他会比以前更觉得做人有意义些。

　　爸爸信中也谈到一件事，说妈妈管家把他经济管理很紧，他要我寄钱给他。这使我心里很不舒服，像我们这样的家庭，有什么必要这样做呢？

　　对于家事，我是了解的，妈妈把经济管理紧些，她是毫无私心的，她全心全意地为我们兄弟着想，她的省吃俭用真使我心里不安。但我也希望她不要太节约，特别是应该顾全自己的身体，说真的，她的节约倒不如多保养好她自己的身体，使我们可以放心一点来得更好，也应该让爸爸有点零钱，生活得舒服一些。

　　综合场里住了三个多月，前天搬到了林场里，这里分公社分大队，因此综合场已散了。伤脑筋的是有200捆抬杠木还未收购，只在综合场里借了120元钱，但综合场要分拆了，钱要入账，综合场一再逼我打领条，120元钱就作为做抬杠木所得工资，但我怎能同意呢？这些抬杠木原定每根一角五分，总的应该要300元钱呢！我觉得答应的话是对不起公威他们的，但不答应呢？又毫无别法，可能只得这样算了吧。

　　我常常会想：公威现在在做些什么呢？在想些什么呢？

　　朋友，我们血肉相连的朋友！

风雨此面
我曾视为生命的日记

1968-1978

1968
1969
1970
1971
1972
1973
1974
1975
1976
1977
1978

1月1日　农历十二月廿七　夜阴有小雪 于石溪林场

　　今天是元旦，揭示了1973年的开始。恰好上富有交流大会，我去了。上富街除人多以外，别的并无多少物品，不像我们家乡浬浦三月十八的交流会那样热闹。碰到了好多伙伴，他们看到我亲切得很，特别是邢陆毅，他对我是真心实意的。以前在桥头一起干活时，他也把我作为知己的，什么事都和我商议。信顺，这个忠厚人也一样，拉着我的手，激动得不知说些什么才能表达他兴奋的心情。和人赤诚相处，有它的乐趣。
　　这里几乎是外地人的天下，本地人相形失色，江西表面上看政治气氛十分浓厚，但是实际上却还及不了别的地方来得更有"政治性"。
　　在上富六顺哥处收到了四封信，一封是公威的，一封是娟爸的，一封是乐灿的，一封是姐姐的，总的来说，有损我的心情。
　　公威说："我自回家后，心情一直不好，夜里做梦也生活在大源的群山中，奇怪的却不是在繁华的南昌城。倒不是我现在回家了，把这种流动生活说得有趣自由一些，的确，我是深深地热爱着这种生活的。"
　　对我哥和郦珠华的问题，公威认为不大可能成为现实，他同郦珠华交谈过。公威说她："她的心理变化，使我觉得这件事情变得毫无意义……"
　　公威这信是12月6日写的，而我爸那信是12月22日写的，谁的情况更正确些呢？我信任公威，相信他的每一句话，但事情到底会怎么发展呢？大约是"活"的思想吧？是的，思想的确是"活"的。
　　仲娟爸说："目前我地大雪皑皑，在寂静的冷肃的环境中又想起了您……"
　　仲娟爸对我像我对他一样，感情十分真挚。每次接到他的信，我虽不像在同安支援双抢时的一个夜里看他的第一次来信时那样的激动，但我总是看了又看，把信里的每句话嚼了又嚼。

他说得好："每做一件事都把它搞出个名堂来。好，当然是最难寻求的，但不好，也得有一点不好的'意义'。当前社会的那些事，哪件不是包含这么多矛盾的……"

他希望我特别注意以下几方面：

一、不管在任何环境中要注意身体，这是根本。

二、立足点要明确，待人接物要多加思考，多思多想有好处。

三、平时不宜显示才能，因嫉才是历来的特点。

四、生活不宜过于浪漫，要表现得平庸一些。

看电影回来写日记，原来想好好地写一点，但桌上的蜡烛已尽了它的职责，烛芯横倒在融化了的水一样的蜡油上，我也就只得休息了……

1月2日　晴　于奉新县石溪

晚上做了一会儿活，把老曾家的桌子完工了才休息。

已是寒冬了，尽管今天天气转晴，但还是很寒冷。在马路上站了会儿，空气冷而清心。这使我想起了前年一个冬日宁静的夜晚，月朗气清，因为冷，似乎那月光也隐含着寒气，我一个人走在上阴坑到泄头的路上，我的心里热乎乎的！和仲娟爸的谈话使我内心充实而自信！昂起头，挺起胸，深深地吸一口清凉的空气，我以坚实的步子走着，走着！心里唱起了一支豪迈的歌……

仲娟爸是年长的人中最了解我，最喜爱我的人。尽管，在个别问题如处世态度上，我似乎觉得和他有些不同，但那是次要的。他那种"迎风接浪，决不回避"坚持真理的精神，使我对他深深地敬爱。

仲良、仲娟和她的妈妈，我都有好的印象，我不会把他们的家事和自己的事分割开来的。

乐灿的婚事长期地妨碍着他，他想从这方面脱出身来，我是支持他的，也同情他。但我觉得他在这个问题上付出的代价太大了。

姐姐又向我说了些家事，并希望我的个人问题能够得到解决。

个人问题，我现在这些日子在这个问题上没有纠缠而感到心清一些，但也不时为这而觉得伤脑筋。我认为我应该有一个比较理想的生活伴侣。

1月7日 晴

今天很好。写了篇记叙文《九仙汤之行》，我准备把它抄到《美丽河山》上去。

自己觉得语文水平不错，写作能力也有一些。但实际是很不够的，主要是语言太贫乏，不能很确切地表达出我的思想。

真的，我的思想，有时比写在纸上的要美丽得多。

前几天，我给公威写了一信。叙述了我对他的思念之情。公威现在的思想和处境，我的体会是太深刻了！

对郦珠华的问题，我说："……思想是活的……如果真的是这样，珠华的聪明、不为势利所惑又到哪里去了呢？"

我给爸爸的信中写到了十里坪的生活："那时我和爸爸您一起睡在养猪场里，猪场门口有一个很大的水库，水库边有一些含羞草，我一触到它，它就把叶子闭起来，我开心地大笑着，天真地问着些什么……"

是的，那时的生活是多么地美好啊！我的家庭也是十分的融和。"为什么爸爸把自己当成外人呢？"我觉得，我如果背了家人而偷偷地寄钱给他，这会使家庭之间有隔阂，而我不希望产生这样的后果。

同村的幼小伙伴周富国要结婚了，给富国的祝贺信中，我提到几年前的冬日我们常常会去"捉夜猫"，虽总是一无所获，甚至晚上还迷过路，但这是特有趣的，特别是现在想起来真是意味无穷了。

我请他向吴圆问好。

吴圆：我衷心地祝您幸福，让我们把所有的痛苦和不幸抛弃，而在心里留下些甜蜜的东西吧！

今夜，我的一些朋友都在做着些什么？他们都在想着些什么呢？

1月9日　多云

到上富送走了章清哥。

他是因为昨天傍晚接到他爸爸生病的信而突然决定走的。晚上收拾好东西，天不亮我们就走了。

上车后，章清哥的眼圈红红的，我也紧紧地咬着牙……

近年来，我自己也觉得自己的性格在改变，又似乎是越来越鲜明了。我变得喜欢沉默，但又害怕寂寞，害怕孤单，我喜欢朋友，喜欢热闹。

人生的悲、欢、离、合，我经受得不少了，这是很不容易经受住的。

受到了太多的刺激，我开始感到烦恼。内心里我却是愈来愈"冷"，愈来愈"静"了。

给我哥哥的信里，我写道："我原来是决不回家过年的，但为了前途，我不得不根据具体情况来处理自己的生活了。"

这"前途"，对我是一种苦涩的东西。它嘻着嘴巴在朝我"笑"！

1月11日　晴

《牛虻》是百看不厌的。

脚虽然因冷而发痛，但心却是愈来愈热，血在沸腾，我站起来了。

牛虻，这样一个活生生的魔鬼的化身！

——敌人这样切齿地痛恨他。

"如果我自己的亲兄弟不愿干（注：指去救牛虻），我就开枪打死他！"牛虻的同志们说。

"我是决……决不希望他们来拍我的头。"牛虻自己回答主教蒙泰尼里大人。

这就是——"牛虻"。

1月12日　晴

夜，写了三封信。

给才章他们的信里告诉了抬杠木工资的事。由于完全无另外办法可想，那抬杠木工资我已打了领条，在这件事上我是内疚的，但对他们的"血汗"，我是看重的，我也是无奈。由于我有可能回家，由此我叫他们自己有个打算。

我给仲娟爸也简单地写了一信，告诉他我有可能回家，以后再重新安排明年的生活。

翻看同学陈础金写的"登走马岗"，使我联想翩翩。他写得多好啊！这诗无论是思想意义上或是写作水平上，都是高的。当础金把那本题写了这诗的红封面笔记本送给我时，读着这首诗，我对他肃然起敬，并自愧不如，觉得自己进步太慢了。

对础金，我有着一种说不清楚的感觉，说得简单点，彼此不够信任。但我们是有友谊的，他也了解我认识我。自赴赣后，我本欲马上写信给他，但一直拖着未写。我想，他不可能"太坏"。我应该写信给他。否则，当以后见了面，我会无言以对，更重要的是会使他相信：我与他有隔阂，我对他有成见。

我简单地给他写了一信，我是坦白的。我说："当我们在一起时，你在我的心里应该说是有好感的，但一经分离，你的印象（确切地说应该是思想）似乎显得模糊了，这也就是我没有写信给你的原因。"

夜，又深了。

1月22日 雨

阴雨绵绵，到处是烦人的潮湿。

这几天，大概要算我处境最困难的日子之一。

从林场搬出到罗主任家的一间漏雨、阴暗的小屋子里，才两天，又搬进来一个七十多岁的病老人，丈把宽的屋子铺两张床，他的床又宽又大，放在当中，我们被挤到角落里。听一夜病老人咳嗽呻吟，我觉得空气脏得难以吸入。他也使我想到："老了是这样！……"因此，对这个老人厌恶心情是不曾有过，但觉得他可怜。

这样几夜后，前几天，我病了，头痛、发烧、咽喉痛。我坚持着，做活浑身没有一点劲。要想休息吧？坐无坐处，睡无睡处，吃无吃处！虽然我石溪认识的人还较多，但一个病人怎能去打扰人家呢？

我也想到在家里有病痛时，母亲是如何体贴入微……

回家呢，还是不回家？我斗争着。不回家，放弃手艺会使自己今后的生活更难过；回家，又容易落到别人的掌握中。

公威的来信说：农村将派工作队。朋友们的意见是明年的学艺成功与否，会对我一生有重大的影响，必须再坚持一年。

说真的，我何尝愿意回家呢，但如果这里没有木工师傅在一起，我明年是要放弃学手艺的。才章认为我回家好，但他们两人对于情况都还没有了解完全。公威是根据家里情况，才章是根据这里的情况。

今天已是农历腊月十九了，离春节仅有十一天，但我却还决定不下来。就是回家，也有许多事情要处理。

如果回家，我也决心把这趟回家的旅程作为游览，往九江、南京、上海、杭州走。

1月29日　晴　于奉新上富新庄东垦分场

26日夜，给小舒做好活后，晚上我和善义师傅从新庄走路到了上富。

到上富后得知王师傅在等待我，我好高兴！所以我27日到了王师傅这里，并决定不回家了。

27日夜写了几封信。得知祖坤腊月二十二日结婚，我感到高兴。我写信表示祝贺。在那信中，我写到我是留恋家里的热闹生活的，但我也说到那种空虚太难耐了。

我给他写信时，想到我去年出走时，竟没有给他们讲一声，现在想起来是太不通情理了，是大可不必的。我觉得我受"牛虻"的影响是太深了，有时甚至变成"可笑的天真"了。

给公威也写了一信，我说以后的情况发展有可能使我进退两难，但我能顶住。我也对我哥哥说："我知道应该做些什么和怎么样做。"

给平霞也写了一信，我是记挂她的。

收到仲法的信，他因病而返家了。他最终没能实现自己的理想，直接坐火车回家了，但他还是把这希望推到了以后。

国际上，1月23日，美国和北越草签了"在南越停止战争，恢复和平的协定"，并于26日正式签字。

"巴黎会谈"，黎德寿和基辛格终于谈出了结果。看起来"和平"在世界人民的心目中，确不是一句空洞的口号。

前几夜，24日在石溪看电影《琛姑娘的森林》，这电影一方面反映了越南人民的英勇和忘我牺牲的精神，另一方面也揭露了战争带给人民的灾难。

"琛姑娘"，这个越南的少年姑娘，在她年轻的心里，她已懂得了爱，懂得了恨。她把自己全部青春献给了祖国的解放事业。

"琛姑娘"是生动的，她真是青年们的榜样！

2月5日　农历正月初三　星期六　多云

我是喜欢明亮的，写字也一样，白纸黑字，清晰而美丽。家里带出来的一瓶墨水用完后，我在这里买了几瓶黑墨水，都是江西产的，没有一瓶好用的，钢笔经常会堵塞，写不出来。这次到靖安才买到一瓶上海产的长江黑墨水，写起字来特别有味。江西的落后，从各方面反映出来。

"好像做了一个甜蜜的梦"，我给才章的信里这样形容这个春节。是的，这个春节过得愉快、活泼，我的心境从来没有这样开朗过。但是，春节过来又是三天了，今夜我坐在上富分场六顺哥的房间里写这日记时，心里真有恍恍惚惚的感觉。一下子，我24岁了，这难道不是梦吗？

腊月二十九日，我搭了上富分场的拖拉机到奉新。经受着颠簸、尘土、寒风，82里路到奉新，满头满身蒙上了一层黄色。10时至14时，在奉新县城逗留了四个小时。到文化馆里看书，放在架子上供大家阅读的，只有四五本残缺不全的科学杂志，其余的放在铁丝网圈起来的架子里，也只是一些政治书，不过几百本而已。我看了一会儿报纸，其中一张登载了越南协议的内容，看起来美国的态度是温和的。

新华书店最吸引我了，出来了又进去，进去了又出来，总共逗留了一半时间，我真想读读所有的书。我的兴趣是多方面的，政治、历史、地理、科技、医学，每一样都吸引着我。结果，我买了《中国通史简编》范文澜著第一编、第二编、第三编第二册，对于历史，我的兴趣一直是浓厚的。

到靖安后，新华书店不及奉新好。我没有买什么书。只买了本薄薄的《辛亥革命》。

到躁下汪家已很晚了，才章、日明他们看见我高兴得要命，他们都很好。

除夕这一天，上午我们四人在汪家的一个大水库边游玩，心情很悠闲。这水库有三四平方公里，四周的山上树木茂盛，水草丰茂。水库满满的，水碧绿碧绿，不时有尖嘴长脚通体雪白的水鸥鸣叫着在水面掠过，另外各种水鸟有的在水面上飞翔，翅膀掠起条条浪花，有的浮在水面上，互相追逐着戏水，有的悠闲地休憩在露出水面的树枝上，这种景色，在我们家乡已难得见到了。

正月初一，我们五人到了靖安县城，一起拍照。还和在拔河比赛的农民去比赛了一下，结果输了。论力气，我们五个人都是顶呱呱的，不会比他们差。输的原因一方面是不内行，另一方面我们都穿的是橡胶底的鞋子，太滑了，没有用得上力。才章和再夫第一次输了以后就溜了，我喜欢这种场合，还能够厚着脸皮和当地农民吹一通，替自己辩护一阵，然后潇潇洒洒地走出场子。输了，但输得很有意思，很舒畅。

一路上，我们兴致特高，高唱大喊，把自己喉咙都弄哑了。

初二，才章送我到靖安乘车，路上谈得很多。

这个春节是愉快的，才章也说是有生以来过得最有意思的一个春节。是的，这种特有的乐趣在家里的人不会享受得到。

我这次到那边去过年，主要目的是和才章去谈谈我哥和他妹妹珠华的问题。除夕日下午，我和才章在汪家村背后堆放着的树料上坐着，谈了近半天。我们谈得很融洽，才章的态度令我十分满意。我们就这件事情的各方面——社会、家庭、个人都有一致的看法。我们没有用我的哥哥他的妹妹这样的立场看待问题。我们认为这件事情具备着成功的条件。才章给我说他二姐姐珠琴对我们兄弟也有很真挚的感情，她也支持我哥哥和他们妹妹的婚事。

我们也都担心，如果这件事情失败，对我哥哥的打击将无法估量。

初二夜，我写了一封信给我哥哥，阐明了自己对这件事情的看法。我认为这件事归根结底取决于珠华的态度：她能否自始至终地坚持，如她能一如既往地爱我哥哥，那么任何困难都能克服。

今天夜里，写好给姐姐的信和给才章他们的信后，杨凡山的儿子拿来了一封我的信。信是公威和乐灿写来的。公威这信是26日写的，那时他还不知道我的决定，他要我到他堂兄陈生阳那里去做学徒。

乐灿告诉我，他和乐意已于农历腊月二十一日结婚。经过曲曲折折，他的婚事终于有了美满的结果。我为自己未能参加他的婚礼而遗憾。

我衷心地祝愿他们永远幸福。我也相信他们是能幸福的。

公威和渭波参加了乐灿的婚礼。乐灿写道："头一天夜里，我们一起睡，我们畅快地谈，已是深夜一点左右了，我天真地问了句：'晓东现在一定已睡着了？'公威用肯定的语气说：'不可能，他总喜欢醒夜，早上又爱呆床。'这一夜，我们谈得很多，多数是江西和你的事。我多么希望你能一起欢度我的喜日……"

乐灿婚礼前一天是1月23日，记得那一天晚上，我从老陈（宜春下放干部陈熊，其爱人吴玉英老师都是十分好的人，他的孩子小国子聪明超过寻常人，两岁的人认得70多张卡片）那里拿来了几张参考消息，我就着一盏昏暗的煤油灯读得夜很深……

亲爱的朋友，谢谢你们对我的这种最诚挚的关心，但你们也一定知道，我也像你们记挂我似的记挂着你们！

乐灿向我介绍了琴弦村的绍灿师傅。目前只要我和王师傅在一起，我是什么都不怕的。我们互相依靠，关系非常好。目前来说，我不能希求有再好的处境了。

夜，又深了。做木工要有一双好眼睛，我不得不约束自己看书和写点什么的时间。电灯光下眼睛的确很费神。

2月8日　雨

我的心情，也像这天气，晴晴阴阴，但还是阴雨的日子多。

王师傅在昨天接到家里来信，要他回去。一方面是老家的手工业社逼他回去，另一方面是王师傅的儿子要他回去，他儿子也想跟他爸爸学木工。他儿子信中说："现在农村唯一的出路是小手工业。做农业一年到头起早摸黑在生产队干活，像我工分算多的有三千五六百分，但分红只有六角二分，算起来一年只有200来元钱，我坚决不要做了。"

以上两方面的原因，王师傅也有回去的打算。

我昨天晚上和今天白天都思考着怎么办好，但是决定不下来。夜，给公威写了封信去，简明地说清了我的情况。

原来还打算再写几封信的，如乐灿处，仲法处，游老师处都应写了，但心里乱，就以后再说了。

我索性把一切撇开，专心致志地看起书来，《通史》很能吸引我。但是我很不满意通史的编写方法，我认为，既是《通史》，应该把一些有名的历史事件用记叙的方法，说清历史事件的来龙去脉。但范文澜写得太简单了，如："焚书坑儒"事件，他仅简略地谈了一下自己对事件的看法。对一个真正想了解历史的人，《通史》失去了他的价值。但我并不是说这本书是没有价值的，我只嫌它太简略了一点。

不过，或许是我不懂历史书应该怎么编写的缘故吧！

是该睡了，分场的挂钟已敲了12下。不知什么缘故，我一直不曾有过那样美好的诗的意境。

我又记起了仲娟爸和瑜叔，如果和他们商量一下我的处境，我心里会有底的。

2月11日　阴雨　于上富新庄

吃了夜饭后到六顺哥那里去了一趟，但没有信，令我很失望。去年到上富后，我所有的信都寄六顺哥处，由他交给我。从石溪回来以后，我与六顺哥彼此更加了解了，我们之间已有感情。六顺哥是一个人人称赞的聪明老实的人。

我到底如何做好呢？我想着。处理一些事情，我是很能果断和随机应变的，但现在却连自己的生活都决定不下来，和家里人情况交流得不够彻底，才造成了这一处境。不知什么缘故，我哥哥会这样地延误来信。一直想给游老师写一封信。游老师是我们在石溪时的"木工包头"。她是一个有着很长教师经历的三级教师。她待人热情，同情人，帮助人。我在石溪五个月，得到她的帮助是不小的，我也尊重她，她总是拿我当她自己的孩子来看待。

在石溪，我们和下放干部知识青年交往十分多，相处得很好。在他们的心目中，没有把我当作小手工业的木工来看待，他们是把我们当作朋友对待的。我们彼此信任，坦率地谈论各种问题。

游银棣老师、吴玉英老师、朱老师（我不知道她的名字）她们是三个很要好的伙伴和邻居，她们都是有了年纪的人，但她们还是很会玩的。我经常去参加她们晚上的聚会：她们用铁丝制的小网兜煨花生吃，热烈地谈笑着……对我，她们很欢迎。

昨天晚上，睡在何炳喜隔壁的宿舍里，同宿舍有个姓刘的，是北京人，原来是中国人民大学学生，不知现在为什么到了这里，并且沦落到这步田地。我在看《通史》，他和我聊了起来，天南海北，谈得很多。他看过的书很多，对老作家们也十分熟悉，他甚至能说出一些作家的私事。我们谈得很投机，他也说到一个人不能净呆在一个地方不动。他说到自己年轻时的想法，竟完全像我一样，他对各方面都有兴趣，但最喜欢的是文艺，他现在有些懊悔没有专攻一项。

如果是几年以前，我又会推心置腹，尽情和他交心了。但我记起了仲娟爸的告诫，就掂掂他说话的分量和称称自己言语的轻重。他也称赞木工这手艺好，能广泛地接触人，熟悉社会。这是真的。

我们每到一个地方，总有人要学木工，连十多岁的小孩也是这样。对于"小手工业"这样的羡慕，这不能说是一种好的社会现象吧！

2月19日　农历正月十七　雨

　　天气真是讨厌，接连不断的下雨，感觉真是烦人！
　　正月，我没有以往几年的"正月"的感觉。家里直到现在还没有信来，前几天在新庄做活时，我差不多每晚都要来六顺哥处看信，但到现在还没有来信。如果我任性，我会几个月不写信回去的，叫他们也尝尝盼信的滋味！但我又要笑自己了，他们是谁呢？可能是信失落了吧？或者是没有收到我的信？
　　友云哥也于昨天到这里，他到了我做活的地方（东垦汽车队张连杰家）。我们见面后十分高兴。他于正月十二到过我家，他说我家里一切都好，我杭城大姨娘也在我家，他也说到了我哥哥人不及我好看。近几年里，我哥哥明显地瘦下去了。精神的挫折和疾病的折磨，他思想负担实在太重了。他现在的思想情况如何？他与郦珠华的事情现在又是怎么样了？真令我记挂。
　　2月12日夜与新庄老刘谈得十分多，过了半夜还是谈兴很浓，非常多的话题都有共同语言。我很能理解他，他也对我十分欣赏。他对青年是关心的，更热爱有志向、有才华的青年。他也说，这样的青年太少了，但也有，哪怕极少，这也是难能可贵的。这使我想起了家乡的一些青年人，十七八岁的人就只知为家庭盘算，想讨老婆，有了个老婆哪怕丑得难以入眼也洋洋自得……
　　老刘也喜欢文学，他鼓励我，要坚持下去，要有恒心，并且要有目的性。
　　他也提倡积蓄素材。
　　前几天信贤从家里出来，并带来了一批女孩子。他要我帮助他寻找工作。但与他一起到了石溪西坑等处去找工作，没有成功。主要原因是奉新县革委会在一月份发了通知，成品加工要在原竹、原木任务完成以后有计划地加工，并且要由林业主管部门及公社、工商行政管理机关同意。后来在澡溪黄石石巷找到了工作，但第二天他们上去后，情况又有了变化，他们又只有回来了。

他带来的人，大多是姑娘，诸暨的姑娘到这里来看起来都很好看的。大方、热情每个人都称得上。她们对我也很热情，一起时说说谈谈，带点甜味的舒服。我知道我自己并不好色，但一个青年人总有其青年的特有情感的。不过我对姑娘也对男朋友一样，是以一颗纯正的心对待的。

也许是由于上述的缘故，白天突然想到了周珠华。她总是以一种特别的魅力出现在我的脑子里。明川说："这朵白花生出了不少刺。"而我却总愿意以一种特别好的形象来设想她的一切。

也想到了我自己写的"红花和白花的故事"，础金看了说："红花的心理刻划得很好，但对白花描写得很少。为什么白花会离去呢？"是的，既然他们爱得这样真切，为什么会离去呢？白花应该有她的处境，她的复杂而深刻的思想原因。

而我却写不出来，除了难以表达的政治原因，我自己的臆断理由不充分也是原因之一。

也突然想到了那段时间的心理和自己的一篇日记："我突然想到了她的死！"我真觉得好笑起来，那时候我竟会是如此的荒唐，如此的丑恶。但转而一想，这其中多少有着一个青年人的浪漫和天真，也就无可指责了。我想，几年前的那种心理我是不会再有了。

但是，这一方面显示出了我自己的成熟，另一方面也表明了自己是个"过来人"——以前的已经过去了。"青春早逝"或多或少，不管有否必要，我心里总是感到惋惜的。

和王师傅一起做活，我觉得自己进步很快，我也可以做一些"上手活"。我还是做得不错的。

昨天一个小孩来捡刨花，要拿回家去生火，他见到一片刨花出来就忙着抢，不但不安全并且影响我刨料，我看不惯这种贪小的行为，就用脚把他踢了一下，叫他走开些，并把他的刨花也拿回了。那小孩告诉了他的母亲，这个蛮不讲理的母亲还以为外流工总是好欺负的，赶过来骂我，我哪管她是什么人，又不怕她什么！就和她吵了起来，她辩不过我，骂也捡不到便宜，在众人的解劝下，也只得悻悻地走了。

这件事情，使我的心里很不舒服，想得很多。

我对小孩的疼爱，是超过一般的爱的。我可以说是用自己的心来爱。我轻轻踢他一下，把他的刨花拿走，完全可以说是出于对他贪小的惩罚，也是对他的教育。他的母亲和我吵起来，为他辩护，会使小孩产生一种什么心理呢？

但我也有过错的，我没有耐心地对待小孩，用了粗暴的方法，他只有十来岁，理解不到我的意思的，并且我用不着跟他的母亲吵得这么激烈，我满可以用比较温和的态度来说服他母亲的。当时是好胜心占了上风，觉得喉咙如果比她轻一点，面子上过不去。其实这大可不必的，我的素养有待提高，注意了！

夜，给游老师草草地写了点信。游老师曾经说过："书少读好，读多了一世不得安宁。"当然她这话有些感慨的意思，并非她的真实思想。有时，在某些方面我是有同感的。我写道："看到那些如牛样生活的人，他们除了安闲（他们也不会觉得这是一种幸福），另外还有什么呢？我想，人总是多想些什么，有可能就多做点什么来得好。"

我又说："当一个有志青年把木工作为理想的工作，月圆夜只能望天兴叹，那种回忆过去的时间在增多时，他的心境是不会好过的。"

2月23日　阴

我们这几天做活是在奉新东垦汽车队的木工场里。木工场里除了我们以外，还有汽车队的几个木工。里面的青年木工很多，给公家干的也有，给私人干的也有。

　　汽车队的党支部书记——我们的东家张连杰，在没有另外人时，总喜欢在公家的料子堆里东看看西挑挑的，时不时就拿几根过来放到自己的料子堆里……

　　"这是集体的还是私人的？"一个年轻人拿着一块三尺长的木板子问队里的木工，"公家的，"一个高个子木工回答。年轻人拿着木板走了，高个子木工带着笑意骂了一声："操！"

　　"这是人家私人的，不能去拿。"当那个张书记在一堆私人的料子堆里找寻一根我所需要的料子时，我对他说。我的意思是，集体的他可以拿来用（虽然我很看不惯他这种行为），但私人的不能去拿。因为私人的料子用了以后，主人要来找我们麻烦的。而集体的呢？那是不会有人来找茬的。

　　这木工场里的一幕幕，也就是活生生的社会现实……

　　再写点什么呢？呆了一阵后，我自己问自己。

　　大约是"她们"又唤起了我曾经的青春的"爱"吧？这几天，我觉得自己内心几年来冰封着的"爱河"渐渐活泛了一点，也像是微微地骚动着，活活泼泼地窜出了几朵浪花……

　　几天里，和信贤哥带出来的几个姑娘们相处得十分好。自从我们认识以后，我们马上就那么地相互坦率、大方了。我们一起谈论生活，一起去看电影，也一起唱歌（可惜她们没我唱得好），和几年前与姑娘们相处时一样，她们总是以一种特别的眼神来看我的！一个叫平儿的姑娘，一双有神的大眼里时不时向我射出灼热的光来！视北公社包村的包燕平是个很能干的姑娘，长得很漂亮。不知什么缘故，他们喜欢把我叫作"阿平的晓东"，或者把她叫作"晓东的阿平"。或许是她们背后也在谈论我的，信贤嫂说："晓东啊，她们都看中你了。"

　　热闹了几夜，昨天走了几个后，今天阿平和惠玲也走了，给我留下的是"梦里的美景"。

我会想到她们的，我也相信，她们也会想到我的。昨天留下来的年龄最小，但很"老"的惠玲曾问我："耳朵热不热？"

我为什么要写上这些东西呢？是对自己的标榜吗？是因为她们喜欢和我接近而自己觉得有点"骄傲"吗？

像几年前一样，我心里没有觉得高兴。因为有点儿觉得可以自豪之外，更多的是"那些嘻着嘴嘲弄我的东西"。

写上这些也是应该的，我相信自己以后不会觉得害羞或者认为无稽而把这些撕了。因为——这也是素材。

几年以后，我脑子里还是会浮出杨凡山小屋子里那张张美丽的脸庞。

3月1日　农历正月二十七　星期四

昨天接到了才章的信。他说，他们那里的负责人老柴想设法把他们赶走，但是老柴的"秘密"被才章发觉了。老柴写给他弟弟的信的内容在下面一张纸上留下了痕迹，而下面这张纸恰巧写给才章他们。细心的才章发现了端倪。才章说："这是一场无声战。"结果才章他们胜利了。

对他妹妹珠华和我哥的问题，才章把他哥哥给他的信转给了我，他们兄弟的看法是一样的，都表示支持，这令我高兴。

这几天，我心里又是无缘无故的乱。夜晚，是我唯一的学习时间，但是每一晚都不能有个满意的结果，往往七看八看地一下就又是近12点钟了，看起来，我必须有个学习计划。但是，这个学习计划，又怎么样订呢？订了也会做不到的。这个时候，我想起了学校生活，如果我现在是在学校里的话，生活会有头有绪，很有规律的。

国际局势趋向和平，继越南停战后，老挝也已签订了停战协议。这些天在巴黎召开了关于越南问题的巴黎会议，会议已达成协议。中国派出了由姬鹏飞外长为团长的代表团参加了签字仪式。

上富镇像个小城市，我觉得在这种"热闹"中生活心里很愉快。特别使我觉得满意的是那一个个高音喇叭，每天，我都留神地听着广播，专心地听着国际时事节目和文艺节目。其他地方没有这么好的条件。

　　听着些好听的歌曲，心里就有无限美丽的意境产生，我心里又会唱起优美的歌。然而，心有时就骤然地紧缩起来！这里，我是一个不合法的外流工，我不敢放开喉咙高声地唱；这里，我只能一个人孤独地唱几声……

　　这一个月，生活是不能再好了，对一个流动工来说，环境的确不能希求再好些了。有舒适的宿舍，均匀的吃食和另外一切较好的环境。我真有些怕干另外的活了。

　　但是因为这个"怕"，心里却真地又有了一个"怕"起来，我怕自己的意志要减退，我怕自己的身体会不适应艰苦的环境，我更怕自己的思想会因为这种舒适的生活而颓废……

　　人总是这样，当他在现实生活中的时候，总希望自己的生活过得舒坦些，平安些，但当他回忆过去的时候，他却会觉得那些曾经的危险和曲折的生活意味无穷；如果某一时段的生活太安定，没有什么变化，反而会觉得遗憾了。

　　就如我两次到江西，1968年那次经历的生活几乎是一个又一个的动听的故事。而1971年起到现在呢？我似乎觉得没有多少东西可以满有兴致地和别人谈谈。

　　生活创造着故事。

　　人，应该是个创造故事的人。

3月3日　雨

　　昨天是我的喜日。一下子收到了我盼望的三封信，来自哥哥、公威和然义师傅。

哥哥和公威说到郦珠华和我哥哥的婚事朝有利的方向发展，这真使我高兴，但郦珠华家里还有一些人顾忌影响。

公威给才章的信里概括了那个看起来庞大吓人但实际上空洞无物的"法宝"，"这是矛盾的利用"。它不符合社会发展规律，因此只能是个淘汰物。

他们的信中也说到农村将派工作队。

我的复信中说到："社会的发展趋势总是朝着正义的方向，但会存在着曲折。对社会给予我们的考验，我们必须用一种大无畏的情怀去迎接它……"

今夜给才章的信中也说到不管事情发展到什么地步，我们精神上不应该妥协。

我也向才章说到那场"无声战"，这是一件好事，是一种活生生的生活。人就是在这种形形色色、大大小小的斗争中成长起来的。我希望他们加强团结，用理智处理好一切关系。

3月5日 阴

坐着谈笑，我刚想拿书看时，六顺哥说我有一封挂号信。连六顺哥洗个脸我都等不及，催他赶快给我。

挂号信对我不会有好事情，我真的有些怕它。拆开一看，果然是叫才章回去的信，信是他哥哥和公威写的，生产队又对才章逼紧了……

根据情况，才章只有回去……

给才章写信，公威的那张激动的脸，发光的眼又浮现在眼前，才章也会是这样的！

说实在的，归根结底在于经济问题，这鬼天气一个月难得晴上一天，坚持下去就没有这个必要了。如果经济上不会成问题，我们真懒得理睬他们！

我希望才章能从这里动身，在临别时好好地谈谈。

3月8日　阴

妇女节，今天下午东垦的妇女职工都放了假，广播也整天地作妇女问题的专题广播，"男女平等"这已不应该是什么新鲜话题了。

我边做着活，也一边思考着。我想到妇女同工同酬的问题，农村为什么不能真正做到同工同酬呢？一方面，这是目前社会上人们的思想觉悟还没有提高到这种高度；另一方面，这事实上很难做到，并且是现有条件下不可能解决的问题。因为在农村，在生产队里，男劳力是主力军，在家庭里，男子是依靠者。如果绝对地实行同工同酬，也就相应地降低了男劳力作为主要生产者的价值。农村里家庭与家庭之间情况差异大，有的一个男劳力要养活一个大家庭，有的全家都是副劳动力，如果同工同酬，岂不是贫富更加地不均吗？现在农村实行的一般的按底分评工分，不管其主观上出于什么原因，实际上包含有一种"按需要分配"的成份。当然一个家庭男劳动力多，另一个家庭副劳动力多这种情况也是较多的，但一般来说，还是以男劳动力为基础的分配方式比较平衡一点。再说生产队的活儿，不管什么时候都有轻活重活之分的，重活总是由男劳动力去做的，而副劳动力总是做些轻活。生产队评工分时怎么可以给重活轻活一样分数呢？如果这样评分，那以后的重活谁去做呢？

"同工同酬"，确是应该的，但其中包含着许多矛盾，这些矛盾需要辩证地来解决。在人们的认识水平没有提高到一定程度前，这个矛盾不会得到很好的解决。

今天收工后回分场住宿，六顺哥对我说，我的一封信被一个分场干部拿去了，信上写的是六顺哥转我的，那个干部叫我自己到他那里去拿。

听到这事，我一股怒火从心底涌起，私人通信都要受到干涉！这是一种变相的扣压！怀着一股怒气，我去找他，但我没有找到。

漫无目的地在阴暗的路灯下逛到了公路上，听说公社礼堂有电影，即漫步走去。

电影是彩色影片《红色娘子军》，恰好放映到洪长青深入虎穴一场，我被吸引住了，洪长青这种大无畏的革命气魄，真如长虹贯天。

电影机突然坏了，我也马上清醒了过来，礼堂里扰扰攘攘地挤满了人，但我却是孤零零的一人，一阵惆怅，我又走了。

倚靠在上富桥栏杆上，向下游望，这里江面平坦如湖，微白的天光映在水面上，泛起一片光亮，右岸的民房和造纸厂的厂房、烟囱等倒映在水里，影像与实物融成一个黑黝黝的整体。几家灯火和烟囱上的电灯光在水里被放大了，拉长了，红彤彤，黄闪闪地晃动着。江的左边是一长列一长列的毛竹排，竹排上仓蓬的缝隙射出了线线灯光……

一切显得寂静，寂静……

我又漫步到了公路上。

昨天晚上看电影《首都人民欢度国庆》《中国乒乓球代表团访问美国》《中国上海舞蹈剧团访问日本》。

那欢乐的人群；那宽阔、平坦、光亮的马路；那宏伟、壮丽的建筑物，真引人入胜！

最好看的是庄则栋为团长的乒乓球代表团访问美国，那些长头发的美国人看上去"模模糊糊"的眼睛很能传神，他们是些有亲切感的人。

代表们每到一处，都是热烈的、高兴的人们。他们参加社会活动，也游览美国名胜。纽约的一个动物园里，海豹——一种像鲸鱼似的动物，在驯养员的指挥下，一条条地直立起来，其中有一条挪动着肥壮、硕大的身体跳舞，后来一个驯养员骑在其中一条背上，它疯狂地游着……人们——美国的和中国的人们，大家一起欢笑着！

人们之间，本应该是这样和谐的！为什么要战争呢？那些有着亲切的面庞的人们，为什么要相互残杀呢？

恰好看到一张1973年1月17日的《文汇报》，"美中人民友好潮流势不可挡"，一位美国朋友说："我看到过乒乓球代表团的人，我爱他们的每一个人。"

是啊，我也爱他们每一个人。那种充满旺盛青春活力的精神面貌，那种极其精湛的技艺，谁能不喜欢呢？

另一位美国朋友观看了"中国沈阳杂技团"的表演后说："这是一场艺术上成功的表演，他们的精神世界也是完美的，我喜欢他们的集体主义精神。"

这使我设想，一个私人办的剧团，这里面的团员们，他们会有这么好的精神面貌吗？不可能的！

当人们被崇高的荣誉、美丽的思想支配的时候，他们的面庞也就是那么地漂亮，那么地令人喜爱了。

我爱他们每一个人。

3月10日　多云转阴

夜，读了一阵《通史》晋隋一段，那种残酷血腥、无休无止的战争造成的荒芜的田野，菜色的脸面如在眼前……

临睡，又拿起唐诗读了一阵，孟浩然的"日暮客愁新"，李白的"低头思故乡"，不由我捧书呆思。

响起"隆隆"春雷，夜雨如鼓声急骤而来。刹那间，轰轰雷声，哗哗雨声使得整个世界好像要淹没一般。

我的心也像那泛滥起来的春潮，在这轰声中翻滚，奔腾了起来……

3月14日　阴雨

这几天是在东风职工子弟学校里给丁福兰老师做家具。做活地点在东风学校饭堂兼作乒乓球室的一间屋子里。

我虽专心致志地干我的活,但心里却因为这些活活泼泼的学生们而想得很多。——他们现在的生活,我不会再有了。平日里总以为自己还是学生一般,但真的与学生在一起,却深深地觉得自己实在是"老了"!

由此,也想到平霞的学生生活如何;如果我还能进学校读书,那该多么好呀!

忽然地又想到了农村里青年的生活,那真是太无趣味了,白天锄头钩刀地挥弄一阵,晚上就是一个棉被窝。这种往复循环、毫无变化的生活我想起来都怕!怎样才能生活得有乐趣,有意义呢?

1973年3月7日的《参考消息》转载了"王浩教授的几点感观",王浩教授说:"有机会发展自己的能力和认识自己工作的意义,才是更重要的意义"。这里,他是指"自由"一词而说的。

我认为这句话更适合于诠释一个人的整个人生意义。

现在我经常能借机看到《参考消息》,因此觉得自己对世界上的一些情况比以前了解更多了些。因为了解世界,更能使我深深地觉得:我们中国真的是太落后了!这是多方面的,不仅仅是物质上的。

中国是有极大的潜在力的,特别是人力资源。如果让人们,特别是青年人,真的有充分发挥自己能力的空间,我们中国是能有一个飞跃的。人造地球卫星和传统的锄头镰刀,这两者相差何止十万八千里!

农村办夜校,鼓励农民搞科学试验,都是很好的方法,但千万不要搞空架子。

如何使青年身心健康,朝气蓬勃?必须引起领导者极大的关注,这也可以说是社会最重大的事情。

丁福兰老师大学毕业,他是部队保送去读书的。他和爱人周老师是同学,一起毕业于江西大学。我非常想多了解点他们的生活,特别是他们经历过的大学生活太吸引我了。我平时多次地提起话头,但是丁老师好像完全被"五斗橱""九斗桌""高低床"迷住了。他有点空余的时间，总是谈论这些家具的样式、颜色等等。他似乎认为我借他的报纸看，借他的书读是我的一种"做作"！他很有一种像我这样的人不必看书读报的意思。他常说他读大学还不如学木工，又说我要好好地学好木工。我说我很想读书时，他又说："读书有什么意思？像你这样有点文化，可以写写信，看看图就够了。"

像他这种心理状态的人，我是反感的。他似乎看不起我，其实我倒真地看不起他！他这个大学生未必会比我这个初中生强多少的。

他的爱人周老师很好，她是个热爱青年、关心青年进步的人，有青年来向她求教，她总热情地招待他们，耐心解答他们提出的问题。两个同一大学毕业的老师，心理却完全不一样。

前天夜里写了篇"木工场里"，是以2月18日发生的小孩捡刨花的事为素材写的，我的想法是："母亲自认为爱他，结果恰恰是害他。"这是一件小事情，本不须我絮絮烦叨，但如果我要吓唬人，我会说："这是一件大事情，关系到孩子的幸福，关系到社会的命运。"

写是写了，但我很不满意，觉得写得太差了。我现在也只是写下个轮廓来，有空时好好修改一下。

3月20日　阴雨　于上富公社九溪大队茶会生产队

前天和昨天，难得晴天。下了这么长日子的雨，晴天使人心情特别地舒畅。但是今天又下雨了，真烦透人了。

前些天在总场学校做活，看到柳树新枝拂拂，杨树冒出新芽，田野春意渐浓，片片油菜花金黄金黄的像大海中的岛屿，写了一诗：

新柳盈盈风中轻，
老杨茁茁枝头粗。
迷迷春天雾中蓝，
绿野如海瀛洲黄。

这首诗我觉得第二句"老杨茁茁枝头粗"写得较好，有自己的观察，有一种新的意境。

3月21日　多云

夜，从上富回来的人给我带来了两封信。我焦急地等着的才章的信来了，急急地拆开一看，我怔住了：原来才章家里来电催促得太紧，在上次他写信给我的第三天，他回家了……

霎时，我的血又涌了上来。才章，您也走了！

按捺不住激动，我徘徊了一阵后，坐到自己的床上，煤油灯因没有油渐渐地熄灭了，在黑洞洞的楼上，我坐着，狠命地抽着烟，一支接一支……以前我从来不抽烟，也非常反对别人抽烟，别人抽烟是提神，我拿它来麻痹神经！

电影似的一幅一幅的图景又浮现在眼前：那是石溪大源洞华里村下，我去接才章和公威，我们高兴极了……那是一个月亮皎洁的晚上，我们一起在唱歌……那是公威回家的那一天，我们心里有几多忧伤和苦闷……那是我们一起挑竹片，我们亲切地叫才章"生产队长"……那是去年正月初一，我们在汪家水库边散步，倾吐心曲……

我的想象从来没有像现在这样的真切，真想伸手去摸一摸……

我又走到大门外，四处黑黑的，只有几声蛙鸣……阵阵风吹来，我又狠命地吸了几口烟，很清凉，我脑子也冷清了些……

是的，过去的事已经过去了。

未来的呢？

现在是坐在这"床"上，佝偻着身子在写这日记，也一遍遍地看了一些前头所记的内容。

再细细地读着才章的信，他说："我记着你的一句话：五指山挡不住我们的视线的！我现在也没有心绪写信，收到我的信后，同志，请你安心，不要激动，我也相信你能克制自己的，再见吧！紧紧地握你的手。"

才章，祝你一路平安吧！我会像你所希望的，好好地生活。

夜啊，确是深了！

3月28日　阴

昨天收到了才章、哥哥、游老师各一信。才章和哥哥的信告诉了我一个非常不好的消息，郦珠华和我哥哥的事遇到了重大的障碍。

才章说："回家后的各种情况的解决，远不如在外面设想的那么容易，我简直失去了理智。当然你对我有着非常大的期望，我在到家前的一刻也在为着这个目标。但回到家里后，我感到茫然，感到无措，浑身无力。我失信了，我自食其言，我自己对自己感到可怕……"

情况的变化会如此迅速，使我无论如何料想不到的，公威还没有信来，我也没有办法了解内情。

昨夜，给才章复了一信。我认为才章写这信时的思想有些冲动，他是一个易于激动的人。

郦珠华和哥哥的事，我可以说是抱着很大的热情，但如果万一呢？

人，有的时候是自己给自己增加烦恼的。

我这几天的生活和思想动态不是如此吗？

4月5日　清明　晴转雨

没有忘记清明节，因此整天在回忆往年的清明节。记得前年清明，我们几个青年伙伴一起包清明果，是很有情趣的。

根据目前一些社会现象写了一首打油诗："你家打家具，我家添木器，世道太太平。你想学木工，我想学木工，木工真理想。"

木工，吃人家的饭，一块多钱一天，东家好一点的还有香烟，如此而已。——人们啊，仅此一点愿望和追求而已！

我在写《丁老师和圆角九斗桌》。东风中学的丁老师太痴迷自己的家具了。我们在给他做家具时，他总是横挑鼻子竖挑眼，一天到晚在那里东摸摸西照照，要求所有家具"外面里面一样光，上面下面一样平，前面后面都好看"，真正要做到美观结实，严丝合缝。尤其对他自己设计出来的一张"圆角九斗桌"寄予厚望，除对木工要求高质量做好，他还设想着油漆应该怎么做，怎么体现"立体感"；那种执着的科学精神连他的爱人周老师都常常对他"白眼有加"。前几天听说找了个油漆工，尽管丁老师亲自指挥，但结果颜色还是没调好，圆角九斗桌的"立体感"没有能呈现出来！我们的丁老师怕要失眠了！

4月22日　雨　于上富高湖

前几天是在白源福胜生产队给我们姚江山下湖的老乡詹元勇他们做车架。他们是一批年轻人，朝气蓬勃，个个生龙活虎，我与他们相处得很好。

然义师傅和炎兴在大前天来了，斯东良也于昨夜到了这里。我们一班人在外面时聚时散，而我总在里面起着中心作用，现在又是热闹起来的时候。看起来我今年的生活一般是顺利的了。

这些日子以来，书看得不多，连写信都没有情趣，整日里沉浸于一种深沉的思想之中，但是想的又无头无绪，也没有一点情趣……

公威这许多日子没有信来，我知道他并不是懒或者什么其他原因，他肯定处于与我一样的心境之中，觉得没什么好写，并且也觉得没有意思……我这些天想得最多的是我哥哥与郦珠华的问题。

才章的信中说："我哥哥云章曾说：'我的青春已被摧残了，社会对我如此，我无能为力！而人只有一个青春，再不忍将同胞妹妹……'

他的身体已不能挑重担，腰痛无力，人也瘦得不忍目睹，他成了将近牛虻的形，却无牛虻的心，有时候头脑甚至失去了理智，现在处事待物，时而暴怒，时而忧郁，加上家务所累，已根本失去了自尊心……"

才章又说："在两天前，我哥哥断然下言，对此事要采取决然的回绝，为感事情的可怕后果，我只得承认由我回绝。可面对着你的处境和衷心，对着胞妹的泪眼，我这个'刽子手'的手又垂了下来……"

我哥哥来信说："我在这里给你写信，妈却陪着我不去睡觉，过些时候到我身边坐一会儿，我说夜已深，叫她去睡，她只默默地点了头……望着妈妈憔悴的脸容和向我时时投过来的探讯的目光，我的心简直要被撕裂了！——可怜的母亲，您的那一腔惦望，可能又会化成灰烬了，作儿子的能用什么东西安慰您啊！如果掏出我的心能给你安慰，我可以毫不迟疑地掏出来，但需要依靠别人的事，谁又能这样地来体谅您呢！写到这里，我是喉头哽塞，眼泪再也禁不住夺眶而出了！"

读着这样两封信，我能说什么？我沉思着……

是的，几年来，我的性格是变得更加冷而硬了，处事态度与以前大不相同，并且我对待生活不像我哥哥那么认真（这不确切吧！），生活中的种种我似乎是无所谓好，也无所谓不好！但是现在我的心还能平静地无声无息吗？眼看那个"恶魔"又要夺去我哥哥的幸福，我又能做什么？

公威说到过才章与我们的差别，他总觉得才章没有我们的那种精神气，我却总不以为然，现在不是显现出来了吗？

才章把自己比作"刽子手"，他的心境也是可以想见了，但是，如果把这件事情写成一个故事，——这会是一个美丽的故事的，他和他的哥哥在这故事里扮演了一个什么样的角色呢？

我哥哥要我谈谈我的打算，我怎么打算呢？姚信贤来信说："自从在上富碰到您，燕平她们一班姑娘们都十分地想念您，经常要谈起您来……"热情的包燕平，一双明亮的大眼闪着含情脉脉的光彩的姚平儿，她们给了我什么呢！

青春，为什么竟是这么烦恼！一钱不值的青春！难道青春就是这么一回事吗？

不！但我为什么在这个问题永远找不到答案呢？

4月26日　多云

明川的来信我读了一遍又一遍，我把这信抄于此：

你的来信一直放在我的口袋里，每时每刻我都没有忘记它，在我的耳边不住的响着催促的声音！但母亲的病、生活杂事、病人的需要紧迫着我，使我写一信都成了沉重的负担。

您我之间的关系，我始终相信一句话——我们不需要多说而能互相了解！对于您的信，我是非常满意的，它总是充满着"棱角不倒"的青春活力，透发出现实生活的气息！每个字，每句话对我来说都是有益的，他们推动着我，鼓舞着我向生活的现实道路奋勇前进！

病人的呻吟一直纠缠着我，可以说夺去了我的全部精力，我的行动也一直受着他们的支配。在深静的出诊回来的月夜，面对着故土的美好山河，我吸着气，敞开胸，常常高声地喊几声，我希望这喊声透过静静的空气传播，送到你——我知心的伙伴的耳朵里……我也常常用这种方式来解除自己的一身疲劳！我最能得到快慰的是"美好的梦"——它能使我实现自己一直躲藏在心里的理想，它能使我见到远隔千里的活生生的伙伴形象。我是多么喜悦地沉醉于这梦中……

您母亲、您哥哥是您最记挂的问题，也是我最关心的人，昨天晚上，冒着暴雨，借着闪光，在轰隆隆似乎要把一切都打破的雷鸣声中，我为您母亲去打针，她患的是急性扁桃腺炎（现已转危为安）。您母亲是一个有思想感情的母亲，是一个勤劳的母亲，我深为她的一切所感动，也为您有这样的母亲而感到幸运。关于您哥哥，我一直认为他太老实了,他总是用纯朴的心来处理世界上许多虚伪的事。有许多次夜晚,在同寝的床上,我一再的鼓励他,希望他处理个人问题的事上,勇敢些,对于郦珠华的问题,我认为只有用感情冲破一切,另外是没有平坦的路可走的。

明川和我,相互了解,所具有的知识水平都有一定高度,因此,我们之间确实"不需要多说而能相互了解"!这样的朋友是不多的,也是难能可贵的。

我们彼此促进着。明川!我的好朋友!不管环境怎样变迁,我希望我们永远能携手共进!

5月9日　多云

几次翻开了日记本,但拿起了笔又放下了。现在一起有七个人了,他们的工作和生活使得我更加安静不下来。

4月20日,奉新县革委会又有通知下来,外流工一律要回去,这就使我们的生活更加困难,上富地区搞山场的流动工都很可怜,许多人连回家的盘缠费都成问题。

这里五七林场的杨建雁,和我认识不久,但对我很热情,看起来还能干。5月1日开始,我们给他家做家具,3日那天却被林场的干部们封起了木料,把我们的证明也拿去了。杨建雁和他们吵,结果是搞得天天写检讨,他的木料全部被运到仓库里扣押了,原因也是杨家父亲有历史问题,所以要受到一些无端的麻烦事。

前几天收到我哥的信,他与郦珠华问题决定下来了,这主要是靠郦珠华本人的坚决。这真是一件大喜事!它给我们家庭带来了幸福和快乐,我们每一个人都放下了一件沉重的心事。我对这件事在经济上予以全力支持,我给哥哥信中说,他认为应该怎么办就这么办好了,我在外挣的所有的钱全由他支配，希望他真心地了解他的弟弟。

　　杨建雁的弟弟学木工非常迫切，整日纠缠着我要做学徒，甚至说愿意带饭吃，不要一分工资。他的心情我十分能体谅到，两年以前我也完全一样，可能比他还心急一些。那时候我还有些怪不答应我的师傅们，现在我才认识到，事情完全不是那么简单的。小杨总认为，只要我点下头就行，其实哪有这么容易的一件事哟！

　　我对小杨说："我是喜欢讲老实话的，不喜欢搪塞别人。并且我也是一个乐于助人的人。"

　　在实际生活中，我也认为自己毕竟是能干的人。我能看透面临事物的各个方面的实质，并且只要力所能及，总能够对碰到的困难有一个好的解决方法。

5月18日　晴　于奉新县上富公社高湖大队

　　做活，整天忙得团团转，晚上脑子昏沉沉，一点也没有思路。昨夜给回到南昌的游老师写了封信，也算是几天以来写的一点"作品"。

　　我很想念游老师，我对她说："当您第一次走上讲台的时候，您的心情是怎么样的呢？对着一张张天真活泼的孩子的脸庞，您一定会想起石溪的人们吧！"

　　我也写到朱老师：得知她调回南昌，我真替她高兴。记得有一天晚上，我说我们到南昌去看望她，这时，她的眼睛里闪出了那种"天真的"无限向往的神色。她总算如愿了，怎能不使人高兴呢？虽然提高到某种思想高度来看，光想着"进城"，这是不够进步的思想，但现实生活如此，还空讲些什么呢？我也说到：我看了她女儿演戏，她演得真好，看来她是个懂得演戏艺术的人——一个认识了生活的人。

　　写到这里，我又沉浸于一种说不清是什么滋味的回忆中了——记得我的日记里曾经记述过她，那个"含情脉脉"的少女！啊，祝你幸福成长！

日子过得糊里糊涂，18日我总记得是17日。回忆起前年的5月17日，是我打算出走而未能走成的那一天。记得那一天晚上，我的心情是不能再沉郁了，去上河图看电影，独自一人站着看，银幕上是什么影像都没有看清。唉，难怪公威和才章的心情如此不好，那些令人窒息的生活，我自己想起来都觉得毛骨悚然啊！

按说，我现在的生活应该是很好的了，旁人谁不羡慕我呢？但是，我的乐趣又在哪里？生活的意义又在哪里啊？

青春啊，青春，对着镜子照照自己的脸面，的确不是当年了啊！

5月28日　晴　于奉新县罗坊公社坪安生产队

到罗坊来干活又是十几天了，前些天是在郭家给熊长联老师家做家具。昨天才到这坪安干活。

在郭家时是睡在学校办公室，我每夜都要看很长时间的报纸，特别是《参考消息》，很能吸引我。

我们的世界，随着人口的激增和工业的发达，"能源"问题已成为上层最为关注的事了。地球上的"能源"在日趋枯竭，如美国在第二次世界大战时是石油供应者，现在已成为一个石油进口国了。日本的经济命脉掌握在别的国家手中，因为它的工业原料，绝大部分靠进口。

难怪中国如此地令人注目了，这个有博大的土地、无限发展潜力的国家，人口占世界五分之一，用于农业的劳动力达到八分之六（美国是4%），"落后"——意味着"未开发"，也就使人特别感兴趣了。但落后的国家也并不是傻瓜，"广交会"使外国人失望了，1973年的价格比1972年增加50%以上，有的甚至到了300%。日本的旺盛发展势头，也就不得不冷一点下来了。

世界气候恶化，非洲有六个国家遭到空前大旱，人们仅以残存的树叶糊口，几十万人濒临饿死的边缘。

苏联的军事力量不断增强，特别是海军力量已优于美国了，可人民的生活水平在下降，日常生活用品供不应求。

美国揭发出了"水门"事情，这是去年竞选总统时，共和党支持尼克松的人在民主党总部安装了窃听器。这个案件使尼克松总统的声誉受到了很大影响，看来事态会继续扩大。

6月9日　晴

前年的6月7日，我半夜起床动身到江西来了，今年的6月7日我在坪上坐公共汽车到上富。那天早晨的事，是我一辈子忘不了的，我说不清是怎么回事……我错了呢？还是没有错？

6月1日夜，本想写日记，为了"惩罚"自己，我没有写。但是，睡在床上却睡不着。

前年的今夜，我是在东槽的楼上宿舍里，往家里写第一封信。当时我的思想感情是难以言喻的……

记得老钟对我说："我们要健健康康地出来，健健康康地回去。"五年以后，我却是这样的一个人，我说不清什么叫健康，什么叫不健康。"夺爱"吗？在婚姻未确定之前，或许每个人都有权利争取爱情的吧？

平霞的来信说到："我们的命运是多灾多难的，多伤多痛的。"但是她说我："我确信您是勇敢的雄鹰，是能战胜生活中的种种困难而达到自己的目的的，我衷心地希望您做生活的真正主人。"

"雄鹰"，"棱角不倒的石头"，"带露的笋标"，"学会了生活的人"，"有志向的青年"……

——我是这么个被人赞誉的人！我能这么做吗？

我问自己："你错了吗？"他摇摇头。

"没有错吧？"

"你是对的吗？"
……

6月18日　阴有雨

两只肌肉鼓鼓的手粘在解板锯的把手上，拉过来一个弧，送过去一个弧……就这样机械地运动着，运动着……

但是，我的心却不同于这个外形，激烈得很……

24岁的我拒绝了日明的邀请，他希望我和他们一起去广西。

如果是两年以前，像那种苦困于笼中的鸟，我会闯破一切远远地飞，但是两年后的现在，我一口回绝了，除了对赵举岳之流的不信任和不愿意同流合污外，不能否认自己的思想起了很大的变化。因为已经24岁了！

在这第二次赴赣二周年的这几天，对于两周年前的这几个日子特别地记忆犹新，瑜叔告诫我不要陷于"情"的罗网，那是一种无法挣脱的害人的东西，仲娟爸鼓励我要"雄鹰高飞"，明川、仲法、渭月、乐灿、公威、平霞……他们都予我莫大的寄托，还有那些青年们，他们也正注视着我……

我作为一个立志为自己更为年轻人闯新路的人，难道不应该因为这种庸俗的安于现实的思想而觉得羞耻吗！

母亲，您用自己的心血抚养了您的儿子，又用自己的心血给您的孩子们筑就了这个像样的家庭，但是，您的儿子却不会，也不能安居于这个巢窝里啊！

拿出它来，我呆呆地看着她。以前，那应该是美好的一对，我不能掩盖对她的感情，她也用了狂热的感情来爱我。是的，这种爱是真挚的。但是我也清楚地知道，把自己的幸福建筑于别人的痛苦之上的人，不应该是我！

这是我的决定,也就是对她的回答。但是,我珍视我与她已经有的真挚的友情,我们都是年轻人,未来的日子还长,让我们在以后的生活中留下这种"幸福"的回忆吧!

我给哥的信中谈到:"希望不要把对于家庭的希望寄予我太大,我很有可能走得再远些,几年不回家的。"

作为一种准备,我给大队支书仲荣也写了一封信,我说:"我虽不明智,但也不糊涂。"这是模棱两可的一句话,除了他所能理解的,还有一点我自己的心里的东西——我不会太容易听任摆布的!

6月23日 雨

面前是一迭信,他们在等着我的回信。但是我一日又一日地拖拉着这些债。

熊老师供给我《参考消息》,我认真地读着。我更懂得了些事情,也由于它的缘故,我更不愿意看什么"日报"了。

中华人民共和国自恢复在联合国的席位以来,形势无限美妙。不仅与日本军国主义、美国帝国主义(这是以前称之为世界上最凶恶的敌人的)握手言欢并且与欧洲共同体(这是西方资本主义)也接近起来了,德国、法国、英国的要人成了中国的"座上客"。

用中国的话来说,是"根据和平共处五项原则",用尼克松总统的话来说是:"学会在不同制度下生活。"而一些外国人则说是:"中国抛开了意识形态方面。"

但是,于此同时,苏联却成了中国的头号敌人,——因为他是"修正主义"。

世界在美好起来。但是,看起来却不能是"无限"的,美国变得穷起来了,不就是一个很好的例子吗?

一篇文章评述美欧关系说:"美变穷,而欧洲和日本富起来,原因是这样：美国用军事力量捍卫了他们，美国的市场容纳了他们的货物（相应地成了美国商品的竞争力）；美国的投资——资金和技术帮助了他们（促进了这些国家的工业，给这些国家的人民就业机会，相应地对美国造成了资金外流和工人失业）。"

其中，军事上的用途可以说是致命的。

各国之间，为了保护自己的利益，向别国夺取利益就需要有比别国更为强大的军事力量；但也正是军事力量，在枯竭人们的劳动成果。报载苏联用30%至50%的总产值来保持庞大的军事力量，它能支撑下去吗？

7月2日　农历六月初三　星期日

前些日子连续暴雨，今天休息去上富。一方面要办点事，但是更重要的是我想看看受水灾后的大自然面貌。

罗坊经冶城至上富地段，整条公路路面全毁坏了。山边、田坎、树上挂着白色的杂枝、杂草、杂物。一些住家的墙上也留着水淹过的痕迹，近十天的大水，是百年未有过的，如果不是这些"证据"，谁会想到有这么大的水呢？

一些房屋倒塌了，人也淹死了几个，我们诸暨的一个同乡也在捞竹子时被浪头打没了！尸首到现在还没寻到。他留下一个五岁的孩子和一个怀孕的妻子，他的妻子哭得昏过去几次，五岁的小鬼毕竟不懂事，别人问他的爸爸去了哪里时，他还调皮地去打人家。但是，他在梦里却叫他的妈妈快去开门，说他的爸爸在门口……

上富粮店的老板，是一个壮年人，在东垦总场外面的公路上被水冲倒淹死了。当他抱着倒下去的电线杆喊救命时，凶猛的水势使得眼睁睁地看着他的人们不敢去救助他……

那天下着滂沱大雨时，水沟排不及那么多的水，我们木工场地上全淌着水的时候，可以设想到那上富江的水会涨得多可怕。我们还兴致颇高地想去看看那"水景"呢！现在想起来，那一个时间，被大水淹没了屋子的人们正处于绝望、恐怖的境地之中！

——人，就是这样，他自己不处于某种灾难中的时候，他对那些事无动于衷，起码不会体会得那么深刻。

——人，应该投身到具体的事情中去，——如果他想了解那件事情的话。

昨夜，睡得很好，今天一天，也处于一种愉快、安静的心境之中。

经过推心置腹的交谈，我们已经真正地互相了解了，并且已经决定了我们的事情。

她一再地问我，我是不是"糊涂"了？我明白地告诉她，我是清醒的。如果说这是"糊涂"，我宁愿让自己一生就这么地"糊涂"下去，因为，我需要的是一个我"理想的人"，并不需要她另外什么，那些残存的意识，我是不会有的，我不像另外的人，把一些无端的东西看得那么地严重。

——我们是多么相爱啊！她说："我爱您胜过爱我自己。"而我又何尝不是这样地爱着她啊！

她聪明、干练、有情——我所理想的妻子也正是这个样子。

生活给我揭开了一个美好的、令人憧憬的画面，我们会生活得和谐、幸福、有意义的。

一朵阴云又把我的心笼罩起来——她还没有了解我的一切。摆在她面前的是我个人：一个年轻能干、心地纯正的青年，但是，这个青年，他却套着一副无形的枷锁，尽管他自己仍是那么地自信、乐观、毫无羁绊。但那"枷锁"曾吓到过多少人啊！

7月17日　晴　于奉新县五里坳木竹检查站

我也说不清楚：自己过的是一种什么样子的生活……

哥哥来信说我："对于生活的道路，您是身体力行地用了一个'闯'字，您是厌恶那种低级庸俗的生活的……"

但哥哥又说："但我总担心：您是否找到了正确的答案？"

是的，应该认真地考虑这个"答案"了。

朋友们从信中赞佩我的勇敢，相处的人们赞美我的自由……

而我自己的感觉呢？

——这一切是"鸵鸟"式的吧？

不！在这蒸笼似的房间里，拍打着嗡嗡围剿的蚊子；在一盏煤油灯下，伏在一张方凳上写这日记，这应该是一种很好的回答。

诚如我前几天给仲娟爸信中说的："我以前具备的，将永远具备下去。"

13日我到这渣村林场五里坳木竹检查站联系好工作，14日到这里，可这里一个姓邓的主任不允许外地人口在这里做活，我们不得不下午跑到上富公社去，另外联系了工作。15日来取工具时，木检站职工王克芳却说他不怕邓主任，一定要我们留下做下去，我们就留在这里了。

昨夜去渣村看电影《卖花姑娘》，这是一部优秀的朝鲜故事片。银幕挂在一幢屋子的廊檐上，一轮圆月从这屋子的后面升起来，天空一块块黑黑的云，从缝隙中透出一些光来，月亮像是被放在一个燃烧的炉膛里熔炼，一半是金闪闪的，一半是红彤彤的，周围的云也被映染成暗红的一片。这一切和银幕上暗淡的黄色光线融成了一体，使人们沉侵进去了……

——我流了眼泪，这是到江西后的第二次流泪。

没有经历过艰辛的人，他不会那么深刻地理解这一切的！

我想起了坐在箩筐里的两个孩子……

他们的淹死的妹妹……

水东母亲的那双眼睛……

今夜的月亮昏蒙蒙的，站在月光下也没有什么好的景色和兴致，只有青蛙在不知疲倦地乱叫唤！

我又想起了她，她在车上激动地朝我挥着手！我深深地怀念着她，我是爱她的。

但是！她是否属于一个正确的答案的构成部分呢？

时间会回答我的，不管怎么样：就我对生活的希望和理解而言，这是有"益"的。

7月20日　农历六月二十一　晴

电灯光实在太暗淡了，看托尔斯泰著的《战争与和平》，最后终于成为模模糊糊一片，我不得不合上书，走到外面去吹吹风。

离开罗坊采育林场已经好几天了，但我却时时想起那里一段时间的生活。那里的一个多月，我们受到了非常好的招待，罗坊林场的每户人家，每个人，都把我们当亲戚一样看待。事实上也是想和我成为亲戚：湘乡人喻茂松，一个少有的正直、热情的汉子，愿意把她的妹妹许给我——那是一个从相片上看很不错的姑娘，但我设法推脱。

林场的青年工人韩运平是个懂事的求上进的青年，我马上就和他十分融洽了，我像信任一个老朋友一样地信任他——我的眼睛看人不会错的。

罗时权，质朴心地好，虽然带着孩子气，也不及小韩懂事，但我十分地喜欢他。

一些男孩子：菊信、东伢子、胖子、秋果、纪信子——一个大眼睛的勇敢机灵的小鬼……一些女孩子：和平子、小玲、桂妹子、富妹子……

一个个活活泼泼，天真无邪，他们喜欢和我玩，让我教他们唱歌。我也喜欢和他们玩，了解他们——自己心里却有一种说不出是什么味儿的感觉。

今天收工较早，吃了夜饭看了一会书后，天开始暗下来了，我一个人到屋背后的小山包上散步，西边的晚霞映红了半边天，霞光照射到地上，大地也涂上了一层暗红色，一切是那么瑰丽！

晚霞淡下去了，天也渐渐转黑，一阵阵凉风吹来，人是那么舒畅。下边屋子面前是纳凉的人们在大声谈笑，有少女唱起了清越的歌，一切是那么美好！

自然而然地，家乡朋友的脸一个个地浮上来了—— 繁重的一天劳动后，他们也在室外享受这"人生乐"吧！或者是农村乐吧？

但是，当睡到躁热的床上的时候又是怎么样的呢？—— 可能是，既想好好地思考一下，但又怕明天会吃不消，而想早点入睡，然而，热又使人睡不着……

我又想起了她—— 她现在在想着什么呢？她能否理解我的这种意境？

亲爱的，—— 我是不会忘恩负义的，但是，您呢？

月亮已升起好高，只有一个半圆，切得也凹凸不平，但很亮，那么皎洁，那么精神。洁白的蓝天点缀着闪光的星星，晶莹莹地亮着。凝神地看：星星越来越多，但天地也越加地高深莫测了……

大地，并无什么好的景致，只有泛出暗白的远山和黑黝黝的近山，讨厌的青蛙还是在叫……

7月25日

昨天去了上富，和她谈了一些话。

我这个人就是这样，好动好想，如果我前几天的日记给人看，他肯定以为我真地做着一件见不得人的事。

其实，我写日记也只不过是记述当时的心情，思想是活的，写在日记上的东西也就是活的——这也是我的一种目的。

我退步很厉害，主要是越来越懒了，以前写信我总要起草，把写信作为一种写作练习，但现在却是一挥而就。一般的信是一拖再拖，有的朋友处简直不写信了，尽管是那样地记挂他们！

今夜给哥哥写了一封信，说明了一些思想，为了容易些，我把自己写的信抄几段下来吧：

"……您问我是否找到了正确的答案，这使我白天做事都要陷入到一种深沉的思索中，不错，从我真正懂事起，我就为这个'答案'而苦恼了！如果说，思考太多真的要使头发变白，那么，20来岁的我的黑发中夹杂着白发也就是这'答案'的产物。答案还未找到——我直到现在还不知道应该怎样地过一生；答案是早就找到了——这是显而易见的，学习，劳动，提高，认认真真的。"

"当然，哥哥：我知道您想知道一些具体的事，其实，连我自己也说不清，告诉您，我现在是在恋爱——一个面貌漂亮、质朴纯正的青年木匠很吸引姑娘的注意——这已使我比较习惯。但是，哥哥：您也当然明白您弟弟的苦衷，几次恋爱的失败给了我心灵不浅的创伤，我知道，伤口上必然还要再加上一刀的……"

"……这是好事，伤上再伤，比好皮肉受伤更痛楚一些，但也更能使伤者容易忍受——也会使他记起以前的创伤，从而更……"

"我对生活是浪漫的，不像您那么认真，我知道'玩物必丧志'的道理，我也明白自己是个明白人——有的时候做一些明知不会成功的事也是好的——这里面有一些不去做就不可能知道的东西，而我的求知欲（说得太好听了，应该是好奇心）使我能够大胆地去做，并且那种结果真的是很有意义的……——因为这也是生活，是素材。"

这封信是我对这次会面后的感觉，也就是我对这件事的总结。

但我以后还要再这样做下去的！

8月3日　晴

　　还是在这五里坳做活，这里的人已熟识了不少，但总没有像罗坊采育林场里那样地使我舒坦。

　　林场的矮个子邓主任，一个脸上肌肉横生的麻子，几次叫我们走，并威胁说要叫奉新公安局的人来。但我们冷冷地对他，我们怕什么呢？靠两只手劳动挣饭吃，总不是犯法的事，只有做坏事而心虚的人才怕！

　　林场的的工人们不顾主任的干涉，继续要我们做下去，这也使我感到了一点欣慰，因为我为人们需要我而高兴。但这里的生活确实使我不舒服！白天做活赶工无所谓，一到晚上，那真是觉得无聊，电灯像鬼火一样，看不上几页书我就不得不停下来，这个时候，一些和朋友一起玩的热闹场面就浮到眼前来了！

　　还是屋子背后的小山包，在天将黑时我总要到山上坐坐，想想……

　　收到了仲娟爸的信，他总是这样真挚地关怀我！

8月13日　农历七月十五　星期日

　　七月半，这个节日里，我的家人和几个朝夕相处的朋友，不知道如何地想念着我。

　　9日夜，又和她见面了，好好地交谈了，看起来，我又只能用一"笑"了。

　　但是，她对我是真挚的，她要我不管以后发展下去结果如何，不要忘记她。

　　亲爱的，客观现实如此，我是不得不这样决定了，我明白自己的心理，也明白您的爱情。但是，我更明白我自己的处境，也正视您的处境。

　　请相信我，不管是过了几年，当您想念我的时刻，我也一定在想念着您……

真是梦一般的，一忽儿是那么地美妙，一忽儿又是这样的凄凉了，但是，这种意境对于我却又是那么地真切，却又是那么地空洞。

"玩物必丧志"，我以后恐怕不敢"玩"了——那毕竟太"残忍"了！可我玩物了吗？回答是：绝对没有！

给游老师和朱老师都写了信，向游老师谈了一些自己的处境和思想。

我说到："我想念家乡那遍野绿色蓬勃，满地桃花红艳的春日，我怀念那男女青年欢聚一起，琴笛悠悠，歌声扬扬的夏夜……"

8月17日　晴　奉新县渣村公社田南大队

14日，我骑自行车去了上富，这里到上富有40多里，去时遇到暴雨，回来时遇更大的暴雨。刚出上富，天就急变了，离上富五里路时，天上已是阴云密布，飓风阵阵，回看上富已是白蒙蒙一片。我想抢在暴雨前面，急蹬自行车，但是来不及了，先是雨的碎末，接着是倾盆大雨。

雨越下越大，田野都是白茫茫的，雨点急骤地打在脸上，眼睛都睁不开，嘴上不断地喷气，把淌下来流到嘴里的水喷掉，双脚尽力蹬，蹬！我只觉得自己的脚是在机械地旋转。

路旁的树飞快地闪过，我伸直腰，脚蹬更快了！车轮溅起好高的水珠，风雨更大了，我的劲头也更大，"风雨"这是自然的"风雨"，我一股豪气从心中涌起来！

是的，人应该经得起自然的风雨，也应该经得起人生的风雨。

在上富，六顺哥说起祖良和小保也出来了，他们没有找到我，就去了孝大那里。祖良的外出是我意想不到的，但奇怪的是，我以前曾好几次设想到他在外面的生活。

我给他留下了一纸条，因为自行车我必须当天归还。我的直觉是：他的外出是他的生活不如意的反映，他是不适于像我过这种生活的。

每当生活感到寂寞的时候，我就要回忆起朋友们，祖良也是其中主要的一个，我渴望着会见他们，祖良会给我许多"东西"的。

田南应该是个美丽清静的村子，但是，生活水平也反映到环境上来，到处是垃圾，到处是猪、牛、狗、鸡鸭的粪便，在泥泞的地上发臭！苍蝇、蚊子多得吓人！我从来没有讨厌过勤劳朴实的劳动人民，也不因他们的贫穷和不讲卫生看不起他们。但是，当涉及到实际生活的时候，心里的矛盾来了：一方面我理解他们，另一方面又不愿意和他们太接近。我们会尽可能避免给当地老表做活，因为他们的家里实在太脏了，饭菜也太不卫生。为这，我也经常告诫自己："我不能有这样的小资化。"

这几天，是给当地刘胎煌家做活，他家有七个人吃饭，要他一个人劳动，生活是够苦了，一家子睡的床只有一张，不得不让我们给他家做那种合起来是一张床的两个柜子。我们去做了，已做了两天，可以说是饿了两天肚子，老刘的老婆长得矮而笨大，龇着一嘴黄黄的大牙，脸上生着不知名的皮肤病，露出肉样红色的两颊斑，结了一层白色的死皮，看她一搔就有那白色粉末落下来！几个孩子这个头上一个瘤，那个脚上一片疮，流着脓血，任苍蝇围着叮咬！

他家是客气的，有蛋甚至有点肉，还有自己从田里捕捞来的长不超过一寸的小鱼。尽管每一碗菜，辣椒居多，但他们已是尽了自己的心，菜也并不怎么脏。但我每顿吃饭都发愁，夹葫芦吃想起她削葫芦的一双手，夹茄子吃又想起那个脸！头几餐我还舀点水发蛋吃，后来和徒弟说起，叫他也可以吃点水发蛋，谁知徒弟说刘的老婆把鸡蛋打破后留下的一点蛋液是用手指抠出来的！直令我想吐！我每餐都是淡饭吃一点点就算了。那些东西实在难以下咽！

可我做活是不松劲的，过不了两个小时就饿起肚子来了，满身是虚汗，我感到人有些眩晕，怪谁呢？

我的思想的确需要改造，但是江西的农民的确需要提高——这是双方面的。

农民呵，什么时候摆脱这种状况？

9月5日　阴　奉新县渣村公社水口大队骆家

忙忙碌碌，日记都拖了这些天没有写。今天上午在渣村黄鲁舍做好活，下午到水口来，洗了澡之后就写下这点。

前些日子觉得有许多值得写的东西，但当现在要记下来时，却又无从写起了。

大约是8月19日吧，经过饿肚加劳累以后，下午我觉得必须休息了。但是我在床上是躺不住的，就到外面去"逛"了。

这是一个美丽的晴天，蔚蓝的天空显得特别高旷，偶尔有几朵轻软的白云悠闲地游动，时而消失时而又浮起，紧成一团。阳光并不太灼人，晒在身上觉着微微的辣热，很舒畅。风一阵过去又一阵吹来，吹拂得片片稻叶舞动起来，似一道一道的波澜，逶迤于田际。

大自然是多么美丽啊！在经过一年多的室内劳动后，我竟是那么地渴望让自己沐浴在大自然里了！

有人总在我面前说手艺好，所谓好的其中一条是：不用晒太阳。朋友：你错得很厉害！晒太阳有什么不好呢？真的，晒不到太阳那倒真是件不好的事哟！

我是没有一点子病的，兴致好起来自然力气也就有了。在渣村玩一阵后决定到会埠去一趟。虽然没有一点子事，但是像以前一样我总是喜欢到一个没有到过的地方去。

会埠镇坐落于一座绿树葱茏的小山下，上富江流下来在镇前经过。这是一个比上富小得多的村镇，由于处于一个狭小的山口，上一次大水冲过的痕迹还留在街道路面上，显出路面一些刷去了泥沙的凹凸不平的石块。站在会埠桥上看着粼粼水波东去，给人一种说不出道不明的感觉：生活如这流水样的逝去，这是一种悲哀；但是，这安静自然地流淌着的水，却不正是象征着合情合理的自然规律吗？过去的终归是要过去的……

太阳下山了，西边山峰背后映射上来腾腾的辉煌的光矩，光辉渐渐低淡下去后，那个地方呈现出无比灿烂的晚霞——太美了！但却也像会埠江的流水一样——是一种规律。

我回田南去，到时已是夜里9点多了。

9月1日起，我自己给自己放三天假。主要是去看望祖良，并且也到花桥去一趟，看看祖义他们。我是骑自行车去的。

山田五队在大山坳里，自行车就不得不由我来背它了。因为是去会朋友的，我心里一点也没有懊恼。天下着牛毛细雨，虽是秋天了，但山里的树木仍是那么地茂盛，我记起上半年到白源去时曾想写"春日进山"。那时没有记录下来，现在就根据这景色回忆组成一诗："斜风乱雨雾连天，苍翠春绿满山溢；春蝉画眉何处鸣？春苔缀石进幽峪。"

见到祖良，我十分高兴。三年没见面，他显然"老"多了……

整个下午，我们在外面散步谈心，坐在一株砍倒了但高高地搁起的树上，我们亲切坦率地谈着一切：我们自己的生活，朋友们……

祖良说我的个性等各方面都未改变，保持着那种本色，我同意他的话，我也觉得自己的那种"基本色彩"没有改变。

宿了一夜，第二天我到花桥林场，祖义他们见了我的高兴劲是不要提了，我再次尝到与人真诚、亲切相处的乐趣。

祖义去年是回去过春节的，他认为回家没有意思。

在他们那里，我睡了今年来第一个舒服的午觉，醒后看了一些书。其中有一本是初中教科书，好多是我以前读过的，有一些文章现在我看起来，才觉得意义深刻，在学校里时的理解毕竟太肤浅了。

我也再一遍地看了《钢铁是怎样练成的》，保尔·柯察金愈益地使我感到亲切，特别是"他没有过无缘无故的烦恼"。

3日，祖义他们陪我到花桥后告别了。到山田大队，我再次到山上去看祖良，祖良又陪我到山田。路上，祖良对我说他会成为"闰土"的，五年以后，我们碰面时，我会认为他是一个老年闰土那样的人！听他这一说，我感到不安和凄楚！事实是这样：他太文质彬彬，体力也不行。如果把他的才能用到适合他发展的大的方面，他会发挥自己的力量的，能够对人民做一些事；但是，如果就这样束缚于农村，他会不及一个普通的农民，没法使自己的生活过得好一点。我直接地说了这看法，他也有同感。

祖良认为：婚姻问题应该提到我生活日程上来考虑。祖良说，西岩公社琴弦大队的纪生、高里、海章等青年经常和他一起，那一带的人对我有十分深刻的印象。他们都说我与仲娟在恋爱，祖良也问到我。这事情是奇怪的，但是，也总不会是"无风起浪"的吧！

今天清晨写了四封信，三封是关于工作的事，一封给吉利姐，谈到了仲娟。祖良的话使我觉得有那种必要。

"仲娟"，人们为什么会有这种看法呢？我自己对这件事又是怎样想的呢？

讲老实话：我与冬梅有恋爱关系时，我也曾经把她与仲娟作了一下对比，无疑是仲娟要比冬梅好。当然，我是没有见一个谈一个恋爱的义务的，因此，直到与祖良会面，我没有考虑过这件事。

现在是，应不应该提这件事？

（一）仲娟是好的，我愿意和她了解起来，有可能结合。但是，她与我很生疏，双方并没有多少感情。然而，我是应该决定个人问题了，总不能没有那样的人而不考虑这件事。

（二）我与仲娟爸有非比一般的感情，如果我提起这件事来，他会怎样想呢？他会认为我与他的接近是出于这一目的么？我不应该失去他的。但是，仲娟爸并没有掩饰对我的器重和喜爱。他在信中说："只要有人类生存的地方，我相信你是聪敏能干、和蔼可亲、体格健全、刚毅果敢、德才兼备的美丽青年，到处都可以生活的，而且一定会生活得很好，很有意义……"我不怀疑他讲这些话是经过负责任思考的。在那种诚挚的朋友关系中，再加上亲戚关系，这难道不是一件好事吗？

我给吉利姐的信中谈到了这件事，这应该说是这件事的开始？或者是结束？

想起这件事，我就想起了月，她对我是真挚的，原来我们约定八月初一罗坊会面的，但是，我没有去。——我是硬起了心肠的，环境，环境，太不相同了！既然我不会做她的丈夫，我有什么必要在以后的生活中再加上这种悲剧成份的东西呢？但是，那天晚上，从五里坳回渣村的路上，我突然想起她的时候，心里涌上了一种说不清的滋味……

夜又深了，睡吧！

9月11日　阴　于罗坊坪上林场

密密的雨点连接成条条水线，把大地和苍穹连接成一片，耳边听到的也只是雨的沙沙声。三个月前，我们在这里也是这个样子做活的……

我尽是呆呆地想：生活就是这样！

这是昨天的情景，晚上想写下来，但没有写。

今天下午雨停天阴，灰蒙蒙的天，湿漉漉的地，一切都是令人不舒服的阴沉。小罗子、小韩子他们虽然不想出工，但是又不得不上工去了。

很奇怪，我不知怎地想到了招德，他因为书写反动标语，在去年被判了10年刑，他今天是怎样地生活着呢？家里的一些青年，如富国、仲法他们，又是怎样地生活着呢？

从表象上看：招德是一个囚徒，他是被人们看不起的，他的遭遇也是人们害怕和人们自己不愿意碰上的。但是，在外面生活的人，却也难以体会到他的那种生活的呀！现在过的是"高""低"不同的生活，但到大家都"老死"的时候，在里面住过的人，他在这方面毕竟还多懂得一些呢。

我记不清到底是哪儿看到一句话，有一个女孩子说："坐牢也是人所应该经历的。"我很有这种同感！

不过是，不管怎么样，人总是避免自己坐牢的。

我想写好多信，如仲娟爸处和仲法处等等，但是，我又不想写，写什么呢？我宁愿睡觉！

…………

几年以前，我大约不会想到自己会是这个样子的。

——我有些近乎颓唐了！

苦闷啊！青年啊！

9月16日 阴 于罗坊操育林场

昨夜我给祖良写了封信。我对他说：我已决心向上面谈一些自己的看法。至于出于什么意图和会产生什么样的结果，对我都是无所谓的。我认为生活必须换换口味，就是牢狱生活也比那种枯燥单调的生活来得有意义一些！

这些天一直想着这件事，想写时又觉得自己理论水平太低了。

今晚我开始起草"报告"。

9月20日 农历八月二十四 星期四

昨天到上富，哥哥、铭川、公威一起写信叫我回去。如我再不回去，除家里全家粮食扣完不说，可能还有更为严重的后果！

接到信，我思想乱极了，马上就骑自行车到花桥那边去，我要和朋友们好好探讨一下我该怎么行动。由于思想陷入一种深沉的想象，以致一辆大货车擦身过来都没察觉，一声刺耳的喇叭吓了我一跳，差一点钻到汽车下面去！

和祖良商量后，祖良也认为我应该回去。

我毕竟是经历过一些生活波浪的，到今天我已是很坦荡了，接到家里的电报后，我也就写了封信告诉我决定回去。我不想使自己几年的幻想成为泡影，我要看长江！我决定往上海走！

但现在平静下来时，许许多多的思想又涌上心头来了……

骑在自行车上，我贪婪地看着那沿途的景色，郁郁苍苍的山，绿油油的田野在秋日的微风煦阳下面，确实非常美。三年来，我对这片土地没有产生特别的情感，但现在却是那么地留恋了。

月，我亲爱的朋友，我走了，我知道您会想念我的，我也会深深地怀念起您的。让我们保持这种真挚的情感和纯正的友谊吧！客观事物，总是不给人以美满的结果。我不会怨你，我相信你也不会怨我的吧？

这里的一些朋友，我们什么时候能再相会呢？

10月4日　晴　于奉新上富汽车站

再过半个小时，我就要坐上回家的汽车，离开上富了。

此时此地，我说不清自己的思想感情是怎么样的。

几天以来，几年里都不曾想过回家的我，忙忙碌碌地做着回家的准备，我很纷乱，漫无目的。但是，一切是那么明显，几天以后，就是那个地方——家乡，那儿有熟悉的一切，土地，人们……

怎样总结自己的这几年呢？

我总觉得自己的生活圈子太狭小了。回家之后，我应该静下心来总结一下。

好了！9点55分，离开车仅有5分钟了！

再见吧，再见吧，你们！

10月5日　晨　于南昌胜利区谢步亭42号

　　昨天的汽车直到下午两点钟才到南昌。一路上的自然景物没能提起我的兴致，但我总是把眼睛睁得大大的。这一路上，特别是上富至大城这段公路旁的黄土山，几乎是光光的，在烈日的照射下，更加显得没有生气，太荒凉贫瘠了。

　　南昌城在节日之后，主要的街道是整洁的。穿梭的汽车和自行车显示着人们的繁忙。但是，稍微到街旁一点，老旧的屋子向人们表明了它的落后。

　　农村的人们渴望进城市，特别是下放的干部和知识青年，他们把城市生活当成天堂。然而，我这个土生土长的乡下人，并不羡慕生活于这个城市的人们。

　　我到了游老师的卫东小学，就是将军渡小学。这个学校是解放前的旧址，各种设备还是差的，一些教室还不及我们农村新建的学校来得宽敞、干爽和明亮。我和游老师到了朱慧珠老师的向阳小学。朱老师的几个孩子，都比去年长高了些，她们的生活不错。

　　昨夜和游老师谈了好久的话，主要是以前的生活。我还到街上去逛了一趟。今天清早游老师上班去了，我送了她一阵后，就回到这里看书写下这点，——如果各方面顺利，我想到庐山一游。

10月5日夜10时　列车上

　　南昌至九江的383次列车在驰骋。现在已过了德安县，白天为了托运行李，没能在南昌好好地走走，直到下午4点多才办妥事情。我到八一公园游览。今天刮大风，湖水激荡着，哗哗地响，风吹树摇，柳枝轻狂地舞动着……我发现一处景点太眼熟了！想起来了，月曾送我一张照片，背后题有"摄于八一公园",这里,大约是月拍照的地方……

我想让自己休息一下,明天可以有充沛的体力去庐山,但怎么也静不下来,我索性打开了窗门,把头伸出车外,让疾风吹打着脸颊。没有月亮,天暗暗的,外景仅见一个模糊的轮廓,什么也看不清。我的心却好像是车厢下的动轮组,运动着,剧烈得很!

又想着自己整个的人生,她——那清秀的脸庞总浮现在脑海。没有想到她会这么的诚挚,这么的多情,我又陷入那情网了。她要我等她两年,等她读完书工作落实好再决定我们的事。她表示能冲破任何世俗的势力。她使我深深地感动。但是,月,您真能像您现在想的和说的做下去吗?我并没有把那最可怕的告诉你呀!

我也检查着自己,所谓纯正的"爱情"是少有的,我是否也并不那么纯正?但是,我能为自己的一切行为负责任。当决定自己的事情后,我会做那个人的好丈夫,她不会因我而觉得丢脸的。

生活就像无边无际的海洋,我驾驭的生命之舟会经历哪些航程,又会是什么样的结局呢?总之,我必须告诫自己不要堕落,要前进!

前进!前进!

10月23日　晴　于斯宅上新屋

最有意义的半个月,我却没有写日记,其实也是不可能写下这日记来的。

我好像一头碰到了肥美鲜草的饿牛,把一切都狼吞虎咽进去了。当反刍的时候,那滋味也就会随之而来。

现把日子记录下,便于回忆。

6日:清晨游长江,遇险,下午到庐山。

7日:上午游庐山,下午回九江。

8日:早上4点半上轮船,夜11点到南京。

9日：游南京，下午5点上轮船。

10日：上午11点到上海，下午游览。

11日：上午南京路、外滩，下午上海化工学院。

12日：上午西郊公园，下午2点乘车，8点多到杭州。

13，14，15日：游杭州。

16日：早上6点多乘车回家，下午到才章家。

17日：到斯宅。

18日：去闹桥、小尖溪、大尖溪。

19日：去陈蔡，夜到才章家，深谈。

20日：到斯宅一趟后回家。

21日：到斯宅。

22日：开始做活，写两信，分别给南昌游老师和上海冯老师。

23日：写两信，游泳。

11月9日　多云转阴有小雨　诸暨斯宅公社斯宅大队

又是十多天没有写日记了。杂乱的生活搅得我心情杂乱。今天起回到了斯宅，可以说是躲到"平安区"了，我应该静下心来想想，写写了……

我回家后，朋友和家人都极其亲切热情地对待我，我的心境是愉快的。一些小孩长大得真快，有好多我竟认不出他们了，三年生活是长的，也是短的。

这些日子自己交给自己的任务是：帮助解决郦珠华与哥哥的婚事。这些日子给才章、云章做木工活，我可以说已经了解全部情况了。郦珠华的确好，聪明、能干、活泼。但是，在我的眼里：她还是不成熟的——像我几年前一样，有意无意地在表现自己。但，这是好的，令我满意，她对待我像对待自己家人一样体贴。6号仲娟到后岸来，她对仲娟十分热情、真挚。她误以为我同仲娟是有某种关系的。对待我的朋友如此热情，我真从心里感激她。

特别令我感动和满意的是才章，他是那么诚挚，那么负责地在解决这件事——我以前对他有误会，我对他的责备是过分的，当他向我说起一切后，我内疚了。我们之间的感情更进一步地加深了，但他对我哥哥的认识还是不够的，他有些不满我哥哥的行为，其实，我哥哥待人的确是赤诚的。但限于某些客观实际，我同才章的关系将来也会比他们的关系更密切些，这也是事实，才章这样说，我也这样认为。

总之，才章一家人都使我有相当好的印象，不管是对我哥与郦珠华的事，是抱支持态度的或者抱反对态度的，我都能体谅他们，他们都是那么好的人。诚如别人说的：我哥是有福气的。事实的确如此。

事情的挫折使与这件事情有关的人们都受到影响。哥哥在这一年多的时间里，是在焦虑和不安中度过的。郦珠华赌气，三日没有吃饭以示反抗，自己的身体受了很大影响。她对我说：她能经历的是我们都不能想象到的。我妈和她妈两个妈妈都憔悴了；双方的姐妹、兄弟都各有不同的处境，也有不同的思想，但都同样是那么地焦虑，那么地不安……

事情到现在还没有一个圆满的结果，除了客观存在的原因外，哥与郦珠华做事的策略不够也是原因之一，他们的私会和长时间的交谈，引起了郦珠华家人，特别是云章哥的不满，他们认为我哥与郦珠华不尊重家里人。然而，倘若不是这些交谈产生了结果——双方的坚决和诚挚，那这件事的结果又会怎样呢？

人总是戴有色眼镜看事物的。

这件事是应该成功的，熟悉内情的人无不这样看，但关键还是在于郦珠华的"恒"。但是，又如才章对我说的：假若郦珠华以后变了心，那她也不是一个真正有用的人了。

这也是确实的。

11月16日 晴

又过来了几天。按说，这几天也是过得很不错的，完成了那个"任务"，又和才章一起做了几天活。但是，我总是非常不满意自己："晓东，您到底做了些什么呢？"

回家已经整整一个月了。总想在回家以后做出点"成绩"来，但是，我却是看书看不进，写东西写不出来。今夜菊香说我"老很多了"，很多人都这样地说我，难不成我真的老了么？

和郦珠华姐姐交谈的结果令我感动，珍姐说：见到了你们弟兄俩，好像见到自己的弟弟一样亲，那种话要讲也讲不出来了！

我和云章哥交谈是11日夜里，他睡到床上后我和他谈的。云章哥推心置腹地说了些自己的思想，并且表示郦珠华有决心，他也不再阻止了。我们是真挚的，他的话也是那么地真切。但是，某些问题上，境遇的不同、思想的不同所形成的看法不同还是存在的。

和才章一起做了三天活，两天是给他的丈人家，一天是给珍姐家。这三天的共同生活，我们之间的了解又深了一层，感情也更深了。

才章说到他22至25岁那几年的生活，的确是不能凭想象就能体会到的！同样我也永远地铭记那时的一个夜晚，我抱着碧泳，俯在窗上，看着天空……

关于婚姻问题，我们也讨论得很多。这个事情上我好像显得身价不低了……

外面的月，搁起不说，自我回村以后，有好几个姑娘已从眼睛里流露出那种"钟情"的眼神了。玉英的母亲甚至主动提出了玉英和我的婚事。这是使我为难的，玉英很不错，朴实、勤劳，但总非我理想之人，因此我回绝了。但是，玉英母亲的一腔热情，那种对世俗的看破，对我的信托，我感到盛情难却。

婚姻，23岁的我已经到了应该决定的年龄，而我却没有决定的意愿。

经济问题已开始使我苦恼了，这是一种现实生活的必然结果，但也证明我将陷入那个泥塘里去了！

昨天给奉新罗坊林场小韩子他们写了封信去，我说到我在想念着那班孩子们。

和平子、冬伢子、菊伢子、富妹子、小玲、秋果子、纪信子、桂花子……何时才能相会呢？我也不能回答这个问题。

月：亲爱的朋友，每时每刻我都在思念着您啊！以后我们的结果是合呢，还是离呢？

我的回答是"离"的，我很清楚这一点，您是最痴心于我的姑娘，而我却会残酷地对待您……城市户口和农村户口，工人阶级和……一座座的大山，横亘在我们面前，我们没有逾越过去的力量！

生活，生活，生活好像是哗哗流去的溪水，它们朝我笑着，它们走它们的！

——战士！好一个好高而不务实的战士！

11月21日 晴

天气真是好极了，我到家后没有下过什么雨。前天才章的爸爸到这里来，谈起天气，他说是应该下雨了，我也突然地深省过来，是应该下雨了！种下去的麦子、豌豆和一些菜都已需要雨了。在这以前因为长期与农时脱离，忘却了自己是农民，竟没有想到这一层。自己的思想是应该时刻注意的。

可以说近年来，我总是在忏悔中和糊涂中过日子，我忏悔自己糊里糊涂地消磨了这些日子。"黄金"的几年没有做成一点什么，没有学成一点什么。但是，现在我却仍是那么糊里糊涂地过日子！

这几天夜晚也如是，东看看西看看，一晃就是几个小时。"志大恒少"是我的致命弱点，环境对人的影响太大了，记得前几年我是那么地"明白""勤恳"。这几年真的是颓唐了，今天稍微反省一下吧！

表现在学习方面：我现在身边有姚文元写的《中国人民革命巨人鲁迅》，邹韬奋写的《萍踪忆语》，根宝著、蒋学楷译的《欧洲内幕》上册等，这些寻之难得的书都吸引不了我，读书时脑子钻不进去。

在写作方面，更懒了，甚至觉得没什么可写的。以前曾有"诗兴"的。但现在却激动不起来了。反应也迟钝了，以前每看过一次电影，总会有一次激情，回家路上步子总是格外踏实，而现在却不然，一切都觉得平淡无味。

生活方面，某点已近似堕落，虽未成什么事实，但有过的思想是肮脏不堪的——特别也就是女性的引诱力较前更大。然而奇怪是不愿讨老婆了。

我不敢保证，我现在有的弱点从今天起都可得到纠正、长进。但我应该告诫自己：不应该这样下去了！

老成，这似乎是这几年的一点长进，其实也并不怎么老成。

和铭川的一次谈话中他曾说我：游老师给我的信中曾说了一句"你太能干了"，点出了我的弱点。其实，这并不是致命处，能干并不是引起一切苦恼的根源！

现在，我最希望的是和那些"傲骨者"作一次深谈，让他们打我几针，大约会好一些的。

夜读徐中玉著《写作和语言》，没有看进去，但想到的是：人物的对话语言，我的确太贫乏了，我大约不能通过对话来表达人的性格的。

想到写点什么，检验一下自己，这是必要的。

斯章夫在外面气喘呼呼地练功，我心里不觉有点儿好笑，他们一班人现在对练武很讲究，当然有他们的思想和目的。不过，对于我，那种时代已经过去了。到外面去看他练了一阵功，又看他打了几套拳，我是完完全全的门外汉，但我觉得他打得有力，姿势颇好看。

　　作为体育锻炼，这也是好的，哪怕是个体力劳动者，大幅度地活动一下自己的身体也很有必要。

11月23日　晴

　　夜到蛊斯坂看电影《卖花姑娘》，刚回来。

　　没有认真地看，但顺姬的几声"看不见……"却萦绕于耳畔。

　　生活和工作都必须好好地重新安排一下，以现在这个样子下去，会很危险——太轻松了些，我是不应该走这种路的。

　　明天起给自己放几天假，走一趟，想想看看。让生活换换口味吧。

　　我应该看看有生活气息的小说，如《蒋光慈诗文选》和《艾芜短篇小说集》，一定会振作起来的。

　　明日复明日，明日何其多。我生待明日，凡事成蹉跎。

12月2日　晴

　　24日"走"的，下午到后岸碰到了生阳哥。他是公威堂兄，在我们这一带他的细木工技术是出名的。我与他以前是认识的，但不熟悉。与他谈了以后，他说我可以和他一起做。

　　为了学到更好的技术，25日到斯宅拉工具，26日起就和他一起做了。我的小手工业生涯纳入了正规，我深深感到了约束和自己技术的不够。生活是够混乱的，天刚放亮就起床，除了吃饭时间，其余时间就是弯着腰干活直到天黑下来。到了夜晚人也够疲惫了，舒舒服服地伸几下腰，挺几下胸，骨节都会咯咯响。

　　生活又开始了一种"新"的。到底是好或是坏，我不能肯定。可以肯定的是：技术进步会快些，但学习时间却会更少了。

这样也好，结束了学徒生活后，我可能更自由些，而这种生活可以缩短我的学徒时间。

30日夜与郦珠华好好谈了一次话，我真从心底钦佩与赞同她。她与我哥哥的爱情，才是真正的"爱情"。那种卑劣人，他们是应该羞愧无地的。她向我谈了家里的激烈斗争：她三天没有吃一点东西，第四天去种田，人晕倒在田坎上……她说到了有些人的恶意中伤，向她挖苦了我哥哥在那风暴中受的肉刑……

她挺住了，并且是那样处之泰然。她看重的是"人"。她认为我哥哥这样的人是难得的。

她希望我们一家人永远和睦地过下去。

她说无论情况如何发展，她有足够的思想准备……

我感激她，喜欢她，为我哥哥有这样的爱人而从心底里高兴。

郦珠华：您放心，在以后的生活中，我一定是个好兄弟好叔子。

我想：人为什么如此地不相同呢？如两个珠华吧！那一个总把一切藏在心里，她们走着截然不同的路。

人是有一定的秉性的。郦珠华这样有思想，我熟识的姑娘就只有她。

我也记起了丰江周国平的爱人华英，这些都是可喜的社会上"精华"。

12月17日　星期日　晴　于董村公社里杜大队

跟生阳师傅9日到黄村做了几天，于昨天到了里杜。

昨夜到外杜村一趟，认识了伯忠，他是我哥哥的同学，人很不错。也碰到了国英、陶义、桂囡，他们都很热情。国英是平霞很要好的同学，她的举止显得一点不落俗套。

这些日子来，我是在一种深深的拘泥中过着日子。不会想到我会重新过起这种学徒生活来的。生阳哥对我是严格的,我也很听他的话。他对我的严格是有好处的,我应该虚心学习。

　　但是,做活的人处于主动地位或被动地位的差别是十分大的。我认为谁都不可能有一个十分能干、又得心应手的学徒的。

　　自己过了这种生活,到自己以后做师傅时应该回想回想。

　　——对学徒需要的是启发,让他大胆地做。

　　书本和一些亲爱的朋友们:我不得不忍痛和你们疏远一阵了。我们以后会再一起好好地生活的。我决忘不了你们,我是需要你们的。

风雨世面

我曾视为生命的日记

1968-1978

1968
1969
1970
1971
1972
1973
1974
1975
1976
1977
1978

1月17日　农历十二月二十五夜

二十一夜是才章的大喜之日，我们都参加了他的婚礼。那几个夜晚，我们都沉浸在狂热的气氛中。

2月7日　农历正月十六

度过了一个春节。由于是做手艺的人了，二十九夜息工，初三开工，我没有好好地休息过。
　　1月22日是农历十二月三十夜。这个除夕夜每年都是熬通宵的。但我想最有意义的大约要数刚过来的这个除夕了——我大概可以说在这个夜里决定了我的婚事。
　　玉英，这个勤劳朴实的姑娘与我的交往可以说是有历史了。与我接触最多的姑娘也可以说是她。自从我们有了接触以来，我十分满意她的为人。在西岩一起的几个月里，我们真好像兄妹一样，友爱、热忱地过了一段日子的生活。
　　尔后是祖坤家里的那种"醉酒"生活。她也是我《思友》第二首写到的"7人"里的一个。她爱唱歌并且唱得真好，我常常要被她的歌声唤起活活泼泼的力量……
　　但奇怪的是，我和她没有过"爱情"。为什么呢？我自己也解释不通。
　　去江西的前一天晚上，1971年6月6日夜，我向她告别了，但我没有向周珠华告别。
　　在江西的几年生活，我逐渐地把那种生活忘记了。尽管有的时候是那么地神往。当明川的一封信中写到月英说"要是晓东在这里的话那多好"时，我激动得几个夜里睡不好觉，——我忘不了这种青春时期的快乐日子。

但毕竟，我们生疏了许多。

三个月前，我从江西回家，玉英的母亲向我流露了特有的热情。当我爸爸向我谈起我和玉英的婚事时，我此时想到的是月，我当时心里充满的是那种"甜甜"的后味，我拒绝了。

当一次次和玉英接触，再认认真真地考虑自己的生活时，我的看法逐渐变了。月——她毕竟是个"画中人"，我和她的关系只会是一段惨痛的浪漫史。玉英——这是一个现实的人。如果我想找一个现实的爱人，那应该是她。

除夕夜，我和玉英两个人同明川一起从水湖庄到才章家里。那天夜里，我们又一起唱歌，她的清越、圆浑、优雅的歌声又把我带回到了过去。我的感情沸腾了。当回到自己村里只留下我和她两个人的时候，我向她求婚了，得到的回答是圆满的——只要我不变心，她说，她怕没有这么好的福气！

她说她把她的心交给我了，我也答应，一切我可以给她的，我会毫不保留。我相信这件事情对于我来说是理智的胜利，而不是感情的产物。

又过了半个月，今天，我对她爱得越真挚了，她也是那么地真诚。

结果会怎么样呢？玉英，这只能由您来决定了。

至于我，我认为应该是我的浪漫生活的结束，说到我想要的理想的爱人，能与我匹配的能有几人？

2月25日

这些日子里，我完完全全被爱情之火燃炽了。经过频繁的接触，我与玉英的感情越来越加深了，以前曾有过的某些看法，完全烟消云散。

玉英不仅勤劳、朴实，并且懂得爱，我个人的心里已正式落实下来，只要客观条件允许了，她会成为我的妻子的。

感情的狂热性是必要的，我丝毫也不掩饰对她的爱情。但是，我觉得自己甚至有些过分地沉浸了进去，譬如一些社会杂事需要我去处理，一些理当做的事情需要我去做。

以后应该注意的是：爱她，要用理智去爱，而不能纯用感情去爱。

在自己处于狂热状态时，我会突地想到月，她与我差不多可以说是中断了联系。一方面是出于双方的处境，但更重要的应该是双方的复杂心境了。月对我是赤诚的，我也应赤诚待她。我们是不会成为夫妻的，从我们恋爱开始，我就清楚地认识到了这一点。我们最后一次会面时，她对我说："如果环境条件需要你解决个人问题时，你是可以解决的，我不会怪你，但我希望你讨个老婆不要仅仅是会生孩子而已。"她的一席话使我感动。然而我现在只能这样做了。

对于我们的这种关系，我现在同玉英的恋爱在我来说并不有损道德，因我以前亦明白地和她讲过一些话，她也认为我们之间需要的是坦白，她是衷心希望我好的。我应该让她明白，坦率地讲清这件事，我相信她会体谅我的。

牡珍和公威也有些接触，但他们的"爱情"没能燃烧起来。

我同玉英是应该成功的。玉英的态度令我十分满意，但是万一呢？

我真不敢设想。如果……我只有打起铺盖，远离这些……

3月17日夜　于诸暨东风饭店

由于本地木工活的清谈，我的心又活了起来，因此于三天前决定了再次赴赣，三天里搞好一切关系，准备外出。我的心里十分踏实，一方面是外面的情况心里有数，另一方面大约是外出已习以为常。但是，我的内心是不无斗争的，甚至感到茫茫然。

5个月前，我从赣返家。这5个月是很有价值的。我解决了一些问题，了解了一些情况。

玉英，我深深地怀念着您。昨天晚上，她父亲暗地里的压制使我们没有一起谈话的机会。今天早上，我又没有等到她回家就走了，她答应我爸爸会来送我的，我没有等，一方面是由于时间，再则，我是怕，热恋之中的分离将是痛苦的，一双含泪欲滴的眼睛会给我什么呢？我怕我也会忍不住的。

亲爱的，我不会辜负您的，明年的适当时机，我们会开始共同的生活。公威和牡珍的恋爱使我十分担心，世俗的旧势力总是妨碍着青年人的幸福，公威，我这个最亲爱的朋友，他不曾有过爱恋，但是，他现在深深地沉浸进去了。牡珍那么诚恳地说到愿意做我们的妹妹，当我说起我要走后，见到面后的她的那种眼光——诚挚、探询、希望、悲苦交织，写到这里，我呆住了，心潮又奔腾了……

哥哥、才章……别离了这些亲爱的朋友，我的心呀！只有我自己知道。经常发冷的心，热核又爆发了……

强咽下涌上来的热泪，我的脑际里展开了那种新生活的画面。如银幕里的镜头一般，我大踏步地走着！

3月19日　于赣奉新上富

前天夜乘12点15分的沪昌直快。昨天下午8点半到南昌，夜宿游老师处。今晨乘6点15分的汽车，9点半到了上富。一路上由于一个人，行李又多，车上拥挤，十分不方便。下了火车，旅行袋被人调包了，到昨夜，9点多才领回，真使我伤透脑筋。我所碰到的事，有些说出来别人可能不会相信，这些事都是那样的侥幸！如上次回家时托运到诸暨站的箱子被人提走，这人出了汽车站刚好被我碰上，我把箱子拿了回来。如果我迷信，我会相信自己的运气是不错的。"吃一堑长一智"，生活总是逐渐地教给人一些东西。

到南昌时，我本想到月那里去一趟的，和她坦白地说明一切。但因为时间关系我没有去。以后再说吧！我虽没有等她，但我的心还是诚的。

游老师很热情，他的孩子对我也很好。

见到六顺哥，分外亲切。他已结了婚，令我十分高兴。房间里也给人一种"像样"的感觉，我心里感到异样的温暖。我现在的心境十分好，被这样的气氛所感染。

为了怕家人记挂，我一到这里就写了一封信，给玉英也另外写了一张。

想到玉英，心里无限的温情涌上来。她的朴实、真诚的感情，使我感到内在的温暖。是的，我已经有了一个很好的爱人。她并不怎么漂亮，也不是特别能干，但她的一切使我满意。我将永远地爱她——用自己的心爱。这是出于内心的，也是出于道德。

我深深地怀念着她。这几天她又会怎样记挂着我啊？

现实生活的美好对人是一种幸福，但这并不是幸福的全部意义。

奇怪的是和家里的朋友一起时并不见得怎么样，但一经分离，我竟是这样地怀念起他们来，公威、才章、明川、乐灿、仲娟爸……

忽地，我又觉得自己的心是那么地纯洁。的的确确，我和我的朋友们是纯洁的。我们绝不会像那些肮脏人，为自己的一点私利而费尽心机。

3月27日　于宜丰县花桥公社池源大队红屋子

这几天给国畏哥他们做车架子，和东良哥一起做，很融洽。摆脱了那种"师傅"的羁绊，我做活的主动性得到发挥，我觉得自己做得很不错。做了一年半木工，我的收益是大的，技术基本上是掌握了，当然，离精差得还远。

公威来我家，没碰上我，临走时留下一条子，他告诉我说："生阳师傅认为我的木工技术这样下去进步不了。"这我是万不相信的，我深信自己的灵敏和力量，我做任何事情，只要自己愿意，都能成为这个行业的一把好手。公威也希望我成为第一流的木工，如不再改行，我不会辜负朋友的期望的。

和这里的朋友商量了，我已写信给公威，叫他出来。我在家时，公威也一再叫我设法带他出来，我总觉得不合适。但当公威提出叫我设身处地地为他着想时，我才猛省过来。是的，如果我是这样无聊地生活着——就如1971年上半年时，我是多么盼望着出外呀！"路是人走出来的"，我一再向自己提到这点。

我与公威的感情也超过了任何别的朋友，我们将是永恒的朋友。我们怀着赤诚的心，探讨一切，互相帮助解决着一切。

牡珍：如果您有决心，您将是我的这位朋友的爱人，有什么关系再能比这样更使我们亲切呢？

几天夜里，我总是早早地睡觉了，睡在床上又是睡不着，想着一切。

玉英，你不知道我是这样地诚挚地对待着你，想念着你，我相信你也是这样地对待着我的。

妈妈，我不能说您是那么地高尚，您的处境决定了您不可能像您的儿子们一样心胸豁达，但我尊敬您、爱着您，像您爱您的孩子们一样。

也想到了公威的妈妈，她对我的信任是超过一般人的，我像对待自己的妈妈那样对待她——不温良、驯顺，而是以自己的心——赤诚、爽朗。

想起了有一次我到琴弦村玩，同学吴水东母亲的那双眼睛，——那忧伤、恐惧、无望的眼神，令我心惊！吴水东的父亲曾在国民党军队做过事，她母亲的精神折磨也就可以想象了！

母亲们，你们的孩子是可以放心的，他们懂得做人是怎么回事。

3月30日　阴到多云，傍晚有雷雨

昨夜到池源看电影《杂技》，我看得入神了。

杂技演员精湛的技艺、优美的动作、旺盛的精神，都使我受到深深的感动，这是人类美好的形体和毅力的结晶。

看着他们的表演，我呆呆地想：他们的表演艺术达到这样惊人的水平，不知花去多少时间和精力，人们有必要去为这种技艺而付出这样大的代价吗？这终究是非生产性的啊！我马上又得出了另一个结论：艺术美的享受对于人类是必要的。艺术使人了解自己的潜能：人经过努力可以达到这样的艺术高度！

公威还没有来，我等待着他，真如他说的，在一起生活时不觉得怎么样，一旦分离，却是如此地思念！

4月8日　雨　于宜丰县潭山石桥大坪

到这里是来给阿大他们做车架子的，独自一个人做活，效率特别高，责任心更强，但毕竟有些孤单的感觉。

拼命地干活会产生一种乐趣，我是劳动惯了的人，稍休息几天，心里就会不踏实起来；全神贯注地做活，心无旁骛，日子好像好过一些。

有些人，总想不劳而获，我所想的却总是用自己的劳动来获得一切。这也是我的一种美德，也是与他们那一班人（孟、赵之流）的根本区别。

4月14日　阴

傍晚，坐在屋外的石墩上，望着那山景，心潮又翻腾了起来。

雨后的山，分外地清新，那层层叠叠的山峦披着密密实实的竹木，郁郁苍苍。山峰笼罩在白云里更显得高不可测。

山那边，那边，再那边，我那熟悉的家乡有着亲爱的人啊！我多么思念你们！

4月21日　晴　于宜丰县天宝公社石井大队

　　这几天在焦虑之中过着日子，公威到现在还未来，家里又是讯息杳然，我内心焦躁异常。每当有人去潭山或花桥时，我总是再三地叮咛他们去邮电所看一下有无我的信。等着盼着，他们回来时说没有信，真失望！看来，我的素养很不够，我缺乏耐心。

　　昨天夜里，和祖义、银土谈自己的生活，也开玩笑地谈到自己和玉英的事，我有声有色地描绘了我们的经过。随后，我又谈了一些其他的生活趣事。

　　当他们睡着之后，我却翻来覆去地不能入睡。一幕幕往事涌上脑际。我们经常感叹日子飞逝得太快，这实在令人焦虑！以前，我总认为我还未开始"生活"，过着的日子仅仅只是一种"体验"而已，然而，如今已是24周岁了，再也不能自己哄骗自己了。

　　夜给平霞写了封信，我与平霞可以说未曾有过什么隔阂，我不曾想到过要对她隐瞒什么。

　　我写道：分别几年后的一段日子的相处，我感到你已不及从前那样有朝气了。老成起来固然是原因，但我总觉得你在"憔悴"下去！这是很不好的，我为你担心。但你问我"怎么办？"我也只能回答你："是呀！怎么办呢？……"

　　我也说到我自己：就是我自己，我也明显地觉得自己"老"了，以前，人们曾称我是棱角不倒的石头，滴着露水的黄泥笋。但似乎，这已是过去，尽管在人们的面前，我还是那么一个人——高高兴兴、无忧无虑。然而，自己骗不了自己，当静心默想之际，我的内心是沉重的，是啊！怎么办呢？

　　我也说到玉英：她是我经常思念着的人们中的一个，我十分感谢她，她的真诚，弥补了一些我所失去的。就我个人来说，我已确认她是我的爱人了。

4月24日　多云转阴

快11点钟了，还是写点日记吧！

前天开始学画，真是差得不行。原先总以为自己看着实物画是可以画好的，却不料并非如此容易，画脸盆底那只美丽的公鸡，竟被我画得没了鸡的模样，想重画一下，但没有橡皮，于是拿出一年级时的老办法，在食指上沾上唾沫擦，直擦得纸快破了，还是糊里糊涂，真是丧气得很！

在习画本上写上"天天画、渐渐进"，这道理是对的，但是否能做到呢？昨天是做到了，可今天刚开始画，银土请我给他写信。写好信我又拿起一本《鲁迅书信选》读起来，放不下了，直读到现在，又觉得要写点日记，于是，"天天画"就落了空。

今天接到了家里的信，一个多月毫无音讯真使我心焦得很！记得1968年第一次出外第一次接到家里的信，心情十分激动，捧着家信读着、读着，再也忍不住，最后躲到没人看见处"呜呜"了起来！

哥哥的信中说道公威一时不会来，公威已有信给我，信是寄到上富的，怪不得呢？

哥哥说到了他对我与玉英事的看法，他说："她的勤劳和朴实确是好的一面，这种美德也是难得可贵的；但她有一个致命弱点，她的性格太软弱了，她是缺少那种为自己所向往的一切而努力的意志和决心的。您去后，她也常到我家来，她同我谈起她妈的思想在变卦，但她自己心里是较踏实的。"

看了哥哥的信，我又茫然了，想到在公威家里时，我说，我不再娶另外老婆时，瑜叔马上答道："如果她变了心呢？"这句话一直在耳边响。

我相信玉英是不会变心的，因为我们的关系已非一般的恋爱可比，我们的关系是相互确认的了。

我并不以哥哥的话为然,然而,这件事情的压力是加重了。

能否成功呢?仍取决于玉英,至于我,我的态度一如既往——不做负情忘义汉。

5月1日

一切的一切,意思在哪里?

对一切,我似乎感到疲劳了。

5月4日　多云　于宜丰县澄圹公社黄萍大队茜源

昨天下午从天宝公社石井到了这里做活,五个多小时挑着行李、木工工具跑60里路,确实累得够呛,今天甚感疲劳。

公威来了,我放下了一件心事,然而,工作不够理想,原打算在花桥农机厂做的,因有变故,结果还是到了石井大队徐祖义处,也未知以后情况到底会如何。

到外面来,公威在好多方面显得不够老成,我说不清表现在哪里,但心里总有这种感觉。记得在学校时,我是及不了公威的成熟的,看来一个人是应该多在外面生活的。公威主要是多想、多虑、多担心,这按理说应该是好的,但对不理解他这种表现的人会引起各种各样的想法;再则,已经是这样了,多虑又何必呢?

但毕竟,我们是太了解了。我们是能互相了解,互相体谅,互相爱护的。

我与公威曾于29日从石井步行到池源,一路上谈了各种各样的问题。也好好地谈了各人的婚事,公威是赞成我和玉英的婚事的。但由于玉英母亲的变卦,我哥哥、明川、珠华的另外看法,使得我的心情变坏了，我甚至觉得我必须用理智——良心来处理这件事了。十多天前，我是那么地自然和满足。

对人说话的确要掂掂分量。特别是对自己能影响的人。

5月8日 雨

做木工，一天10个小时不停手地干，能挣5块钱一天，人家又是客客气气地招待。还有什么工作再能这样好呢？须知在家生产队里劳动一天5角钱都不到啊！然而，我一点也没有满足的感觉。我的精神状态变得差极了，思想情绪不稳定，那种难以言状的空虚，一阵阵袭来……

前几天，接连地写了好几封信，给哥哥、明川、乐灿、仲娟爸、牡珍和玉英，谈了一些自己的思想。

给乐灿写的那封信是触动了内心的。我写到电站工地干活住在他们家时的生活和朋友们一起时的愉快心境，并且出于当时的心境写了对玉英这件事的想法———一种动荡的情绪。

昨天公威来了，我们就我与玉英的事交流了一下思想，公威温和地批评了我——如果我有这样的想法，那事情就无意思起来了！

他的话触动了我的心弦！是啊！我和玉英情意绵绵地憧憬未来之时，她向我表达她的真心之时，我们相互确认我们关系时，一幕幕地涌上了脑际！

晓东，你应该清醒些！你不能让一个热烈爱着你而你也答应了她的姑娘蒙受耻辱！

5月9日 夜晚有雨

夜，翻看一本《梅花馆高等习画本》。画家们的画真使我叹服，一支笔，竟能如此活生生地画出生活来。

其中有两幅画特别吸引我，一幅画是一个豪门小姐蹙着眉，用手拢起帘子，从圆形的窗子里探头向外看一棵梅树，有诗道："庭院梅花发，金闺罢晓妆；自怜倾国貌，只是伴寒香。"作者署名王素。另一幅画是绿柳下的一只小船上，坐着一个渔家女儿，她在结头发，水波涟漪，柳枝轻盈，诗意盎然。

　　这两幅画反映了截然不同的两种生活，在现实社会中，这样的差别大约是不会有了吧！但是，这种意境我想还是有的。

　　大约是无聊之余吧，我给这两幅画配了几句"诗"。

　　上幅是："宅深围墙高，香烟缭屋绕。千金怯生生，拢帘探头眺。自怜如梅花，孤芳独自赏。"

　　下幅是："天清杨柳绿，风微碧波荡。渔女驾轻舟，悠然淡梳妆。劳者乐无穷，羡煞金闺女。"

5月11日　晴有雷雨

　　整天不休息地劳作，到夜晚，人很疲劳了。吃了夜饭，洗好衣服后总想早早地躺到床上去。但我不能让自己这么早就休息。

　　现在住在一个堆放着稻草、杂物的低矮黑暗的阁楼上，在灰尘寸把厚的楼板上摊一张席子，就是我的床，一个破旧小孩的座轿上搁一块板，是我的"办公桌"，一盏胶水罐头改装的灯，被子一卷作为凳，我每夜就这样舒舒服服地"办公"到10点多钟。

　　有时翻看地图册，天南海北地乱想一阵；有时则看看书或信，或写点什么，或画几幅图画。

　　以后，大约回想起来也一定觉得颇有兴趣吧！——现在是觉得无聊……

　　无聊——这两个字眼是可怕的。

　　爬下梯子，到门口站一会儿，繁星满天闪烁，但大地是一片黑暗，周围的山，黑沉沉地只能看出个轮廓来。各种蛙声叫，"咯咯""咽咽""吭吭"，热闹异常。身处在一个山坳里，但却有一种处身于《走向新岸》中的大草原沼泽地的感觉。

昨天军威来了，谈起了社会上的一些事。现实生活中人们为什么喜欢在讲空话上花费这么大的精力，并且用空话来欺骗别人——也欺骗自己。

冯老师叫我读点社会科学。但我想到什么地方在应用着这门科学呢？一切只是有权者的意气用事罢了！

世界上确实有这种人，他（她）不能流芳百世，但也要遗臭万年。

记点日记很好，有助记忆。看了开头的几篇日记。我回忆起了和玉英的往事。我深深地忏悔自己思想的动摇。玉英啊，只要你不负我，我也不会来负你的。

玉英，你现在在做什么事？你在想什么呢？

（注： 那个年代有多少人用"空话"作为谋生手段，而"空话"不但能谋生还能"高升"！ "不能流芳百世，也要遗臭万年"这句话，是当时我和军威谈及对江青之流的看法时说的。）

5月15日　晴

做木匠的好处之一是可以不管气候条件怎样，在屋子里都可以干活。但这些日子天一变我就发愁，我只盼天能晴好一些，这样公威他们的伐木场可以多干几天活，可早一点收方结账。人啊！不关自己的事，总是不怎么挂心的；要不是公威来这里伐木，我大约也不会这样地担心天气的变化吧？

我是不会喝酒的，今晚多喝了点甜酒，马上脸发烧心乱跳，情绪也高兴些。现在是冷静下来了，千万缕情思就又涌了上来。

我又想起了玉英。每时每刻，确确实实我会想到她的。白天和老金的嫂嫂以及李松金、郭作权等谈戏，谈到了《泪洒相思地》。我无比地同情王怜娟，憎恶张青山。虽然我对这些才子小姐无任何好感。我想，如我身临张青山的地位，我是不会也不应该做出张青山的这种行为的。我对玉英是真诚的，尽管内心也不是没有斗争。我应该对得起她。

前几个晚上看了《碧水长流》。这是一本描写文化大革命后的社会新貌的短篇小说。我虽不能体会进去什么，但看书时自己的心胸似乎要宽阔一些。

看书确实是必要的，不光是接受影响，而且从书中可以知道许多自己所不知道的事，如工厂情况、部队情况等。近几年自己的意志是衰退了些，但我的求知欲永远是旺盛的。对一些自己不知道的事，我总是抱着一种"想知道"的心理。

我也应解剖一下自己。由于自己是在称赞声中成长起来的，我似乎已经习惯于听"好话"，听到"坏话"，心里总会无名地火冒三丈，尽管过后自己能冷静地反思。这种听见"坏话"就冲动的根源在哪里？归根结蒂，是自己没有确立正确的人生观。我们往往把理想作为一种"高"而"大"的东西，而忽视了一些"小"的东西。

在家时，我曾着手消除过平霞对明川的误解。学校的老师认为明川骄傲，有些自以为是，事实上明川从内心里不会有什么骄傲。但从他的表现来看，人家就以为是骄傲。这个缺点我也一样存在。

我的木匠技术应该说是低的，我却总冒充"高手"，希望获得别人的称赞。其实我离一个真正的木工尚有距离。虽然我是自信的，但我也不应该把自己看得太高。

今天的一件小事，可以看出我的性格。

前天我给诸暨老家金家大队的金传苗做了个车架子，我做的单轮车架，确实质量不差，没有因为他是新手而马虎一点。结果因为金传苗没有配好附件就去拉木头，车架自然脱开了。传苗把车架拉回来的时候有了点怨言，认为是我的活没做到家。而我认为他没有把车架绞好铅丝就去拉木头了，这样车架肯定会出问题的，我从心里涌起一股怒火，大声责怪他。大约因为我是"老江湖",在这里的人们中有好感,传苗反而一点也不作声了,我也只得作罢。

　　大家都干活去了。只留下我一个人在家里做木工活。我就思考起这件事来,刚开头我的想法是:我要压他一下,我给你做了这么好的车架子你还不知足,你要埋怨,我不给你这个车架子了。转而,我又想,他应该不应该埋怨呢?应该的,倘若我做的车架像我们诸暨家乡的车架子一样,榫头再紧些,竹钉子再粗大些,拉这点木头应该是不会脱开来的。

　　既然是我的活没做好(尽管不必要做得太好),我又怎能责怪人家呢?

　　我心里自责起来,拿起斧子又给他修理了。

　　这类的事常有,今后是要注意一些。听到"坏话",不管是否真实,应该先检查一下自己。自尊心、虚荣心太强会妨害自己进步的,也会妨碍自己同别人关系的融洽。

5月17日　多云

　　老金的嫂子待我是不差,但是她太能干了,什么事情都要管到,对待老金好像是对待自己的孩子一样,整日唠唠叨叨。我从心里起了反感。

　　如果这样的人做我的爱人,我们会相处得好吗?肯定不可能的。

　　这使我想到了玉英。玉英啊,我是爱您的!就是有过另外想法,也是从良心上来爱您出发的。我不会变心的,决不会的。除非有朝一日您也像冬梅那样,到那时我也不会来埋怨您的。

　　给她写了封信,由于我们的关系已经互相确认。我就不再有什么顾忌。我说:"我为自己有这样一个温存、善良、体贴的爱人而感到满足……"想起我们以前的友谊,想起两个月前的那些一起度过的夜晚,我心里就十分地激动。什么时候开始我们的共同生活呢?我期待着这一天。

5月21日　多云

　　这是这楼上生活的最后一夜了，明天将离去。已是深夜一点钟了，被蚊子"围剿"得浑身疙瘩，我痒得再也躺不住了，我点亮油灯，干坐着等待天明。

　　蚊子们也太厉害了些，穿上袜子、长裤、长衣，蒙上头巾，它们还是照样做好它们的工作——吸走你的血！

　　记起了前年这个时候，我到上富砂轮厂去，乐喜把他有蚊帐的床让给了我睡。那时我们还只是第一次见面，我也不知道他是否还有另外睡觉处，就径自睡了。到第二天早上醒来，我看到乐喜睡在一块光光的铺板上，为了抵御蚊子，他穿着一身长衣长裤，脚上还穿着一双半统靴！他还没醒来，在睡梦中的手还在不断拍打着蚊子！看到他这模样，我真是又感动又懊恼自己的"自私"……

　　我的"办公桌"已没有了，木板已经做成箱子，那个小孩坐轿，老表拿下去修理了，我只有伏身在膝盖上写着，总觉不怎么方便。

　　下一步到哪儿落脚？到哪里干活？还要走起来看！茫茫然，然茫茫……我的神智也不大清晰。

　　想起了平霞，当她看这点日记时，她一定会觉得"新奇""有意思"，她不可能尝到这样的生活，也就不能体味到个中的滋味。

　　她令我思念，五年以前，大家刚从学校出来的时候，她有创作热，她爱诗，也写过诗，其中有思念学校生活和同学们的诗，曾给过我很深的印象。

　　想起了明川和乐灿，他们都在做爸爸了，我们确实都已经是大人了，原来大人也只不过是如此样子的，儿时印象中的大人似乎是十分"成熟"的。

　　一点半了，我少有失眠的夜。亮着灯招来了飞蛾和小昆虫，停到脸上、手臂上，浑身不舒服。

原想坐"疲劳"后再睡的，却不料很清醒了，这个夜怎么过呢？我担心起来。

夜太长了，失去了我一半的时光！

6月13日　多云　于花桥公社池源大队红屋子

自茜源做好活后，我流动了许多地方，到东槽做了几天后又从甘坊到上富、罗坊等地，在罗坊给老李他们做了个独轮车架子又返回这里，再到了天宝公社石井大队公威处，回来后又到了南山，这几天是给自己拾掇点木工工具，准备开始好好地做木工了。

在东槽的几天，和军威作了一次深刻的交谈。没有想到军威能如此诚恳地来对待我们的关系，军威检讨了自己行为的过错，他能这样地谈自己的思想，使我很受感动，我表示愿意用一种新的眼光看待他。回顾过去的交往，许多事涌了上来。我觉得真正的朋友需要坦白、真诚。因此，我又不容情地向军威指出了他的缺点和错误：自私——把钱看得太重了；个性太强——由于敏感性太强，他有些事情做得是没有道理的。

我也告诉军威：我看一个人并不是仅以他对我个人的好坏来评价，对他产生反感，也并不是我与他个人相处的不融洽才引起的。特别使我不能原谅他的，是他和他哥哥、姐姐的关系，他们兄弟姐妹因为社会变迁而颠沛流离，他们的重逢我曾为之落泪，但他竟想从中打经济算盘。这是我绝不能接受的！

军威——诚恳地接受了。

和他的关系，使我感到了一种"斗争"的乐趣，也使我感到了友情的温暖。几年以来，我交往的人不少，但真正知心的朋友却很少，军威是个聪明人，我相信他是会进步的。

罗坊采育林场，这似乎是我的一个"家"。这里的人们都那么热忱地招待我。那几夜，和一班小孩子们又唱戏、又唱歌，我又沉醉进去了，也使我回忆起家乡的夏夜……

玉英给我写了一封信，就一个初中生的水平来看，那是不够的，但就现在的一般水平来看，她还是写得很不错的，我感到满意。这是她给我的第一封信，我经常拿出来看几遍，她称我们一起度过的日子是"美妙的几个月"。的确，那是有一种特别意味的生活。

6月19日

看着《晋阳秋》，听着隔壁收音机播放的优美音乐，我的心被引到了一种无限美妙的意境。

我已经深深地觉得自己越来越不行了，前一次的日记写了这点即写不下去了，给别人写信也像完成任务似的，草草几句即算了。

记得三年前，在东槽，在那样的繁重体力劳动后，我每晚都要学习到夜深，或看书，或写点什么。那时是那么地认真，写封信都要起草后抄写清楚再寄出。

不看书是不行的，我一段时间不看书，人就更加茫茫然起来。借来慕湘著的《晋阳秋》看看，人好像振作一些了。

有了一阵思绪，我给祖坤写了一信。

6月25日　端午节　于花桥公社池源大队汪家

今天是端午节，这一天是在一种亲切、温暖的气氛中过来的。

在汪家给汪海元家做了10天活，与汪家的人们建立了一种很深的感情。

在江西已经好几年了，虽然我与本地人接触得不少，关系也都不差，但产生这样亲切的感情还是这一次。

我深深地感受到"与人为善"的乐趣！汪海元一家对我真好，我深深地感激他们，原来我今天还是打算干活的，但却不过他们的盛情，我休息了一天。

上午去花桥理发，午后好好地睡了一觉，因昨夜只睡了两三个小时。今夜看电影木偶片《小八路》和越南影片《山区女教师》。

《山区女教师》中的教师是个年轻的姑娘，在一个生活条件极差、困难极多的环境中办起了学校。

"世上无难事，只怕心不坚"这是主题。

影片通过生动的事实刻划生活。影片里的人们没有什么娓娓动听的语言，也没有讲什么冗长的大道理，但它却深深地揭示了某种真理。

7月5日 池源白家

前天和昨天接连地看了两晚电影《战洪图》，这是一部描写华北平原大清河畔的一个村庄——冀家庄，在一次大洪水中，为了保护天津和津浦铁路的安全，牺牲了自己的家园，分洪放水的故事。

我深深地受到了感动，敬佩那些勇敢无私的真正的革命者。

这是一部成功的影片，但是也有一些硬塞进去的东西。

斯东良和先根去福建武宁，搞不好回来了。斯东良叙述了这不平常的10天的生活，令我也难受。他们从裳浦托出的行李耽搁了，两人一起在南昌等了两天后，斯东良先到武宁去，每天都焦急地等着先根，可三天还是等不到。第四天他吃了晚饭后跑30多里路到江边车站，以便第二天可以乘车到南昌找先根，一个人在修水江上的一只船上过了一夜……第二天在中途遇到了先根，又一起返回武宁。可最后终因工作不好而返回了。

二人这一趟，遇到了不少的困难，经济上又遭受了很大的损失，实在是不合算的。但是，从整个人生来看，我这样平平安安地过了几天，还不如他们的经历来得有意思呢。

　　公威来了信,他这一次经济上受到了损失,这天气又总是下雨不停,他心里十分焦急。我写了封信,宽慰了他一番,他情况不好,我不比他好过,虽然我们都并不看重几个钱,但这毕竟是实际问题。我是有打算从经济上支持他,不会看他蒙受损失而不管。

　　我也告诉他,我的木工活从质量上和工效上都得到了人们的好评。过去自己做只方凳子都出错,现在能做出水平不错的家具,这里包含了一种辩证似的东西——人应该有发挥主动性的环境。

　　从做木工活起,我似乎没有好好地写过一篇记述这工作的日记,应该说我还是顺利地过来了。凭借着自己的一点能力和朋友们的帮助,我没有过什么学徒生活就成了一个木工师傅了。

　　我相信自己是能成为一个好木工的,这工作算是"理想"的,它可以自由地活动,广泛地接触人们。

　　又有好多日子没有接到家里的信了,我怀念着玉英,她现在怎么样呢?

　　我想,她应该是我的妻子吧!

　　从汪春林处借来了《小城春秋》,胡乱地翻看了些。记得第一次看这本书是初中刚毕业时,以前曾听公威介绍过,那时认为这本书写得好极了,但现在却有了不同看法。首先是人物描写上,对每一个人都是表白得太多,性格特点没能从他们的生活中好好地表现出来,缺乏生活气息。其次是人物之间的关系安排不当,典型不够突出,对于敏这个人的描写应该说是失败的,无论从他的日常生活和结局来看,他不能算是一个典型的革命者。

　　但是,书中还是有一些生活的缩影,也有一些警句,让我抄下一些吧——

　　"假如幸福必须牺牲别人,就先牺牲自己吧!"

　　"……为着要变,志士就要流血了。没有比这样流血更严肃的了,这样的流血已经不是个人的悲剧，是广大的人群为着实现他们的愿望而演示的伟大史剧。每次当我想到我们是这伟大史剧的参加者和演示者时，我就觉得自己有理由像别人那样严肃，纵然是极细小的荒唐，也不能轻易原谅。"

"只有用真理武装自己，他才能做到真正的不屈和无惧，他即使在死亡的边缘，也能为他的歌唱的黎明而坚定不移。"

"人是爱群的，有自己的'群'，虽地狱也是天堂；没有自己的'群'，天堂还不是跟地狱一样。"

7月18日 雨

这几天是信的"丰收"季节。从上富转到了几封信，在这里又收到了两封。

玉英的信中说："看了您的两封信，感到无比的喜悦，事到如今，您对我一切耐心细致的好感，我表示最衷心的感谢，您对我的一片真心，我是永远难忘的。凭我自己，同您说实话，我是决不会动摇和改变的，我相信您对我是比较了解的，您可以完全地放心。"

平霞说："以前当您在外的时候，想到您的生活，我总觉得是迷惘，现在我感到踏实多了，相信您的能力和水平。我们的友谊是在一定的思想上建立起来的，我们从来是赤诚相见的，这样的友谊，在过去和将来，都能为我们的生活发挥一些作用……"

"几年来，我明显地觉得自己'老'了，生活的风浪折磨，已把我搞得疲惫不堪，不知以后可有恢复的时期？幸福也和健康一样，当失掉它的时候，就感到它如此珍贵。现在回忆二十岁左右的那几年，总使人对它无限留恋。"

平霞还告诉我，周佳昌因跟老婆吵架，服农药自杀了。因死在去抢救的路上，所以尸体不能进村，只能停放在村口的破庙里。可怜的是他的白发老母亲，独自替两个儿子送葬，她的心会是多么地凄苦啊！服农药自杀，村子里好几个人尝试过了，为的都是些小事，人呀，为什么如此轻生？

收到了冯老师的信，他总是以他的深刻而现实的道理来启发我，我把他的信抄了些：

"生活的木轴车轮，在不平坦的路上，正在发出'嘎嘎'的粗糙声，毕竟还看得出它在前进。每前进一步确实付出巨大的代价……"

"随着万物的运动，我们也随着运动。停止运动也就等于停止一切。'运动'在哲学上来讲是绝对的，'事实上'是相对的，由于运动的方向、速度、方式，各物都具有其固有的特性，但无一物是孤独的运动，每物都是由他物对其作用的结果。到世上来做一个有理智的人，势必得考虑'运动'这一点。然而从有记忆到衰亡又是何等的短促，便更促进人们去分析环境、剖析自体，去寻觅自身运动的归宿。——晓东，这一切就是您的'烦恼'吧，说实在的也是我的'麻烦'，或许也是所有凡人的事情。啊！是吗？"

"晓东，请不要多想，好好地分析一下，总结一下过去和现在的'运动'情况，裁定今后的'运动'，找出一个头绪来，寻根追源地摸索一下，也许对你有益处。彷徨、模糊，解决不了你要解决的。要果断。然而，果断来自于周密的观察环境、分析情况，生活就是斗争。除了暖房里的花朵，看来世上奇妙之物皆出自于风浪搏斗中，何况，暖房里花朵的祖先也起始于万物相竞的大自然。"

"自从上次会面到今，看来，双方并无什么事情发生，似乎是昨天=今天，也许今天=明天。"

冯老师还说他今年已两次到江西，给知识青年举办业余函授。

冯老师的信，肯定会对我的生活产生影响，的确，必须总结一下过去，分析一下现在，展望一下将来。

如何做人，10多年摸索下来了，自己也应该对自己有个答复了。

又记起来了，10年前——15岁那年的一个春日，天蓝气清、微风拂拂，我们吴子里学校的院子里一丛不知名的兰科植物，枝叶繁茂飘逸，它开的花，状如金针花，又比金针花大得多，娇挺，散发着勃勃生机！这时天空飞过几只快活的小鸟，我神往了！我凝思着，想象着将来，当时写下了一句："十年之后艳阳下，未知我身在何方。"

五年前，与渭月深谈到后半夜，写下一句："今日相逢话路迷，明日东西觅正义。"

现在，一切不是已经成了过去吗？

怎么办？

一、学好木工，提高技术，作为自己对社会，对人们的一种服务手段和谋生方式。

二、学习绘画、雕刻，使木工作品和自己的生活带点艺术性。

三、加强自我改造，不做不利于人、不利于己的事。视可能学点哲学。

四、不放松学习——向社会，向书本。

其实，这几点也可以说是已经开始做了。处理个人问题，我也是依以上几点为基础的，那种从家庭生活获得温暖、幸福的愿望对我已趋淡漠，我只想尽可能地建立一个可以使我少费精力的"家"，为自己，更为母亲。

8月30日　晴　于池源白露坑

没有什么特殊意义的事情，我连日记都一个多月没写了，但事情，是不少的。

在汪家做了两个半月活，我的生活简直是不能再好了，白天不去说了，每天晚上，我们几个人，丁德福、缪冬生、汪海元、汪春林总是聚在一起，听着收音机，谈论一切话题，很有趣。

汪家这个小小的村子，几个青年人很是不错，在这里的农村青年中，像海伢子、春伢子这样的青年是不多的。

我与他们十分融洽，我们在以后的生活中都会是朋友。

小丁在知识青年中也属少有，他勤劳、朴实大方。这次被推荐上大学，群众评议没有一个说他不好的。能不能上大学，这两天会有信息，我是十分希望他能上大学的。

有一天夜里，我给冯老师写了一信，我追述了一些以前的生活，并谈了些对人生的看法。这封信几个人都看了，还由小缪读了给大家听，听后，大家都认为写得很好，接着各人又畅谈各人的事情。

对这种生活，我有些"满足"。

才章又来一信，他的信写得真好，活泼生动，有思想。他只是小学毕业，但水平远比一般初中生好。

他说："从现在看，我们家的发展趋势很好，充满着人生的爱，始终贯穿着生气勃勃的景象。"

他也说到牡珍情况的复杂，她爸妈因为政治原因，不同意她与公威恋爱。这些情况，使我深深地不安，但我心里却早有预见了。

9月8日　于池源白露坑

与公威一起出去了几天，在一起好好地讨论了一些事情。

我们都很思念渭月。公威曾担心我们会疏远起来，我深信是不会的。我一直十分深切地怀念着渭月，前几天夜里和今夜给他写了封几千字的信，向他谈了自己的生活和思想。写的不外是些陈词旧调，弹不出什么新鲜曲调来。

我说："每一个人，都是生活在'人'的中间。离开了这大的'人群'，而谈论些所谓的'路'是空洞的。但是，做一个随波逐流的人呢，或是做一个先进的、创造性的、积极的人呢？这正是我们所必须选择的。"

9月9日　池源白露坑

晚饭后习惯地拿出书包来，想写日记，但写点什么？心里一点没有头绪。

诗意很久不曾有过了，主要原因是没有好书看。以前，一本好书看到入神之时，我就会有无限美好的激情涌上来。

与公威曾谈到过一个人的感性，我深深地觉得人是应该受到些刺激的。我的生活太平淡了，也过于温饱了些，觉得有些"颓唐"。

我经常感慨作家们阅历之丰富。如《朝阳花》，马忆湘没有写出人物来，但他却把长征途中的景致描绘得十分真切，令人看了有亲临其境之慨。如果叫我写，尽管看过好多"爬雪山""过草地"的书，写出来一定是十分乏味！

突然想起了我1971年两次考察香榧产地，两次"登走马岗"，那种意境真是十分美好的，心胸也为之豁达。登高望远，不仅开阔了眼界，主要是开阔了心胸。

"登庐山"真是懊恼得很，去了庐山一趟，迷雾重重，什么都看不清。

听小缪说：仙人洞下的山腰里天晴时候有一只飞机在绕着飞，其目的是现出庐山之"高"！

有诗云："庐山高又高，飞机绕山腰；屈屈叫又叫，时代新风貌。"

如李白在世，他一定会有更好的诗。

经常要想到蒋光慈，他的作品里有"哭列宁""怀拜伦"。不知怎的，我却常有"哭光慈"的心绪！

唱歌真是好，唱着歌感情激荡了，肚里的污气也会排出去。

我们吴子里学校的吉老师是有现实经验的，他每天早上领我们做广播操前，总要叫我们原地踏步，大声喊一、二、三、四！他说这样可以排除一夜闷在肚里的污气。

就卫生观点论，吉老师是对的吧？我常感胸中污气憋得很，也常常会想痛痛快快地喊几声：一！二！三！四！

想起了祖良，不知他现在何方，情况怎么样。

记得在西岩电站时，某天夜里，我问他："如果我跟你妹妹谈恋爱，你会持什么态度？"他爽快地大笑起来，他说他一定会高兴地同意的。

那阵笑一直回响在耳边，有的人就不会这么爽快的。

哥哥的信中写到仲法十分怀念我，他的身体不太好，我哥叫我多给仲法写信。

在我回家的第二天，我曾与仲法在夜晚一起到我家，路上，我们谈得十分多。

仲法说有人认为我与他的性格差不多，很有些固执的硬朗，这是确实的。

在仲法遭到无端的怀疑时，有的人理都不理他。他的一个伙伴吓得路上不敢跟他讲话了。哈哈，真可笑得很呐，那一副副嘴脸！

好吧，现在就给仲法写信吧！

9月11日　晴

写好了几封信，给仲法的信中说到了他的事，仲法曾说："我怕与人交往，不再相信别人。"我说："我一点也不同意你这种论调，但我也相信这只是你一时之念。"

我说："人生在世，如果没有了爱，那还成什么生活呢？当失去了朋友，感到孤独之时，会痛感友谊是多么可贵。"

我又说："对于人们，不能一味地过高要求他们，我往往很容易原谅别人——他们是生活在不同的具体条件下,他们的行为,应该是自然而然的事,尽管有时很是可憎可恶。"

　　昨天到棠浦去接苗永,他来和我一起干活。

风雨丗面
我曾视为生命的日记

1968-1978

1968
1969
1970
1971
1972
1973
1974
1975
1976
1977
1978

2月5日　88次列车上

在火车上度过了一个长长的夜，现在列车行驶在龙游县境内，马上要到十里坪了——这个我的童年乐园，那么地令我向往。

昨天收到了玉英的信，一些实际生活问题真令人烦躁。我很清楚，那是一个无底的泥潭，我真不想陷下去，然而我是一个未来的家长，这家的担子不由我不挑。

望望那滚滚而去的江水，望望那一望无际的田野，我不由地长长地吐几口气。

——人呵！
看得远些吧！

2月23日　正月十五　晴

今天是我的订婚日，是我生活中的一件喜事。我们没有举行任何形式，我不喜欢那庸俗的一套。

12点了，没有一丝睡意，那些往事在我脑海里翻腾。

玉英，我的爱人，虽然我们的关系就我们双方来说已确定有一年多了，但是真正取得合法地位还是今天。在今天这个日子里，我向您，也向我自己祝愿生活的美满和幸福。

在以后的生活中，我将对您负责，我将真诚地对待您。我也相信，您会像我对您那样对待我的。

生活，走向了一个转折点——我已经有了"家"。我的浪漫的故事是必须结束了，但是，我却不会迷到这个"家"里去的。

"义务"是永久的，沉重的"义务"。

3月3日　雨　于宜丰县澄塘公社澎源大队上澎生产队

　　欢乐的日子过得太容易了，晃了晃，过去了个把月，现在轮到我苦闷了。

　　家里的一些欢乐的生活我竟没有写下点什么来，那些日子，我的头脑是有些发热的。有空时，我将回忆着写下点什么。

　　25日，玉英送我到陈蔡，玉英的心情有些忧伤，虽然她有些遮掩着。而我却很坦然，毕竟我比她要老成了些。

　　但是，到了车上以后，我却无可避免地坠入了孤寂、空虚的境地。我思念着玉英，思念着我那些亲爱的朋友们……

　　到了池源，人们十分热情，但我却未曾被人们的这些热情鼓舞起来。做了两天活，混沌沌的，我的心境从来没有这样不好过。

　　我细细地回忆着已过去的一切，就现实生活来说，我还能要求什么呢？在人们的心目中，我的生活是到了"理想境界"了，青年们谁不称羡我呢？但是，我问自己乐趣在哪里？

　　我向谁倾吐？

　　给仲娟爸的信里，我说到：千万种忧虑整得我想狂喊一阵，我以前总认为自己无论什么时候总能有一个清醒的头脑；但是，我现在真害怕自己会发神经！

　　我再也闷不下去了。2日一上午做了一会儿活后，我决定到外面走走……

　　漫无目的地往澎源路上走，下起了雨，越来越大，我走得更急了些。这里，我与公威一起走过，那时，我们也是不那么充实，我们不知道，生活会是怎么个结局，不管是眼前的，或是以后的。

　　傍晚，回汪家，想到一句话：一个人生于世上，"生有何恨，死有何憾"！

是的，生有何可恨呢！

到汪家，海元给了我不少影响，这个乐观的青年未曾被生活压倒，他仍旧是那个样子，无所顾忌地对待一切。

欣赏地看着他，我说："我很佩服你的这种乐观，前些日子我还担心你会被压倒。"

他爽朗地回答说："压不倒的人是永远压不倒的。"

是的，"压不倒的人是永远压不倒的"。

我向来不喜欢喝酒，那夜，我想喝醉，喝了一碗水酒，神智反而越清醒了。

"生有何恨"呢！

——我兴奋了起来！

3月8日　雨

昨夜翻阅唐诗，白居易一首《望月有感》使我久久不能入眠，全诗是这样的：

时难年荒世业空，弟兄羁旅各西东。
田园寥落干戈后，骨肉流离道路中。

记得年前我给姐姐的信里这样写到："我很羡慕这皎洁圆月，她看得见你们，也看得到我……"那天是12月16日，我站在池源红屋子的院子里，望着月亮，思念着亲人们，写下了那信。

到家里后，27日夜晚姐姐带着碧江、碧泳和哥哥嫂嫂一起来了，我们的高兴是不用说的。

但是，由于哥哥嫂嫂某些做法不妥，导致了一些家庭纠纷，一个除夕夜闹得很不像样。那事以后，我对家事有些心冷了，也有了些另外打算。然而，我总不愿意我们的家庭是这样的结局。许多天来，我为这事苦恼着。

昨夜读了那诗，令我想起了那真挚的骨肉之情，也回忆起了我们姐弟、兄弟之间的难以割断的深情。

想到我们兄弟在苗福他们屋背后哭着，等妈妈；想到我们兄弟俩抬着一壶水，给妈妈送去；想到姐弟三人的照片……我的心不禁又一阵阵地发热。

今天一天，我边做活边思考着。我决定好好地和哥哥嫂嫂谈谈一切，用那崇高的东西来代替那些庸俗的世事。

我也怀念玉英，因而也想到其他的一些女朋友。

除夕夜，周珠华病在床上，我去看望了她，这朵"白花"多么瘦弱啊！我情不自禁地涌上来一股激情。我问她："您可记得您还欠着我一笔债？"她回答说："我正准备还您……"这债说的是1971年的一个晚上，她答应我好好地向我谈谈一些事情。

12日夜与保华到小婉家去。那些多情的姑娘使我觉得自己还是青春时期。我是很真诚地向她们说一些话的。大约是自己已经有了爱人之故，我是那么坦然地向她们掏出自己的心里话，如果是以前，我会觉得难为情。

那夜，月亮很好，我陪保华回家，我们说起五年前的一切，那些日子是多么令人向往。

正月初一曾到尚典碰到了月英，她已是一个3岁孩子的母亲，她也使我想起一些事来。

过去的，未尝尽是不好。许多男人都会遇到什么"无情人"，我倒还没有碰到，不管哪一个曾经有过恋情的姑娘，我与她们的关系都处理得令人满意。

3月11日　正月廿九　晴　于澎源

对于中国的旧文化，我懂得十分少，但是唐朝的文学艺术，却对我有十分深刻的影响。《通史简编》称之为"百花盛放的唐文苑"，确也可称得是"百花齐放"了。

现代还有"百家争鸣"之说。"百花盛放"，上千年过去了尚自芬香浓郁，而那"百家争鸣"却未等"鸣"响就被打得嘶哑不堪了！

很想"鸣"几声的，但是自己"鸣"自己听也无聊的。譬如歌唱，若无"知音"，总是乏味的。当然，我并不是没有"知音"。

3月17日　晴　于澄塘黄萍茜源

又在茜源做活了，一年前和一年后的今天没有多少不同。

久雨的天，晴朗了起来。春天的晴日往往是很美丽的。这春日，也赋予了我一种新的生命力。最近的几天，我开朗起来了，逐渐地，我从那思想的小天地里解脱了出来。

前天夜，与一班青年一起翻山越岭到古源看电影，我并不是为看电影，主要想让自己高兴些。我们像小孩游戏般地奔跑，"冲呀！""杀呀！"地叫喊着，兴奋得很。回来的路上，大唱特唱，我是唱了歌又唱戏，唱了绍剧又唱新昌高腔，许久以来，未曾这样快乐过。

昨夜写了封给哥嫂的信，这封两千多字的信叙述了家事的一些状况及我的心境变化。我的目的是把事情摆出来，把思想坦露出来，不要产生隔阂和猜忌。

嫂嫂是个聪明、有理想的人，但是，她还是很不成熟的，主要表现是十分任性，意气用事。因此，与姐姐闹了意见，一个团团圆圆的高兴年，弄得很不愉快，以至姐姐和妈妈都心冷了起来。

我当然不会太凭感情用事的。但是，我也不得不为自己的"安全"考虑上一层了。并且，我敏感到，哥嫂都有些为自己打算得太周到了些的现象。

　　我说："要说的话我是要说的，要做的事我也要做的。"

　　叙述了那场风波后，我说："一盆熊熊的火，泼上了一桶冰冷的水，我的心里冷得很。"

　　"多少年的美梦成了泡影，爸、妈、姐，连同我，也应该包括你们两个，都不会不想到吧？做人的乐趣，究竟在哪里？"

　　我说："我是永远看不惯那种'号啕'的样子的。"

　　我又说："生活总是这个样子，往那无意思一面想，越想越没意思，想到有意思的一面，也会越想越有意思的。我知道嫂嫂的思想中有一种很纯真的成份。您对我们的家庭，对姐姐，对我都寄托过很大的希望。但是很可能嫂嫂对这一切都失望了吧？然而，我们的家庭，仍是那个家庭；姐姐，仍是那个姐姐；我，也还是那么个样子。"

　　"嫂嫂应该认识到：人生，本来就没有那种理想化了的东西，在许多年以前，我也那么幻想过，亦那么失望过。只不过是——自己的心境中要保存那些崇高美丽的东西，那么，一切都会好一些起来的"。

　　"在我要出外的前一天，才章又送我到水库下，他对我说：'我在看着你们的，你们说的话，在我这里留存着一些……'我的回答是：'我也还在苦恼之中，但是，我相信我们是能处理好一切的。'"

　　我最后说："我深深地认为：我们不应庸俗化了，我们是不应被控于人的。这是我对你们的希望，也是告诫自己的。"

　　今夜，给小保写信。想到了月英，也顺便夹了一张给她。

　　我写道："初一日的见面，看到您到底不似以前了。也想到自己，也是快30的人了。想到青春将逝而不返，内心总是涌上一股说不出的滋味来。这样，那些已过去的一切，就特别令人向往了。"

　　"十年以前的那些生活，我相信您是不会忘怀的吧？那些事情，现在想起是很觉可爱也可笑的,我们之间曾有过很诚挚的友谊,那说不上是'恋爱'吧?幼稚、天真令人觉得好笑,然而,我们现在,大约都没有以前那么地纯洁了吧!"

月英对待我表现得不够诚实,但是我能理解她在那种时期,那种时代的心情,1970年的10月1日,在大林看戏时,她还向我流露过一些感情。当时,我用理智压住了自己的感情。一般情况下,我不会让自己成为别人的笑料。

我希望她向我谈谈一切,这并不是出于什么目的,主要是"好奇心"吧?不!应该是"求知欲"。

3月20日 于茜源

这些天总是边做活边想人生的一些事,一些以前经历过的,但是自己却未能透彻了解的事。我也很为自己这几年"庸俗化"起来而感深深苦恼。

前几天到茜源来,路边尽是小溪流,时不时斜插过来,合并起来,又哗哗地流走了,曲折盘旋地流,最后到同一个目的地——东方的大海。

又想起长江,浩浩荡荡、无穷无尽地奔腾而去……

突然碰到一个老年人,佝偻的身躯,迷糊的双眼,小小的瘦瘦的头上缠一块肮脏的围布,背着一根小树子,看见我就让到了路边,站着,斜着一双眼看我。我当时心里惊了一下,唉,老了是这个样子的!

像我这样的青年,人们称为"上下两村算一个的",我的体格,我的精神也可算是风华正茂之际,与这个老人,无论是年龄还是精神状态,相距是远的,然而我也会像这个老人一样?老是要老的,但我想自己大约总不至于这样地潦倒吧!

翻阅了一阵唐诗,我亦有一点诗的意境,3月2日的雨里行,那种心境恢复了过来，我写下了《春雨行》：

天愁雨麻麻，山青泪盈盈；
人世歧途客，焦焦泥泞行。
死固无可憾，生又何所恨；
明日登庐山，狂歌赠故人。

又根据前年长江游泳的气魄，写下了《游泳》：

茫茫九江岸，滔滔长江水；
晨风阵阵寒，排排水连城。
跃身浪涛开，花飞横白练；
浪高峰顶笑，涛沉波里潜。
欲驯万里河，长江何浅浅；
人生当如是，水击三千里。

3月21日　多云

想着昨夜的《游泳》一首："人生三百年，　水击三千里。"击水者志亦未尽，因此改了一下：

茫茫九江滔滔水，阵阵晨风横白练。
追波驱流浪峰笑，沉降由我独自傲。
壮志欲驯万里涛，心嫌长江何浅渺。
水击三千兴安尽？欲借昆仑填东壑。

人常说：诗以言志。一个小手工业者，说这样的大话是会被那些

"大者"见笑的。但作为志向，人当有之！

我不喜欢"击水三千"，更向往"欲借昆仑填东壑"。

19日收到了玉英的信。作为我的爱人，她把我家的事已当作了自己的家事。对她这种语调，我是很觉亲切的。但是，玉英已经对珠华抱了很深的成见。姐也写了一信给玉英，说这次归家，像是做了一场"恶梦"。我是不愿意姐姐和玉英与嫂嫂对立起来的。对嫂嫂，我还很尊重，对她抱有希望。她是个聪明人，有着一种"理想"。但是，她是很不成熟的，个性亦太强了些。一般地说，我不愿意使她失望的。我写信劝导了玉英，叫她要对嫂嫂抱"友好的善意"。

3月24日　阴有雨

昨夜看一本《学点逻辑》，感到十分有意思，看到人很觉累了才睡。

今天做活时就回忆着考验自己，觉得自己的记忆还不错的。然而，这种"数理化"的知识，我知道自己是记不住的。

许多年的经验，使我深深明白，多读不如精读，真正想记住它就得记笔记。

读的书是不少，但能记住情节的，没有多少了。当然，不能说都白看了。

我曾向人讲过读书："读书就像吃饭。人是靠吃饭长大的，但你不知道哪一顿饭自己的身体长大了多少。知识（书本知识），是靠读书得来的，但也不见得清楚哪一本书给了自己多少东西。然而，到一定的时候，你终会觉得你以前的书并非白读。"

读杜甫《蜀相》诗，令我想起了三国的故事。司马德操叹孔明："虽得其主，不得其时！"孔明虽然有志亦未能得酬唉！

凑成几句，为《咏孔明》：

未出茅庐知三分，筹策运谋计空城。
赤壁火烧赖东风，七擒孟获南夷平。
六出岐山志未酬，鞠躬尽瘁报主恩。
天时地利人须和，唯留遗表训后人。

又诗：

东风易借星难囊，独木安支将倾厦。
阵前秋风入骨寒，悲声撼云月昏暗。

4月3日　晴　于宜丰县天宝藤桥

到这里来给萧山圣游江西俞的成权他们做独轮车架。

池源到这里30里，有一半路，是穿行于丛山绿林里的。

途中，见一株大树，盛开着微黄的花，就像一个巨大的绒球，那新艳的绒球中透发着无限的生气，令人振奋。

又有一些不知名的鲜花，有大红的，有粉红的，也有白色的，黄色的，把一个春天的群山装饰得十分美丽。

自自然然的东西，比那硬造的东西总要美些。

3月29日，到这里来，翻越茜源到大源的山岭。到岭下时，一轮朝阳从东边的一个山谷里射过来，照到一个小山坞里，那小山坞里刚好有一树野桃花绽放得肆意而绚丽，沾在花朵上的露水被阳光透过，散发出闪闪的珠光宝气。生物，真有些诗意。

大源，这个山谷里的小村，青山为壁，碧草铺地；清泉环流，桃杏花开；处处竹篱内又有片片金黄金黄的油菜花，引来蜜蜂、蝴蝶穿梭飞舞。这种景色，我们家乡早已难得见到了。

又想到平霞。我所接触的许多女子中，青年只有平霞与我能在一定水平上互相了解。她很有些才气，亦有大的抱负和崇高的品格。然而，她在那小圈子里日渐地憔悴了，身体也不好。我想，她如能像我一样地在这充满着生机的山中走走，心境也一定会很好的。

唉，25岁了！晓东，您也是如此度过那人生最好的时光啊！

4月5日　清明节于藤桥

清明，已是四个清明节没在家里过了。每年这一天，我都会有一种特别的心境。

清明，是个最美丽的节日。欣欣万物使人的精神为之焕发，春天，对于青年人是适宜。

站在藤桥上远眺，上游的沙滩上有一排排水杨，树的下半部没于水中，而上部依然新叶依依；下游，齐崭崭的竹排，在暮色笼罩的墨绿的水中沉睡。

我想起了我的伙伴和家人。

我想起了玉英，也想起了珠华姐妹。今夜，她们一定也会十分怀念我的。

4月25日　雨　于池源红屋子坑底老漆家

藤桥做好后，我又回到了茜源，又到猪婆苓933厂做了几天活，于19日夜回到了池源。

离开933厂已是近4点了，30多里路，中途又耽搁了一下，到池源已是晚上8点半了。我知道罗医师处会有好多信的，顾不得饥饿劳累，我又跑五里路到章家拿信。信有，10封。喜得我不知先看哪封好。

丁德福已从上海回来，我第二天晚上又到汪家，半年没见面了，我们亲热得很。

这几天夜就写回信，每夜都写到10点多钟。

尚典周小宝的信中谈到他个人婚姻问题上的困难。因为成份不好，小宝一直未能成家。现在他的妹妹嫁给了一个山区的青年，那个青年的妹妹嫁给了小宝。小宝很内疚。在我们家乡，有不少兄妹对换的故事，有许多酿成了悲剧。我给小宝的信中说："'换亲'这事本来就是'畸形'社会的'畸形'产物之一，局外人会报之以嘲笑，但其中却是包含着多少悲苦的东西……"

渭月到了萍乡，但因搞运动，可能要回去。

有些朋友因为环境所致疏远了，有的因为思想有了隔阂，但是，乐灿是越来越令我感到亲切了。他的忠诚远远胜于一般人。

给他的信中我写到："当感到要失去一个朋友时，心里总会有些惋惜的心情，但是，应该失去的还是让他离去好。"

"每当有思虑一下往事的时间时，我的脑际里就会浮上你们可亲可爱的脸庞来。人世间的友谊是珍贵的，我永远也离不开你们这些骨肉相连的朋友。"

我也说到我的婚事："我的婚事，就这样落实了下来。仲娟爸的来信说：'为人一生，解决了一件大事，总是心情舒畅的，应该以快乐来压倒一切。'然而，我差不多没有舒口气的味儿。"

两个月前的今天，玉英送我到陈蔡。路上我们讲了一些玩笑话，我们是那么恋恋难舍。今天这个日子，她一定也会想到那一天吧？

4月28日 阴有小雨

每天夜里我总要翻阅一些书报或来信或日记。临睡前的几个小时，对我是最为宝贵的。

想到两个外甥，那是多么好的两个孩子啊！碧江长得丰满、精神，圆圆的脸，明亮的双眼，一切显得精悍、老成、持重。碧泳个子较高些，一副可爱的笑脸，一双动人的眼睛充满了少年特有的活泼生气，但又是那么地天真、稚气。想到他们，就想伸出手去把他们拥抱过来。

他们兄弟俩，难道不是我们兄弟俩的缩影吗？

愿你们比我们幸福吧！

蒋介石在月初死了，我曾看过《金陵春梦》。作者生动、逼真地塑造了一个人物——我不知道是一个凑合体还是真有其人。

《参考消息》有很多外国人对蒋介石的评论。福特总统甚至赞美他的"可敬的品德，和对于他所相信的原则的献身精神"。

——而《金陵春梦》中的郑泼子纯粹是个流氓、赌棍、政治投机分子。

一个人，什么叫好，什么叫不好，那确难说得很。——因为，我是绝不相信"绝对的"。——这却是那些人最信仰的。（注：指当时极端的个人崇拜）

台湾是腐朽的，光看他们说的话，那种语调，纯是遗老气，而"遗老"，总是象征着没落。

做了一段时间车架，再做小木活，很觉无聊。剧烈劳动对人很有好处。

收到哥哥的信，队里今年叫我每天买11分工分，我的经济负担更重了。仲娟爸说："……所谓忧虑，让它在过几年后再出现吧，这时是必然的，免不了的，看我现在的境地就是这样，用唯物论的观点来看，这是事物发展的规律吧！"他说得很对，然而，我的经济压力是一下子压上来的。去年年前，我还想不到我会陷入这种境况。

现实问题毕竟是现实问题，几年前只要有人提到"钱"字，我就会瞧不起他，现在自己碰到了也就无奈得很了。我很遗憾玉英的爸爸不能了解我和体谅我一点。其实，对我，他何必这样做呢？叁佰元定叁佰元结，这是目前农村嫁女的最高"要价"了。"地位"要用金钱补偿，也是种难堪的事。但总的来说，玉英的父母对我还是十分看重的，特别是她爸妈能同意玉英嫁给我，也是常人难以相信的，我从心底里感激他们。

但我并非过不去。在我做人的准则上，经济还是在次要地位的。

哥哥又和我谈到了姐姐与嫂嫂的纠纷，他希望我从中排解。

当对一个人抱了成见以后，想要旁人来消除这隔阂是困难的。况且姐姐与嫂嫂的纠纷并不是为了一件事，主要是双方形成了互不信任的看法。

嫂嫂太任性了，并且太不成熟，我给哥哥的信也是这样写："她的年龄允许她不成熟，但她的地位已不允许她不成熟了。"

人毕竟是不能一概而论的，设身处地或许也会设错位置的。比如嫂嫂和玉英吧，可说是截然不同的两种性格。遇上什么事，两个人肯定会有不同的想法。

每每想到玉英，心里就热乎乎的，未婚或新婚夫妇大约都是这个样子吧？哥的信中说他前几天身体不太好，这令我很不安。

与明川的关系似乎又成了我的一块心病，明川这个我从幼年开始的老伙伴，现在同我却有了不小的沟壑。以后会消失呢，还是加宽呢？我是那么不愿意失去他！

5月2日　阴

很高兴，这几天，我做好了一张雕花木床，应该说，很看得过去。当地老表都称赞说好手艺。我这两天把全部的兴趣和精力灌注了进去，我被自己的手艺迷住了。

多少年来，我对木雕有着深切的向往，又十分惧怕。这次总算如愿了，一个良好的开端会使我的生活增加一些乐趣的。

事在人为，我一直不迷信"专家"权威。我相信，只要去做，就能做出点样子来。这次雕刻，也是一次生动的证明。

学习是为了应用，应用起来才能学习得更好，多少年来我想学点美术，但这几天才算真正的学习和应用。记得初三的一次期中考试，我每门功课都在97分以上。现在数理化几乎没有留存下什么来，语文方面却进步了许多。这是应用的结果。

5月17日 阴

生活又受到了考验。13日"小分队"到了池源，拿走了我们一些工具，把我也带到了花桥。为了证实我的确实地址，"小分队"拍了电报到我们大队。我反正是落落清白，无所怕的。

但这样一来，家里人会以为我出事了，妈妈又会夜不成眠了。这对玉英也是一次考验，在她的生活中，困难和曲折是太少了。

我总是这样，避免着横生的枝节，但事情碰上了，我也毫无畏惧地承担起来。

"小分队"的一个干部问我："你不知道这里在搞运动吗？"

是的，我不应该在搞运动时到这里来做。但我认为，我是真正地为人民服务，小分队的人叫我去公社，到大队部吃中饭，刚好全大队干部在开会，大家都对我非常热情。听陈小春说：大家都谈论着我，说我人好，技术好。

叶凑元纯朴地说："周师傅，您受到我们贫下中农的欢迎。"

这是人们对我的评价，是对我最大的鼓励和鞭策。虽然我做活是要工资的，但我总尽快尽好地给人家做好活，不然人们不会轻易信任爱戴我的。

13日这一天，对我也是个永远难忘的日子。民兵小分队把我带到花桥公社后，叫我把行李放下，然后叫我进了一个屋子。我一进去，他们就把门关了，从外面锁上。这是我人生第一次失去自由！在一个阴暗潮湿的、不见一点光线的黑屋子里，我的精神陡然紧张起来。各种各样危险的猜想无端地充满头脑。一方面我自信自己没有任何过错，但我又难以预测邪恶的人会给我什么不测！我拼命敲门，没人理睬我，我越来越恐慌，用脚踹门，还是没人理！我摸来摸去的，在黑暗里摸索，终于摸到几块砖头，我把它们拢到身边……黑暗中的时间过得太慢太慢……到有人来开门时，我一下扑到门口！打开门，见开门的是上海老知青，是这里搬运站的干部，也是造反派头头之一老王。老王一边安慰我，一边骂小分队的人。我心里好感激他啊！失去自由的感觉实在是太可怕了！

晚上吃饭，老王告诉我事情原委：他们公社民兵指挥部一直在清理外来工，他们知道我在池源做活，他们也了解我人好，技术好，与当地人关系也很好，所以也就没有来干涉我。可有个理发的，姓陈，也是公社民兵指挥部的小头头，他也在池源大队给人理发。那天他向公社检举了我，并对人说我少付他理发工资。因此公社民兵小分队才来找上我。老王一说，我恍然大悟，那个姓陈的理发师我很熟，平时我的头发都是他剪的。以前剪发是二角钱，现在涨到了二角伍分，可我不知道，只付了他二角。哎，为了这区区伍分钱，竟让我受了这么大的惊吓！

昨天收到玉英信，说起公威与小婉的事会成功的。正月十二夜，我与保华到小婉家去，当我说到我替牡珍惋惜时，我觉察到小婉是很注意的。一个姑娘到了一定年龄，思想会现实而老成些的。

我对小婉不甚了解，但她的聪明、诚朴、勤劳都是很可贵的。现在小婉很坚决，我真替公威高兴。

如果小婉与公威成功，那么我与他分别得到周家湾的两名歌手——玉英和小婉都唱得很好。而我们的生活，我总喜欢充满优美的歌声。

这几天，我的心情不平静，现实问题需要我抉择，走哪条路好？

给平霞写信，想好好地谈谈自己的一些想法，但失去了这种心境，信只写了一半，我就寄给了她。

5月20日 雨

今年以来没有晴朗的时候，天天都下雨，前天还发了大水。人人都厌烦极了。

夜，翻阅连伢子的初中《语文》书。自己也是初中生，看这些书是适宜的。然而，现在比上学的时候理解得深多了。

奥斯特洛夫斯基《我的一天》，描写了他一天的紧张生活。他回答一个记者问他是否痛苦的问题时说："我简直没有时间想这些。幸福是多方面的。我也是很幸福的。创作产生着无比惊人的快乐，而且我也感觉出自己的手也在为我们大家共同建造的美丽的楼房砌着砖块。这样，我个人的悲痛便被排除了。"

他说得好极了。觉得自己的劳动有意义的时候，生活是幸福的。

鲁迅先生的作品，越看越爱看。那精辟、深刻的语言，扣人心弦。《一副木雕的故事》叙述的是一个受迫害的青年和鲁迅先生的故事。先生教导那青年说："人生现在实在痛苦，但是我们总要占取光明，即使自己遇不到，也可以留给后来的！我们就这样地活下去吧！"

战士！是永远要战斗下去的！

昨收乐灿信。一年多没有看到他的信了。见了他的信感到十分亲切。信的思想内容是十分消极的。我了解他，他只是向我反映了思想的"一面"。然而，我还是要对他提出批评的。

青年，进取精神不能减。若进取心有了减退，人也会衰败的。

就我自己的思想而论，将永远做一个战士。

5月21日 雨

"小分队"再一次地拿走了我的斧头，并要我后天走。

怎么办？

回家，家里的木工都没有事做，纷纷想出来，我回家去做什么呢？

农村经济枯竭，西岩电站的同事周国畏来信说家里连电灯费都拿不出，粮食也非常紧缺，去年的减产使粮荒严重到1958年以来还未有过的程度。

回家是连生活都会遇到困难的，何况那种窒息的日子我哪里过得下去！

不回吧，往哪里去？

后天就到后天再说。

这里的老邱说："大家都希望我下半年能再来。"老叶也对我说："以后一定来。"

这里的人们欢迎我，我走来走去，到处都是笑脸相迎。人民的需要正是我的快乐，是的，我一定还要回来的。

将要离开池源了，这个美丽的山村，不知什么时候再来看您。小丁、海元、全伢子这些亲切的朋友，或许我们马上又会生活在一起的，或许我们将永远地别离！在以后的生活中，我会想起你们的。

成见使我对上海人不敢信任。但是小丁却已是那么地令我觉得可信托了。朴实、诚恳、干练，这是小丁给我的形象。在以后的生活中，我相信我们将是好朋友。

6月4日　多云　于南昌将军渡小学

生活之舟载着我泛流。26日终于离开了宜丰。

25日清晨，小丁送我至花桥。他的热忱，我永远不能忘怀。池源的人们听见我要走，大家都甚惋惜，都叫我以后再去。以后，我还会去么？现在，我哪能知道？

到花桥拿回了斧子，那些"同志们"要了我两个工的工资。

哪知当日没有车，就到裳浦，夜宿高家程福增处。晚上，心绪纷乱异常，往哪里去……甚至于梦中猛惊过来，这在以前，还未有过。

26日清晨，终于决定赴南昌，待信息通后再决定行程。到了游银棣老师处，也到了缪冬生处，他们对我都十分地热忱。

劳动惯了，我未曾在这种日子里休息几天。27日上午看书，下午到了体育馆、人民公园，又站在八一桥上看江水，夜与缪冬生同观篮球赛，女子队是江西——宁夏，男子队是江西——山东。男队很不错。

心并不宁静，大事、小事夹杂在脑际。怎么办——随它去！

这些天是给游老师做活。要不是为了徒弟雪平的困难，我可以想法在南昌做下去的。我觉得我很有必要熟悉点城市生活，想象与现实有出入，我从来没有体验过城市生活呢。

生活又太舒适了，白天做活，小木细活，很轻松，傍晚到抚河游泳，夜看书。游老师的大儿子晏炳文供给我好多书，这些天我在看《红楼梦》，想好好地读上一遍。

天晴了几天，抚河有一种特别景象。前些天清晨，那些泊在抚河里的木排上，挤满了洗衣服的人，"噼啪"之声不绝，好一幅"洗衣图"。

傍晚又是另一番景色，嫣红的夕阳，映在抚河上，汪汪的一长条，金波涟漪。天空中，金黄色的霞光从几块乌云中透出来，像是给云层镶上了一圈金边。河里，舟楫泛流，游泳的人们嬉闹着……

6月5日　多云

接玉英信，说公威与小婉的事"结束"了！

人们形容某种打击为"当头一棒"，竟是确切之至，看完她的信，我头脑里似"轰"然一响，一股热血上涌，人顿时混沌了许久！

22日夜，在池源拿到了我哥18日写的一封信，信内说："小威与小婉（这名字巧合得发笑）的事情，基本上成局……"又前些天玉英都说："事情问题不大。"小婉说："我不怕任何人来挑动。"我是对这事的成功深信不疑的。

这些日子的奔波，内心因有这件喜事而觉精神异常兴奋，却不料结局会是如此！

我相信对公威是不会太怎么的，但那种失恋的滋味我尝够了，可怜的是公威母亲她老人家满腔的高兴又化为乌有了。我想起两年前，我母亲的心理来……

又想起吴水冬母亲的那双眼睛……我的同学吴水冬是西岩公社琴弦大队人，他父亲有历史问题，早就死了，他母亲含辛茹苦把水冬拉扯大，但"反革命老婆"的恶咒压得她喘不过起来。据说，她听到大队书记的名字发抖！初中毕业后，我去水冬家，看到水冬母亲，我被"吓"住了，那骨瘦如柴的身躯，那一张布满皱纹的脸庞，那惊恐的眼神流露出的警觉，深深地深深地烙刻在我脑际里！

公威的爸爸死了。作为他儿子的知心朋友，我应该为之表示哀思，尽管对父亲一辈，我们感情都不太浓厚。

为什么父辈与我们如此地不同，这只能从新旧人生观各异来解释吧？

6月26日 于南昌交通路

在南昌一个月了。从小生活在农村里，对城市生活是生疏的。这一个月当然应该说是收益不少的，不过想做"总结"，似乎太不成熟。

南昌热，使得我夜里的生活过得不是太舒服，我总是或看书或览市容，到11点来钟就寝。小缪家所在的赣州路上有南昌卷烟厂，晚上我们到路边纳凉，卷烟厂的灰尘也会落到身上，一擦厚厚的一片。有时我们会拿席子到"万岁馆"前的"八一"广场过夜，这里的广场是天然的大床，数不清的人在广场上过夜。

南昌现在秩序较稳定，在17日判了一批罪犯，有一起扒窃集团，二起盗窃集团，罪犯绝大部分是年轻人。奇怪的是江西农村运动这样紧，城市里却是私人商贩、个体手工业者比比皆是。在抚河堤埂及一些小街的两旁，都建筑着一些长不足一丈的"简易"民房，这大约是1968年的产物吧？

游览一个地方，断不能如完成任务似的随意浏览一下，应该静心地想想、记记。

然而，像我，虽晓得些什么是"美"的，但如游人民公园、八一公园之类，总淡漠得很。游览，一要兴致，二要伙伴，缺一不行。

20日，到机床修理厂我表哥陈生章处一趟后，我骑车在市里的名胜古迹转了一趟。八一公园里，绿林掩彩阁，碧水横白桥，别有一番风味。我回忆到1973年10月进园的那一次，霜风刮脸，落叶满地，秋水冷心，游人寥寥。正是"一湖秋水寒，谁是逸情人"？

我对那些水泥砌起来的假山，盆子里栽的"劲松"之类，颇具反感。但那可供一些人赏玩、赞叹吧！

我还是很想写写诗，现实生活是丰富多彩的，它是诗的源泉。如在火车上看到的景色"双轨与天齐"，八一大桥上观水"一江云中来"等，都是亲见的实景，自以为是"诗的语言"。

看完了《红楼梦》全集，同样写不出什么总结来。

爱情故事永远是文学作品的一种很好的素材。如果讲得直白点：读者都是有情欲的，有高尚的，也有低俗的。林黛玉并不是那么地应该菲薄。虽然我对她们的生活方式陌生得很。但那一个个描述得活生生的人，是不能不引起我的同情的。

看这书，我特别注意，后世人们所争论的问题，的确，曹雪芹不仅仅写的是一个恋爱故事。爱情从古至今，一直是同社会的政治、经济因素密切地、有机地联系着的。曹雪芹从一个进步的立场出发，揭露了官场的黑暗内幕，戳穿了儒者的虚伪真面目。对这个大家庭权威者的不满。

完全可以认为是对整个社会现状的不满。

但是，书中也没有揭示出一个"必然"来，贾、王、薛、史四大家族的衰亡，差不多是一些偶然的事件的凑合。导致贾府兴盛、衰亡的是当时的"权威"者——皇上，并没有什么可以认为是"规律"的东西。贾宝玉是封建礼教的叛逆，他也只能做和尚去而已——还靠的是神仙。

这使我想起了历史，也使我想起了自己的一些事情……

读郭沫若著《李白与杜甫》。看后反感非常！我不明白郭沫若花这么多的精力，考证统计出那么些琐琐碎碎的东西，写出这样一本书来，给了人们什么呢！就我而言，看了这本书的结果并不是因为了解了李白、杜甫的一些生活，从而获得了一些知识，相反是因为给李白、杜甫的人格笼上了阴影，使他们在我脑子里的"圣洁"形象受到破坏而很不痛快，使我更对伟人感到失望了。

当然，思想来源于生活，作品来源于思想，了解一个人的生活经历有助于了解他的作品。但像杜甫这样的诗人，满可以少作那些琐碎考究的。人民知道谁是好，谁是非。他的诗流传至今，令人喜爱，他就是好的。郭沫若别出心裁的评论，其目的大约是"抑杜而扬郭"吧！

6月30日　多云　于南昌交通路

昨夜与缪冬生在八一广场草地上坐了许久，谈了人生的一些事。小缪与我在性格等各方面都是很投机的。

我们都认为，一个人应该有其"人"的意义和乐趣。我们都是赞成走走的。

一个人的生活要有个归宿——家，那会使人从内心上感到安慰和安定。

但是，"家"——从中又能得到多少呢？许多人得到的，恐怕是失去的多，我就可能是这样的。

公威与他的一个远房的表妹订了婚，这使我感到深深的欣慰，但是，我却未有那太大的感情触发。

我读一本残缺了的德国短篇小说集，其中《沉默的村庄》一篇里写到："青年们看将来总是光明灿烂的。如果不是这样的话，他们就不是青年了；整个迷失方向的青年是没有的，只是个别的人觉得自己是迷失了，因为他们失去了道路和目标。健康的青年们对自己的将来有着梦想。不错，不要让人剥夺你们这种梦想的权利。但是不要永远是个梦想者，你们要在个人的岗位上做起建筑师来。"

是的，这话没有错。我并不认为自己属于"个别"之列。然而，生活不应该是梦！更应该做个"建筑师"！

"从绮丽的梦中醒来！"

8月27日　晴

两个月没有打开日记了，翻看了一下后觉得有些意思，还是写了……

人大约就是这样地自己毁灭自己——放纵。

事实上我觉得自己并没有太放纵，无非是缺乏那种"紧张感而已"。然而，无论从各方面来说，决及不了1971年前后的那段时间。那时的勤奋、自洁，无愧是个好青年。

在南昌三个月了，这种生活，以前是想象不到的。对于城市，我虽然没有写下什么东西，但过来的生活，对于人生都会有深刻的影响。

这几年里兴起的一股"打家具"风，给了我不小的好处，也令我深思这股风的由来和发展。我在南昌很吃香，大家都争着请我打家具。

无疑，人们追求美好的生活。

好的木材在少下去。

我曾劝自己对自己严格点。但是，职业毫无疑问地给了自己很不好的放纵习气，我太自由了些。

我曾想到过让自己以后的孩子像自己一样到社会上闯，但是，现在觉得必须加强教育，"闯"与"荡"是不能相提并论的。

11月2日　多云　于南昌带子巷

每当走上这间小阁楼，都给我以异样温暖、亲切的感觉，我的玉英把一切都弄得干干净净、整整洁洁的。这是我生活中的一个转折点，这婚后的生活，就是从这里开始的。

10月14日我到火车站接玉英，晨8:22分，177次列车扑面而来时，我心里就激起了一股不平常的激情。当在天桥上玉英亲切地叫了声"晓东"，当我紧紧地握住她的手的时候，能有什么语言来表示我们的心情呢？但是，外表上，我还是很平静的。

像订婚一样，没有任何形式，我们结婚了。新婚生活，当是人生最具乐趣的吧！特别是一个在社会上孤独地度过了一个青春时期的青年，我是深深地感激我的爱人给予我的温暖的。

结婚，也只休息了两天，陪玉英到街上和公园里走了走。

10月31日，又同玉英一起到八一公园玩，并拍了个照，那天天气很好，在百花洲的土堤上，我半躺在草地上，玉英坐在我旁边。温暖的阳光沐浴着我，这时，我简直是沉醉进去了。

我同玉英经常要回忆以前的生活，也谈论自己的朋友们，我们不能不感到幸福。

欢乐之中，隐隐的焦虑却在心中滋长。今天玉英到"730药厂"上班去了，当我一个人坐在这里静心之时，这种感情加剧了。

难道我真地应该在这女性的温暖的怀抱里消磨掉自己的意志？难道我就这样地过完自己的一辈子！

家庭问题很令人烦恼。看起来，嫂嫂并不如以前想象的那么好，并且哥哥也在逐渐令我失望。我呕心沥血地为他们尽力，而当他们安宁了，我经济陷入困难境地时，他几乎没有为我着急过。前些天来信又要买自行车，真是岂有此理！可能，他们夫妻俩还认为我有不少"小伙"钱吧！我是有些冷心的了。

我以前痛恨那些为争财产而打斗的兄弟，大约，他们开头也是如我们一样的，只不过他们贪欲重些，我们能想得开些而已吧？姐姐劝我趁早自己有个打算，许多朋友也这样劝我。那么"分家"大约是不久的事了。不管怎么样，我绝不会为点"家产"而去争得面红耳赤，但也可能为那么股"气"，对人生的一些美好的情感感到失望。

才章寄了他孩子的相片给我，小孩子长得很好，令人喜爱。我也有了个侄子，是八月初九生的，哥哥写信来也说长得很好。当然，我是很高兴的。但是，他们长大了又会怎么样呢？很可能，他们未必会有我们一样的思想情操，就是有，又怎么样呢？社会环境在他们出生之时就开始决定他们的命运了。我对他们的未来不存多少幻想——包括自己也会有的孩子。诚然，"希望"——仍是那么地热切。

当前社会上掀起了一个"农业学大寨"热潮，要在农业上搞出成绩来，这毫无疑问是人们所热切要求的。

我恍然如置身于社会之外的人，却是一个名副其实的劳动者。与南昌的工人干部聊天，有人感慨地说，我们一人要抵他们五个工人的工作量。是的，我每天从早上6点到傍晚6点，手不停地劳作一天，就是吃中饭时休息半个来小时，劳动强度是够大了。我到南昌正式开始干活后，没有休息过一天。

对此，我是引以为豪的，这不能说不是为人民服务的。

风雨世面

我曾视为生命的日记

1968－1978

1968
1969
1970
1971
1972
1973
1974
1975
1976
1977
1978

5月1日

天亮了，列车又驰骋于江西进贤道上。在家里住了四个月，重新出外，颇觉新鲜。

自觉意志大不如往前，以前的每次出外，总有一种欢欣感，而这次似乎出于另一目的，即经济目的了。

平霞到杭州去生小孩，同车到诸暨，她也说现在思想现实得很。是的，我们都现实起来了，但那说不上好。

成了家，与玉英度过了恩爱的几个月。她非常地爱我，我感激她。对于我们来说，"结婚是恋爱的坟墓"这句话似乎并不适用。

对于以后的生活，我一点也不担心，但对于一个人的思想、精神状态，我真有些不敢设想。

四个月，中国出现的几件大事必定会记录于历史。1976年1月8日，周恩来总理逝世，华国锋代总理。清明节，天安门广场出现数万人集合的政治事件。4月7日，中央决议撤销邓小平党内外一切职务，任命华国锋为中共中央第一副主席，国务院总理。

人们的思想，哪怕最基层的人们的思想，也是和上层紧密联系着，人们太关心政治了！

5月23日 晴 于将军渡学校

1日到南昌，3日开始干活，到今天没有休息过一天。那些老熟人见我回来，没有一个不高兴的。

看起来，南昌情况和去年差不多。前段时间，全国曾掀起过追查反革命分子的高潮，因为北京的"天安门事件"，南京、杭州等地以纪念总理为名而进行的反对中央的活动都是有联系的。

20号，收到了玉英的信。不知什么缘故，这出外以来的第一封信，我几乎抑制不住心的跳动。她说："我是时时刻刻在想念着您的，有些问题心情上不太舒服时，只要想起您，就消失了些。"

　　"收到您的信，就像您的人出现在我的眼前一样，多么地喜爱……"

　　她还告诉我，她怀孕了。

　　玉英：我的亲爱的人儿啊！您的纯朴、真诚的感情，怎能不令我热泪盈眶啊！

　　21日，和建国一起到公园玩。夜幕降临，盛夏的公园郁郁葱葱，轻风阵阵，水波涟涟。玉英啊，站在九曲桥上，凝望着我们一起拍照的地方，我是多么地思念着您啊！

6月19日　于南昌急救站宿舍

　　看完了朝鲜影片《金姬和银姬的命运》回来，我不能不写下几个字来。

　　拄着拐杖的银姬到家里来找母亲，疲惫不堪的她失望地靠在木桥上迷糊地睡过去了。猛然醒来，听见自己的弟弟在喊自己的妹妹，俯身望桥下看，一个木棍撑着的破篷下面躺着奄奄一息的母亲。她的小弟弟、小妹妹在妈妈的身边。她声嘶力竭地叫着"妈妈"，连滚带爬地跑过去，但未到身边就摔到了。她妈妈也挣扎地跑起来，弟弟和妹妹猛扑到她身上，哭叫着喊"姐姐"！

　　…………

　　铁石心肠的人心也会软啊！

　　我哭了，我再也不忍看那银幕上痛苦的脸庞！

　　我问了那个戴着手表、骑着自行车的晓东一百遍：您想的、做的是些什么东西？

　　为了一块塑料布，你可以任性地发上一顿脾气，使母亲悲伤地落泪；因为嫂嫂的一些任性，你可以连一个字也不给哥哥；并且还那么津津有味地设想着上演一个"摔破手表""刨掉桌子椅子"的"英雄"形象！

你拼命地、埋着头做、做、做，想的是积几个钱，让以后轻松些……

你是那个苦难中成长起来的、纯洁的、有志向的青年，你不应该庸俗起来。

晓东啊，我一天问你一百遍！

8月29日　于南昌井冈山汽车制造厂宿舍

在闷热的房间里，睡不着，到外面去走了一下，有风、明亮的灯光、纳凉的人们……

一个月前，我回家去了一趟，一晃就是25天，度过了一个双抢，再次地领受了农民的艰苦生活。回家，遇到了一些家庭纠纷，主要是玉英和嫂嫂不和，我排解了一些矛盾和纠纷，就事论事地解决一下反映出来的问题，这起不了作用，我们应当引导她们在思想上认识上提高起来——我们不应该那么看重物质。

前些日子河北唐山地震，唐山受到极其严重的破坏，死伤人口数以万计。北京、天津也受到影响。24日，我们地区也通知了要受地震影响。"地震风"遍地吹，广州、上海、杭州、南京、扬州、九江等，都在地震区。

我并不是不相信这些，而是生计所迫，顾不了那么多，即毅然地走了。玉英送我上汽车，上车后，汽车过了一刻钟才开，这难熬的15分钟呵，我真如坐针毡！玉英的衣襟被泪水淋湿了，她只叫我"自己保重，要照顾好建国……"我知道，她的心境是复杂的、悲苦的，但我也知道，劝说也没什么作用，就什么话也没有说。汽车开动了，我不敢多看她一眼……

我们的孩子将在12月23日左右出生，望着玉英隆起的肚子，我总是呆呆地想：26年前，我也是这样怀在母亲的肚里！孩子呀，等待着你的，不会是那么幸福的命运，你父亲只能留给你一条坎坷的路！

想到母亲，我不由想到50年代，她在杭州做保姆时的艰难处境！那时，我们的家庭无法维持下去，祖母、姐姐、哥哥和我分成四处寄养。母亲拿到一个月的奶钱，站在邮局门口苦思"这十元钱寄往哪里去"，想起这些，我的心都会碎啊！

9月2日　于井冈山汽车制造厂宿舍

开头几天，只要一想起玉英，心里就阵阵紧缩，离开自己爱人的滋味——只有那种离开自己爱人的人知道，但这大约只是属于一种个人的东西。倘若我是生活在另一种环境之中，比如在一个愉快的集体之中，那种情感一定会淡漠得多。

昨晚，驱车于南昌的大街上，心情有些改观，周家湾的天地的确小啊！人应该换换新鲜空气的！

失去了美好的向往和强烈的上进心的人，他的生活，哪怕是有最好的物质基础，他的心也是不充实的。

但是，"美好的向往""强烈的上进心"不是一种空洞的东西，正如泥工需要砖块和水泥、木工需要木头和钉子，并且他们需要吃饭才能有力气干活一样。"向往、上进心"都需要依托，需要营养。

回了一趟家，我的心情相当忧郁，假如我们村子是目前中国农村社会的缩影，那么，我真担心，以后的日子怎么过得下去？

回到城市里，工人们有的因工厂缺电而停工，有的工厂如江西拖拉机厂常年停产，上班只去报个到……

国家的库存，能有多少？

我并不像一些不负责的人那样期待着什么，但是，人们不能不想到：往后的日子会是什么样子？

9月8日　中秋夜　于长江航空机械厂

小叶和小熊他们的玩笑话激起了我的阵阵忧思……

是啊，我怎能不想到我的亲人啊！

人是有丰富的感情的，只有感情丰富的人，他的生活才能充满乐趣。热情，譬如工作热情，也是感情的产物吧！

禁欲主义式的革命者，我想他不可能经常干劲十足，人毕竟是人。

9月9日

毛泽东主席于今凌晨0时10分逝世。

今天下午，中央人民广播电台的播音员一次又一次地广播下午4点钟有重要新闻，因为平日里这时间有重要新闻是少有的，所以我们都以十分焦急的心情期待。我甚至预感到了一场惊天的变故要到来！

3点半后，我几乎是每隔5分钟就要看一次手表。4点，播音员以沉痛的语调播报，一开始，我就预料我的预感得到了证实！霎时全身的血都沸腾了起来，等到报出了名字，我才不由得长长地出了口气……

机床厂职工小熊流了眼泪。他的妹妹爱兰从汽车厂回来，在路上听到这一消息，她说：一开始广播，马路上全部车子、行人都停了下来。

我们大家都十分相信这将是中国历史的一个里程碑。

人们会更加关心今后的政治动向了。

9月15日　于汽车制造厂

昨夜给乐灿写信。乐灿说他:"已到极懒的地步。"我复信中说:"由勤奋而懒惰,进而麻木,这是一条老路。"确实的,我们都在走着这条老路,应该警觉起来了!

我说:"看看书,书中那种火热的真正的生活,会鼓起人的热情来的。"

今夜翻玉林的高中语文,有几篇很精湛的文章。

每次看鲁迅先生的《纪念刘和珍君》,我就会思潮起伏……只要没有麻木,大约每一个人都不会无所为的……

苟活者在淡红的血色中,会依稀看见微茫的希望,真的猛士,将更奋然而前行。

——猛士,将更奋然而向前行!

方和明、王国福、叶红、"哥哥"……这几个鲜明的人物典型引起我深深的敬羡。做什么样的人?创什么样的业?青年人值得深思啊!

9月27日　汽车制造厂

说生活有意义吧? 太平淡了。说它没有意义呢? 人生就在这平淡之中。

电影《五一》,那种欢乐的场景、绚丽多彩的文艺节目,欢乐、雄壮、清新、充满着感情的各具风格的歌声,久久地回荡于脑际而不能消逝……

事实上,文化大革命前所演的那种才子佳人、将相皇帝、昏君奸臣、娘娘忠臣之类泛泛无味的东西,和这种电影中活泼欢乐的场景,的确相差太远了。

毛主席逝世后,看了"老红军讲传统"节目中老红军讲的那些艰苦卓绝的斗争，我感触深刻。今夜的电影《阿夏河的秘密》中，青山大伯回忆"冰天雪地里，红军战士扛着红旗，挺胸昂气地、豪迈地前进、涉河翻山……"

上一次看，我一点也不觉得有什么。这次我想到，如果我是其中一员，那种滋味是怎么样的呢？

冷么，肉体的感觉总是一样的。

但我也深信，如果我是其中的一员，那么，心中的火，也一定能驱赶肉体的寒冷。

从枪林弹雨中过来的战士们，他们现在的心理是怎么样的呢？"继续革命！"提得多迫切而现实啊！

阅读《沙俄侵华史》，虽然我现在已不迷信所写的任何东西，但是，那腐朽的清政府在列强的压力和花招之下所作的一次又一次的妥协，的确很让人气愤。中国共产党的伟大，也应该在于此。

历史上的每一次事件，各有其环境及由此而造成的对历史的影响。"太平天国"一方面是进步的反儒、抗洋斗争；而另一方面，却迫使清政府进一步地依附于帝国主义，对中国的国家利益造成了极大的损失。

10月21日 于九江路179号

"四人帮"——王洪文、张春桥、江青、姚文元倒台了！中央的任何变迁，都没有这次使我有这种深深的舒畅极了的感觉！

这四人的下台，是必然的。这几年来，有点头脑的人，哪一个不切齿痛恨他们！每一次看电影，当那个男不像男，女不像女的妖精江青出现，我就会恶心地闭上眼睛，我暗地里不知几万遍骂过："你这个妖精千人唾万人骂，你的下场我能看到的！"

广场边墙上贴出大字报《论"四人帮"的社会基础》，诉说了几年来人们憋在心里的怨恨！

它们抢山头，搞派性，斗干部，害群众，闹得民不聊生，互相之间勾心斗角。

他们这些一窍不通的蠢东西，这也专政，那也专政，开"帽子"公司——动不动"阶级斗争新动向"，弄得人们敢怒而不敢言，造成"讲话讲假话，听话听反话"的极坏的社会风气，极严重地损害了中国人民的实事求是精神。

他们口喊"限制资产阶级法权"，实际上是破坏国计民生，不让人民提高生活水平，置亿万人民的死活于不顾。物质严重缺乏，买一点点生活必需品也要开后门。

它们破坏生产力，造成长期的停工停产，严重影响了市场供应，给广大人民的生活带来极大痛苦。

它们把持文艺领域，定调子，划框框，一切以他们为准。他们的破烂私货到处塞，使人民的精神生活极度贫乏。

……

它们的下台，是全中国八亿人民的一大喜事！

但愿今后的中国能有一个团结、紧张、严肃、活泼的真正的生机勃勃的景象。

11月9日　于省一建公司宿舍

自"四人帮"倒台后，我变得爱听广播了，以前，除了音乐、气象消息之外，我确实厌倦喋喋不休之词。

欣喜地看到，中央一系列的行动是在稳定国内经济，提高生产力，提高人民生活水平。

绝大多数人民，他们对上面的变化只是盲从而已，他们的心愿只是生活的理想化。

我希望提高物质生活外，更有生机勃勃的文化生活。电影银幕上一出现周总理的镜头，人们就会自发地爆发出一阵非常热烈的掌声。我们敬爱的总理逝世了，他连骨灰都撒在我们祖国的江河上。

总理啊！您不为名、不求利、兢兢业业、勤勤恳恳为中国人民和世界人民操劳了几十年，您的崇高的生活品德，您的无比渊博的学识，您的大公无私的革命品格，永远是我们学习的榜样。

据闻：上海各界人民自发地打电报给中央，要求建立总理纪念堂，建筑所需资金由人民自己捐款。

我相信，中央是能满足人民的心愿的。

11月22日　晴　省建公司

欣闻《洪湖赤卫队》今天上映。这是1965年以前，很受人们欢迎的一部影片，内容是描写洪湖人民在贺龙的领导之下革命斗争的事迹。主人公韩英是以贺龙的姐姐贺英为原型创作的。片中的歌曲很优美动听，感情丰富真挚，我们很爱唱的。

《洪湖赤卫队》的公映，我认为是中国文化生活走向新的生机的一个好的预兆。

翻阅了苏联元帅朱可夫的《回忆与思考》第一部，阐述了他的成长过程。他的成长过程，正是苏联军队、苏联人民、苏联党的发展和斗争过程。

朱可夫元帅的成长经历，印证着我的生活哲理——环境锻炼着人，时势创造了英雄。而英雄们又领导着人民大众创造着历史。倘若不是革命，"朱可夫元帅"只会是"朱可夫师傅"，尽管他很聪明。

从他，又想到自己。"周师傅"每到一处总给人很好的印象，他的好手艺、好态度谁不称赞呢？……

我知道，我是能做好任何一项工作的，1968年曾是一个撑竹排的好筏工，人家过不去的浅滩，我总能轻巧地过去，人家停排不稳我总能稳定地、准确地停在装卸的石场边；1969年到1971年，我是一个好石工，一把八磅榔头，在西岩、孝四、舞凤三个公社合建的西岩电站是打出了名的。

我还是个伐木和推车的能手，现在又是个好木工师傅了。

倘若是另外的环境呢？我也绝不会落后于人的。

"野心"——成名成家的"权力欲"不能说没有，而"权力欲"的确是无可指责的，没有权力他能做点什么！

我设想着当地公社大队不允许我出外时怎么办？我绝不会规规矩矩地做一个农民的，我绝不会安安心心地呆在周家湾一公里方圆的地方一辈子的。因为我有幸生于一个拥有960万平方公里土地的中国，人不仅要"吃"几十年，最重要的是，他应该"生活"几十年。

我要为后来的人们提出一句口号："如果你想为人民作出较大的贡献，你就应该闯出一条'向上'的路来！"

"向上爬"，毕竟是庸俗的。我把"爬"字涂掉了，换成什么呢？"斗"或"争"吧！

11月28日　江西省一建

昨夜与一建工程师卢秀英和杨敏仪一起谈了许多。

"四人帮"的罪恶是罄竹难书的：你要抓生产他说你"唯生产力论"；你要提高人民生活水平，他说是"收买人心，搞物质刺激"；说企业管理是"修正主义管卡压"；批判经济核算是"利润挂帅"……总之，他们使想干事的人一点也动弹不得，极其严重地阻碍了中国的经济建设事业。

为什么会形成这么一股反动逆流？

我很想写出这10年来中国为其所害之惨烈，确实，已过去的10年，是中国历史上前所未有的令人窒息的10年！

参考消息上登载了《中国政局动向》，说到当局又提出了"百花齐放，百家争鸣"——这是一股清泉！

啊，清泉！

干枯、萎蔫的禾苗啊，张着如嗷嗷待哺的婴儿似的嘴，无限渴望着粼粼的清泉！

12月12日　于省机械局宿舍

看了一些批判"四人帮"的材料。革命者有革命的舆论，反革命者也有它们的"反革命"理论。

张铁生口口声声说"担心革命"，鬼晓得他要革的是什么"命"！

但是，有许多事情，我是相信其中有奥妙的。政治本来就是一种"橡皮泥"，任凭着当权者揉搓。

在人们的骂声中，我也跟着骂一阵；但是，我更多的是在想：这一帮祸国殃民的害人精是怎么养成的？现在广播上说"把千愁万恨记到四人帮头上"，这毫无疑问是对的，我记得林彪下台时也是如此说的。但是"千愁万恨"，仇在哪里？恨在哪里？过去的一切都作为功绩肯定了下来，哪里还有"仇"和"恨"存在！

我认为应该有正视现实的勇气！这才是最难能可贵的！

12月24日　于机床修理厂宿舍

接到了建灿、哥哥、才章的信，他们告诉我，玉英已于12月17日（农历十月二十七）夜4点40分顺利分娩，生了一个女孩子。我很高兴，写信给玉英，给我们的女儿取名"碧燕"。"燕"是和春风一起来的，"聪敏、活泼、惹人喜爱"，并且乐灿的女儿也是带燕字的。愿我的女儿像一只在明丽的春日里、在碧蓝的天空中自由飞翔的小燕子，活泼快乐吧！

风雨世面

我曾视为生命的日记

1968-1978

1968
1969
1970
1971
1972
1973
1974
1975
1976
1977
1978

1977年元旦　小雨　于南昌江西机床修理厂宿舍

做着木工活，心里想的不知有多少。

坐在床头，看了会儿书，打开收音机，听着中央人民广播电台播送的新年文娱节目，我的心飞得非常远……

1976年是中国革命的一个转折，是八亿中国人民生活的转折，无疑，也将是我个人生活的一个转折。

当我开始懂得社会上的一些事情以后，整个社会舆论都是在"四人帮"控制之下，我对那些东西是极为不满的。但是，从历史的角度上认识，我是真心实意地拥护中国共产党的。正是这个伟大的党，推翻了腐朽的"两极"社会，领导人们走向"共同富裕"的道路。虽然在目前的中国贫富还很不均，人民生活很贫困，但从发展的眼光看，是大有前途的，也是唯有这条路是正确的。

土地改革，特别是集体化道路，我是特别拥护的，集体化道路消除了"两极分化"的基础，可充分地利用社会上的物力、人力。我想：这是以前所不能想象的。

但是，我始终认为：人是不能因为"吃得过去"，"穿得过去"就心满意足；人应该有远比吃穿更有意义的东西——充实的精神生活——包括"自由"。

"自由"——正是这一点，人们太缺乏了！

作为一个有志的青年，应该在他自己的生活道路上有一个比较明确的目标，并且应该为这目标而孜孜不倦地努力奋斗下去。然而，我的抱负和自己的社会地位是那么地不调和。我又能做点什么呢？

做"老黄牛"，还是做"闯将"？

社会只允许我做老黄牛，并且只允许我做一头连"哞哞"地叫几声都会遭到鞭挞的老黄牛。而我，极愿意做一头为人民拖犁拉耙的老黄牛,但又希望做一个"闯将"。难道真的只有一平方公里大的周家湾是我合法的生存地?

我的理想和抱负并不狂妄。我愿意做的是一个人类的知情者,光明的吹鼓手和黑暗的鞭挞者!

明年怎么样?以后怎么样?

——做"流浪人"吧!

1月2日　小雪　江西机床修理厂

天气十分寒冷,我经常想到我的妻子玉英,在那阴暗、寒冷的牛棚屋楼上,孤独地躺在床上,她是多么寂寞啊!玉英,大约,你是在曲着指头一遍又一遍地算着我的归期吧?

想到我的妻子,我就会想到我的"恋爱史"。以前热恋过的人逐渐地淡忘了,却唯有吴圆,总是在唤醒着我心里的什么。奇怪,对于吴圆我曾爱得那么深,但心里却并没有设想过一起生活之类的感情;有的,只是尊重,是敬爱。

我为她写过诗,其中写到"如若您是一朵花,那么,所有能引起对您回忆的东西,都带着芬芳的花香"。这是心灵上孕育出来的"芳香",有过纯洁爱情的人,他一定是能有同感的。那时,凡是看到吴圆接触过的东西,想到有关她的事的记忆片段,都有着浓郁醉人的芬芳……

我记得我们吴子里初中学校有一本《晋阳秋》,是吴圆看好之后我再看的。那本书啊,我对它特别地亲近!

我记得到琴弦看电影后,第一次到她家,我讲话都结结巴巴的情景!

我记得1968年在琴弦看戏时碰到三年未见面的她时,我的血一下子沸腾了。

是啊,这个勤劳、朴实、聪明、美丽的姑娘,只有芬芳的鲜花才能同她媲美啊！

　　我的热恋失败了。她在我的伤痕累累的心中加了一条鞭痕——当然，在她，并无可指责处。

　　我痛苦过，1971至1973年，三年不归家这也是主要原因。

　　后来，我不知多少遍地思考过我与她这件事的一切因果，我可以说，我想明白了——我不应该把她当作"花"，而应把她当作"人"！

　　早熟的她被困苦的家庭过早地拖进了"现实社会"。

　　去年，我从南昌回家后的那段时间，一天我从董村回来，得知她生病在里浦医院，就去探望她。那天我不知她究竟是否在医院，当时天又晚了，我一点东西都没有买。推开病房，她的丈夫招待了我，吴圆躺在床上，看到她消瘦的、苍白的脸，我的心啊，什么滋味都有！我是不便表示什么，我也习惯于压抑自己的情感了。我没有多说什么，坐了一会儿，闲聊了几句就走了……

　　作为一个已经有了妻子的人，我是不应该再想这些，再写这些了。但是，这并不能说明我对自己妻子的不忠诚。为什么还要想，为什么还要写？

　　这是生活……

　　青春啊，青春！一如喧叫着过去的流水———去不复返了啊！

1月8日

　　今天是我们敬爱的周恩来总理逝世一周年纪念日。

　　这些天的广播都是关于周总理的，有回忆，有歌颂。

　　听着广播，一个伟大的身形巍然屹立于眼前，总理啊，人类的历史上有谁能同您媲美？

　　去年的1月9日清晨，我还睡在床上，听到广播播送了总理逝世的噩耗，我猛地坐了起来，呆呆地想着，忘记了寒冷……

遗臭万年的"四人帮",恶毒地攻击总理,妄想贬低总理在人们心中的崇高的威望。他们的丑恶行径只能使人们更加看清了他们的丑恶嘴脸!周总理是一面明镜,人们会用周总理这个光辉的典范衡量人。这伙丑东西在敬爱的周总理面前真是粪土不如!

记得江青在总理的吊唁仪式中和悼念会上连帽都不脱,见到这种情景,人们气得大骂!有人把电视机都砸破了!

谦虚的总理不为名,不为利,他却深深地永存于人们的灵魂深处。

学总理,做一个光明磊落的人!

1月18日

写完了"献给总理"一诗。

心里很是激动,骂得心里好痛快哟!我想好好修改一下后寄给邓颖超同志,作为一个生活于下层的青年对于总理的一点敬意吧!我想,八亿中国人民,不管其政治观点如何,谁也不能不对光明磊落、赤胆忠心的总理怀有深深敬意的。

我看了《敬爱的周恩来总理永垂不朽》的影片,看到银幕上周总理消瘦的脸庞、紧闭的嘴、合起了眼睛的遗体的时候,我也禁不住泪水夺眶而出了!

听着收音机,最多的是关于总理的。在总理身旁工作的人都说到一点:"总理珍惜每一分钟、每一秒钟。"他说:"我老了,应该抓紧时间多为党做点工作。"

何等朴素而又动人的语言啊!

78岁的总理每夜只睡三四个小时,而我们这些年轻人呢?

最近我已经看了两遍《洪湖赤卫队》,这部电影之所以深深受人喜爱,不仅仅是女主角韩英的唱腔优美,很重要的是,她更富有现实生活气息。无论从服装道具,无论是情节、感情,都把人带到了哪火红的大革命的年月。

游老师昨夜谈到著名画家齐白石先生也是木工出身，他完全是自学绘画的。

晓东啊，您不能让时光悄悄地消逝掉！

活到60岁，我也还有30多年时间，利用起来专攻一件事，是应该有所成就的。

1月22日　江西机床修理厂

老何和游会计比较关心我，他们给我讲齐白石的故事，他们说我应该钻一行。

是的，我应该有所选择，有所专长，有所钻研，有所成绩。

今夜给同学公威、渭月各写了一信，谈了以上的想法。我希望我们能一起好好地讨论一下。

人啊，应该有多种美丽的生活的！

玉英来信说我们的小碧燕生得不错，我很高兴。记得有一句名言："人的一切都应该是美丽的——面貌、心灵、衣裳。"这种美丽应该是质朴、端庄的美。

小碧燕啊，当你来到人世的时候，你的爸爸正在为你们的未来摸索着一条路。当你也成为一个青年的时候，谁又知道一切会怎样呢？

愿你们幸福吧！但希望你们不要庸俗！

1月27日　于南昌江西锻压机床厂

我常觉得我真正的生活是在夜晚，因为只有夜晚才有我自由支配的时间，也是我唯有的学习时间。虽说我的职业很自由，但实际生活却使我5个月里没有休息过一天。到了夜晚，我就能写写、读读、想想……

但我一遍又一遍地否认着上述的想法——没有白天的生活，夜晚的一切学习就都是不切实际的。或许可以这样看待吧：白天＝实践，夜晚＝理论。

实际上我错了，我没有把白天经历的一切深深地体会进去，毕竟实际的社会生活才是给人最多最广知识的地方。

夜读高尔基《阿尔达莫夫家的事业》，我不知多少遍地放下书沉思一阵，然后又贪婪地读下去……

我觉得不管是否有较好的构思，还是应该写下点什么来，于是，尽管天气严寒，现在只能坐在被窝里就着盏煤油灯，我还是写了。

高尔基这部作品，写的是1863年以后的50年里一户家庭的兴盛史，深刻而全面地反映了俄国资本主义的兴起、繁荣与衰亡的过程，揭露了资本主义制度的人吃人的血腥本质，表现了无产阶级与资产阶级的尖锐矛盾，暴露出资产阶级精神世界的卑微和贫乏。

想到了1973年上半年我在宜丰花桥山田的一个山坡上和祖良的一次谈话，那天祖良的头发很长，由于当时的生活条件，他是很颓废的，他说：再过五年，我会变成闰土的。当时我是一阵心酸！啊，一个在前几年，还是那么活泼快乐地歌唱着的精力旺盛的青年，现在竟会这样啊！

我经常想起这一幕，他会不会变成"闰土"？我只能回答自己，这主要看他今后的生活环境了。

生活环境决定着一个人的思想——我是最切身地体会到这一点的。

高尔基并没有把书中的所有人硬生生地分成地主和贫农、资本家和工人，但是，活生生的生活完全揭示了两种不同的人类。

这使我想起了我家的历史和一辈辈一个个的人：一个信佛的太公；勤劳的贪财如命的祖父；享乐型的却有正义感的父亲；能干、漂亮、勤劳、饱经人生辛苦"贪路明"的母亲；聪明、善良的哥哥；勤奋上进的弟弟；能干、大胆而又狭隘的嫂子；勤劳质朴的弟媳……

这一切，不都是活生生的社会环境的活生生的产物吗？

写什么？写生活，活生生的生活。——不是教义。

2月3日

读着渭月的信，看了一遍又一遍，虽然已是11点多了，但是我还是要把它记下来。

应该说，这不是一封普通的信，这是一曲生活的史诗。

他信中写道：

"到1975年底，我成了一个债务累累的可怜人。"

"今年全年工分4200多……在那早稻收割完毕的一段时间里，我在10天里落了10个长夜，——半夜的不算，一眼没合的10个长夜！人累了，眼红了，但为了还债，为了生活，为了磨练我的意志，揉揉眼睛，又走上了又暗又远的路……。"

"我没有被生活的担子压垮，我能够吃最大的苦，耐最大的劳，这5个冬天，我只做过一套衣服，从里到外，从单到棉，从头到脚，我的所有衣着，大概值10元钱吧！但是我并没有因为衣服破而觉见不得人……"

"'四人帮'断送了我们的青春，我在日记中写道：粉碎'四人帮'是人类的希望，中国的希望，我的希望，……铁扫把横扫'四人帮'，开颜脸拥护华主席。"

"……但青春属于永远力争上游的人们、属于永远乐观的人们，前额上的皱纹，只能说明我们的年龄，遮不住我们展望美好未来的锐利的双眼！"

写得多好啊！渭月，我的亲爱的朋友，您朝气蓬勃，永远乐观、热烈的性格，我敬佩您！生活是压不倒我们的！挺起胸来吧，肩负起应当承担的一切！抬起头来吧，展望美丽的将来！

2月4日　晴

　　夜给渭月写信，伏在一张小孩坐的摇床上写着，写着……寒冷也忘却了。

　　我给渭月写到我决心献身于文学，生活是实践，写作是总结，把自己的生活实践作出总结，留给人们，使后者可少走些弯路。这是值得的。

　　我写道："我们整个家庭的历史，那些陈旧的、已过去的几辈人，应该是趋向没落的人们。新的希望应该从我们这一代开始，因为已经过去的上代，他们是贪欲的，自私的。只有我们，才开始认识了公正、无私。这确实是个历史的转折。"

　　"但是，想到后代的人们，他们会继续走下去——路是没有尽头的。"

　　"这样，我打算把自己心中要写的东西，起名为《没有尽头的路》，并希望您为我收集些素材。"

　　"我也决心要更好地向社会学习，特别准备主动地接近一些老人，把他们脑子里的东西取出来，留下来。"

　　我写到："艰辛使人奋发，安逸使人颓废，我将遵循之。"

　　2月初开始下了一场大雪，是近几年来所未有的，"瑞雪兆丰年"，这也是人们的希望吧！

　　目前到处物价上涨，货架都是空空的，南昌市场上萝卜卖到1角6分一斤，青菜也是1角5分一斤，鱼要1元一斤，鸡蛋1角6分一个。这次上海籍的周师傅出差回来，说起上海、杭州、金华、舟山都是一样的情况，物价上涨得厉害！

　　今天雪后天晴，天分外地蓝，地分外地白，我即景作一诗：

十年无艳阳，

十年无好雪，
今日雪后晴，
天地分外新。

两额鱼尾纹，
双眼仍熠熠，
妖雾从此散，
前途道路明。

2月9日　农历十二月廿二夜　晴

夜到市里去了一趟，并收到哥哥的信。

今天是公威的结婚日，由于想多做几天以解决点经济困难，我没有赶回去，我相信公威是能谅解我的，同时也会感到遗憾的。

今夜，乐灿等同学一定都在愉快地歌唱。同学们，朋友们，我虽没有和你们在一起，但心却飞到了你们身边，和你们共享这欢乐时光。

公威、丽青，作为你们的朋友，我深深地祝愿你们幸福！

做着活，心里想着《没有尽头的路》，我想到蠡斯坂斯元裕"千柱屋"一族，是可以作为素材的。斯元裕这个土财主一脉，一定有着丰富的，值得写下来的东西，可惜我了解得太少些，回家后当好好了解。

2月12日　晴

明天就要回家了，心里很激动。自从结了婚，想家比以前多了些。玉英见了我真不知会多么高兴呢。

将要看到我的小碧燕，这个小生命啊！凝集着我和我的妻子的心血啊！真的，看起来是一个小小的孩子，花下去的心血已是不少了，到她长大成人，更不知又要多少心血下去呢！

这次回家，比以往的任何一次心里都要充实一些。一是有了自己的"家"，这是一般的东西代替不了的；二是对于回家后的精神生活已经有了底。——了解农村生活。说真的，我虽出生于农村，长在农村，但对农村生活的了解却真的很不够。

但是又有一种茫然感——以后的生活会怎样？这大约是每一个人都不能明确地回答自己的问题。但我深信一点——应该怎样做人，就怎样做人！

3月4日　元宵节

做了个甜蜜的梦，我给玉英的信里这样地形容这个春节。

我是十二月廿七夜到家的，正月十二返赣。这半个月既愉快，又沉郁；既糊涂，又兴奋。然而的确过得快。

我第一眼见到我的小碧燕就深深地喜爱上她了。在上河图外婆家门口，玉英在等我，我立即把她怀里的小碧燕接了过来，小碧燕正甜蜜地沉睡着，我看她健康的白里透红的漂亮脸庞，端正的鼻子，微动着的小嘴，我禁不住心里一阵发热，——我的小碧燕啊！你是我的心血凝成的啊！

她有一双大而特别有神的眼睛，黑白分明，光辉灼灼。人家都说她的两眼像两支电筒，我似乎觉得她眨动眼睛时有声音出来呢！妈妈说她很像我小的时候。

她身体健壮，两个多月的人比人家四个多月的还大，一双脚能撑住自己的身体，一双小手更是玲珑得可爱，握住我的手指时感到很有力。

十二日晨我临走时又到床上去看她，她正甜睡着，我吻了她一遍又一遍……

小碧燕啊，成长吧！

我见到了公威、乐灿、渭月、渭国、元木、月英等同学。虽然在一起的时间不算短，探讨了一些问题，但我觉得没有谈出一个比较适合我们行动的东西出来。我们每个人的思想都模糊得很。经历了"四人帮"祸害的农村，一片冷落萧条的景象，春节也没有一点节日的欢乐气氛。人们都在为现实生活问题发愁！物价飞涨，猪肉1元多钱一斤，鱼1元一角一斤，大蒜4角一斤，藕1角8分一斤，大米5角一斤还没买处。而生产队劳动一天所得10分工分的分红，许多地方还不到5角钱。副食品和工业品也十分缺乏，春节的几天，街上买不到纸包糖，更没有饼干之类，也没有好点的布。

这万恶的"四人帮"造成的恶果，在短期内很难恢复。

回南昌后，觉得工厂劳动紧张起来了，人们也愿意"动"起来，但也有少数厂还没有动起来，如我正在这里干活的这个锻压机床厂，它是程世清搞到德安去的。林彪垮台，程世清打倒后，工人们又自发地搬回南昌，现在厂址不落实，工作也停顿着。

干部确是政治路线指导下的原动力，干部这个火车头不动，整个列车就瘫痪了。

3月6日 晴

马路边的杨柳已发出了新芽，黄绿色的枝条在风中飘摇；人们换上了轻装，青年人的脸上添上了润泽的光彩，已是万物苏生的春天了。

做人的责任心不允许我沉沦下去，我是时时在敲打着自己的。

渭月感慨"少友人肉怀"。是啊！爱人的柔软肉体消融了多少青年人的志气啊！

我是不甘心的！我没有被美酒灌醉，没有失去理智，但迷迷糊糊的时候太长了，人应该是时时清醒的啊！

我记挂着渭月，他是一位战士，战士的气质不能减啊！公威和我的年轻朋友们！

提笔写"天眼重开"，但语言太贫乏，写不下去了。我不知道自己写出来的东西算诗还是应该叫散文。写东西没有激情，没有诗意是不行的，这时，我痛感自己读的诗特别是熟记的诗太少了。

"天眼重开"，是个美丽动人的故事。我想通过它歌颂战胜邪恶的战士，并且具有强烈的现实意义，去年上半年，出自一种热望，我就想写过的。

收音机里传出来音乐舞蹈史诗《东方红》的音乐声，才旦卓玛的歌声又把我整个身心吸引进去了。她的歌声充满了无限深邃的感情，特别优美动人。她的歌声是我最爱听的，每当听到她的歌声，我就会停下手中的活，专一地听着，真是一种享受！

人生应当像她的歌声那么美丽！

3月13日　晴　锻压机床厂

和陶学成师傅谈干部问题。他的姨夫曾是江西拖拉机厂的革委会副主任，这次垮台后，他自己被捕，家被抄，家里的东西全被打烂了。据说，他是较老练的，在政治上历来都"看得远""站得稳"的；文化大革命前他是江西拖拉机厂的一把手，文化大革命中很早就冲杀出来，并被结合进工厂的领导班子，这次被打倒，他自己也是糊里糊涂。

现在社会上普遍的看法是"政治饭难吃"！因为在中国，当官的要么是香得不得了，要不就是比粪还臭的。其实，这是一种很不正常的现象。每一个人都有优点，又有缺点，并且，所谓的优点、缺点也是随着社会环境的转化而转化着的。批判一个人，特别是对干部，必须抱客观的态度，应该肯定的必须肯定，应该批判的也就应严肃批判。

夜与省一建杨工谈及政治，她认为形势在变好，但"四人帮"经营了10年，被颠倒了的一切一下子是恢复不过来的。

我们也谈到"天安门事件",这是古今中外的一件罕有的惨案!这个事件的责任完全是属于"四人帮"的,这次事件是中国人民正义力量的一次示威,是对"四人帮"的愤怒的大爆发!

自从这件事件发生以来,每一个略有头脑的人,都在思索着……

现在"四人帮"垮台了,这事件就应该把真相大白于天下人。虽然公开这件事,国内、国际的影响肯定会十分大,但是应该有勇气,因为这是件公开的秘密,把真相公布出来,把主凶严厉镇压几个,人们是会谅解党的,因为那时的"四人帮"确实控制着所有的权力。

再说,历史上曾经有过什么秘密吗?现在不说,但历史是淹没不了的。

3月14日 晴

到汽车制造厂看了电影《天山上的红花》回来。这部影片艺术性很强,人物的性格刻画得很好,很有"人情"味儿。

人们往往用通过"忆苦"来启发一个人的阶级觉悟,这并不怎么空洞。但是,我不认为"忆苦"是一种提高觉悟的基本方法。譬如说老一辈的无产阶级革命家,他们可能是并无什么"苦"可忆的。我们敬爱的周总理就是一个鲜明的例子。他的祖辈并不缺吃少穿,他的革命信仰又来自何处呢?

我为那些政治工作者担心:假如到了第三代,那种朴素的自然感恩主义到了不能激起人们的感情的时候,他们拿什么来挣饭吃。

回宿舍的路上,走在笔直宽阔的林荫道上,微风轻拂,新柳轻扬,两边高楼林立,时有汽车飞驰而过,不远处又有火车的轰鸣声,我的心情是十分舒畅的。

免不了又会想到周家湾,这个生我养我的山村,想到了生活于这个山村里的人们,有许多人,大约除了想尽力占有这个山村里的某些物质上的东西以外,他们大约没有更大的欲望,更不会有那种宏大、高尚的欲望吧？

想想自己是这个社会的主人，这是有特别意义的。

3月18日　阴

接到叔信，建超那边活空了下来，要我帮忙解决工作问题，虽然这对我也是一种负担，但我还是义不容辞，我今写了一信叫他到这里来。

姐来信谈到了碧江和碧泳，碧江特别聪明，有才智，他从小对一切事物都怀有好奇心，总要问个"为什么"，但碧泳却不然。他在我脑子里是"天真烂漫"的化身，他钓田鸡、捉蟹一股劲，叫他写字就会打瞌睡，记得他六岁住我家时，大热天在下坎头的坑里钓田鸡，太阳晒得他俊美的脸红扑扑的，端正的鼻子沁出小汗珠，一双黑黑的眼睛瞪得大大的，那股认真劲，连我站在旁边许久他都不觉得！我不由抱起他，亲了一阵。

但我为他们的前途担心，我给姐姐的信里说："生活于太封闭的环境，一个天才也会成为庸人的，希望多给碧江见世面的机会……'穷人的孩子早当家'，这是有道理的。我们姐弟的生活就证明了这一点。你家条件好，但不能对江迁就，并要注意他周围的小伙伴，'近朱者赤，近墨者黑'，是要注意的。"

想到江和泳，我又想到了嘉和燕，嘉和燕虽很小，但他们也一定会是很聪明的人。

嘉懂事像个大人，对小妹妹十分喜爱。

我的小碧燕安静地躺在睡篮里时，忽闪着两只黑白分明的炯炯而有神的大眼睛，好像在思想着什么……

昨夜到长航看电影《大浪淘沙》，描写1925年前后大革命时期青年人的生活。四个结拜兄弟，老大和老二成了彻底的革命者，老三堕落成叛徒，老四消沉了。

我国的30年代是中国历史上特殊的年代，中国开始接触西方文化，"自由"之声逐渐响起，经历着中国历史上从来没有过的激奋时期。那时激昂的呼喊、雄壮的歌声、沸腾的热血，经常让我激动起来。

30年代的文学创作，非常丰富多彩。色彩奇异、感情强烈的作品也是前所未有的，青年们开始追求热烈的美好生活。

但是，经过40年革命后的中国怎么样呢？

我要嘲笑先人的"天真"——何曾有理想化了的"天国"。

读苏联谢苗·巴巴耶夫著《现代人》，更使我相信了这一点。

我现在不想就其他方面来评论这本书，正如从电影镜头里可以看到另外国家的一些生活一样，小说里也会反映出活生生的现实生活来。这《现代人》反映的苏联农村生活，确实使人泄气。

看着自己去年10月27日拍的一张半身照片：无所畏惧的脸容，坚毅的双眼，我写上一诗：

路长走不尽，
人生费探求，
身贱不知卑，
明眸终望远。

3月19日　小雨

冒着风雨，看电影《甲午风云》。

邓世昌掌舵，水手们肃立在他后面，"定远舰"开足马力迅速向敌人冲去……

这一幕，将永远铭记在我的脑际里，当人生遇到严酷时刻，它一定会给我力量的，这是"做人"！

"甲午风云"——威海浪滔天，英雄千秋仰！

是啊，打肿脸充胖子毕竟比卑躬屈膝要强得多！

4月4日　小雨　江西机床修理厂

"四人帮"垮台后，工业生产迅速恢复了起来，开展了社会主义竞赛运动，这实在是一种很好的促进生产的方法。

不生产，物资从何而来？没有物资，思想觉悟又怎么能提高？读张春桥、姚文元的空洞的"革命"文章后，我总会这样地发问！

现在绝大部分工厂生产都很紧张，这主要依靠中央支持，干部敢抓。在"文革"生产停顿的时候，我也经常在思虑这是"为什么"，也设想着若自己是某厂领导的话会如何抓。但事实上，处于那种环境条件之下，作为一个企业的领导干部，他是力不能从心的。

前段时间锻压机床厂的工人总是不上班，去上班了也是懒懒散散的，干部也没有办法。最近开了一个大会，严格规定了考勤制度，现在每一个工人上班去，走路都是那么急急忙忙了。

政治路线确定之后，干部是决定因素，说得太好了！政治路线是先决条件，在这个条件之下，干部确是决定因素。

物质条件永远是人类生活的根本和基础，离开这一条件，一切都是空洞的，不切实际的。

现在工厂企业都实行奖惩制度，工人们的劳动积极性调动起来了，因为怕扣工资，所以出勤率有了保证。就如我的处境来说，就怕生产队扣粮食。实际生活问题支配着人们的行动。

建超前天到了这里，我们都很高兴。

我这次出来后，没有接到过玉英的一封信，我老念着她，挂念着我们的小碧燕，我真想碧燕。

从图画纸片里翻出了一张书签，背面有月英的题字。看到这书签，一股热血涌上心来，往事就一幕幕地浮上脑际，似乎自己处于那学生时代一般。看着那几个字，那个少女美丽的脸庞宛如在眼前，我似乎看到了那颗少女的火一样热烈的心……

一晃12年过去了，这次临出来时，又遇到了单独和月英一起谈谈的机会，她的母亲在诸暨住院，我和元木去看望了一下。

这天下午，在浦阳江堤上，我和月英边走边谈约两个小时，她已完全成为一个极普通的家庭妇女，没有一点知性女性的浪漫色彩。我与她是严肃认真的，我发觉我们没有什么可以谈的。

我试图唤起她的热情来——并不想要求爱情的死灰复燃，而她一味声称那个时候"幼稚"。我倒觉得那种幼稚很好，那是纯真的，现在反而庸俗起来了，这大约就是"老练"吧！

我想了解一点她的思想状况，更令我失望，一个十足的家庭妇女罢了！

马上，我什么兴趣都没有了，可一方面是同学，另一方面是我略懂爱情之后，她是第一个唤醒我的"情愫"的女性，并且她也曾经热烈地爱过我。我陪着她，谈着，空泛而枯燥！

元木在县邮电局工作，他对我十分地热情，他的行动比较老成，他总能比较爽快地说出我的一些思虑和事情来，特别是关于个人生活的。

4月25日　井冈山汽车制造厂

希望是什么？

是可怕的妓女

无论谁，她都一样地拥抱。

弄到你牺牲了无价之宝

——你的青春，

她就会将你丢掉！

——裴多菲·山陀尔《希望》

希望是什么？我一天问自己一千遍。失去了青春之后，它就会把我丢开吗？正确地说：应该是失去了活力之后，希望才会抛开我们。

稍有活力，我们还是要有希望的。

当然，失去了青春，希望渺茫的时候，真是无以言表的悲哀，呼喊，哭泣，一切都无济于事！

希望属于脚踏实地的人。

生了一场大病，高烧到40℃，我还是坚持着干活，肉体上是战胜了一次疾病，精神上是经受了一次锻炼。病中，各样东西都失去了兴趣，我的意志力并不够坚强。

病中，更会想到：我已不是青年人了，我在趋向衰老……

当沉沦下去的时候，一本好书往往会唤起我的精神来。

裴多菲，一定能支撑我一些日子的。

5月4日　于省冶金建设公司

今天是"青年节"。过去，被虐杀了的青春从没有品味过青年节的滋味儿。今天，听着收音机中优美的音乐，我的心活跃了起来，我猛然觉得我还是青年！

口里喊"关心青年"，心里想的却是"奴化青年"。这是"四人帮"的作风。中国的青年被他们弄得不成青年样子了，在工厂里，许多青年是不学无术的"老徒弟"；在农村，青年是小算盘打得紧又精的"老农民"！这些年来，青年的犯罪率上升，被判刑的大都是青年人。

青年有青年的特点，他们需要健康充实美丽的精神生活，他们需要新鲜的活泼的空气。

夜摘抄《裴多菲诗集》，其中有不少爱情诗。有几首，我摘抄着，心里颇有些不好意思呢。但其实，那种青春的活力是那么地充沛，那种火一般热情，感情是多么地真切……

那一切，我是感受过的……我相信，别的青年也是感受得到的，但是，我们哪里敢写到纸上来！

中国小说中的青年人，他们简直已不是现实的活人，他们是一群灌塞了一肚子"新经"的修道者而已！

然而，"四人帮"用这一套东西只能去骗死人，活人是骗不了的，因为他们是活的，他们有生活，活生生的生活。他们需要衣食住行，他们需要人的感情，他们需要爱情，他们需要活人所需要的一切。

5月15日

与琼谈得很多。

晴朗的天空，闪闪的星星，微风拂拂，树荫丛丛，在那平坦的马路上散步，心情是多么地愉快，啊，人生，您何不停留在那幸福的时光！

5月22日　晴　于省机械局

这不能算是一个美丽的故事。

没有想到，浪漫的故事还没有完结，他太漂亮，太多情，太聪明了！他会有没完没了的爱情故事。

在生活实践中，我是把自己的生活真的作为一种体验来对待的。因此，见到的看到的经历到的事情是会比别人多些的。

有两首"情诗"，感情很真切：

一、希望

心乱如麻理智明，往事幕幕眼前映。

今日分别何时归，蜜月之情刻心灵。

二、赠友人

谁说我无情，谁说我冷酷，
决心早定血沸腾。
谁说我无知，谁说不动情，
点点清泉身上滴。
恨只恨，身不由己，
怪只怪，如此多情。
肉体消瘦值几分，
心中创伤无法医！

这样的词句，不是一个缺乏爱情的人所能写出来的。
应该哭泣，或是应该歌唱？
在井冈山汽车厂做完事后，到冶建做了20来天。老陈和她的爱人林福莲对我们很好。还碰到了诸暨小尖溪的郭勇，他是解放初就到这里工作的。他很热情。

5月23日

夜深沉，苗永、建超、建国都早沉沉入睡，我把老陈借给我的5万字的手抄本《第二次握手》，一口气读完……
一点多了，我横竖睡不着，就写下几个字来。
"这才是真正的生活！"我对这本书只能发出这样的感慨。
苏冠兰、丁洁琼、吴孟鸣、叶玉函，这是一个个多么美丽的人物啊！他们的生活道路不同，但他们的生活称得上是诗，是光辉的诗！他们的人生尽了一个人对社会所担负的最大的职责！他们纯真的爱情故事，直令我感动得心都紧缩了起来！

但是，我又想到了命运，这三个年轻人的命运完全掌控在统治势力之下，苏凤琪教授，他代表了旧的统治势力。在私人生活上，他决定了他们的未来。

这里，有强烈的进取精神，崇高的爱国主义，丰富的正义感，纯洁的恋爱之情，这样的小说，正是青年丰富的营养品。

又使我想到：为什么这样的小说不能出版？在社会上，流传着这类手抄本，虽然有些未必健康，但说明了人们需要艺术，特别是文学——无与伦比的艺术！

"人们喜欢，为什么你们就不喜欢！你们算老几！"我想起来了，今天收音机里提到的总理责问某人的这一句话。

我也要用这句话来问问那些文学艺术的扼杀者，你们算老几！

历史是无情的，历史的车轮会把社会残渣碾得粉碎，无情地抛弃，而历史的列车前进不停。

"人们喜欢！"是的，人们的喜好和需要也就是我们的责任。

晓东，时时记住这一时刻的思想感情吧！

5月28日

这些日子来，苗永、建超都和我一起，我们感到很好，这个小集体团结、友爱、活泼；确实，人是需要集体生活的。

生产队又催我回家，我暂时想不理睬再说。

这些日子，人的心情很有些反常，我被许多种情感纠缠着。

给桂写了一信，我深深地敬佩她的才智和学识，她对我很好，我深深地怀念着她。

我又一次问自己：什么叫爱情？看起来，没有一定的认识高度为基础，爱情是脆弱的。

桂能理解我的心理，因此我也向她谈得较多。不知我们的友情是否能经得住岁月的考验？

想到以后的生活，那种日复日，年复年的生活，我不禁不寒而栗！心啊，怎能锁得住！

5月30日　于南昌省机械局

只有回去了。我向桂告别。有这样一个热爱、器重我的女朋友，我是不无骄傲之感的。

愿我们的友谊长存！

6月20日　于南昌省市政工程处

心情坏透了……

各种各样的思绪、感情在心里翻腾，可整理不出个头绪来！加之剧烈的牙痛，更弄得我烦躁非常。

我知道：个人的一切是渺小的，然而我又知道，个人和社会是密切联系的。

"生命诚可贵，爱情价更高，若为自由故，两者皆可抛。"

"自由"——这个被人们遗忘了的崇高的神圣的字眼，对于我比什么都宝贵。

我相信这是每一个人所梦想所企求的。

我会怎么样？

"笑迎霜雪，喜浴风雨勇向前！……"

用飒爽的心情来对待生活吧！

真理是永恒的、不落的太阳！

6月27日　于东风机械厂

人昏沉沉的，9点多后看了一阵《马克思的青年时代》，并摘抄了一些后，我的头脑越来越清晰了。

马克思也是个活生生的"人"，他是在黑暗动荡的社会环境下成长起来的，他有一个极好的学习环境。

他在青年时代就钻研各种哲学思想，他希望人有"一颗巨大的心"。

他向世界提出问题，并且毫不倦怠地追求答案，他是所做一切事业的战士。

我觉得，青年马克思的心和我的心是靠得多么近，我总觉得自己的思想中有一种"正统"的东西。

思想家和那些为真理、为正义而斗争的战士，在精神层面给人们留下丰富的遗产。

我也应该用自己的生活给人们留下点有益的东西。

12点了，我又不得不睡觉了。虽然我觉得自己真正的生活是在晚上的学习时间，但我又很清楚自己的职责。每天十多个小时的不停手的劳作创造出来的一件一件的家具，坚固、美观！倾注着自己的心血，溶化着自己的汗水，这是我的一种快乐！

7月2日　于东风机械厂

从长航看《永不消逝的电波》回来。李侠，这个共产主义战士的光辉形象是那么地高大。

我也相信自己，当自己认定了一定的信仰，是有为这种信仰战斗到底的决心的。

无所事事，彷徨徘徊的生活比什么都难过些。

　　私事杂念会永无休止地纠缠自己。

　　有谁会想到，这个活活泼泼、快快乐乐的青年人竟有那么多痛苦而又复杂的东西。

　　人间可曾真的有纯洁的、真诚的"爱"。从玉英我想到其他人，从其他人我又想到玉英。

　　前年下半年玉英到南昌来，在天桥上她喊了一声"晓东"，那种甜蜜、亲切的声音时时在耳畔响。那个端庄、整洁、温柔的姑娘的身形宛如在眼前。

　　但是，"故人"那个清秀的脸庞，那双美丽的大眼，那种疯狂的感情，使我永远不能摆脱。

　　我明白，我是一个有了爱人的人，她爱我，她把自己的一切无私地献给了我，我是承担着"责任"的。

　　又想到李侠。工作——忘我的工作，比这一切显得要美丽得不知多少倍。

　　按捺下来吧——心！

8月13日　家

　　7月5日回到了家里。无情的列车飞驰着，它哪懂得青年人的心啊！那两根铁轨恰似那扯不断的线，把我的心一头系在南昌，一头拉到了家里。

　　望着那厂房里的排排的灯火，我的心只有我自己知道，有谁能猜想到这个青年人的心里有那么地复杂！

　　回到家里，确有股特别的亲切味，玉英无限的温情，使我心里感到甜蜜，我们的小碧燕已是十分活泼了，长得十分漂亮，哪个见了都会喜爱的。

玉英的体贴多情，温暖着我的心灵。日子过得太容易了，我是担心自己会这样碌碌地过下去的。

8月23日　雨　家

"十一大"在18日结束，华国锋当选为主席，叶剑英、邓小平、李先念、汪东兴是副主席。

20日开了庆祝大会。这次会议是具有划时代意义的，因此庆祝工作早就开始了，庆祝会是隆重的。

大会通过了华主席的政治报告，叶剑英的修改党章的报告，邓小平的总结报告。

无产阶级文化大革命宣告结束。

10月7日　雨

回家以后，家庭杂事搅得我心里很烦，竟没有好好地学点什么，写点什么。懒惰会断送一切的。

几年没有好好地体会农村生活了，我也从来不愿意陷入一些琐碎纷杂事物的纠结中，但是，生活于其中，不陷进去是不可能的。

这次运动，以揭批"四人帮"为主要内容，但农村社队里，主要还是以"批资"为重点。

10月28日

9点多了，听了一会儿音乐，人疲乏已极，想睡了。但看了自己的这个小房间，想到每个人都有那么一个"窝"，都将在这个"窝"里老死，一阵说不出的滋味就涌上心来。

我睡不下去了!

11月26日　晴

听着古曲《春江花月夜》，那优美、深沉的曲调把我的心带得很远很远。

我似乎随着那音乐声到了无限广阔、深沉的大海之上，在那磅礴的浪涛中荡漾……

我似乎到了那高山之巅，极目茫茫原野，思绪万千……

在私心极强的人们之中生活，我也没有能脱俗。

但是现在，我似乎已置身于这些俗杂之外了。

人应该如何生活？我一而再，再而三地质问着自己。

我希望我自己做"史臣"，我应该做，也只能够这样做。

风雨世面
我曾视为生命的日记

1968-1978

1968
1969
1970
1971
1972
1973
1974
1975
1976
1977
1978

1月1日

夜到大尖溪村看电影。

开始宣传队演节目,演到10点多后才放映电影,电影是《林则徐》。林则徐为了"拯救中华民族儿女,为了国家",坚决禁烟。他雷厉风行,坚决果断,狠狠地打击了英国的贩毒者,并以武力抗击了英帝国的侵略。

后来,由于清朝的腐败,林则徐竟被削职充军。他筑的大炮台也被清廷重臣琦善派人炸毁。

在抗击英军入侵中,水军提督关天培为国尽忠。

银幕上一把带血的大刀,背景是熊熊烈火,我的心呀,猛烈地敲击着胸膛;我的血呀,在轰轰地沸腾!

"人生自古谁无死,留取丹心照汗青"。

3月19日　于萧山圣游公社江西俞大队

3月17日我到达萧山县江西俞,这事很有戏剧性,事情经过是这样的:我在1974年曾给萧山县江西俞人在宜丰的几个林业队做过车架,林业队里有个俞志明,人品很好,他和我讲起他们村400多户人家连一个木工也没有,他邀我以后到他们村去做木工。去年我从南昌回家后,写了封信给俞志明,他回信叫我到这里来做木工,后因工作队驻村,我无法外出。今年正月,我又写了信去,俞志明复信叫我过来。这样,我就到了这里。

不料一到江西俞大队九队,见到俞志明,我大吃一惊!我怎么也不能把他同我的那个朋友联系起来。我问信是否他写来的,他说是,这更令我莫名其妙。交谈后才明白,原来他和我的朋友是同姓名的,这个俞志明也曾到过宜丰，并也认识一个诸暨的木匠师傅。真有那么巧的事！事已如此，我们就成了朋友。

昨天开始给俞志明的岳母家做床，他的妻弟俞将明想跟我学，我答应了，今天已开始做了。

我的朋友俞志明前天一到家就来看望我，我到他家玩了几趟。

这里的朋友们都很热情。

我相信我能在这一带开辟一个较好的工作场所。

建超又到南昌干活去了，我是想去又不想去。人的意志在衰退下去。我几乎丢不下我的爱人，丢不下我的可爱的小女儿。

南昌啊，我怀念您！

3月6日，五届人大一次会议结束，华国锋被任命为国务院总理。叶剑英是委员长，邓小平是第一副总理、政协主席，徐向前是国防部长。

学习了华主席的政府工作报告，觉得从没有这样一个实际、全面、细致、动人的报告。目标是令人振奋的，信心是足的，决心是大的，领导人对中国的前途是乐观的。

能实现吗？真的，是应该实现了啊！

听广播，全国科学大会已胜利召开，国民经济要上，必须高度发展科学事业。

继去年大学招考后，中央又决定继续扩大招生名额。

这次大学招考是和以前完全不同的。自愿报名考试，择优录取。一再强调凭真正的知识，不拘一格广收人才。

10年，把一切都搞乱了，"四人帮"为了一己之私严重地损害了国计民生。我国的文化科学事业已呈现青黄不接状态。

政府工作报告里说："国民经济已到了全面崩溃的边缘。"这是坦白的，"四人帮"把中国害惨了！

晓东：我又不由不扪心自问，你在做些什么？你准备做些什么？

3月22日

看完了电影《枯木逢春》，激动的心难以平静下来。

故事描写的是从江西血吸虫病区逃难到浙江双塔地方的一家人的故事，并通过这故事反映了在毛主席的直接关怀下，血吸虫病区人民动员起来，送走了"瘟神"。

影片主人公苦妹子，在逃荒途中到双塔地方，父亲因为患有血吸虫病死了，她又和未婚夫东哥、妈妈失散了。

解放后，苦妹子在集体化道路上过上了好日子。但是，她的丈夫也患血吸虫病死了，她自己也得了这种病，并且已到了晚期。正绝望之际，省城派来了机耕队，东哥和他妈妈也一起来到双塔，离别10年的家人团聚了！

但是疾病折磨着苦妹子，她到了垂死境地。

血防组的医生们经过多方努力，终于把苦妹子救了回来。

故事结尾苦妹子和东哥结合，生了两个白白胖胖的小孩子。夫妻俩驾驶着联合收割机，开始了幸福的生活。

这部影片，充满着深挚的人类情感，描述得细腻而真切。

这部影片是成功的，故事的情节、人物安排、矛盾的产生和转化都是合情合理的。没有那种空洞的说教，虚构的"阶级斗争"——这是一部难得见到的中国电影。

3月23日

昨夜，我又失眠了。

这一带的木料质量非常差，大多是火车轨道的废枕木，既难锯又难刨。磨刨锉锯占了一半时间！有的家庭又用路边的杨树，这种杨树新鲜时木质极疏松，但干燥后韧度特别大，斧子下去会弹回来！哎，这木工活真是太难做了！

新到这里，我手不停地劳作，从早到黑，体力上是十分疲倦了，但脑子停不下来……

我觉得到了应该总结一下的时候了。

多少次地想向中央反映一下现实情况，可多少次又停下了笔！华主席、邓副主席所做的一切，我从心眼里拥护，对自己的领袖，是应该说一些话了。

我想起了自己一生所经历的一幕幕……

我想起了我的两个可爱的外甥，他们和姐姐在韩庄岭与我们泪别的情景，真使我不敢多想下去。

我想到自己的小碧燕，我想到千万个未来者，能让他们继续受不白之冤么！

我的心又想飞，飞……飞到那辽阔的蓝天，极目那无垠的宇宙！

4月12日　于南昌江西机床修理厂

考虑了再三，我又决定赴赣，2日离开了江西俞先回了家。

在家休息了4天，好好地过了一个清明节。那么多年了，在这样的日子里我从来没有休息过。这几天，我是很享受农村清明节的这种愉快、悠闲的气氛的。

我和玉英一起去拔青。春天来了，田野里充满了生机，紫云英一片嫩绿，油菜花金光闪闪，梨花洁白，桃花嫣红。春风带着暖意轻轻拂过，我的心啊，真想和这大自然同化！我愉快地歌唱起来！

有谁堪比农家乐！

我们的小碧燕更活泼可爱了，16个月的人嘴巴什么都会讲，什么话都懂。她一天到晚手脚不停，不是搞这就是玩那，虽然走得还不稳，却一天到晚喜欢走，听到她那亲切的美妙的叫"爸爸"的声音，我心里总是充满了无比的甜蜜。

在家住了半年，我更了解玉英了。她正直、朴素、整洁，有许多我以前所没有觉察到的优点。她对我的爱情是那么地真挚，许多时候，我是自愧的……

到了南昌，我又有到了"家"的味道。我爱农村的自然美，也爱城市的热闹和壮观。我急切地希望重见朋友。

生活的洪流滚滚，我这叶小舟，漂浮于起伏的水面……

4月15日

现在，我的思想感情已经完全转到对社会的热爱上了。以前，面对那种荒唐的东西，哪个不是敢怒而不敢言，哪个不是对当时的现实充满了厌恶反感的情绪！

昨夜到省建杨工家里去。老俞、杨工都是极兴奋地谈到现在社会风气的改变。他们的女儿小萍这次考上了师范学院化学系。这次高考录取的学生质量都较高，刚进去就比原来的那些"工农兵学员"要强得多。以前是"不用数理化，只要有个好爸爸"。现在可不行了！如果哪个好爸爸走路子开后门，揭露出来连"好爸爸"也得倒霉！前些日子报上登载河北故城县委书记的女儿高考舞弊，揭发出来后他被撤销了一切职务！类似情况各省都有，江西省修水县县级干部也为此撤职了几个。

记得前年我在汽车制造厂锻工车间周卫东家做活，他的弟弟是一个年青工人，他就声称社会上不需要学习，不需要技术！当时他的这种思想是极普遍的，老工人谈起青年工人就摇头。那个时候的学生，很少有认真学习的。

这次我到萧山江西俞干活。俞将明家隔壁有个小学生自己组织的课外学习小组，朗诵、默写都由他们自己搞，学习得真认真。我问他们现在为什么这样认真，他们就回答："老师说了，粉碎了'四人帮'，学习要上去。"又问他们为什么现在这样听老师的，而以前就不听。他们又回答："以前'四人帮'搞得我们不听老师话，现在教育要上去，就要听老师的话。"听到这种天真纯朴的话语，我心里真有说不出的高兴！

这次从家里出来的火车上，许多青年人都在看书、演算，他们是那么地全神贯注，好像在课堂里一样。而以前，我在车上想写点什么东西还觉得有些突兀，自己还感到不好意思呢。

我已经有了写"信"的打算。十年的流动生活使我广泛地接触了社会，我是了解人们的思想状况的。

我还打算写长篇《路》。十多年来，乱七八糟的东西实在是不胜枚举。

现在深感素材准备不足，写作条件实在太差。但我想，写起来是逐渐会有头绪的，写得不好，就当练习吧。

5月3日 雨 于机床修理厂

由于玉英舅舅他们几个人到江西落户不成，在我这里来来往往，她姨父又留下来跟我一起做活，这几天我被搞得失去了学习的时间。

30日夜到新华书店陈鑫如家里玩。老陈希望我能写写稿，他会帮助我送呈出版部门。这机会真太好了。

十多年来，我生活着、斗争着。但是我总觉得自己不过是在经历着一种"体验"似的阶段。

形势那么好，我是一个"有志"自恃的人，到了现在，是应该为实现自己的"志"而奋斗了。

5月24日　于江西省冶金建设公司

又是好几天没有写日记了，但是每天晚上我都有事忙：看书、联系工作等。前几天晚上还写了点诗，回忆记录了一些以前写的东西。

5月4日到人民电影院看了《红楼梦》，这已然成了一个纯粹的爱情故事。它吸引了许多观众，这些日子以来，各电影院都日夜连着放映，但门票还是很紧张。许多青年看了好几遍还要看。据闻有人看了《红楼梦》以后，触动了"旧痛"，甚至引发了精神病！

然而，我只看了一次就不想再看了，并且在看的时候思想感情上也并不怎么被感动。

有什么意义呢？尽管它有它的历史背景，但对于青年人，除了满足一下心理上的需要，说不上有多少积极意义的。

黛玉葬花时所唱的"我葬落花人笑痴，它年葬侬知谁人……"却勾起了我的人生无意义的情怀来。

或许是我自己已经结了婚的缘故，一个青年婚后思想感情上会起很大的变化。他会用解剖的眼光来看人。

一个人应该有所追求才好。这可以包括很广泛的内容，可追求名誉、地位、学问、技术甚至异性。当然这应该是那种有积极意义的、正当的追求。

如果一个人没有切实的追求目标，那么他只能是个庸人。

写好了以上东西，看了一下，自己也吃了一惊，要是我看到别人写着这样的东西，心里肯定会反感的。太现实了些，也太含糊了些。其实，追求——也就是寻求刺激——激励！

6月1日

我已决定利用每天晚上写作，有事白天处理。

今天是"六一"儿童节。听了邓颖超同志给少年儿童的讲话，我心里真是百感交集。万恶的"四人帮"严重地摧残了儿童的心灵，他们采取奴化教育，使儿童纯洁的心灵早早就枯萎了！过去的几年里，少年儿童很少有理想和志气，只知吵、闹，为私利打算，思之令人心痛！

羡慕你们啊，现在的少年儿童们！你们是幸运者，中国最沉闷的十年过去了！你们是能幸福健康地成长的。

昨天给姐姐的信里我写到："我有决心为建设新中国添砖加瓦。"我给玉英的信里也谈到了我最近的思想感受："华主席解放了我们，我为自己高兴，也为你高兴，更为我们的碧燕高兴。"

前几天晚上和朋友们谈得很多，青年朋友们都表示要把自己从家庭这个圈子里解放出来。

朋友们热烈地发表自己的想法，真实地反映了青年人的心理，每一个有思想的青年，面对新形势，他的内心都深有触动！

李春林是百花文艺出版社文艺组的一个编辑。他是写诗的，我一定要想法认识他，取得他的指导。

6月6日

这几天中央召开了全军政治工作会议。华主席、叶副主席、邓副主席、韦国清同志都讲了话。

会议特别提倡"实事求是"，号召政治工作者根据实际情况解决问题。

今晚，又广播了全国文艺大会召开的消息。号召文艺工作者努力创作，繁荣社会主义文化。

喜讯！这一个又一个的喜讯激动着我的心。晓东！如果你真有点儿才智，到了发挥的时候了！

我的朋友们，面对着新形势，你们是怎么想的？干起来吧！青年们，有一分力出一分力，有一分热发一分光吧！

夜，写了"哭光慈"，这是根据以前写过的"哭光慈"写的。《蒋光慈诗文选集》深为我所爱，不料在1969年明川在看时被造反派头头陈伟科收去，还骂了明川一顿。我知道后又是痛惜又是愤慨！蒋光慈是个革命者，他说"我的生命在工作上"，曾自称是中国的普希金，"文化大革命"连他这样的著作都要收缴，革命真不知革到哪个头上了！

6月10日

前几夜给公威写了几千字的一封信，阐述了自己的舒畅心怀。

我说：面对新的形势，做什么、怎么做，这个多少年来苦恼着青年人的问题是应该有个答案了。

我希望他和乐灿等我们的同学好好地讨论一下。我们是青年，是社会的主人，中国是有希望的，前途是光明的，但我们不能坐享其成。我们应该做实际工作。

今夜，又修改了一些写作。又是11点了。

我每天6点钟起床，7点前开始做活。手脚不停地劳动十多个小时，到晚7点才收工，每天晚上又学习到11点多。如此往复，体力实在有些不济。但怎么办呢？白天是实际工作，晚上的学习时间更是自己的"归宿"呀！

今年在陈蔡曾碰到以前的朋友陈月球和吴录珍。她们都惊叹我那么"老眼"，七八年不见，容貌老了许多，但她们哪里知道我的生活是怎么过来的呀！

6月12日

11点了,我只得无可奈何地合上书。别人每7天有一个星期日休息,并且每天只干8小时的活,而我呢?在外面两个多月了,一天也没有休息过。哪一天是休息日?谁知道?

这几天阅读苏联作家弗·阿·柯切托夫写的《你到底要什么?》近600页的书要写个概梗也非容易的事。这本书主要是写九个披着艺术专家外衣的外国间谍在苏联的活动,从而反映了苏联现实生活的各个方面。

看了这本小说,总的印象是思想性很强,情节合符逻辑。

经过十月革命50年后的苏联,各个阶层都在分化,但也各存其特点,这是自然的。

6月13日

我非常感谢琼对我的热情帮助。假如这是一个好的开头,我的生活历程就应该走上理想的道路。但如果没有头绪,我也不会灰心。纵不能为祖国的繁荣昌盛添砖,加点石灰砌点缝也是好的。

给琼写了第一封信。我说:"经过几次深谈,我们对彼此有了了解,我真愿意经常有这样的机会……"我希望她振作起来。我对她说:"我自己是生于最底层,而心里想的却是最广大的。"至于生活的其他方面,我说:"我从不抱玩物态度,但也并不拘谨。没有生活便没有故事。故事,浪漫美丽的故事本来就是生活创造出来的。"

我和她曾讨论到人到底是有思想好还是缺乏思想好。我说:没有头脑的人生活上痛苦是少些,但是他也不会有幸福感,有头脑的人纵然经常会使自己痛苦,但他也一定有真正的幸福的体验。

她深有同感。

6月14日

看电影《同志，谢谢您》回来。

昨夜12点多才睡，睡不久，又醒来了，再也睡不着，因此精神恍惚了一整天。

"同志，谢谢您"，这是敬爱的周总理对清洁工人说的一句话。

这电影是极其成功的，没有说教，却有深刻的哲理。杨洁，这个新时代的清洁工人，真是新青年的榜样。

想不到，青年时期失去的，现在得到加倍的补偿，我还能祈求什么！

我真不敢相信，生活变得那么美好！

作诗两首：

一

夜雨敲窗独不眠，对君笑颜我喜慰。

人间知己最难求，愿君不老葆春光。

二

眸蓄日月颜是春，黛玉羞见君容颜。

情深更比宝玉痴，夜梦双飞比翼鸟。

6月23日　南昌湖坊公社肖坊大队

夜给玉英写了一信。我的妻子是那么地爱我，以致我常觉自愧。但是，我知道，人的"爱"是没有什么可以代替的。

玉英每次都提到碧燕叫我，说到我等等。但是，我知道，一岁多的小孩她又能懂得什么？真正的是我母亲和玉英经常会叫碧燕叫我而已！

小碧燕对我的亲切和想念实际上是寄托了我母亲和她的母亲对我的爱和思念！

6月26日

　　下午到南站送走了俞将明，他不适合做木工，我还是叫他回去了。时间是有闲的，但是，踌躇了一阵后，我哪儿也没有去，就回了肖坊。

　　昨晚到城里一趟，到12点多才睡，但是，睡不着，写了："辗转不眠您为谁？"

　　今夜，读了一阵《安娜·卡列妮娜》，我真佩服托尔斯泰描写人物内心活动的细腻、深刻、真切、形象……收音机又播着深沉、优美的音乐，我再也读不下去了，走到了门外。天上只有稀疏的几颗星，外野黑沉沉的，南昌城际处闪着灯光，明晃晃的。

　　眼睛说的话和口里说的不同啊！我不知道我所受到的是折磨还是享受？是痛苦还是幸福？您、我，你们都不会胖起来的。

　　记起了一句："肉体消瘦值几多，心中创痛无药医……"

　　不应该得到的，大约还是不要去得到它更好些吧？

　　晓东，或许，您应该尽情地享用可以得到的一切吧！

　　她说："我希望每天都能看到您而又希望永远不要看到您……"

　　我的回答是："我希望听到您讲这样的话，而又不希望听到您讲这样的话……"

　　我把自行车蹬得如飞，让呼呼的风声来吹走那苦恼烦人的情思！让拼命地使出力气的快感来替代其他的一切欲念……

7月10日

　　一闭上眼睛，那双明亮的大眼就在脑际里闪耀……

忘不了那个美丽的夜，我们之间是纯洁美丽的。

她使我懂得了人间还有那种超越于情欲的、纯真而又真挚的爱！

6月14日的日记中，其实只应该有第一首诗的。第二句的"喜慰"我原写"悲伤"，但我反复地问自己，"为什么悲伤？""有什么理由悲伤？"应该是"喜慰"。所以也就不应该有第二首了。

然而，每当凝视着她那春日般明朗的脸庞，月亮般柔情的双眸，我的心又怎能不想入非非……

昨夜做一梦，如果真有那么一种仙境，我真愿长眠不醒……

梦中所见作诗一首：

梦君乘坐神马来，彩云缭绕宇生辉。
百鸟欢舞婉婉唱，万花竞放君最艳。

我甚至向往回到10年之前，去那漓江泛舟，阳朔探幽，蜜月情深，如漓江水之无穷尽也……

7月12日　于江西省新华书店

9日夜，同老陈拜访了李春林，我称他为李老师。

李老师颇热情。他直接指出我的诗缺乏意境。他希望我多读多写，他说我写的东西只是一些素材，他形象地比喻说：这是一块块的板子，一根根的方料，应该把它们精刨细雕，然后很好地组合起来。

李老师的话使我很受震动，自己还对自己写的很满足呢！

买了几本《诗刊》，1978年第四期刚好有李老师写的《奋斗》，诗是这样的：

我是生命的活力，我是死亡的敌手。

我是前进的动力,我是胜利的前奏。
懦夫见我就跃起,
困难见我就低头
讥笑是我的耳边风
诽谤见我就哑口
我能把群山移动
我能把大海端走
我欲入地地开门
我欲上天天俯首
我的名字叫奋斗
专交有志的好朋友
愿与一亿中国人
奔向四化同携手。

我细细地读了无数遍,李老师把"奋斗"写成了一种"活"的有生机的动力。我下定决心"奋斗"!

7月15日

今夜,对于我是第一个那么美好的月夜,凉风阵阵,把那暑气吹走了。我的心,是那么地欢乐、宁静,无以言状的快感。树荫下,抬头望望月亮,月亮总是像一个充满着慈爱的大姐姐,把她的温柔遍洒给人间。

我记起电影《奇普里安·波隆贝斯库》里,奇普里安和他的情人在一起的情景:他们对着新月,奇普里安深情地说:"新月、爱情、使者。"她的情人接着说:"新月,我们欢迎您……"

接吻是甜蜜的,恍惚世间其他的一切都静止了……

13日夜看罗马尼亚电影《奇普里安·波隆贝斯库》，这是描写在殖民者统治着罗马尼亚的时候，奇普里安这个青年作曲家，和他的战友们用音乐向殖民者战斗的故事。

这里，人民懂得音乐，他们用激越的琴声、高亢的战歌来向敌人斗争。他们唱的歌词是那么地炽烈深沉，富有思想性和战斗性。

其中有大量的爱情描写，"爱"——永远是一种美好生活的象征！他们的爱情被"上帝"扼杀了，奇普里安惨遭无情的打击而致病逝世。

看着电影，我的心完全地沉迷了进去，我觉得我自己就是他们里面的一员……

我不由地再一次赞叹艺术美。——这是无与伦比的力量。奇普里安这个崇高的形象将永远铭记于我的心里。

贾宝玉太可怜了，显得那么地渺小、无力！

7月20日

到火车站送走了吴忠干。留下我一个人，晚饭后站在外面，茫然得很。家，在哪里？这南昌城，没有我的家……

夜读《诗刊》。读到了韦君宜写的《忆郭小川写诗》，感动至深。

对于诗人写诗，他们是怎样写出来的，是在什么环境下写出来的，我是陌生的。韦君宜让我看到了一幅诗人生活的图画，他的真实的生活："记得有一次下午三点，两个连队从左右两条路同时下湖。我看见我们的诗人在他的队伍里昂头走着，像农民一样赤着上身，拿着镰刀，边走边使劲地唱着歌。我忽然想到，这一定是他三十四五年前，在延安开荒时的模样吧？不知世界上读他诗的读者，能想象到诗人目前这个模样不？他就是这样子，回宿舍放下镰刀就拿起笔来写作的。劳动，相当艰苦的劳动，竟不使诗人退缩、沮丧，却唤回了诗人的少年豪气。"

而且，这是在怎样的环境下啊！

湖底那么热，夏季又恰恰是外面最忙的季节，要抢收麦子，抢插稻子。中午常常热到42℃，火样的太阳晒得人觉得自己是个蜡人，快要化了……

　　……知道"四人帮"那伙东西正在北京跳着脚骂我们……有人甚至忍着心上的痛苦，发誓从此永远搁笔……

　　在严重的迫害下，他依然那么乐观，而且依然紧握他的诗笔，态度比以前更鲜明了，诗也更富有战斗性了。

　　战士自有战士的性格，不怕污蔑，不怕恫吓。

　　一切无情的打击，只会使人腰杆挺直，青春焕发。

　　战士自有战士的胆识，不信流言，不受欺诈。

　　一切无稽的罪名，只会使人神态清醒，大脑发达！

　　晓东，能说自己条件差吗？艰苦只会使人奋发！

8月5日

　　读曹禺剧本《雷雨》，读完后我好久才清醒过来……

　　这种离奇、曲折而又充满着血和泪的关系构成了一幅畸形的画图。真挚？荒淫？怎么理解都可以，而又怎么也解释不通。

　　恰巧我住的隔壁一家大吵起来，为的是女人有了情夫，男的气得"呼呼叫"。

　　大约情人们亦是意气相投，为了"爱"而把"家"的责任抛弃了。人们可以推崇爱情，但是这种幸福的意义在哪儿呢？

　　然而，正如安娜忍受不了卡列宁的虚伪。一个人不能满足于自己，而另一个人却可以给予她（他），他（她）所渴求的，那又怎样处理？

作诗曰：

　　寂寂寒夜秋叶萎，

> 春风有意花复开。
> 漓江泛舟话风情，
> 水深源长无尽头。

这大约不能不认为是一种美好的意境。

但是，或许，已经过去的，曾经有过的，尚待发展的……还是让它成为——"历史"好些吧！

8月10日　于南昌警备区

夜下雷雨，屋子里又闷又热也坐得住。我着手在写"扁担"，是想通过一个青年农民的经历说明落后的生产现状应该改革。

写着写着，竟到了12点半。唉，我只得无可奈何地收拾起稿纸。毕竟，这只能是我的"业余"！

这些日子是给南昌警备区宣传部的陈本惠科长家做活。陈科长曾是厦门日报的军代表，文化功底很不错。我与他谈得较投机，他欣赏我的勤勉、有思想。

关于写作，陈科长的意思是表达什么内容就应用什么类型的语言。比喻歌颂的就应该有"美好"的语言。

我认为是对的，并且得一句："有生活就得有歌唱；就像大地，需要鲜花点缀。"

今天看了一下今年高考命题和答案。数、理、化、外语，我只能交白卷。但政、语、史、地，我认为可以得70分以上。如果复习一下，成绩当更好。

8月16日

　　昨夜到八一礼堂看美国的科教影片《航空、航天试验》《空中对地面观察》《电子技术对抗》。

　　那种奇妙的、令人眼花缭乱的景象，我们只能望洋兴叹而已！

　　今后的社会，将是科学技术为主流的社会，以后的战争也将是先进科学技术较量的战争。

　　中国的确太落后了。我们如果不奋起直追，"挨打"的确难免。并且，生活水准也确需提高。

　　可惜的是有许多青年人并不认识知识的重要性和迫切性。如警备区的一些十五六岁的小鬼们，整天还是无所事事，糊糊涂涂地过着日子……有几位科长的儿子经常到我们木工场来闲逛，十几岁的人香烟横刁，一副吊儿郎当的样子。他们大都成绩很差，其中有一个三门功课加起来还不到60分！哎，怎么得了！

　　读《高山与平原》，描写了华罗庚的生活历程，这个凛然登上科学高峰的人，手里仅是一张初中毕业证书。

　　常说"人贵有自知之明"，但这很不够，我要说的是"人贵在有志"。

　　我这几天的思想集中在《扁担》上。自己写的东西，怎么看也不满意。脑子里混沌得理不出个头绪来。

　　生活安定了实在不好。打倒"四人帮"不到两年，以前那种强烈的不满、压抑、反抗的情绪竟然不是那么真切了！如果这篇东西是前几年写，思想感情上一定要丰富得多。

　　夜写《扁担》，边写边回忆1968年在白舍矿木下河的一段时间，我的心里不禁一阵发酸。"扁担一上肩，脓血往外直冒，痛得我钻心剜骨一般"！抚摸着双肩的疮疤，我的心情难以言喻。

8月24日　于将军渡学校

如果有一瓶可以致人于非命的烈酒，我当一口喝得它底朝天！

为什么？为什么？为什么？晓东：我一天问你一千遍！

真意想不到，一个石头人也会那么无力！多少年来，我的朋友们和我自己不是把我誉为"棱角不倒的石头"吗？

"玩物必丧志"。然而，我又何曾"玩物"！又何曾抱"玩物"的态度！

我知道，我沉溺得太深了。然而不这样，又怎么样？

真如新生儿，很明白，他（她）的结局不会比别的人更好些——肉体消失了，留下来的是白骨，慢慢地，白骨也消失了……

但是，我们可以因为这谁也无法逃避的结果而把他（她）扼杀在摇篮里？

8月27日

看《屈原》回来。

屈原这个伟大的诗人，在我的心目中一直是圣洁的。但只是圣洁，而未引起其他的鞭策自己的动力。

看了电影，屈原活了，他是一个曾经活着的人，他有灵魂，他有他的爱，他有他的憎，他无私无畏地战斗过，他用他的生活，他的心血凝结成了他的诗。以后看到他的作品，就能理解得真切了。

"橘颂"中的橘，它以果实献人，它不惧严寒，凛然难犯，屈原把它献给了婵娟，但这不也正显示了屈原的浩然正气么。

我想，倘是几年前，我看这电影，心里感受一定要深刻得多的。因为当时的环境下，屈原是一个"榜样"。现在一切满足了些，感受就难免肤浅了。

但是，我也想到，社会上一定也有在看这电影而情不能制，欲效仿屈原之人。

应该研究社会，时时探讨其正反两面，不能光凭一己之见看待生活。

婵娟，您是一个有正气、顾大义、有抱负、有情感的姑娘。希望她们能把您作为榜样。

9月5日　于江西省京剧团

这几天在给晏炳文的同事周新亚老师家做活。周老师大学毕业，与李春林老师是同学。本来，我这段时间实在太忙，暂时不准备给他做的，但知道了他是一个喜爱文学的人，并且他也"带着花的芳香"，所以我就过来了。

他很诚恳、热情。由于他曾是"省大联筹"总部的工作人员，所以他现在政治上吃不开。但他是有正义感的，他对"四人帮"一套深恶痛绝。其实，在一定的历史条件下犯点"随流"的错误是极自然的事情。政治就是这样的严酷。

他有许多"文革"资料，但大都毁掉了，真可惜。他把余下的送给了我。

这是活生生的历史材料，虽然有林彪江青之流的东西，但作为学习、批判的资料是有保存价值的。

《扁担》已写了近万字。开始写时情节没有这样多，但一铺开就难以收场了。由于只能每天夜里写几个小时，所以思绪经常联贯不起来。

我采取先写个别已构思好的"镜头"，再把它联结起来。这样做主要是适合我的写作条件。因为已经构思好的，如果不写下来，过几天印象可能会淡漠了。

生活中材料是丰富的。但限于"思想性",我不得不经常"适可而止",并且加点装饰。

说实在的,在已过去的十年里,"光明"的东西在我脑子里实在太少太少了。

故事是虚构的,但是思想感情可不是能虚构出来的。

写到母亲,"母亲老了,一双饱受担忧的眼睛闪烁着惊惧的光,好像弥天大祸时时会落到她身上……"

这种眼睛我看得少么?

水东母亲的那双眼睛经常在我脑海里闪闪地亮几下……笔,哪能表达出生活中鲜活的生命来!

我前两天的心境只有我自己知道……记得我们同看《摩雅傣》,我们嘲笑她的父亲只舍不得那个神像。是的,那是愚昧。但我倒真要赞美那个"神"的创造者,他给了人一个多么简单的"心灵的安慰"。

可惜,我已永远不能信仰它,所以痛苦也只能自己忍受了。

9月10日　于南昌警备区

接到江的来信,他这次考得很不理想,总分只有266.5分。虽然这么低,但在他们学校里却是第一名。

江说:"成绩公布以后,我并不灰心,倒有点震惊,灰心有什么用呢?这使我更看到了我与别人的差距,更要努力……"

当然,我感到很失望。对他,我寄予了极大的希望。但是,我怎能责备他?

他的这种认识态度十分好。这么年轻,就有这样的思想高度,这是难能可贵的。

我前次给江的信中详谈了自己的思想情况,并且向他提出了挑战。

既然向他提出挑战,当然包含了对他的器重,并且自己也有着思想准备。

华主席这次出访了罗马尼亚、南斯拉夫、伊朗。这一方面可看出了中国国际地位的提高，更重要地是表明了中国领导以后的外交路线。

国际问题是复杂并且又是变幻莫测的，两年以前中国关系最好的越南和阿尔巴尼亚现在和中国关系恶化，越南竟充当了反华的急先锋。而越南战争中，中国给予越南的援助达200亿元以上人民币！阿尔巴尼亚也一直受到中国援助，这次中国已终止了援助。

从这些事例中深深汲取的教训应该是"自强"！

并且，我们要相信人民的洞察力。其实对于"国际援助"，人们一直对这种"打肿脸充胖子"的行为不满。

最近这段时间，党中央号召落实湘乡经验，减轻农民负担。政策落实，分配兑现这确是农民的根本问题，如果要提高他们的积极性，不这样搞是不行的。

党中央还号召整顿领导作风，发扬民主精神，并且惩办了一批贪官污吏。最近有河南驻马店地委书记以下六人落马了。

我真想歌唱！

夜，对于我是多么可贵的时间。我真舍不得睡觉。

唉，又是11点多了。

9月18日

今天，广播了一篇上海汽车学院教师李春光的文章，题目是《怎样对待青年人的错误》，写他原来曾表示过"誓死保卫江青同志"，后来成为反"四人帮"的坚强战士的过程。

文章很有实事求是风格，正如我5日的日记写到的犯点"随大流"的错误并不奇怪一样。一个人总是在实践中逐步得到认识和提高的，对每一件事物都有一定的认识过程，并且对每一件事物认识的过程中这事物本身也在变化着。正确和错误是相对的，而不是绝对的。

回忆我自己对于"文化大革命"的认识过程，也并不是一开始就持反对立场的，开始时，红卫兵的那种造反精神我理解不了，觉得"造反"两个字太不含蓄了；后来逐渐习惯了，反而怀疑自己是保守；接着到反潮流阶段，看一些传单之类的宣传资料，觉得王洪文、潘世告、张永生、翁森鹤这些造反派头头的讲话太狂妄了些，后来又觉得他们这些行动表现了他们强烈的进取性；现在终于又认识清楚了，他们所谓的"造反""反潮流"，只是他们用来篡党夺权的工具，他们最终的目的是"夺权"。

最卑鄙的目的往往用最华丽的词藻来掩盖。生活于下层的民众要迅速了解上层斗争是不容易的。虽然历史还是能还其本来面目，但需要过程，需要时间。

记得我曾在文化大革命初期认真地阅读摘抄过姚文元的文章，如果人家拿到了这本笔记而把我指为"姚文元的忠实拥护者"，那岂不是冤枉也！

昨天的广播还播送了一篇反驳"共产党的哲学就是斗争哲学"的文章，说这是"四人帮"歪曲毛主席的思想。

就广义来说："斗争哲学"并不错，没有斗争就没有推动力，人类社会本来就是在斗争中前进的。

但是以那种狭义的"斗和争"来理解并实施这种哲学，那当然是不利于社会进步的。在许多人的眼光里，"斗争"等于"破坏"，他们忘记了斗争最重要的内容——"创造"！

在我的《游泳》一诗里，最后一句是"击水三千兴安尽，欲借昆仑填东壑"，就是指此而言。光"击"不"填"怎么行呢！在这诗里，第二句我包含着两重意义：地形上来说中国是西高东低，就世界环境来说，西方发达而东方落后。

这诗我写于1973年游长江以后，我的许多想法，现在都在逐渐地实现了。如果对照我10年日记来看待社会的发展和变化，我简直可以引以为荣——"我是个先知者"！

但真的是什么"先知者"吗？应该说这只不过是一个正直的人、一个普通的人应该具备的对社会的理解和认识而已。

今天一整天，我的心境是那么地宁静和平，甚至没有对徒弟们生出点"火星子"。

洋溢在内心的幸福感使我觉得自己成了一个全新的人。

希望永远能保持下去才好！

9月21日

看了朝鲜影片《在阴谋者中间》，描写朝鲜公安战士深入敌人内部的故事。

朝鲜人对金日成的个人崇拜也到了极顶，大约朝鲜也有林彪之类人物在作祟！

前几天放映朝鲜影片《党的女儿》，我看着真觉不自在，物极必反，可能金日成很值得尊敬，但这样一来，反而贬低了他的形象。

什么"一切为了××"的，好像世界上没有他就到了末日！马克思他也不会那么想吧！

普列汉诺夫的《论个人在历史上的作用》很好地阐述了这个问题。

时势造就英雄，英雄推动历史。这个客观规律是大家都认可的，但也应该了解"英雄"并不是特定的，他是历史的自然产物。没有"他"也会有别的人来占据这个"英雄"的位置。

这些日子，我经常问自己一个问题：爱情是什么？每个人都有各人的恋爱经历，谁又能对他们作什么非议呢？

马克思的爱情是纯洁的，可以说没有过痛苦，他一生只爱燕妮一个人。

而普希金，他却爱过许多人……

郭沫若是一代文豪，他又是怎样处理自己的个人问题呢？《洪波曲》描写一个40岁的人恋爱，他一点都不觉得羞耻。

青年男子哪个不善钟情？
妙龄女子哪个不善怀春？
这是人性中至洁至纯，
为什么从此中有惨痛飞迸！

——歌德

多么真切的情感，多么自然的描述！

2000多年的儒教影响着中国的风俗，在这里，"正人君子"，"贞洁者"，"专一者"总是受人尊敬，然而许多人的真实的内心，怕都是心照不宣罢了！

至于我，一方面是尊重"美德"的概念，另一方面我是毫不含糊地憎我之所憎，毫不掩饰地爱我之所爱！

故事，浪漫美丽的故事，本来就是生活创造出来的。

摘录几句在下面。

"这纸字，肯定了我的幸福，肯定了我人生的价值——您不会爱一个不值得爱的人！生活对我将是一幅全新的光明的画图——亲爱的，我不会辜负您的！"

"一种闪闪发光的东西——热情，善良，正义感和聪颖的才智。这一切正是爱情的基础，也是您我之间爱情的坚实基础。这是庸人所理解不了的，也不配享受的。"

"一个美丽的梦，一座岩石突兀的山，涧深流急，烂漫的山花争艳斗香，春色满目，美不胜收。特别是那一丛丛炽烈地燃烧着的火一样的映山红，有着别样的炽热风情……我和你一起登临山顶，坐在一块平坦的岩石上休憩。婉婉鸟语,淙淙水流……您在欢笑着,那美丽的脸庞闪着青春的异彩,和这大自然融合在一起……"

"山水无情,迢迢千里,朝望红日升,夜叹月儿明;悲思欲泣,寄语大雁传情……这种悲苦境地,我真不敢想象下去……"

爱情可以给人的生命以无限的全新的力量,情人的心总是美丽的。

然而"好梦难圆","乐极生悲",痛苦大约在后头……

至于我,宁愿一切灾难都集中在我身上……

9月28日

我的心境这两天不知为什么又是那么地坏,改写《扁担》,茫然无头绪。我觉得"硬写"是不成的,干脆不写了,看起其他的书来。

我需要养料——情神的养料,我需要朋友——能理解我,可以推心置腹谈一谈的朋友。我给明川写了一封信。

我说:"这两年我和家乡的朋友们很少交往,你们以为我躺在老婆怀里沉迷了吧?告诉你们,我的心是战士的心,他是不会失掉那种崇高美丽的东西的,生命之火时时在燃烧,我是不会关心那些生活中的琐碎事的,尽管有时我亦会吹胡子瞪眼,但那是一刹那的事,过后就忘记了。纠纠葛葛——与我无缘。"

我又说:"我就是那么一个人:坚强,乐观,浪漫;因此而带来的生活也就有欢乐的歌唱,沉沉的低吟——甚至痛苦的眼泪。"

我是真切而形象地给自己画了一幅画。

今夜,很好地写了《扁担》的几个片段,李老师与徐业的舌战,如下:

徐业责问:"你们还想用这套封资修来毒害青少年?"李老师回答:"难道你以为人类历史是你们这班人发迹以后才开始的吗?学生需要的是知识,而不是触角。"

这句话的哲理是丰富的。我是针对文化大革命中那个"旗手"把历史一概抹煞而发的,并且也包含"历史还要前进"的含义。

我常常想:我为什么要写作?我现在可以准确地回答自己:"真实地记录历史供后人借鉴。"这是我的写作目的,也是我10年来不间断地写日记的目的。

今夜,我还给文章中的李老师安上个"屈原"的形象。

10月2日

国庆节过去了。国庆这天我想体验这节日欢乐,于是休息了一天。

人流,人浪,人潮,那无穷无尽的人充满了整个南昌城。

我是怀着一种喜悦的心情来庆祝这个节日的,这在我可以说是第一次。我确实是第一次感到"国庆"的意义。

然而,我的心被另外一种情感占用得太多了……因此就显得忙碌,而又失意。

刚才读《诗刊》第九期《我是罗马尼亚人》。诗人为罗马尼亚人的血统、名字、民族、勇敢、战士、灵魂而感自豪。

大家都歌唱自己的祖国,忠于自己的民族。但我觉得就其爱的"范围"来说,似乎是非"共产"的。

但是,祖国这个概念在人们的头脑里已经根深蒂固,没有比"爱国"这个字眼更受人尊敬了。

我又想:你们歌唱自己的民族,难道我们的民族就不值得歌唱么?

近200年的历史,中华民族曾承受极大的耻辱。我一直尊敬共产党的一点就是:穷也穷得有志气!

基本上写完了《扁担》,毕竟我对自己所描写的东西并不熟悉,所以,许多时候我常常陷于苦思冥想的境地,这样写出来的东西是感动不了人的。

我熟悉的是什么，我感受最深的是什么？或许我应该写"贱民阶层"———代觉醒的人。

我不知道自己的祖辈是些什么样的人，听我妈妈说起过，我的祖父去嵊县收石灰账，半夜才回来，兜着满钱袋的白洋，而到了家里连连喊"冷饭有没有给我吃点"。我妈问他为什么不买点吃的，他说道："小人（银）呀，整块白洋怎么能去兑散来呢？"我爸爸的世界观是"有得吃就吃，不要想不开"。我妈的哲学是"二十四根肋骨——要靠自己"。

我是家庭成年人中最小的一个。我常常想，是什么东西使我鄙视一切"个人"的私念，是什么东西激励着我斗争的意念呢？

我是个被压迫者，但我却从心眼里拥护社会主义革命——如这两年实实在在的"革命"，这又是为什么呢？

其实，我前些日子看的苏联小说《你到底要什么》，这本书已经基本上回答了这个问题。

永远不能孤独地、静止地一成不变地去看待一个人。他在思想，在转变，他是活的。我由此就更加鄙视那套无聊的"血统论"。

10月4日

中午休息时读《诗刊》第九期，贺星寒写的《月夜寻青春》深深地吸引了我，我接连地读了好几遍。

"月儿在追逐漂游的白云，我在寻找逝去的青春，青春啊！它何时与我告别了，为什么又日夜牵系我的梦魂？……"

诗人的青春"充满了呼啸着的冲锋陷阵"，"像人民画笔上的色彩，给万里河山添缕缕笑纹……"

这里，我感受到了诗的力量，它吸引了我，鼓励了我，更引起了我的自问、自责……

我的逝去了的青春在哪里？

多少年的往事一幕幕地涌上我的脑际，我没有轰轰烈烈，但也并非无声无息，我一把铁锤曾吸引三个公社的民工们，我充满着激情的歌声曾受到人们的称誉；我受到过许多个姑娘的钟情，我努力地为青年朋友们闯着一条有人生意义的路，我亲手制作的家具摆满了上百间房间，给了人们实惠的贡献。

我勤奋，没有懒惰，我总是向往着美好，我没有消极和颓废，我在斗争着！更重要的是：我在创造着！

10月5日

看《穆桂英战洪洲》回来。

想不到这出戏竟有这样绵绵深情，感人至深。

穆桂英为了国家安危，不顾自己身怀六甲，毅然带兵出征，为了严明军纪以战胜敌人，她责打了违反军令的丈夫杨宗保。杨宗保受刑罚时，穆桂英坐卧不安，"板板连着为妻的心"；杨宗保怪穆桂英无情时，穆桂英晓以大义，终于使杨宗保清醒过来，并且不顾伤痛，奋然出战。

看着电影，我的心却远远地离开了银幕……

感情——建立在那种崇高目标上的感情才是有意义的，才能是永恒的。

10月13日

《扁担》写完了，已请几个人看了一下，我很想知道别人的看法。

今夜又着手写以我冒着生命危险关游龙水库启闭机为题材的《最后一题》。

边写边读，可以悟出许多更好的道理来。自己未写之时，看人家的作品是体味不到作家的辛劳的。别人的作品在眼前是浑然一物，平平淡淡。自己有过写作的苦恼，现在我看文章的眼光就变了些。我对她说："这是我一字一句写出来的，也希望您一字一句地好好地看完它。"

读《人民文学》上的一些文章，真是如临其境，如见其人，如闻其声。每一篇都带着浓郁的生活的清香。

什么时候我也能写成这个样子？

"路漫漫其修远矣，吾将上下而求索……"

我将坚定地、脚踏实地地一步一步向自己的理想境界迈进！

10月15日

昨夜看黄梅戏《天仙配》，看后我倾述了自己的观后感。

"银幕里没有什么豪情壮志，但它以娓娓动人的生活赞颂了人类朴实、善良、真挚的爱情。天上——地下，对于我是不无特别情感的。"

"……事实给人深深成见，起码，我不愿意相信现实生活中有着真正纯洁的爱情。"

记得前些时日，我曾问过她一个问题："如果若干年以前，我提出一个问题，会得到一个什么结果？"她巧妙地回答："若干年以前提的问题你应该在若干年前就提出来。"

是的，这个问题已无实际意义，但是对我来说，就是现在能得到一个坦率的回答也有着比实际意义更为有意义。

记得我曾正经地问祖良："我与你的妹妹恋爱你会抱什么态度？"他听了哈哈大笑："那当然是毫无疑问地十分高兴地支持。"

9年过去了，这句话对我还是那么清晰，当时的情景还是那么真切，那是在西岩泄头的龙头山下，龙潭水经过的那座石桥上，一个月色不太明亮的夜晚……

这句话尽管没有实际意义，但也是远比实际意义更为有意义。祖良并不是信口开河，我与他之间的友谊真是建筑在这样真诚的基础之上。

"一个美丽的人,应该有一个美丽的青春,您的青春——我采集着许多绚烂多彩的瑰丽的鲜花……"

人的性格是不同的,七仙女那么主动,但人们绝不会认为她轻浮,然而那"并蒂莲花未露面,泥里藕茎已相连"的姑娘的情怀,也真有她独具的妩媚动人处……

……我是宠儿,并不是被遗弃者。

我懂得爱情和幸福的真正意义。或许我写这样的题材比较能融入自己的情感。是否把《最后一题》改为《幸福》,让它有一种爱情的甜蜜和力量呢?

10月27日　于南昌警备区

杂事又开始侵扰我,我要为江买书,搞学习资料,要为哥哥买清漆,自己又有一些乱七八糟的杂事要办。

哥哥的信中说:"家里一些朋友都在为生活而忙碌。总的来说,身边的环境并无大的变动,家庭有了负担,脑子里对某些事物的反应有点失掉灵敏,思想都较迟钝。"

这使我心中很不快。但事实上,我自己虽未沉沦,可是,脑子里很有些麻木不仁的东西了。

去年下半年,我回家以后,4个月里挣了近2000分工分,自留地搞得井井有条。大队科研组一些人评论我们队劳动哪个最好,有人说我可得第一名……其实,我并不如他们想象的一头钻进了"做"字里,我是在劳动中体味着那无穷的乐趣。特别是农业劳动,对我永远有着一种特殊的魅力,那种在空气新鲜的田野里,使着劲儿的劳动,真使人心情清爽,筋肉健全。然而,难道那段时间里,我不是的确有那么些"碌碌"的意味么?

环境条件很自然地使人潜移默化,公威是一个例子。这些年,我觉得他变了，庸化了，真使我痛心。记得前几年渭月曾说到我和公威，他认为在学校时我不及公威成熟、老练；而到社会上后，他反很不及我了。这原因在哪里？除主观的原因外，主要的是环境条件影响了我们的精神状态。

我越来越觉得我对人的了解很不够，我甚至不了解我一些最亲近的朋友的实际生活情况，这样是很不好的。

给仲娟爸的信中，我写到："我现在这种'师傅'的地位使我只能看到人们的笑脸，我只是浮在生活的表面。我应该有一种扎实的生活，但是，除了周家湾一块巴掌大的天，我又能到哪儿去呢？……"

前些日子，我想到了家乡的孝四公社蔡义古大队，这个九曲岭上的小山村是一个社会政治生活很活跃的地方，这里的男女老幼都曾卷入到派性斗争之中，我能不能把这地方作为一"点"去"蹲"下来呢？那里有那么多活跃的人，有那么多鲜活的事……

然而，南昌啊，我又怎能离开您？

外甥碧江叫我谈谈我的学习体会，给他好好写了封信，我说："由于没有得到好的教导和很少有好书读，我们的学习缺乏系统性，我常有'奶饭'不足之感。"

这封回信中我也回忆起了我和哥哥的一些生活，我写道："大娘舅'下放'了，我担负起给他供应书籍的任务，进初中后，每次回家，我一定要带些书回去。如果这星期没有借到书，我心里不知有多么难受——因为星期六的那天傍晚收工，你大娘舅总是怀着喜悦的心情，兴冲冲地跑回家来，如果没有书，他会多么失望啊！

"那时我们家里穷，连煤油都买不起，你外婆常常为我们晚上看书用掉一点煤油而痛惜。我们就挖松明来点着取光。就这样，我们兄弟俩围着一堆松明认真地读着，写着，一看就是大半夜，有时甚至天亮鸡叫了才大吃一惊！煤烟熏黑了我们的鼻子，熏红了我们的眼睛，我们都不在乎！在书中，我们看到了另一个无限美好的世界，此时，现实生活中的不幸消失了，生活充满了美丽的色彩……"

写到这些，我眼前仿佛出现了那时的情景，心里不由感慨万分！

10月30日

看电影《我的童年》回来。高尔基的童年是有意义的。但是，谁的童年没有意义呢？看着电影，我的心回到了20多年前，我们曾把离家十几里最高的山——五指山当作天，向往着有一天自己也能到天上去……

8岁时，我们全家迁移到龙游十里坪农场居住，我记起了去的那天叔叔用箩筐挑着我们兄弟俩，翻过钱塘王岭在大尖溪的祠堂门口休息时，人们围着我们，叔叔说这是"谷子"。他现在也常在念叨这句话。

我记起了龙游湖镇火车站附近，天刚朦朦亮，我们三姐弟和爸爸下火车后，一起沿着铁路走，突然看到了妈妈！——晨风吹拂着她散乱的头发，她疾步跑过来，摸摸姐姐的头，拉拉哥哥的手，然后一把抱起我痛哭起来……

我记起了我读书的第一个学校——当地农村的农会郑小学……从劳改农场去那里读书遭到一个恶毒的青年的谩骂……那下着大雨的一天，我去上学过石桥时，风吹走了我手里的伞，我去捡伞，不慎落掉了那有红圆圈的一张张卡片，我心痛得哭起来……

我想起了十里坪农场职工子弟学校的同学丁吉刚、占明全、阮荣富兄弟，还有那个能在石头上竖蜻蜓的硬头皮刘勇敢……

我记起了我参加少先队时的的喜悦："我举起手来敬队礼，同学们对我笑嘻嘻，枝头上的小鸟对我笑……啊……啦……今天我戴上了红领巾……今天我就是少先队员……"

我记起了十里坪农场场办小学里的生活，这里才是我童年的乐园，我一生中唯一有过平等的地方……我九岁就是中队委员了……

我记起了跟着瑞信伯伯去捉鱼……

我记起了和小伙伴们出去玩，那碧绿的一片西瓜地……

我记起了跟我同座的漂亮的毛小凤，和对我像姐姐一样的许金娟……

我甚至记得六岁寄养在戈企坞时的情景，那时我多么地想逃回家啊！但我不认识路，并且怕那周家山岭的荒凉坟窝……姐姐每次来看我，总是痛哭着回去……

我的一个打弯了的小指头……

生活，是有意义的。问题在于人们是否能体味到它的意义所在。

文学，正是在于善于积极地表现生活，艺术地再现典型性的生活。

"我们只是真正地生活了不过10年，以后起码还有30年的生活，我们应当认真地考虑一下怎样来度过它。"

"牛虻"他支撑着我整个人生……读《艾芜短篇小说集》我决心像他一样把社会当作大学；读巴金《家》，我记住了"我不是畸人，我不是愚人，我要自己把幸福夺过来"。

收到仲娟爸的信，读着读着，我被他困苦的生活和精神所震撼！我火热的心冷了一截！现实生活，何时才能如想象的那么美好！

11月3日

写着《幸福》，我想表达的思想是：热爱生活，把自己的生命和人民的利益联系在一起就是幸福。

"爱情"，是依附于这种"幸福"的一种有特殊意味的"幸福"。

写作，不能是为了完成某种任务而把一些事情写出来就了事，它应该是事物艺术性加工后的再现。

看起来，一本书的人物的经历，主要是作者自己的经历，别人的经历是不会体会得十分深刻的。

《幸福》里的董源，我其实是在写我自己。在我冒着生命危险关闭游空龙水库启闭机时，我没有对别人说什么，但我确实是抱着那种英勇就义的心情下水的。

在写到我潜到水下后的情景时，我描述"血液仿佛凝固了，神经也麻木了，只觉得后脑一股凉嗖嗖的冷气涌过，模模糊糊地觉得前面是张着血盆大口的巨蟒，准备把我一口吞噬掉！"浮上水面后我的感觉："啊，光明，耀目的光明！啊，空气，宝贵的空气！身子异常发燥……"这些感觉，如不是亲身经历，怎能想象出那么真切？不可能的！

或许，读者也不可能体会到这种真切的感受吧？

11月7日

从机修厂归来后，又到礼堂看电视《于无声处》。

《于无声处》是上海热处理厂的一个工人的作品。这部四幕话剧反映的是1976年清明天安门事件后上海市进口公司革委会主任家发生的充满戏剧冲突的故事。

整个作品是那么动人。这部作品对我，也可以说是对全中国的人民都有极大的教益。在两个很重要的观念上，我对社会有了重新的认识

（一）"于无声处"！多少次，在那深沉黑暗的夜，我默念着"于无声处听惊雷"这句诗，向往着"真的猛士，将更奋然而前行"！但是，我总觉得"中国人太容易统治了"。天安门事件使我惊醒了过来，我深深地觉得"应该相信人民"！这部作品，更使我清晰地理解到了这一点——人民是伟大的。

（二）因为多次恋爱的失败，我不相信现实社会中存在着真正的爱情。作品里欧阳平和何芸的爱情是那么地崇高！

欧阳平是爱何芸的，但他更爱的是真理；何芸爱欧阳平，也正是爱欧阳平对真理的追求。共同的革命情操把他们的心永远地牢固地联系在一起……

看了这作品，对我的创作将带来一定的帮助。从这里，我明白了生活中光明的东西并不是太少，而是自己心底不够光明，因而也发掘不出光明来。

11月12日

已经到了休息的时间，我却再一次从头至尾看了一遍未写完的《深处》，这是《幸福》的改名，我觉得《深处》更切题些。

辛勤劳动所得的成果是那么地珍贵，我读着它心头有一种难以言喻的喜悦。这篇比《扁担》要成功，因为这篇东西是我深有感触才写的，作品情节里的关启闭机、救火都是自己亲身经历，而虚构的"爱情"，却正是我理想中的"爱情"的反映，我甚至把她的一句话——"并蒂莲花未露面，泥里藕茎已相连"也用了进去，就作为一种纪念吧。

前几天，我往往一坐几个小时，写不出几个字，主要是情节构思不合理，我几乎对自己的写作能力有了怀疑。昨天干活时，我思考着怎么写，终于有了个较合适的安排，把东源改成本村人而不是杭州人，文章一开头就描出幅农村的美丽景色来，以渲染东源的思想感情。

仲娟爸给我的信中说："我第一次看到你写这样的信。"是呀，我也正是第一次感受到生活真正的幸福！

11月18日

报上登载了北京市委常委会议决议，认定天安门事件完全是革命行动！

我不禁要欢呼一声"好！"虽然这已不是什么出人意外的新闻，但是，能够这样公开地表态，说明了中央的"求实"态度是极其鲜明的。

记得"天安门事件"后，大约是6月间吧，我到江西锅炉厂看电影，加映是"庆祝粉碎天安门事件",当看到马小六和一个部队干部在看地图,马小六的手指在地图上划过的时候,我仿佛看到这是一只长着长毛的血淋淋的魔爪!"刽子手"!我心里愤恨地骂了一声!不知是骂出了声还是怎么,有个人回过头来朝我笑了一下。我想,我当时的心情,也几乎就是在场观众的心情,倘使有人带头喊一声"刽子手",我相信会有巨大的回响跟着上来!

11月22日

事实证明了我喜欢自己使自己苦恼。

生活随着她的脸庞变换着色彩,熬过了一个又一个痛苦的夜,我心里又是充满了欢欣。

前几天到李春林处,他曾肯定过我有基础,但这次对我所写的《扁担》却抱一种不够负责任的态度,作了根本的否定。

当然,我得首先检查自己,主要是自己水平的确差,写的东西缺乏吸引力,使得人家看不下去。但是,有一些基本的东西我并不是不懂得,特别是对自己倾注了一定心血的东西。

不管怎么样:挫折和失败只能作为对自己的鞭策,不达理想,我死不瞑目。

11月28日

听着收音机传来广播剧《伤痕》,我沉湎进去,停下了手里的活……

听到小华最后伤心地痛喊"妈妈"时,我已是热泪盈眶,情不自禁地哽咽了!

但是,要说小华本人的遭遇,我却并不怎么太动心,她比起我们这些人的境遇，那种痛苦并不深重……

我想：这个"案"翻得很好，王小华也十分值得同情；但是，她的母亲是因为文革中被诬为"叛徒"而使她遭受了不公正的待遇，现在有人为她鸣不平；我想问的是："假如王小华的母亲确实是叛徒呢？"她的境遇又作何解释呢？她遭遇的不幸就会是合理的吗？就不值得同情吗？

王小华因母亲平反了，她还能够激动，但我们这些"贱民"却已经麻木了！社会上的普通民众呢？早就把这种不公正视之为天经地义！

然而，我只相信真理！这是不公正的！我要控诉！

前几天，收到了玉英的信，不知什么缘故她又在生我的气。我猜想可能是我对她的姨父吴忠玉提起了吴圆，因为吴圆和吴忠玉是同村的，我才向他打听吴圆的情况。

吴圆，她是我青春时期唯一的真正地热恋过、追求过的姑娘，直到现在，我对她还是抱着一种尊重的态度，但是，我决不会再幻想从她身上去争取那已经失去的……

……八年了，处在长期的思念中！我只是1975年在里浦医院里见过她一面。那一次我去里浦医院探望病人，得知吴圆也在医院，就急匆匆地跑去看望她。……她躺在床上，与过去相比已是面目全非！人也瘦得不像样，唯有那双眼睛还是那么地清艳、明亮。在众目睽睽的病房里，在她丈夫身旁，我们能说什么？这时已是将近傍晚了，我还要赶20多里路回家，因此会面不到5分钟时间，我们甚至没有各自好好地打量一下对方；一方面是傍晚病房里光线已昏暗了，另一方面，我真的不敢多看她一眼！当时我尽管表面上显得那么冷漠，心里却像打翻了个五味瓶，什么滋味都有。我知道，她心里，也不会比我好过一点的……

从一些同学那里知道，吴圆对我是极看重的，同学们都为我们两人这样的结局而叹息。上次吴忠玉和我讲起吴圆和她丈夫经常吵闹，她的脾气变得非常暴躁，使得她丈夫也非常苦恼；忠玉认为这是吴圆不满这婚姻的反应。吴忠玉说：在吴圆丈夫托本村书记向吴圆父母求婚时，书记到吴圆家去，采取威逼态度，吴圆的父亲吓得发抖……

听了这些情况，我的心里燃烧起腾腾烈火。那时，我竟是那么无能！

我不敢回忆往事……那片片带血的鱼鳞似的往事……

谁知那么多年以后，我还是受着这"情"字的折磨——使我不敢想象未来！

"晓东啊，情海绵绵无尽头，我担心你不是个善泳者……"

"吴圆啊，忘掉过去吧！愿你能向生活索取人生的真正幸福……"

"可是，晓东、吴圆，你们真的能把过去的全部忘记么？"

11月29日

到江西医学院礼堂看《王子复仇记》回来，这是莎士比亚的一个悲剧。

莎士比亚戏剧中人物的语言有着极为深刻而丰富的哲理，给我留下深刻的印象。

然而，正因为是悲剧，它往往给人以一种"不吉"的情感。

这些日子，我读的书是《家》，再有其他一些有些消极情绪的文娱生活，又使我的心境十分不好。

天又凉了，霜风阵阵。听到收音机里《红楼梦》的音乐，我就会想到那一句话："难道您要我像林黛玉那样一病不起？"

我心里充满了莫名的悲哀……

我对得起谁……尽管一切仅仅只是"思想"……

12月10日　于江西省人委大院

给哥哥托运去了两桶清漆。这两桶清漆是通过南昌警备区的一个副政委才买到的。买到后用自行车载着它们到青云谱火车站托运。清漆是液体，自行车稍不正一点就会连人带车侧翻过去，一路上摔倒好几次！为了哥哥的油漆材料，这几年不知花了我多少心血！有的人还说我是自讨苦吃，其实，谁能了解我的心理？

这些年来，因为嫂子珠华的不理智，她在我姐姐和玉英处的无理取闹，使我对于"家"的温情失去了应有的感情，我真有些心灰意冷之感！但是，我还是用理智在维持着自己的情感。为这个"家"尽着自己的义务——我不能让我的妈妈再伤心了！

可惜的是玉英并不能了解我的苦衷，只是一味地对我给哥哥家的帮助表示不满！想到家事，真烦啊！

夜深人静，我默坐着毫无睡意，生活啊，生活！什么是乐？什么是苦？

听着"她"的哭声，我心痛欲碎……然而我还得装出一副痴呆的笑脸！

我也常对自己"当！当！"地响几下——我不应该沉湎于情网里不能自拔。生活应该有比"情"字更崇高的内容，也可以说，只有当生活有着崇高意境的时候，"情"字才是可贵的！

有人给我算了命说："能说能干，性急，自尊心强。"我觉得很符合我的个性，特别是我的自尊心往往掩盖在谦虚的微笑下——我绝不自卑，绝不自暴自弃！

12月14日

这几天是给四机局黄波涛家做活。他喜欢文艺，写诗、绘画有一定水平。

老黄善于议论，讲话也是演讲式的，我与他谈得非常投机，他会成为我以后生活中的一个朋友和老师的。

他懂得诗的韵律：诗的韵律真是相当重要的，就像一首歌的曲谱，如果谱的曲不好听，最好的词也不会动人。我喜欢听黄梅戏，但并不能清楚地听懂唱词，之所以喜欢，是喜欢它旋律的优美，曲调的流畅。在某种意义上，诗词也有些相似。

12月16日

今天上午10点，中央人民广播电台发布重要新闻——中美将于1979年1月1日正式建交，3月1日互派大使。

中美建交，这是一件值得喜庆的大事！中美建交一方面表明着中国的国际地位更加稳固，中国人民将有一个比较安定的环境来建设自己的国家；另一方面，因为中美建交，就使台湾问题简单化了一些，这样，也就会导致国内加快政治改革，那个"阶级"斗争将日益失去它的存在基础和意义！而正是这个"阶级"斗争极其严重地妨碍着中国的经济发展。

——不合理的，混乱的政治制度肯定会造成经济停滞不前，难以发展！

我以前对资本主义国家的情况相当不了解，现在虽然也仍是不了解，但毕竟是知道了一点内容：它们有它们的一整套政治制度和行之有效的经济管理方法。

就经济来说，他们的经济政策是适应人民大众的根本欲望的。

就政治来说，他们提倡"人权"，这也是符合人民的基本意愿的！

两种社会，两种制度，目的应该只有一个——提高人民的生活水平。目前，就我的意愿，觉得社会主义的集体方式，能更好地发展农村生产，提高生活水平。不能设想在中国农村一家一户的小农经济能有很大的发展前途。

但是，为什么现在世界上资本主义国家的生活会那么好呢？这是一个很值得深思的问题。

　　从中国的近三十年的历史来看，特别是这十年情况来看，"权力斗争"是严重影响生产力发展的最大因素。执政者应该有一套适合国情，适应时代，适合生产力发展的政策和制度。

12月26日

　　收到公威、绍平、仲娟爸、我哥的四封信。唯有公威叙述学校生活的信给我一些愉快的回忆。绍平和仲娟爸都向我说到家庭的困难，希望我帮助他们。

　　对友人的困难，我从来没有袖手旁观，但是，我也是独立支撑着一个家庭，并且，我总希望能摆脱经济的压力，使自己能有比较多的精力来学习。朋友们总认为我的条件好，要求我帮助的人使我难以应付，他们哪能了解我的苦衷？

　　我深深地觉得：施舍式的帮助是无济于事的，并且凭我一双手能有多大能力呢？整个社会，人们普遍地都需要帮助，生活需要提高呀！中国的人民群众，特别是农民，他们的生活的确太苦了！

　　12月22日，党的十一届三中全会结束，并发表了公报。

　　这是一个划时代的历史事件，我要认真地好好学习有关文件。

12月28日

　　看了日本电影《追捕》，极吸引人。这是一个极惊险的侦探故事。影片反映出现代日本的敌人的惨无人道和手段的毒辣，也显示了日本警方人员的坚毅意志和敏锐洞察力！另外给我以深刻印象的是日本法律的威慑力，它使人们不得不自觉地遵守国家的法律。相较之下，我国的法律就显得苍白无力了！

当她终于如一支出水芙蓉，把芬芳和娇媚显现出来时，我反而感到深深的痛苦……

我何尝不能理解一个姑娘的内心："并蒂莲花未露面，泥里藕茎已相连"。她的回答是何等的真切！

她肯定地回答了我那个"失去实际意义的问题"——我的问题是："如果是前些年，你敢嫁给一个'地主'的儿子吗？"

尽管我不相信有实际意义时能得到肯定的回答；但是，她这样肯定的回答我，还是使我感到由衷的高兴！——对于我个人，这已没有什么可高兴了！我高兴的是，我们这个社会正义毕竟没有绝迹，"爱情"也没有完全地被"庸化"。

这更激起我对她的尊重和敬意。

然而，我也感觉到我们思想上的差距，人生观的不同。这些不同是生活道路的不同造成的。

对于自己的朋友，我总是以"有志"去要求他们，然而总是使我失望！很多人认识不到人生的意义，我希望他们能觉醒过来——人生是有意义的！

特别是她，何等地聪敏，何等地富有情感！我恨自己没有说服她的能力，我也为她对人生的消极态度而深深地遗憾……

但是，我总希望她能振作起来，我愿意相信她会振作起来的！

12月30日

一年将终，该总结一下了。这一年，是我真正身心愉快的一年，我的心情从来没有像今年这样好！

今年文化生活的丰富是空前的，我深深地认识到了自己知识上的贫乏，而这种认识本身就表明了自己有一大进步。

除了像往年那样记述了一些笔记外，今年我第一次尝试着写了一篇短小说《球》，虽然这是一篇不成功的小说，但对我还是有着非常大的意义。在写作过程中，我碰到许多困难，常为一个词，一段文字，一幕场景，文中人物的一个动作，煞费苦心。因为这小说写的本来就是我不熟悉的生活，能写成这个样子我还是较满意的。南昌警备区陈胡两位科长和黄波涛，读了我的文稿，除指出缺点外，都给了我较高的评价。我相信我多少年来梦寐以求的理想是能实现的！

快30岁了！在自己的照片上，我的题词是：

身贱不自卑
清贫志更坚
铁笔记史实
贬褒任后人

这也可以说是我前30年生活的总结。1978年对于我，对于我们中国的其他人民，都会是个转折点。对于过去的生活，确实是应该有个总结了。

展望未来，我对祖国的前途充满了信心，也对自己的前途抱无限的乐观。

但是，想到自己的实际社会环境，又想到普遍的社会现实：落后的生产方式，贫困单调的生活，愚昧自私的（可说是百分之七十以上吧）人民，不能不使人又有一种茫然感……

正因为现实严峻，任务也就显得更艰巨了！作为一个真正的锐意革命的青年，他只能感到责任在肩，而不能望而生畏的！

我应该怎样做？我能做些什么？从略懂事起就摆在我心里的问题，现在我应该切实地回答自己了。

"四个现代化"，是全国人民的共同愿望，我想每个人只能各显其能。在科技方面，我并非不具备这方面的才能，而是没有这方面的条件，我无法走出一条路。对社会的贡献可以是多方面的，除了做一个勤勤恳恳的劳动者，我必须努力写作。我给自己的任务是：明年起码完成5篇短篇习作。

我还有一个重要任务是：把自己关于"阶级"的认识向中央反映一下。"阶级"问题不解决，人们的思想不能得到真正的解放，许多被遗弃于社会之外的力量不能得到发挥。就如我的一些朋友来说，周绍平、周渭月、陈公威等等，哪一个不是德才兼备的人才？他们什么工作不能胜任？

明年，祖国走向一个新的起点，各项工作将转向经济建设上，中国人民是何等喜悦！

风雨世面
我曾视为生命的日记

1968-1978

附录

让我们用血肉来拥抱世界

浙江诸暨孝四公社周家湾大队　周晓东

人生的意义究竟是什么？这是二十年来神思梦萦地翻腾于我脑际的问题。诚如潘晓同志所说的，"青年们的心是相通的"，我也来谈谈我的想法。

1949年我出生于一个地主家庭。我前半生的命运似乎也从出生那一刻起基本上确定了。由于我在新社会所受的教育，我打心眼里拥护和感谢土改运动这场伟大的社会变革。我感到，土改不仅解放了受封建压迫的农民，也解放了我——否则，我将成为一个可厌可憎的戴瓜皮帽的地主少爷。可是，我受不了无端的歧视。一声"小地主"，我恨不能钻到地底下去。但在天真无邪的孩子们中，我又是个"王"，我摔跤抵得上两个人，课外还做小老师。1963年小学毕业统考，我的成绩是学区第一名，可结果进的是民办初中。不知是什么缘故，从第二学期起，我又当了校少先队大队长、班学习委员和墙报小编辑。64年下半年，社教工作队进驻我校，发现我校"阶级阵线不清"，接连三次改选班干部，最后还是采用强制手段把我的"官衔"全撤了。65年初中毕业，尽管我七门功课都在95分以上，升学考试又考得相当容易，我还是不能进高中，只能在生产队劳动。68年以后，我曾两次外流江西；修过马路，撑过竹排，搞过林业……73年以后学成了木工，就一直在浙赣两省城乡流动着做木工。

　　我爱读书，爱得要命。买不起煤油，晚上就拾松明点着看。上小学时读了中国古代小说，一心向往打抱不平的侠客。初中时代，开始读现代小说，读鲁迅、高尔基、巴金、艾芜等人的作品。《青春之歌》和《钢铁是怎样炼成的》等，都给我以极其深刻的影响。保尔、觉慧、"牛虻"……一个个人物在我脑子里复活了。我遗憾自己没有赶上那样的时代。我还记得那时的《中国青年》杂志有一篇文章，题目是《弃燕雀之小志，慕鸿鹄而高翔》。啊！太形象了。多少次，我看着屋檐下叽叽喳喳的小麻雀，又仰头望望盘旋于苍穹的雄鹰，我的心啊，也飞上了碧澄的蓝天！书，把我带进了一个无限广阔的宇宙，眼前的天地太狭小了，我决心投入到社会中去，把社会当作我的大学。

　　踏入社会后，我发现现实生活并不象粉红色的理想那么美好。十年浩劫中，我目睹了人民遭受的深重灾难，有些难以想象的野蛮行为，我一回忆起来就牙齿咬得发痛。这使我深感中国迫切需要实行改革和发展经济。我自己的生活历程，也是坎坷曲折的。70年可能是我生活中最艰难的岁月。污浊的政治空气，贫困窘迫的生活，加上失恋的痛苦，逼得我要发疯。经过多方奔走，我找到了一个到外地拉手拉车搞副业的门路。我设法搞到一辆手拉车，默默地做好外出的准备。可是，在修车架子时，一斧子砍伤了脚。我狂喊一声，猛地把斧子丢到半空中。血浸湿了鞋子，在地上流了一滩。我暴怒地拒绝了要给我包扎的人们……那一次我躺在床上不知想了多少！我是极少流泪的，可那次泪水也把枕头浸湿了。

　　但是，挫折和打击并没有使我失掉人生的信念。我不相信谁能扼杀得了真理，冒充得了太阳。历史是人民创造的。我相信人民。我经常告诫自己：要永远和人民站在一起，要始终恪守"做一个健康人"的信条。在十年浩劫的动乱日子里，我敦促自己"洁身自好"，保持作为一个"人"的尊严和价值，努力学习，努力劳动，用自己的手给人民一点切实的利益。我要求自己，不白拿一分工分，不用一分不义之财。那时，我为自己的生活态度和劳动成果而自豪。

我很同情潘晓同志的心情，但却不大同意她对人生的理解。我想诚恳地问问潘晓同志：你爱你从事的工作吗？你尝到过创造的乐趣吗？当你感到劳动无意义的时候，生活就像是"奴役"；而当劳动使你感到愉快的时候，生活就是一种享受。拿我来说，几乎是干一行爱一行。69、70两年我在电站工地当民工，我的一把八磅锤在三个公社打出了名。我能准确地打各种"倒吊""斜插"和"平抬"炮眼。抡起锤时心里涌上来的那股"天不怕、地不怕"的豪情，是难以言喻的。我喜欢铁锤几乎入了迷，在没有人看到的寝室里，我经常会情不自禁地抡上一阵。当电站建成后，看着盈盈清水逶迤于悬崖峭壁，高矗的电站机声轰响，高压线柱把银线拉向四面八方……我的心啊简直陶醉了——这里有我几百斤汗水呀！我也同样喜爱木工的劳动。看着一堆堆木料在我手中变成一件件结实美观的家具，看着"东家"——普通的工人、干部、服务员、知识分子——满意的笑脸，我就像喝了蜜糖水。我对自己的工作要求很严格：下错一根料，我会后悔半天，做错一点活，我会吃不下饭……

我希望潘晓同志有机会的话到外面去走走，去看看南京长江大桥：那巨大的钢筋铁骨，巍然贯通大江南北，何等雄伟，何等气魄！也去看看上海：纵横百里，建筑群星罗棋布，烟囱如林，车辆如梭……再去看看杭州：那风光绮丽的西子湖畔，桃红柳绿，芳草茵茵，亭榭楼阁，精美绝伦……人民，就是这样在创造着这个世界！

有时候我想，且不去说现代科技的奇妙产物，就说我们日常生活的衣食住行，哪一样不是凝聚着劳动人民的血汗和智慧？我们享受着这一切，可要问问自己是否受之无愧。是作为一个社会的债务人苟安地活几十年然后老死，还是用自己的双手也给这个世界增添财富和光采，加倍偿还社会给予我们享用的一切？

怎样看待人的"本能"？生活实践告诉我，不要空谈。我们应该老老实实地承认，人是有其本能要求的。我们不能要求每一个人都有成熟的革命者的美德。十年浩劫也使我们不能不承认，文化落后和思想愚昧在我国人民中，还是较普遍地存在的。可是，我不大同意潘晓同志把人看成只有利己的"本能"的观点。人是有人的精神的，有人所特具的崇高美德的。想想我们敬爱的彭老总吧。如果说在战争年代他只是出于自身解放的"本能"而战，那么革命成功之后，他该享福了吧？可是，他面对虚假，想的是"我为人民鼓与呼"！在遭到无端的打击、罢官之后，他明知前途会有更大风险，却决不屈服，"说我人民话，办我人民事"，宁为真理死，也要把真理说！想想吧，一个曾经出生入死的功勋卓著的大元帅，为了说真话而……"他坐在水泥地上，穿着那件破棉袄，两手拢在袖子里，冷得瑟瑟发抖……""他站在卡车上，胸前挂着一块大黑牌，被人揪着头发……"！……他图的是什么？岂是以"为自我"的"本能"可以解释得通的么？！

我在这方面也有过正反不同的体会。1970年春节刚过，我在家里休息。突然听见有人叫救火。我赶快跑到楼下。猛然想起身上穿了件刚刚上身的新衣，就把它脱了。又想到毛衣容易沾火，又把毛衣脱了……等我赶到失火地点时，人们已经把火扑灭了。大家都在说："好险！要是不及时扑灭，会造成大灾。"我想到了自己的作为：在一场火灾面前，我竟会先想到自己的衣服！晓东啊，你原来是那么卑污的一个人。在自己灵魂深处，掩藏着什么样的肮脏东西啊！我真想痛哭一场。同年初夏，我们大队水库启闭机控制关闸的铁丝断了，宝贵的水在白白地流掉。这个水库是我们大队几百户人家的命脉。我们家乡一带水性好的人很少，我们村就数我最好。大队支书来叫我时，我毫不犹豫地去了。水面到闸门有约十米深，这可不是一般的十米呀。再说，巨大的压力下闸门出水处有强大的吸力，如果被吸住，那是万无生还的。我越往下潜越困难。四周是恐怖的黑暗，冷得像冰窖。当听到哗哗水声时，我似乎意识到有一条张开嘴的巨蟒,要把我一口吞掉。一害怕,胸腔又憋得像要爆炸……我浮出了水面。社员们又焦急又失望。我的心啊,也如翻江倒海一般。再下去!危险实在太大了!不去?……是的,我这样一个地主的儿子,就是为了关闸牺牲了,追悼会都不会开一个呀。真的,这时我脑子里闪过了黄继光、邱少云、"牛虻"在对着我笑!我又想起救火那件事,心里腾腾地燃烧起了烈焰。终于,我下定了决心:下!当脚踏入水中,我不由得再次看了一眼岸上的人们:"或许永远不能再见到你们了,你们能理解我的心情吗?""人生自古谁无死,留取丹心照汗青!"我投给他们一个明朗的眼光,一头扎入水中。我忍受着十分难耐的寒冷和憋气的感觉,以及耳膜受高压而产生的剧痛,在水下苦斗了一阵,终于把闸关住了。

　　我说这些,并不是想标榜自己,我只是想用自己的亲身经历和真切感受说明:心中有了人民,一个人是能够献身的。我热爱周围的人们,我有不少可以肝胆相照的朋友。在社会上,我一方面受到歧视和压抑,一方面又得到人民群众的同情和爱护。为了这些善良、正直的人们,我甘愿贡献自己的一切。

　　粉碎"四人帮",拨乱反正,中华大地透出了蓬勃的生机。我也感到了春风的和煦,党中央把我从政治上解放了。我有一个美满的小家庭——一个贤慧的妻子,两个极为可爱的小女儿,过着小康的生活。可是,我不能满足于这种"安乐",也不满足于白天辛苦劳作一天之后再勤奋学习到深夜。彭老总和张志新们在召唤着我。我的心在向祖国呼喊:"母亲,我爱您!"我渴望为尽快改变祖国落后的面貌,贡献更大的力量。潘晓同志的信,促使我下决心给党中央负责同志写了一封"自荐信":请求党和人民交给我一个最穷的公社或某个局部地区,我有信心叫它五年改观。我知道,困难重重,风险不小,我也自知没有特殊的本领。可是,我有一颗赤子之心,有十多年深入社会、观察社会所取得的一些实践经验,有旺盛的求知欲,还有充沛的精力。如果我的请求得到批准，我将遵循党的三中全会方针，依靠人民，踏踏实实地干下去。我愿把我的血，洒在这块土地上。

张志新烈士有一段话说得真好："望记住这句话'如果你在生活中感到无聊，那便是因为你没有献出生命的力量，没有用血肉来拥抱这个世界……'因为生命就是爱！像野草那样生！像蛾那样死！"张志新烈士以自己的鲜血和生命，给我们做出了表率。

潘晓同志，让我们用血肉来拥抱世界吧！我相信你能爱上这个世界，并且取得你所爱的事业的成功。

（原载《中国青年》，1980年第9期）

生活之路谁开拓

周晓东

《中国青年》杂志在关于"人生的意义究竟是什么?"的讨论中,在1980年第9期上发表了我的一篇讨论稿——《让我们用血肉来拥抱世界》。文章发表后,我收到了来自全国各地的青年朋友的信,他们有的向我倾诉自己生活道路的曲折不平,有的向我揭示现实社会的严峻并对我进忠告之言,但更多的是青年们忧国忧民的情怀和为渴求中华民族的崛起而献身的精神引起的强烈共鸣。这些素不相识的青年朋友信心满怀,豪情似海,真如临阵的战马,振鬃趵蹄,萧萧长鸣!读着这些信件,我热血沸腾,坐卧不安!但是,感奋之余,又有一种深深的忧郁笼上我的心头——在现实社会中,还有多少沉睡着没有醒来的青年啊!许多人甚至连参加这样的讨论的兴趣都没有。青年朋友们向我提出了一个问题:"作为一个出身不好,几十年背着政治黑锅的你,为什么能够不消沉,不颓废,没有失去对生活的信念,相反,对人生充满了热切的希望,并希望有所作为?"他们希望我进一步谈谈自己的体会。

怎样回答这个问题?我辗转反侧,想得很多。一方面,觉得自己是个普通得不能再普通的青年人,存在的错误缺点自然不会少,况且又没有什么专长，没有做出任何成绩，我有什么资格夸夸其谈呢？现在的青年们太厌恶空话和大话，我担心豪言壮语说得太多，难免被人见笑；但另一方面，我又觉得自己毕竟有了三十年的生活经历，所见所思还是有一些的，我是极愿意和青年朋友们交心的，抱着互相讨论的愿望，我还是试着谈点自己的感受吧。

　　我开始认真地思考人生，是从1964年"社会主义教育运动"工作队进驻我校开始的。因为我就读的"孝四公社吴子里民中"是当地的公社办的，比公办初中低一等，学生要不就是成绩好而成份不好的，要不就是成份不好而成绩差的。因此当时的班干部大多是成份不好的人，我作为一个地主的子女，担任着校少先队大队长、班学习委员。工作队一进校就认为我校"阶级阵线不清"，开始想采取改选的方法使我们几个出身不好的同学落选，但是接连海选了两次，我还是被选上了。工作队干部就把同学们一个个叫去，进行个别谈话，警告他们："他们几个地富子女成绩为什么好？因为他们想读书做官，妄图夺回他们父母失去的天堂，进行阶级报复。"和我关系好的同学愤愤地把工作队的话告诉我时，我怔住了！天哪，我一个十四岁的少年，哪里会想得到什么"阶级报复"？几个月前作文写家史，我还认认真真地访贫问苦，要老贫农们向我揭露我的祖辈是怎样剥削人民的呢！

　　被强制手段撤掉所有学生干部职务以后，我感到莫名的苦恼，我开始思索，觉得社会太不公正了！上课时一颗心常会飞出教室外去……我惶惑了，沉默了，失去了往日的欢笑，变得消极。一次，一位十分看重我的老师在班会上点了我的名——"这段时间，就是周晓东同学，学习上也有退步现象。"老师的批评，像一枚钢针刺了我一下。敬爱的老师啊，您哪里能理解得了一颗稚嫩而白璧无瑕的心灵此时正受着怎样的煎熬？您可想象得到儿时的欢乐将从他脸上逝去，从此要遭受多少人间的创伤！

　　初中毕业，我作为地主子女，成绩再好，品德再高尚，当然也无缘再求学了!

　　刚踏入社会,参加生产队集体劳动,一切对我都是那么新奇。啊,春天,我们喜沐春雨,栽下新禾,看着它发芽、拔节、孕穗,眨眼间就变成了金光闪闪的沉甸甸的稻穗!我热爱大自然,喜爱生机盎然的生物。我搞过棉花整枝试验;也曾学过红薯"高架"栽培;我给野生的桃梨嫁接上优质品种的枝条;又把桂树和兰花栽在村前绿地……多少次,在劳动休息的时候,我躺在果实累累的桃树枝上,任热辣辣的阳光沐浴身体,任阵阵和风轻拂我的头发,双手抚摸着红彤彤、白朴朴、蜜汁充盈的果子,我陶醉了,对未来充满了无穷无尽的遐想……我希望当个农艺师,使人民的生活更加丰裕富足;我梦想当个文学家,把五彩缤纷的世界描绘。

　　谁能料想得到,1966年突然间传来了"最高指示":"马克思主义的道理千条万绪,归根结底就是一句话:造反有理!"霎时间,妖风骤起,恶魔横行,"文化大革命"使多少人的美好幻想化作斑斑血泪!学生们把老师当做玩物,戴高帽,游大街——谁叫他们教会自己读书认字?!学校办公室玻璃窗糊上报纸,教室变成演武厅。可怜的老师的米桶被贴上大字报,封住了。老师不敢撕大字报取米做饭,只得低声下气地向十几岁的学生恳求……

　　"阶级烙印"泛滥,我顺理成章地成了"黑五类"的候补分子。"凡是反动的东西,你不打它就不倒"的圣旨,又毋庸置疑地把我归入了"横扫之列"。我看的书是黑书,我唱的歌是黑歌,我家的二胡和笛子竟是"黄色俱乐部"的罪证,青年伙伴串门是我"拉人下水"的手段。我,一个被人誉为"带露水的笋标"的正直青年,简直成了毒菌四溅的大麻风。我被剥夺了一切作为"人"的权利,一次又一次的"红色风暴"把我起码的学习用品都查抄殆尽!

　　劳动——我只有在不停不息的拼命劳动中寻求唯一的乐趣,什么活儿脏,我去!什么活儿累,我干!看着我辛勤耕耘的庄稼在茁壮成长,我才感到自己的存在，我用劳动的汗水来冲刷心头的淤血，用极度的体力消耗来发泄心头的积郁。由此，我也赢得了社员们的一致好评，可是，在评"大寨分"时，我只能坐到一个不惹人注意的角落里，不发一声。评"大寨分"不光是劳力付出多少，还要看政治思想情况，"评分"采取自报公议的方法，轮到我自己报公分，我只报了"八折"。

我"恋爱"过，那些多情重义的姑娘是那么喜欢和我接近，可又是那么害怕和我恋爱，也有个别姑娘看破了世俗名利而毅然表示"成份没有什么了不起"而愿意和我共同生活的，但终究无法挣脱无形魔力而离我远去。"爱情"这个人世间至圣至洁、千百年来为人们所称颂的美好名词，留给我的是一道又一道刻骨铭心的伤痕。

就在斧子砍伤脚不久，我还是出去拉石煤了。那个石煤矿在一座高高的山半腰，路陡得吓人，空车都要两人才能推上去。我没有拉车经验，第一车却装了整整一千五百斤。下坡时，我用肩膀死命抗住车杠，几乎是一寸寸地往下移，谁知一脚踩在小石子上，脚一滑，车子起了快，再也抗不住。冲下去？自己有生命之忧！丢车逃命？我的满载的手拉车会压到前面几辆车子上，那后果不堪设想！我来不及多想，猛地把车把一歪，双轮车的一个轮子冲到了三尺高的石埂上，顿时车子一个大翻身，我被车杠拦腰卷起，甩出一丈多远！幸亏是摔在水稻田里，才保住了性命！

整车煤倒了，我的双轮车的车轴摔断了。我带着一身伤痛，背着车轴到二十几里外的镇上去修理，碰上了冒着风险来找我的朋友。他告诉我，村里进驻了"贫宣队"，我哥哥因为写的诗里有一句"红旗蔽日"而被分析成是恶毒攻击伟大领袖的反动言论，已被打成"现行反革命分子"，关押起来了，"贫宣队"勒令我立即回家交代！听了朋友的话，我漫无目的地徜徉于公路上，只觉得心头的血在往外冒，我仰问茫茫苍天，我呼叫沉沉大地——人间的真理在哪里？我笑了，笑得那么畅快，生活啊，你总算显露了你狰狞的真面目！

回家？等待着我的是难以忍受的屈辱，我知道我自己那宁折不弯的性格，如果他们对我进行人身侮辱，我绝不会忍受！结果肯定是一场鱼死网破的惨剧。不回家？等待着我的或许是横尸车下！"留个遗照吧"我连吃饭的钱都没有留，到照相馆去拍了一个"遗照"。

　　保尔、高尔基、"牛虻"、巴金、艾芜，这些我心中的偶像又一次把我唤醒过来，我翻看着地图册，寻觅着他们的踪迹，遨游于他们所经历的宏伟壮丽的史诗里。世界是多么广大，我为什么一定要苟活于这巴掌大的一片天底下？我为什么不到广大的世界里去看看人们是怎样地生活着，思想着？终于，我冲破一切阻力，怀着"经风雨、见世面"的激情，在一个寒冷的冬日里逃走了。

　　坐上奔向自由的飞驰列车，我趴在车窗上，眼睛瞪得大大的，看啊，万顷绿野，平坦如砥，巍巍群山，竞姿斗秀。闹镇人流涌，大江奔腾急，好一派大好河山啊！我的心啊，飞过了重重叠叠的高山，飞过千万条名川大河，飞向远方，更远方……无师自通地，我低吟着一支潜藏于心底的歌："美丽的祖国，我的母亲，我爱您，深深地爱您，直到最后一滴碧血洒尽，赤子之心永不移……"

　　时间的车轮在奔腾，不管人们是喜是怒，是怨是笑，它们照样转动着，转眼间，十多年过去了，蓦然回首，又是一阵无尽的感慨！前几年，我看到的是什么呢？我必须老老实实地说：我看到的是邪恶压抑着真理，虚伪代替了真实，暴行扼杀了人类的理性！

　　1968年，我在江西某地看到了当时无数闹剧中的"触及灵魂"的一幕：这是一个不大的乡镇，但一次被游行示众的"牛鬼蛇神"就有三四百人，赤日炎炎，他们的脸上涂着烟煤，身上穿着皮袄、戏装等奇装异服，他们中的一队人敲打着破锅、勺子、脸盆……口里喃喃地自己骂自己，"我是……"；另一部分人则排成一队，后面的一个拿棍子敲打前面一个的脊梁骨，一个挨一个地打，谁打轻了，旁边的群专人员过来就是劈头盖脸的几棍子……在公社的厅堂里，有几十个人被四马攒蹄地捆着倒悬在房梁上，发出撕心裂肺的哀嚎！

惨呀！我真不忍回忆，每次回忆都会咬得牙齿发痛。

同时，我又看到另一种怪现象，也在这个地方，农民们在田里做活时，背上还插着一面三角小红旗，胸前悬挂着一尺见方的"忠字框"或者"宝像……

几天后，我房东隔壁的一位姑娘，一位聪明美丽、刚十九岁的少女，因为没有屈从当地一个造反派头头的兽欲，她的父亲被戴上莫须有的罪名关押了起来，她自己被抓去"交待"，她不肯受辱，竟被踢伤下身，剃了光头！姑娘拿一把剪刀刺进了自己的咽喉，顿时鲜血喷洒，香消玉殒！

我哭了，我怎么能不哭，我哭我的祖国为什么要蒙受这样一次又一次的蹂躏，我哭我九亿中华儿女为什么如此无力？！面对空前绝后的丑恶竟会如此软弱！

我思索，我深深地思索，我追溯到1957年搞的"反右"扩大化，多少个才华出众、碧血丹心的中华赤子被迫害，被放逐；党的"百花齐放，百家争鸣"的政策被利用来作为引蛇出洞的罗网，大批爱国志士被戴上右派分子帽子，打入万劫不复的地狱之中！一个生机勃勃的祖国春天笼罩上了一层不祥的阴霾，真话被压制，思想受禁锢，给后来的一系列民族灾难种下了祸根。1958年后的共产风、瞎指挥，根本无视客观实际；什么全民炼钢、亩产几十万斤把人们搞得像失掉理智的狂人，结果是民不聊生，全国人民陷于饥饿之中！

这一切的发生和现实社会中的丑恶不正是一脉相承的"极左"路线的恶果吗？我清醒而深刻地意识到，我个人的不幸，正是整个民族灾难的小小缩影，我是人民的一员，我们面临的是共同的敌人。

人们啊，那些挨着毒打的，受着无比屈辱的人们——你们可曾认识到自己应该有一点作为"人"的尊严？！人们啊，那些手提千钧棒、横眉瞪眼的人们，你们可想到你所折磨的同是炎黄的子孙？！

受侮辱的人，什么时候才能奋起；受愚弄的人，什么时候才能觉醒！我多想呀，多想登上昆仑之巅高喊一声："醒来吧！同胞们！"

我给朋友们的信中一次又一次地写到"地大，天更大，真理是永恒的太阳""学习吧，我们会有长长的未来的"等话语，我从不相信谁能扼杀得了真理，冒充得了太阳，愚弄得了人民。可是面对现实，茫茫长夜却又使我看不到个人的前途和祖国的希望。我彷徨，苦闷，焦虑，徘徊于人生之途……

凭着一腔热血，我在社会上闯荡了十多年，青年朋友称赞我的勇敢，有人羡慕我的自由，但是，毕竟自己是最了解自己的，这种"鸵鸟式"的自由哪能满足得了一个忧国忧民的热血男儿的心灵啊！生活的压轧，理想的破灭，无所事事的痛苦……我整日整夜没有一刻宁静，宛如无数毒蛇蝎子在咬着我，使我不得安生。灌进耳朵的是荒谬绝伦的鬼话和魔鬼们歇斯底里的罵叫，充塞于眼前的是无与伦比的丑恶：是非颠倒，黑白混淆，指鹿为马，唯唯诺诺，言不由衷，诚惶诚恐，行为私利——几乎成了人们的生活准则；虚假掩盖了一切真实的东西。我厌恶，我憎恨，窒息得简直要发疯。沉默啊，沉默！不在沉默中死亡，就在沉默中爆发，我恨不能变成一颗重磅炸弹，把那些恶魔一齐炸个稀巴烂！

总算民族有幸，霹雳一声，祸国殃民的"四人帮"被粉碎了，痛定思痛，多少严峻的问题引起青年们的深思，为什么几个跳梁小丑能把九亿中国人民当做玩杂耍的猴子戏弄？为什么堂堂宪法保护不了她的人民一点点起码的人生权利？为什么建国三十年了，我们还是这样的贫穷？！

这一切是怎么产生的？还会重蹈这样的悲剧吗？我进一步思索，带着深深的疑虑……

1978年上半年科技大会召开，我凝结在心头的冰块，开始融化了，感到一阵复苏的欣喜。党的十一届三中全会后党中央作出了一系列重大决策:"关于实践是检验真理的唯一标准""关于新时期的阶级关系分析""关于废除干部职务终身制""关于集体接班,健全社会主义法制";提出"党内政治生活的若干准则""调整经济结构,放宽经济政策"……这是真正的浩荡东风啊!它吹散了漫天阴霾,我的心里,豁然亮堂,我深深地感到:我们的党是有希望的,我们的祖国是有希望的!

我们向往未来,我从心底里发出欢呼!

但是,中国经历了几千年的封建社会历史,经历了近几十年纷纭复杂的政治斗争,经历了"十年浩劫";我们面临着一个多么严峻的现实!穷固然还是穷,白却已经染上了斑斑驳驳的污秽,要清除它谈何容易!

对于前途,我并不过分乐观,但我坚信,党中央制定的一整套正确的治国方针将对我国的历史进程起伟大的促进作用。方针确定了,它需要千千万万有事业心,有远见卓识,有一颗为民之心的改革者来实施它,并且在实践中不断的检验它,完善它。

我知道一个人的力量微乎其微,但10亿×0=0,10亿×1=10亿。正是基于这种认识,我终于写了"自荐信"。

《中国青年》关于"人生的意义究竟是什么"的讨论,可以说是历史的必然产物,这场讨论不仅是对青年,而是对全社会;不仅是对目前,而且对将来都有着极其深刻的现实意义和历史意义。

青年朋友问我"你对人生的意义到底是怎么样理解的?"这个问题实在是太复杂了,也似乎有些抽象,谁也无法给它下个确切的定义。但每一个有点思想的人又都会千百遍地向自己提出这个问题,我当然无例外地有所思考,也和青年朋友谈谈吧!

1972年春,我途径江西宜丰地区,这里群山绵绵而不高,间或有些山间小平原,棋盘小道纵横交叉,清清溪流曲折蛇行。由于人烟稀少,整个原野空旷而冷寂。我跋涉于这荒凉泥泞的山间小道上,又逢霏雨霏霏,痛感前途茫茫,心情郁闷得难以言喻。我走走停停,不住地长吁短叹。我一遍又一遍地问自己："人生的意义究竟在哪里？"

　　看着那些小溪流缓缓地流淌着，不急不慢，轻松自如，时而从别处斜插过来一条，汇合于一处，然后又照样缓缓地流走了……我想到，它们就这样不停不息地汇合，流淌，然后进入到东方的大海里，这是一种普通而又合情合理的自然规律吗？既然如此，我为什么要经常这样痛苦，这样烦恼，这样无休止地折磨自己呢？我正这样想着，突然，迎面蹒跚走来一个老头，他的脸干瘪得像个干萝卜，没有一丝血色，一双老泪模糊的眼睛透出麻木迟钝的神色，头上包的一块头巾脏脏不堪，与其说是白色倒不如说是黑色更确切。他看到我站住了，似乎带着恐惧忙忙地让到路边，他拐着一根树枝，树叶随着他身子的颤抖而瑟瑟地响……啊，我只觉得有一股冰冷的寒流从头顶直透到脚底——老了，是这个样子啊！

　　九年过去了，这令我心悸的一幕仿佛发生在昨天，那个老人的形象顽固地，时不时地闯到我记忆的屏幕上来。他令我思索，促我千百遍地反省自己——是啊，他也有过他的无忧无虑的少年，以及容光焕发的青春；现在他老了，一切都成了过去。当他回忆过去之时，有多少值得回味的东西？我自己呢？现在是正当风华正茂的青年时期，可是谁能逃脱得了这个自然规律？可能，我老了后不至于像他那样潦倒，可如果庸庸碌碌地"混"下去，和他又相差多少呢？啊，死了而活在人们的记忆中并不可悲，可悲的是活着而在人们的记忆中已经死亡！

　　我常常会想我的祖父是个怎样的人？我的曾祖父是个怎样的人？又会想到他们曾经怎样地生活过，更会想到他们留下了点什么东西给我们这个社会——他们的后代？可悲呀，他们几乎没有在这片土地上留下他们的痕迹，他们像几乎未曾到过这个世界来生活过一样……

　　我们的青年中不是经常有人这样说吗："我这辈子是完了，我们只有把希望寄托给下一代。"可怜天下父母心，做父母的谁不爱自己的孩子，谁不寄予无限希望于下一代？但是，寄托希望并不等于推卸责任，我们把责任推给下一代，我们的孩子又把责任推给谁呢？能这样一代复一代地混下去吗？我们应该认真地想一想，什么是真正的爱？我们应该怎样地爱他们。确实，十年浩劫，我们这一代人的青春时期是被耽误了，现在普遍地有知识缺乏和学习困难的痛苦之感，但我认为既然我们自己是经历了一场历史悲剧的过来人，就应该有对过去的惨痛教训的深刻领会，从这种意义来说，我们才刚刚成熟。如果我们真的爱自己的孩子，那就应该给孩子们做出点有益的事，总不能让他们精神上再遭受我们这样的荼毒，生活上再像我们这样贫困吧！

中国是向繁荣、富强、自由、民主的方向发展还是停滞不前甚至倒退？我们必须明确地回答这个问题。我常常思索鲁迅先生写的《故乡》里的一段话"……然而我又不愿意他们因为要一气，都如我的辛苦辗转而生活，也不愿意他们都如闰土的辛苦麻木而生活，也不愿意都如别人的辛苦恣睢而生活。他们应该有新的生活，为我们所未经历过的。"新的生活应该是怎样的呢？我们的祖辈，基本上是狭隘、保守、自私的小农经营者，在当时的历史条件下，前进的步子不可能很快，到我们这一代，世界已进入了原子能利用和电子技术发展为标志的科技水平突飞猛进的时代，它也促使了生活迅速向高水准发展，而我们呢？在广大的农村，几乎还是沿袭着祖先遗留给我们的刀耕火种的生产方式。想想吧，一边是神奇的电子计算机遥控万里太空的宇宙飞船作星球探索，一边是洋洋自得地站在木耙上吆喝着耕牛，口里还唱着"豪情壮志冲云霄……"，这不是有些滑稽得可笑可悲吗？

几十年的风霜雨露，使我深深认识到现实社会悲剧的产生和贫困落后的生活有着深深的历史渊源。改革，决不是一朝一夕的，我们这一代，只可能作为基石，献身于最下一层，为理想生活铺平一条道路，就是我们最大的幸福了。过去总是强调什么"留给后代精神遗产"，实际上精神应该是和物质并存的——脱离物质基础的精神无疑是空洞的，所以，我们不但要把立志改革旧世界的斗争精神留给下一代，更重要的是为下一代的幸福创造一定的物质基础，只有这样，我们才不致于被滚滚的历史车轮所淘汰，才能对得起我们的下一代——这样我们的人生也就有了意义。

有人说这场"讨论"的结果自然是以潘晓的心悦诚服而以你们的观点得到肯定而告结束。这是青年们对以往类似论题的简单认识，我认为如果不是从简单的"是""非"之分来看待"讨论"；不能狭义地去理解"先进"和"落后"的含义，那么我要回答的是："潘晓们确实应该更积极些。"

朋友，当你来到长江边，看着长江的激流浩浩荡荡，排山倒海，以它无穷无尽的潜在力，一泻千里，你还会怀疑谁能阻挡得了它的滚滚洪流？当你登临高山之巅，看东方晨曦初露，骤然间万道曙光冲天而起，一轮红日喷薄欲出，这时，你会怀疑谁能遏制得了它的烈烈威焰？

历史要前进，社会要进步，其势之烈岂亚于长江波澜；人民是主人，真理必胜利不正是永恒的太阳吗？！

现在社会上流行"看透了"这个词，我认为"看透了"这个时髦名词事实上成了某些青年掩盖自己懒惰和无知的遁词。我们当前面临的是"纪元新开创，征途无穷期"的关键历史时刻，那种缩手缩脚、惶惶惑惑、前顾后瞻、战战兢兢、自恃过高的人还奢谈什么"看透"？！说"看透"，我也看透了：我的"看透"是皇帝不足畏，权奸无所惧，头砍下来碗大一个疤，没有什么了不起！——吾辈爱祖国，报之以贱躯！

"看透了"，个人太渺小，人民才伟大。我们不愿做社会的奴隶，我们要做时代的主人——生活之路要自己开拓。

"看透了"，安逸人颓唐，艰辛促奋发，斗天斗地，斗鬼魅——创造是正义！

不能否认，由于我们的社会存在着很大的弊端，许多青年觉得有力无处使，我们有权利呼吁社会重视青年的地位和价值。但是，光埋怨社会不公正是无济于事的，为什么抚伤叹息者那么多而探索治理者那么少？他们忘记了自己正生活于这个社会上。社会本来就是由无数个人组成的，我们应该问问自己"作为社会的一分子，我自己有没有尽到个人的义务？"有人问我："你生活的基本态度是什么？"我很明确地回答他们："我永远要做生活的创造者！"就像我在《让我们用血肉来拥抱世界》一文中所追求的那样，我决不做一个社会的债务人而离开这个世界。我现在是在做木工，就首先认真地把木工活做好，用自己的劳动获取合理的、不超过价值的报酬，并且正确认识自己，从自身的具体条件出发，力求把自己哪怕是极微小的力量发挥到极限。我们有志改造社会，必须正确认识自我价值，努力提高自我价值，切切实实地从自己做起，从本职工作做起，从提高自己的工作效力和工作质量做起，否则，一切都是一句空话。

　　记得有一次，我在一户人家做活，他家请我把一个才做了几个月的挂衣柜拆掉重做，我看了一下那个柜子，木头质量并不错，但做工实在不像话，由于结构不合理，用手一碰，整个柜子摇摇晃晃，而且里面的板子几乎没有怎么刨，毛毛躁躁的，哪能放衣物？这家主人抱怨说："这样的柜子不要讲用，看了都气人。"据说他们是花了三十元钱请一个工厂的青年木工做的，那个青年还满嘴的"理想""抱负"，抱怨不遇伯乐呢。试问这样的人有什么理由埋怨社会？

　　有的青年人认识到了自己的社会责任，也想为社会做点有益的事，但是看到社会上还存在的那些权势大于法律、奉承拍马胜过实干的汗水——"手长的满嘴油，手短的白吃亏"等等现象时，他们失望了，退缩了。有一位青年给我的信中说：他们有权，得罪了他们，工作不好做，私事不好托，你有意见有什么用？反映吗？抗议吗？你可有权做资本，孙悟空本领再大也翻不出如来佛的手掌心，你可有勇气做第二个张志新？问题是尖锐的，这是存在于现实社会中最严重的弊病，它以无形的巨大压力压抑着青年的热情，极其严重地挫伤了广大青年的积极性。

　　有的人说：人生的路越走越窄是社会问题，任何个人都解决不了这个问题。事实的确如此，但是，你不管，我不管，他不管，谁管，一切恶习只有无数个人组成巨大的社会力量去抗衡。北京丰泽园的陈爱武同志给我们做出了好榜样，我们要像他那样既有斗争勇气又要有礼有节。况且，这方面问题的严重性党中央已经有了深刻认识，曾三令五申，中央的决心是够大的，这种弊病，其根源在于我们现实社会中的干部制度不合理和法制不完善。随着干部制度的改善和法制的加强，社会将由"人治"过渡到"法治"。"土堡垒"的末日我们是会看到的，我们尽可以树立起充分的信心来。那些"还是跟着学，不捞白吃亏"的人，不管他的主观原因如何，但客观上自己也沦为他们一样的人了。很多人以消极怠工的方法以示抗议，是另一种方式的同流合污，对社会，对自己都是极其有害的。

1970年前后，也就是评"大寨分"时，我们队有个造反派小头头，此人懒惰，全队社员没有一个不厌他的，只不过他凭着一块"金子招牌"无人敢惹。有人曾给他数过，他一个上午的劳动时间要停下手里的活挖四十多次鼻屎！可笑么？可就是这样的人因为他出身好而他的工分也要比我高！我也曾心灰意懒，连锄头也提不起来，然而我转念想到，如果我也学他的样，岂不也成了他一样的不齿于人类的狗屎！人毕竟是需要有点人的精神、有点人的品格的。

在给我来信中和实际生活中，有一些较为"激进"的青年，他们的来信认为我"理想远大，做法渺小"，有"改良"倾向。我们且不去讨论"改良"的含义和今后的革命实践是否属于"改良"范畴，我仅就自己对这方面的肤浅认识向这些青年朋友们谈谈自己的看法。

作为青年人，能以天下为己任，愿作社会之先驱的精神，令人敬佩。但我们青年人不能束缚于僵死的教条和盲从于空洞的说教，而都应该正视现实——从历史的角度来看待现实社会。我们中国为什么穷？无休止的政治动乱是主要原因，过去我们的宣传总是对"改良主义"持根本否定的态度，这使得有些人的思想意识里总以"改良"为耻，而以"彻底革命"为荣。我认为历史发展到一定阶段，这观念就未必正确了。如果每每动荡几十年，动刀舞枪，搞得天昏地暗，尸横遍野，血流成河，"革命"的结果仅仅是换来个皇帝和一批官老爷，那么，所谓革命的意义何在呢？我们的社会是个矛盾的社会，知识阶层强烈地要求"民主"和"自由"，可大多数民众除了关心他们的切身利益之外，神圣的"人"的尊严感还是菲薄得很。1968年前后，林彪搞"三忠于"活动，什么"早请示""晚汇报"，许多人是莫名其妙地驯服地扮演着别人指定给他的角色。不久前，我和几个农村基层干部谈及以后会不会再搞"文化大革命"？他们似乎并不觉得"文化大革命"有什么不应该，还说："上面要我们搞的话，现在还会一样地搞。"这是多么触目惊心的现实啊！我劝持这种"激进"态度的同志去读点民国史，你们会看到，那个时候军阀们是怎样玩弄"议会"，视"宪法"为儿戏的。没有整个民族的觉醒，没有全社会的文化普及，没有丰裕的经济基础，"民主""自由"是无从谈起的。

我们应该珍惜安定团结的局面，深刻地认识到：只有创造，才是斗争的正义！我们的民族是再也经不起动乱了，我们的人民也已经对"政治斗争"感到厌倦。一个国家的前进步伐很大程度是追逐着整个世界的发展进程：中国要富强，人民要自由和民主，这是历史发展的必然，我们应该从民族利益出发，不要做使亲者痛而使仇者快的事。

"四化是最大的政治"。从现实和长远来看都是符合社会发展规律的。"团结起来，为实现四化而奋斗"，党中央提出的口号是深得民心的，更符合广大青年的愿望。所以，就这种意义来说，我不但愿做一个"改良主义"者，更希望做一个党中央带领全国人民向四化进军途中的"马前卒"。

青年朋友们，苦恼一百次不如采取一次实际行动更有意义。苦闷、彷徨解决不了任何实际问题，未来是我们的，历史的重担必然要我们承担。悠悠然红尘不沾，悻悻然斜眼旁观，嘀咕嘀咕冷讽热嘲——这些行为都不是可取的方法,他们绝对生产不了一颗螺丝,增加不了一粒粮食。我们还是正视现实,认清形势,从"我"做起吧!

愿千千万万的青年同志们争做新时代的"马前卒"!

1981年1月18日

注:1980年《中国青年》杂志发起"人生意义究竟是什么"讨论后,在全国引起很大反响,本文是应《浙江日报》向我约稿而写,后因形势急剧变化,"讨论"被迫草草收场,此文终未发表。